Seadove

Seadove

Seadove

Seadove

海鷗成立四分之一世紀·紀念
探偵事務所
Detective
Office

日本推理小說之父

# 江戶川亂步的偵探小說

沒有江戶川亂步，就沒有日本推理小說！

§ 兩分銅幣　　　§ 人間椅子
§ D坂殺人事件　§ 陰獸
§ 帕諾拉馬島奇談　§ 孤島之鬼
§ 詐欺師與空氣男　§ 黑蜥蜴

「江戶川亂步賞」　日本推理小說作家的最高榮譽！

東野圭吾、三島由紀夫、橫溝正史、松本清張　深受影響
「江戶川亂步的作品，無論再讀幾次，都不失它的新鮮味！」
——日本文學評論家　荒正人

Edogawa Ranpo

作者/江戶川亂步　譯者/詹家宜

# 目錄

# 前言

　　沒有江戶川亂步，就沒有日本推理小說。

　　江戶川亂步（1894～1965），本名平井太郎。「江戶川亂步」是筆名，日文讀音是「埃德加・愛倫・坡」，毫無疑問是對美國作家埃德加・愛倫・坡致敬。在幾十年的創作中，江戶川亂步逐漸成為日本文壇的「愛倫・坡」——至少是在推理小說領域。如今，江戶川亂步已經被公認為日本「偵探推理小說之父」，與松本清張、橫溝正史並稱為「日本推理文壇三大高峰」。1954年，為紀念江戶川亂步60壽辰，日本文壇設立「江戶川亂步獎」，現在已經成為日本推理小說界最重要的獎項。

　　來自歐美的偵探小說，在引入日本後不久，改稱為「推理小說」，其宣導者就是江戶川亂步。他認為，探案的關鍵以及案情進展的脈絡是推理，所以叫做「推理小說」更準確。這個名稱的改變，對於日本偵探小說家的創作是有影響的。縱觀日本偵探小說作品，不難發現對「推理」的偏愛，相應地，日本偵探小說往往沉浸在理性之中，帶有冷靜和安靜的氣質，這在松本清張、島田莊司、東野圭吾等人作品中都能感受到。

　　江戶川亂步的作品風格多樣，本格與變格、社會派與新本格，都來自於江戶川亂步。像愛倫・坡一樣，他既有情節奇特甚至怪異的作品，也有具備

強烈現實感的作品，有時候兩種特徵雜糅無礙。這種創作特色，一方面來自於個性和才華，一方面來自於豐富的社會閱歷。江戶川亂步畢業於早稻田大學政治經濟系，畢業後從事貿易、書商、記者等十幾種職業。他有學者的素質，在犯罪學方面造詣頗深，有「日本福爾摩斯」之名。豐富的閱歷，使其小說內容紮實，真實可感。

在江戶川亂步之前，偵探小說在日本屬於非主流，是供人們茶餘飯後消遣的娛樂性文學。從江戶川亂步開始，偵探小說或是說推理小說正式登上文壇。以他自己的作品為例，其長篇《黑蜥蜴》就曾經得到純文學作家三島由紀夫的喜愛和推崇。

我們這本書，是從江戶川亂步的長篇、中篇、短篇中精選而成。

# 兩分銅幣

## 上

「那個小偷真叫人羨慕啊！」我跟松村武當時都身無長物，以至於說出這種話。

我倆當時住在一家位置偏僻的破舊木屐店樓上，房間只有十平方公尺左右，擺著兩張一閒張[1]的破桌子，一貧如洗。每天從早到晚，兩個人遊手好閒，胡思亂想，任由想像力肆意馳騁。無能的我倆已到窮途末路，就在這時，看到一件名噪一時的竊盜案，忍不住開始羨慕竊盜犯高明的作案手段。

我先大致介紹一下這件竊盜案，其跟本文的正題密切相關。

那天，芝區一家大電器廠[2]要給員工發薪水。根據近萬份員工打卡記錄，十幾個計算薪水的工作人員正在汗流浹背計算每個員工本月的薪水，把

---

1. 日本一種漆器。——譯注
2. 即日本原芝浦製作所，位於東京，1939年與東京電氣株式會社合併為東京芝浦電氣株式會社，即東芝公司。——譯注

面值二十元、十元、五元的鈔票放到堆得像一座小山的薪水袋中，這些剛剛從銀行取出來的鈔票幾乎把最大的中國皮箱撐破了。

恰在此時，辦公室門口出現一位紳士。前檯的女工作人員問他有何貴幹，他說自己是朝日新聞社的記者，想見一見經理。女前檯馬上把他印著東京朝日新聞社社會部記者頭銜的名片送到經理處，彙報這件事。

經理剛好很擅長應付記者，況且能對著記者大吹特吹，說出的話還會刊登在報紙上，被當成名人的講話，這種機會可不多見。儘管覺得這種心理有些孩子氣，但能出一把風頭，任何人都很難抗拒。於是，經理立即請那個所謂的社會部記者到自己的辦公室。

男人坐到經理面前，一副圓滑世故的樣子。他戴著大大的玳瑁框眼鏡，留著整齊的小鬍子，穿著時尚的黑禮服，帶著時尚的折疊公事包。他從菸盒裡拿出昂貴的埃及菸捲，拿起桌子上菸灰缸旁邊的火柴，以嫻熟的動作點上菸，一下將煙圈吐到經理臉上。

男人擺出記者獨有的氣勢洶洶的姿態，一臉天真的表情，用親切的口吻說：「希望你能針對員工待遇問題，發表一下看法。」

經理便對勞工問題，特別是勞資協調和溫情主義侃侃而談。在這裡就不細述，反正跟本文沒有關係。

記者在經理辦公室逗留大約半小時，然後在經理的談話間隙說一聲「對不起」，起身去廁所，隨後便不知所蹤。

經理並未覺得此事有何特別，只是覺得記者很無禮。剛好要吃午飯，經理去了食堂，正在吃從附近一家西餐館買來的牛排，忽見會計主任跑過來，面色慘白，向經理彙報：「付給員工的薪水不見了，被人偷走了！」

經理大吃一驚，馬上放下午飯，跑去案發現場查看。我們大致能想像這件突然發生的竊盜案的具體情況：

以往計算薪水都是在門窗上鎖的特殊房間內進行，這次卻因為工廠辦公室改建，臨時改到經理辦公室旁邊的會議廳進行。吃午飯時，會議廳的人全走光了，也不知是怎麼回事。工作人員都去食堂吃飯，覺得別人會留在會議廳。於是，在開著大門的會議廳中，滿滿一箱鈔票有半個小時無人看管。一

定是有人藉此機會溜進會議廳，偷走這一大筆錢。可是那個賊只偷走皮箱中一捆捆二十元和十元的鈔票，沒有碰薪水袋裡的鈔票和零錢，失竊總金額為五萬元。

各種調查顯示，最大嫌疑人是先前那個記者。不出所料，報社在電話中表示他們那裡沒有這個人，工廠急忙報警。不過，薪水還要照發，只能讓銀行重新準備二十元和十元的鈔票，忙得不可開交。

那段時間，報紙上報導一個所謂的紳士盜賊，那個欺騙經理的記者就是他。

當地警署的司法主任等人到案發現場調查，一點線索都沒有查到。能事先準備好報社名片的賊肯定不是什麼小賊，不會留下任何證據。經理對他相貌的記憶是僅有的線索，但是很靠不住。因為衣服可以隨便換，玳瑁框眼鏡和小鬍子這些在心急如焚的經理看來很有價值的線索，並不是什麼強大的證據，只是最常見的偽裝手段而已。

沒辦法，警察只能開始漫無目的地搜查，詢問附近的車夫、香菸店老闆娘、街頭小販有沒有見過打扮成這種模樣的男人，知不知道他逃到什麼方向，嫌犯的肖像畫被送到本市所有派出所。一天、兩天、三天過去了，警方用上一切可能的調查方法，還在車站安插人手監視，並致電其餘縣、市，請他們協助調查，張開一張大網，結果還是一無所獲。

一星期很快過去了，警方還是沒有抓到那個賊，已經放棄希望。現在好像沒有什麼辦法，只能等那個賊繼續犯案被捕。警方如此消極怠工，工廠辦公室很不滿，每天向警署打電話打聽案件進展，署長為此煩惱不堪。

警署的一名刑警卻在其他人都放棄希望時，耐著性子挨家挨戶走訪本市的香菸店。

本市各區的香菸店中，進口菸比較齊全的有十到數十家。刑警把這些店差不多都走遍了，只剩下地勢比較高的牛込、四谷兩個區。刑警心想，今天調查完這兩個區的香菸店，若還是一無所獲，只能放棄了。刑警一面盼望，一面又有些恐懼，好像買彩票的人等著開出中獎號碼。他不時停在各家派出所門口，詢問巡警附近香菸店的地址。他不斷前行，腦子裡除了那個埃及的

香菸牌子，什麼都沒有：Figaro、Figaro、Figaro。

　　他準備前往牛込的神樂坂，走訪那裡一家香菸店。他從飯田橋的電車站出發，朝神樂坂走去。走到一家旅店門口，他一下停住腳步。旅店門口兼作下水道蓋子的花崗岩石板上有一根菸蒂，正是刑警四處調查的那種埃及香菸牌子，要不是相當小心細緻的人，完全不會留意到。

　　根據這條線索，刑警順藤摸瓜，終於抓捕那個讓警方十分頭痛的紳士盜賊。可是根據菸蒂抓捕紳士盜賊的過程有些類似於推理小說，當時一家報紙在報導刑警的功績時，採用連載的方式。這些連載報導就是我描述的依據，不過我只能長話短說，不能耽誤太多時間。

　　大家應該能夠想像，那個賊留在工廠經理辦公室的菸蒂並不常見，這成為這位讓人佩服的刑警調查此案的線索。他差不多把本市各區的香菸店走了一遍，由於Figaro香菸銷量不好，賣出這種埃及香菸的店並不多。來買這種香菸的顧客是什麼人，店主都記得很清楚，其中並無可疑之人。

　　然而，就如剛剛所言，刑警直到最後一天才在飯田橋一帶的旅店門口看到這個牌子的菸蒂，這純屬巧合。進入旅店打聽時，他只是想碰碰運氣，豈料竟然由此得到機會，抓到那個賊。

　　其實說到相貌，住在旅店的香菸主人跟工廠經理對警方形容的那個賊判若兩人。偵查人員好不容易才從香菸主人房中的火盆底下找到他去工廠偷錢時穿戴的服飾、玳瑁框眼鏡、假鬍鬚，紳士盜賊在如此確鑿無疑的證據面前只能認罪。

　　他在審訊前招供，他提前獲悉案發當日是工廠發薪水的日子，所以選在當天過去，趁經理出去吃飯時溜進旁邊臨時用來計算薪水的會議廳，俐落地把折疊公事包裡的風衣和鴨舌帽拿出來，同時摘下眼鏡和假鬍鬚，穿上風衣遮住禮服，摘掉西式軟呢帽子，換上鴨舌帽，鎮定自若地從跟來時不同的出入口出去。只是那五萬元鈔票全都是小面額的鈔票，要若無其事地帶走，不被任何人疑心，他是怎麼做到的？

　　紳士盜賊露出得意而奸詐的笑容，回答：「我們這一行人渾身都是袋子。你們要是不相信，不妨檢查你們扣下的禮服。那件西式禮服上全是暗

袋，跟魔術師的演出道具差不多，很容易就能藏五萬元鈔票。要知道，中國的魔術師還能在身上藏盛著水的水甕。」

這件竊盜案之所以有趣，在於它沒有就此結束。之後的發展出人意表，有別於一般的竊盜案，而且跟本文的正題密切相關。

紳士盜賊隻字不提他把五萬元鈔票藏到什麼地方。警署、檢察院、法院輪番上陣，用盡一切手段審訊，他卻始終堅稱自己對此一無所知。他最後還胡言亂語，說自己在一星期內花光所有的錢。

警方只好盡量借助偵查手段尋找那筆錢，然而再徹底的搜查也無法找出失竊的鉅款。由於藏匿贓款不肯交出來，紳士盜賊被從重處罰。

失竊的工廠就倒楣了，只抓到盜賊還不夠，工廠更想找回那五萬元。儘管抓到盜賊後，警方仍然在尋找失竊的錢，但工廠方面始終覺得警方消極怠工。作為一廠之主，經理沒有辦法，便對外懸賞五萬元的10%即五千元找回那筆錢，並表示任何人都能賺這筆賞金。

這件竊盜案發展到這一步，接下來我就要說說我跟松村武的有趣經歷。

# 中

本文開篇時，我簡單提到我和松村武當時正住在偏僻地帶一家木屐店樓上十平方公尺的小屋裡，窮困潦倒，無路可走。

如此困境中唯一算是幸運的是，此時正是春季，有一種發財的方法只有窮人知道。窮人在冬末春初可以賺個大便宜，不，只是感覺賺個大便宜。因為天冷時才用得著的外衣和秋衣，甚至鋪蓋和火盆全都能拿去當掉。多虧了這種天氣，我們得以從當前的困境中鬆一口氣，不必擔心明天會怎樣，月底的房租應該怎樣籌集。我們能去許久沒去過的澡堂，能去理髮，到飯店也能放肆地點生魚片，不用像平時那樣只能可憐巴巴地吃味增湯和泡菜飯。

一天，我在澡堂洗完澡，只覺得全身又暖和又放鬆，怡然自得回到家，

坐到漆桌旁——這張桌子布滿創痕，就快散架了。

　　松村武剛才一直獨自在家，現在帶著滿臉奇怪的興奮對我說：「哎，是你把這兩分銅幣放在我桌子上吧？你從哪裡得到的？」

　　「沒錯，是我放的。我去買菸，這是找回來的零錢。」

　　「你去的是哪家香菸店？」

　　「飯店旁邊一個老太太開的那家店，好像沒什麼人光顧。」

　　「哦，這樣啊！」

　　不知何故，松村開始思索，隨即又固執地問我關於那兩分銅幣的事。

　　「哎，那個時候，就是你去買菸的時候，有看到其他顧客嗎？」

　　「應該沒有。是的，肯定沒有，老太太當時正在打盹。」

　　松村聽到我的答案，露出如釋重負的表情。

　　「你知道那家香菸店除了老太太，還有什麼人嗎？」

　　「我跟老太太關係很好，對那家香菸店的情況瞭若指掌。因為我口味古怪，就喜歡老太太一臉冷漠的表情，我倆很能說得上話。店裡除了老太太，只有一個老頭兒，他比老太太還冷漠。你幹嘛問這個，你想做什麼？」

　　「哦，是有些小事。你這麼瞭解香菸店的情況，可以多說一些嗎？」

　　「哦，可以。老頭兒和老太太生了一個女兒，長得挺好看，我見過一兩回。聽說她丈夫是給監獄的囚犯送貨的，能賺很多錢，所以經常拿錢補貼父母。我聽老太太說過，那家店生意很差，就是靠她女兒才支撐到現在。」

　　是松村讓我說這些的，可是我說的過程中，松村卻站起身來，顯然沒耐心聽下去。他開始在我們的小屋裡走來走去，好像動物園裡的一頭熊。

　　我倆都很隨意，經常說話時突然站起身來。可是松村在屋裡走了半小時，這太奇怪了。我說不出話，便饒有興致地旁觀起來。要是有人看到這一幕，一定會以為我們發瘋了。

　　這時，我開始覺得餓。應該吃晚飯了，我剛才又洗過澡，覺得非常餓。松村還是像發瘋一樣走來走去，我問他是否要跟我一起去飯店。他說：「對不起，你自己去吧！」我只能一個人去了。

　　我吃飽以後怡然自得走回來，看到罕有的一幕，松村居然找了一個按摩

師！那是盲啞學校一個年輕的學生、我倆的熟人，他一邊按摩松村的肩，一邊說個不停。

松村像是怕我罵他，先開口說：「哎，我這樣做有我的理由，你不要誤會我大手大腳花錢。很快你就知道我為什麼要這麼做，現在你先在旁邊看著，不要多嘴。」

我們昨天才艱難地說服當鋪老闆給我們二十元，當時我們簡直是從老闆手裡搶了這筆錢。這是我們共同的財產，現在他拿出六十錢來按摩，這筆錢就用不了原先那麼久，這在當時確實稱得上大手大腳花錢。

松村的行為如此反常，我卻對此產生無法名狀的興致。因此，我一邊偷窺松村的行為，一邊坐到我的桌子旁邊，裝作正在讀從舊書店買來的講談本。

松村送走了按摩師，就坐到自己的桌子旁，好像在讀一張紙上的東西。隨後，他從懷裡掏出一張紙，是一張大約兩寸、寫滿小字的薄紙。他將這張紙放到桌子上，專心對比兩張紙，還用鉛筆在報紙空白的地方寫著什麼，然後馬上擦掉，如此反覆。

路燈亮了，門口傳來賣豆腐的小販吹喇叭的聲音。很多人去參加廟會，路上十分熱鬧，這些人過了很久才消失不見。悲涼的笛聲從中國拉麵店那邊傳來，原來已經很晚了，我竟然毫無察覺。松村還在專心做那份奇怪的工作，甚至不記得吃晚飯。我默默鋪好床，躺在上面，又開始讀已經讀完的講談本。這樣很無聊，卻是我唯一能做的事。

松村忽然朝我轉過身來，問：「哎，有東京地圖嗎？」

「沒有吧，去問一問樓下的老闆娘。」

「嗯，也好。」

他馬上站起來從梯子上下去，梯子被他踩得嘎吱嘎吱響個不停。不一會兒，他回來了，借到一張折縫處快要裂開的東京地圖。他重新坐下研究起來，顯得那麼專注。我瞧著他這副模樣，越來越好奇了。

樓下鐘聲響起，九點了。松村好像暫停他的研究，從桌子旁邊站起身來，到我枕邊坐下，為難地說：「哎，給我十元好不好？」

我對松村這些奇怪的舉動滿懷興趣，至於我為什麼會這樣，以後再說。我甘願拿出十元給他，這可不是小數目，相當於我們總財產的二分之一。

得到十元鈔票後，松村馬上穿上一件舊夾襖，戴上一頂滿是皺褶的鴨舌帽離開了，一句話都沒有留下。

我獨自待在家裡，思考松村這些舉動有何用意。我暗自竊喜，不知何時睡著了。朦朧中，我感覺松村回來了，其他事情就不知道了。我睡得很香，天明才醒。

醒來時差不多十點。我迷迷糊糊起床，發現有一個奇怪的東西站在我的枕頭旁邊，不禁大受驚嚇。居然是一個男人，穿著條紋和服，繫著男士腰帶，披著藏藍羽織，背著一個大包袱，打扮得像一個生意人。

「是我啊，有必要這麼吃驚嗎？」

這個男人的聲音竟然跟松村如出一轍，真讓人驚訝。我認真瞧了瞧，真的是松村。可是我從未見他穿過這樣的衣服，一時困惑不解。

「你為什麼要背包袱？為什麼穿成這樣？像店裡的老闆似的！」

「噓……噓……別那麼大聲。」松村做了一個雙手下壓的手勢，低聲說，「我帶回來一份大禮。」

「你一大早去哪兒了？」受到他的怪異行為影響，我也禁不住壓低聲音。

松村滿臉奸笑，無論怎樣都壓不下去。他附在我耳邊用更低、幾乎聽不到的聲音說：「老兄，這個包袱裡裝了五萬元！」

## 下

大家應該能夠想到，松村手上這些錢就是紳士盜賊藏起來的賊贓。要是送到失竊的工廠，還能得到五千元懸賞。可是松村出於以下幾點，不準備物歸原主：

老實地將這些錢送回去，既愚蠢又危險。專業的刑警花了一個月都沒有找到這些錢，誰會想到這些錢在我們手上？我們當然更想得到五萬元，不是五千元，不是嗎？

最恐怖的是將這些錢物歸原主可能會招致紳士盜賊的報復。為保留這些錢，他寧願坐更長時間的牢。要是知道這些錢被人偷走，他斷然不會放過我們，要知道他在作惡這件事上天賦極高。松村說這些話時，語氣中帶著對紳士盜賊的敬畏。秘密吞掉這筆錢都這麼危險，為了五千元賞金把錢物歸原主就更是如此。報紙上一定會登出松村武的大名，相當於告訴盜賊他的仇人是誰。

「不過，至少眼下他是我的手下敗將。老兄，那個天賦異稟的盜賊都成為我的手下敗將！這種勝利帶給我的喜悅比五萬元更甚，當然能得到這麼多錢也很令人興奮。我真是一個聰明人，至少比你聰明，這一點你要承認。我能發現這一大筆錢，多虧了昨天你買菸找回來的兩分銅幣。你把銅幣放在我桌上，我留意到銅幣上的一處細節，你卻未發現。正是靠著這處細節，我找到五萬元。哎，這可是五萬元，相當於兩分銅幣的兩百五十萬倍。你知道這意味著什麼嗎？意味著我的腦袋比你聰明。」

兩個有些學識的年輕人共同生活在一間小屋裡，自然會經常比較誰更聰明。因為整天沒事可做，我和松村武時常為此爭論，很多時候能興致勃勃爭論到第二天早上。我們都認為自己更聰明，不肯向對方妥協。因此，這次他才想用這項功勞——這項非同一般的功勞，證明他更聰明。

「知道啦，我知道啦，先別賣弄了。你是怎麼找到這些錢的，跟我說說吧！」

「別心急。我更感興趣的是怎麼花這五萬元，而不是怎麼找到這些錢。我還是先簡單說說我的推理，滿足你的好奇心吧！」

其實，他這樣做主要是為了滿足他自己的虛榮心，而非我的好奇心。他把自己絞盡腦汁推理的過程說給我聽，我待在被窩裡靜靜聽他講話，同時抬頭看著他驕傲的表情。

「昨天你去澡堂時，我把玩著那枚兩分銅幣，忽然看到銅幣邊緣有一根

線。我覺得很奇怪，認真檢查後發現銅幣被分割成兩半。瞧！」他取出桌子抽屜裡的銅幣，將其打開，像撬開丹藥瓶的蓋子。

「瞧，這裡面是空心的，銅幣被做成容器，初看跟一般的銅幣沒有任何區別，做工真是精緻。我由此聯想到，我曾經聽說越獄的囚犯會將懷錶的發條弄成類似於小人國鋸子的鋸齒狀，藏在兩枚銅幣磨薄做成的容器內，用作越獄的工具。只要有足夠的耐心，就能用這種工具鋸斷任何堅固的鐵柵欄，從監獄逃出去，聽說國外的盜賊經常用這種工具。我由此想到，這枚銅幣可能是哪個盜賊無意中流通到市面上。可是奇怪的不只這一點，我更好奇的並非銅幣，而是我從中發現的一張紙條。瞧，這張紙條在這兒。」

昨天晚上，松村就是對著這張薄紙絞盡腦汁。這是一張日本紙，約有兩寸大，薄得像一片葉子，上面寫滿小字，其意思難以理解：

陀、無彌佛、南無彌佛、阿陀佛、彌、無阿彌陀、無陀、彌、無彌陀佛、無陀、陀、南無陀佛、南無佛、陀、無阿彌陀、無陀、南佛、南陀、無彌、無阿彌陀佛、彌、南阿陀、無阿彌、南陀佛、南阿彌陀、阿陀、南彌、南無彌佛、無阿彌陀、南無彌陀、南彌、南無彌佛、無阿彌陀、南無陀、南無阿、阿陀佛、無阿彌、南阿、南阿佛、陀、南阿陀、南無、無彌佛、南彌佛、阿彌、彌、無彌陀佛、無陀、南無阿彌陀、阿陀佛

「這段話好像佛經，我看得大惑不解，一開始還以為是有人胡亂寫來戲弄人的。可能是哪個小偷決定改過自新，抄了這麼多遍南無阿彌陀佛，消除自己的罪過，抄完後放進原先用來裝小鋸的銅幣裡。可是他並未完整地寫下南無阿彌陀佛這六個字，這就很反常。儘管陀和無彌佛都包含在南無阿彌陀佛中，但其中連一句完整的南無阿彌陀佛都沒有，缺少的字數從一個到五個不等。當時，我就判斷這應該不是亂寫的。

「這個時候，我聽到你從澡堂回來了，趕緊藏起銅幣和紙。我也不清楚自己為何要把這些藏起來，也許是想獨自擁有這個秘密，搞清楚一切以後再在你面前賣弄。豈料你上樓時，我忽然想到那個紳士盜賊。他把五萬元藏到什麼地方，我不清楚，可是他肯定不會把錢放在某個地方，等出獄以後再去

取。我猜他肯定會委託手下或夥伴代為保管那些錢，不過他可能沒時間告訴夥伴錢藏在哪裡，因為他是突然被捕的。在這種情況下，他會做些什麼？他要跟夥伴取得聯絡，只能借助案件判決前待在拘留所的那段時間。要是這張神秘的紙條便是他們聯絡的信……

「我一下想到這一點，這種想法很不切實際，也很幼稚。因此，我問你這枚兩分銅幣是哪兒來的。我居然從你口中得知，香菸店那對夫妻的女婿是往監獄送貨的。利用送貨人跟外面的人聯絡，對拘留所的盜賊來說，這是最好的選擇。可是那封信卻留在送貨人手中，一定是其中哪個環節弄錯了。然後，送貨人的妻子把這枚兩分銅幣送到父母家，這是唯一合理的解釋。接下來，我開始集中精力思考紙上的字是什麼意思。

「這些字看起來一點意義都沒有，若當真是一種密碼，應該如何破解這種密碼？我在屋裡來回走動，極力想要弄清楚這件事。破解密碼的難度確實非常高，怎麼看都只能看到南無阿彌陀佛這六個字和標點共七個符號，它們能構成什麼句子？

「過去我曾經對密碼做過一些研究，我不是福爾摩斯，卻也瞭解密碼大約有一百六十種。我馬上開始在腦子裡回憶自己瞭解的每種密碼，想從中找到跟紙上類似的密碼。我為此花費很多時間，這段時間你好像還叫我跟你一起去吃飯，是有這回事吧？當時，除了集中精力思考，我什麼都不想做，所以沒有跟你去。我最終只找到兩種密碼跟紙上的密碼有少許相像。」

「第一種是哲學家培根創造的培根密碼，其中只用到A、B兩個字母，卻能組合出任何單字。比如單字fly，就能寫成AABAB，AABBA，ABABA。

「第二種是查理一世在位時政府機密文件常用的密碼，基本上就是把字母用數字代替，舉一個例子——」

松村在桌上一張紙上寫下這樣的密碼：

ABCD……

1111111211211211……

「也就是用1111代替A，用1112代替B。我猜我得到的這些密碼可能是同樣的道理，把五十音替換成南無阿彌陀佛這六個字的各種組合。」

「至於如何破解密碼，愛倫・坡在《金甲蟲》[3]提到，只要找到字母E對應的密碼，一切難題就迎刃而解，這個方法適用於英語、法語、德語。可是我得到的密碼很明顯是日語，這就不好辦了。不過，我還是嘗試愛倫・坡破解密碼的方法，卻是徒勞。就這樣，我的研究無法進行下去。」

「我不停地思考六字組合、六字組合。我又站起來，在屋裡走來走去。我覺得六字本身也許是一種暗示，開始苦思與六相關的詞語。」

「想著想著，我突然想到真田幸村[4]旗子上的六連錢[5]，這是我在講談本上讀到的。這跟密碼毫無關係，我卻忍不住不停地嘟囔『六連錢』。」

「剎那間，我的腦海中閃過一道靈光，想到縮小後的六連錢就跟盲文一樣。我不由得高喊一聲：『太棒了！』我可能會據此找到五萬元。」

「但是我除了知道盲文是由六個點組合而成，其餘什麼都不知道。我很著急，便請來按摩師，向他請教盲文，他教給我這些盲文字母。」

松村從桌子抽屜裡拿出一張紙，其中列出盲文中的五十音，包括濁音符、半濁音符、拗音符、長音符、數字。

「接下來，把南無阿彌陀佛按照順序排成兩行，每行三個字，就得到跟盲文相同的排列。南無阿彌陀佛中的每個字都對應盲文中的一點，南對應點字ア，南無對應點字イ，以此類推，我就這樣破解這套密碼。密碼破解的結果在這裡，最頂上那一行是將原文南無阿彌陀佛變成跟點字相同的排列，中間一行是與之對應的點字，最底下那一行是破譯出來的文字。」

說話間，松村拿出寫著破解結果的紙：

18
江戶川亂步

---

3. 愛倫・坡創作的中篇小說，主要內容是主角透過破解一連串密碼，找到海盜的藏寶處。——譯注

4. 真田幸村（1567～1615），日本戰國時代的名將。——譯注

5. 即將六枚銅幣排成兩行三列。——譯注

ゴケンチヨーシヨージキドーカラオモチヤノサツヲウケトレウケトリ
ニンノナハダイコクヤシヨーテン

　　「意思是到五軒町的正直堂，從大黑屋商店那裡領回玩具鈔票。」一
切都很清楚了。但是為何要領玩具鈔票？我又開始思考，輕而易舉解開這個
謎。那位紳士盜賊不僅有頭腦，考慮周密，還有小說家的靈活，讓我佩服不
已。哎，玩具鈔票這個設計太妙了。」

　　「我的猜測就是這樣，結果一切都跟我的猜測相符。為了避免意外，紳
士盜賊一定會預先找一個安全的地方藏起那筆賊贓。世間最保險的隱藏方法
就是將其暴露在大家眼前，卻沒有任何人察覺。聰明的紳士盜賊對這一點有
深入瞭解，便想到用玩具鈔票做幌子。我猜測正直堂應該是印製玩具鈔票的
工廠，果然沒錯。他預先向正直堂訂購一批玩具鈔票，訂貨方寫的是大黑屋
商店。」

　　「近來在花街柳巷很流行這種跟真鈔差不多的玩具鈔票，這件事是誰
告訴我的？哦，是你。那些風流雅士喜歡送女孩驚嚇盒、泥土做的糕點和水
果、玩具蛇之類以假亂真的玩意兒，讓女孩又驚又喜。如此一來，即便紳士
盜賊訂購一些跟真鈔差不多的假鈔，人們也不會對他生疑。他準備好這些，
再偷走那批真鈔，偷偷溜進印刷廠，將自己訂購的玩具鈔票換成真鈔。於
是，這五萬元能在各處流通的真鈔就會作為玩具鈔票留在印刷廠的倉庫中，
十分保險，只等訂貨方去取。」

　　「也許這只是我的猜測，也許是真的，我決定過去瞧瞧。我找來地圖，
在神田區找到五軒町。總算可以去取玩具鈔票了，我卻為不想留下任何蛛絲
馬跡而煩惱。一旦那個凶狠的傢伙找到我留下的線索，會怎樣報復我？我這
麼膽小，只是想想就渾身發抖。我一定要盡量喬裝打扮，叫人認不出我來，
所以我就變成這副模樣。我買了一整套衣服，花了10元。看，這個主意很棒
吧！」

　　松村很驕傲，把整齊的門牙露出來。他口中多了一顆光芒閃爍的金牙，
我剛剛就發現了。他用指尖把金牙拿下來，湊到我眼前，得意地說：「鐵皮

上鍍了一層金，能套在牙上，是我從夜市上買的。這個只值二十錢的鐵皮能發揮很大的作用。金牙是一種很引人注目的玩意兒，以後肯定會成為那個人找尋我的線索。」

「我準備好這些，今天早上去了五軒町。那批玩具假鈔的印刷費不知要多少錢，我為此憂心忡忡。紳士盜賊想必會事先付清所有錢，以免印刷廠把他的玩具鈔票轉賣出去。但他要是沒有這麼做，我可能要付二三十元。我哪有這麼多錢？不過，我覺得可以到時再想辦法敷衍過去，事先不用想太多。於是，我照舊出發了。結果印刷廠馬上給我那批玩具鈔票，根本沒有提起印刷費用的事，我就這樣輕而易舉地把這五萬元據為己有。現在應該討論怎麼使用這筆錢，你有沒有想法？」

我很少見到松村如此興奮，說個不停。五萬元的力量果然驚人，我為此十分驚嘆。談到這段經歷時，松村滿臉得意，叫人不能不留意，但是我無意再多做描繪。他極力想掩飾自己的驕傲，可是他那種由衷而難以名狀的喜悅卻是無論如何都掩飾不了的。我看著他說話時得意和興奮的樣子，不由得一陣心酸。聽說曾經有一個窮人買彩票中了一千兩大獎，結果發瘋了。既然如此，松村為五萬元欣喜若狂，也是正常反應。

我希望他能一直這麼高興，我為了松村這樣祈禱。

可是我從松村的推理中找到一個明顯的漏洞。他說完以後，我便大笑起來。此舉很不恰當，我原本想控制住自己，卻失敗了。我明白這個時候大笑太不合時宜，暗暗自責。可是我心裡那個愛開玩笑的小惡魔不停地搔我癢，我像看到最滑稽的喜劇一樣狂笑起來。

松村瞧著狂笑的我呆住了，臉上的表情像是遇到怪物。他問：「你怎麼啦？」

我好不容易忍住笑，說：「你的推理太厲害了，這項工作這麼難做，你都做完了。從今往後，我肯定會對你聰明的頭腦加倍尊重。我的確沒有你聰明，你說的沒錯。可是現實生活中會有這麼巧合的事嗎？」

松村注視著我，一臉困惑，沒有說話。

「也就是說，在你看來，紳士盜賊真有這樣的聰明才智嗎？要是寫小

說，你這番想像完全合理，這我承認。可是跟小說比起來，社會要現實得多。如果從小說角度談論這件事，我想提醒你，這些密碼只有這種破解方法嗎？我是說，會不會有另一種翻譯能取代你的翻譯？比如能不能隔著八個字跳著讀這句話？」

我一邊說，一邊在松村翻譯的句子上標記：

ゴジヤウダン

「意思是『開玩笑』，你明白這句話的意思嗎？這只是湊巧嗎？是有人在開玩笑吧？」

松村不說話，起身將那個包袱拿到我眼前，他堅信其中裝有五萬元鈔票。

「這一大筆錢是怎麼回事？若是小說，就不會有這筆錢了！」

他的聲音很嚴肅，像要跟人決鬥一樣。忽然，我覺得很恐懼，後悔不迭。我只是想開個玩笑，沒想到會是這樣的結果。

「請原諒我做了這件事，我十分抱歉！你小心翼翼拿回來的五萬元都是玩具鈔票，你可以打開好好地檢查。」

松村解開包袱時，手上的動作像在一片漆黑中摸索某樣東西。我見他如此，更加愧疚。過了很久，他終於打開包袱，其中放著兩個方方正正的紙包，外面包裹著報紙，一個紙包裡的鈔票從撕破的報紙中露出來。

「回來的路上，我親自打開看過。」松村的聲音就像噎住了一樣低沉。

他把報紙全撕下來。打眼一看，那些假鈔幾乎能以假亂真。可是仔細看看就會發現，鈔票上的「圓」字被「團」字取代，二十圓變成二十團，十圓變成十團。松村翻來覆去看了一遍又一遍，完全無法相信。他的笑容逐漸消失，只剩下一片淡漠。我愧疚極了，這個玩笑實在開過頭了。我再三向他解釋，他好像沒有聽到，整整一天都不說話，似乎變成啞巴。

故事就到此為止，可是我還要稍微解釋我的玩笑，以滿足大家的好奇。

正直堂印刷廠老闆是我的遠房親戚，我向他借了好幾次錢，但一直沒還。一天，我又想起他，我實在是無路可走。我滿懷愧疚，卻還是懷揣著再

借一點錢的希望，去了許久不去的親戚家。當然，松村對此一無所知。一如我預想的那樣，我並未借到錢。不過，我無意中看到印刷廠正在生產玩具鈔票，跟真鈔幾乎沒有區別，我還得知這批貨是印刷廠的老客戶大黑屋商店訂的。

想到我和松村每天都在討論的紳士盜賊，我的腦海中閃過一道靈光，決定做一場戲，開一個無聊的玩笑。因為跟松村一樣，我平日裡也經常為證明自己比他聰明，尋覓各種各樣的證據。

我自己創造那些拙劣的密碼，但這只是突發奇想，我對外國的密碼歷史沒有松村那麼深的研究。我還騙松村香菸店的女婿是給監獄送貨的，可是香菸店那對夫妻可能連女兒都沒有。但是我在這齣戲中最不放心的不是這些戲劇橋段，而是另一件事，它雖然最為現實，但從整體上說又最難掌控和最多變數。這件事就是我看到的那批玩具鈔票會不會在松村趕到之前，就被訂貨方取走了。

因為我那位親戚都是隔一段日子才跟大黑屋商店結一次帳，所以我完全不擔心玩具鈔票的印刷費用。正直堂做生意的方式向來都非常原始而不拘小節，即使沒有大黑屋老闆取貨的單據，松村多半也能順利拿到貨，這一點對我更有利。

可惜對於這齣戲最初的引子兩分銅幣，我不能多說什麼。因為送給我銅幣的人可能會因為我說出此事受到牽連，大家就當我得到銅幣只是一種巧合吧！

# 人間椅子

每天上午十點鐘，佳子送走做公務員的丈夫後，就能享受一段自由的時光。她會到自己和丈夫共用的書房寫長篇小說，這篇小說將在Ｋ雜誌的夏季增刊號上連載。

作為一名美女作家，佳子近來名聲大振，更勝過擔任外務省①書記官的丈夫。經常有素不相識的人慕名寫信給她，差不多每天都會有好幾封這樣的信。

今天早上，佳子像往常一樣坐到書桌前，先讀那些素不相識之人的來信，然後開始寫作。

凡是寫給自己的信，不管多麼單調乏味，佳子都會讀一遍，這是她作為女子的溫柔體貼使然。

由簡到繁，她先看了兩封信、一張明信片，最後只剩一封厚厚的信，好像裝了稿件。以前也經常有人毫無預兆地向她投稿，大多寫得拖沓而無味。不過，佳子還是打開這封信，想看看題目是什麼。

---

1. 日本政府中負責對外關係事務的最高機構。——譯注

裡面是一疊紙，如她所料是稿紙，還裝訂起來。稿紙上看不到題目和作者的名字，讓人莫名其妙。開頭便稱呼「夫人」，奇怪，這真的是一封來信嗎？她很困惑，向下掃視幾行，一種相當可怕的預感隱隱浮現在心頭。出於好奇，她忍不住繼續讀下去。

夫人：

我和夫人素不相識，還請夫人不要介意我如此冒昧地寫信給你。

夫人忽然看到這些，必然會十分驚訝，可是我犯了太多可怕的罪行，不能不向夫人坦白。

我已經徹底告別人世間幾個月，像真正的魔鬼般度日。世界這麼大，我所做的一切卻無人知曉。我可能不會再回到人世間，除非發生什麼意外。

不過，我的心情近來有所改變，這種改變很奇妙。我的處境如此悲慘，我必須為此懺悔。夫人只看到這裡，肯定會吃驚和困惑。夫人若想知道我為何會有這種心情，為何非要對著夫人懺悔，就請一定把這封信看完。

好了，應該從何說起？我下定決心，要為夫人寫下這件極為詭異的事情。此前我拖延很久，因為人間這種常用的溝通方式讓我很難為情。然而，猶豫並沒有什麼用。總而言之，我就按照時間順序寫吧！

我生來就是一個容貌醜陋的男人。夫人，請你務必記住這一點。如若不然，若我靦顏請求跟你見面，你應允了，我在長期的墮落生活中變得更加醜陋不堪的容貌就會暴露在你面前，你一點準備都沒有，就會大受驚嚇，說不定還會反應過度。對我而言，這種結果是不堪忍受的。

我是一個多麼不幸的人啊！我醜陋外表下的內心滿懷熱情，但外人對此一無所知。形同怪獸的容貌、窮苦木匠的身分，這些都被我拋諸腦後。我做著各種美夢，每個夢都那麼遙不可及。

若有富貴的出身，我可能會有錢玩各種遊戲，忘掉醜陋帶來的哀傷。若有更高的藝術天賦，我可能會寫出優美的詩，忘掉人間的枯燥無味。可是我沒有半點天賦，我的父親只是一個卑微的木匠，我只能子承父業，靠打造家具養活自己，真是悲哀。

老闆很看重我，經常把高級訂單交給我負責，因為我做的椅子能讓最吹毛求疵的客人都挑不出毛病。根據高級訂單做椅子的艱辛是外界無法想像的，客人要嘛要求在椅子靠背或扶手上雕刻十分複雜的花樣，要嘛對坐墊的彈性和各處的尺寸都吹毛求疵。不過，為此付出這麼多精力以後，完成訂單時的快樂也是其餘一切無法比擬的。在我看來，這就像藝術家完成一件佳作時的心情，這樣說可能很自大。

我每次做好一張椅子，都會試坐一下，這是我枯燥的木匠生涯中唯一感到驕傲而滿足的時刻。以後會有哪位高貴的紳士或美麗的女士坐到這張椅子上？那家人花這麼多錢訂製椅子，家裡一定很豪華，能配得上這張椅子。他們家的牆上會掛著著名的油畫，天花板上吊著龐大而絢爛如寶石的水晶吊燈，地板上鋪著昂貴的地毯，椅子所配的桌子上擺著漂亮的西方花卉，盛放的花朵散發出濃郁的香味。沉浸在這種想像中，我覺得那座豪華的房子彷彿變成我的。這給我一種難以名狀的愉悅，哪怕這種愉悅轉瞬即逝，也不妨礙我沉浸其中。

這種虛無飄渺的想像變得越來越嚴重。我這個又窮又醜的木匠，在想像中變成坐在自己親手打造的豪華椅子上的翩翩公子。時常會有美麗的姑娘溫馴地坐在我身旁，帶著羞澀的笑容聽我講話，有時還會握著我的手，說著甜蜜的情話。

可是這個快樂而美妙的粉紅色夢每次都會被喚醒，喚醒我的不是鄰居大媽尖銳的話語聲，就是周圍生病的孩子嚎啕大哭聲。於是，我重回現實，再次看到現實那個醜陋的灰色身體，看到醜得可憐的自己，跟夢裡那個翩翩公子判若兩人，那個美麗的姑娘也無處尋覓。我周圍都是一些年輕的保姆，她們每天從早忙到晚，精疲力竭，根本懶得理我。只剩下我費盡心思打造的椅子，就像美夢殘存的碎片獨自留在那裡。然而，椅子很快也將被運到一個完全不同的世界中。

因此，我每次做好一張椅子，都會不由得產生空虛感，難以用言語來形容。隨著時間的推移，這種無法言明而讓我極度痛恨的情緒變得越來越沉重，超出我的承受範圍。

「就算死了，也好過繼續過這種卑微至極的生活。」我開始鄭重思考這件事，堅持不懈地思考，哪怕在工作間敲擊鑿子或錘子、攪拌嗆人的油漆時也沒有閒著。「但是等一下，連死都不怕了，還找不到其他出路嗎？比如……」我逐漸走上旁門左道。

剛好有客人送來訂單，指名要我做一批寬大的扶手皮椅，這對我來說是全新的嘗試。椅子做好以後，要送去我所在的Y市一家飯店。飯店老闆是外國人，原先總是從本國運家具過來。我的老闆為了得到這筆訂單，跟對方說，日本也有木匠能做出水準堪比進口家具的好東西，結果老闆如願以償。我知道這個機會很難得，全心投入其中，毫無保留。

看見椅子的成品時，我感覺它們太完美太迷人了，由此產生空前的滿足感。我又像過去那樣，從一組四張椅子中搬出一張，安心地在鋪著木地板的明亮房間裡試坐。好舒服的椅子啊！沒有一處不是完美無缺的，將安樂椅中的「安樂」一詞表達得淋漓盡致：鬆軟得恰到好處的坐墊，保持原色的灰色皮革的觸感，傾斜角度適中和輕托後背的厚實靠背，還有兩側弧線優美而飽滿的扶手。

我沉醉了，坐在椅子深處，滿懷深情撫摸著圓潤的扶手，再次陷入想像。我的想像連綿不絕，色彩斑斕彷彿彩虹。這真的只是想像嗎？我懷疑自己發瘋了，因為我的想像簡直太逼真了。

一種奇妙的想法闖入我的腦海中，這可能就是人們所說的魔鬼的低語吧！它荒謬離奇宛如夢境，卻對我充滿誘惑，讓我無法抗拒。

我最開始只是想一直跟我精心製作的漂亮椅子在一起，它到哪裡，我就到哪裡。恍惚中，我的想像展開翅膀，居然聯想到一個長期藏在心中的古怪想法。哦，我竟然想將這個怪想法付諸實踐，實在瘋得離譜。

為了實施我匪夷所思的計畫，我趕緊把四張椅子中自己認為最完美無瑕的那一張拆開重做。

這張龐大的扶手椅坐墊下面並不是四條腿，而是一個包裹著皮革的箱狀物，靠背和扶手都做得又厚又大，內部所有中空的部分都彼此相通，可以神不知鬼不覺藏一個人。椅子內部的空間是用堅固的木頭撐起來的，為了更加

舒服，還安裝很多彈簧。可是我要製造更多的空間，就要做一些恰如其分的修改，讓坐墊下面可以容納腿，靠背內部可以容納上半身和頭。人要藏在椅子裡，在其中保持坐姿即可。

我很快把椅子修改好，這是我最擅長的工作。為了方便在椅子裡生活，我在皮革一端留下縫隙，便於呼吸和聽聲，這個縫隙很難被外人發現。我還在靠背內部頭所在的位置旁邊裝上小型置物架，放入水壺、食物、一個大橡皮袋子，滿足自己所需。我又做了其餘很多工作，到了最後，只要有足夠的食物，我就能安然藏身於椅子中兩三日，椅子內部的空間儼然變成一個小房間。

我把衣服脫下來，僅餘一件內衣。我掀開椅子底端的蓋子，從這裡鑽進去。眼前黑得伸手不見五指，呼吸困難，十分可怕，就像走進墓穴。細細想來的確是墓穴，鑽進椅子就像穿上隱身衣，從此在人間銷聲匿跡。

老闆很快派人過來，用大貨車拉走這四張椅子。跟我一起住在這兒的學徒對我的事一無所知，跟來人說了一些客套話。工人往車上搬椅子時抱怨：「這個玩意兒也太沉了。」我非常恐慌，好在他們並未疑心什麼，因為扶手椅本身就很沉。貨車不久便轟隆隆響起來，震動帶來的奇異感覺深入我體內。

一路上，我都惴惴不安。當天下午，我藏身的扶手椅被順利安放在飯店一個房間。之後，我得知這是飯店大廳，而非房間，顧客們可以在大廳等待、看報紙、吸菸。這裡就類似於休息室，人來人往。

趁著周圍沒有人時悄悄鑽出椅子，到飯店各處偷東西，是我做出如此詭異之舉最重要的目的，夫人應該已經猜到這一點。世間居然會有人藏在椅子裡，簡直太荒謬了，怎麼會有人相信？我可以隨心所欲到各個房間，像影子一樣。一旦惹出什麼事，我就躲進椅子裡，沒有人知道我藏在這兒。那些蠢笨的人四處搜尋，我就靜靜待在椅子裡做看客。夫人有沒有聽過生活在海邊的寄居蟹？其酷似大蜘蛛，若四周無人，就會出來肆無忌憚地活動，一旦聽到腳步聲，就極為迅速地縮回殼裡，伸出長滿絨毛而令人作嘔的前肢探聽敵人的一舉一動。我就像寄居蟹一樣，只是用椅子取代殼作為秘密據點，並且

將肆意活動的地點從海岸轉移到飯店。

我沒想到這個計畫竟然實施得非常順利，多虧了我的奇思妙想。我到飯店的第三天，就偷到一大筆錢。我被以下幾點徹底迷住了：偷東西時那種緊張而享受的情緒，順利偷到東西時無法形容的歡喜，以及看到人們在旁邊大叫「他在那兒」、「他在哪兒」時的快活。可惜時間有限，我不能事無巨細寫下來。

接著，我又找到一種獨特的消遣，它帶給我的快樂是偷東西的十餘倍甚至二十倍。我之所以寫這封信，正是為了說明此事。

這還要從我藏身的椅子被放到飯店大廳時說起。飯店老闆總會在椅子送過來後試坐，但當時我聽到周圍一點動靜都沒有，多半沒有人。不過，我剛剛才到，不敢從椅子裡出來，風險太大了。在很長的一段時間內——也可能只是我自己覺得時間很長——我動用所有的注意力聆聽周圍的動靜，連一絲聲響都不放過。

不久，隱隱有沉甸甸的腳步聲從走廊傳來。腳步聲在椅子前四五公尺處停下來，隨即響起摩擦聲，聲音很低。由此可見，地板上可能鋪了地毯。男人粗重的喘息聲迅速逼近，我很驚訝。隨即感覺到一個人坐到我膝上，並微微彈動幾下。此人身形巨大，好像是歐美人。我的大腿跟他肌肉緊實而渾圓的屁股隔著單薄的皮革緊貼在一起。他的寬肩剛好倚在我胸前，厚厚的雙手按在椅子扶手上，下面就是我的手。他開始抽雪茄，透過皮革的縫隙，我嗅到男人身上強烈的體味。

夫人，若你能從我的角度想像，就能明白這是怎樣荒謬的處境。處在一片漆黑中，我身體僵直，腋下冒汗，頭腦空白，我實在是太害怕了。

這一天接下來的時間，各種顧客接連在我膝上落坐，但無人發現椅子裡藏了一個我。他們相信自己坐的是軟乎乎的坐墊，沒有人發現那個竟然是活人的大腿。

皮革下的世界一片漆黑，人在其中動彈不得，非常詭異。我在其中感受到的人類是一種奇怪的生靈，迥異於我平時看到的他們。人類變成聲音、呼吸、腳步聲、衣服鞋子的摩擦聲、幾塊圓滾滾而有彈性的肉，僅此而已。

拋開視覺不管，只借助皮膚的觸感，我就能把每個人分辨出來。有些人觸感如同腐壞的魚肉，是那些胖子；有些人剛好相反，觸感如同屍骨，是那些瘦子。再加上後背彎曲的弧度、肩胛骨的寬度、胳膊的長度、大腿的粗細程度、尾椎骨的長度，不同的人不管身材多麼相像，都是有區別的。要區分不同的人，除了相貌和指紋，渾身上下的觸感也能作為依據。

女性同樣如此。人們通常都會關注一個人長得美還是醜，可是這個問題對藏身椅子裡的我來說，算不得什麼。赤裸裸的身體、聲音、味道，是椅子裡的我所能感知的一切。夫人，我的描述實在露骨，還請見諒。

我在椅子裡，對第一個坐上椅子的女人的身體產生強烈的愛慕。我聽到她的聲音，判斷她是一個外國女孩，正處在青春年華。大廳剛好沒有人，她低聲哼唱美妙的歌曲，邁著歡快的腳步走進來，好像在為某件事而欣喜。來到我藏身的椅子旁，她一下坐到我身上。她的身體那麼豐腴，那麼柔軟。忽然之間，她哈哈大笑起來，手腳亂舞，身體上下彈動，好像被網住的魚，真是莫名奇妙。隨後的半小時，她一直坐在我膝上，一會兒唱歌，一會兒和著歌，輕輕舞動沉甸甸的身體。

這真是一件不得了的大事，完全出乎我的意料。女人在我的心目中是神聖乃至可怕的，我連正視她們的勇氣都沒有。眼下，我卻跟一個素不相識的外國女孩在一個房間裡，坐在同一張椅子上，兩個人的身體只隔著一層單薄的皮革，身體的溫度簡直已經融為一體。她如此安心，把身體的重量全壓在我身上，鬆弛、自由、毫不拘謹，完全是獨處時才有的狀態。更有甚者，我可以做任何想做的事，包括抱緊她，在她豐滿的脖子後落下一個吻。

這個發現讓我大吃一驚，從此以後，我徹底沉浸在這個神秘的感官世界中，偷東西反而變得不那麼重要，我想命運給我的歸宿就在這張椅子裡。處在光明的世界中，我這種醜陋怯懦的人永遠無法擺脫自卑，只能過著羞恥淒慘的生活。然而，改變生活環境以後，我卻能跟那些漂亮的姑娘親密接觸，聽她們說話，觸碰她們的皮膚。在光明的世界中，我根本無法走近她們，更別說跟她們說話。我付出的代價只是忍受椅子內狹窄的空間，這並非什麼難事。

所有未曾親自體會過的人，都無法瞭解藏身椅子中的愛情的特殊迷人之處。這種愛情根本不存在於人世間，只涉及觸覺、聽覺、嗅覺，誕生於一片黑暗中。難道這便是來自魔鬼國度的情慾？由此可見，我們根本無法想像，人世間那些不為人知的角落裡正在發生什麼匪夷所思而駭人聽聞的事。

我原本計畫偷到東西後就從飯店逃走，卻被這種罕有的快樂深深吸引，我想在椅子裡藏一輩子，不想逃走了。

每天晚上，我鑽出椅子在飯店各處活動時，都小心避免發出任何聲響，因此一直平安無事。我在椅子裡度過好幾個月，沒有遇到任何意外，我自己都覺得難以置信。

每天二十四小時，我都要保持胳膊和腿彎曲著，躲在狹窄的椅子裡。我全身上下都麻痺了，站都站不起來，從大廳去廚房時只能爬著去，好像癱瘓一樣。可是我寧願忍受這種折磨，也不要放棄這個奇妙的感官世界，真像瘋了一樣。

有些人會在飯店住一兩個月，好像把這裡當成自己家。可是飯店終歸是飯店，顧客流動性很大。隨著時間的推移，我不得不經常改變美麗愛情的另一半。這些數不清的夢一般的情人留在我記憶中的是觸感，而非通常情況下的外表。

一些人身材精瘦，肌肉結實，強壯得像一匹小馬；一些人身體十分靈活，妖媚如蛇；一些人脂肪很厚，圓滾滾的，而且彈力十足，好像皮球；還有一些人肌肉發達，完美無瑕，健美如同希臘雕塑。所有女人的身體都獨具特色，充滿誘惑。我從各種女人身上得到各不相同的感受。

曾經有一個歐洲大國的大使（我從服務生的閒聊中聽說此人的身分）坐過我的膝蓋。他是一個了不起的人，拋開政治家的身分不談，還是一名詩人，在全世界都很有名，我非常自豪能跟這麼了不起的人親密接觸。他坐在我身上，跟幾個本國人聊起來。大約十分鐘後，他們走了。他們具體聊了什麼，我當然一無所知。不過，他每次打手勢，就會縮緊溫度高於普通人的肌肉，給我的觸感好像在搔癢，對我產生的刺激簡直無法用言語形容。

我忽然想到，如果手持利刃，從皮革背後朝他的心臟刺過去，結果會

怎麼樣？一定會讓他就此倒下，命喪黃泉。這樣會在他本國和日本政壇引發多麼可怕的軒然大波？報紙上又會刊登出多麼煽情的新聞？他死後，除了會對日本與他本國的邦交造成惡劣影響，還會給全世界的藝術發展帶來巨大損失。我能輕而易舉做到這件大事，我因此覺得很驕傲。

飯店還曾經迎來某位來日本訪問的外國著名舞蹈家，她坐到我這張椅子上只有一次，帶給我的感受跟大使相似。除此之外，我還從她身上得到一種美好的身體觸感，這是我從未體會過的。我在這個絕世之美面前，沒有餘暇生出任何齷齪的念頭，只有虔誠與讚美，就像對著一件藝術品。

我還經歷過很多事，或詭異或奇妙或恐怖。可是把這些全都詳細描繪出來會很拖沓，我寫這封信並不是為了這個，還是說正題吧！

我的命運在我潛藏在飯店數個月後出現轉折。基於某些原因，飯店老闆要回國，把飯店轉讓給日本一家公司。新任老闆為了賺更多錢，準備將飯店改建為針對普通消費者而非有錢人的平價旅店。有些陳設派不上用場，比如我這張椅子，就被他送到一家家具店準備拍賣。

我聽說此事以後，一度非常失望，還想回到現實中開始全新的生活。我不用再過以前那種窮困的生活，因為我偷了很多錢。然而仔細想想，我從這家外國人開的飯店離開後，除了失望，還會有新的可能。這幾個月，我對數不清的女人產生愛慕之情，但她們全都是外國人，她們的身體再美妙、再讓我喜愛有加，都無法讓我獲得精神滿足。我逐漸意識到，日本人只可能愛上自己的同胞。現在，我這張椅子要被拍賣了，我期待買主會是日本人，椅子會擺在日本人的家中。不管怎樣，我下定決心暫時留在椅子裡。

在舊家具店，我艱難熬過好幾天，好在我這張椅子在拍賣中很快找到買主。也許是因為椅子本身很華麗，即使舊了，依然很吸引目光。

買主是一名政府官員，家在另一座城市，距離Y市很近。從舊家具店去他家，需要走幾公里。途中卡車顛簸得很厲害，躲在椅子裡的我受盡煎熬。不過，這種煎熬比起我得償所願找到一個日本買主，不值一提。

他家是一座西式小樓，看起來很不錯。我這張椅子被搬進書房，書房的面積很大。年輕美麗的女主人用這張椅子的頻率高於男主人，這讓我尤為滿

意。接下來的一個月，我跟女主人朝夕相伴。除了吃飯和睡覺，她一直待在書房裡寫作，柔軟的身體始終坐在我身上。

我不必詳細描繪自己對她的深情。在此之前，我從未跟任何日本人有這種親密的接觸，更何況是身體那麼完美的日本女人。何謂真正的愛情，我終於有體會了。在飯店的那麼多經歷，跟這種體會相比什麼都不是。因為我只有對這位女主人才萌生一種想法：我要想辦法讓她感知到我，不能僅僅躲在暗地裡撫摸她。

我盼望女主人能發現我藏在椅子裡，更有甚者，還盼望她能愛上我。我應該如何向她做出暗示？若直接告訴她有人藏在椅子裡，她必定會大吃一驚，把這件事說給男主人和僕人們聽。若真是這樣，一切就都完了，我會因此犯下重罪，受到法律嚴懲。

因此，我決定盡可能給女主人舒服的感覺，讓她愛上我這張椅子。跟普通人相比，她的感官應該更敏銳，否則不會走藝術這條路。若她能感知到椅子的生命，將椅子當成活物而非死物，對其滿懷喜愛之情，我就滿足了。

我每次都盡可能溫柔地接住她落下來的身體。若她疲憊了，我就移動膝蓋，偷偷幫她調整坐姿。若她昏昏欲睡，我就化身為搖籃，輕輕搖晃膝頭。

近來，女主人好像對我這張椅子產生很深的感情，也不知是我的付出得到回報，還是我的幻覺。女主人會蜷縮在椅子裡，情意綿綿如同在母親懷抱裡的嬰孩，在戀人懷抱裡的年輕姑娘。她的身體在我腿上移動時那副楚楚動人的樣子，好像已經在我眼前呈現出來。

我的感情變得越來越熱烈。最終，哦，夫人，我有一個心願，卻難以實現。我想跟自己愛的人見面，說幾句話。若能得償所願，我情願去死。唉，我為此痛苦不堪。

夫人，你應該已經猜到了，你就是我愛的人。我如此唐突，罪不可恕，但還是請你寬恕我。你丈夫從Y市的舊家具店買下我這張椅子後，我這個可憐蟲就愛上你，不斷向你獻出我的愛。

夫人，你能不能答應跟我見面？除此之外，我一生別無他求。請你可憐我這個醜八怪，給我哪怕是一句安慰的話語吧！我如此醜陋，如此齷齪，

沒有資格產生更多奢望。這是一個處境悲慘的男人最後的請求，請你答應我吧！

昨天晚上，我偷偷跑出你家，寫了這封信。畢竟直接在夫人面前提出這樣的請求，實在太冒險了，我又如此膽怯。

你看這封信時，我正在你家附近踟躕。因為滿心憂慮，我的面色一片慘白。

我的請求實在唐突，但你若願意答應，請在書房窗台的石竹上放一條手帕。我看到手帕，就會到你家門口，假裝是一次普通的拜訪。

伴隨著這個滿懷熱情的期盼，這封奇怪的信畫上句號。

佳子讀到中間時，就生出一種可怕的預感，深感恐慌。她忍不住站起來，從書房跑進日式臥室，躲開那張令人作嘔的扶手椅。她想乾脆撕了這封信，不想再讀下去。可是她實在放不下，又接著讀了幾行。

預感成真了。哦，這簡直太可怕了，居然有一個陌生男人藏在她每天坐的扶手椅裡！

「啊，多麼恐怖啊！」

她全身顫抖，無法停止，好像被當頭澆一盆涼水。過度受驚的她不知所措，難道要檢查椅子嗎？她如何應付這麼可怕的事？就算他已經跑了，他吃剩下的食物和他身上的髒東西肯定也還在椅子裡。

「夫人，你的信。」

佳子大吃一驚，轉頭看到女僕拿著一封信，好像是剛送過來的。佳子接過信，沒有多想。可是在拆信之前，她無意間瞥到信封上寫著她姓名和地址的字跡，跟那封荒謬的信如出一轍。她大受驚嚇，手指一鬆。

她不知道應不應該拆開這封信，遲疑很久。最終，還是拆開信讀起來，心裡七上八下。這是一封簡單而奇異的信，讓她又一次大吃一驚。

請老師不要介意我如此冒昧地寫信給你。我向來非常喜歡老師的文章，先前給老師寄去我寫的稿子，文筆青澀。老師若能看一看，並且不吝賜教，

我將深感榮幸。我因為種種原因，在寫這封信之前，先把稿子寄給老師。老師可能已經看完了，有何感想？若老師能對我的作品有所感觸，我會非常高興。我將稿子上的文章取名為《人間椅子》，但是有意省略題目沒有寫出來。

　　望老師不吝賜教。先此致謝，不盡欲言。

# D坂殺人事件

## 案情上

　　這件事發生於9月上旬的一天夜裡，天氣悶熱。我在D坂大街中央處的白梅軒咖啡店裡，慢慢喝一杯冰咖啡，我時常到這家咖啡店。剛剛從學校畢業，我還沒有找到工作，基本上每天都無事可做，只是躲在租住的屋子裡讀書，讀得厭倦就出來走走，或是待在廉價咖啡店裡打發時間。我最經常光顧的就是這家白梅軒咖啡店，因為這裡在我租住的屋子附近，而且無論去哪裡散步，我都會從這裡經過。每次進咖啡店，我都會逗留很長時間，這不是什麼好習慣。我本來就沒有胃口，又沒有錢，在咖啡店的一兩個小時一般只喝兩三杯便宜的咖啡，不會點任何食物。我不是因為看中咖啡店的女侍者才經常到這裡，我也從來不跟她們打情罵俏。我到這裡的原因很簡單，因為跟我租住的屋子相比，這裡的條件更好更舒服。

　　這件事發生的那天晚上，我一如既往坐在能看到外面街道的位置上，一邊漫不經心地望著街景，一邊喝冰咖啡，一杯咖啡喝了十分鐘。

　　D坂大街的白梅軒咖啡店的菊人偶①遠近聞名。這件事發生時，因為市區

整頓規劃，先前狹窄的街道被拓寬到好幾公尺。街道兩側店面不多，空出很多地方，顯得非常冷清。

我一直在留意跟白梅軒隔街相對的一家舊書店，這家地處城郊偏僻地區看起來平凡無奇的舊書店，好像並不值得留意。可是對我而言，它卻有一種難以形容的吸引力。近來，我在白梅軒認識一個叫明智小五郎的怪人。我跟他交談幾次，發現他的確很奇怪，而且像是一個很有頭腦的人。不過，我之所以注意他，主要是因為他同樣對推理小說很感興趣。最近他告訴我，他小時候經常跟對面那家舊書店的老闆娘一起玩。我去過那家店兩三次，看到老闆娘長得不那麼醒目，卻很美麗很性感，對男人頗有吸引力。她每天晚上都會待在店裡，今晚應該也不例外。可是我把那家長寬只有四五公尺左右的小店看了一遍，也沒有找到她的身影。我繼續待在咖啡店，心想她可能很快就會趕過來。

豈料她一直沒有出現，我失去耐心，正要去看旁邊那家鐘錶店，忽然發現連接舊書店的店面和內室的紙門關起來了。這種有獨特構造的紙門被專業人士盛讚為舉世無雙的新穎設計，只有門框部分，中間部分原本應該糊上紙，卻代之以密密麻麻的豎格子，每個格子寬約五公分，有別於一般紙門。因為小偷經常在舊書店出沒，所以就算店裡的人去內間，也必然會隨時從紙門的縫隙觀察店裡的情況。可是意外出現了，內間的人竟然把豎格子都拉攏，沒有留下任何縫隙。如果現在天氣很冷，這樣做還說得過去。可是9月剛剛開始，晚上還是十分燠熱，把門完全關上實在反常。難道舊書店內間發生什麼事？我覺得事有蹊蹺，於是盯住那裡不放。

這一帶好像流傳許多關於舊書店老闆娘的流言蜚語。去澡堂洗澡時，咖啡店女侍者從周圍店鋪的老闆娘嘴裡聽過很多這種傳言。女侍者在一起聊天時，曾經提起一件很特別的事，正好被我聽到：「舊書店老闆娘看著很體面，身上卻滿是傷痕，只是平時被衣服遮擋著。很明顯，她經常被打，身上

---

1. 日本一種帶有菊花等花朵裝飾的人偶。——譯注

才會有那些傷痕。可是她和她丈夫好像很恩愛，這太奇怪了。」另一個女侍者不由得插了一句話：「旁邊那家蕎麥麵店旭屋的老闆娘身上也經常有傷痕，看起來像被打過。」那個時候，我並未細想這種謠言真正的含義，最多覺得做丈夫的心狠手辣。然而，這件事不是這麼簡單，其看似微不足道，卻跟那件大事有密切關聯，這是我之後才醒悟到的。

　　說回正題，我一直盯著舊書店，盯了差不多半小時。我隨時都不敢放鬆，感覺一旦移開視線，就會有意想不到的事情發生，可能這就是預感吧！這個時候，之前提過的明智小五郎剛好從窗戶外面走過。他身穿自己最喜歡的寬條紋浴衣，大幅度晃動自己的肩膀，我馬上就把他認出來。他看到我在咖啡店，朝我點點頭，進來坐到我身旁，點了一杯冰咖啡。留意到我正在盯著某個地方不放，他也循著我的視線朝對面那家舊書店看去。跟我一樣，他對此也很感興趣，看得目不轉睛，這讓我很意外。

　　我倆一邊注視相同的目標，一邊閒聊，很有默契。我已經忘了我們閒聊的內容，在此就不細說，反正跟這個故事一點關係都沒有。我只隱約記得我們談到犯罪和偵探，部分對話如下。

　　明智說：「完全沒有破綻的犯罪真的存在嗎？我覺得有可能存在。就說谷崎潤一郎[2]的《途上》吧，從理論上說，其中用到的犯罪手法就沒有任何破綻，不是嗎？儘管小說中的偵探最終成功破案，但犯罪手法依然表現出作者非同尋常的想像力！」

　　我說：「不，我不贊同。暫且不說現實中的困難，從理論上說，也不存在能讓偵探毫無辦法的犯罪手法，只是《途上》裡無所不能的偵探現在已經看不到。」

　　這就是我倆閒聊的大致內容。然後，我倆一下都沉默了，因為舊書店那邊出事了。

---

2.　谷崎潤一郎（1886～1965），日本著名作家，代表作《細雪》、《春琴抄》。——譯注

我低聲說：「你好像也發現了。」

他馬上說：「多半是偷書的吧？可是自從我來到這裡，已經發現四個小偷，真是奇怪。」

「的確如此，你來了不到半個小時，就出現四個小偷。你沒有過來時，我就發現這種情況，應該是差不多一個小時以前的事。看到那扇紙門嗎？紙門關閉以後，我的視線就沒有挪開。」

「你看見書店老闆出來過嗎？」

「關鍵就在這裡，紙門好像沒有打開過，所以後門應該是出來唯一的通道。反常的是，半小時都不見有人出來照看書店，不如我們過去瞧瞧吧！」

「好，即使內間沒有出事，書店老闆也可能在外面遇到什麼意外。」

我有一種模糊的感覺，如果有人犯罪，整件事可能會更令人興奮。我倆從咖啡店出去，我從未見到明智如此亢奮，他可能懷著跟我相同的念頭。

舊書店的地面是泥土的，三面牆下擺滿高度直逼天花板的特製書架，跟普通的舊書店沒什麼兩樣。書架旁邊整齊擺放幾張檯子，有書架一半那麼高，方便往書架上放書。店中央擺著一張長方形桌子，桌子上堆滿了書，宛如一座小小的島嶼。桌子正對著的書架右邊是通道，寬約一公尺，通向紙門背後的內間。紙門前面擺了半張榻榻米，老闆夫婦平日裡照看店面時就坐在這裡。

我和明智走到榻榻米旁邊叫了幾聲，聲音盡量拉高。不過，書店老闆也許真的出去了，沒有人應聲。我們微微用力拉紙門，拉開一條縫。外面的燈光照進內間，我們看到漆黑的內間牆角似乎有一個黑影趴在地上。我後背一涼，只覺得毛骨悚然。我倆又叫了幾聲，還是沒有人應聲。

「沒事，進去瞧瞧！」

我倆很快走進去，明智打開天花板上的燈。我倆在燈光點亮的剎那，一起吃驚地大叫起來，只見牆角橫臥著一個死去的女人。

「老闆娘？她好像被人掐死了。」我用一種像從喉嚨裡硬擠出來的聲音說。

明智過去檢查屍體，說：「馬上報警，好像已經死了。我去用公共電話

報警，你留在這裡保護現場，不要讓附近的人發現這裡死人了。要是案發現場被破壞，調查工作會更加困難。」說完這些既像命令又像囑咐的話，他立即快步奔向距離此處五十多公尺的公共電話亭。

其實，我也是第一次遇到這種凶殺案。別看犯罪和偵探之類的專業術語，我平日張口即來，真的遇到這種事，我才發現自己只會動動嘴皮子。除了待在案發現場出神，我什麼忙都幫不上，也完全不知道應該做些什麼。

內間沒有隔斷，面積大約為十平方公尺。右後側有一條走廊，寬度只有兩公尺左右，很狹窄。走廊外側是用木板圍成的院子，面積六七平方公尺，院子中央是廁所。我能清楚看到屋後的情況，因為拉門在夏天都是開著的。內間左半部分寬闊處裝了一扇推拉紙門，紙門是關著的，高度大約能達到人的腰。後面是鋪了木地板的洗衣房，大約三平方公尺。右邊是四扇紙門，全都關著。後面是樓梯，通向二樓的儲物間，普通的長屋③大致都是這樣的格局。

死去的人頭朝著店面，躺在左邊的牆下。我盡可能與之保持距離，除了因為不想破壞現場，也因為我覺得很噁心。不過，我再不願意直視屍體，在這個異常狹窄的房間裡，還是經常不經意朝屍體那邊看過去。老闆娘是仰面躺在那兒，身上式樣簡潔的浴衣捲在膝蓋上面，露出大腿，生前好像並未做出特殊的反抗。我根據她頸上發紫的傷痕推測她是被人掐死的，但並不十分確定。

木屐在地上敲打的啪嗒聲、人們的高談闊論聲、醉漢唱流行歌曲走調的歌聲，隱約從外面的街上傳來。照舊是人來人往，一派繁榮安定的景象。可是就在這扇紙門裡，有一個女人倒臥在地，被人殺害。這樣的情景簡直太諷刺了。突然，我覺得很悲哀，站在原地不知所措。

「警察說馬上就到。」明智回來了，氣喘吁吁地說。

「嗯！」我已經沒有力氣講話。

---

3. 日本一種狹長的傳統住宅，由多座住宅連接而成。——譯注

我們兩個都緘默不語，直到警察趕過來。

一個穿著制服的警察和一個穿著西裝的男人很快趕來。我之後瞭解到，前者是Ｋ警署的司法主任，後者多半是Ｋ警署的法醫——這是我透過他的外表和所帶的工具判斷出來的。

我和明智把基本情況說給司法主任聽，我最後還做出補充：「我在明智先生到咖啡店時，不經意看了看手錶，大約是八點半，這表示紙門關閉應該是八點鐘前後。當時房間裡肯定還有人，因為我記得很清楚，房間的燈是亮著的。」

司法主任一邊聽，一邊做記錄。

趁著這段時間，法醫在一旁檢驗屍體。我倆說完以後，法醫緊接著說：「死者是被掐死的。看這兒，紫色的是手指掐出來的瘀痕，出血處是被指甲抓破的。凶手用的是右手，因為留下的大拇指印在死者脖子右邊。死者應該是在不到一小時前遇害的，跟這位先生的說法吻合。真可惜，死者救不活了。」

司法主任沉吟地說：「凶手是從上面壓住死者，對嗎？可是這裡看不出一點反抗的痕跡……可能是因為凶手動作很快，力氣又很大。」

他轉身向我們打聽書店老闆，可是我們根本不認識老闆。明智立即去找旁邊那家鐘錶店的老闆過來幫忙。

司法主任和鐘錶店老闆進行一番對話。

「你知不知道書店老闆在什麼地方？」

「每晚他都會到夜市上擺攤賣舊書，一般要到十二點以後才會回來。」

「他的攤子大概在什麼地方？」

「上野的廣小路，可是我不知道他今天晚上在什麼地方擺攤。」

「一個多小時前，你有沒有聽到怪聲？」

「什麼怪聲？」

「真是多此一問，當然是女人遇害時的喊叫聲或打鬥聲之類……」

「我沒有聽到。」

警察做著簡單的詢問。在此期間，住在周圍的人和好奇的路人紛紛趕

來，將舊書店團團包圍。旁邊的鞋襪店老闆娘也說，案件發生時，她也沒有聽到任何怪聲，證明鐘錶店老闆所言非虛。

鄰居們好像達成共識，要派代表去把舊書店老闆找回來。

剎車聲從外面傳來，一批人湧進書店。之後，我瞭解到這些人是收到警署的緊急通知後趕來的法院工作人員、警署署長、著名偵探小林刑警等人。這起案件的很多內情，我都是從一位做司法記者的朋友那裡得到的，他認識此案的負責人小林刑警。這批人湧進來以後，先到案發現場的司法主任把大致情況告訴他們，我和明智等人不得不複述我們的證詞。

「把門關起來！」一個男人忽然大聲說，立即關上門。他打扮得像企業底層員工，穿著黑色羊駝呢上衣和白色長褲，他便是小林刑警。他把湊熱鬧的人都趕走，旋即開始調查。他完全是單槍匹馬作戰，對檢察官和警署署長視若無睹。所有人都變成觀眾，觀看他高效率的行動。

首先，他開始檢驗屍體，特別是屍體的脖子。他對檢察官簡單地解釋：「手指印並無顯著特徵。現在我們唯一能找到的線索是，凶手作案時用的是右手。」

隨後，他脫掉死者身上的衣服。小林刑警驗屍有何重要發現，我並不清楚，因為我們被警方趕出內間，理由是調查不能對外公開，可是我覺得應該跟咖啡店女侍者口中死者的傷痕有關。

我們待在紙門旁邊的榻榻米上，不斷透過門縫向內間偷窺。雖然警方已經開完機密會議，但還是不允許我們進去。我們也不能離開案發現場，因為我們最早發現這起案件，而且警察尚未採集明智的指紋，我們的這種處境更像是被拘禁。

小林刑警搜查的範圍很大，在內間和外間來回走動。他的調查進展如何，被拘禁在角落裡的我們並不瞭解。檢察官一直待在內間，小林刑警往來於內間和外間，向檢察官彙報他發現的線索，我們由此瞭解一些調查結果。根據小林刑警的彙報，檢察官開始整理調查報告。

小林刑警對死者所在的內間進行認真搜查，並未發現凶手留下的任何東西或是腳印能幫助後續調查，唯一的例外是這樣一個發現。

小林刑警把指紋粉撒到黑色硬橡膠做成的電燈開關上，說：「發現指紋了。根據已知的線索，最後一定是凶手關了燈。剛剛開燈的是誰？」

明智說是他。

「這樣啊，我們稍後需要採集你的指紋。直接拆掉開關帶走，不能再讓人觸碰開關。」

小林刑警走上二樓，過了很久才下來，又帶著手電筒去房子後面的小巷搜查。

大約十分鐘後，小林刑警回來了，帶著一個男人。此人大約四十多歲，渾身髒兮兮的，穿著一件髒的縐綢襯衫和墨魚色長褲。

「小巷裡沒有任何有用的線索。」小林刑警彙報，「可能是因為很難曬到太陽，後門外面是一片泥地，木屐印隨處可見，哪些是剛剛留下的，哪些是過去留下的，很難分辨。只有這個男人，」他指著自己帶來的男人，「他在後門小巷拐角的地方賣冰淇淋。如果凶手是從後門逃走的，只能走這條小巷，這個男人一定會看到。哎，你把剛才跟我說的話再說一遍。」

冰淇淋小販和小林刑警的對話如下。

「有沒有人在今天晚上大約八點鐘出入小巷？」

「沒有。太陽下山以後，我連一隻貓都沒有瞧見。」沉著謹慎的小販沒有什麼廢話，「我在小巷拐角做了好幾年生意。就算是長屋那些店鋪的老闆娘，到了晚上也很少到小巷。小巷的道路坑坑窪窪不說，夜裡還黑漆漆的。」

「去你那裡買冰淇淋的客人也不從小巷經過？」

「不。我很確定，所有客人都是在我那裡吃完冰淇淋，然後從原路回去。」

如果他的話是真的，凶手離開案發現場時，就算走的是後門，也沒有經過小巷，但小巷卻是從後門出去僅有的一條路。不過，凶手也沒有走前門，我們一直在白梅軒咖啡店，可以證明這一點。這就奇怪了，凶手到底是怎麼逃離案發現場的？

小林刑警推測凶手可能藏在甚至住在小巷兩邊的長屋中。凶手也可能是

從二樓的房頂上逃跑的，但經過仔細搜查，基本上排除這種可能性：二樓前面窗戶上的防盜鐵欄杆完好無損，後面的窗戶雖然開著，但其餘各家的窗戶大多也都開著，因為天氣太熱，還有人在陽台上納涼。

調查小組改變方向，決定對住在附近的人逐一進行盤問。這並未花費多少時間，長屋只有十一戶人家。調查小組又把舊書店搜查一遍，這次搜查得更仔細，從天花板到地板各處都沒有落下。

可惜詳細調查非但沒有新發現，反而讓案情更撲朔迷離。調查小組獲悉，太陽下山以後，旁邊一家糕點店的老闆就到房頂的晾衣台上吹尺八簫④，他對面便是舊書店二樓的窗戶。

這件事越來越有意思。凶手是如何出入舊書店的？後門、二樓窗戶、正門，全都被排除。難道從一開始就沒有凶手，或是凶手作案以後像水蒸氣一樣蒸發不見？真是詭異。

案發當晚，小林刑警還帶著店裡的兩個學生去見檢察官，兩個學生的口供讓案情變得更複雜。

一個學生告訴檢察官：「大約八點鐘，我剛好在舊書店，正在翻看書架上的雜誌。很快，我隱約聽到有聲音從內間傳出來。我下意識抬起頭，朝著紙門看了看。透過關閉的紙門上的格子縫隙，我看到門後站著一個男人，男人在我抬頭的剎那拉上格子。我只能根據腰帶的款式斷定那是一個男人，具體情況我就不知道了。」

「你除了發現那是一個男人以外，有沒有留意到身高和衣服花紋之類的細節？」

「我不確定他的身高，只看見他腰以下的部位。至於衣服，在我的印象中，他穿的是黑色和服，我沒有看到任何花紋，但上面可能有很細的線狀或點狀花紋。」

另一個學生說：「當時，我和這個朋友一起看書。聽到聲音，我也是同

---

4. 中國古代傳入日本的一種樂器。——譯註

樣的反應，抬頭看紙門，正好看見門上的格子拉攏。我能肯定，那個男人穿著白色和服，純白色，看不到任何花紋。」

「真是匪夷所思，你們倆肯定有一個弄錯了，對不對？」

「我肯定沒有弄錯。」

「我說的也是真的。」

敏感的讀者可能已經開始懷疑，兩個學生一起看到那件和服，卻得到完全相反的印象，到底是怎麼回事？我也留意到這一點，可是無論檢察官還是警察，好像都沒有深究此事。

死者的丈夫——舊書店老闆很快收到消息趕回來。跟普通的舊書店老闆不同，他還很年輕，長得很瘦弱。也許是懦弱的天性使然，看見死去的妻子，他淚如雨下，卻沒有哭出聲音。

等他平靜下來以後，小林刑警才開始審問他，旁邊的檢察官也不時提出問題。可是老闆完全想不出誰會殺害妻子，讓小林刑警和檢察官很失望。

老闆說：「我們從來沒有做過什麼事會跟人結仇，我可以保證！」他說完又哭起來。

此後，根據各項調查結果的匯總，警方斷定此案的凶手不是盜賊。在對老闆的過去和老闆娘的背景做過徹底的調查後，警方也沒有發現任何可疑之處。這些我就不詳述，畢竟跟這個故事關係不大。

刑警後來問老闆，死者身上為什麼會傷痕累累。老闆遲疑再三，終於說是他所為。刑警問他為什麼要這樣做，再三追問之下，老闆還是不肯明言。刑警沒有繼續問下去，即便老闆虐待妻子留下這些傷痕，他也不可能是殺人凶手，因為案發當晚他一直在外面擺攤。

這天晚上的調查到此為止，在刑警的要求下，我和明智留下住址和姓名之類的資料，明智還留下指紋。凌晨一點多，我們才回家。

這件殺人案已經查不下去，除非警方能找出搜查時忽視的線索或是哪位證人撒謊。我聽說小林刑警之後一直待在案發現場搜查，直到第二天早上。可是他得到的有用線索僅限於案發當晚那些，沒有任何新發現。證人全都很可靠，長屋的十一戶人家也沒有任何可疑人士。警方還去死者的故鄉調查，

也一無所獲。被稱為著名偵探的小林刑警為此案竭盡所能，依然無法理出頭緒。其後我聽說小林刑警特意拆走的吊燈開關，也是僅有的證物上只有一個人的指紋，即明智。警方推測，當時明智可能太驚慌失措，在開關上留下很多指紋，遮蓋凶手的指紋。

人們也許會由這個故事聯想到愛倫·坡的《莫格街凶殺案》和柯南·道爾的《花斑帶探案》。我的意思是，人們也許會猜測這個案子的凶手是紅毛猩猩或印度毒蛇這類奇怪的生物，而非人類。我也產生過這樣的懷疑，可是要說東京D坂會存在這種生物，真叫人難以置信。況且有證人證明，曾經有一個男人出現在紙門的格子縫隙中，不是嗎？就算此事是人猿所為，也一定會留下醒目的標誌。但是死者頸上的指印顯示，凶手是人。蛇無法留下這種指印，雖然蛇的確能把人勒死。

案發當天夜裡，我跟明智一起回家，路上興致勃勃談了很多，比如我們之間有這樣的對話。

明智說：「你應該知道蘿絲·德拉卡特凶殺案⑤吧！此後，愛倫·坡的《莫爾格街凶殺案》和卡斯頓·勒胡⑥的《黃色房間的秘密》都取材於這起凶殺案。這個案子這麼離奇，到了一個世紀以後的今天，還是有很多未解之謎。在老闆娘被殺案中，凶手同樣來去無蹤，我由此想到離奇的蘿絲·德拉卡特凶殺案。這兩個案子在這一點上非常相似，不是嗎？」

「的確，太不可思議了。曾經有人說外國偵探小說裡那種密室殺人案絕對不會發生在日式房子裡，但是我不這麼認為。瞧，這個案子不就是一個很好的例子嗎？我真想親手查出案件的真相，可惜我並無把握。」

一路上，我們就這樣聊著天。後來走到一條陌生的小巷前，我們分手

---

5. 巴黎19世紀發生的一起密室殺人案，死者是一個名叫蘿絲·德拉卡特的年輕女子。直到現在，此案仍未告破。——譯注

6. 卡斯頓·勒胡（1868～1927），法國著名作家，擅長寫愛情懸疑小說，著名音樂劇《歌劇魅影》便改編自他的同名愛情小說。——譯注

了。明智拐進小巷以後，背對我大幅度晃動肩膀往前走。黑夜中，他的條紋浴衣看起來如此醒目，這一幕深深印在我的腦海中。

# 推理下

過了十天，我登門拜訪明智小五郎。透過我和他在案發當日的對話，大家能明白我和他對這起凶殺案的感受，我們在這十天內進行何種深入的思考，最後又得出怎樣的結論。

我和明智過去見面都是在咖啡店，我還是第一次登門拜訪他。我有他家的詳細地址，還是花費很多時間才找到。這是一家菸草店，跟他的描繪一模一樣。我在店門口問老闆娘，明智在不在。

「哦，他在，我去叫他過來，你在這兒稍等。」說完這些話，老闆娘轉過身去，幾步走到櫃檯後面的樓梯腳下，高聲叫明智的名字。

明智最近租住在這家菸草店的二樓，他聽到老闆娘的叫聲，飛奔下樓，將樓梯踩踏得咯吱作響，同時滿口答應著，發出一陣怪叫。

看見是我，他顯得很意外，趕緊說：「嗨，跟我來！」

我立刻跟他走上二樓，進入他的房間。我看著眼前的一切大吃一驚，叫出聲音：「啊！」

這真是一個奇怪的房間，我知道明智很古怪，卻沒有想到他的房間會這麼反常。其實，這裡跟正常的房間也沒有太大差距。房間只有大約七平方公尺，除了中間的小片地板空著，其餘地板上全都是書。四面牆和紙門旁邊都堆滿書，差不多頂到天花板。除了書，房間裡什麼都沒有，甚至沒有日常用具。他晚上怎麼休息？我一頭霧水。我們這　主　賓也沒有地方坐，不小心輕輕一碰，書堆成的大堤就會崩潰，湧出書的洪水。

「這個地方太小，連坐墊都沒有。你瞧瞧哪本書比較軟，就拿來當坐墊吧！實在不好意思。」

我從層巒疊嶂的書山中穿過，克服重重困難，終於找到一個牆角能勉強坐下。我呆呆看著周圍的一切，還是覺得很驚愕。

我有必要簡單介紹一手打造出這個怪房間的明智小五郎。事實上，我最近才認識他，對他的過去、工作、理想之類一無所知。我能夠確定的是，他沒有固定的工作。他也許能算作書生，卻是一個非常特殊的書生。他說過一句話：「人類就是我研究的對象！」我聽到這句話時，只覺得摸不著頭腦。除此之外，我還知道對於犯罪和偵探，他有極為濃厚的興趣，儲備極為豐富的知識。

明智的年紀不會超過二十五歲，跟我差不多。他長得比較瘦，走路總是喜歡晃動肩膀，這一點之前提過了。這個奇怪的走路姿勢跟那些英雄任務沒有半點相似之處，倒是像神田伯龍，那個一隻手有缺陷的說書人。無論容貌還是聲音，明智都跟伯龍如出一轍。大家若不知道伯龍長什麼樣子，只要想像這樣一個男人：他不算英俊，卻讓人覺得很親切，看起來又非常有智慧。可是明智留著一頭亂糟糟的長髮，還習慣於一邊跟人交談，一邊亂抓頭髮。他也不在乎穿什麼衣服，總是穿一身棉布和服，綁一條皺巴巴的腰帶。

「你來得正是時候，我們從那件事過後就沒有再見過。D坂殺人案之後怎麼樣了，警察好像一直沒找到凶手，是嗎？」明智撓撓頭，轉動眼珠看著我。

我不知道應該說什麼，艱難地說：「其實，我就是為了跟你說這件事才過來的。我把這件事各個方面都考慮一遍，還去現場偵查，就像偵探一樣。最終得出結論，特意過來告訴你……」

「啊？你真是了不起，可以詳細說說你的結論嗎？」

他的眼睛裡迅速閃過一道洞悉一切而高高在上的光，被我發現了。

受此刺激，我拋開原先的猶豫與不安，繼續說：「我有一位記者朋友認識這個案件的負責人小林刑警，我從這個朋友口中打聽到警方調查的進展。警方一直在努力，從各種角度進行各種調查，始終沒有找到有用的線索，無法確定調查的方向。就說那個電燈開關吧，開關上除了你的指紋，找不到其他指紋。在我看來，把這個當成重要的線索只會誤導調查的方向。警方很確

定，凶手的指紋被你的指紋蓋住了。我看見警方這麼頭痛，更興致勃勃地想要偵破這起案件。你知不知道我有何發現，又為何先要來找你，而不是去跟警方說明我的推測？」

「我們先不說這些。我從案發當日就開始注意一件事，談到嫌犯的衣服顏色時，兩個學生提供黑色和白色這兩種截然相反的證詞，你應該還有印象。黑色和白色的對比如此鮮明，還會被混淆，簡直太難以置信。人類的雙眼再不值得信任，也不會這樣吧！警方對此做何解釋，我不瞭解，可是我覺得兩個學生都沒有說謊。你明白我在說什麼嗎？這表示嫌犯身穿黑白條紋相間的衣服，也可能是在一般旅店都能租到的浴衣。兩個學生看到紙門背後的男人時，男人浴衣上的條紋剛好被紙門的格子遮擋一部分。於是，一個學生從自己的角度只看到黑色的部分，另一個學生從自己的角度只看到白色的部分，這就是為什麼他們會提供完全相反的證詞。儘管非常罕見，但這種偶然並不是不可能，這應該是對此事最合理的解釋。」

「好了，經過推測，我們瞭解嫌犯所穿的衣服，但依舊無法確定誰是嫌犯，只能縮小範圍。根據電燈開關上留下的指紋，我推測出第二個結論。在那位記者朋友的幫忙下，我得到小林刑警的允許，對開關上的指紋即你的指紋進行細緻的研究，由此更確定自己的結論。哦，我想借用一下硯台，你這裡有嗎？」

我準備做一個實驗。實驗很簡單，先用硯台在右手大拇指上抹上墨水，再拿出一張白紙，將指紋印在白紙上。墨跡乾了以後，將白紙調轉方向，用右手大拇指在原先的指紋上用力按下一個新的指紋。如此一來，白紙上就清楚顯現出兩枚交疊在一起的指紋。

「警方斷定，之所以找不到嫌犯的指紋，是因為嫌犯的指紋被你的指紋覆蓋了。可是做完這個實驗以後，我們發現這個結論根本不成立。指紋是由一條條線構成的，這些線不會被後來覆蓋的線完全遮掩，按下後者時再用力都是如此。兩個指紋完全重合只有一種可能，兩個指紋本身和位置一模一樣。可是這種可能真的成立嗎？即使成立，我的結論依舊是正確的。」

「若是嫌犯關了燈，理應在開關上留下指紋。先前我推測警察可能忽

略你的指紋覆蓋下嫌犯的指紋，可是我根本沒有在我借來的開關上找到這種痕跡，真是出乎我的意料。從頭到尾，開關上只有你一個人的指紋。我不明白舊書店老闆一家為何沒有在上面留下指紋，可能是因為那盞燈一直沒有關過。」

「你對我這些結論有何評價？我推測有一個穿著寬條紋和服的男人聽說舊書店老闆總是在固定時間去夜市擺攤，就趁機對老闆娘下手。這個男人跟被害的老闆娘很可能是認識的，至於為何要對她下手，多半是感情糾葛吧！這一男一女關係親密，因此凶案發生時沒有傳出任何聲音，也沒有留下反抗的痕跡。男人得手離開時關了燈，想推遲屍體被發現的時間，可是他犯下大錯。一開始，他沒有發現紙門沒關上，被舊書店的兩個學生看見了。稍後發現時，他匆忙關上紙門，卻已經於事無補。從舊書店出去後，他想起關燈時在開關上留下指紋，急於想擦掉。可是原路返回風險太大，他便想到偽裝成第一個發現凶案的人，他在開關上留下指紋就沒有人會懷疑。此舉還有一個效果，就是警方和其他人都不會懷疑第一個發現凶案的就是凶手。其後，他留在現場，鎮定自若地看著警方偵查，還提供證詞，真是膽大妄為。案件發生五天、十天後，他依舊安然無恙，一如他之前的預想。」

明智小五郎聽到我這樣說會怎麼想，我不清楚。我原先猜測他會變臉色，打斷我，為自己辯駁。結果他卻一臉冷漠，這讓我十分困惑。雖然他平日裡喜怒不形於色，但是在這種指控下，他還若無其事，只是偶爾撓撓一頭亂髮，也太奇怪了。

我覺得他真是厚顏無恥，但還是耐心說完我的推測：「可能你會提出反駁，凶手到底是怎麼出入舊書店的？確實如此，就算其餘問題都解決了，只留下這個問題也無法破案，可是我已經解決這個問題。當晚好像沒有偵查到任何凶手離開案發現場時留下的痕跡，可是在已知發生凶案的前提下，這是不可能成立的，所以警方搜查時肯定忽視某個地方。當然，警察在搜查中已經傾盡全力，可是跟我這個書生相比，他們的智慧還是遜色一些。」

「這件事說起來平凡無奇。我推測住在那一帶的人經過警方的仔細盤問，都被排除涉案的可能性，說明凶手離開案發現場時絕對不會被人發現，

或是被人發現也不會被懷疑，即凶手借用人類注意力的盲點。人的注意力跟視覺一樣，也存在盲點。借助視覺盲點，魔術師能在眾目睽睽之下讓龐大的東西消失，讓自己隱身。就這樣，我留意到蕎麥麵店旭屋，它與舊書店只隔著一家店。」

舊書店右邊緊鄰鐘錶店，然後是糕點店。舊書店左邊緊鄰鞋襪店，然後是蕎麥麵店。

「我親自去那裡問過老闆，案發當晚大約八點鐘，有沒有一個男人借用店裡的廁所。從旭屋出來有一條小道，直接通往後面的木門，廁所就在木門旁邊，你應該知道。凶手只要假裝去廁所，就能溜出後面的木門，到舊書店行凶，然後原路返回，好像什麼事都沒有發生過。在小巷拐角處賣冰淇淋的小販不會看到有人從那裡出去。借用蕎麥麵店的廁所本身再尋常不過，而且我查到案發當晚蕎麥麵店只有老闆看店，老闆娘出去了。要執行殺人計畫，當晚確實是最好的時機。哎，這個計畫簡直一點破綻都沒有，你認為呢？」

「如我所料，旭屋老闆告訴我，有一個客人在那段時間借用廁所。可惜那個男人相貌如何、穿著什麼花紋的衣服，老闆一點印象都沒有。我馬上讓我的記者朋友向小林刑警說明這個情況，但是在親自去蕎麥麵店調查後，小林刑警還是沒有找到什麼線索⋯⋯」

我想給明智一個解釋的機會，就停頓一下。站在他的角度，到了這個時候，必須要幫自己辯解。結果他還是撓著一頭亂髮坐在那兒，心安理得，毫無反應。

眼見旁敲側擊不管用，我只好直截了當地逼問：「哎，明智，我在說些什麼，想必你很清楚吧？證據確鑿無疑，而且全都對你不利。說一句老實話，看到這些確鑿無疑的證據，我雖然不想懷疑你，也只能認同⋯⋯我還到長屋四處打聽有沒有哪位男住戶喜歡穿黑白寬條紋的浴衣，生怕誤會你，結果發現根本沒有這樣的住戶。我已經預料到會是這樣的結果，像紙門格子縫隙那麼寬的條紋太誇張了，很少有人喜歡。而且指紋和借廁所的計策如此巧妙，能想出這麼完美犯罪計畫的人，應該只有你這種對犯罪深有研究的人。除此之外，作為老闆娘童年時期的朋友，你卻在案發當晚調查老闆娘的背景

時保持緘默，這種反常的表現相當耐人尋味。」

「行啦，現在除了不在場證據，你已經無法幫自己辯解。可是你想藉不在場證據證明自己的清白，也是不可能的。案發當晚，我們一起回家，途中我曾經問你到白梅軒之前身在何處，你還有印象嗎？你是不是跟我說，在那之前大約一個小時，你一直在附近散步？即便你有證人，但是你在散步期間借用蕎麥麵店的廁所，同樣不會惹人懷疑。明智，一切都跟我推測的一樣，是不是？輪到你提出反駁。」

大家能猜到古怪的明智小五郎會怎樣應對這種氣勢洶洶的逼問嗎？大家可能會覺得他會表現得羞慚至極吧？我來這裡之前想過各種可能，卻沒有想到他會突然放聲大笑，笑得停不下來，搞得我完全不知所措。

明智像在為自己辯解：「哦，抱歉，我無意笑話你，可是你說話時這麼一本正經，我看著你的表情，就忍不住要……你的推理非常有意思，我很高興能跟你做朋友，可惜你的推理太膚淺粗糙了。比如你提到老闆娘是我小時候的朋友，可是我跟她到底是什麼關係，你調查過嗎？我以前真的跟她相愛過，以至於現在還對她心懷怨憎嗎？你不能僅憑推理就確定這些細節問題。案發當晚，我之所以隱瞞自己跟她相識的事，理由非常簡單，因為我無法給警方任何有用的線索，我對她的瞭解十分有限。進入小學以後，我再未跟她見過面。最近才偶然聽說，我小時候曾經跟她一起玩耍。最近，我跟她聊過天，但加起來也只有兩三次。」

「你如何解釋指紋的事？」

「難道你覺得案發後我什麼都沒有做過嗎？我同樣進行很多調查，經常從早到晚都待在D坂。特別是我去過舊書店很多次，差不多每天都在跟老闆糾纏。在他面前，我直言我跟他妻子早就認識了。我竟然由此得到機會，對此案展開深入的調查。你從你的記者朋友那裡打聽警方的調查進展，我也從舊書店老闆那裡得到很多線索。沒過多久，我知道指紋那件事，同樣感到很不可思議，便開始調查此事。哈哈哈哈！調查結果讓我完全意想不到，而且很滑稽。電燈滅了，不是有人故意關上的，而是電燈鎢絲燒斷了。後來我按下開關，電燈又亮了，實際上卻是混亂中電燈晃動起來，把燒斷的鎢絲又接

起來。如此一來，開關上肯定只有我一個人的指紋。你曾經說案發當晚你看到有燈光從紙門的格子縫隙裡透出來，說明電燈鎢絲是之後燒斷的，我們經常能見到老舊的電燈忽然滅掉。至於凶手的衣服顏色，我來解釋……」

他猛然轉身，從身後那堆書中找出一本陳舊的外語書，說：「你有沒有看過這本書？孟斯特伯格[7]的《心理學與犯罪》，其中一章的標題是『錯覺』，你看看最前面那十行！」

我聽到他強有力的辯駁，逐漸醒悟到我的推理站不住腳，就順從地接過他手裡的書開始閱讀，其大致內容是這樣的：

這是以前發生的一起汽車罪案。法庭中有兩個證人，都宣誓絕對不說謊。一個證人表示，案發時道路十分乾燥，塵土翻滾，另一個證人卻發誓，路上滿是泥濘，因為剛剛下了一場雨；一個證人說，案發時汽車走得很慢，另一個證人卻說，汽車正在疾馳，速度快得驚人；一個證人說，案發時路上只有兩三個人，另一個證人卻說，案發時路上男男女女、老老少少有很多人。兩位證人都是紳士，受人敬重，而且他們不會因為作偽證得到任何獲利。

明智等我看完以後，翻到另一章：「這件事是真實發生過的。你再看看這一章，題目是『證人記憶』，其中提到一個剛好也涉及衣服顏色的設計實驗。你可能有些煩躁，但我還是希望你能耐心讀一讀。」

這個部分內容如下：

（前略）這裡簡單舉一個例子。前年（本書出版於1911年），哥廷根召開一次學術研討會，與會者包括法律、心理學、物理三個領域的專家，這些專家在各自的專業中都是出名的嚴謹。研討會開始以後，氣氛相當熱烈，

---

7. 雨果·孟斯特伯格（1863～1916），德國心理學家。——譯注

不遜於嘉年華。就在這時，一個穿著五彩斑斕服裝的小丑突然撞開會議廳大門，發了瘋一樣闖進來。定睛細看，有一個黑人正在追他，手裡還拿著槍。在會議廳中央處，兩人停下來，互相恐嚇咒罵。忽然之間，小丑倒在地上，黑人立即跳到他身上，手裡的槍發出「砰」一聲巨響。隨後，兩人匆匆逃走，迅如閃電。從他們進來到出去，總共持續不到十秒鐘，會議廳裡的人都非常驚訝。其實，黑人和小丑所有的動作都是事先排練好的，會議廳還有人負責拍照，但是在場諸人對此一無所知，只有這次研討會的主席除外。主席提議大家詳細記下剛才的見聞，因為以後大家也許要出庭作證。主席說這些話時，並未露出半點破綻。（中略，隨後是與會者記下的內容，其中出現很多錯誤，還有相應的統計百分比。）四十個人之中，只有四個正確記下黑人並未戴帽子，其他人的記錄五花八門，包括黑人戴高帽，黑人戴絲綢紳士帽。至於黑人穿的衣服，有人說是紅色，有人說是棕色，有人說帶條紋，關於條紋的顏色也有咖啡色等多種顏色。其實，黑人穿的是白色長褲、黑色上衣，繫著一條寬大的紅色領帶，僅此而已。（後略）

明智說：「人類的觀察力和記憶一點都不可信，充滿智慧的孟斯特伯格如是說。這個案例中都是有頭腦的專家，他們也記不住衣服的顏色。在我看來，案發當晚的兩個學生記錯衣服的顏色很正常。他們看到誰，我不清楚，可是那個人穿的衣服多半沒有條紋，我自然也不是凶手。可是你的思維的確很有意思，從紙門的格子聯想到條紋。不過，這實在太巧合了，更務實的做法是相信我是無辜的，而不是相信這種巧合。好啦，在去蕎麥麵店借廁所的事情上，我跟你有相同的推測。原先我相信這是凶手唯一的逃跑方法，但是我最終得出的結論卻跟你截然相反。這是我到現場考察後的結果，我相信根本沒有男人去借廁所。」

大家可能已經發現，明智否認凶手的指紋和逃跑路線，還試著找尋證據證明自己的無辜，他在推翻我把他當成凶手的推理。可是這樣做會不會把曾經發生過凶案這一點都推翻？他究竟想做什麼，我一頭霧水。

「既然這樣，你已經推測出真凶？」

「這是自然的。」他又撓撓自己的亂髮，「我的做法有所不同。解釋方式不同，由表面物證推導出的結論也就不同。能從心理上看清人類內心的偵探，才是最出色的偵探。偵探的個人才能決定他們能否做到這件難度相當高的事。簡而言之，心理是我研究這起凶殺案的重點。」

　　「我最開始關注的是舊書店老闆娘身上的累累傷痕。隨後，我偶然聽說蕎麥麵店老闆娘身上同樣傷痕累累，你對此應該也有所耳聞。然而，她倆的丈夫完全不像暴力狂，舊書店老闆和蕎麥麵店老闆看起來都穩重正直，所以我只能懷疑有什麼不能公開的秘密藏在他們心底。我想先從舊書店老闆嘴裡打探出相關的秘密，便整天纏住他不放。這不算困難，畢竟我認識他的亡妻，他對我並不那麼戒備。反觀蕎麥麵店老闆，卻對我很警惕，讓我很意外。我費盡心機調查他的秘密，最後借助一種不為人知的手段，達成我的目標。」

　　「你應該知道，現在犯罪學也開始運用心理學的自由聯想法，測試嫌犯對大量常見單字的聯想。心理學專家採用這種方法時，很擅長用一些帶刺激性的單字，比如狗、家庭、河流。除了這些，測試還要包括其他內容，而且未必要用到精密的計時器。這類硬性規定對成功掌握自由聯想法之精華的人來說是多此一舉。這種例子在歷史上比比皆是，有些著名的法官或偵探都活在心理學不發達的時代，卻在無意中應用心理學這種方法，這要歸功於他們自己的天分，其中之一便是大岡忠相⑧。以小說為例，愛倫・坡的《莫爾格街凶殺案》開篇就提到杜邦能根據朋友無意之間的舉動推測其內心，這是一種非凡的才能。透過模仿愛倫・坡，柯南・道爾創作短篇小說《住院病人》，其中同樣安排福爾摩斯進行這類推理。從某種程度上說，上述推理全都採用自由聯想法。心理學專家設計各種測試的標準，針對的只是普通人，這些人的觀察力很匱乏。我好像偏離正題，簡而言之，我在試探蕎麥麵店老闆時，採用我那套自由聯想法。首先，我跟他聊了很多雜七雜八的話題，得

8. 大岡忠相（1677～1752），日本江戶時代中期的名臣，擅長斷案。——譯注

到他的回答以後，開始以此為依據揣測他的內心。這種心理探究相當敏感，錯綜複雜，我再找一個日子跟你詳細探討。簡而言之，我得出一個可靠的結論，也就是我找出誰才是真凶。」

「可是我無法報警抓那個人，因為沒有實在的證據。就算報警，只怕警察也不會理睬。何況還有一點，我並不覺得這個案子中有任何罪惡。這樣說你可能會一頭霧水，可是凶手在殺害死者時，他們兩人對此都沒有異議。不僅如此，也許這正是死者期待的。」

明智在說些什麼？我怎麼想都想不明白。我專注地聽著這種讓我一句話都說不出來的推理，卻完全沒有任何失敗的羞恥感。

「我的結論是旭屋老闆就是真凶。為隱瞞自己的罪行，他撒謊說曾經有男人借用店裡的廁所。他原本沒有想過要這樣做，可是我們給他那麼多暗示和刺激，他的腦海中閃過一道靈光，想到可以撒這個謊。我們都問他有沒有見過這樣一個男人，其實就相當於教他撒謊。除此之外，還有一個重要原因，就是他誤會我們跟警察是一夥的。他為什麼要殺人……我透過這件事清楚瞭解到一點，外表平靜，內在卻洶湧，在不為人知的幕後隱藏著出人意表的秘密，這種殘酷的秘密原本只應該出現於噩夢中。」

「旭屋老闆是一個重度色情狂，在精神方面跟薩德侯爵[9]一脈相承。他發現自家旁邊竟然住著馬索克[10]的女繼承人，命運真是喜歡開玩笑。舊書店老闆娘跟他有相同的虐戀嗜好，是一個受虐狂，嚴重程度跟他差不多。他們兩人秘密相戀，相戀的方式卻很有隱蔽性。現在你能明白何謂『兩人都沒有異議的凶殺案』吧？舊書店老闆娘和旭屋老闆娘身上都傷痕累累，說明先前那兩個人的變態性欲都能從各自的伴侶那裡勉強獲得滿足。可是他們的性欲

---

9. 薩德侯爵（1740～1814），法國情色作家，著有《索多瑪120天》，其作品多涉及扭曲的性欲，被稱為「18世紀的性變態百科全書」。——譯注

10. 馬索克（1836～1895），奧地利作家，著有《穿貂皮衣的維納斯》，塑造的主角多有受虐傾向。——譯注

不同於普通人，只有這種關係是不夠的。所以，在發現苦尋不得的最佳伴侶就在身邊以後，他們立刻摩擦出熾熱的火花，這是很容易想像的。他們一個主動一個被動，互相配合做瘋狂之事，而且越來越過火。到了案發當晚，悲劇發生了，任何人都不希望出現這種結果……」

我聽完明智的結論，不禁哆嗦了一下，太讓人意想不到了。這件事……唉，真是可悲的意外啊！

一樓菸草店的老闆娘來到二樓，送來晚報。接過報紙，明智立刻翻到社會新聞版，嘆一口氣說：「唉，他自首了，應該是心理壓力太大，不堪忍受。我們正在討論這件事，結果就看到這篇新聞，真是世事無常。」

我看著他用手指出的地方，是蕎麥麵店老闆投案自首的新聞，小標題下有大約十行正文。

# 陰獸

一

　　我經常在思考，推理小說家可以分為兩種類型：第一種權且稱為罪犯型，這類小說家對犯罪興趣濃厚，必須在推理小說中對犯人的殘酷內心做一番細緻的描繪，否則便不會滿足；第二種不妨稱為偵探型，這類小說家心理健康，對描寫罪犯的心理沒有興趣，只喜歡描寫推理的過程，這樣才能彰顯其在邏輯方面的才能。

　　我現在要說的故事主角名叫大江春泥，他屬於第一種類型的推理小說家，至於我本人，應該屬於第二種。我從事這份跟犯罪關聯緊密的職業，絕對不是因為我喜歡作惡，只是因為我非常喜歡罪案推理中包含的科學邏輯。不，準確說來，我對犯罪的敏感程度應該超越所有人。作為一個好人，我卻牽涉到這種事情中，完全歸咎於這件事本身。我為此後悔不迭，深陷在恐懼的困惑中無法自拔。要是我在道德方面不這麼敏感，或是我有少許成為惡人的特質，可能就不會出現這樣的結果。不，我甚至可能已經擁有美麗的妻子和豐厚的財產，正在過著快樂的生活。

事情已經過去一段時間，原本清晰的人和事都逐漸模糊，儘管仍然懷著幾分恐懼的困惑，我還是對那些記憶碎片產生懷念之情。正因為這樣，我希望把整件事寫下來留作紀念。我還在考慮，以這件事為素材，能創作一部多麼有意思的小說。可是即便我能寫出這部小說，也不敢馬上發表出去。因為人們還清楚記得，小山田作為此事的重要人物，死得那樣詭異。對人物和事件做出再大改動，都無法讓讀者相信小說純屬虛構。小說發表以後，只怕會傷及他人，我會很慚愧很難過……不，真正的原因不是這些，而是我自己的恐懼。這件事虛無飄渺得像夢，而且很難挖掘出真相，實在太恐怖了。不僅如此，我在想起這件事時會產生幻覺，同樣讓我非常膽怯。現在想起這件事，我的大腦還是會失去常態，像萬里晴空忽然被烏雲遮蓋，午後雷雨將至，閃電和雷聲相繼出現，周圍陷入黑暗。

　　因此，時至今日，我還是無意將這些記錄對外公開。不過，將來我一定會據此創作一部我最拿手的推理小說。這些記錄只是這件事的草稿和比較詳實的記錄，所以我在記下這件事時，懷著寫一篇十分詳細的日記的情緒，找出一本用過的日記簿，其中大部分還是空白的，只寫了幾篇1月的日記。

　　我想在切入正題以前，對這個故事的主角推理小說家大江春泥詳細介紹，包括他的性格、寫作風格、獨特的生活方式。其實，我一直都是借助他的作品瞭解他這個人，直至發生這件事。我在現實中跟他並無交往，只透過雜誌跟他辯論過。現實生活中的他是什麼樣子，我並不清楚。我從一個朋友本田手中得到一份資料，這是我手中唯一關於他的詳細資料。可是直接從我連續數次從本田那裡打聽到的真相寫起，好像也不恰當。最順理成章的寫法應該是從我被捲進這個奇怪的事件開始，按照時間順序往下寫。

　　這件事發生在去年秋季10月中旬，我到位於上野的帝室博物館①參觀古代的佛像。展示廳內空蕩蕩的，一片昏暗，除我之外，什麼人都沒有，一點點聲響都會引發巨大的回聲。我只能小心翼翼，喉嚨裡不舒服，也不敢咳

---

1. 即現在的日本京都國立博物館。——譯注

嗽。我看見展示廳沒有人，開始思考為何人們都不喜歡博物館。陳列櫃的玻璃寒光閃爍，鋪了亞麻油地氈的地板很乾淨，天花板很高，如同寺廟大殿。整座房子寧靜威嚴，就像建在水深處。

我站在擺放木雕菩薩的陳列櫃旁邊，被木雕如夢似幻的動人線條深深吸引。就在這時，踮著腳尖走路輕輕的腳步聲、絲綢摩擦的窸窣聲在背後響起。

我感覺到有人朝我走過來，不由得汗毛聳立。我凝視著玻璃，上面投射出站在我身後的女子的身影。她穿著黃八丈花紋的和服夾衣，頭髮梳成優雅的圓形髮髻。她也注視我正在看的菩薩，她的身影剛好跟菩薩重合在一起。

我假裝看木雕菩薩，實際卻在偷窺這名女子，這件事說起來真是不好意思。她能賦予人們無限的想像，我從未見過誰的臉像她這樣白皙柔潤如玉。我想，要是真的有美人魚，皮膚應該就是這樣。她長著一張瓜子臉，像那種古典的美人。她的眉毛、鼻子、嘴、脖子的曲線那麼纖細，那麼柔弱，彷彿一碰即碎，一如古代小說家塑造的虛無飄渺的聖女。她的長睫毛下眼神迷離如夢的雙眼，直到今時今日仍然叫我難以忘懷。

我忘了是誰先開口說話，應該是我找一個理由先跟她搭訕吧！我以此處的展示品跟她簡單聊幾句，趁機跟她把博物館走了一遍，然後從上野的山上下去。我們共同度過這段不短的時間，斷斷續續說了不少話，我越來越覺得她儀態萬千。她笑得那麼羞澀，那麼柔弱，如同古代油畫中的聖女、帶著神秘微笑的蒙娜麗莎，特別風情萬種。我的感官得到極大的滿足，沉浸在其中難以自拔。每次她笑起來，嘴唇邊緣就會碰到一對白而大的虎牙，構成一道神秘的弧線，對應她右臉上的一顆黑痣，表情溫柔而楚楚動人，簡直無法用言語形容。

原本我只覺得她是一個美人，優雅、溫柔、柔弱，好像輕輕用指尖碰一下，就會煙消雲散。她之所以能對我的內心產生強大的吸引力，是因為我在她的脖子上發現很多怪異的傷痕。她巧妙地用和服領子遮擋那些傷痕，但她從上野的山上下去時，還是不小心暴露出來。她的脖子上有一條又細又長而且腫起來的紅色傷痕，長度可能達到後背，好像生來就有的紅色胎記或是最

近才有的傷痕。這條又細又長而且腫起來的紅色傷痕像數不清的深紅粗毛線纏繞而成，出現在皮膚潔白柔滑、線條優美、柔弱無骨的脖子上，形成一種美妙又殘忍的衝突，反而生出一種詭異的性感。我先前還覺得她的美麗宛如夢境，這條傷痕卻讓我感受到撲面而來的真實。

我跟她聊天時瞭解到，她叫小山田靜子，是合資企業碌碌商會的出資人之一、實業家小山田六郎的妻子。她同樣很喜歡推理小說，對我的作品非常感興趣，往往一開始讀就停不下來。這讓我很欣喜，直到現在我還記得當時自己快樂至極，渾身都冒出雞皮疙瘩的奇妙感覺。我和她因為這種作家和讀者的關係親近許多，我不必再擔心剛剛認識這個美麗的女子，就要跟她永遠分別，我們因為這次偶遇開始通信。

我很高興看到靜子作為一名年輕女士，卻喜歡冷清的博物館。我也很欣慰看到她對我的推理小說這麼感興趣，要知道，我的小說堪稱最符合邏輯的推理小說。我被她徹底迷住了，我經常寫信給她，信的內容十分空洞。她卻總是耐心地回信給我，內容很可愛，又有女性獨有的細緻。能跟這位優雅而理性的女士做朋友，我這個孤獨的單身男人歡喜不已。

二

接連幾個月，我一直在跟小山田靜子通信。我得承認，我在給她的信中小心翼翼暗藏一種感情。在回信中，靜子在慣有的客氣之外，好像也小心翼翼回應我的感情，給我的心靈帶來慰藉，不過這可能只是我的錯覺。說來慚愧，我在通信時費盡心機打聽靜子丈夫的情況。最終，我打聽到小山田六郎比她大很多，而且生得老相，已經禿頭了。

到了今年2月前後，在給我的信中，靜子開始用奇怪的用詞提及一件她好像十分恐懼的事：

最近我經常半夜三更被嚇醒，因為發生一件事，讓我憂心不已。

短短幾句話，已經生動描繪出她的驚恐。

老師認識另一位推理小說家大江春泥先生嗎？若你有他的地址，能不能告訴我？

我告訴靜子，我對大江春泥的作品瞭若指掌，但私下裡跟他並無交往。因為他非常討厭社交，在作家聚會上，從來看不到他的身影。更何況去年年中，他決定封筆，還從原先的住所搬走了，沒有人知道他的新住址。

不過，想起靜子的驚恐多半跟大江春泥有關係，我就覺得很不是滋味。

很快，靜子寄來一張明信片，說：「老師是否方便接待我？我有一件事，希望跟老師見面。」

她為什麼想要跟我「見面」，我能猜個大概，可是之後我才意識到，事情比我想像的更恐怖。可是我當時卻為能再見到她欣喜若狂，不斷想像跟她見面的情景。

她收到我的回信，得知我正在「等她光臨寒舍」，當天便趕過來。我到門口迎接時她非常吃驚，因為她的臉色看起來十分糟糕。她提到的「有一件事」很反常，打碎我此前的各種想像。

「我來找你，實在是逼不得已。這段時間，我一直絞盡腦汁思索，還是找不到解決問題的方法。我認為老師可能願意做我的傾聽者……可是我跟老師才剛剛認識，就跟老師說起如此羞恥之事，好像有失妥當……」

靜子輕輕抬起頭來，對我露出楚楚可憐的笑容。虎牙露出一小部分，對應臉上的黑痣，看起來更有一種病弱之美。此時正是寒冷的冬日，我將一個長方形紫檀爐子放在書桌旁。她將雙手放在爐子邊上，坐在爐子對面，坐姿相當優雅。她的手指就像她的身材，纖細柔弱，但不顯得乾瘦。她的肌膚雪白，但不會給人病態之感。她纖弱得好像握一下就會消失的手指充滿力量，那種力量十分奇妙。在我看來，她這個人跟她的手指是一樣的。

我看見她如此煩惱，也嚴肅以待，說：「凡是我能幫忙的……」

她說：「這件事的確非常可怕……」

她開始講述這件怪事，中間穿插她少年時期的舊事。從靜子口中，我對

她的身世有大概的瞭解。

她是靜岡人，從一所女校肄業。肄業以前，她一直過著非常快樂的生活，只經歷過一件不幸的事。她在女校讀到四年級，跟一個叫平田一郎的年輕人短暫相戀。平田一郎對她說很多甜言蜜語，並且誘惑她。

她對平田一郎並無真心，僅僅是心血來潮仿效其他女孩談戀愛，這便是她不幸的原因。平田一郎對她卻是真心真意，纏住她不放。她開始躲避他，可是年輕人看見她如此，更不肯放過她。事情發展到後來，每天半夜三更都會有一個人影在靜子家牆外走來走去，還不斷有恐嚇信送到家裡，靜子因此感受到沉重的壓力。因為心血來潮的戀愛遭到如此可怕的報復，妙齡少女被嚇得渾身顫抖。看到女兒如此失常，父母都心痛不已。

恰在此時，靜子家遭遇慘痛變故，可是對靜子來說未嘗不是一種幸運。靜子的父親在一次經濟動盪中因為經營不善而負債累累，隨即在彥根的朋友幫助下，匆匆結束手頭的生意，連夜逃走躲藏起來。靜子被迫輟學，但很慶幸擺脫纏住她不放的平田一郎。

遭遇如此挫敗，靜子的父親生了重病，很快去世。靜子和母親相依為命，生活困苦。不過，沒過多久，這種生活就結束了。

她們隱姓埋名住在一個村子裡，實業家小山田便出生在那裡，他開始幫助她們。第一次見到靜子，小山田就愛上她，讓媒人去求親。對於小山田，靜子並不反感。儘管小山田比自己大了十歲有餘，但是他像紳士一樣穩重，讓靜子心生崇拜。

七年前，兩人順利成婚，小山田將靜子母女接到東京的家裡。婚後三年，靜子的母親因病去世。很快，小山田被公司委以重任，去國外出差兩年，前年年底返回日本。那兩年，靜子為了排遣獨自生活的寂寞，終日沉浸在茶道、花道、音樂的學習中。夫妻倆除此之外一切正常，生活幸福，夫妻關係非常好。小山田作為丈夫，努力工作，這七年不斷累積資本，終於成為本行業的佼佼者，地位不可動搖。

「結婚時，我並未向小山田提及平田一郎的事，這對小山田是一種欺騙，我很慚愧。」

因為心中的慚愧和哀傷，靜子又細又長的睫毛垂下來，眼睛裡盈滿淚水，說話也有氣無力。

　　「小山田不知道怎麼聽說平田一郎這個人，疑心我跟此人關係不一般。我絕口不提跟平田的過去，說我生平只跟小山田一個男人有親密關係。小山田疑心越重，我越不肯對他說出真相。直到現在，我還在向他撒謊。不幸應該正藏在哪個地方等著我吧？七年前我撒謊並無不良企圖，根本沒有想到這個謊言現在會帶給我如此恐怖的煎熬。我覺得很恐慌，已經被我遺忘的平田忽然寫信給我。起初，我看見寫信人是平田一郎，竟然沒有想起他是誰，我的確已經徹底遺忘他。」

　　說完這些，靜子向我出示平田寫給她的幾封信。這些信之後由我保管，直到現在還在我這裡。我把第一封信附在此處，這樣大家更能瞭解整件事的前因後果：

　　靜子小姐，我總算找到你，你應該尚未發現此事。重新遇到你以後，我馬上開始跟蹤你，查清楚你的地址和你現在的姓氏。

　　我是平田一郎，你應該還記得我，記得我曾經讓你多麼厭惡。你如此寡情寡義，多半不會明白我被你拋棄的痛苦。那時半夜三更，我經常在你家牆外踟躕，滿心痛苦。可是我越熱烈，你就越冷漠。你躲避我、畏懼我，到了最後，你居然開始恨我。一個男人被自己所愛之人仇恨，你明白這是怎樣的感受嗎？於是順理成章的，我的痛苦變成哀嘆，接著變成仇恨，最後變成報復的執念。

　　藉著家道中落這個機會，你從我身邊逃走，一句話都沒有留下。接連幾天，我食不下嚥，坐在書房出神。我立下誓言，一定要報復。當時，年輕的我不知道怎樣才能找到你。你父親欠很多人的債，你們藏得十分隱蔽，以躲避那些債主。究竟什麼時候才能再見到你，我不清楚。不過，我相信這輩子總是能找到你，我將用一生的時間來尋找報復的機會。

　　我之所以沒有到處找你，主要是因為我太窮了，必須工作養活自己。轉眼過去一年、兩年……我不得不一直跟貧窮鬥爭。我逐漸在艱苦的生活中遺

忘對你的仇恨，我將所有精力都用於賺錢養活自己。沒想到大約三年前，幸運降臨到我身上。

我試過各種工作，全都以失敗告終，我陷入絕望。就在這時，我為排遣心中苦悶，寫了一篇小說，豈料竟然因此得到靠寫作謀生的機會。到了今時今日，你依然很喜歡讀小說，你應該聽過一位作家，他叫大江春泥。過去一年，他一直沒有寫新小說，可是他並未被人們遺忘。我便是大江春泥。

你覺得我會忘卻對你的仇恨，在作家這個虛無的頭銜下迷失自我嗎？不，不會的！若不是懷揣著對你刻骨銘心的仇恨，我也不會寫出這些血腥的小說。正是我執著的報復心才造成這些猜忌……固執……殘酷……我的作品中竟然藏著這樣詭異的心理，任何人瞭解到這一點，都會為之顫慄吧！

靜子小姐，我現在生活很安穩。此前，我一直在盡量找你，除非錢和時間不允許我這麼做。當然，現在我不會再執著於把你搶回來，這幾乎不可能。我結婚了，但是我的妻子只是名義上的。我之所以跟她結婚，只是為了生活更方便。妻子和所愛之人在我看來，根本不是一回事。我從未忘記對所愛之人的仇恨，哪怕我已經娶妻。

靜子小姐，我總算找到你了，實現這麼多年來的心願。我太高興了，以至於渾身都在發抖。我懷著構思小說情節的興奮，思考應該如何報復，為此我花費大量的時間。我處心積慮尋找一種方法，能帶給你最深的痛苦與恐懼。我最終得到機會，將這種方法付諸實踐。透過讀這封信，你應該能感受我的快樂。

我不害怕你會報警，我已經準備好一切，你無法阻止我。報紙和雜誌記者最近一年都在議論我失蹤了，在他們看來，這是因為我向來低調，厭惡跟人交往，喜歡獨來獨往，殊不知這是我為實施報復計畫做出的第一項準備。我事先沒有想過那些記者會這樣認為，卻因此得以更徹底地隱瞞自己的下落，更秘密地對你展開報復。

你應該迫不及待想要瞭解我的報復計畫。然而，可怕的事情要慢慢到來，才會顯得足夠可怕，所以我事先不會告訴你。可是你如果想知道，我也可以稍微透露一些，比如我現在就能準確說出你家裡和你身邊發生的所有事

情。

晚上七點到七點半，你一直待在臥室，靠著一張桌子看小說，只看完一篇短篇小說《變目傳》[2]，它收錄在廣津柳浪[2]的同名短篇小說集中。

七點半到七點四十分，你讓女傭人送來茶點，吃下兩個風月堂紅豆餅，喝下三杯茶。

七點四十分，你去廁所，大約五分鐘後回來。

大約九點十分之前，你一直在織東西，同時認真思考著什麼。

九點十分，你丈夫回來了。

九點二十分到大約十點，你跟你丈夫一起喝酒聊天。你在你丈夫的勸說下，喝了半杯葡萄酒。這瓶剛剛打開的葡萄酒倒入杯中時，掉入一塊軟木塞的碎屑，你伸手撈出來。

喝完酒，你立刻吩咐女傭人收拾床鋪。你和你丈夫先去廁所，然後到臥室，你們兩個直到十一點都沒有睡。你家那座大座鐘走得有點慢，它敲響十一點時，你上床了。

這份記錄如此精準，好像列車時間表，你看到以後會不會覺得害怕？

獻給搶走我此生至愛的女人

復仇者

2月3日深夜


靜子一臉不悅，對我說：「我早就聽過大江春泥，原來他跟平田一郎是同一個人，真叫我吃驚。」

其實，作家同行很少有人知道大江春泥的原名，我也是從經常過來拜訪我的本田那裡瞭解他的原名和故事。若非如此，我可能永遠不知道他原來叫平田。他這個人就是這樣，厭惡人多的地方，不肯出來見人。

---

2. 廣津柳浪（1861～1928），日本小説家，代表作有《變目傳》、《黑蜥蜴》、《今戶心中》，作品內容十分深刻，情節相當凄慘。——譯注

平田還寫了三封信威脅靜子，每個郵戳上的郵局都不一樣，信的內容卻很相似。一開始都是詛咒，表示自己會報復，隨後是靜子某天晚上所作所為的詳細記錄和對應的時間。她在臥室中各種不為人知的行為更是被描繪得十分細緻，甚至涉及隱私細節，讓人看得面紅耳赤。他用冷酷至極的言辭描繪出這些讓人面紅耳赤之舉，以及其他平淡對話。

在讓別人閱讀這些信件時，靜子有多麼羞澀，多麼煎熬，我很清楚。她甘願承受這樣的恥辱和煎熬，將此事告訴我，跟我商議對策，我要小心謹慎做出回覆。透過此事，我瞭解到兩點：一是她極力想要向丈夫六郎隱瞞自己結婚時已非處子之身的秘密，二是她非常信任我。

「我沒有任何親戚，所有親戚是我丈夫的，我也不能跟朋友商議這件事。我這樣冒昧地求助於你，是因為我相信你會被我的真誠打動，願意為我提供建議，還請你見諒……」

我聽她說完這些，想到這個美麗至極的女人竟然對我這般信任，就覺得激動極了。我認為她來找我商議此事，是考慮到我和大江春泥有共同之處：我倆都是推理小說家，而且都擅長在小說中推理。不過，她能找我商議如此羞恥的事，必然對我十分信任，十分喜歡。

我立刻答應盡力幫助靜子。大江春泥對靜子的言行瞭解得如此透徹，只有三種可能：一是他收買小山田家的傭人，二是他偷偷藏在靜子家某處，三是他採取跟以上二者相似的卑鄙做法。大江春泥能寫出那種風格的小說，做出這種出格的事情也很正常。據此，我問靜子有沒有發現任何反常，回答竟然是沒有，這就奇怪了。靜子家裡的傭人都長住她家，相互之間很熟悉。跟普通人家相比，小山田對大門和圍牆的安全更加重視，蚊子都休想飛進他家。就算大江春泥能偷偷溜進他家，也很難潛入靜子夫婦在後面的房間，不被傭人發現。

我根本不相信大江春泥能做到這些，他有何本事做到這些？他僅僅是一個推理小說家而已，最多能用寫小說的特長恐嚇靜子，根本無法做出以上卑劣的行徑。我無論如何都想不明白，他怎麼會對靜子的所作所為瞭解得這樣清楚。可是我那個時候頭腦簡單，魯莽地相信他很容易就能打聽到這些事，

因為他可能聰明靈活得像魔術師一樣。

我就這樣安慰靜子，這不需要花費什麼力氣。我讓靜子先回去，並再三向她承諾會把大江春泥找出來，極力勸說他不要再這樣捉弄靜子，他這種做法非常愚蠢。這個時候，我相信自己應該盡量溫柔地安慰靜子，而不是根據大江春泥的恐嚇信做出無意義的猜測。對我來說，前者當然更快樂一些。

送走靜子時，我還告訴她：「最好別跟你丈夫說這件事。你的秘密已經瞞了他這麼多年，沒有必要為這種小事功虧一簣。」我只是想在盡可能長的時間內分享她連丈夫都要隱瞞的秘密，從她對我的信任中獲得滿足，我真是太蠢了。

可是我的確在努力尋找大江春泥。我一直很不喜歡他，因為他做事的風格跟我截然不同。每次看到讀者稱讚他通篇都在描寫女性猜疑的小說，我就覺得很憤怒。若一切順利，我也許會把他無恥的違法行為公之於眾，欣賞他一臉懊悔的表情。那個時候，我完全沒有想到大江春泥這麼難找。

三

跟信裡提到的一樣，四年多以前，大江春泥忽然以推理小說家的身分出道。當時，日本文壇看不到原創的推理小說，他的第一篇小說發表以後，立刻獲得極高的評價，誇張的說法是他立刻成為文壇新貴。產量較低的春泥很瞭解如何在報紙雜誌上發表新作品，他的所有推理小說都殘酷而險惡，恐怖而可憎，讓讀者毛骨悚然。可是他一直深受讀者歡迎，靠的正是這種充滿吸引力的風格。

我跟他出道的時間差不多。我的特長本來是創作給少年看的小說，後來才開始寫推理小說。日本的推理小說家人數不多，我也算是小有名氣。大江春泥的小說風格是陰暗、病態、拖沓，我的剛好相反，輕快而健康。我倆好像要跟對方比出高下一樣，在創作中互相競爭乃至互相批判。不過，一般

都是我在批判他，說起來真慚愧。春泥往往毫不在意，緘默不語，不理會別人的看法，繼續發表他那些恐怖的小說，只會偶爾駁斥我的觀點。我在批判他的同時，也經常被他小說裡的詭異氛圍迷住。他的小說中隱藏著能讓讀者著迷的鬼火一樣的熱烈和吸引，很難用言語形容。如果他這種熱烈的源頭正是他信中提到的對靜子刻骨銘心的仇恨，是非常令人信服的。老實說，每次我看到他的小說得到那麼高的評價，都會不由自主地妒忌甚至仇視他，這種反應很不成熟。我一直在暗暗思考，要怎樣才能擊敗他。可是他忽然在一年多以前停止創作，下落不明。雜誌社的編輯一直在找他，可見他這樣做不是因為不受讀者歡迎。總之，他消失了，原因不明。從那以後，我這個非常厭惡他的人反而有些孤獨。也就是說，我因為失去出色的競爭對手感到悵然若失——這種說法有些天真。我沒有想過，小山田靜子竟然會帶來跟我有瓜葛的大江春泥的消息，真是奇妙。可笑的是，想到能再見到昔日的競爭對手，我不由得滿心興奮。

認真想想，我覺得大江春泥可能真是那種會把自己構思的推理橋段用在現實中的人。很多人都有相同的看法，曾經有人說他「在想像中的犯罪世界生活」，借助自己的興趣和興奮把自己理想中的犯罪生活寫成小說，此舉類似於那些殺人狂。只要讀過他的小說，應該就會對其中詭異的氛圍留下深刻的印象。而且他的小說隨處可見非同一般的猜疑、神秘、殘暴，他甚至在一篇小說中寫下以下可怕的內容：

瞧！這一刻終於還是到來了，他再也不能只靠小說得到滿足。一開始，他創作小說，是因為他對世間的平庸乏味感到厭惡，透過寫下自己反常的想像以得到快樂。可是事到如今，他連小說都厭惡至極。到底還有什麼能刺激到他的神經？哦，犯罪，只有犯罪！他已經嘗試世間的一切，只缺少犯罪帶來的美妙顫抖！

他平日的生活對一位小說家來說顯得十分怪異，同行、記者、編輯都知道他是一個孤僻而神秘的人。他的書房極少招待客人，採訪的記者和資歷深厚的前輩也被拒之門外。他還頻頻搬家，總是以生病為由推掉各種作家聚

會。據說，他每天從早到晚躺在床上，甚至在床上吃飯和寫小說。就算是白天，他也會用遮雨板擋住窗戶，只在簡陋的房間裡點一盞五瓦的電燈，藉著昏黃的燈光，構思最恐怖的橋段。

我曾經在他停止創作後暗想，他也許會在淺草附近滿是垃圾的小巷裡棲身，把自己的想像變成現實，一如他小說中的情節。我沒有想到他竟然真的在不到半年後，以想像執行者的身分重回我的視線。

在我看來，去報社文藝部或雜誌社向編輯打聽春泥的下落是最可行的方法。春泥平時行事古怪，極少接待訪客，除非非這麼做不可。雜誌社此前調查他的下落，未果。想要得到相應的線索，也許只能求助於那些跟他私交甚篤的編輯。剛好我跟其中一位雜誌編輯關係很好，他是博文館的編輯，名叫本田，曾經在一段時期內專門負責春泥的稿件，稱得上春泥的專門負責人，而且他是非常擅長搜集資訊的外務編輯。

我打電話給本田，邀請他到我家。我先是向他打探春泥的生活，我對此瞭解不多。本田的語氣很輕浮，像在說一個狐朋狗友：「你是說春泥？那是一個惡劣的傢伙。」

本田像財神一樣滿臉笑容，對我的提問知無不言。他說，春泥剛開始寫作時，在郊區的池袋租一間小屋。之後名氣越來越大，收入越來越高，又租了更大的屋子，其中多是大雜院。本田羅列兩年之內春泥先後住過的七個地方，包括牛込的喜久井町、根岸、谷中初音町、日暮里金杉村。

春泥搬到根岸後，逐漸成為暢銷作家，雜誌記者紛紛跑去採訪他。那個時候，他就開始表現得孤僻，家裡只開著後門，讓妻子進進出出，正門一直緊閉著。有人登門拜訪，他便佯裝不在家。客人回去以後，他再寫信致歉：「如果有重要的事情，請寫信跟我聯繫，我討厭直接跟人接觸。」遇到這種情況，大多數編輯都會退縮，只有寥寥幾個人能跟春泥面對面交談。春泥如此孤僻，就算對小說家的古怪性情見怪不怪的雜誌編輯也很難應付。

不過，春泥有一位十分賢良淑德的妻子，這很有意思。本田向春泥約稿和收稿，都是透過春泥的妻子。但春泥家總是鎖著大門，還時常貼著各種拒絕訪客的藉口，比如「主人生病，謝絕訪客」，「主人外出旅行」，「各位

編輯先生，恕不能見面，約稿請寫信」，要跟春泥的妻子見面也絕非易事。即使是本田，也吃過好多次閉門羹。若是搬家，春泥也不會告訴編輯們。編輯們要找到他的新地址，只能透過他寄來的信。

本田自我賣弄地說：「我可能是那麼多雜誌編輯中唯一一個曾經跟春泥交談過、閒聊過、說笑過的人。」

我越來越覺得好奇，忍不住問：「照片上的春泥好像非常英俊，是真的嗎？」

「不是，照片上可能不是他。據他說，照片是他年輕時拍的，但是一點都不可信。春泥跟英俊根本沒關係，可能是因為缺乏運動，他長得很胖，畢竟他總是躺在床上。他就跟土佐衛門③一樣，除了肥胖，還面部肌肉鬆弛，面無表情，雙眼渾濁，毫無神采，他的口才也很差。這樣一個人居然能寫出那麼好看的小說，真叫人難以置信。你還記得小說《羊癲瘋患者》④嗎？那篇小說描繪的狀態就跟春泥差不多。他每天都躺在那兒，快要磨出繭子了。我只跟他當面交談過三次，他沒有一次不是躺著，我覺得他躺著吃飯的傳言可能是真的。」

「但是他每天躺著，對人群厭惡到這種程度，卻有傳言說他時常半夜三更打扮成另一副模樣，在淺草一帶晃來晃去，真是詭異。他就像竊賊，或是說蝙蝠。我想，他應該不是那種非常內向的人。說得直接一些，他的身材那麼肥胖，相貌那麼醜陋，所以沒有勇氣出來見人。他越是出名，越是覺得自慚形穢。他不願意跟朋友和同行見面，就是因為這個。為了安撫自己，他只能在夜裡偷跑到市區遊蕩。聯想到春泥做事的風格，聯想到他妻子的說法，我這樣猜測是很合理的。」

在對春泥的身材和性格做出一番生動的描繪後，本田又順便提到一件怪事：「寒川先生，這件事是近來才發生的。我……又見到失蹤的大江春泥。

---

3. 土佐衛門，日本18世紀有名的大力士，肥胖、慘白，好像溺死的屍體。——譯注
4. 日本推理小說家宇野浩二（1891～1961）的作品，主角罹患羊癲瘋。——譯注

我很確定是他，但並未和他打招呼，因為他看起來怪模怪樣的。」

「在什麼地方？什麼地方？」我不由得連續問了兩遍。

「在淺草公園，可是說不定只是我宿醉未醒想像出來的。當時正好是早上，我正在往家裡走。」本田一邊笑一邊撓頭，「那一帶有一家中餐店，叫來來軒，你聽過嗎？在一個很不起眼的地方。那天早上，有一個胖子出現在那兒，周圍幾乎沒有什麼人。他穿著小丑的服裝，頭戴尖頂紅帽子，在發傳單。你可能覺得我像在做夢，但那個胖子真是大江春泥，我可以肯定。看到他以後，我停下來，正在遲疑是否要向他問好。他好像也看到我，轉身便走，很快進入對面一條小巷。我原本打算追上他，又覺得他不會喜歡在這種情況下見到我，就回家了。」

我聽到本田對大江春泥那種古怪生活狀態的描繪，就像做噩夢一樣難受。後來，我又聽到本田談及他穿著小丑的服裝、帶著尖頂帽子在街上發傳單，更是感到毛骨悚然。本田在淺草遇到他，跟他寄去第一封恐嚇信給靜子剛好在同一時間。我不確定他打扮成小丑和他寄恐嚇信給靜子是否存在因果關係，應該先確定一下。

我從靜子交由我保存的恐嚇信中挑出意思最模糊的一封，讓本田確定是不是春泥的筆跡。他不僅判定這是春泥的筆跡，還表示只有春泥才會像寫信人一樣使用形容詞和假名。本田對春泥的寫作風格相當瞭解，因為他曾經模仿春泥創作小說。他說：「我根本學不會他那種拖沓的文筆！」

我對此毫無異議。跟本田相比，我對春泥獨有的風格有更深入的感知，畢竟我讀過好幾封恐嚇信。我胡亂編一個理由，請本田幫忙找到春泥的下落。

本田立即答應：「我一定幫你找到他！」

我並不安心。我從本田口中得知春泥最後的地址是上野櫻木町三十二番地，準備親自過去問問那裡附近的人。

# 四

　　我手頭的小說剛寫完開頭，第二天，我暫且擱筆，來到櫻木町。我向鄰居家的女傭人和附近的小販打聽春泥家，證明本田昨天說的都是真的。可是春泥此後去哪裡，卻一點線索都沒有。住在大雜院的人都喜歡說是非，但當地住戶以中產階級為主，沒有這種喜好，他們唯一清楚的是春泥家搬走了，而且事先並未說明要搬去哪裡。鄰居們並不知道他是一位有名的小說家，因為他家門前的門牌上寫的並非大江春泥這個名字。鄰居們甚至不知道他請哪一家搬家公司幫忙搬家。我一無所獲，只能回家。

　　一時之間，我想不到其他辦法，只好在每天寫稿子之餘，打電話給本田打聽此事，但是他好像也一無所獲。五六天過去了，我們仍然在做這些徒勞無功的事，春泥卻開始將他費盡心機想出的報復計畫的各種細節付諸實踐。

　　小山田靜子有一天打電話到我家，請我去她家，說又發生一件可怕的事情。她丈夫不在家，大部分傭人也去很遠的地方，家裡只剩她一個人，等我趕過去。她似乎是特意用公共電話而非家裡電話跟我聯繫。講話時，她猶豫不決，短短幾句話竟然說了三分多鐘。正因為這樣，有一回電話還斷了。

　　趁著丈夫外出的機會，她將不可靠的傭人打發出去，偷偷向我發出邀請。這種邀請暗示的意味十足，以至於我生出一種奇異的情緒，不可名狀。當然，這並無任何特殊意義。我立刻應承，趕往她家。

　　小山田家在淺草的山之宿町，要走過很多店鋪，才能走到那裡。房子十分古樸，跟老式的別墅有些相像。房子後面有一條大河，從前面根本看不到。房子外側剛修建一圈水泥牆，牆頭上插滿防止竊賊闖入的碎玻璃，正房後面還有兩層小洋樓，這些都跟古樸的日式別墅格格不入，讓人覺得這家的主人是只看重錢財的暴發戶。

　　我出示名片，然後被一個鄉下小女傭帶到小洋樓的會客室，見到一臉反常的靜子。她不斷向我道歉，請我原諒她如此失禮，接著低聲說：「請你看一下。」她把一封信交給我，瞧瞧身後，又靠近我，好像在擔心某種東西。

這封信是大江春泥寫的，可是對比此前的信，這封信有少許差異：

　　靜子，我清楚看到你備受煎熬的模樣。你向丈夫隱瞞此事，並極力想找到我身在何處，這些我都非常清楚。可是我勸你不要浪費精力，你不會有任何收穫。就算你敢說出我對你的恐嚇，甚至報警，你也別想知道我身在何處。你若讀過我的小說，就會明白我會做好萬全的準備。

　　行啦，我應該結束先前牛刀小試的試探，我的報復計畫第二步即將開始。我想先向你透露一個秘密，我怎麼會對你的活動瞭解得這麼清楚。你應該能夠想像，再次找到你以後，我就一直跟在你身後，如影隨形。你待在家裡也好，出門也罷，都別想擺脫我的監視，可是你無論如何都找不到我在哪裡。甚至在你看這封信時，我也像影子一樣藏在隱蔽的地方，睜著雙眼凝視你。

　　你應該能夠猜到，每天晚上，我在監視你的活動時，不會錯過你和丈夫交歡的場面。我當然會因此心生妒忌，簡直到了要發瘋的地步。先前確定報復計畫時，我並未想到這一點。不過，我的計畫沒有因為這種微不足道的事情而耽擱，我的妒忌之火還因此燒得更熾烈。於是，我想更好地實現自己的目標，為此需要改變原先的計畫。事實上，這不是多大的改變。我原先的計畫是，先讓你忍受各種煎熬與恐懼，再殺了你。然而，我在親眼見到你和丈夫交歡後改變計畫，我要讓你心愛的丈夫在你面前死去，讓你嘗嘗痛不欲生的滋味，然後再殺你。

　　我最終的決定就是如此。不過，我做事向來不緊不慢，你用不著心急。走下一步之前，我一定要先讓正在閱讀這封信的你受盡折磨，否則太便宜你了。

　　獻給靜子女士

　　　　　　　　　　　　　　　　　　　　　　　　　　　　　復仇者
　　　　　　　　　　　　　　　　　　　　　　　　　　　　　3月16日深夜

　　我讀完這封用詞極為毒辣冷酷的信，不由得發抖了一下，並加倍地仇恨

大江春泥。但要是我都怕了，可憐的受驚的靜子又能從何人那裡獲得慰藉？我只能極力鎮定下來，不斷勸說靜子，信中的計畫只是一個小說家胡思亂想的結果。

「等一下，老師，請不要這麼大聲！」

我這樣苦口婆心勸說靜子，靜子卻完全沒有聽進去。她好像在聚精會神留意外面的響動，經常呆呆看著某個地方，聆聽著什麼。隨後，她像是注意到有人正在外面偷聽，將聲音壓至最低，張開幾乎跟臉一樣慘白的嘴唇說：「老師，我覺得我腦子裡亂哄哄的。可是他那些話……難道都是真的嗎？」靜子不停地自言自語，說一些難以理解的話語，好像精神失常了。

受到她影響，我也不由得壓低聲音問：「出什麼事了？」

「平田就藏在我家裡。」

「什麼地方？」我腦子裡亂糟糟的，竟然沒有聽懂她的話。

靜子面色發青，站起身來，就像下定某種決心一般，伸手示意我跟在她後面。我看見她如此，一下子興奮起來，也不明白這是為什麼，我跟上了她。

她走到中途，忽然看見我的手錶，讓我把手錶放在那間會客室的桌子上，卻不告訴我原因。隨後，我們繼續小心前行，從短小的走廊進入日式正房，進入臥室。我將紙門拉開，靜子忽然像知道歹徒藏在門後一樣，露出驚懼的表情。

「太不可思議了！你說那個傢伙竟敢在光天化日之下藏在你家裡，這是不是你多慮了？」

我的話說到一半，她忽然警惕地做個手勢，讓我不要再說了，並且握住我的手，將我帶到房中一個角落。站在此處，她抬頭看向頂上的天花板，用手勢示意我不要說話，好好聽聽。

差不多有十分鐘，我們一直站在這裡，注視著彼此，凝神細聽。儘管是白天，可是這個位於宅子深處的房間卻一片寂靜，好像能聽見血管裡的血在汩汩流動。

片刻過後，靜子輕聲問：「你有沒有聽到鐘錶滴答作響的聲音？」

「沒有聽到，哪兒有鐘錶？」

靜子聽我這麼說，便不說話了，繼續凝神細聽。最終，她好像放心了，說：「現在沒有了。」她招招手，帶我返回先前的會客室，迫不及待地把一件很奇怪的事情告訴我。

那天，靜子在客廳做針線活，女傭人送來一封信，她一眼看出寫信人是春泥。每次春泥寄信過來，她都會心神不寧。可是不拆開看看，她會更心神不寧。因此，她還是拆開信，心裡滿是惶恐。看到他威脅要殺掉丈夫，她嚇得在房間裡走來走去，心慌意亂。走到衣櫃旁邊，她停下腳步，聽到有類似蟲叫的輕微響聲從頭頂傳來。

「起初，我還以為是自己耳鳴，可是耐心聆聽片刻，我斷定那是金屬摩擦的聲音。」

靜子因此認為那是春泥的懷錶發出的，春泥就藏在天花板後面。那種金屬摩擦的聲音很輕微，幾不可聞。她當時之所以能聽到，可能是因為距離很近，房間裡非常安靜，她的神經又繃到極限。她原本以為是其他某處的鐘錶因為類似於光線折射的聲波折射，聽起來像是從天花板上發出的。可是她把房間各處都找遍了，也沒有找到鐘錶在哪裡。

忽然，她想起春泥那封信中的話：「甚至在你看這封信時，我也像影子一樣藏在隱蔽的地方，睜著雙眼凝視你。」她剛好看到有一塊天花板翹起來一點，出現一條縫。她看了又看，總是覺得春泥正在睜著雙眼透過那條縫隙打量她。

「平田先生，你就藏在那兒吧？」靜子激動不已，一邊哭一邊朝天花板大叫，好像被敵軍包圍，正在奮力衝殺的戰士，「你要怎麼處置我都可以，我不在意。哪怕被你殺掉，我也不會抱怨。可是我求你不要傷害我丈夫，我結婚之前向他隱瞞真相，現在再讓他因為我去死，我會很不安心，請求你放過他……請求你放過他吧……」她用滿懷感情的聲音低聲懇求。

天花板後面無人回應。她失去剎那間的激動，像洩氣皮球一樣渾身發軟。周圍靜悄悄的，仍然有隱約可聞的滴答聲從天花板後面傳來。陰獸屏住呼吸躲在暗處，沒有發出任何聲音，就像啞了一樣。她處在如此反常的靜默

中，簡直要被心中的恐懼吞沒。忽然，她跳起來跑出客廳，跑出這個家，就像在逃亡。

她恢復神智時，發現自己到了外面。她想到了我，立刻去旁邊的公共電話亭打電話給我。

我聽她說這些話時，忍不住想到大江春泥的一篇恐怖小說《天花板裡的遊戲》。如果靜子聽到的滴答聲果然是從藏在房間裡的春泥身上發出的，而非幻覺，春泥就是在執行自己小說裡的詭計。回想他行事的風格，他的確能做出這種事。在看過《天花板裡的遊戲》後，我更不能無視靜子這番如同妄想的話語。身材肥胖、穿著小丑服裝、戴著尖頂紅帽子、嘴角露出可怕笑容的大江春泥好像就在我眼前，我也覺得心驚膽寒。

# 五

我跟靜子商量一下，決定爬到靜子家客廳的天花板上，看是不是真的有人曾經藏身這裡，若有，他是怎麼進來又怎麼出去的。《天花板裡的遊戲》中一個業餘偵探就這樣做過。

靜子勸阻我：「做這種讓人不愉快的事情，太委屈你了。」

可是我堅持要這麼做。我根據春泥那篇小說的內容，拆掉壁櫥上面的天花板，造出一個只能讓一個人出入的洞，然後像水電工人一樣鑽進去。此時，這座宅子裡並沒有什麼人，只有那個小女傭幫忙傳話接待客人，她應該不會突然闖進來，她好像正在廚房忙碌著。

春泥那篇小說把天花板內描繪得很美妙，但實際並非如此。這座房子已經建成多年，不過不算很髒，清潔工人在去年年底大掃除時把天花板全都拆掉清理一遍。可是現在過了三個月，又累積不少塵土，蜘蛛網更是無處不在，最要命的是到處都黑漆漆的看不清楚。

我向靜子要來手電筒，好不容易從房樑爬到聲音源頭處。此處有一條

縫，可能是清理時把天花板弄變形了。這條縫很容易找，因為下面的光透過縫隙照進來成為一條線。我移動不到一公尺遠，就隱隱感到一切正如靜子所料，有人曾經在樑上和天花板上活動過，留下痕跡。剎那間，我一陣毛骨悚然。讀過那篇小說以後，想到我從未見過面的大江春泥貼在天花板上爬來爬去，好像一隻毒蜘蛛的場面，我便惶恐不已，一顆心就要從胸腔裡跳出來。手印和腳印在天花板的灰塵上零散分布著，好像那個人把整個宅子的天花板都爬遍了。我摒棄惶恐，逼迫自己什麼都別想，拖拉著僵硬的身體追尋春泥在灰塵上留下的痕跡。客廳和臥室天花板上的痕跡果然比別處多，可能因為這些地方的縫隙也比較多。由此可見，好像真的有人在這裡逗留過。

我模仿在天花板裡做遊戲的人，偷窺底下房間裡的動靜。我覺得這種遊戲的確有其吸引力，能讓春泥沉浸其中。透過天花板的縫隙，會發現下面的世界精彩得讓人難以想像。看到受過巨大打擊以至於一臉沮喪的靜子，我更忍不住感嘆，不同的角度，人類展現出的魅力竟然如此不同。我們平時都是從平視的角度看人，這種角度根本無法做出任何掩飾，再在乎自己形象的人也無能為力，只能在別人面前展現出原始的模樣以及不夠優美的姿態。靜子有一頭油亮的頭髮，可能是因為這種俯視的角度，她頭頂圓形的髮髻顯得非常奇怪，瀏海和髮髻之間下凹的地方有薄薄的灰塵，被其他部分的整潔映襯得特別髒。髮髻後面和服的領口和後背中間的部位深深凹下去，後背上還隱約能看到一個小凹坑。那條紅色的傷痕仍然盤踞在白皙瑩潤的皮膚上，伸展到我眼睛看不到的地方，讓我覺得很疼。俯視角度下的靜子沒有平時那麼優雅，卻多出一份特殊的性感，讓人不敢置信。

我帶著手電筒，在房樑和天花板上四處搜尋大江春泥出沒的證據。然而，所有手印和腳印都模糊不清，更看不到指紋。春泥可能戴了鞋套和手套，就像他在《天花板裡的遊戲》中描繪的那樣。不過，我終於還是在客廳一根撐住橫樑的木頭下面找到證據，有一個小小的灰色圓形物體被遺落在這個不起眼的角落裡。是一顆圓形的鈕扣，用拋光金屬做成的，上面刻著浮雕字母R.K.BROS.CO.。我立刻由此聯想到《天花板裡的遊戲》裡的襯衫鈕扣。可是這顆鈕扣看起來怪模怪樣的，不像衣服上的，說不定是用來裝飾帽子

的，不過我也不能肯定。我從天花板上下去，讓靜子看這顆鈕扣，她也很疑惑。

我又開始調查春泥爬進天花板的入口，一路追蹤到玄關儲藏室頂端，灰塵凌亂的痕跡在這裡消失了。儲藏室頂端的天花板並不嚴實，我毫不費力地掀起來。有一些壞掉的椅子堆放在儲藏室，我踩著這些椅子下地。儲藏室的門沒有上鎖，我打開門，看到門外較遠的地方是一堵水泥牆，比我高出一頭。春泥多半是趁著沒有人的時候翻牆進來（之前提到牆頭上到處插著碎玻璃，可是這不會傷到早就計畫好要闖進來的人），又鑽進沒有上鎖的儲藏室，潛入天花板。

我終於看清春泥的把戲，頓時失去興致。這種乏味的伎倆只有那些問題少年才會感興趣，本身並沒有什麼難度，春泥的本事不過如此。我失去原先那種無法用言語形容的惶恐，只覺得很不高興——之後發生的事，印證我不應該看不起這個對手。

考慮到什麼都比不上丈夫的生命，靜子在極度的恐懼下想到報警，坦白說出自己的秘密。但是已經對對手心生輕蔑的我勸說靜子，春泥躲在天花板上是沒辦法殺人的，他不能模仿《天花板裡的遊戲》，做出從天花板往下滴毒藥這類滑稽的行為。他只是被犯罪的欲望驅使，裝模作樣嚇唬人，這是一種很幼稚的舉動。他只是一個作家，要說他的想像力非同一般，我不會否認，可是他未必真有什麼能力。我竭盡所能安慰著靜子，看見她如此恐懼，我還承諾找幾個喜歡研究這種事的朋友每天晚上到牆下巡視，我這種做法實在魯莽。

幸好小洋樓的二樓有客房，那裡沒有可供窺視的天花板。靜子準備暫時跟丈夫搬到那裡休息，她會為此找一個恰當的理由。

第二天，我們開始用這兩種辦法對付春泥。然而，這小小的伎倆未能阻擋陰獸大江春泥伸出可怕的魔掌。兩天之後，即3月19日深夜，大江春泥果然殺了小山田六郎。

# 六

在恐嚇信中，春泥曾經說會殺掉六郎。他說：「不過，我做事向來不緊不慢，你用不著心急。」可是僅僅過了兩天，他就殺了六郎，這是怎麼回事？他可能是想在對方沒有防備的情況下動手，故意在信中寫下那句話。可是我覺得，他應該有其他理由。聽到滴答聲時，靜子認為春泥藏在天花板上，哭著請求他放過六郎。我聽到靜子提及此事時，已經預感到事情不妙。在瞭解到靜子如此愛丈夫後，春泥更加妒忌。與此同時，他還瞭解到自己的藏身處並不隱蔽，於是他想：「好啊，你對你丈夫癡心一片，我乾脆早日束他的性命！」

小山田六郎死得非常蹊蹺。收到靜子的消息，我在當天黃昏時分就來到小山田家，問清楚整件事。

六郎死之前的那天晚上，看起來一切正常。跟平時相比，他回家稍微早一些，喝了一點酒，就說要到大河對面的小梅町拜訪朋友，跟朋友下圍棋。當天晚上很暖和，六郎沒有穿外衣，只穿著大島和服夾衣和鹽瀨短褂出去了，也沒有帶什麼東西。

要去的地方很近，他走路過去，先從吾妻橋上經過，再沿向島的大堤前行，這是他平時經常走的路線。接下來直到十二點，六郎一直待在小梅町的朋友家。從朋友家告辭以後，他又走路離開。在此之後，他就失蹤了。

整整一夜，靜子都沒有等到丈夫回家。她回想起大江春泥的恐嚇信，不由得焦急萬分。天還沒有亮，她便開始打電話給丈夫所有可能去的地方，但是怎麼都找不到丈夫。她也打電話給我，正好我前一天晚上出去了，第二天黃昏才回家。這場混亂發生時，我什麼都不知道。到了上班時間，六郎還是沒有出現，公司也找不到他。快到中午時，象瀉警署發來消息，六郎已死，死因蹊蹺。

吾妻橋西側、雷門電車站以北的大堤下有一座公共汽船碼頭，可以運載乘客在吾妻橋和千住大橋之間往來。蒸汽時代，此處就是隅田川的風景名

勝。閒置時間，我經常乘坐汽船在言問和白鬚等地之間往來。經常有一些小販出現在公共汽船上，販賣畫冊和玩具。他們用沙啞的聲音推銷貨物，聽起來就像戲院的辯士⑤，同時還有螺旋槳吱呀作響的聲音。這些都古樸得像鄉間的景象，正合我的胃口。

在隅田川的河面上，碼頭像一艘方方正正的船一樣漂浮著。這艘飄浮的船上有候船室，裡面有椅子，也有公共廁所。我曾經在這裡上廁所，進去以後才發現所謂的廁所只有一個女用箱子那麼大，木地板上有一個矩形的洞，隅田川的河水就在下面奔湧，距離木地板只有一步之遙。這種設計不會累積穢物，好像火車和輪船上的廁所。透過矩形的洞能看到下面深藍色的河水望不見底，如同凝固一樣，細看卻會發現河水中飄浮的生物飄忽不定，好像顯微鏡下的微生物。有時候，我會對這種場面無端感到害怕。

3月20日早上大約八點，淺草寺商店街一家店鋪中年輕的老闆娘趕到吾妻橋的公共汽船碼頭，準備去千住處理某事。她在候船期間去上廁所，一進門就尖叫起來，然後匆匆跑出來。驗票口的老頭兒問她發生什麼事。她說自己看見一張男人的臉出現在廁所的矩形洞下面，男人從深藍色的河水中冒出頭來，正在偷窺她。驗票口的老頭兒以為是船夫在捉弄人，當地有時的確會有鮑牙龜⑥在水中出沒。老頭兒進了廁所，果然看到一張人的臉浮在洞下面，距離洞口大約一尺。水面起伏不定，那張臉也隨之上上下下，就像上了發條的玩具，時而露出半張臉，時而露出整張臉。之後，老頭兒說那是他生平見過最可怕的場面。

老頭兒發現原來是一個死人，十分驚慌，高聲叫來碼頭上的青年幫忙。候船室中正好有一個魚店老闆，為人仗義，跟其他青年一起去拉那具屍體。洞口太小，很難從那裡把屍體拉上來。眾人又用長棍從外面推屍體，推到河

江戶川亂步

5. 播放無聲電影時，負責解釋劇情的工作人員。——譯注
6. 1908年，東京一名政府職員的妻子在浴池遭到姦殺。凶手是一個綽號叫鮑牙龜的木匠池田龜太郎，他經常到女浴池偷窺。此後，日本人便稱偷窺女浴池的人為鮑牙龜。——譯注

面上。

屍體赤身裸體，只穿著內褲，是一個儀表非凡、四十歲左右的男子，不像那種衝動地跳水游泳溺死的人，這就奇怪了。因為感覺不對勁，眾人認真檢查屍體，在其背後發現刀傷。此外，屍體並未被泡得浮腫起來，不符合溺死的特徵。得知死者是被殺死的，不是意外溺死的，眾人議論紛紛。

除此之外，眾人在打撈起這具屍體時，還有一個奇怪的發現。當時，花川戶派出所接到報警，派一名巡警趕過來。巡警指揮青年們抓著死者的頭髮往上拉，大家一用力，死者的頭髮竟然完全脫落。青年們看到如此令人作嘔的一幕，都吃驚地叫起來，鬆了手。太奇怪了，死者應該沒有在水中浸泡太久，頭髮怎會完全脫落？經過認真觀察，巡警發現原來是一頂假髮，死者的腦袋已經禿了。

靜子的丈夫、碌碌商會董事小山田六郎死後就是這副模樣。總之，六郎先是遇害，之後被人脫光衣服，戴上一頂假髮，丟進吾妻橋下。儘管被丟進水裡，但死者體內並未進水。死因是背部的傷口，有人用利器刺破他的左肺。背部除了致命的傷口以外，還有幾處比較淺的傷口，可見凶手接連刺了他幾下才刺中要害。法醫斷定前一天凌晨大約一點鐘是死者的死亡時間。

死者赤身裸體，什麼都沒有帶，怎麼確定他的身分？警方正在煩惱，結果中午小山田一位朋友就出現了，立刻打電話給小山田家和碌碌商會。

我在黃昏時分趕到小山田家，只看見家裡到處都亂哄哄的，六郎的親戚朋友和碌碌商會的員工都趕過來。剛從警署回家的靜子被這些人團團圍住，不知所措。六郎的屍體沒有運回家，因為警方還要解剖，以得出更詳細的鑑定結果。親戚朋友只好把趕製出來的靈牌、獻給死者的上好的香和鮮花，都放在佛壇前面蓋著白布的茶几上。

靜子和碌碌商會的員工到了這時才把發現六郎屍體的過程告訴我。我很不安，畢竟六郎喪命，我也要負一些責任。兩三天前，我因為輕敵，勸阻想要報警的靜子，於是出現如此可怕的結果，羞恥感和悔恨感充斥著我的內心。在我看來，凶手肯定是大江春泥。六郎從小梅町下棋的朋友家出來後，從吾妻橋經過，被春泥拽到碼頭上幽暗的地方殺害，屍體被丟進河裡。我聽

本田說過，春泥最近正在淺草一帶活動，形跡可疑。凶手要不是他，還會是誰？不，春泥一定是凶手，他很早就說要殺掉六郎。可是他脫光六郎的衣服，又給六郎戴上假髮，這些舉動有何意義？真讓人無法理解。這些舉動根本不合邏輯，若這些同樣是春泥所為，他有何用意？我怎麼想都想不通。

我找機會把靜子叫到另一個房間，跟她商議我們兩個共同的秘密。靜子朝客人們點點頭，很快跟上了我，她好像也在等這個機會。到了沒有人的地方，她低聲叫我「老師」，然後緊緊抱住我。她的長睫毛閃爍著光澤，眼睛好像正在凝視我的胸膛。我看著她腫起的眼皮，忽然發現一顆淚珠從她眼裡流出來，沿著慘白的面頰滾落下來，哭得停不下來。

「全都怪我不小心，真對不起。那個傢伙居然不只是說說，真的動手了，都怪我……都怪我……」我同樣覺得很悲傷，微微握緊靜子的手連聲道歉。我第一次直接觸及她的肌膚，感覺她的手蒼白、柔弱、炙熱、彈性十足。在當時的環境中，我依舊產生如此奇異的感受，並且銘記至今。

過了很久，靜子終於不哭了。

這時，我問她：「哦，你有沒有告訴警察，自己收到恐嚇信？」

「沒有，我不知道應該如何是好，因此……」

「你還沒有告訴他們？」

「沒有，我準備跟老師商量一下，然後再決定應該怎麼做。」

我始終握著靜子的手，靜子沒有表現出不悅，也沒有提出抗議，反而輕輕靠在我身上。之後回想起這一幕，我覺得非常神奇。

「你也相信那個人就是凶手吧？」

「是的。此外，昨天晚上還發生一件奇怪的事。」

「什麼事？」

「聽了老師的警告，我改去小洋樓二樓睡覺。搬到那兒以後，我以為他不會來偷窺了，可是他好像還在偷窺。」

「從什麼地方偷窺？」

「窗戶外面。」靜子瞪大眼睛，好像又想起當時可怕的一幕，時斷時續地說，「昨天晚上，我大約十二點上床休息。我有些擔心丈夫，他還沒有

回來。而且小洋樓的天花板太高了，我一個人住在裡面空蕩蕩的。我怕得厲害，開始觀察房間各處。窗戶上只裝了一扇百葉窗，窗底下還有大約一尺的空間無遮無擋，能看見外面的黑夜。我很害怕，卻忍不住朝窗外看，隱約看到一張人臉。」

「會不會是你想像出來的？」

「我也不知道自己是不是看走眼，因為那張臉一轉眼就消失不見。不過，那一幕簡直太恐怖了，我至今印象深刻。那個人稍微往前弓著腰，頂著一頭亂髮，緊靠在玻璃上，翻著眼珠盯著我瞧。」

「是不是平田？」

「沒錯，這種事情除了他，還會有誰做得出來？」

我們討論完這些，認定是大江春泥即平田一郎殺了六郎，他之後還會殺靜子。我們決定報警，尋求庇護。

一個名叫系崎的法學士檢察官負責這起案件。他還是獵奇會的一員，所謂獵奇會是由包括我在內的一些推理作家、醫生、律師共同組成的。多虧有他，我陪伴靜子到搜查總部象瀉警署解釋此事時，得到朋友般的友善與耐心，不必忍受檢察官審問死者家人那種嚴厲的態度。他得知這件怪事，驚訝之餘又很好奇。他決定竭盡所能找出大江春泥，並在小山田家派駐更多刑警，安排更多巡邏，為靜子的安全提供充足的保障。因為外界瞭解的大江春泥的模樣跟他本人相差甚遠，他還接受我的提議，從博文館的本田口中打聽到相關的詳情。

# 七

此後，警方為尋找大江春泥不遺餘力。我也請本田等報紙和雜誌編輯多多留意大江春泥，隨時詢問有沒有發現。就這樣過了一個月，春泥卻不知所蹤，不管我們怎樣尋找都是徒勞。他要是一個單身漢，這也不奇怪。可是他

有妻子，妻子會阻礙他的行動，他能藏到什麼地方？檢察官系崎猜測他已經逃出日本，真會是這樣嗎？

六郎以那種詭異的方式死去後，靜子再未收到恐嚇信，這讓人很費解。春泥應該已經藏起來了，他可能擔心警察會查到自己頭上就擱置計畫，先不對靜子下毒手。不，不會的，他那麼聰明，那麼狡猾，一定早就猜到事情會發展成這樣。現在，他多半還藏在東京某個角落，耐心等待機會，再來殺掉靜子。

先前，我曾經去春泥最後的住所上野櫻木町三十二番地一帶調查，象瀉警署署長也派刑警去調查一番。刑警畢竟是專業人士，經過一番努力，最終查到春泥最後請的搬家公司。公司規模不大，雖然也在上野，卻是距離春泥家比較遠的黑門町。他們從搬家公司那裡打聽到春泥的新家，原來從櫻木町搬走後，春泥又搬到柳島町和向島的須崎町這些地方。他租的房子越來越糟糕，在須崎町時，他住在兩座工廠中間一間又髒又亂的房子裡，看起來跟工地上臨時搭起的棚子差不多。他交了幾個月的租金，房東以為他一直住在那兒，直到刑警過去調查。進屋以後，刑警看到地面上滿是塵土，不見任何家具。這間屋子是何時被搬空的，根本看不出來。警察把住在這一帶的住戶和在工廠上班的員工問了一遍，什麼都沒有問出來，因為當地人都不喜歡理會別人的事。

博文館的本田原本就對這種詭異的事非常感興趣，他看見這件事的內情越來越清晰，查得更加起勁。此前，他在淺草公園遇到春泥，便以此為中心，利用催稿的閒暇時間玩破案遊戲。他先是想起春泥曾經幫人發過傳單，就到附近幾家廣告公司打聽有沒有請過一個雇工，其外表好像春泥。可惜每到工作繁忙的階段，這些廣告公司就會聘請各種各樣的人，甚至會讓那些在淺草公園旁邊流浪的人換上制服工作，每天發放薪酬給他們。正因為這樣，對方在聽完本田對春泥外貌的詳細描繪後，依舊什麼都想不起來，唯一能確定的是，本田看到的春泥其實是一個流浪漢。

隨後，本田改在夜深時分到淺草公園，把樹下的椅子都認真搜查一遍。他還到那種便宜的旅店過夜，因為那裡經常有流浪漢出入。他再三向客人們

打聽，有沒有看到哪個男人外表好像春泥，可是他費盡心機都沒有找到任何線索。

　　每個星期，本田都會過來拜訪我，把他努力調查的結果告訴我。他曾經帶著一貫的財神一樣的笑臉跟我說一件事：「寒川先生，我前段時間忽然開始留意見世屋⑦，感覺這條線索非常有價值。現在像蜘蛛女這種有頭沒有身體的雜技見世屋在很多地方都很流行，不是嗎？我看過一個差不多的節目，但是有身體沒有頭，跟以前的表演剛好相反。表演時，擺出一個很長的箱子，分成三截，一個女人躺在裡面，身體和腿放在底下的兩截箱子裡。可是她沒有頭，也就是一個沒有頭的女人躺在箱子裡。她的四肢會動，說明她是活的，看起來很可怕，又很性感。這個把戲其實很幼稚，就是在箱子裡斜著放一面鏡子，用鏡面反射讓箱子看起來就像空的。這種無頭表演我在牛込的江戶川橋，也就是通往護國寺的空場上也看過。可是那次的表演者是一個很胖的男人，穿一身滿是油汙的小丑服，有別於常見的表演模式。」

　　說到這兒，本田忽然變得很緊張，緊緊抿著嘴唇，好像要說一件很重要的事。他看到我滿心好奇，才繼續往下說：「你明白了吧！我想在見世屋中，一個男人可以一面展現出自己的身體，一面卻不讓人發現自己的真實身分。這個辦法真是巧妙至極，讓人完全預想不到。他的工作就是每天躺在那裡，沒有人會看到他最具特徵性的臉，這種藏身的方法跟大江春泥的做法多麼吻合。尤其是大江春泥對這種詭異的事情非常感興趣，經常在小說裡描述見世屋。」

　　「接下來怎麼樣？」我催促本田往下說。看他這麼鎮定自若的樣子，不像已經找到春泥。

　　「於是，我趕緊到江戶川橋，發現那裡還有見世屋，真是太好了。我買了門票，打開木門，走到那個沒有頭的胖男人身邊，極力想要看到他的面

---

7.　日本人從古代開始在臨時搭建的帳篷或小屋裡表演，包括畸形秀、幻術、雜技。——譯注

容。我覺得這個傢伙不至於從早到晚都躺在這裡，連廁所都不去，就耐心等他什麼時候如廁。觀眾很快都走掉了，只有我還留在那兒。我正在等待，箱子裡沒有頭的男人忽然開始拍手。解說員跑過來，對疑惑不解的我說，現在是演出的中場休息時間，讓我先出去。機會終於來了，我出去以後立刻跑到帳篷後面，透過帳篷上的窟窿朝裡面窺視，看到解說員扶著那個沒有頭的男人爬出箱子——他當然是有頭的。男人跑到觀眾席角落小便，原來他剛才拍手是為了告訴解說員他要小便，這個暗號是不是很有趣，哈哈哈哈！」

「別說笑了，你以為你在表演滑稽戲嗎？」我佯裝惱了。

本田立刻止住笑，辯駁地說：「不是。我非常失望，因為那個男人長得跟春泥一點都不像。可是……我的確為調查花費很多精力。我想讓你知道，我真是在費盡心機找春泥，所以才把這件事情告訴你。」

這段插曲如實反映我們尋找春泥時，連半點希望都看不到。

此外，還發生一件事。在我看來，想要破解此案，這件匪夷所思的事可能會成為關鍵。我在調查以後認為，六郎死後戴的假髮好像來自淺草一帶。我把淺草賣假髮的店都走了一遍，最終找到一位松居師傅，他的店開在千束町。他談到一頂假髮，跟六郎的假髮完全相同。可是跟我的猜測不一樣，他說訂製假髮的正是小山田六郎，我非常驚訝。客人自稱小山田，松居對他長相的描述也跟小山田六郎一樣。大約去年年末，假髮做好了，客人親自過來取貨。他說是想遮掩自己的禿頂，可是他在世時，包括妻子靜子在內，任何人都沒有看過他戴假髮。這是怎麼回事？真是太奇怪了，我百思不得其解。

六郎死後，靜子成為寡婦，我們之間的關係忽然變得很親密，我很自然地成為她的參謀和保鏢。聽說我曾經為調查此事傾盡全力，還爬過天花板，六郎的親戚也不便多言。甚至檢察官系崎都旁敲側擊幫我說話，讓我抓住機會，多去小山田家走動，多留意靜子周圍那些大大小小的事情。就這樣，我成為小山田家的常客。

我在這個故事的開頭提及，在博物館初遇時，靜子聽說我便是她喜愛的推理作家，立刻對我產生很多好感。接下來，在共同經歷那麼多怪事以後，我們的關係越來越親密。事到如今，她自然會把我當成唯一值得依靠的人。

我們現在每天都會相見，尤其是她的丈夫已經死了，我開始感受到她原本遙遠、虛無、慘白的熱忱與極度脆弱的性吸引力一起朝我湧過來，那樣鮮活生動。

我曾經在她的臥室裡看到一根外國製造的鞭子，欲望之火立刻開始燃燒，一發不可收拾。我指著鞭子，若無其事地問：「你的丈夫學過騎馬？」

起初，她不明白我是什麼意思。看見那根鞭子以後，她的臉忽然變得更慘白，然後逐漸轉紅，最終變得好像熟透的蘋果。她低聲說：「沒有……」

我真是笨，現在才知道她的脖子上那根又細又長的傷痕是怎麼來的。細細回想起來，每次看見她的傷痕，我都覺得位置和形狀跟上次不太一樣。我曾經為此感到困惑，但無論如何都想不到她丈夫竟然有性虐待這種變態的喜好，那個禿頂男人看起來那麼溫和。其實，這件事早就很清楚了，六郎死了一個月，她脖子上可怕的傷痕就消失了。總之，我這個猜想肯定沒錯，不需要她直接承認。可是我得知此事以後，竟然覺得異常興奮，不知道是怎麼回事。莫非我也有性虐待的癖好，跟死去的六郎沒有區別？

# 八

4月20日，六郎去世剛好一個月，靜子拜祭死去的丈夫。當天黃昏時分，她請來我和他們夫妻的親戚朋友。這天晚上，發生兩件讓我畢生難忘而感觸極深的事，它們原本一點關係都沒有，卻產生一種彷彿命中註定的關聯，讓人無法置信。接下來，我就要談到它們。

客人們都離開以後，我跟靜子並肩走在走廊上，繼續商議那個秘密——尋找春泥。因為家裡還有傭人，我不方便待得太晚，十一點左右就準備離開。靜子從招呼站叫來一輛車，送我去玄關。我們並肩從走廊上經過，前面是開著幾扇窗的院子。我們經過其中一扇打開的窗戶，靜子忽然尖叫起來，緊緊抱住我，十分恐懼。

「出什麼事了？」我驚訝地問她。

靜子用一隻手抱緊我，另一隻手指著窗外。我以為春泥出現了，卻什麼都沒有看到，只聽到院子的樹叢裡傳來沙沙的聲響，一條白狗從那裡經過，很快消失不見了。

「不用害怕，是一條狗，一條狗而已。」我輕輕拍著靜子的肩頭安慰她，不明白她為什麼會這樣。

靜子用雙手抱緊我，哪怕她明知窗外並無任何異常。我渾身上下都感受到她身上的暖意，啊……我再也忍不住了，一下抱住她，主動吻住她豐滿的嘴唇。她的嘴唇就像蒙娜麗莎，兩排牙齒也輕輕打開。她沒有抗議，對我來說，這究竟是幸運還是不幸？一種帶著些許羞澀卻捨不得鬆開我的力量從她抱住我的手上傳來，這種感覺我直到現在還記憶猶新。

我們的罪惡感因為當天是拜祭死者的日子變得更沉重。此後直到我坐上車，我和靜子都緘默不語，甚至沒有勇氣看彼此的眼睛。

汽車開動以後，我還對剛告別的靜子戀戀不捨。她嘴唇的柔軟還留在我炎熱的嘴角上，她身體的溫度還留在我亂跳的心上。我心裡的喜悅就像要飛到雲霄，同時我又感到深刻的自責，這兩者縱橫交錯，如同花樣複雜的編織品。我幾乎沒有留意到汽車行駛的方向和車窗外面的風景。

可是我的視網膜底部始終有一個玩意兒揮之不去，真奇怪。我隨著車身的晃動思考靜子的事，除了近在眼前的東西，什麼都看不到。有一樣東西在視線中心晃來晃去，把我的注意力全都吸引了。最初看到那樣東西時，我並沒有在意。忽然，它好像刺激到我的神經。

「我為何要在乎這個？」我一片迷茫，陷入沉思。不久之後，我找到此事的關鍵。我記憶中的東西跟現在視線中心的東西正好吻合，這也太巧了，我非常吃驚。

我眼前是一名司機，身材魁梧，穿一件薄薄的深藍破外衣，弓著腰看著前方開車，一雙大手在他厚實的肩膀前靈活掌控著方向盤。他那雙粗大的手之所以會吸引我的注意，可能是因為戴著一雙高級的手套，跟他本人顯得格格不入，那還是一雙很厚的手套，跟當前的時節同樣顯得格格不入，可是

手套上裝飾的鈕扣才是關鍵。我終於發現，我在小山田家的天花板上發現的磨砂金屬鈕扣原來是手套上的裝飾。在檢察官系崎面前，我提到過這個金屬鈕扣，可惜我當時沒有把鈕扣帶過去，而且我們並不怎麼在意凶手留下的東西，因為我們很早就斷定大江春泥便是凶手。現在，鈕扣還在我的背心口袋裡。我從未想過鈕扣會是手套上的裝飾，可是凶手為了不留下指紋，戴了手套，沒有留意到上面的裝飾掉了，這種推測細想之下，不是很合理嗎？

我看到司機手套上的裝飾鈕扣，除了醒悟到我在天花板上撿到的是什麼東西以外，還掌握更多線索。兩種鈕扣的形狀、顏色、大小都很相像，而且司機右手手套上的鈕扣只剩下底座，主體部分不知所蹤。如果我在天花板上撿到的鈕扣跟這個底座剛好相配，這表示什麼？

「哎，哎，我能瞧瞧你的手套嗎？」我問司機。

我忽然提出這樣的要求，司機覺得很奇怪，但他還是減慢車速，摘下手套，遞到我手上。我看到另外那個完整的鈕扣上有字母浮雕，是R.K.BROS. CO.，跟我撿到的鈕扣上的字母一模一樣。我大吃一驚，並且心生恐懼。

把手套遞給我之後，司機繼續開車，就像沒事一樣。我看著他魁梧的後背，腦子裡除了一個瘋狂的念頭以外，別無他物。

「大江春泥……」我嘟囔地說，司機應該能聽清楚我在說什麼。我一邊說，一邊注視司機在駕駛位置上面的反光鏡裡的臉，那張臉一點變化都沒有。我這個瘋狂的念頭實在愚蠢，再說，大江春泥也不會仿效羅蘋[8]。

我坐車回到家，另外給司機一些錢，問他：「你手套上的裝飾鈕扣是什麼時候掉下來的，還有印象嗎？」

「鈕扣？本來就沒有。」司機露出奇怪的表情，「別人送給我這副手套，他自己不能戴了，因為手套雖然很新，卻掉了一顆鈕扣。送我手套的是小山田先生，他剛剛去世了。」

「小山田先生？」我很吃驚，睜大雙眼，接著問他，「就是我們剛才告

---

8. 法國作家莫里斯・盧布朗（1864～1941）筆下的俠盜亞森・羅蘋。——譯注

別的小山田家的那位先生？」

「沒錯。他是我的老主顧，他在世的時候經常讓我送他上下班。」

「你開始戴這副手套是什麼時候？」

「天還很冷時，他把這副手套送給我。這麼高級的手套，我捨不得立刻戴。今天是我第一次戴，我原先那副手套壞了，不戴手套開車，手容易在方向盤上打滑。你問這些做什麼？」

「沒事，只是一些小問題。你能把這副手套賣給我嗎？」

為了得到這副手套，我花了不少錢。回家以後，我拿出在天花板上撿到的鈕扣對比，兩者的確完全相同，我撿到的鈕扣跟底座也剛好配套。如果說這純屬巧合，也太不合情理了。大江春泥戴過有這種裝飾鈕扣的手套，小山田六郎也戴過，而且前者手套上掉落的鈕扣剛好跟後者手套上殘留的底座完全配套，這真的只是湊巧嗎？

隨後，我帶著手套來到銀座的泉屋洋貨屋，這是本市同類店鋪中最好的，我請店內人員幫忙看看這副手套。他們說，手套多半是英國製造的，在日本非常少見。我還瞭解到，R.K.BROS.CO.公司並未在日本設立分公司。想到前年9月之前，六郎一直在外國工作，我斷定手套應該是六郎的，而且是他把鈕扣掉在天花板上。

「這是怎麼回事？」我抱頭趴在桌子上，「這表示……表示……」我自言自語說個不停，逼迫自己集中精力找到一個站得住腳的理由。

很快，我產生一個奇異的念頭。山之宿町又窄又長，沿隅田川伸展開來。小山田家位於此處，當然緊靠著河流。我在小山田家時，曾經多次從小洋樓窗前朝隅田川那邊張望。然而，到了這時，我好像才意識到這一點，從中找到新意義，並從這個新意義中受到刺激，這是怎麼回事？

忽然，一個龐大的字母U出現在我混亂的頭腦中。U左上端是山之宿町，右上端是小梅町，跟六郎下棋的朋友就住在那裡，吾妻橋剛好位於U底端。我們原本認為案發當晚，六郎是從U右上端出發，走到U底端左側時被春泥殺死。可是河水的流向呢？隅田川是從U上端往下端流，屍體被扔進河裡以後，不應該停在原地不動，應該從上游順流而下漂到吾妻橋下的碼頭，卡

在那裡。

屍體是順流而下漂過來的⋯⋯屍體是順流而下漂過來的⋯⋯它最初在哪裡？這件命案是在哪裡發生的？我開始胡思亂想，無法自拔。

# 九

接連幾個晚上，我都在想這件事，它對我的吸引力甚至超過靜子。我深陷在這種神奇的胡亂思想中，似乎忘記了靜子。為了核實一些事，我去找過靜子兩次。每次一打聽到真相，都會立刻告辭回家。靜子應該會覺得奇怪，總是帶著悲哀和孤獨的神色送我到玄關。

我利用五天的時間編造一個看似全無意義的構想。我據此寫了一份建議書，準備交給檢察官系崎。現在我稍微修改一下這份建議書，抄錄在此，這樣就不需要重新描述了。若我沒有推理小說家的想像力，多半是編不出這些來的。之後，我才明白這其中另有深意。

（前略）所以得知在靜子客廳天花板上找到的金屬玩意兒可能是小山田手套上掉下來的裝飾鈕扣時，我心中那些長久無法找到答案的疑問便紛紛湧出，好像都要為此事提供證明。其中包括屍體帶著假髮；假髮是死者親自訂做的（我也可以解釋屍體為何會赤身裸體）；平田在死者死後，再未寄來恐嚇信；六郎是一個恐怖的性虐待狂（這種特質大多不會從外表上表露出來）⋯⋯這些情況好像全都是偶然，但全都指向一個結論，只要認真想想就能明白。

為了使我的推理更加有理有據，我發現上述情況後，馬上開始搜集證據。首先，我來到小山田家，經夫人靜子的允許進入死者的書房，做了一番調查。

要瞭解一個人的性格和秘密，書房是最好的調查對象。我在夫人不解地注視下，用近半天的時間反覆搜查所有書櫥、抽屜。不多時，我發現書櫥

中只有一個是鎖著的。我問夫人鑰匙在哪裡。夫人說，六郎把鑰匙拴在懷錶上，一直帶在身上。案發當晚，他將鑰匙放在腰帶裡帶走了。我沒有辦法，只能說服夫人砸鎖打開書櫥。

六郎幾年來的日記、幾袋文件、一疊信、書，都裝在這個書櫥裡。認真翻查過後，我找到三份跟此案有關的文件。第一份是跟夫人靜子結婚那年六郎寫的日記，其中用紅墨水在婚禮前三天的日記旁寫了這樣一番話：

（前略）我已經瞭解到那個叫平田一郎的年輕人跟靜子有過親密關係。不過，靜子後來很討厭他，無論他做什麼，她都不肯再回應。最終，她利用父親破產的機會，從他的世界消失了。事情到此為止，這些都已成為過去，我不打算再追究了。

原來一開始結婚時，六郎就借助某種途徑知道夫人的秘密，卻從未向夫人提起。

第二份文件是大江春泥的短篇小說集《天花板裡的遊戲》。小山田六郎作為一名實業家，書房裡竟然會出現這樣一本書，真叫人大吃一驚。我疑心是自己看錯了，直到靜子夫人提到，六郎在世時非常喜歡看推理小說。這本短篇小說集的扉頁上印著春泥的珂羅版⑨肖像，版權頁上還有作者的原名平田一郎，這一點需要留意。

第三份文件是博文館發行的雜誌《新青年》第6卷第12號。其中並未刊登春泥的小說，但扉頁印著半頁原稿的照片，跟原件同等大小，並在空白的地方寫明：「大江春泥筆跡。」對著光觀察這張照片，會發現這張厚紙上隱約有不少橫七豎八的線條，好像用指甲抓出來的，真是奇怪。唯一可能的推測是，有人曾經用鉛筆照著這張原稿反覆臨摹春泥的筆跡。我的想像逐一得到證實，這讓我深感恐慌。

當天，我請求夫人把六郎回國時帶來的手套找出來。夫人花了很長時間才找到一副手套，跟我從司機處得到的完全相同。在把手套給我時，夫人滿

---

9. 在塗過感光膠層的玻璃片上曬製底片，製成的字畫複製品。——譯注。

臉困惑，說還有一副手套怎麼都找不到了，真是怪事。

　　日記、短篇小說集、雜誌、手套、在天花板上找到的金屬鈕扣，所有這些我都能隨時出示作為證物。除了這些，我還調查了一些事。就算拋開這些事，只透過以上情況也能推導出小山田六郎是一個可怕的性虐待狂，是一個藏在老實本分外表下的扭曲的怪物。

　　先前我們一直抓著大江春泥這個名字不放，但是我們原本不應該執著於這一點，不是嗎？我們一開始就根據大江春泥血腥的小說、反常的生活方式等判定這些奇怪的舉動必然出自他之手，這個結論太武斷了，不是嗎？把自己藏得這麼嚴實，一點蛛絲馬跡都不露，大江春泥是怎麼做到的？若他果真是凶手，這不是太奇怪了嗎？正因為他根本不是凶手，他只是生來厭惡與人交往（他對外人的厭惡隨著他名氣的提升而增加），選擇了隱居世外，我們尋找他才會這麼困難。他可能像你說的那樣，已經逃離了日本，可能正打扮成中國人，在上海哪個街角悠閒地抽水菸。如果他沒有離開日本，他又的確是凶手，他花費這麼多年才制定如此縝密的報復計畫，卻在殺了六郎後，一下停手了，好像報復了一個次要的對象，就把最重要的對象遺忘了，這是怎麼回事？要怎麼解釋才能說得通？任何人若讀過他的作品、知道他的習慣，都會覺得他這樣做實在太反常了。

　　還有一個更加顯而易見的事實，就是春泥是如何把小山田手套上的裝飾鈕扣丟到了天花板上？手套是外國貨，在日本很難買到，而且六郎送給司機的手套剛好也掉了一顆裝飾鈕扣，非要說是大江春泥而非小山田六郎偷偷藏在天花板上，未免太不合乎情理了，不是嗎？你可能會說，如果真是六郎幹的，他卻隨手把這麼關鍵的證物送人，這又怎麼解釋？我會在之後詳細解釋此事。從法律角度說，六郎的行為並未違法，他只是在玩變態的性愛遊戲。對他來說，手套上的裝飾鈕扣丟在天花板上根本無關緊要，他用不著像罪犯一樣擔心鈕扣會變成證物。

　　六郎的日記、春泥的短篇小說集、《新青年》雜誌和六郎書房上了鎖的書櫥，這些同樣能證明春泥不是罪犯。書櫥只有一把鑰匙，六郎又隨時帶在身上。這說明是六郎在玩這個陰毒的遊戲，退一步還能說明春泥無法偽造這

些證物，放進六郎的書櫥嫁禍他。因為要偽造日記是不可能的，況且除了六郎，任何人都無法打開書櫥。

於是，讓人預想不到的結論出現了，我們原先非常確定的凶手大江春泥也就是平田一郎，其實從一開始就跟這件事一點關係都沒有。小山田六郎用種種驚人的欺騙手段騙過了我們。小山田表面看來是一個有錢的紳士，實際卻懷揣著這種陰毒、幼稚的念頭。我們無法想像，在外面，他是那麼老實寬厚的人，到了臥室，竟然會變成令人厭憎的魔鬼，不斷用外國製造的馬鞭鞭打可憐的靜子夫人。然而，很多人都同時兼具謙謙君子和歹毒魔鬼兩張面孔，平日越是老實寬厚的人越容易拜入魔鬼門下，不是嗎？

我是這樣想的，小山田六郎大約四年前到歐洲出差，在兩三個城市逗留兩年左右，其中大多數時間在倫敦。他應該就是在那段時間養成惡習，一發不可收拾（從碌碌商會的職員那裡，我打聽到他在倫敦的一些風流事）。前年9月，他回到日本，把這種惡習也帶回了日本。他開始肆無忌憚地對此前深愛的靜子夫人發洩。去年10月，我第一次見到靜子夫人，就看到她脖子上有恐怖的傷痕。

一旦養成這個惡習，就永遠無法擺脫，好像吸毒上癮。而且症狀還會迅速惡化，需要不斷尋求從未嘗試過的更強烈的刺激。顯然，他昨天玩過的花樣，今天就會厭倦，今天玩過的花樣，明天又會失去興趣。所以除了發瘋般尋找更新鮮的刺激，他別無選擇。

可能就在這個時候，他在機緣巧合下聽說了大江春泥的《天花板裡的遊戲》。他很想讀讀這篇小說，因為他聽說其情節有別於普通小說。就這樣，他找到一個奇妙的知己、有著相同喜好的志同道合者。他那本大江春泥短篇小說集磨損得很厲害，可見他翻來覆去讀過很多遍。在這部短篇小說集中，春泥多次談及暗中窺視獨處之人（尤其是女人）的感覺有多奇妙。六郎此前可能從未意識到這一點，受此影響，他開始仿效小說主角爬到家裡的天花板上做遊戲，窺視夫人靜子獨自一人時是什麼樣子。

小山田家從外面的大門進入玄關，要走很長一段路。六郎回家後可以很容易地避開傭人，藏進玄關旁的儲藏室，從天花板爬到客廳窺視靜子。我還

猜想，六郎可能就是為了隱瞞這個遊戲，才總是在黃昏時去小梅町的朋友家下棋。

此外，六郎在反覆閱讀《天花板裡的遊戲》時，看到版權頁上的作者原名。他是否會疑心靜子當初甩掉的情人就是這個春泥？若真是如此，平田一郎當然會對靜子恨之入骨。六郎就此開始搜集跟大江春泥有關的新聞和傳言，最終確定春泥便是靜子當年的情人。他還發現春泥極度反感與人交往，已隱居世外，不再創作小說。即透過閱讀《天花板裡的遊戲》這本書，六郎找到跟自己有著相同癖好的知己，並找到對妻子滿懷仇恨的舊情敵。六郎便根據這些，設計一個恐怖的玩笑。

他透過暗中窺視獨處的靜子，滿足了自己的好奇心。不過，要讓他這個性虐待狂得到滿足，這種不痛不癢的遊戲是不夠的。他的想像力如此敏銳，他便用它來尋找殘酷更勝鞭打的遊戲。最終，他想到一種嶄新的遊戲，冒充平田一郎寫恐嚇信。他利用《新青年》雜誌第6卷第12號扉頁上刊登的春泥原稿的照片，努力模仿春泥的筆跡，以便增加這個遊戲的趣味性和真實性。這一點能從扉頁上留下的鉛筆痕跡中得到證實。

隔幾天，六郎就會到不同的郵局去，寄出他冒充平田一郎寫的恐嚇信。這對他來說很簡單，他可以利用出去談生意的機會把信投進路過的郵筒。他根據報紙雜誌上對大江春泥的報導，大致掌握此人的人生經歷，編造那些恐嚇信。而他利用在天花板上窺視時的發現，以及他丈夫的身分，很容易掌握靜子的各種活動，一一記錄在信裡。即同床共枕時，他跟靜子聊著天，同時又把靜子的言語、動作記在心裡，假裝是春泥暗中窺視時的發現，記錄在信中，這簡直太恐怖了！他就這樣假冒別人給妻子寫恐嚇信，從這種近乎於犯罪的活動中得到快樂。而他藏在天花板上窺視妻子讀信時的恐懼，同樣感到異常興奮。那段日子，他對妻子的鞭笞應該還在繼續。因為他去世後，靜子脖子上的傷才徹底消失了。他不是因為仇恨，而是因為寵愛，才對妻子做出這種殘酷的舉動。對於這種變態之人的心理，你應該有充分的瞭解，不需要我做額外的說明。

這便是我對小山田六郎才是恐嚇信始作俑者的全部推理。可這原本只是

性變態之人的玩笑，何以會發展成殘酷的謀殺？且被謀殺的竟然是六郎，不僅如此，他還戴了一頂怪異的假髮，渾身赤裸，漂到吾妻橋下，這是怎麼回事？是誰刺傷他的後背？要是此案跟大江春泥一點關係都沒有，有沒有其他罪犯？類似的問題你應該能提出很多。我有必要繼續我的推理，對這些問題做出解答。

簡單說來，可能是小山田六郎的惡行超出限度，神明再也無法容忍，便用這種方式懲罰了他。六郎的死是他自己的過失造成的意外，不是犯罪，沒有凶手。你一定會問，他的後背是怎麼受傷的？我隨後會解釋此事，現在請允許我先說明我的推理。

我的推理是基於他的假髮。你應該還記得，3月17日，我爬上天花板檢查的第二天，在我的建議下，靜子為免繼續被窺視，搬到小洋樓二樓就寢。靜子是怎麼說服她丈夫的，六郎又為何會被她說服，我並不清楚。反正六郎從那以後就不能躲在天花板上窺視了。不過可以想像，六郎可能已經對這種遊戲生厭，改到小洋樓上就寢時，他可能又想到新花樣。我這種推測的依據是假髮。去年年末，他就訂製了那頂假髮。由此可見，他當時是有別的用處，不是為了這個惡作劇，豈料這個惡作劇卻剛好用到這頂假髮。

在《天花板裡的遊戲》一書扉頁，他看見春泥的照片。聽說這是春泥青年時代拍的，一頭黑髮十分濃密，跟禿頂的六郎完全不一樣。若六郎不想繼續躲在恐嚇信、天花板後嚇唬靜子，想假扮大江春泥來到靜子身邊，把靜子對春泥的畏懼變成親眼所見，而非只停留在想像中，那很明顯最有效的方法就是從窗前迅速閃過。六郎將由此感受到無比的興奮。要執行這個計畫，首先要考慮的一點是把禿頂這個顯而易見的特徵遮掩起來，最好的方法是佩戴假髮。戴上假髮以後，從漆黑的窗外迅速閃過（這樣效果更好），這樣就大功告成。靜子會大受驚嚇，絕不會認出窗外的人其實是六郎。

當天晚上（3月19日），六郎從小梅町的朋友家下完棋回家，看到院門大開，就偷偷從院子繞到小洋樓一樓的書房（靜子說他一直把書房、書櫥的鑰匙帶在身上）。在黑漆漆的書房中，他戴上假髮，小心翼翼不讓靜子聽到動靜。然後，他出來攀著院子裡的樹爬到小洋樓的房檐上，又爬到臥室窗

下，透過百葉窗縫向裡窺視。於是，靜子便看見一張人臉出現在窗外。

六郎是怎麼死的？我不得不在解釋這件事之前，先說明一點。我對六郎起疑心後，曾經去過小山田家兩次，走進那座小洋樓，從房內向窗外張望。複雜的情況我就不說了，你只要親自過去看看就明白了。臥室的窗正好對著隅田川，窗下便是小山田家的院牆。院牆和小洋樓的牆壁中間約莫只有一人寬，基本相當於探出的房簷寬度。院牆就建在陡峭的懸崖邊。河面距離院牆大約四公尺，院牆距離二樓的窗戶大約兩公尺。所以六郎要是不小心在窗戶下面踩空了掉下來，很有可能會掉到院牆上，然後掉進河裡。在非常幸運的情況下，他會掉進院牆裡面，但六郎顯然掉進了河裡。

起初，我考慮到隅田川的流向。我覺得更加合理的解釋是屍體是從上游順流而下漂到發現屍體的碼頭，而不是凶手在碼頭附近丟棄了屍體。小山田家的小洋樓外就是隅田川上游，即吾妻橋上游。我由此想到，六郎也許就是從臥室窗前掉下去的。可有一點讓我百思不得其解，就是六郎不是淹死的，而是被利器刺中後背而死。

我忽然想起南波奎三郎[10]的《新犯罪搜查法》中提到一個非常相近的案例。在創作推理小說時，我時常以這本書作為參考，對其中的內容非常熟悉。這個案例是這樣的：

大正[11]六年5月中旬，滋賀縣大津市太湖汽船株式會社的防波堤旁出現一具男性浮屍，其頭部被利器所傷。法醫確定其死因是被刀割傷頭部，然後被拋進水裡，腹部存有積水。這是一起嚴重的刑事案件。警方馬上展開調查，但始終查不出死者的身分。過了幾天，一封請求信寄到大津市警署，寫信者是京都上京區靜福寺金箔商人齋藤，他請求幫忙尋找雇工小林茂三（二十三歲）。警方得知失蹤的小林茂三跟此案遇害者剛好穿著相同的衣服，馬上讓

---

10. 日本檢察官，著有多種刑偵著作。——譯注
11. 大正是日本天皇嘉仁（1879～1926）在位時的年號，從1912年延續至1926年。——譯注

齋藤過來。齋藤確定死者正是小林茂三，並確定死因是自殺，而非他殺。死者偷了老闆很多錢，全都花光後，留下遺書出走。死者頭上類似於刀傷的傷口，其實是從船尾跳水自殺時撞到轉動的螺旋槳留下的。

若不是想起這個案例，我可能不會萌生以上這些天馬行空的念頭。然而，現實大多比作家的想像更荒誕，很多看起來絕無可能的反常之事偏偏是真的。只是這件事跟上面的案例有少許差別，死者腹部並沒有積水，而且凌晨一點，隅田川極少會有汽船開過。

既然如此，是什麼造成六郎後背深及肺部、宛如刀傷的傷口？是小山田家水泥院牆頂端的碎玻璃。你應該在大門兩側的院牆上看到碎玻璃。這種防盜用的碎玻璃有些大到足以造成深及肺部的致命傷口。要說六郎在窗前踩空摔下來時跌到了碎玻璃上，身受重傷，因此喪命，也是合理的推測。至於六郎這個傷口旁為何還有很多比較輕微的傷口，這下也清楚了。

六郎就這樣因為自身放縱的癖好，不小心一腳踩空，掉到院牆上身受重傷，然後掉到隅田川，順流而下漂到吾妻橋碼頭廁所下死去，死得顏面盡失，卻咎由自取。

我的長篇大論就此結束，大概情況已說清楚。另外還有幾點在此解釋一下，六郎死去時為何全身赤裸？因為很多流浪漢、乞討者、刑滿釋放者都混跡於吾妻橋附近。若夜深時分，有人拿走了死者身上的貴重衣物（案發當晚，六郎身穿大島和服夾衣、鹽瀨短褂，還佩戴著一隻白金懷錶），事情就說得通了。（之後，警方抓捕了一個偷衣服的流浪漢，證明我的假設成立。）至於在臥室中的靜子為何沒發現六郎從樓上掉下去了，請你設身處地想像一下，當時她非常恐懼，神經緊繃，又在密封的水泥洋樓上，窗戶跟河面有相當一段距離，而且經常有通宵工作的運泥船從隅田川上划過，人落水的聲音極易跟划船的聲音混淆。另外明確一點，此事並無半點犯罪意圖，只是一個惡作劇，哪怕鬧出了人命（這是任何人都不想看到），這一點仍不會改變。否則六郎不會把證物手套送給司機，直接用自己的名字訂製假髮，將重要的證據隨隨便便放在書房一個隨手一鎖的書櫥裡。（後略）

我從建議書上抄錄了上述內容放在這兒，這就是我的推論。若少了這部

分內容，大家將很難理解我隨後要說的內容。在建議書中，我談到此事從頭到尾都跟大江春泥無關，這是真的嗎？若是真的，我前面為描繪此人用了那麼長的篇幅，不都浪費了？


# 十


寫完這份建議書後，我準備送去檢察官系崎那裡。建議書上寫明了日期4月28日。寫完後第二天，我來到小山田家，想先給靜子看一看，讓她放下心來，不要再為虛無飄渺的凶手大江春泥惶恐不安。在對六郎生出疑心後，我曾兩次到小山田家，卻沒有向她做出絲毫解釋，一門心思搜查。

那個時候，為了六郎的遺產分配問題，很多親戚圍在靜子身邊爭執不休。幾乎無人可以求助的靜子對我更加依賴。這次我來到她家，她馬上高高興興把我帶到客廳。

我急切地告訴她：「靜子，不必再擔心了，從頭到尾沒有大江春泥這個人。」

靜子大吃一驚，不明白我在說什麼，這很正常。我看到她滿臉困惑，楚楚動人，就給她念了那份建議書，一如我過去給朋友念我寫好的推理小說草稿。我念建議書不僅是想讓她明白整件事，就此放心，也是想讓她幫我找出草稿中的不足，做出修改。

對她來說，把六郎的性虐待癖好直接說出來是很無情的。她紅著臉，簡直無地自容。到了手套那部分，靜子說：「我也很奇怪為什麼找不到另外那副手套了，同樣的手套明明有兩副。」

到了六郎過失導致自己死亡的部分，靜子驚訝得面色慘白，張口結舌。

我讀完建議書時，她依舊滿臉困惑，連聲感嘆。不過，她最終還是露出放心的表情。這應該是因為她發現大江春泥的恐嚇信是假的，自己沒有生命危險，再也不必擔驚受怕。我還冒昧地猜測，得知六郎之死是自作自受，她

對我們這種不正當關係的自責感減輕了，更加放下心來。「那個人這樣對待我，我也就……」這種能幫自己辯駁的理由應該會讓她高興。

　　剛好到了晚飯時間，靜子拿出洋酒招待我。也不知是不是我想多了，我感覺她很開心。我的建議書得到她的肯定，我自然也很開心。在她的勸說下，我一杯接一杯喝著酒。我的酒量並不好，很快漲紅了臉。然後，我莫名其妙變得情緒低落，不再多說什麼，靜靜注視著靜子。她最近憔悴了很多，可是她本來就面色蒼白，她柔軟而富有彈性的身體、內心如同鬼火般狂熱的激情產生的神奇吸引力猶存，更從她那件老式法蘭絨襯衫突顯出的凹凸有致的身體中展露出一種從未有過的妖媚。在衣服的包裹中，她的身體扭來扭去。我看著這一幕，隱約想像到她衣服下美麗的裸體，不由得心潮起伏。

　　我們就這樣說了一會兒話。藉著酒勁兒，我有了一個相當美好的計畫，到一個隱秘的地方租下一間房子，我和靜子在那裡約會獨處。女傭人出去後，我準備馬上把這個汙穢的計畫說給靜子聽。我一下拉過靜子，第二次親吻她。我的手慢慢撫摸著她的後背，指尖觸碰到她的法蘭絨襯衫，感覺很舒服。我的嘴湊到她耳邊，低聲說出我的計畫。我如此粗魯，她卻沒有拒絕，還微微點頭答應下來。

　　隨後的二十多天，我們頻頻約會，翻雲覆雨，宛如噩夢，我都不知道該怎麼記下這段經歷。在根岸的御行松河岸邊，我租了一座帶有倉房的老式房屋，請旁邊一家雜貨鋪的老太太幫忙看門。我和靜子到那裡約會，一般是在中午時分。我生平第一次對女人的熱情和強大力量有了切身體會。我和靜子有時像回到了小時候，在如同魔幻世界的老屋中做遊戲。兩人像獵狗一樣伸著舌頭，喘著粗氣，聳著雙肩，互相追逐打鬧。我快要抓住她時，她就扭動身體，像海豚一樣靈巧地擺脫我的雙手。我們互相追來追去，拼盡全力，最後都精疲力竭，互相擁抱著倒下去，像死了一樣。我們有時會在黑乎乎的倉房裡逗留一到兩小時，一句話也不說。如果有人躲在倉房外，可能會聽到一個女人在不停地抽泣，還有一個男人也在發出低沉的哭泣聲。

　　一天，靜子帶來了一束芍藥花，從中拿出一條外國製造的馬鞭，那是六郎在世時很喜歡的東西。我莫名感到恐懼。靜子赤身裸體，讓我仿效六郎，

用馬鞭打她。經過六郎那麼長時間的性虐待，靜子可能已經變成一個受虐狂，迫切想要被人虐待。我若跟她約會半年以上，會不會也變成六郎那樣的施虐狂？在她的再三懇求下，我終於朝她柔軟的胴體揮出了鞭子。看見可怕紅腫的傷痕忽然出現在她白皙的皮膚上時，我居然覺得快活至極，這太恐怖了。

可是我寫這份記錄不是為了記下這些男女之事。若我之後想把此事改寫成小說，可能會對這些男女之事做出詳細描述。接下來我要說的是靜子就六郎的假髮說的一些話。假髮的確是六郎特意訂製的。對於自己的禿頂，六郎十分敏感，為了在跟靜子交歡時遮掩醜陋的頭頂，六郎堅持要訂製這頂假髮。靜子笑著阻止他也沒用。

「你之前怎麼沒提起這件事？」我問。

「我不好意思說。」靜子答道。

二十幾天過去了。我覺得這麼久不去小山田家會惹人生厭，又去那裡拜訪。我見到靜子，跟她一本正經說了大約一個小時的話。然後，我告辭了，靜子像往常一樣幫我叫了車。司機剛好是上次賣手套給我的青木民藏，我再次進入那個奇異的白日夢。

他用跟一個月前一樣的姿勢握著方向盤，挺直肩膀，依舊穿著那件薄薄的深藍破外衣（直接套在襯衫上）。前面的擋風玻璃和上面的後視鏡也跟一個月前沒有任何區別。只是他戴了另外一副手套。我由此生出奇異的感受，想到上次我曾叫司機「大江春泥」。有關大江春泥的各種事情，包括他的照片、他奇怪的小說情節、匪夷所思的生活方式等，忽然全都在我的腦海中浮現出來，真是奇妙。我甚至開始疑心身旁這個人就是大江春泥。我在剎那間變得神志不清，說了一些奇怪的話：「哎，哎，青木！小山田先生把那副手套送給你是什麼時候？」

「你說什麼？」跟一個月前一樣，司機滿眼疑惑不解，轉頭看看我，「嗯……是去年，好像是11月……我記得很清楚，是月末，我到帳房領薪水，還得到不少東西，那天是11月28日，我敢肯定。」

「哦？11月28日，你肯定？」我像在夢囈，仍未清醒過來。

「先生，你總是問那副手套的事，那副手套怎麼了？」司機笑著問。

我沒說話，看著擋風玻璃上的灰塵發呆。汽車繼續開出四五百公尺遠，我一下直起身來，抓著司機的肩膀大叫：「哎，你說的是真的？到了法官那裡，你也能確定那天是11月28日嗎？」

汽車扭動起來，司機急忙把住方向盤，把車穩住。

「你說去見法官？你可不要嚇我。但那天肯定是11月28日沒錯，我的助手當時也在那兒，他能幫我作證。」他說得很認真。

「馬上把車開回去。」

司機滿臉驚慌，但還是照我的意思，開車回到小山田家門口。

汽車停下後，我馬上跑到玄關，抓著一個女傭人問：「去年年末大掃除，是不是把日式房間的天花板全都拆下來用鹼水清理了一遍？」

之前說過，靜子曾經在我爬上天花板時提到過這個情況。女傭人注視著我的臉，以為我瘋了。她說：「沒錯，請來了清潔公司的人幫忙，但用的是清水，不是鹼水。那一天是12月25日沒錯。」

「所有房間的天花板都沒落下嗎？」

「沒有，一個都沒落下。」

靜子可能聽見了我跟女傭在說話，從裡面出來，走到玄關，憂心忡忡看著我問：「出什麼事了？」

我複述剛才的問題，靜子做出了跟女傭人完全相同的解答。我簡單說聲告辭，匆忙上車讓司機送我回去。坐在座椅深處，我又開始自己擅長的自由想像。

去年12月25日，小山田家日式房屋的天花板全都拆下來清理了一遍，說明在那以後，那個裝飾鈕扣才被丟到天花板上。可是11月28日，小山田已經把手套送給了司機。之前也提到，手套上掉落的鈕扣之後的確掉到了天花板上，即這個鈕扣在掉下來之前就消失了。這也太神奇了，就跟愛因斯坦的物理學實驗一樣。這到底是怎麼回事？我開始集中精力思考。

為了慎重起見，我又去車庫跟青木民藏見了一面，還詢問了他的助手同樣的問題。助手確定那天是11月28日沒錯。其後，我找到負責清理小山田家

天花板的主要工作人員，得知清理的日期的確是12月25日。清理人員還說，天花板上不可能留下任何東西，因為他們把每塊天花板都拆下來清理了一遍。

既然如此，若一定要說是小山田把鈕扣丟到了天花板上，就只能推測鈕扣掉下來時，小山田將其裝進衣兜，接著忘了此事。隨後，小山田把手套送給了司機，因為覺得手套在自己這裡派不上用場了。過了一個月或三個月（2月，靜子開始收到恐嚇信），小山田爬上天花板時，衣兜裡的鈕扣剛好掉到天花板上。可這種推測很不合理，因為手套上的裝飾鈕扣不是放在外衣衣兜裡，而是放在內衣衣兜裡，這一點本身就非常奇怪（手套通常都是放在外衣衣兜裡，但小山田爬上天花板時，應該不方便穿著外衣，更別說西裝外衣了）。更何況小山田那麼富有，應該不至於一個冬天過去了，還穿著同一件衣服。

整件事又徹底顛倒過來，大江春泥再度成為嫌犯。莫非小山田是性虐待狂這種酷似偵探小說的線索讓我做出了荒謬的推測？（可是他的確曾經用外國製造的馬鞭鞭打靜子。）如此說來，小山田的死因是他殺？

大江春泥，哦，這頭怪物再度闖入我的內心。

這個念頭讓所有事情都變得可疑了。仔細想來，我僅僅是一個靠想像寫小說的作家，卻輕易建構出了建議書中那樣複雜的推理，未免太荒謬了。我隱約感覺到，建議書中存在巨大的漏洞。這段時間，我遲遲沒有重新抄錄建議書，將其送出去，而是一心沉溺在跟靜子的歡好中，莫非是因為我早有預感，建議書中有漏洞？真慶幸我沒送出建議書。

細細想來，此事的證據如此完整，好像準備好了一樣，我一到小山田家，輕而易舉就找到了。一個偵探得到過多的證據，就要提高警惕，這是大江春泥在小說中的話。第一點，那些恐嚇信的筆跡跟大江春泥那麼相像，要說是六郎偽造出來的，很沒有說服力。筆跡也許可以模仿，但行文風格怎麼模仿？本田說過，旁人很難模仿春泥的行文風格。作為一名實業家，六郎怎麼可能把那種特徵性極強的風格模仿得惟妙惟肖？春泥有篇短篇小說叫《一枚郵票》，現在我才想起來。其中描述了一名醫學博士的太太，患了歇斯底

里症，對丈夫心懷怨恨，因此寫了些字條，裝成是丈夫模仿自己的筆跡寫的，誣陷丈夫殺人。在這件事上，春泥會不會採用同樣的手法誣陷六郎？

從某個角度說，這件事就像匯總了春泥小說中各種精彩橋段。比如從天花板上窺視、用裝飾鈕扣作為證物都取材於《天花板裡的遊戲》；模仿春泥的筆跡取材於《一枚郵票》；靜子脖子上的傷痕暗示其丈夫有性虐待的癖好取材於《D坂殺人事件》。碎玻璃造成的傷口、屍體赤身裸體漂到廁所下面，這起案件更從頭到尾都瀰漫著大江春泥獨有的氣息。若說這些都是巧合，未免也太過湊巧了？大江春泥的陰影在整件事情的發展中無處不在。我感覺自己像在大江春泥的操縱下，編出了符合他意願的推理。更有甚者，我感覺他好像就附著在我身上。

春泥一定藏在某個地方旁觀事件的發展，一雙眼睛宛如毒蛇。我這樣懷疑是一種直覺，並無理智作為基礎。只是大江春泥到底在什麼地方？

我躺在被子上苦思冥想。接連數日天馬行空的想像讓我這種強壯的人都感到疲倦。我不由自主睡著了，做了個奇怪的夢。等再醒過時，我想到一件怪事。

雖然已經是深夜時分，我還是給本田家打電話。

「你曾提到大江春泥的老婆長了張圓臉，有這麼回事嗎？」我連個招呼都沒打，直接問出這樣的問題。

本田不明所以，說：「哦，我是提到過。」停頓一下，他聽出是我，聲音馬上變得十分困倦。

「她還總是留著西洋髮式？」

「哦，是的。」

「戴著眼鏡？」

「哦，對。」

「裝了金牙？」

「是的。」

「還總是牙痛，臉上貼著治牙痛的膏藥？」

「真是什麼都瞞不過你，你見過她？」

「沒有，是從櫻木町一帶的住戶那裡打聽到的。你見到她時，她也在牙痛嗎？」

「哦，每次都在牙痛，可能生來牙就有問題。」

「膏藥貼在右臉上？」

「記不清了，可能是右臉。」

「可是一個年輕女人梳著西洋髮式，卻在臉上貼著如今沒有人再貼的老式膏藥，好像有些古怪。」

「你說的沒錯，老師。可是你問這些做什麼？你找到線索了？」

「是的。以後若有時間，我再跟你細說。」

我用這種方式向本田核實之前打聽到的情況，以免出什麼差錯。

接下來，我在稿紙上畫出各種圖形，寫出各種文字和公式，好像在做幾何題。我寫寫擦擦，反覆折騰到黎明。

# 十一

正因為這樣，我接連兩天都沒有寫信約會靜子。這件事先前一直由我主動，但靜子可能是著急了，主動寫信邀請我明天下午三點一定要去老屋跟她相見，還在信中抱怨：「瞭解到我是一個放浪的女人，你就開始厭惡我、畏懼我？」

我收到信，不知何故，一點都不想去跟她見面。不過，我還是準時趕到御行松那座魔幻的老屋。

已經是6月，梅雨季節即將開始。灰暗的天空壓下來，就要壓到地上，讓人呼吸困難。我從電車上下來，在悶熱的天氣走了三四百公尺，腋下和脖子上都是汗。我伸手摸一下，發現富士綢內衣被汗濕透了。

我趕到之前，靜子先到了，坐在倉房的床上等我。倉房二樓鋪了地毯，放著一張床、幾把長椅、幾面鏡子。這是我們做遊戲的地方，我們極力裝點

了一番。地毯和床褥全都是靜子買來的精美高級貨，我勸靜子不要買，她不肯聽。

靜子坐在雪白柔軟的床墊上，身穿華美的結城絲綢單衣和服，腰間繫著帶梧桐葉繡花的黑緞帶，頭髮梳成美豔的圓形髮髻。在昏暗的房間裡，西洋家具和她傳統的日式打扮形成鮮明的對比。看著眼前梳著油光水滑圓形髮髻的未亡人，我立即想到另一個妖媚放浪的女人：她的髮髻鬆了，瀏海亂糟糟垂在額頭上，腦後的頭髮汗濕了，胡亂纏在一起。她每次都要對著鏡子整理半個小時的頭髮，才能離開這個幽會地，回到小山田家。

「幾天前，你過來問年末大掃除的事，是不是出什麼事了？當時，你看起來驚慌失措。你這樣做有何目的，我怎麼想都想不明白。」靜子看到我進來，開門見山地問。

「想不明白？」我一邊脫掉上衣一邊說，「了不得，我犯了一個了不得的錯誤。12月底清理天花板，而在一個月前，小山田手套上的鈕扣就掉下來了。司機告訴我，他得到那副手套是11月28日，在此之前，手套上的鈕扣應該已經掉了。如此一來，事情的前後順序都顛倒過來了。」

「啊，」靜子好像還不明白發生什麼事，露出吃驚的神色，「鈕扣要先從手套上掉下來，接著才會掉到天花板上吧！」

「兩者之間的時間很有問題。真奇怪，小山田爬到天花板上時，鈕扣掉下來了，卻沒有掉到天花板上。也就是說，通常說來，鈕扣從手套上掉下來以後，馬上就會掉到天花板上。但這顆鈕扣從手套上掉下來以後，隔了幾個月才掉到天花板上。要用物理學原理說明這件事，無論如何都說不通。」

「沒錯。」靜子面色發白，像在思考什麼。

「有一種解釋也許能站得住腳，就是從手套上掉下來的鈕扣被裝進小山田的衣兜，過了幾個月才不慎被丟在天花板上。可是小山田去年11月穿的衣服，到今年春天還在穿，這有可能嗎？」

「不可能。我丈夫年末就會換上更厚更暖和的衣服，他是那種相當講究的人。」

「所以，這件事非常奇怪。」

「你的意思是⋯⋯」她倒吸一口涼氣，「還是平田⋯⋯」她後半句話沒有說出來。

「沒錯。這件事有強烈的大江春泥的氣息，我不得不推翻建議書上的推理。」

我簡單向靜子解釋一下，此事幾乎相當於大江春泥小說的橋段匯總，證據太完整了，偽造的恐嚇信也太像真的。

「你可能不瞭解春泥此人和他奇怪的生活方式。他總是拒絕見來訪的客人，這是為什麼？難道只是因為他不想見客，才經常搬家和旅行或是假裝生病嗎？到了最後，他甚至在向島的須崎町租一間房子，卻白白空置著，這究竟是怎麼回事？一個小說家無論多麼厭惡世人，都不至於這樣。他若不是在為殺人做準備，就太奇怪了。」

我坐到靜子身邊。想到一切事情可能是春泥做的，靜子不禁顫抖起來，緊緊靠在我身上，用力抓住我的左手。

「我幾乎成為被他操縱的玩偶。模仿他的推理，根據他給出的表面證據，我做出我的推理，僅此而已。哈哈哈哈！」我自嘲地笑著，「我會想些什麼，他全都想到，還預先準備好證據，這簡直太恐怖了。普通的偵探必定跟不上他的思路，這樣天馬行空的想像只屬於我這種推理小說家。然而，若春泥真是凶手，又有一些不合情理而讓人難以理解的地方，春泥這個歹徒非同一般的心機就表現在這裡。不合情理的地方有兩處，第一處是小山田死後，恐嚇信就銷聲匿跡，第二處是小山田的書櫥中為何會有日記、春泥的小說、《新青年》雜誌這些東西？如果春泥真是凶手，就無法解釋這兩件事。日記上空白處的文字可能是春泥模仿小山田寫的，《新青年》雜誌扉頁上的痕跡可能是春泥悄悄畫上去迷惑我們的。但小山田先生始終把鑰匙帶在身上，春泥是怎麼得到鑰匙的？又是怎麼進入書房的？我為此苦思冥想兩天，最終找到答案。」

「剛剛我提到，春泥的氣息充斥著整個事件。為了找出答案，我開始重溫他的小說。我沒有跟你說過，先前我聽博文館的編輯本田說，他曾經看見春泥出沒於淺草公園，打扮成一個小丑，戴著紅色尖頂帽。我去廣告公司問

過此事，對方說這種人應該本來就是流浪漢，住在淺草公園。春泥跟淺草公園的流浪漢混跡在一起，這是史蒂文森《化身博士》[12]中的情節。接下來，我開始尋找春泥有沒有寫過情節類似的小說。消失之前，春泥寫了一篇長篇小說《全景國》，之前還寫了一篇短篇小說《一人分飾兩角》，剛好就有這種情節，這些你應該也聽過。我讀完這兩篇小說，就明白春泥多麼想仿效《化身博士》中的情節，一人分飾兩角。」

「我太害怕了！」靜子用力握住我的手，「不要說了，你說話時看起來真恐怖。倉房這麼暗，我不想聽這些話。我不願意再想起平田，只想這樣跟你廝守下去。」

「可是你聽好了，此事非常重要，關係到你的生死。要是春泥不打算就此放過你……」我已經失去跟她做遊戲的閒情逸致，「在這件事情上，我又找到兩個非常奇異的相同點。用專業術語來說，這兩個相同點分別屬於空間和時間。看這張東京地圖……」

我事先準備一張簡單的東京地圖，從衣兜裡拿出來，伸手指著地圖說：「從本田和象瀉警署那裡，我查到大江春泥先後住過的地方，包括池袋、牛込喜久井町、根岸、谷中初音町、日暮里金杉村、神田末廣町、上野櫻木町、本所柳島町、向島須崎町。根據地圖，其中只有池袋和牛込喜久井町距離比較遠，其餘七個地方都密集分布在東京東北角的狹長地段。春泥犯了一個大錯，他住在根岸期間開始成名，很多記者前去採訪他。想到這一點，就不難理解池袋和牛込為何會相距這麼遠。他在搬到牛込喜久井町之前，都是用郵寄的方式送交手稿。用線連起根岸和隨後的七個地方，會得到一個不太規則的圓，解決此事的關鍵就在圓心處。至於這種說法的依據，我立刻就會談到。」

---

12. 《化身博士》是英國作家史蒂文森（1850～1894）的代表作之一，這部科幻小說的主角是一個名叫亨利・傑基爾的醫生，他每到夜裡就會化身成為罪惡的海德先生到處做壞事。——譯注

靜子忽然想起什麼，鬆開我的手，雙手摟著我的脖子，蒙娜麗莎一樣嘴唇中間露出潔白的牙齒，低聲說：「我害怕。」她的臉貼在我臉上，嘴唇也緊緊貼在我嘴上。片刻過後，她稍微挪開嘴唇，用食指撥弄我的耳朵，接著在我耳畔用唱搖籃曲一樣柔和的聲音說：「時間這麼寶貴，卻用來說這麼恐怖的故事，我覺得太可惜了。老師，我的嘴唇有多燙，你感覺不到嗎？我的心在胸腔裡跳得多厲害，你聽不到嗎？快來擁抱我吧，請你擁抱我吧！」

「你再忍一忍，很快就說完了。說完我的推理，我還要跟你商量一件事。」我繼續往下說，完全不理會她對我的引誘，「然後是時間上的相同點。我清楚記得前年年末，春泥忽然在雜誌上銷聲匿跡。我記得你跟我說過，小山田先生剛好也是前年年末返回日本。為何這兩個事件會如此吻合？這是巧合嗎？對於這件事，你是怎麼看的？」

靜子未等我說完，就從房間角落拿來那根鞭子，用力塞到我手裡，一下脫掉和服，趴在床上，從赤裸裸的肩頭上轉頭對我說：「是又怎麼樣？不值一提，根本不值一提！」她瘋狂地念叨著莫名其妙的話語，「快，打我，打我！」她的上半身開始起伏晃動個不停。

我從一扇小窗中看到小片灰色天空。一種如同打雷的聲音夾雜著我的耳鳴在我耳中響起，那可能是轟隆隆開過的電車，但聽起來異常恐怖，如同大批從天上來到人間的魔鬼敲響戰鼓，準備發起進攻。我覺得很難受，可能就是在這種氣氛下，我和靜子都像瘋了一樣。我事後回想起來，覺得自己和靜子這時都很反常。

看著她慘白的胴體香汗淋漓，掙扎不休，我卻繼續堅持說出自己的推理：「另一方面，大江春泥的確參與這件事。可是他像煙一樣消失不見，日本警察為了找這位著名的作家花費兩個月，依舊一無所獲。哦，這件事只是想想都很恐怖。真是太令人難以置信，這居然是真的，不是噩夢。他使用何種隱術才進入小山田的書房，又使用何種方法打開上鎖的書櫥？」

「我不禁想起一個人，此人正是『女』偵探小說家平山日出子，很多作家和編輯都相信此人一定是女人。據說，每天都有很多年輕的男性讀者寫情書給此人。事實上，此人卻是一個男人，還是一個公務員。我、春泥、平

山日出子，我們這些偵探小說家全都是怪物。明明是男人，卻想假裝自己是女人；明明是女人，卻想假裝自己是男人。這種反常的喜好，能讓人做出任何事。據說，有一個作家男扮女裝，夜裡在淺草一帶出沒，跟男人墜入愛河。」

我不停地說著，像發瘋了一樣。我一臉是汗，汗水淌到嘴裡，真是難受。

「靜子，你聽我繼續推理，看看是對是錯。連接起春泥的住所得到一個圓，圓心在哪兒？看看地圖，在淺草山你的家。從你家坐車，只要10分鐘就能到達這些地方。為何春泥在小山田先生回國以後消失了？因為此人不再去學茶道和音樂。你明白嗎？小山田先生在國外期間，每天下午到晚上，你都會去學茶道和音樂。是誰準備好所有證據，引誘我做出這種推理？是誰在博物館找到我，掌控我的所思所想？是你。如果凶手是你，你很容易在日記空白處添加內容，將證據放入小山田先生的書櫥，把鈕扣放到天花板上。我的推理就是如此，對於這個結論，我深信不疑。你還能做出其他推理嗎？說啊，快說啊！」

「你太過分了！你太過分了！」靜子赤身裸體撲到我懷裡，臉緊貼在我內衣上，失聲痛哭。我的皮膚能感覺到她眼淚的熱度。

「你為什麼哭？你剛才為什麼想讓我停下？因為你肯定不願意聽到這種關係到你生死的推理。但我還是要懷疑你，靜子，我的推理還沒有完，繼續往下聽。大江春泥的妻子戴著眼鏡，裝著金牙，臉上貼著膏藥，梳著西洋髮式，臉看起來圓圓的，她為什麼是這副模樣？這跟春泥《全景國》裡的變裝法不是一樣嗎？在那篇小說裡，春泥提到日本最全面的變裝法，包括改變髮型、戴眼鏡、口中塞棉花。他的《一分銅錢》還提到把夜市上賣的鍍金套子套在好牙上，假裝鑲著金牙。你要遮掩自己醒目的虎牙，只能套上鍍金套子。你在右臉上貼著治牙痛的膏藥，是為了掩飾你那顆黑痣。至於梳西洋髮式，把瓜子臉變成圓臉，對你來說都很簡單。透過這種方式，你把自己扮成春泥的妻子。為確定你是否像春泥的妻子，前天我曾經讓本田偷窺你。本田說，你若把圓形髮髻變成西洋髮式，戴上眼鏡，鑲上金牙，就跟春泥的妻子

如出一轍。快坦白吧，事已至此，你難道還想繼續隱瞞嗎？」

　　我推開靜子，她癱倒在床上痛哭起來。我等了很久，她都不肯開口說話。我非常激動，無法控制自己，便拿起鞭子用力鞭打她裸露的後背：「你還不說嗎？還不說嗎？」

　　我拋開一切顧忌，不停地鞭打她，打到她慘白的皮膚發紅，逐漸露出蚯蚓一樣的血痕，滲出鮮血。在我的鞭打下，她的身體扭來扭去，像過去那樣放浪。她用幾乎要斷氣的聲音輕聲叫著：「平田！平田！」

　　「平田？啊，你想繼續隱瞞下去？難道你的意思是，你打扮成春泥的妻子，就代表真的存在春泥這個人？他只是你編造出來的。你假扮他的妻子應付那些編輯，你經常搬家，都是為了隱瞞真相。可是一個根本不存在的人終究會穿幫，你就從淺草公園雇一個流浪漢躺在家裡。是穿小丑服裝的男人打扮成春泥，而非春泥打扮成小丑。」

　　靜子趴在床上一言不發，就像死了一樣。唯有她後背上的紅色蚯蚓伴隨著她的呼吸一起一伏，好像是有生命的。我的激動情緒因為她長久的沉默平復下來。

　　「靜子小姐，我本來希望我們能平靜地交流。可是你一直對我的問題避而不答，並擺出那樣的媚態想糊弄過去。我一時無法控制自己，才會對你做出這種過分的舉動，請你原諒我。現在我要把你做過的事理出前後順序，請你隨時指正。」

　　我按照順序把自己的推理解釋一遍：「你擁有女性難得的聰慧和文采，這一點在你寫給我的信中表露無遺。所以，你會假裝自己是一個男人，匿名創作推理小說，這並非難以理解的事。可是你的小說得到如此高的評價，是你沒有想到的。你開始成名時，正好趕上小山田先生要出國，兩年以後才會回來。為了消除寂寞，也為了滿足你奇怪的喜好，你設計一個恐怖的圈套，一人扮演三個人。你寫過一篇小說《一人分飾兩角》，在此基礎上，你更進一步，想出一人分飾三角的計畫。你先是在池袋和牛込分別找到兩個收信地址，然後在根岸租下一間房子，租戶寫的是平田一郎的名字。你還藉口不喜歡跟人往來和外出旅行，讓平田本人隱身。跟稿件相關的所有事，都由你假

扮的平田太太代勞。也就是寫稿子時，你是平田，筆名大江春泥；跟編輯見面和租房時，你是平田太太。回到山之宿町的小山田家，你又成為小山田夫人。你明明是一個人，卻飾演三個角色。每天下午，你都要假裝學習茶道和音樂，從家裡出去。你一個人分成兩個人，半天是小山田夫人，另外半天是平田太太。租的房子太遠，不方便你改變髮式和衣服，因此你每次搬家都會選擇距離山之宿只有十分鐘車程的地方。我非常能理解你為什麼要這樣做，因為我也很喜歡獵奇。世間只怕找不到比這個更吸引人的遊戲，就算費力也是值得的。有一個評論家曾經評論春泥的小說充斥著讓人難受的猜忌，那是女性的專屬，猶如在黑暗中隨時準備行動的陰獸。現在想來，那個評論家說得沒錯。」

「兩年轉瞬即逝，小山田先生回到日本。你無法繼續扮演三個角色，就安排大江春泥人間蒸發。可是人們並未因此產生多少懷疑，因為人們都知道春泥對人際交往厭惡至極。至於你為何要犯下之後那種恐怖的罪行，我作為一個男人，實在猜不透你是怎麼想的。我看過有關變態心理學的書，知道日本和外國有很多罹患歇斯底里症的女人寫恐嚇信給自己，嚇唬自己，博得別人的同情。依我看，你也是這種情況。收到恐嚇信，寫信者還是自己假扮的著名男作家，這簡直太吸引人。」

「此外，對於上了年紀的丈夫，你開始感到不滿足。對丈夫出國期間變態的自由生活，你滿懷嚮往，無法自控。不，更準確的說法是，你無法控制自己想像並期待自己以春泥的名義寫下的犯罪和殺人情節。剛好有春泥這個虛構人物，他已經不知所蹤。你若能把他變成嫌犯，就能保全自己，除掉自己厭惡的丈夫，用他留下的大筆遺產隨心所欲度過餘生。」

「但你還是不滿足，你布下兩道防線，以防萬一。你選中我，來執行你的計畫。我經常批判春泥的小說，你就把我變成任你操控的玩偶，這樣一來，還能報復我。所以，看見我的建議書時，你肯定認為我可笑至極。只要有手套的裝飾鈕扣、日記、《新青年》雜誌、《天花板裡的遊戲》，就能輕而易舉騙過我，用不著多做什麼。」

「可是就像你寫的小說一樣，犯罪者經常在無意中犯下小小的錯誤。

你撿到小山田手套上的裝飾鈕扣，沒有查清楚鈕扣是何時掉下來的，就把它當成重要證據。小山田一早就把手套送給司機，你卻毫不知情，這種錯誤多荒誕呀！跟我先前的推理一樣，小山田先生是墜樓而死，區別在於他當時不是躲在窗外窺視你，多半是在跟你玩性愛遊戲（這就是為什麼他會戴上假髮），被你從窗前推下去。」

「靜子，我的推理成立嗎？請告訴我答案。請你儘管把我的推理推翻，只要你能做到，靜子！」

靜子癱在床上，我將手放在她肩頭，輕輕搖她的身體。她一直沒有抬起頭來，不動，也不說話，可能是羞恥和悔恨使然。

我非常失望，站在那兒不知道應該如何是好。她昨天還是我唯一的摯愛，現在卻倒在床上顯出原形，原來是一頭負傷的陰獸。這一幕讓我的眼睛不由得發熱。

「既然這樣，我先走了。」我振作起來說，「你認真想想往後應該怎麼做，走一條正確的道路。最近這一個月，多虧有你，我見識到一個自己聞所未聞的性欲世界。直到這一刻，我還對你眷戀不捨。可是跟其他人相比，我有更強烈的道德感，它不容許我跟你維持這種關係。好了，就此別過。」

我在靜子後背上宛如蚯蚓的紅腫傷痕上留下真摯的一吻。隨後，我跟我們曾經短暫擁有的性欲世界告別。

天空更加低沉，氣溫又升高了。我渾身都在冒汗，牙齒卻咯咯作響。從這裡出去時，我踉踉蹌蹌，好像發了羊癲瘋。


# 十二


透過第二天的晚報，我得知靜子自殺了。她應該也是從小洋樓二樓跳進隅田川，跟小山田六郎的死亡方式一模一樣。她就此結束自己罪惡的一生，將自己的悔恨全部埋葬。也許是因為水流方向沒有變，她的屍體也漂到吾妻

橋下的碼頭旁。早上，路人發現她的屍體，命運真是可怕。記者不瞭解此事的內幕，在報導結尾處說：「小山田夫人香消玉殞，應該是同一個凶手所為。」

看到這篇新聞，我既為自己愛過的人慘死感到憐惜和深切的悲痛，又相信靜子是畏罪自殺，這也是她唯一的結局。我在最開始的一個多月，始終堅信這一點。

可是天馬行空的想像熱度逐漸冷卻以後，我再度生出可怕的疑慮。在靜子那裡，我連一句懺悔的話都沒有聽到。儘管我的推理有多種證據證實，但是對這些證據的解釋並不像2＋2＝4那樣毋庸置疑，它們全都是我的猜測。先前根據司機和天花板清理人員的口供，我推翻自己建構的看似完美的推理，然後根據同樣的證據，得出跟此前截然相反的推理。我如何能確定，自己的第二個推理不會再次被推翻？其實，在倉房二樓譴責靜子時，我原本不想走到那步田地。我的原計畫是平靜地說出推理，然後看她怎麼提出反對。可是她表現出那種態度，讓我說到一半就開始妄自揣測，武斷地做出結論。到了最後，她不顧我的再三詢問，始終一言不發。我據此判定她的沉默等於認罪，會不會只是我的自以為是？

她的確是自殺身亡。（她真的是自殺嗎？或是他殺？若是他殺，凶手是誰？這太恐怖了！）可是自殺又能代表什麼？能證明她真的犯罪？說不定自殺是因為其他原因！比如她對我那麼信任，我卻懷疑她，她不知道應該怎麼辯駁。於是，一個生來氣量狹小的女人衝動地選擇自殺，這也是有可能的，不是嗎？殺害她的凶手顯然是我，儘管我並未親自動手。剛才我提到也許是他殺，這種情況顯然就是他殺，不是嗎？

如果我只是涉嫌殺害這個女人，說不定還能承受。然而，我胡思亂想的可怕癖好又犯了，讓我想到更糟糕的情況。顯然，她是愛我的。被自己所愛之人懷疑和斥責為可怕的罪犯，一個女人會有怎樣的感受？我陷入想像之中。她之所以選擇自殺，不正是因為愛我卻被我懷疑，不知道應該怎麼辯駁嗎？即使我那個可怕的推理成立，但她為何想要殺掉相守多年的丈夫？為了自由？為了財富？一個女人真會為了這些鋌而走險去殺人嗎？莫非是為了愛

情？她所愛之人不就是我嗎？

哎，這種疑慮簡直可怕至極，要怎樣才能消除它？無論靜子是不是凶手，這個深愛我的可憐女子都是死在我手上。我的道德觀如此狹隘，活該被我自己詛咒。愛情是世間最純潔美好的東西，不是嗎？我卻殘忍扼殺這種純潔美好的愛情，全怪我冥頑不靈如道學家。

如果我的推理成立，她的確是大江春泥，是恐怖的殺人犯，我說不定能得到少許安慰。可是事到如今，我要怎樣才能證明自己的推理成立？小山田六郎已死，小山田靜子已死，大江春泥應該永遠銷聲匿跡。本田曾經說，靜子長得很像春泥的妻子，但也只是很像而已，能作為證據嗎？

我多次拜訪檢察官系崎，打聽案件的進展。根據他含混不清的回答，我明白尋找大江春泥這件事毫無希望。我曾經委託別人到平田一郎的老家靜岡縣調查此人，我仍然懷著一線希望，根本沒有這個人。可惜我卻得知，平田一郎確有其人，只是不知道去哪裡。不過，即使有平田一郎這個人，他的確曾經跟靜子交往，但要說他便是大江春泥和殺死六郎的凶手，我又有何依據？如今他下落不明，想要確定靜子是否曾經用前男友的名字玩這個分飾三角的遊戲，已經不可能。得到小山田家親戚的允許，我對靜子的日常用品和信件進行認真的檢查，但沒有任何發現。

我對自己在推理和胡思亂想方面的癖好後悔不迭。若是可以，我甘願投入畢生精力走遍全日本乃至全世界，尋找化名大江春泥的平田一郎，哪怕最終不會有任何結果也無所謂。可是即使找到春泥，他是凶手也好，不是凶手也罷，多半都只會讓我更痛苦。

距離靜子悲慘地死去已有半年，平田一郎依舊下落不明。隨著日子一天天過去，我無法彌補和恐懼的困惑不斷加深。

# 帕諾拉馬島奇談

## 一

　　一座方圓只有四公里的小島浮在 I 海灣瀕臨太平洋的 S 郡最南邊。這座遠離其他島嶼的小島宛如一個綠色的饅頭扣在那裡，即便是M縣的住戶恐怕都未發現這個奇異的景象。眼下，這個綠色的饅頭除了周圍的漁民偶爾過去轉轉以外，根本無人光顧，簡直成為一座荒島。除此之外，小島地處海角頂端，周圍經常波濤洶湧。若不是遇到風平浪靜的日子，小船要冒很大的危險才能靠近小島，得不償失。當地人稱小島為沖之島，不知何時，其主人變成 T 市的菰田家，M縣的首富。

　　菰田家過去有一幫膽大妄為的漁民，在島上建起房子住下來，並在當地晾曬漁網，建造倉房。然而，這些臨時建造的房屋前幾年忽然都被拆除，小島上開始大興土木。每天都有幾十人乘坐特製的電動船開到島上，有挖土的工人，也有園丁。各種來路不明而奇形怪狀的石頭，以及鋼筋、木材、水泥桶都被運到島上。眾人開始在這座荒島上建造大型工程，卻不知是建造房屋還是園林，十分神秘。

沖之島所屬的郡相當偏僻，政府建造的鐵路乃至百姓自建的輕便鐵路和公共汽車道，在這裡都看不到。小島對岸有幾個又小又窮的漁村，每個村的住戶都不到一百戶，這些漁民家的房屋稀疏分散在海岸邊。各個漁村之間隔著高聳的山崖，往來困難，是一片未開化的地區。正因為這樣，對岸莫名其妙開始大興土木的消息只是在這些漁村之間傳播。這種消息傳播得越遙遠，其本身就會變得越匪夷所思。這項工程如此奇異，若傳到鄰近的小城，會在當地的報紙社會版上熱鬧一段日子，可若是在京城附近，必然會引發風波。

附近的漁民都不明白，菰田家不惜血本在荒島上挖土栽樹、修建圍牆、建造房屋，到底是為什麼。小島如此偏僻，菰田家不至於要搬到這裡生活。可是如此大興土木，只是為了簡單建一座園林，未免太荒誕了，菰田家的男主人莫非已經發瘋了？漁民們這樣議論著，而這並非毫無依據。

菰田家的男主人多年來一直患有羊癲瘋，怎麼治都治不好。前段時間，聽說他去世了，舉行隆重的葬禮，轟動一時。然而，數日過後，他又復活了，真讓人難以置信。不過，此後他時常做一些瘋瘋癲癲而不合常理的事，好像變了一個人。此處的漁民之所以對這項工程如此驚訝，就是因為他們也聽說這種傳言。

儘管人們都對這項工程充滿疑惑，但這件事一直沒有傳到京城一帶。在菰田家男主人的指揮下，工程進行得很順利。三四個月過後，詭異的一幕出現了，整座小島都被一道宛如長城的圍牆圍起來，圍牆內部妥善布置池子、小河、小山、谷地。在小島正中間，還有一座奇異的龐大鋼筋水泥建築聳立著。這個景色如此奇妙，如此壯美，超出人類的想像。此處就不多描繪，以後有機會再說。這項工程要是真能完成，將在歷史上留下濃墨重彩的一筆。現在若能對沖之島上殘留的景致做一番細緻的觀察和品味，必然能發現昔日的美妙，這不是人世間所能出現的。可惜就在快完工時，這項工程遭遇意外，只能停工。

除了少數知情人士，沒有人知道這是怎麼回事。因為工程的一切細節都對外保密，其目的、性質、停工原因都被淹沒在時間的長河中。人們唯一瞭解的是，菰田家的男女主人都在工程停工前後去世。他們並無子女，親戚

繼承他們所有的遺產。他們的死因有多種傳言，但都毫無依據，警方並未留意。

這座島此後依然屬於菰田家，只是島上的建築在工程停止後被廢棄。人工打造的森林和花園因為多年無人照料，風吹雨打，已經今非昔比，到處長滿野草。神奇的鋼筋水泥圓柱也不復昔日的宏偉。菰田家將這些樹和石頭運到島上，花了很多錢。如今要搭上運費，才能把它們運到城裡賣出去，所以所有樹和石頭都留在廢棄的園林裡。大家若能忍受艱苦的旅程，不妨到M縣，登上南面被洶湧波濤環繞的沖之島，必然能看到島上殘留的人造景致，為之讚嘆不已。看過這座宏大的園林，肯定有人能對那個天馬行空的計畫或藝術有所瞭解。不過，島上還有可怕的幽靈或鬼魂在四處飄蕩，上島之後必然也會感知到它們。

事實上，島上發生一件事，讓人驚訝不已。菰田家的親友已經知道這件事的部分內容，可是只有兩三個人瞭解其中最重要的內容，整件事匪夷所思。接下來，我會把這個秘密揭露出來，若大家願意相信我，聽我說完這個看起來非常荒謬的故事，請仔細聽好了。

二

這件事要從東京說起。

東京山手一條學生街上有一座公寓，稱為友愛館。表面看來，友愛館跟普通的公寓差不多，卻跟學生街一點都不搭調。有一個叫人見廣介的男人，住在其中最糟糕的房間裡。只看外表，很難相信他已經過了而立之年。他可能是書生，也可能是無業青年，沒有人清楚。沖之島上的工程開工前五六年，他從一所私立大學畢業。此後，他一直沒有找工作，沒有固定收入。房東對他束手無策，朋友為他擔心不已。最終，他來到友愛館，在這兒住到工程開工前一年。

人見廣介說，他大學時讀的是哲學系，但從來沒有上過哲學課。他時而對獵奇文學書籍著迷，時而又出現在跟哲學毫不相干的建築系教室，認真聽課。沒過多久，他又對社會學和經濟學著迷。很快，他又開始學習繪畫，買來畫油畫的工具。他就是這種朝三暮四的人，學什麼都沒有毅力。可是他這種從未學完任何課程和掌握任何技巧的人卻順利畢業，真是奇怪。若說他學到什麼，也是旁門左道，不是學問正道。正因為這樣，他在畢業五六年後，還是整天無所事事，找不到工作。

可是人見廣介並沒有想過要找工作，過著普通人的生活。事實上，進入社會以前，他已經對這種生活厭惡不已。可能是因為他生來體弱多病，也可能是因為他青春期患有神經衰弱，時至今日，這種疾病仍然困擾著他，讓他不想做任何事。他只在腦海中想像人生的各種事情就足夠了，任何事情都「無所謂」。因此，他一直睡在髒兮兮的公寓裡，一直在做夢。這種夢是他專屬的，沒有一位實幹家體會過個中滋味。總之，人見廣介就是一個極致的空想家。

他無視現實中的一切去做的夢是什麼？是他傾盡全力設計的理想國和烏托邦。他在學校期間，就對柏拉圖等人創作的幾十種理想國和烏托邦故事著迷。這些作者用文字書寫出他們無法變為現實的夢想，並且公開發表，從中獲得安慰。透過設身處地感知他們的情緒，人見廣介產生共鳴，聊以自慰。他一點也不關心這些書中描繪的政治和經濟理想國，只對地上樂園與美之國和夢之國的理想國感興趣，所以他喜歡莫里斯[1]的《烏有鄉消息》超過卡貝[2]的《伊卡利亞旅行記》，可是他更喜歡的卻是愛倫‧坡的《阿恩海姆樂園》。

他只有一個夢想，跟音樂家用樂器、畫家用畫布和顏料、詩人用語言文字創造藝術一樣，他將用自然界的山川植物創造驚人的藝術。他的材料都是

1. 威廉‧莫里斯（1834～1896），英國設計師、詩人、社會主義活動家。——譯注
2. 埃蒂耶納‧卡貝（1788～1856），法國空想社會主義者。——譯注

有生命的，包括石頭、樹木、花草、鳥類、野獸乃至蟲子。對於神創造的自然，他很不滿意。他希望隨心所欲對自然做出改造和美化，使其符合自己的個性，展現自己獨有的偉大的藝術理想，即他要變成神，對自然加以重塑。

他將藝術視為堅持個人見解的人類對自然做出的反抗，視為不安現狀的人類想在自然中打上個人喜好烙印的欲望的表現。比如對自然中的風聲、海浪聲、動物叫聲不滿，音樂家就極力創造出自己的音樂；比如畫家看著模特兒作畫時，會根據自己的需要做出改造和美化，不會原樣照搬；比如詩人更不會只報導和記錄單純的事實。這些所謂的藝術家為何要採取如此複雜的做法，他們能從樂器、顏料、文字這些間接而無意義的手段中獲得滿足嗎？他們為何不針對自然本身下手？為何不直接用自然本身作為樂器、顏料、文字？這種事情是可行的，造園技術和建築技術都針對自然本身，用自然中的材料，實現對自然的改造和美化，不是嗎？人見廣介心想，若是站在更藝術的立場上，採取更藝術的方法，實現更大規模的改造，又會如何？

所以從某種意義上說，古代那些將自己的理想變為現實的君主（以暴君為主）的偉大功績，比之前提到的烏托邦故事和虛擬文字遊戲更讓他嚮往，比如埃及的金字塔、獅身人面像、太陽神神廟，希臘和羅馬的城郭式和宗教式都市，中國的萬里長城和阿房宮，日本飛鳥時代以來的金閣寺和銀閣寺等大型佛教建築。人見廣介每次從這些建築聯想到締造建築的英雄那種烏托邦式的內心，都會感到熱血澎湃。

一名烏托邦作家給自己的作品取這樣的標題：「要是我能得到巨額財富。」人見廣介也經常發出類似的感慨。

「真希望我能得到巨額財富，怎麼花都花不完。到時，我要先買一大片土地，不過要在哪裡買？我還要聘請大批勞力，創造一個地上樂園和美夢之國，實現我一直以來的夢想。」

建造理想國的第一步是……只要想像開一個頭，人見廣介就停不下來，必須在腦海中完整建造出一個盡善盡美的理想國。

可是仔細想來，這只是癡人說夢和海市蜃樓。在現實生活中，他只是一個貧苦的書生，經常連飯都吃不上。就算他拼盡全力工作，可是只憑他的才

能，這輩子可能存不到幾萬塊。

說到底，他除了「做白日夢」，什麼都做不了。他只能一輩子沉浸在讓自己快樂的夢中，他的真實處境實在太悲慘了。除了每天睡在髒兮兮的公寓中，睡在不到十平方公尺的屋子裡，消磨乏味的時光，他什麼都做不了。

他的大多數同類都會沉醉在藝術中，找到寄託。可惜他在藝術方面並無天分，他最悲慘的地方就在於此。除了之前訴說的美夢，他對藝術沒有什麼興趣，不會被真正的藝術吸引。

如果他能達成夢想，確實創造出獨一無二的藝術。所以我們可以理解，世間所有事業和娛樂乃至藝術，在沉浸於這種美夢的他看來，都沒有價值，不值一提。

但是為了養活自己，就算對現實中所有事情毫無興趣，他也要做一些普通人的工作。他畢業以後，接下一些翻譯的工作，報酬都很低。他還寫童話故事，有時也會寫成人小說，從雜誌社賺來稿費，勉強能填飽肚子。

起初，他對文學還有少許興趣，利用前人有名的烏托邦建立架構，把自己零碎的夢想放進去，寫出作品發表出來，從中得到很多慰藉。他曾經對這種工作充滿熱忱，無奈雜誌社只喜歡他翻譯的東西，不喜歡他創作的作品。雜誌社這種態度其實很正常，因為他的原創作品都是自我欣賞和枯燥無味的玩意兒，雖然從各種角度詳細描繪他理想中的烏托邦，一開始就給人一種獨特的感覺，但仔細一讀就會發現都是陳腔濫調。

拼盡全力寫成的所謂佳作經常被雜誌社編輯丟棄不用，文字遊戲又不能滿足他在文學創作方面的貪欲，導致他始終無法在小說創作方面取得進步。可是只要他停筆不寫，就要挨餓。因此，雖然很不情願，他也不得不繼續這種絕望的生活，每天靠賣文章賺一點糊口的錢。

他的一張稿子只能換五十錢的稿費。他總是利用大量閒置時間畫自己的烏托邦藍圖和建築設計圖，總是畫完又撕，撕完再重新畫。他在心中想像自己將來有一天能像自己無比豔羨的古代君主一樣，達成這個夢想。

# 三

　　現在要說到正題。人見廣介繼續過著這種乏味的生活，忽然有一天，他被從天而降的機會砸中了。此後過了大約一年，之前提到的小島開始大興土木。人見廣介遇到的這件幸事非常古怪，荒謬得像一個神話，只稱其為幸事是不夠的。他得到這個空前的好消息後，立刻想到一件事。當時，他的歡喜簡直無法用言語描繪，也許任何人都不曾體會過這樣的狂喜。可是他旋即又覺得恐懼至極，因為自己竟然會產生這種罪惡的念頭。

　　他有一位大學同學在報社做記者，就是此人把這個好消息告訴他，這個姓山田的朋友很久沒有跟他見面。這天，兩人在廣介的公寓見面閒聊，山田在無意間說到那件事。

　　「你哥哥兩三天以前去世了，你應該還沒有收到消息吧！」

　　「你說什麼？」人見廣介反問，他根本沒有聽懂山田無意間說出的話是什麼意思。

　　「難道你忘了？你的另外一半，你的雙胞胎兄弟菰田源三郎，那個很有名的人。」

　　「哦，是大富豪菰田？太出乎我的意料了。他得了什麼病？」

　　「通訊員的稿子上說，似乎是以前的老毛病羊癲瘋又犯了，很快就死了。真可惜，連四十歲都不到。」

　　記者隨後繼續說：「但是你倆居然這麼相像，真叫人難以置信。稿子上還有菰田最近拍的一張照片，你倆看起來比上大學時還要相像，我們大學畢業都五六年了。現在你倆幾乎一模一樣，只是照片上的他比你多出鬍鬚，你比他多出一副眼鏡。」

　　大家應該猜出了，窮酸書生人見廣介跟M縣首富菰田源三郎是大學同學。兩個人的面容和身材乃至聲音都十分相像，讓人驚嘆。同學們開玩笑給他們取一個雙胞胎的綽號，沿用至今。菰田源三郎因為年紀稍大，被稱為雙胞胎哥哥，人見廣介被稱為雙胞胎弟弟，兩人經常成為同學們開玩笑的對

象。然而，兩人的確跟雙胞胎一樣相像，這一點兩人不能不承認。原本兩個人長得像是很常見的，但像他們這種情況卻非常少有：不是雙胞胎，卻長得完全一樣。聯想到之後那件離奇的怪事就是由此引發的，我更是不由得為所謂的因果關係感慨萬分。

兩人之間並未發生太多趣事，因為兩人都很少去上課，很少湊到一起，輕度近視的人見廣介又一直戴著眼鏡，即使兩人並肩而立，隔著很遠的距離也能分辨出來。不過，在漫長的求學時代，兩人之間還是發生一些有意思的事，為大家增加閒聊的話題。兩人有多麼相像，由此可見一斑。

現在，人見廣介得知他的雙胞胎哥哥死了，比得知其他同學死了吃驚得多。可是他並不感到傷心甚至悲痛，因為他倆過於相像，菰田簡直像他的影子，讓他心生厭惡。然而，他還是因為這個消息受到刺激，準確說來，這並非哀傷，而是驚訝，更是一種預感，這種預感如此詭異，讓人難以揣測。

這到底是一種怎樣的預感？報社記者又聊了很久，人見廣介等他走後，還沒有搞清楚自己這種預感。他獨自一人時，把菰田死去的消息翻來覆去思考很多遍。就像午後降下雷雨之前烏雲布滿天空那樣迅速而可怕，他的腦子裡出現一個匪夷所思的念頭。他一下面色慘白，牙關緊咬，最終坐在原地，全身都顫抖起來。那個念頭越來越清晰地呈現出來，他為之陷入沉思。有時因為過度的恐慌，他不得不拼盡全力壓制自己的陰謀詭計，可是它們連續不斷地冒出來，不是他能壓制得了。他越努力地壓制，這些陰謀詭計在他的想像中就越清晰，彷彿絢麗的萬花筒。

# 四

人見廣介清楚記得，學生時代他聽菰田說過，在菰田的故鄉M縣，不存在火葬的風俗，菰田家作為上等階層，對火葬更是忌諱，肯定會實行土葬，這是人見廣介想到這種前所未有的陰謀詭計的重要原因之一。此外還有

一個原因，就是菰田是因為羊癲瘋發作而死，人見廣介由此想到另一件事。他過去對哈特曼③、布許④、肯普納⑤等人關於死亡的作品十分著迷，更累積很多假死者被活埋的知識，這對他來說也不知道是福還是禍。羊癲瘋有很大機率會引發假死，導致人被活埋，對此他非常清楚。愛倫・坡有一篇短篇小說《過早的埋葬》，其中介紹假死以後被活埋的恐怖經歷，很多人應該都讀過。

「毫無疑問，被活埋是人類最大的災難（聖巴多羅買大屠殺⑥等可怕的歷史事件）中最恐怖的一種。然而，凡是有一些知識的人，都會明白這種事情是很常見的。生死之間只隔著一道模糊的分界線，生命的終點在哪裡，死亡的起點又在哪裡，又有什麼人能夠確定？一些疾病會徹底結束生命的外部運轉，這種停止狀態只是那種非同尋常的機制暫時停止運轉，是一種中斷。不久之後（也許是幾小時、幾天、幾十天），大小齒輪又將重新開始運轉。因為那種無形的力量發揮的神奇作用，就像神仙施展的法術一樣。」

他從書上看到一些例子，毋庸置疑，最容易引發假死的疾病就包含羊癲瘋。美國以前有一個「預防活埋協會」，其宣傳冊中羅列幾十種容易導致假死的疾病，羊癲瘋赫然在列。他對這類事總是印象深刻，也不知道是怎麼回事。

他讀過無數活埋的例子，感覺很詭異。直到現在，他的內心依然深受那種感覺衝擊。用恐懼和顫慄形容那種情緒，實在太無力了，那是無法用言語描繪的。舉一個例子，一個身懷六甲的女人被活埋，然後在墳墓中活過來，周圍一片漆黑。她就在這種環境下生下孩子，懷抱著拼命哭喊的孩子慘死

---

3. 弗朗茲・哈特曼（1838～1912），澳洲醫生，神智學的支持者，著有《活埋》。——譯注

4. 尤金・布許（1818～1891），法國醫生，著有《死亡徵兆》。——譯注

5. 肯普納（1828～1904），猶太女作家，著有《論立法設置遺體安放室的必要性》。——譯注

6. 1572年8月24日，法國天主教徒對新教徒胡格諾派長達幾個月的大屠殺。——譯注

（她可能曾經把自己沒有乳汁的乳房放入全身鮮血淋漓的孩子口中），這種故事給他留下極為深刻的印象。

但是他何以會如此清楚地記得，羊癲瘋這種疾病會引發假死？他自己也不清楚，可是人心如此複雜難測，他在閱讀這種書時，也許下意識聯想到菰田，那個大富豪就患有羊癲瘋，此人跟他如此相像，以至於大家都稱他們為雙胞胎。人見廣介生來就是一個喜歡胡思亂想的夢想家，他一定已經察覺到這一點，儘管他對此並沒有清楚的認知。

若真是這樣，在他內心，這種想法早在數年前已經悄悄播種。眼下因為菰田死了，種子開始發芽。人見廣介就這樣想出這個人間罕有的奸計，他因此渾身開始冒冷汗。他花了一夜時間苦思冥想，將這個本來如同神話和妄想的奸計的各個方面都變得現實起來。最終，他自己都覺得這個計畫一定能成功，不會有任何失誤。

「實在荒謬，雖然我跟那個人十分相像，但是如此荒謬……這簡直是妄想。歷史上有誰曾經有這種荒謬的想法？在推理小說中，我多次看到雙胞胎中一人假裝是另一人，一人扮演兩個角色的橋段。可是到了現實中，即便是這種橋段也不可能出現。眼下，我正在思考的奸計更是胡思亂想，就像發瘋了一樣。你還是繼續做自己那個永遠無法達成的烏托邦美夢吧，不要再想這種沒有意義的事情。」

好幾次，他都勸自己放下這種恐怖的妄想，但是很快又想：「然而，細細想來，這是一個萬無一失而極易執行的計畫，這個機會多麼難得啊！就算要為此歷盡艱苦，可是一旦成功，不就能輕而易舉得到多年以來做夢都想得到的理想國建設資金嗎？到時會有多麼高興啊！我已經對這個世界心生厭惡，終此一生，都不會有什麼成就，就算要為這個計畫去死，也不值得可惜！況且，我並不需要冒生命危險，也不必殃及無辜甚至禍害這個世界。我只要假冒菰田源三郎，讓我自己徹底消失即可。一旦我做到這一點，就會試著做一件從未有人做過的事：開始一項改造自然和創造風景的宏大工程，完成一件前所未有的了不起的藝術。我要打造一座地上樂園和人間天堂，我不必為此感到歉疚。就算是菰田家的人，也只會為男主人復活感到歡喜，而非

怨憎。這種做法看起來好像是一種巨大的罪惡，可是經過仔細分析，竟然是一件好事而非惡事，難道不是嗎？」

他這樣想了一番，更感覺這個計畫很有條理、沒有破綻、執行簡單，也完全合乎道德。

此外，執行這個計畫最方便之處在於，菰田源三郎的雙親早就去世了，只有一位年輕的妻子，還有幾個僕人，要對付他們想必不是什麼難事。不過，菰田源三郎還有一個妹妹，其丈夫是東京的貴族。作為一個大家族，菰田家在老家一定有不少親戚朋友，幸好他們不知道有一個叫人見廣介的人跟已故的菰田源三郎長得很像，即便他們聽到這種傳言，也不會想到兩人會如此相像，不會想到人見廣介會冒充菰田源三郎。況且，人見廣介是一個天生的戲子，演技超群。他只擔心源三郎的妻子，畢竟她連丈夫身上的傷疤都一清二楚。不過，若能盡可能減少與她單獨在一起的時間，想必不會輕易露出破綻。再說，一個死去又復活的人在外表和性格方面有少許改變，不會讓身邊人覺得奇怪。要徹底消除人們的疑惑，只要讓人們相信源三郎之所以有這種改變，是因為其死而復生的反常經歷即可。

人見廣介逐漸將計畫中最微不足道的細節問題都做出安排，這個計畫的可行性因此不斷提高。接下來要解決的問題是如何隱瞞自己的身分，處理真正的菰田源三郎的屍體，讓死而復生這件事看起來像是真的。毋庸置疑，這是計畫中難度最高的。

人見廣介生來就是一個陰謀家（無論他如何辯解），所以才能想出這種驚天的陰謀。他無法拋開這個計畫和計畫的各種細節，不斷為各種細節絞盡腦汁。最終，他把最難解決的問題解決了。他覺得自己的計畫已經毫無破綻，然後又把它從頭到尾想一遍，確定這一點之後，他最終決定開始執行計畫。

# 五

　　人見廣介覺得渾身上下的血都匯聚到頭部，他已經走到這一步，便不再從道德方面考慮這個計畫有多麼恐怖。他不斷考慮和斟酌，差不多花費一天一夜，最終決定開始執行計畫。之後回想起來，那個時候，他好像在夢遊，內心在執行計畫時依舊感到空虛，明明是要去做大事，卻彷彿出去玩耍，這太反常了。一個想法忽然從他心裡跳出來：我在做夢，有一個真實的世界正在等我，醒來時，我將抵達那個世界。他因此感到十分矛盾。

　　之前說過，人見廣介的計畫包括兩大部分。第一部分是讓他自己，即人見廣介從人世間消失。在此之前，他需要先去Ｔ市，到菰田家打聽一下，源三郎是不是土葬，能不能輕而易舉進入他的墳墓，他那位年輕的妻子以及那些僕人是什麼人。一旦查到任何危險可能讓計畫失敗，都要及時中止計畫。

　　廣介去Ｔ市的時候，自然不能露出本來的樣貌。對他的計畫來說，他被人認出是人見廣介也好，被錯誤地當成菰田源三郎也罷，都是相當致命的。所以，他在此生第一次前往Ｔ市之前，先喬裝打扮一番。

　　他用一種十分簡單的方法進行喬裝。他摘掉平時的眼鏡，戴了一副普通的墨鏡。接著，把一塊很大的紗布貼在臉上，從眉毛一直覆蓋到臉龐，中間的眼睛也不放過。他還把棉花球塞進嘴裡，又黏上很普通的鬍鬚，並且將頭髮從中間分開。他用這種簡單的方法實現非同一般的效果。

　　他在去Ｔ市的電車上遇到一位朋友，對方完全沒有認出他。眼睛是人臉上最顯著、最獨特、最能彰顯個性的部分。若是用手遮擋住鼻子及以上的半張臉，或是遮擋住鼻子及以下的半張臉，給人的感覺像是兩個人的臉。捂住下半張臉露出眼睛，會被人輕而易舉認出來，捂住上半張臉擋住眼睛就不會這樣。於是，他把眼睛用墨鏡遮擋起來。儘管這樣能徹底遮擋住眼睛，但莫名其妙戴上墨鏡會讓人起疑心。他便用紗布遮住一隻眼睛，裝作罹患眼病，以免讓人生疑。

　　然後，他又對自己的髮型和衣服進行改變。如此一來，他的喬裝打扮已

經達到七分的效果。為了小心起見，他還用嘴裡的棉花改變下巴的形狀，用假鬍鬚擋住嘴巴的特徵。他若能進一步改變走路的姿勢，就跟原先的人見廣介沒有半點相似之處。

一直以來，他都對喬裝打扮有自己獨特的看法，認為假髮和化妝缺少實用價值，難以操作而且容易惹人注意。利用這些簡單的方法卻能輕而易舉裝扮成另一個人，連日本人都能適用。

翌日，他進入公寓管理員的房間，說自己忽然遇到一些事，要退掉房間，到外地旅行，他將四處漂泊，沒有明確的目的地，但伊豆半島南部將是他的第一站。說完這些，他就帶上少量行李動身了。

路上，他買了喬裝打扮必不可少的東西，走到一條沒有人經過的小道上打扮一番，然後直接去東京車站。他把行李寄存了，買了一張二等車廂的車票，在距離Ｔ市兩三站的車站下車，混入人群中。

他抵達Ｔ市後，用了兩天時間，準確說來是一天一夜，用他那種獨特的方法，靈活地到處打聽，成功達成此行的目標。此處就不細述他是怎麼打聽的，其中的細節過於瑣碎。簡而言之，他在調查以後確定，自己的計畫是有可行性的。

他回到東京車站時，是在他從報社記者那裡收到消息的第三天，即菰田源三郎葬禮後第六天晚上將近八點。按照計畫，他要在源三郎死後十天內安排其死而復生，所以他只剩下四天時間。在此期間，他一直在忙碌。他先是把寄存的行李取出來，走到車站廁所，恢復自己的本來面目。然後，他來到靈岸島汽船碼頭，準備搭乘晚上九點鐘的船前往伊豆半島南部。

抵達候船室時，他聽到噹噹噹的鈴聲在船上響起，是在催乘客上船。他買了一張二等船艙的票，目的地下田港。碼頭上黑漆漆的，他提著行李跑過去，從結實的木板跳上船。

出發的汽笛聲響起：「嗚……」這一刻，他的腳剛剛踩上船艙。

# 六

只有不到十幾平方公尺的二等艙位於船尾，兩個中年男乘客先抵達這裡，都是沒有見識的鄉下人，相貌樸實，皮膚黝黑，身穿毛衣和毛外套，顯得土里土氣，木木呆呆。對人見廣介來說，這是最好的安排。

人見廣介走進船艙，一言不發。他坐到遠離兩個男乘客的角落，以躲避他們。船艙裡有為乘客準備的毯子，他躺上去，假裝休息。不過，他並未入睡，隨時留意身後的兩人在做什麼。

引擎發出轟隆隆的巨響，他渾身上下都隨之微微顫動，脆弱的神經感到難以承受。鐵絲網燈罩下射出昏暗的燈光，照著躺著的他，在毯子上投下一道長影子。那兩個男人坐在他身後低聲說話，好像互相認識。他們的說話聲和引擎聲共同匯成讓人昏昏沉沉的催眠曲。海上風平浪靜，海浪聲低沉，他一動不動躺在那兒，幾乎感覺不到船在搖晃。這兩三天的興奮緩和下來，空虛的內心生出一種忐忑，無法用言語描繪。

「你還是早早放棄吧，現在還來得及。馬上醒醒，否則一切將無法挽回。那是一個瘋狂的念頭，你真要為此拼上一切嗎？你在開玩笑嗎？你的精神還正常嗎？你是不是已經瘋了？」

他越來越覺得忐忑不安，可是這個計畫太吸引人，讓他如何割捨？另有一種聲音隨著這種忐忑在他心頭響起，勸說他。他到底為何忐忑？是什麼地方出現紕漏？到了這一步，為何要放棄已經制定妥當的計畫？計畫中所有細節在他的腦海中逐一閃現，他很確定，所有細節絕對不可能有紕漏。

忽然，他回到現實中。不知何時，那兩個乘客安靜下來，從船艙另一側傳來兩人此起彼伏的打呼聲。他翻身從瞇縫著的眼睛裡看到兩人滿不在乎地睡成兩個大字，睡得那麼香，一點戒備之心都沒有。

一個聲音在他心頭催促著，趕緊行動起來。他立刻意識到，機會來臨了，如同弓箭搭在弦上。他就像得到神明的指示，毫不猶豫地打開枕頭旁邊的行李，拿出一塊從和服上撕下來的破布片。布片是用舊了的碎花棉布，約

有五六寸大，撕得亂七八糟。他拿著這塊布，把行李恢復原樣，然後跑到甲板上，一路上小心翼翼沒有發出任何聲音。

已經是夜裡十一點多，甲板上空無一人。服務生和船員前半夜有時會到船艙查看，現在應該都回去休息了。前面比較高的甲板上多半有舵手通宵不睡，隨時留意船航行的方向。不過，人見廣介從這邊望過去，根本看不到一個人影。他從船舷往下看，只看見浪花翻滾，船尾拖著一條發光的長帶子，那是螢火蟲的光。抬頭能看到三浦半島迎面壓過來的龐大黑影，還有漁村明暗不定的燈火。船向前行進的過程中，天空中無數星星也在向前行進，引擎和浪濤撞擊船舷的巨響一直沒有間斷。

他完全不用害怕計畫暴露。春末的海洋就像睡著一樣寧靜，遠處陸地的陰影越來越近，因為船走的不是普通的航線。他現在只要做一件事，就是等船抵達跟陸地最接近的預設地點。他很清楚這個地點在何處，他曾經多次乘坐這條航線的船。然後，他只要在海裡游上幾百公尺，同時小心別讓人發現即可。

黑暗中，他四處尋覓，在船舷欄杆外面發現一枚突起的釘子，將那塊碎花棉布鉤在釘子上，以免被風刮走。他躲到船帆背後，把布料相同穿在最裡面的舊和服脫下來，把袖袋裡的錢包和喬裝打扮的工具緊緊包裹起來，做成一個包袱，防止裡面的東西掉出來，他將這個包袱緊緊捆在背後。

「現在好了，只是水很涼，忍一忍就過去了。」

他從船帆背後爬出來，將甲板四下掃視一遍，確定無人就往船舷上爬，好像一隻大壁虎。他爬到船舷上，從欄杆上翻過去，動作敏捷。在此之前，他考慮過很多次，一定要抓住某樣東西跳到海裡，不能發出任何聲音，也不能被捲進螺旋槳。最佳時機便是船行駛到海峽轉彎處，速度放慢之際，船在這時距離陸地是最近的。他抓住船舷上的一根繩子，急切等待船轉彎，做好隨時跳海的準備。

在這種緊急時刻，他卻異常鎮靜，真讓人無法想像。從航行的船上跳海，游到對面岸上，不算犯罪，也不必冒多大風險，畢竟距離很近，對於自己的游泳技術，他滿懷信心。可是要實施那個可怕的陰謀詭計，這便是開

始，對此他不可能沒有半分忐忑，否則就背離他的性格。他沒有想到事到臨頭，自己居然能表現得這樣鎮靜。之後，他回想起自己開始執行計畫後，就越來越大膽，這樣的他連自己都感到陌生，這種變化可能就是從趴在船舷上時開始的。

船很快靠近他的目標地點，船舵上的鎖發出喀喀喀喀的響聲，預示船立刻就要轉彎，速度也將放緩。

「行動吧！」他鬆開繩子時，心劇烈跳動起來。剎那間，他拼盡全力蹬出船舷，身體平著滑進海面，盡量與船拉開距離，不要發出什麼聲音。

落水時，「咕咚」響了一聲。遍及全身的寒冷、無處不在的海水壓力、拼命掙扎依舊無法浮到海面上的急躁，全都向他湧來。他依舊不忘避開螺旋槳，竭盡所能划水和踢水。事後回想起來，他根本不知道自己是如何遠離船舷旁的漩渦，又是如何游過儘管無風無浪卻冰冷刺骨而長達數百公尺的大海。這種求生的欲望，連他自己都讚嘆不已。

他在這天晚上邁出通往計畫成功的第一步。此後，他在一片漆黑中倒在一座陌生的漁村海岸邊，只覺得精疲力竭。他躺在那兒等候黎明到來，等到朝陽初升時，他穿上還沒有完全乾的衣服，進行一番喬裝出發了，目標好像是橫須賀。這時，村民們還沒有起床。

# 七

直到昨晚還是人見廣介的男人到了大船換乘站，在一家廉價的旅店待了一天。第二天下午，他登上火車三等車廂，前往 T 市。火車到站時，天剛好黑了。這次上火車，他照舊進行一番喬裝。大家可能已經想到，他是為了等報紙上登出自己自殺的新聞，確定看自己的戲有沒有騙過世人，才會白白浪費寶貴的一天。這時，他搭乘火車前往 T 市，說明他已經得償所願，報紙上刊登他想看到的新聞。

新聞以「小說家自殺」作為標題——他能被稱為小說家，都是死亡的功勞。所有報紙都報導他自殺的新聞，只是標題並不醒目。有內容比較詳細的新聞提到，在他的遺物中找到一本寫著人見廣介這個名字的筆記簿，其中有關於厭世和自殺的句子。也許有人看到鉤在船舷釘子上的碎花棉布，猜測是哪個跳海自殺的人不慎留下的。好好辨認一番，這塊布似乎來自他身上。死者是什麼人、為何要自殺，就這樣查清楚了，他成功實施自己的計畫。

　　幸好他偽裝自殺，不會有親人為他傷心痛哭。他在老家有一位兄長，很早就已經成家。他讀書的學費大多都是兄長給的，可是兄長已經對他不抱任何希望。此外，他還有兩三個親戚。得知他死了，這些親戚可能會為他可惜和哀嘆。他會因此感到少許愧疚，但這種愧疚十分有限，因為他早在心裡做好準備。

　　他把自己從世間抹除後，感到一陣失落與迷茫。他已經從國家的戶籍上消失，世間再無他的容身之所。他在這個世界上變成真正的異鄉來客，沒有親人，甚至沒有姓名。他念及自己當前的處境，便覺得周圍的乘客和窗外的風景、樹、房屋都顯得很虛幻，好像在另一個世界中，跟自己隔了一層玻璃。他感覺自己像獲得重生，一切都是嶄新的。與此同時，他又感覺很孤獨。作為一個孤獨的男人，他還要在此後的日子裡做一件了不起的事，已經超出他的能力範圍。這種無法形容的孤獨讓他難以自控，幾乎流下眼淚。

　　不過，他再感傷，火車也不會受到影響，一刻不停地向前進。入夜以後，火車很快到達Ｔ市。走出車站，人見廣介立刻前往菰田家墓地所在的菩提寺。

　　這座寺位於城郊，周圍一片荒蕪。九點過後，四周人跡罕至。人見廣介不必擔心暴露自己的行蹤，唯一要小心的是寺內的管理員，不要被其發現。周圍零散分布著一些農戶，要從他們的倉房偷一把鐵鍬並不難，他們夜裡休息時也不會關上門窗。

　　稀疏的籬笆圍在田間小道上，從籬笆縫隙鑽進去，就到達墓地。天上有很多星星，雖然沒有月亮，也很明亮。他之前來考察過一次，很容易就能找到菰田源三郎那座剛建起的墳。從石塔林進入寺中正殿，從關閉的木窗縫隙

窺視殿內，一點聲音都沒有，好像所有人都休息了。畢竟此處這樣偏僻，大家每天早上還要早起。

他確定沒有什麼問題，就順著先前的小道溜到附近一個農戶家裡，輕而易舉找到一把鐵鍬，來到源三郎墓前。這些事花費很長一段時間，因為他必須藏在暗處行事，而且要像貓一樣輕手輕腳。將近十一點時，他才來到墓前。不過，現在正是實施計畫的好時機。

在一片漆黑中，他開始揮動鐵鍬挖掘墳墓，真叫人毛骨悚然。墳墓是剛建成的，挖掘起來並不費力，但是想到墳墓裡埋了什麼，他便感到一陣無法言喻的恐懼與顫抖。哪怕這幾天他已經經歷很多事，又被貪欲刺激得近乎發瘋，也無法控制這種感受。然而，剛用鐵鍬鏟幾下就露出棺材蓋，他便顧不得這些感受。

走到這一步，遲疑也好，害怕也罷，都已經太遲了。他不得不勇敢地推開白木棺蓋上的土，棺蓋在黑夜中閃爍著白色的光澤。他將鐵鍬插到木板的縫隙用力一撬，聽到一次刺耳的「吱吱」聲，很容易地打開棺蓋。

剎那間，周圍的泥土好像受到鬼魂驅使，忽然塌下來，掉進棺材裡。他大受驚嚇，幾乎活活嚇死。一股可怕的臭味在棺材蓋打開的瞬間，湧入他的鼻子。源三郎已經死去七八日，屍體應該開始腐爛。他看到屍體之前，先被這陣臭味嚇退了。

對於墳墓，他並無多少畏懼。挖開墳墓前，他一直很鎮定。然而，打開棺蓋後，他要直接面對幾乎是另一個自己的屍體，便感到一種難以名狀的恐懼，在他的靈魂深處，好像有鬼魂安靜而緩慢地往上爬。他如此恐懼，簡直要大聲叫出來，立刻逃離現場。這種詭異的恐懼並非來自鬼魂，而是一種更真實、更具體、更無法言明的恐慌，超過在龐大而黑暗的空間中，在燭火下，看見自己在鏡中的影子時產生的恐慌。

石塔林豎立在寂靜無聲的星空下，好像數不清的人靜靜站在那兒。墓穴黑洞洞的，就像不知道什麼野獸張大的嘴巴。這一切就像描繪地獄的可怖畫卷，他自己也進入這個畫卷中。放眼望去，黑漆漆的墓穴底下面目模糊的屍體就是他自己，這種模糊更增加他的惶恐。墓穴底下是一件散發白色光芒的

壽衣，死者的頭部露出來，融入黑夜，看起來一片模糊，更能讓人產生恐怖的聯想。儘管幾乎不可能，但這種不可能也許真的發生了，菰田沒有死，在他把墳墓挖開時，菰田又復活了，一如他的計畫。

恐懼迅速蔓延至他的全身，讓他心頭一陣茫然。他極力將這種恐懼壓下去，咬著牙，伸著雙手去摸墓穴底下的屍體，腹部都貼到墓穴邊緣。起初，他摸到好像被剃掉頭髮的頭部，一片細細的毛髮扎著他的手。稍微用力往下按，能感覺到一種反常的軟，好像一用力就能讓皮膚撕裂開。他很害怕，立刻把手收回來，不想繼續感受這種令人作嘔的觸感。他平靜一下，又開始伸手摸索，好像摸到屍體的嘴。手指碰到硬邦邦的牙齒，牙齒中間好像咬著棉花，軟軟的觸感有別於快要腐爛的皮膚。他膽子大起來，接著在嘴巴旁邊摸索，發現菰田的嘴比活著的時候大了十多倍，真是奇怪。菰田的嘴唇向左右兩邊裂開，暴露出臼齒和牙床，好像女鬼面具。這是他親手摸到的，並非在黑夜中產生的錯覺。

他忽然又感到恐懼，無法自控。這不是因為他怕死者忽然張開嘴，把他的手咬住，而是因為他明白死者的嘴為何會張大到這種程度，因為死者在器官停止運作後，還想繼續呼吸，便極力收縮嘴巴旁邊的肌肉，讓嘴唇張大到活人不可能達到的程度。這個原因讓他害怕，他彷彿看見死者瀕死之際苦苦掙扎的可怕一幕。

這些感受還只是皮毛，已經讓人見廣介耗光所有精力，忍無可忍。他想起自己還要把腐爛的屍體從墳墓裡搬出來，更要完成另一項更可怕更沉重的工作，不由得又開始後悔自己竟然會制定這個愚蠢草率的計畫。

# 八

為了得到巨額財富，人見廣介已經失去理智。不過，他能忍受這樣的刺激，可能是因為他罹患某種精神疾病，頭腦失常，以至於在面對一些情況或

事情時，神經麻木了，這是一切罪犯的通病。一旦犯罪帶來的恐慌超過某種限度，耳朵就會像被塞住一樣失聰，也就是良心變成聾子。作惡的智慧正好相反，敏銳得彷彿被磨得鋒利的剃刀，能像精密的機器一樣兼顧一切細枝末節，心靜如水，隨意行動，完全不像人。

觸碰到菰田源三郎半腐爛的屍體的瞬間，廣介害怕到了極致，旋即變得麻木。他繼續實施計畫的每一步，行動毫無漏洞，麻木如同機器。

菰田屍體上腐爛的肉很滑，無論人見廣介如何用力，只能任由其從自己的指縫滑落。他極力避免破壞屍體，為此神經緊繃，動作小心得像雜貨鋪老太太從水裡撈涼粉。到了最後，他終於從墓穴中搬出幾乎變成液體的死屍。這項龐大的搬運工作結束時，他的兩隻手掌上竟然緊緊黏附一層屍體薄薄的外皮，看起來就像海蜇皮，怎麼甩都甩不下來。

接下來，他要做的是讓菰田的屍體消失。讓廣介從這個世界消失不算困難，可是要瞞過所有人處理一具屍體卻不簡單。丟進水裡和埋入土裡等方法都可能失效，屍體會再浮上來，或是被人挖出來。一旦源三郎的屍體被人發現，就算只是一根骨頭，也會毀掉他的一切計畫，把他變成可怕的罪人。正因為這樣，他從第一天夜裡就開始苦思如何才能把屍體處理掉，再也沒有比這個更難解決的問題。

最終，他想出一個好辦法。其實，要解決這個難題，鑰匙就擺在眼前，關鍵在於把鑰匙找出來。菰田家先人的墳墓與菰田的墳墓相鄰，他準備把菰田的屍體埋進其先人的墓中。菰田家應該不會有哪個不肖子孫會做出挖掘先人墳墓這種事情。就算將來發生什麼事，不得不將祖墳遷到別處，屆時廣介應該已經去世了，並懷揣著美夢成真的無限滿足。即便發生什麼讓人意想不到的事，菰田家的子孫發現一個墓穴中埋葬兩個人，廣介也有信心，不會有人知道多出來的骸骨是哪位先人的，也不會有人想到此事跟自己的陰謀有關。

廣介又開始挖掘旁邊的墳墓，硬邦邦的泥土讓他費了一些力氣，出了很多汗。然而，這是值得的，他最終挖到一些像骸骨一樣的東西。棺材早就腐爛了，沒有留下半點痕跡。墓穴中零散分布著一些堅硬的白色骨頭，在星光

中泛著黯淡的光澤。因為時間久遠，這些骸骨就像乾淨的白色礦物，沒有臭味，也絲毫不像某種生物的骨頭。

面對黑暗中兩座挖開的墓穴和一具腐爛的屍體，廣介靜靜地站立很久，以便集中精力考慮周全，不要有半點疏漏。他極力振作起來，把自己的頭腦變成照亮黑暗中一切事物的火焰。

片刻過後，他剝掉源三郎屍體上的白色壽衣，並且硬生生拽下其手上的三枚戒指，動作不帶任何感情。他用壽衣包裹好戒指，放進懷裡，接著很不耐煩地手腳並用，把腳下那堆赤身裸體的肉推下剛挖開的墓穴。他趴在地上摸索周圍的泥土，仔細地摸了一遍。確認沒有留下半點蛛絲馬跡之後，他用鐵鍬將泥土填回墓穴，把墓碑立好，並且將之前挪開的荒草和苔蘚放回原處。

「好了。可憐的菰田源三郎從此將替代我，我從現在開始就成為真正的菰田源三郎。至於人見廣介，他已經從這個世界徹底消失。」

從前的人見廣介站在那兒，昂首望著星辰閃爍的蒼穹。黑漆漆的圓形蒼穹、閃著銀光的繁星，在他看來如此精緻，討人喜歡，簡直像玩具一樣，它們好像正在為他的前程低聲祈福。

一座剛建好的墳墓被挖開，其中的屍體不知去向，任何人見到這一幕都會大吃一驚。沒有人會想到這件可怕的事竟然有幕後黑手，此人將屍體埋到旁邊的墓穴中瞞天過海。就在人們被嚇得不知所措時，菰田源三郎會穿著壽衣出現在人們眼前。到時，人們立刻就會把關注焦點從墓穴轉移到他的死而復生上，這件事真是太匪夷所思。接下來的戲能不能演出成功，全看他的演技，他對此滿懷信心。

天色很快亮起來，燦爛的星光逐漸變得暗淡，周圍各處響起雞鳴聲。在暗淡的天光中，他必須盡快收拾菰田的墓穴，使其看起來像死人活過來破棺而出。然後，他從籬笆縫隙中小心翼翼鑽出去，努力不留下任何腳印。走到外面的田間小道後，他處理掉鐵鍬，帶著原先的喬裝朝鎮上走去。

# 九

　　一身壽衣的他就像剛剛死而復生，爬出棺材，跟跟蹌蹌往家裡走。一個小時以後，他走了還不到三分之一的路程，已經精疲力竭，倒在一片茂密的森林旁，渾身滿是泥土。過去的一天一夜，他水米未進，又埋頭苦幹大半夜，臉色十分難看，更增加這場戲的可信度。

　　他原本打算把屍體埋起來後，立刻穿著壽衣趕到寺中僧人及其家眷的住所，輕敲木窗。然而，看到屍體以後，他發現死者的頭髮和鬍鬚都被剃光了，可能是本地有為死者剃掉鬚髮的習俗。於是，他也需要剃光頭髮。他立刻在郊外一家五金店買了一把剃刀，躲進森林，花費很多時間才把頭髮剃光。他還是那副喬裝打扮後的模樣，去理髮店也不會被人懷疑。不過，理髮店不會那麼早開門。他便買來剃刀自己動手剃，以免出什麼差錯。

　　剃完頭髮，他立刻穿戴好壽衣和從死者手上拽下來的戒指。至於他換下來的衣服，都被他放到森林深處的低窪處焚毀了。他把剩下的灰燼處理好，這時太陽已經升起，不斷有人出現在森林外面的路上。他想再從這裡回到寺中，可能會遭遇意外。他沒有辦法，好不容易才在離路面不遠的草叢找到一個地方，躺在那裡假裝暈過去了。

　　路邊是一條小河，細葉灌木在河岸上密集分布，樹枝垂下來，差不多碰到河面。旁邊是疏疏落落長著高大松樹和杉樹的森林，他盡可能緊貼著地面，從灌木中爬到目的地，不要讓路上的行人發現。然後，他躺下來，大氣都不敢喘。從灌木叢的縫隙中，他能看見路過農夫的腳踝。他逐漸平靜下來，又開始覺得很矛盾。

　　「又回到原先的計畫，現在只要等待別人發現我。但我只是泗水渡海、挖墳刨屍、剃掉頭髮，這樣就能得到巨額財富嗎？事情是否太簡單了？我是不是做了一件蠢事？可能我做的事已經被人們看穿了，人們之所以佯裝一無所知，只是想看我醜態畢露。」他的思緒正常一點了。

　　這時，一身壽衣的他被一群人發現了，那是一些農夫的孩子。他們看到

這反常的一幕，吃驚地叫起來。他原本就滿腹憂慮，這下子更嚴重了。

「哎，瞧，什麼東西躺在那兒？」四五個孩子正要去他們的森林樂園玩耍，一個孩子被一身白衣的他嚇得退後一步，低聲跟其他孩子說。

「那是什麼，是瘋子嗎？」

「是死屍，死屍！」

「我們過去瞧瞧。」

「過去瞧瞧！」

這幾個孩子都是十幾歲的年紀，穿著手織毛衣，毛衣手工粗劣，袖子的長度只到肘部，上面的花紋幾乎磨光了，看起來髒兮兮、油乎乎的。他們一邊低聲說話，一邊惶恐地朝他走過來。

幾個髒孩子吸著鼻涕緩緩走上前來，帶著滿臉的好奇與驚恐，就像在觀賞什麼珍貴的展示品。這一幕多麼可笑，人見廣介一想到這一點，就感到一陣莫名其妙的忐忑與惱怒：「真想不到會是一群農夫的孩子最早發現我，我就要醜態畢露了。他們很快就會把我當成玩具，對我極盡羞辱，難道這就是我的結局嗎？」

他深感絕望，卻不能起身痛罵那些孩子。他必須繼續假裝暈倒，不管面前是什麼人。所以，當這些孩子膽子大起來，甚至開始觸及他的身體，除了極力忍受，他也什麼都不能做。他覺得這一幕太荒誕了，簡直要忍不住站起來狂笑。

「哎，去告訴大人們！」一個孩子很快地說，刻意壓低嗓門。

「好，現在就去！」其他孩子紛紛回應，跑去找父母，告訴他們自己發現一個怪人躺在地上。

腳步聲越來越遠。沒過多久，一群人亂哄哄的聲音從路那頭傳來。幾個農夫跑過來叫嚷著，很快地抱起他。其他人得知此事，也紛紛趕來。他身邊迅速聚集一大群人，聲音越來越響。

「哎呀，這不就是菰田老爺嗎？」有一個人好像認識源三郎，在人群中大叫起來。

「是他，是他！」有兩個人附和著。

有人意識到，菰田家的墓地出了事。「菰田老爺爬出墓地，死而復活」這件奇事在鄉民們中間熱熱鬧鬧傳開，並被加入了很多誇張的成分。

菰田家的財富在Ｔ市乃至整個Ｍ縣都首屈一指。菰田老爺去世，下葬十天後又死而復生，從棺材裡爬出來，當然會讓當地人驚訝至極。村民們全都放下農活忙活起來，有的去向Ｔ市的菰田家報告此事，有的去了菩提寺，有的去叫大夫。

從前的人見廣介終於看到自己的計畫生效了，猜想這項計畫或許不會落空。是時候發揮自己的演技了，於是，他在眾人面前裝出剛剛醒來的樣子，張開雙眼，一臉迷茫，環視眾人。

「哎呀，老爺，你醒啦？」將他抱在懷裡的男人在他耳邊大叫。

其他人也都把臉湊過來，農夫嘴裡發出的臭氣一下湧入他的鼻子。那一雙雙眼睛都閃閃發光，眼神中不帶半點質疑，全是質樸與信賴。

可是廣介並不會因他們的反應改變自己的表演順序，他面無表情，沉默不語，注視著大家。為了避免在談話中露出破綻，弄清楚情況之前，他要一直裝出這種迷迷糊糊的樣子。

直到他被送進菰田家的大廳，這場混亂才宣告結束。在此就省略這個漫長拖沓的過程不說了。簡單說來是這樣的，菰田家的管家、僕人、醫生收到消息，馬上坐著汽車趕過來。菩提寺的僧人也跑到郊外的森林裡來。寺中的雜役、警察署長和兩三位警官，以及其餘收到緊急情報的菰田家親友全都趕過來，急切得像要來救火。周圍一片混亂，彷彿戰爭爆發，菰田家的聲望、權勢由此可見。

人見廣介在眾人的簇擁下來到菰田家，這裡現在已經成為他的家。他嚴格遵循最開始的計畫，在躺到主臥那張連見都沒見過的豪華床上之前，一直一言不發，好像啞巴。

# 十

　　他做了一個星期的啞巴。在此期間，他躺在床上，不斷用耳朵、眼睛小心觀察菰田家一切固有的規矩，暗中留意大家的性情、家中的氛圍，盡量與之融為一體。他看起來是一個昏迷不醒、半死不活的病人，卻用頭腦調集一切神經捕捉周圍所有資訊，迅速做出準確判斷，好比一個正以五十英里的時速飛速駕車的司機——當然這個比方有些反常。

　　醫生的診斷跟他的預計基本相符。作為菰田家的家庭醫生、Ｔ市數一數二的名醫，這位醫生在解釋這個令人難以置信的死而復生事件時，只提出一個一般人根本聽不懂的專業術語——全身僵硬症。為了證明自己做出病人已死的結論時並不輕率，醫生用多種案例解釋了死亡診斷的難度。

　　透過眼鏡，醫生環視圍在廣介枕頭旁的眾多親戚，不停地用難以理解的專業術語解釋羊癲瘋、全身僵硬症、假死之間有何關聯。這番解釋，親戚們雖然聽不太明白，好像覺得也很欣慰。就算醫生沒有完全解釋清楚，但既然本人已死而復生，大家也不必再有什麼怨言。

　　帶著滿臉忐忑與好奇，醫生又為廣介做了一次體檢，隨即露出什麼都明白了的表情。廣介求之不得。大部分醫生遇到這種事，都只想著如何把自己的錯誤圓回來，根本不想深究病人的身體變化，哪怕明明看出一些變化。即使他還有餘暇對廣介生出疑心，也斷然不會想到此人並非源三郎，而是另一個人頂替的，這實在太荒誕了。死而復生的人出現一些身體變化並不奇怪，畢竟此人死了都能再活過來。在這種情況下，專業的醫生也很難做出正確判斷。

　　病人是因羊癲瘋發作，即醫生所謂的全身僵硬症而死。病人的內臟一切正常，若有些虛弱也很合理，只要多吃些有營養的東西就行。所以廣介只需要裝出精神不振、沉默寡言的症狀即可。他很快樂，沒有任何痛苦。不過，家人還是盡心盡力照料他。每天，醫生都會過來給他做兩次檢查。有兩個護士和女傭人一直在他床邊服侍。老管家角田和親戚們也經常過來看他。大家

好像都很擔心他，走路躡手躡腳，講話壓低聲音。廣介覺得他們愚蠢可笑。以前，廣介覺得上層社會肯定非常莊重，想不到竟跟小孩辦家家酒差不多，這讓他感觸良多。菰田一家全都如此微不足道，只有廣介一人是重要角色。他感到失望：「真想不到事情竟然會這樣！」他有了這樣的經歷後，自覺已經能夠明白古往今來那些英雄人物、重罪犯高高在上的心境了。

他完全看不起這些人，但有一個人卻讓他心生畏懼或是說感到難以應對。因為此人，他一直無法安心。此人便是他的太太，準確說來是已故菰田源三郎的未亡人，名叫千代子。她還很年輕，只有二十二歲。廣介基於種種原因，一直很害怕千代子。

之前，廣介到過Ｔ市一次，聽說菰田的太太非常年輕，非常漂亮。到這兒以後，他每天見到她，對她越來越瞭解，發現相較於遠觀，近看她時更迷人。她對他的照料自然也最盡心盡力，顯然，她跟已故的源三郎感情很深。廣介因此更加不安。「這個女人一定會成為我了不起的事業中最大的絆腳石，絕對不能對她放鬆警惕。」他向自己發出了這樣的警告，隨時神經緊繃。

第一次跟她相見的情景讓廣介久久難忘。當時，他一身壽衣，被汽車送到菰田家大門口。千代子並未出門迎接他，可能是有人勸說她不要這麼做。她聽說這件不可思議的事情後大吃一驚，驚慌失措，牙齒打架。她跟很多面色慘白的女傭人在門內一條長石板路上轉圈子，全身哆嗦，分不清是驚喜還是恐懼。看到車上的廣介，她一下露出驚懼至極的神色——她的反應讓廣介也害怕不已——然後像孩童一樣嚎啕大哭，並跑過來緊緊抓住車窗，被車帶著往前跑，姿勢很是狼狽。

車停下後，廣介被抬出來，還未進入玄關，她就撲倒在他身上不動了。旁邊的親戚覺得不妥，過去拽開她，她又大哭起來。廣介看到她的臉離自己那麼近，甚至能數清楚她的眼睫毛。他盯住她，卻必須假裝神志不清，眼神一片茫然。她的眼淚盈滿眼眶，雪白嬌嫩的臉上滿是白色的絨毛，好像沒有完全熟透的桃子，上面還留下幾道淚痕。柔軟的嘴唇似乎露出微笑，其實是在啜泣。她將滑溜溜的胳膊放到他肩上，她的胸部起起伏伏，好像小山，

讓他的胸膛感受到一陣暖意。她獨有的清淡香氣進入他的呼吸，好像在引誘他。那種難以用言語形容的心情讓他畢生難忘。


# 十一


隨著時間的推移，人見廣介對千代子那種無法言喻的畏懼不斷增加。

他臥床養病的一個星期，數次陷入險境。一天夜半時分，他突然被一個可怕的噩夢嚇醒，看到有人趴在他胸前，凌亂的黑髮散落下來，蓋在他胳膊上。原來是本應在隔壁休息的千代子不知何時來到了這裡，努力壓低自己的抽泣聲。

「千代子，千代子，別擔心，我沒事了，跟從前的源三郎沒什麼兩樣，你都看到了。哎，別哭，快笑一笑，我想瞧瞧你那可愛的笑臉。」他險些說出這番話，好不容易才吞進肚裡，假裝仍然在睡覺，沒發現任何異樣。此前，廣介完全沒想到會出現這種情況，真叫他心驚膽顫。

拋開千代子引發的畏懼不提，廣介根據預定計畫，四五天後開始講話，講得磕磕巴巴，用卓越的演技把一個神經麻痺的病人逐漸恢復的狀態演得惟妙惟肖。隨後，他根據這幾天在床上的所見所聞和據此做出的推測，假裝非常艱難地回憶起來。凡是不確定的事，他都不提。若有人提到，他就面無表情，一言不發，假裝忘了。他裝了這麼多天的啞巴，就是為了讓這場戲更加可信。結果一切如他所料，身邊人看到他忘了本應知道的事或張冠李戴，也不會對他產生任何懷疑，只會對他的悲慘經歷表示同情。

有段時間，他一直假裝自己還稀里糊塗的，用錯誤的猜測換取真實的情況，很快就對菰田家的事情有了全面、清晰的瞭解。醫生說他的身體已基本康復。於是，大家在他到菰田家半個月時，舉辦了一場隆重的宴會，慶祝他的康復。菰田家的親戚、菰田家各個企業的主管、管家和服務多年的僕人們，這些跟菰田家有關的人全都聚集到宴會上。透過跟這些人的友善交談，

廣介得到很多情報。翌日，他便決定朝自己的理想邁出最關鍵的一步。

「我好像完全康復了。為了讓我模糊不清的記憶變得更加清晰，我想藉此機會，去看看我的企業、農田、漁場等產業，據此為菰田家的財政做出更好的規劃。你去安排一下。」早上，廣介對角田管家下達了這個指示，準備第二天就在角田和兩三個僕人的陪同下啟程，去查看遍布本縣各個地區的產業。

老管家角田非常驚訝，主人從前那麼消極，死而復生後變得如此積極，像換了個人一樣。角田趕緊勸阻廣介，說此舉可能會讓主人的身體吃不消。角田是一片好意，卻被廣介怒斥，嚇得縮成一團，只能對主人惟命是從。

這次走馬看花的巡視也花費一個月。廣田查看了自己擁有的無邊無際的原野、人跡罕至的茂盛森林、龐大的漁場、木材加工廠、鱈魚乾加工廠、各類罐頭廠，以及菰田家投資的其餘產業。得知自己擁有如此龐大的財富，他再次感到巨大的驚訝。

他在這段時間內到底看到什麼，想到什麼？時間有限，在此就不詳述了。簡而言之，他已確定，自己根據老角田此前交給自己的帳簿估計出的財產總額，跟自己實際擁有的財產總額並無出入，後者甚至超過前者。

他每到一個地方，都會受到熱情款待。他不停地思考，要將這些不動產、盈利產業處理掉，換成現金，採用哪種方法效果更好？要避免身邊人發現此事，最好以哪裡作為切入點，要遵循怎樣的先後順序？哪家工廠的經營者不好對付，哪片山林的管理員一臉蠢相？也許更恰當的做法是先出售山林，再考慮工廠，要是附近有經營山林的人想購入新的山林就好了。

除此之外，廣介還藉著跟老角田一起外出的機會，極力拉攏他。最終，廣介跟他成為交心的朋友，將來處置財產時，就多了一個可以商議的人。

廣介此次出行，完全變成富翁菰田源三郎，根本不必刻意表演。負責管理各項產業的工作人員對他沒有半點疑心，全都十分恭敬，見到他馬上磕頭。他到任何一家旅店，都會受到王侯般的待遇。所有人都不敢直接盯著他看，那樣很沒有禮貌。他到任何一個地方，都能遇到源三郎的熟人。有些跟源三郎相熟的藝妓還會拍著他的肩膀，親暱地說：「很久沒有見到先生

了。」他的膽子因此更大起來，他的演技隨著膽子的增大更純熟。他開始相信，窮書生人見廣介根本沒有在世間存在過，不用再擔心有人會戳穿他的真面目。

他經歷了如此驚人的改變，自然會覺得像夢一樣。一種從未有過的快樂襲來，這種快樂更像是一種荒誕，像是進入夢境，心裡空蕩蕩的，飄在雲端。他感到一種難以言喻的矛盾心情，有時非常急躁，有時又非常鎮定。

他就這樣有條不紊地執行著自己的計畫。然而，在他早有準備的地方，惡魔並未出現。在他沒有想到的對面，惡魔的身影卻逐漸顯現，侵襲他的內心。

# 十二

廣介沿途受到各種款待，十分滿足。可是千代子的影子總是在他心頭浮現出來，他的心完全被她淚水盈盈的睫毛吸引了，完全抗拒不得。他對她著了魔，但是在思念之餘，又無法擺脫畏懼的情緒。每天夜裡，他都會夢到她，他總是偷偷回想起她柔軟的手腕留給自己的觸感，為此失魂落魄。

廣介現在已經變成源三郎，千代子既是源三郎的太太，廣介自然可以隨心所欲地愛她。她自然也懷著相同的渴求。可是廣介卻為了這個看似能輕易達成的願望受盡煎熬。他有時會一時衝動，想對她完全坦白，連自己此生的夢想都毫不隱瞞，全不理會這一夜過後，一切都將徹底毀滅，他寧願如此輕易地放棄一切。

他最開始的計畫根本沒有想過自己會被千代子深深吸引。他原先準備只跟千代子做名義上的夫妻，讓她自動跟自己保持距離，以免露出破綻。雖然不管容貌還是聲音，他都跟源三郎十分相像，連源三郎的熟人都能騙過，但是一旦在臥室中卸下所有偽裝，當著源三郎未亡人的面，將自己赤身裸體暴露出來，是很不妥當的。對於源三郎，千代子一定有非常全面的瞭解。對於

他的一切小習慣、小特點，她都瞭若指掌。只要她在廣介身上發現一處細節跟源三郎不一樣，都會馬上識穿他的真面目。如此一來，他的陰謀可能就藏不住了。

「千代子再美好，你也要想想你那了不起的夢想，你拼命想要達成的夢想，難道要為了一個千代子放棄嗎？一旦達成這個夢想，你將進入一個迷人的世界。跟這個世界的吸引力相比，一個女人實在算不了什麼。現在你要做的是回想你平時想像的理想國，就算只是回想其中一小部分也好。男女之間的世俗愛情與之相比，實在太不值一提了，不是嗎？你已付出了這麼多，豈能為了這些誘惑功敗垂成？你該追求更偉大的目標。」

他不斷在現實與夢想之間徘徊，既不能捨棄夢想，也難以抗拒現實巨大的誘惑。這種矛盾讓他煩惱不堪，其他人對此卻一無所知。

他終究還是捨棄了千代子，因為無法割捨前半生的夢想，又生怕自己的罪惡暴露出來。其後，他像是為了消除哀傷，從腦子裡清除千代子那張孤獨愁苦的臉，開始將所有精力都傾注在了不起的事業中。

他考察完畢，回到菰田家以後，就把那些最不為人注意的股票都換成現金，為建設理想國做準備。接連數日，他聘請的畫家、雕塑師、建築師、土木技師、園藝師等頻頻登門拜訪，根據他的命令展開一項全新的設計。他還派很多人出去採購樹木、花卉、石料、玻璃、水泥、鐵等大批貨物，部分人甚至遠赴南洋採購。他有時也會採用直接給生產廠家發訂單的方式。採購期間，他從各個地區招募了大量工人、木匠、園丁，以及少量電工、潛水夫、船工……

說來奇怪，從這時開始，菰田家每天都要聘請很多女人，不知是為了做雜役還是女傭。到了後來，這些女人多到家裡的房間都住不下了。

設計圖紙經過多次改動，最終確定在S郡最南邊的小島沖之島建造理想國。此後，設計事務所遷到了島上，迅速建起一座臨時性的簡陋小屋。技術人員、工匠、建築工人，還有那些不知什麼來歷的女人都來到島上。各種訂購的材料先後送到，令人矚目的龐大工程在島上動工。

廣介如此粗暴行事，卻沒有給出任何理由。菰田家的親戚及菰田家名

下各項產業的負責人自然不能放任不管。工程建設期間，除了與設計相關的技術人員，廣介的會議廳還接待了一些動輒怒斥廣介行事魯莽，要求他馬上結束這個不知所謂的建築工程的人。制定計畫時，廣介就料到會出現這種情況，並想好了要消除這些爭議，需要拿出菰田家超過一半的財產。這些親戚在社會上都沒有菰田家地位高，擁有的財產也比菰田家少得多。廣介準備如有必要，就慷慨地拿出大量財產，交給這些人平分，這樣就能輕而易舉讓他們閉嘴了。

　　廣介就這樣度過作戰的一年。期間，他歷盡艱苦，不知多少次想放棄自己的事業，結果還是堅持下來了，而他跟太太千代子的關係已無法挽回。這些內容在此就不詳述了，大家發揮自己的想像力即可。我要加快速度，好讓大家早點讀到故事中最關鍵的情節。簡而言之，菰田家累積的巨額財富讓廣介順利化解了所有危機，畢竟金錢能讓一切不可能變為可能。


# 十三

　　雖然廣介用巨額財富解決各種難題，壓下了一切反對的聲音，但這些財富在千代子的愛情面前卻軟弱無力。千代子的娘家人也被廣介用財富收買了，可千代子本人內心無法消除的哀傷，卻是廣介用任何方法都安慰不了的。

　　丈夫死而復生後性情大變，這太奇怪了，好像一個謎，她無法想像其中的隱情，滿腹哀傷無處傾吐，除了獨自忍受，沒有任何選擇。此外，丈夫如此粗暴行事，會給菰田家帶來嚴重的財務問題，她同樣也很憂心。然而，最讓她的煩惱不是現實的財務問題，而是怎樣挽回丈夫的心。無論白天還是黑夜，她始終無法擺脫這種煩惱。過去深愛著她的丈夫經歷了那件事後，就對她冷漠至極，像變了一個人一樣，她怎麼想都想不通。

　　「他冰冷的目光讓我膽顫心驚，可那種目光絕非對我的仇恨。他眼中

經常浮現出初戀的隱晦感情，讓我很不解。過去，他眼中從未出現過那樣的感情，我能感知到那是一種純粹的感情。可是他對我卻是這樣的冷酷無情，這究竟是怎麼回事？他有過那種恐怖的經歷，若性情、身體都跟從前大不一樣了，也很正常。然而，他近來看見我就像看見鬼，想要馬上逃走，我不能不起疑心。他若對我滿懷厭惡，大可以硬下心腸，跟我離婚。可是他卻連一句難聽的話都不說，更別說離婚了。他在努力隱藏他的感情，我卻能看出他的目光一直在我身上，像要緊緊抱住我，這份執著讓人困惑。我該如何是好？」

　　廣介左右為難，千代子同樣深陷矛盾。廣介還能從夢想、事業中獲得安慰，終日沉浸其中，就不必再面對千代子。千代子卻無法得到安慰，她娘家人還反過來責怪她沒本事，丈夫才會變成現在這樣。僅僅是這一點，她已經覺得很難受了。除了一個陪嫁的奶娘，她無法從任何人身上得到慰藉。丈夫的事業乃至他本人跟她一點關係都沒有，她由此感受到前所未有的孤獨和悲傷。

　　廣介自然非常瞭解千代子的痛苦。大部分夜晚，他都是在沖之島的事務所中度過的。有時候，他回到家裡，不會接近千代子，不會跟她說什麼真心話，也不會跟她同房。夜裡，千代子總是在隔壁痛苦地抽泣。他聽到聲音，卻不能過去安慰她，往往自己也會落下淚來，找不到任何出路。

　　讓人無法相信的是，為免陰謀敗露，他居然將這種扭曲的關係維持了近一年。對他們兩人而言，一年已經達到了忍耐的極限。很快發生一件事，給他們帶來了滅頂之災。

　　沖之島上的工程就快竣工了，土木工程、園林建造都已基本完成。菰田家舉辦小型宴會，宴請幾位功臣。廣介因夢想就要變為現實而興奮不已，熱情招待大家。部分參與這項工程的年輕人也來湊熱鬧。到深夜十二點鐘，宴會才進行到尾聲。從鎮裡請來陪客人的藝妓都走了。客人們或是留在菰田家過夜，或是轉戰到別的地方尋歡作樂。宴會廳中一片狼藉，猶如潮水退去的沙灘。除了喝得不省人事的廣介，以及在旁邊照料他的千代子，一個人都沒剩下。

第二天早上七點多，廣介早早醒來，這對他來說很反常。一段美妙的記憶和一種無法描繪的悔恨讓他的胸脯不斷起伏。他猶豫再三，終於輕手輕腳走進千代子的房間，發現她像變了個人，神情怪異，面色慘白，緊緊咬住嘴唇，靜靜坐在那兒，注視著空中發呆。

他簡直要絕望了，卻裝出一切如常的樣子，問：「千代子，出什麼事了？」

千代子沒說話，繼續坐在那兒發呆。他已預料到她會是這樣的反應。

「千代子……」他還想說什麼，可叫出她的名字後，他馬上沉默了。因為他看到千代子的目光，那是一種洞悉真相的目光。廣介馬上意識到，千代子已經從他身上發現跟死去的源三郎截然不同的特徵。

他隱約記得，昨天晚上的一個剎那，千代子突然撇下他，渾身僵硬，動彈不得，像一具屍體。她當時就發現了什麼。今天早上，她依舊面色慘白，原本迷迷糊糊的困惑清晰起來。

打從一開始，廣介就極力防備著她，為免蒙受滅頂之災，他一年都在壓制自己熱烈的感情。結果昨天晚上一時疏忽，鑄成大錯，無法彌補。全完了。從今往後，她的懷疑非但不會消失，還會不斷加劇。若她只將秘密埋在心底，他也不必擔心。可是他是她丈夫的仇人，是搶奪菰田家財富的罪犯，她不可能這樣放過他。這件事將很快傳出去，警方會過來調查。若有厲害的偵探介入此事，詳細調查以後，一定能查出真相。

廣介悔恨不已：「喝醉了也不能犯這種錯誤，這下全完了，該如何是好？」

在千代子的房間中，這對夫婦你看看我，我看看你，都不說話。最終，千代子好像對這種恐懼忍無可忍，低聲說：「抱歉，我身體欠佳，想單獨待一陣子。」拼盡全力說出這些話後，她立即倒在了床上。

# 十四

廣介在此事過後第四天，下定決心除掉千代子。

經過那一晚，千代子對廣介產生仇視心理，可細細想來，就算她掌握有力的證據證明他不是源三郎，但世間怎會有人這麼相像？日本這麼大，若在各地仔細尋覓，可能真能找到相像之人，但無法想像此人恰好從源三郎的墳墓中復活，這就像奇異的魔法一樣。

「難道是我太多心了？」千代子這樣想道，為自己行事這樣不周全而對丈夫滿懷愧疚。

可是這件事的確太可疑了，丈夫死而復生後像變了個人一樣，無緣無故在沖之島大興土木，又一反常態，對她如此冷漠，現在又發現一個可靠的證據。她覺得最好的做法是把自己的懷疑向某個人一股腦兒傾吐出來，與之商議對策，而不是像現在這樣悶在心裡。

當晚過後，廣介憂心不已，稱病留在家裡，不再去島上監工。他悄悄觀察著千代子的言談舉止，對她的心事大致有了瞭解。他暗想自己現階段還不必擔心什麼。不過，他並不能完全放心，因為那天過後，千代子就不再靠近他或跟他講話了，把他的生活起居都交給傭人照料。一旦出了什麼事，那個秘密傳出去，就會有大麻煩，哪怕只是傳到傭人那裡也是如此。廣介一想到這些，就覺得忐忑不安。考慮了四天後，他決定殺掉千代子。

這天下午，他讓千代子到自己屋裡來，鎮定自若地對她說：「我身體好了很多，現在要回島上，下次回來也許就要等到工程完工了。我準備帶你去島上生活一段時間，你意下如何？你想過去放鬆一下嗎？其實我也想讓你瞧瞧我那前所未有的工程，它基本已經完工了。」

千代子依舊心存疑慮，想要拒絕他，找了很多沒什麼力度的託辭。

廣介為了說服她，連哄帶嚇，滔滔不絕，終於讓她不太情願地答應下來。如此說來，千代子雖對廣介懷有疑慮和畏懼，終究還是對他存有眷戀，哪怕他並不是源三郎。隨後，兩人開始爭論要不要帶奶娘過去。最終，千代

子讓步，不帶奶娘。島上女人那麼多，她不帶人過去，也不用怕沒有人照顧她。當天下午，她便跟廣介乘火車去了島上。

火車在海岸上左搖右擺行駛了近一個小時，終於到達Ｔ車站，有電動船停在那兒迎接他們。他們乘船在海上乘風破浪，一個小時後到達終點沖之島。

千代子很久沒跟丈夫單獨出來了，一種難以言喻的恐慌在她心頭浮現，還夾雜著宛如初戀的少許歡欣。她暗自祈禱，幾天前那個夜晚發生的事只是誤會。丈夫在火車和船上流露出罕有的柔情，說了很多話，讓她深感安慰。他小心照顧著她，指著窗外掠過的景色，為她做介紹。她回想起蜜月旅行，一種甜美的眷戀之情油然而生。不知不覺中，她忘記了那恐怖的疑慮，祈禱現在的快樂能盡可能延長。至於明天會發生什麼，她已顧不得了。

船在離沖之島三十多公尺處停下來，旁邊漂著一個龐然大物，好像浮標。浮標上蓋了一張鐵網，超過三公尺長，中央處有一個宛如甲板升降口的小洞。兩個人從跳板跳到浮標上。

「你從這兒好好瞧瞧這座島。那些像石山一樣高聳的是圍牆，都是用水泥澆築的。從這兒看過去，感覺那是島的組成部分之一，那些美妙的東西就藏在其中。石山旁邊有一個鷹架，瞧啊，那邊正在施工，還沒完成。那是一座天堂花園，規模非常龐大。現在去看看我的夢之國吧！這個入口通向海底隧道，我們進去，用不了多久就能上島。不用害怕，跟我走，我來拉著你的手。」廣介柔聲說著，握住了千代子的手。

能攜手從海底隧道走過，廣介和千代子都心滿意足。因為廣介很清楚自己終究會殺掉千代子，所以更加憐愛、留戀她肌膚的柔軟。

入口內是一個豎立的黑洞，往下走十公尺左右，進入一條過道，跟一般房子裡的走廊差不多寬。抵達此處後尚未開始邁步，千代子便不由得驚呼起來。原來這是一條上下、左右都鑲嵌著玻璃的海底隧道，能從各個角度欣賞海底的風光。

厚玻璃鑲嵌在鋼筋混凝土製成的框架上，外側明亮的電燈將四五公尺內的海底風光照得清清楚楚。其中有光滑的黑色岩石，劇烈擺動如龐大動物

鬃毛的各種海草，張著八條如同車輪的腿、用凸起的吸盤吸住玻璃的巨大章魚，以及在岩石表面爬行、如同水蜘蛛的海蝦，隱約還有數不清的怪物在黑壓壓宛如森林的遠方擠作一團。在陸地上生活的人根本想像不出這種如同噩夢的場景。

「是不是很驚訝？我們才剛進來，前面還有很多有意思的生物，能讓你大飽眼福。」廣介驕傲地介紹道，同時安慰著千代子，後者見到如此可怕的場景，嚇得臉都白了。

# 十五

對假冒菰田源三郎的人見廣介來說，千代子是他的太太，也不是他的太太。兩人就這樣開始了可怕的旅行，像進入命運開的玩笑。在廣介造出的夢之國、地上樂園中，兩人四處遊覽。

兩人都深深愛慕著對方，與此同時，又不斷彼此試探，因為廣介一直想殺掉千代子，千代子又對廣介滿懷疑慮。不過，他們並不彼此仇視，單獨相處反倒讓他們產生無比甜蜜的感情。

廣介此前已下定決心殺掉千代子，現在卻開始猶豫不決，甚至萌生一種念頭，是否要把自己的肉體靈魂都獻給千代子以及這段非同一般的感情。

「千代子，你是否寂寞？眼下，只有我們兩個走在這海底隧道中……你是否覺得害怕？」忽然，他這樣試探千代子。

「不，我完全不覺得害怕。玻璃外面的海洋風光的確很可怕，可是我並不畏懼，因為有你陪著我。」千代子說著倚靠在他身上，像在對他撒嬌。她完全沉浸在當前的快樂中，已經在不經意間拋開了對他的疑慮。

前方的玻璃隧道彎曲了，以詭異的弧度朝遠處延展，像一條蛇，又像一條怪模怪樣的帶子。海底的黑暗連密密麻麻分布的數百瓦電燈都難以驅散。此處的一切都像屬於另一個世界：隧道陰森森、冷颼颼，海浪撞擊在玻璃

上，發出彷彿從遠方傳來的轟隆聲，在玻璃外黑漆漆的世界中，生物正在蠕動。

跟隨廣介前行的過程中，千代子一開始滿懷對未知世界的恐懼，這種恐懼逐漸變為了吃驚。而她對周圍的景色習以為常後，便熱烈地愛上彷彿夢境的海底世界。

遠處的魚群不在燈光的照射範圍內，只能看到牠們的眼睛。那閃亮的眼睛如同夏季夜晚河面上飛舞的螢火蟲，拖曳著彗星般的長尾巴，上上下下，磷光閃爍，看起來頗為怪異。它們循著光線游過來，穿越明暗交界處，聚集到玻璃外，將自己的各種姿態、各種色彩放在燈光下展覽，真是難以用言語形容的詭異場景。張著大嘴的大魚四處游動，好像潛水艇在水中穿梭，各部分魚鰭都靜止不動。朦朧中，魚的影子瞬間變大，像電影裡的火車朝觀眾駛近，簡直要撞上來了。

沿著小島的海岸，玻璃隧道上下左右延伸了幾十公尺。有段隧道頂端跟海面基本持平，不開燈也能把周圍的景色看得一清二楚。距離海面最遙遠的一段隧道被數百瓦的燈光照得一片通明，卻也只能勉強看清玻璃外一兩尺遠，再遠的地方是一片黑暗，彷彿望不到盡頭的地獄。

儘管生活在海邊，對大海的喧鬧早有瞭解，千代子卻從未像今天這樣參觀過海底世界。這個世界對她有一種難以言喻的吸引力，這一點不難理解。因為世人完全無法想像這種詭秘、豔麗、恐怖、充滿誘惑的世外奇景有多美，無法想像這海底的世界有多新奇，多華美，多讓人毛骨悚然。她不止一次在海岸上看到各種各樣的海草，它們都乾枯了，硬邦邦的。而她現在看到的海草卻隨著海水漂來漂去，正在海中呼吸，在海中繁育，相互撫摸，相互搏鬥，用海草的語言交流。這種完全迥異於平時的形態讓千代子打起哆嗦來。

這片龐大的褐色森林中枝葉糾纏，隨著海水的流動輕輕晃動，像在狂風驟雨中舞蹈。孔葉藻上滿是孔洞，猶如麻瘋病人嚴重潰爛的臉，讓人膽寒；翅藻像巨大的蜘蛛，滑溜溜的皮膚顫顫巍巍，醜得不堪入目的肢體不斷掙扎；褐藻像海底長出的仙人掌；馬尾藻像海灘上高大的椰子樹；繩藻擠作一

團，跟蛔蟲差不多，讓人作嘔；青海苔像燃燒的綠色火焰，諸如此類。這些海草共同匯成一片又一片廣闊的平原，將海底各處遮蓋起來，中間露出的少量岩石都只有手掌般大小。這些海草的根是什麼樣的？有何種恐怖的生物匯聚在那裡？海草葉子頂端彼此糾纏、嬉鬧、打鬥，彷彿蛇的頭。這些場景就暴露在燈光下依舊昏暗的深藍色海水中。

有些平原遍布如同塗了黑血的紫菜，如同紅髮女人披頭散髮的紅毛菜，如同雞爪子的海百合，以及如同紅色大蜈蚣的蜈蚣藻，好像剛剛經歷了一場血腥屠殺。其中有一叢血紅的雞冠菜最觸目驚心，打眼一看就像開滿雞冠花的花壇沉到了海底。冷不防在一片漆黑的海底看到一片血紅，這種恐怖的感覺是在陸地上無法想像的。

數不清的蛇頭在這屬於另一個世界的廣闊平原上吐出鮮豔、黏糊的蛇信子，彼此纏繞，擠成一團，匯聚成一片森林，看起來十分怪異。平原是綠色的，其中間雜著黃色與紅色。無數螢火從中飛出來，在靠近海底隧道的地方，在強烈的燈光下展現出各種奇異的姿態，彷彿幻燈片中的圖畫。樣貌凶惡的虎鯊從面前一閃而過，如行動詭秘的劫匪。它們露著肚皮上慘白的黏膜，有時會瞪著凶狠的眼睛朝玻璃上撞過來，有時又會從外面咬玻璃。它們厚厚的嘴唇充滿貪欲，緊緊貼在玻璃對面，髒乎乎的口水從歪斜的嘴巴裡流出來，像要對女子動手動腳的流氓一樣。千代子想到這兒，便不由得全身顫抖。

若將體型比較小的鯊魚比作海底的猛獸，鰩魚等正在玻璃外面游動的魚就好比海底的猛禽，至於鰻魚、海鱔，則相當於海底的毒蛇。在陸地上生活的人可能會覺得這種比方過於誇大其詞，因為他們只在水族館的水箱中看過這類活魚。不能親臨海底世界，人們就無法想像那看似溫馴、能夠食用的對蝦在海裡是什麼樣的，與海蛇親緣關係很近的鰻魚在海草中游動時有多麼可怕。

如果以可怕為美，那海底世界應該是世間最美的地方了。至少千代子有了這次體驗後，就對生平初次接觸的夢幻世界之美生出了很深的感觸。黑暗中隱約有一種龐然大物正在靠近，一條豔麗的白吻立旗鯛在那兩點閃亮的磷

光逐漸熄滅後，在燈光下緩緩暴露出自己靈活的軀體。見到這一幕，千代子不禁讚嘆起來。她的臉因為巨大的恐懼和欣喜變得慘白，她伸手抓緊了丈夫的袖子。

立旗鯛身軀肥碩，呈菱形，發出藍色、白色的光。其身上長著如同太陽旗的條紋，兩條粗大的黑褐色條紋在燈光下反射著金色的光。它的雙眼很大，還長著很粗的眼線，彷彿濃妝豔抹的冶豔女子。它的嘴唇凸起，背鰭昂然聳立，彷彿戰國時代將領盔甲上的裝飾。它努力游向玻璃，身軀扭來扭去。然後，它猛地調轉方向，差不多緊貼著玻璃游過去，正好經過千代子眼前。千代子看到這樣的場景，忍不住吃驚地叫起來。她的確應該驚叫，因為這是真正的活魚，而非畫家畫出來的。她這種反應並不過分，畢竟她是在這種環境中，藉著燈光看到在可怕的海草、漆黑的海水映襯下的朦朧景象。

在繼續前行的過程中，她逐漸不再為一條魚感到驚訝。各種恐怖、美豔的魚接連不斷出現在玻璃外，有尾斑光鰓魚、高菱鯛、天狗旗鯛、花尾鷹羽鯛，叫她看得眼花撩亂。一些魚的條紋閃爍著紫金色的光芒，一些魚的條紋則像是用染料染成的。用世俗語言來形容這種美，可以說其像一場噩夢。這裡的一切的確都美得像讓人心驚膽顫的噩夢。

「繼續往前走，還有很多風景我都想讓你看看。我對各種勸說置若罔聞，寧願耗光家財、窮盡一生都要完成的就是這項前所未有的事業。竣工之前，我想讓你做第一個觀眾，看看我創造出了怎樣令人驚嘆的藝術品。你有何感受，都說給我聽。我的創作有何價值，你應該最清楚……到這邊看看，能看到不一樣的海底風光。」廣介的聲音有一種迫不及待的熱烈感情。

循著他指出的方向，千代子隱約看到有塊直徑三寸左右、表面凸出的凸透鏡鑲嵌在玻璃窗底下。根據他的指令，千代子俯身朝外張望，動作十分小心。起初，視線範圍內一片模糊，好像看到升起的霧氣。千代子不明所以，不斷調整眼睛和凸透鏡之間的距離，逐漸看清有一隻恐怖的生物正在玻璃對面爬動。

# 十六

　　那裡有塊岩石，一個人剛好能環抱起來。岩石上有幾個東西，好像飛艇的氣囊，細看之下，彷彿豎起的褐色氣囊，隨著水流輕輕搖晃。千代子看著這匪夷所思的一幕，許久都沒反應過來。

　　忽然，大氣囊後面的海水開始加速流動，一頭巨獸從氣囊後面慢慢爬出來，像一隻從古代圖畫中鑽出來的太古時代的飛龍。千代子大受驚嚇，卻無法挪開視線，好像有磁鐵將她的視線牢牢吸附在上面。

　　她隨即看出這是什麼東西，微微放鬆下來，之後更駐足原地目不轉睛盯著這罕有的奇異景象。她看見它轉過身來，將臉朝向她。這頭怪獸的體型是飛艇氣囊的數倍，大嘴巴時而張開，時而合攏，一張臉簡直要隨著嘴巴的動作分裂成兩半。它後背上有像棍子一樣的凸起，如同真的飛龍。它晃動著這樣的凸起，邁著關節突出的短腿走向千代子。

　　看到它已近在咫尺，千代子都要吐了。這怪獸乍看好像只剩下一張臉，嘴巴裂開，嘴角旁邊就是短腿。後背上那片凸起中夾雜著它的眼睛，宛如大象的眼睛。皮膚上滿是疙瘩和可怕的黑色斑點，凹凹凸凸，十分粗糙。千代子眼中清晰倒映出這個龐大如山的怪獸影子。

　　「老公，老公……」千代子艱難地挪開視線，轉頭看著丈夫，好像受到攻擊。

　　「哦，別怕。是放大鏡，能把東西放大很多倍。透過普通的玻璃看你看到的生物，會發現它其實很小。它是跟蛤蟆魚同屬一科的鸄魚，長著變形的魚鰭，能在海底爬來爬去。那邊好像氣囊的東西是一種海藻，據說叫囊藻，形狀跟氣囊差不多，你應該也聽過。繼續走吧，再看看別的東西。我剛剛吩咐過船員，前面可能還有更有意思的東西，不過我們要加快腳步趕過去才行。」

　　聽到丈夫這番解釋後，千代子還是想看更多的可怕生物，這非同一般的誘惑讓她無法抗拒。因此，她不停地透過放大鏡往外看——廣介這種設計

似乎是為了惡作劇。千代子沒想到的是，最讓她吃驚的不是這種小裝置或隨處可見的海草、魚、貝，而是另一種生物，它遠比前面的東西更加罕見、美豔、恐怖。

她走了片刻，聽到上方遠遠傳來一陣輕響或是波動。她馬上停下來，好像產生某種預感。一連串泡沫從漆黑的水中穿過，是不是大魚游動時產生的？燈光下，只見一具光滑、雪白的軀體一閃而過，在一片晃動著觸手像要覓食的海草中消失了。

「老公……」千代子嚇了一跳，又抓住丈夫的胳膊。

「瞧那片海草。」廣介鼓勵她說。

那片紫菜彷彿燃燒的毛毯，其中有一個地方亂作一團，數不清的水泡冒出來，像珍珠般閃爍著光澤。仔細查看水泡冒出的地方，有一樣光滑、雪白的東西緊貼著海底，好像比目魚。很快出現一頭宛如海草的烏髮，緩慢四散開來，像一團煙霧。白皙的額頭、含笑的雙眼、整齊的牙齒、紅豔的嘴唇從烏髮底下露出來，是一張女人的臉。她昂著頭，肚子貼在地上，匍匐前行。

「不用怕，是過來迎接我們的潛水夫，她潛水很厲害，我特意聘請了她。」廣介解釋說，扶住跌跌撞撞快要倒下的千代子。

千代子喘息著，發出孩童一樣的高叫：「哎呀，嚇死我了！深海中居然會有人，太讓人意外了！」

那個赤裸的女人貼近玻璃，輕盈地站起身來。她一臉笑容，卻讓人感覺她正在忍受痛苦。她的烏髮飄浮在頭上，乳房也飄浮起來，渾身上下都被水泡包裹，水泡有大有小，閃閃發光。她用力扶住玻璃，以這種姿勢跟海底隧道的兩個人並排朝外走，腳步緩慢。

在人魚的指引下，玻璃中的兩個人往前走去。走著走著，發現隧道彎曲的弧度不斷增加，而且所有拐彎的地方都有奇怪的裝置，可能是有意為之，也可能只是巧合。每到這種地方，人魚要嘛分裂成兩部分，要嘛腦袋脫離身體，飛到空中，要嘛只有一張臉被放大，偏離正常尺寸，給人一種身處地獄或天堂的錯覺。這種脫離現實的景象就這樣不斷呈現出來，宛如噩夢。

不久，人魚在水裡待不下去了，把肺裡的空氣一下全吐出來，那一大團

氣泡在宛如遙遠天際的地方消失了。她留下最後的笑容，手腳並用划起來，朝海面緩慢上升，好像魚在借助魚鰭游動。千代子仰起頭，看見她的雙腿在空中擺動，宛如淘氣的孩子在使性子跺腳。隨後，千代子就只能看到她晃動的白色腳底，定睛細看時，發現她已經消失。

# 十七

千代子經過這次奇異的海底旅行後，一顆心在不經意間進入無邊無際的夢幻世界，不再受世俗規矩的約束。Ｔ市、菰田家、娘家都變成遠處消失的夢。父母、夫妻、主僕等常見的世俗關係也消失於意識之外，彷彿晚霞消失於天邊。眼下，她的身體、靈魂完全被以下兩點佔據了：一是夢幻世界巨大的誘惑，二是對身邊不知是不是丈夫的男人的愛慕，這愛慕讓她身心酥軟。這兩者如此絢爛，彷彿夜空中的煙花。

「我來牽著你的手，前面的路有點黑，很危險。」廣介在即將走完玻璃隧道時回過頭來，注視著千代子柔聲說。

「好。」千代子把手放進他手裡。

忽然，周圍暗下來，兩人進入一個岩洞，好像人為挖掘出來。過道很窄，只能容一個人勉強通行。這是陸地還是海底的岩洞？千代子一頭霧水，感受到一種從未有過的恐懼與興奮。她無法分神考慮被黑暗吞沒的恐慌，因為她的心完全被男人的大手緊緊握住自己的手、彼此近乎血液交融的奇怪體驗佔據了。

一片漆黑中，兩人摸索行進。千代子覺得他們走了一公里，實際只有幾公尺。隨即，一片壯觀的景色拉開，她眼前一亮，不由得吃驚地讚嘆起來。

極力張望能看到前方橫著一座寬約五十多公尺的大山谷，呈直線狀。兩側都是懸崖峭壁，直衝雲霄，綿延不斷。山谷中間是清澈宛如綠玉的河水，水面紋絲不動。初看會覺得這座大山谷是天然形成的，但經過認真觀察就會

發現，這些都是人造景致，只是細節全都很精巧，看不到任何人造景致難看的做作。不過，其線條太整潔了，一點粗糙的地方都找不到，說其是自然景致也不成立。河面上看不到半點垃圾，懸崖上看不到任何野草，岩石表面光滑且色澤暗沉，彷彿切開的羊羹，映照在河面上，將河面也變得漆黑油亮。正因為這樣，剛剛提到的眼前一亮跟一般的光線變亮很不一樣。山谷很深，簡直望不到盡頭。兩側的懸崖峭壁也很高，需要昂起頭來看。山谷各處色澤飽滿。明亮的地方只是懸崖峭壁之間露出的細條狀天空，而且亮光是黃昏時閃爍著星光的灰色光芒，跟平時看到的很不一樣。

此處的風景最奇妙之處在於，這座山谷準確說來更像是又深又長的池子。這一頭是海底隧道的出口，兩人剛剛從那裡走出來，那一頭在對面一道石階旁，從這邊根本看不清楚。那道雪白的石階位於兩側懸崖窄窄的連接處，像是從河面上連接到雲端。石階跟周圍一片漆黑的景致整齊分割開來，像一座下洩的瀑布，如此簡單的線條為原本乏味的景色增加一份雅致。

千代子注視著眼前壯麗的風景，完全沉醉其中。就在這時，廣介好像發出了一個暗號。千代子回過神來，看到不知從何處出現兩隻大得驚人的天鵝，牠們傲慢地昂著脖子，挺著豐滿的胸脯向前滑動，激起幾圈平滑的波紋，朝兩人所在的岸邊游過來，一聲不吭。

「啊，這天鵝真大！」千代子感嘆。

有女人美妙的說話聲傳來：「兩位請坐到上面。」

千代子發現說話的是天鵝，還來不及吃驚，就被廣介抱起來，放在第一隻天鵝後背上。廣介則騎到另一隻天鵝後背上。

「千代子，不用疑惑，它們都是我的僕人。哎，天鵝，把我們送到對面的階梯下面。」

能說話的天鵝自然也能聽明白主人的吩咐，挺胸朝目標游去，白色的身體從黑漆漆的河面上划過，沒有發出半點聲音。

巨大的驚訝讓千代子暫時失去思考的能力。再次鎮定下來時，她發現在自己身下扭動的是被羽毛遮蓋的人的身體，而非天鵝的肉體。可能是一個身穿白色羽衣的女人在手腳並用划水。這女人應該還很年輕，這一點從她軟

軟的肩膀、豐滿的臀部伸展的肌肉，以及從衣服下面傳來的體溫都能感覺出來。

未等看清天鵝的本來面目，千代子又看到更加奇異，也可以說更加美麗的一幕，再無精力顧及其他。

天鵝游了四五十公尺後，有一個不知何物的東西從水底鑽出來，發出一聲響聲。那東西來到千代子身邊，跟天鵝並排往前游，並且轉頭看了看千代子，露出親切的笑容，原來是剛剛在海底讓千代子十分震驚的人魚。

「啊，你是剛剛那條人魚？」千代子向她問候。

人魚沒有回答，只露出禮貌的微笑，並輕輕頷首，然後兀自朝前游去。除她以外，還陸續出現很多赤裸的年輕女子，讓人很是驚訝。很快，這些人魚匯成一群，潛水、跳動、打鬧，時而跟兩隻天鵝並排行進，時而飛快地蛙泳，遠超過天鵝，再扭回頭來跟天鵝揮手。這些女子妖豔、赤裸的身體在暗沉沉的崖壁、黑漆漆的河面背景下嬉鬧的場景，儼然是一幅描繪希臘神話的名畫。

天鵝很快游到中途，這時，遠處懸崖頂上也出現幾名赤裸的女子，似乎有意跟水裡的人魚遙相呼應。懸崖頂上的女子背對天空，接連跳下來，掠過黑色的崖壁，姿勢各不相同，或是頭下腳上，頭髮凌亂，或是抱膝旋轉，一圈又一圈，或是伸開雙臂，身體挺成弓狀。她們扎入河水深處，浪花飛濺，顯然個個都是游泳高手。

兩隻天鵝在這麼多裸女的包圍下，安安靜靜來到河對面的階梯下。千代子從近處仰望那數百級雪白的石階，感覺高得讓人顫抖。

# 十八

剛剛從天鵝後背上下來，千代子就對面前這一幕生出了恐懼，說：「我可爬不上去。」

「實際沒有那麼陡。我牽著你的手陪你往上爬，不會有什麼危險。」

「但是……」千代子猶豫。

廣介卻直接牽起她的手，沿著石階往上爬。兩個人很快爬了差不多二十級。

「看，是不是很容易？好了，繼續加油。」

兩個人就這樣一步步往上爬，說來奇怪，很快就爬到頂上。從底下往上看，石階直衝雲霄，好像有數百級，其實並沒有那麼高，只有一百多級。這種錯覺是如何產生的？千代子很不理解，即使是因為心中的畏怯，也不該有這麼大的誤差。之後，她終於得知了真相，可是這一刻，她卻認為這是因為島上到處都是類似於鱝魚像太古怪獸的假象，此處的一切都太美妙了，讓她震驚不已，而這些假象中就包括石階的級數誤差。然而，千代子根本不知道為何會出現這種假象，直到廣介為此做了詳細的解釋。

我們先不說這個了。眼下，兩人已登上石階，居高遠望。

前方是一道長滿草的窄坡，坡底連接著一大片茂盛的森林。轉頭再看那座山谷，就像一條長著烏黑大嘴的大船。剛剛把兩人送過來的兩隻天鵝浮在崖底，像兩張白紙一樣惆悵、寂寥。那片森林陰暗且潮濕，旁邊窄小的草坡則是另一種風景。暮春時節，下午的陽光照著生意盎然的草地，紅色的光芒閃爍其中，像火一樣，還有白色的蝴蝶在低處飛來飛去。人世間很少見到如此奇妙的景色，千代子不禁感到一種非自然的美麗。

前面那片無邊無際的森林中長滿古老的杉樹，打眼看去就像團團翻滾的雲，樹枝、樹葉彼此交疊，朝陽的一面閃爍著金色光芒，背陰的一面則像深海一樣漆黑，兩者互相交錯，形成色彩絢爛的複雜條紋。從草坡上眺望整片森林，心頭會緩緩湧出一種怪異的感情，這便是這座森林詭異的地方。這種感情可能源自森林那鋪天蓋地的壯麗景觀，以及剛剛長出的嫩葉原始刺激的香味。心思細密之人必然能觀察到，森林有人工斧鑿留下的罪惡印跡。整體看來，這龐大的森林展現出了極為反常的冶豔姿態。那些最細小的斧鑿印跡都被其神經緊張的創造者隱藏了，只能看出一點模糊的影子，但這種模糊反倒加深了那種讓人作嘔的可怕。這片森林應該是一件龐大的人工製品，而非

天然形成的。

千代子注視著眼前的景色，一言不發。她根本不相信自己的丈夫源三郎會有這種不為人知的詭異喜好。她越來越懷疑身邊這個鎮定自若的男人，哪怕他跟丈夫非常相像。她要怎樣解釋心中的矛盾？一方面，她忐忑的疑慮不斷加深；另一方面，她也越來越無法控制自己對這個來歷不明之人的愛戀。

「千代子，你為什麼發呆？難道你還在怕這片森林？這沒什麼可怕的，都是我一手創造出來的。哎，那棵樹下的僕人恭候多時了。」

千代子聽廣介這麼說，便朝前看去，看到森林入口一株杉樹下拴了兩頭皮毛油亮的驢，正自由自在地吃地上的草，不知道是什麼人拴在那裡的。

「我們必須進入這片森林嗎？」

「哦，是的。別怕，有這兩頭驢在，我們不會迷路，也不會有任何危險。」

兩個人騎上玩具一樣的驢，走進又深又黑的森林。

天空差不多完全被密集的樹葉遮擋了，森林中卻不至於黑得看不清路。傍晚時，微弱的光照進來，霧氣朦朧。參天大樹的樹幹彷彿大型寺院的圓柱，每根圓柱頂端都有綠葉匯聚而成的拱頂，彼此連接在一起。樹底下累積厚厚的一層杉樹葉，跟地毯差不多。這裡就像一座著名的大教堂，更給人一種神秘、美妙、深邃之感。

可是森林中的協調、均衡絕不是自然形成的。比如這片廣闊的森林中全都是巨大的杉樹，看不到其他任何一種樹，也看不到任何雜草；樹與樹之間的距離似乎也嚴格計算過，設計師做得相當巧妙，沒有留下痕跡，置身森林的人能感受到這種巧妙；林中小道的走向也很奇異，能讓所有路人變得緊張起來，並逐漸接納超越大自然的創作者的創意，好像有一種神奇的力量正在其中發揮作用。樹葉拱頂美妙的協調感、落葉如地毯般舒適的踩踏感應該都是人工設計的，設計得很用心。

落葉這麼厚，兩頭驢托著主人從靜寂、昏暗的繁茂森林中走過，沒有發出半點聲音。森林各處死一般靜，聽不到任何野獸、鳥類的叫聲。兩人逐漸走進森林深處，忽有沉重的聲音從看不到的高處傳來，好像要進一步烘托這

種靜。這種如同管風琴聲的聲音轟隆響起，夾雜著一種奇妙的調子。

作為渺小的人類，他們只是默默坐在驢身上。忽然，千代子抬頭像要張嘴，卻沒說出任何話，重新低下頭。驢始終沒停下腳步，心無旁騖。

繼續走了片刻，千代子發現森林好像逐漸變了樣。原先灰暗的落葉被不知從何處照進來的銀色光芒照亮，視線中所有大樹的半邊樹幹也都被照亮了。整個視線範圍內，每根大圓柱都是半邊銀光閃閃，半邊漆黑一片，簡直太美了。

「我們要走出森林了？」瞬間醒覺的千代子用嘶啞的聲音問。

「不，就快到池塘了，過了池塘就快了。」

他們很快來到池塘岸邊。池塘這一邊是圓形的，那一邊卻有三道突出的凸起，好像畫裡的鬼火。池水沉甸甸的，宛如水銀，水面極為平靜，布滿古老杉樹黑漆漆的倒影，倒影的縫隙中映照著藍天。剛剛的音樂聲在此處聽不到了。一切都沉默、凝固，陷入沉睡。

兩人不敢打破這種寧靜，從驢身上下來，走到池塘岸邊，沒發出半點聲音。池塘那一邊的一道凸起岸邊有幾株老山茶樹，這是森林中僅有的雜樹。老山茶樹樹幹翠綠，高約一丈，開滿血紅的花。花下有一小片空地，光線有點暗。一個美麗的姑娘正懶洋洋趴趴在那兒，露出乳白色的肌膚。她把苔蘚當成床褥，托著臉俯視池塘。這一幕真讓人吃驚。

千代子不禁說道：「哎呀，那邊⋯⋯」

「別說話。」廣介示意她別出聲，似乎是怕驚擾了那個姑娘。

姑娘繼續注視著池塘發呆，也不知有沒有發現他們兩個。林中的池塘、岸上的山茶花、靜靜趴伏的赤裸女郎，如此簡單的配置與線條，效果卻出奇地好。這種構圖若非偶然，而是刻意設計出來的，就說明廣介是一個極為出色的畫家。

他們兩個站在岸邊欣賞這夢幻美景，許久都回不過神來。姑娘一直鬱鬱不樂地注視著池塘，只把她交叉的豐滿雙腿對換了一次位置。

在廣介的催促下，千代子很快又騎上驢準備出發。在少女頭頂開放的一朵大山茶花忽然落下，好像液體一樣，從少女豐腴的肩頭滑落，落到池塘，

飄在水面上。整個過程沒有發出任何聲響，以至於池塘裡的水好像都不願做出任何反應，水面平靜如鏡，沒有出現一絲漣漪。

# 十九

兩人繼續在原始森林的樹蔭下行進，可是越到森林深處，越找不到出去的路，不知何處才是盡頭。因為無法辨認來時路，原路折回也不行。千代子越來越懷疑是否應繼續任由驢馱著自己行進。

可是島上的景色變化多端，到處都是奇妙如魔法的機關，前進其實是返回，上坡其實是下坡，地下其實是山頂，曠野其實是小徑。同樣的道理，行人抵達森林深處，內心全是難以形容的忐忑，反倒昭示了森林的盡頭就在前方。

此前，大樹都保持著適當的距離，不知何時距離縮短，緊靠在一起，鑄成幾層樹牆，連一點縫隙都沒有。綠葉的拱頂不見了，樹枝隨意生長，有些直接垂到地上。周圍黑得幾乎什麼都看不到了。

「行啦，下驢吧，跟著我。」

廣介先從驢身上下來，扶著千代子的手將她扶到地上，隨即走向黑漆漆的前方。樹幹圍繞著兩人，樹枝阻擋了兩人的路。兩人像土撥鼠一樣開闢道路，向前行進。如此艱難地走了片刻，身體一下輕鬆下來，赫然發現前面是一片廣闊平坦的綠草原，陽光普照，他們已走出了森林。四處張望，那片森林像憑空消失了一樣，匪夷所思。

千代子很困惑，按著太陽穴看著廣介，求助般說道：「啊，難道我糊塗了？」

「不，人到了島上，就能在不同的空間、不同的世界自由穿行。我準備在島上造出幾個世界來。帕諾拉馬你聽過嗎？我念小學時，這種展覽裝置一度非常流行。參觀前先從一條狹窄、黑暗的過道中走過，隨後眼前一亮，就

看到另一個世界。這個世界的每一處都迥異於參觀者原先生活的世界。這種騙人的手法真叫人驚嘆！在帕諾拉馬館外面，電車在行駛，小販的貨攤連成一片，店鋪一家接一家，其中一家就是我家開的。那兒的昨天、今天和明天沒有任何區別。可是進入帕諾拉馬館以後，所有平凡的東西都會蕩然無存，殘酷、血腥的戰爭正在滿洲平原上進行，那平原如此廣闊，一直伸展到遠處的地平線。」

廣介一邊走一邊說，把草原上悶熱的霧氣都攪散了。千代子跟隨著愛人，好像進入一場夢。

「建築內外各有一個世界。兩個世界的土地、天空、地平線各不相同。帕諾拉馬館外是隨處可見的普通街道，十分真實。帕諾拉馬館內卻到處都看不到街道，只有一直伸展到遠處地平線上的曠野。也就是說，曠野和街道同時出現在一個地方。不管怎樣，表面看來是這樣的。你也明白怎樣製造兩個風景不同的世界，把觀眾席用高高的圍牆圍起來，圍牆上繪有風景。為了盡可能讓畫看起來是真的，還要在圍牆前面放上真實的泥土和樹，再放上人偶，還要把觀眾席的遮簷擴展到能遮擋天花板的寬度。只要做到這些就足夠了。帕諾拉馬是法國人的發明，我聽說最初的發明者想用這個辦法創造另一個世界。小說家會在紙上、演員會在舞台上創造新世界，同樣的，他也試圖在那座小建築內部，利用自己獨一無二的科學方法創造一個廣闊、嶄新的世界。」

廣介抬手指著遠處原野和藍天的交界線——因為悶熱的霧氣和芳香的青草，那裡一片模糊——說：「你不覺得這片廣闊的草原很不和諧嗎？這片草原這麼大，小小的沖之島怎麼可能容納？你若認真觀察一下，會看到此處跟地平線相距幾公里。可是你認真想想，草原跟地平線中間還有大海，大海之後才是地平線，不是嗎？還有，除了我們經過的森林、現在看到的草原，島上各處都有景致，彼此保持著一定距離。很明顯，即便沖之島跟M縣一樣大，也無法容納這麼多景致。我在說什麼，你能聽懂嗎？我的意思是，我在島上建造了幾個帕諾拉馬館，它們相互獨立。剛剛我們走過的海底隧道、大河谷、昏暗的林中小道，都等同於進入帕諾拉馬館的暗道。眼下我們所在的

地方春光明媚，熱氣瀰漫，青草芬芳，有一種眼前一亮、如夢初醒的感覺，我們就要進入我的帕諾拉馬國了。可是我創造的帕諾拉馬有別於只在牆上畫畫的尋常帕諾拉馬館。利用天然丘陵的曲線、對光線的精心設計、對草木位置的悉心安排，我將人工斧鑿的痕跡巧妙隱藏，將自然的距離隨意拉長或是縮短，使其符合我的心意。比如我們剛剛走過的森林，你肯定不相信它其實很小。林間小道迂迴曲折，安排巧妙，讓人根本察覺不到它的小。表面看來，那片杉樹向左右兩側擴展，望不到盡頭，其中全是同樣大小的大樹，但是實際上，遠處那些樹也許是兩公尺左右的小杉樹。我們很容易就能利用光線製造出一種錯覺，讓大小不同的東西看起來同等大小。我們剛才攀登的白色階梯同樣如此，不過一百多級，但從底下往上看，卻像直達雲巔。那座階梯像舞台布景一樣，你應該沒察覺其越往上越窄，而且越往上越矮。只用眼睛看，根本看不出每一級的高度差異。此外，兩邊崖壁的傾斜度也是設計好的。因此，從底下往上看，會覺得其非常高。」

這種沒有絲毫破綻、完美無缺、令人難以置信的假象，就像烙在千代子心底，儘管廣介當場對她說穿了一切，還是沒有對她造成任何影響，她依舊覺得面前這片廣闊的曠野一直延伸到地平線。

她無法置信地問：「所以這片曠野其實也很小？」

「沒錯。曠野被圍牆環繞，圍牆向上傾斜，但傾斜的角度小之又小，根本看不出來。透過這種方式，圍牆把周圍的景色全都遮擋起來了。可是曠野的直徑也有五六百公尺，不算小了。我借助某些手法，讓這片平凡的草原有瞭望不到盡頭的卓越視覺效果。稍微動一動腦，就實現這樣的夢幻效果，多麼令人驚嘆。你聽了我的解說，還是不相信這麼廣闊的草原方圓不過五六百公尺，對嗎？我作為設計製造者，遙望著地平線在霧氣中模模糊糊，高低起伏，如同浪濤，同樣會感覺這片原野好像真的沒有盡頭，一種無法言喻的忐忑和甜蜜的愁苦在我心頭若隱若現。放眼望去，除了天空，便是草原，視線無遮無擋。眼下，這對我們來說就是整個世界。這片草原伸展到島上各處，伸展到 I 海灣乃至太平洋，與天空連成一片。再加上大群的羊和牧童，這裡就成為一幅西洋名畫。我們還能想像，有一支吉普賽人的隊伍沉默不語，從

地平線旁走過，夕陽在他們身後投下一道道長影子。然而，我們卻看不到任何人、動物乃至枯樹，這片草原就像一片綠色的荒漠。只是它帶給我們的感動豈非遠遠超過那些名畫？是不是像有一種有著悠久歷史的東西猛地朝我們壓下來，讓我們的心靈受到震撼？」

千代子剛才就在望著那片廣闊的天空，其準確說來更像是灰色而非藍色的。千代子忍不住流下淚來，而她根本無意掩飾。

「從這片草原能抵達沖之島中央或其周邊的景致。我們本應該圍著沖之島轉一圈，再到中央去。不過，時間緊迫，周邊的景致又尚未竣工，我們還是直接去島中央吧，那裡有一座花園，應該會成為你的最愛。不過，直接從這裡走到花園可能很沒意思，我再跟你說說其他景致吧！此處距離花園約有兩三百公尺，我就藉這段時間給你介紹一下那些好像不屬於人世間的景致。

「園藝中有一個詞叫造型，你聽過嗎？所謂造型，就是像雕塑師精心雕塑作品一樣，把常綠樹黃楊、柏樹之類精心修剪成幾何圖形或類似於動物、天體之類的形狀。這裡匯聚了各種奇形怪狀、造型精美的樹木，有的雄壯，有的纖巧，數不清的直線、曲線交叉在一起，共同譜寫出一曲交響樂，令人拍案叫絕。中央處的景觀是最讓人驚嘆的，那是由一大群赤裸的男女共同組成的，是對古老的、著名的雕塑的模仿。那些男女都一言不發，宛如化石。來帕諾拉馬島上參觀的人走過這片廣闊的草原，走到那裡以後，眼裡全是人類和植物共同組成的詭異雕塑群，必能體會到一種強大的生命力，幾乎為之窒息，還能體會到那種無法用言語形容的怪異的美。

「還有一個世界，裡面全是用鐵做的無生命機器，像黑色的怪獸，一直在轟隆隆運作。沖之島地下設有發電廠，為其提供動力。可這些機器不是常見的蒸汽機、電動機之類，而是非同尋常的機械力的象徵，只會出現在夢中。這個世界中陳列的鐵製機器根本不考慮用途，尺寸也跟常見機器截然不同。氣缸龐大如小山，大飛輪大吼大叫如野獸，大齒輪烏黑的牙齒互相啃咬、推撞，擺動杆如同怪獸的前肢，高速燃燒器發瘋般舞動，軸杆彼此交叉，皮帶流動宛如瀑布，傘齒輪、蝸杆、蝸輪、皮帶輪、鏈帶、鏈輪等機器零件瘋狂亂轉，烏黑的表層全是油汙。你有沒有去博覽會參觀過機械館？那

地方有技術人員、解說員、保安，那裡的機器全都放在一座建築中，其被製造出來全都是為了某種既定的用途，一切都有條有理。然而，我的機器之國卻是廣闊無限的，到處都是奇怪的機器，它們共同構成另一個世界。這個機器之國中沒有人，也沒有動物或植物。這裡有一直伸展到地平線上的廣闊平原，其中全是根據各自的規則開動的機器。卑微的人類進入其中會有怎樣的感受，你能想像到嗎？

「此外，我還設計到處都是美麗建築的大城市，種著毒草並且有野獸、毒蛇活動的園林，以及由噴泉、瀑布、小溪共同組成的水花飛濺、霧氣瀰漫的水之國。遊客在不知不覺中走過這一個又一個世界，其中奇妙的風景好像只存在於夢中。再拐一個彎，又進入另一個世界。這裡好像萬花筒，天空中有極光，空氣清香撲鼻。在這夢一樣的世界中，花園裡的漂亮鳥兒、玩鬧的人扮演著最重要的角色。除了這兩者，再找不出任何生物。可是從這兒無法看到我的帕諾拉馬島正中最關鍵的建築——大圓柱。大圓柱還在趕工，若登上柱頂，能俯視島上各處的美麗景色，會看到整座島就是一個帕諾拉馬。除了能看到每個單獨的帕諾拉馬，還能看到一個截然不同的帕諾拉馬，它如此完整，宛如夢幻。島上存在幾個宇宙，彼此交錯，又互相區別。我們已經走到草原的出口，把你的手給我，我們又要走上一條羊腸小徑了。」

前面的出口十分隱蔽，走到近前，終於看到一處長滿雜草、光線昏暗的狹窄出口。從這裡出去就踏上了一條秘密的小道，小道上的雜草越來越高而茂密，很快將他們完全包裹。他們又進入一條黑漆漆的小道。

# 二十

小道那一頭會有何種意想不到的裝置？這會不會只是千代子的想像？兩人只是走過一條與原先的世界相連的小道，進入另一個迥然不同的世界。這就好比從這個夢到那個夢，中間的過程模糊不清，好像一下變得無知無覺，

宛如御風飛行。正因為這樣，這一處又一處景致好像多個平面，彼此沒有任何交叉，像從三維空間跳到了四維空間。猛然清醒過來，感受到全然不同的形狀、顏色、氣味，但眼前的一切分明沒有離開原先的土地。如果這不是重疊在一起放映的電影，就是人仍然在夢中。

兩人看到被廣介稱作花園的世界，這裡沒有一樣東西能讓人想到花園，只有一片渾濁的乳白色天空，以及滔天大浪般起伏不定的丘陵，春日裡，丘陵上繁花似錦。天空的顏色、丘陵的曲線、花朵的繁盛都是人造的，違反了自然和法則，而且其規模如此宏大，讓剛剛進入這個世界的人除了迷茫，沒有任何反應。

這裡的景色打眼一看很乏味，卻暗含著一種反常的氣氛，像走進人間以外的惡魔世界。

千代子險些癱倒在地，廣介急忙扶住她，問：「怎麼回事？身體不舒服？」

「哦，我也不知道怎麼了，感覺頭疼……」

人身上濃烈的汗味混合著一抹香氣瀰漫開來，明明不是會讓人不舒服的氣味，千代子卻被熏得頭暈，大腦停止了運作。繁花似錦的丘陵明明是靜止的，其交織的曲線卻像能打翻小舟的驚濤駭浪般朝她猛烈撲過來。那些層巒疊嶂、靜止不動的丘陵讓人忍不住疑心其設計者在其中隱藏了恐怖的陰謀詭計。

「我怕。」好不容易回過神來後，千代子捂著眼低聲說。

「怕什麼？」廣介微笑著問。

「我不清楚。只覺得被這些花圍在中間，心裡空落落的，好像不應該來到這裡卻來了，不應該看到這些卻看了。」

廣介不動聲色地說：「因為這裡太美麗了，不必胡思亂想。有人過來迎接我們了，瞧啊！」

從丘陵後面走出一隊女人，她們排著整齊的隊伍，神色畢恭畢敬，像來參加隆重的祭祀。她們渾身上下都精心上了妝，雪白的皮膚泛著一點藍光，身體因曲線處塗抹著紫色的漸變陰影，更顯得凹凸起伏。在開滿花的背景

前，如此美妙的胴體接連出現。她們的腿油光發亮，跳著歡快的舞蹈。黑色的頭髮在肩頭跳動，鮮豔的紅唇微張，好像半輪明月。她們慢慢朝兩人走過來，排列成正圓形的隊伍，卻一句話都不說。

「千代子，我們的轎子來了。」廣介扶著千代子的手，讓她登上由好幾個赤裸女子共同組成的蓮花座。隨後，他自己也坐到人椅上。

廣介和千代子被綻放的人體之花圍在中間，被其馱著在開滿鮮花的丘陵四周行進。這個神秘的世界、這些赤裸的女子若無其事的表現，都讓千代子困惑不解。不知何時，她忘記了人世間的羞恥感，還感覺膝蓋下面起起伏伏宛如波浪的腹部如此柔軟，如此舒適。丘陵與丘陵之間的山谷中曲折的小道同樣繁花似錦，裸女赤腳踩上去，本就柔軟富有彈性的人椅因花鋪成的厚地毯的緩衝，變得更加舒適。

然而，這種奇異之美並非源自不斷飄進鼻子的獨特香味，或反常的乳白色渾濁的天空，或不辨源頭、讓人身心愉悅的美妙聲音，或由絢爛的花朵搭建起的牆壁。這種美的源頭是丘陵鋪滿鮮花的曲線。這些曲線之美只有身處其中的人方能領會，幾乎無法用言語說明。人的眼睛一早便對自然生成的高山、草木、平原、人體曲線習以為常，但是在此處交織、伸展的曲線卻是一種截然不同的曲線。這是任何美人的腰背部曲線或任何巧妙的雕塑曲線都不能相比的。這些曲線可能不是大自然的造物主創造的。能創造出這些曲線的也許只有想要毀掉大自然的魔鬼。面對這麼多交織的曲線，一些人也許會有一種詭異的被壓迫感。人可能只會在宛如噩夢的幻境中喜歡這些曲線。廣介在創造這個宛如噩夢的世界時，必然利用了現實世界的土壤、花卉。準確說來，這個世界是骯髒的，而非高尚的，是混亂的，而非協調的。所有曲線和曲線上的鮮花都讓人不悅，這種不悅無休無止。人為使其變得更加縱橫交錯的曲線，不斷給人以強烈的醜陋之感，好像在演奏管弦樂，音樂雖然美妙，卻充斥著不協調的音符。在創造出令人眼前一亮的曲線之餘，這位大自然的創造者還讓人的身體感受到曲線般起伏不定的觸感。谷中小道有非同一般的藝術化曲線，每經過一處小小的轉彎，無論緩急、升降、左右，裸女組成的蓮花座都會透過坐在上面的人的腿，讓其身體感受到曲線帶來的快活。這種

感覺好比將飛行員在高空中、人在疾馳於曲折山路上的汽車中那種曲線運動的快活感覺美化的結果。

爬坡有時候就像朝中心某點緩慢下降。鼻子裡滿是那種異香，耳朵裡滿是一種好像從地底下冒出來、音量不斷拔高的音樂。兩人眼前好像被輕紗遮擋，再也感覺不到周圍美麗的景色。

山谷偶爾會鋪展開來，成為巨大的花園。一座像要直達雲端的花之山坐落在花園盡頭，傾斜的山坡如同無邊的花海，如此奇異，遠勝過吉野山⑦的花海。山坡和曠野如同彩虹的鮮花之間散落著數十人，有男有女，赤身裸體，正興沖沖地玩捉迷藏，好像亞當和夏娃。遠遠看去，他們的身體如此微小，就像白色的豆子。一個女人從山上跑下來，經過曠野，跑向廣介和千代子，黑色的頭髮飛揚起來。跑到兩人近處，女人一下摔倒了。她的亞當追過來，抱起她，讓她靠在自己寬闊的胸脯上。然後，這一男一女伴著這個世界中無處不在的音樂聲高歌，朝遠處走去。

曠野上還有一株龐大的桉樹，樹皮上長滿白色的斑點，伸出手臂遮蓋著谷中小道，好像建起一座拱橋。樹枝上滿是赤裸的女子，像結著飽滿的果實。這些女子有的躺在粗樹枝上，有的掛在樹幹上，晃動著頭部、四肢，像被風吹動的樹葉，口中還哼唱著這個奇異世界的音樂。裸女組成的蓮花座對這一幕視若無睹，默默從果實下走過。

這條開滿鮮花的小道長約兩公里，千代子從其中經過，心中跌宕起伏，只能說這是一場夢——美麗的噩夢。

兩人最終被抬到一個龐大的鮮花研缽底端。

這個世界十分香豔。四周開滿鮮花的山坡頂端相當於研缽邊緣，一個又一個白花花的肉體蜷縮成肉丸子，接連從滑溜溜的坡上滾進研缽底端的浴池，讓池中的清水飛濺出水花。其中水霧瀰漫，她們就在這霧中翩翩起舞，異口同聲高唱著美妙的歌曲。

---

7. 日本奈良縣著名的賞櫻花勝地。——譯注

廣介和千代子在不知不覺中脫掉所有衣服。兩人再次清醒過來時，已經舒舒服服泡在華麗浴室的熱水中了。若穿著衣服待在這兒，反倒會讓人害羞。於是，千代子順理成章接受自己一絲不掛的現實。將兩人抬到這兒的蓮花座極力舒展身體，支撐起兩個脖子以下全都浸泡在熱水裡的主人，將蓮花座的作用完全發揮出來。

這裡隨後變得一片混亂，肉丸子迅速增多，碾過山坡上的花。無數花瓣飛舞，彷彿下起大雪。花瓣、水霧、水花交織在一起，形成一片水簾，朦朦朧朧。赤裸女體蜷縮而成的肉丸子彼此摩擦，一片混亂，但歌唱並未停止。人匯成的浪花時而在左，時而在右，晃來晃去，相互推撞。兩位客人卻始終浮在水面上，像是無知無覺的屍體。

# 二十一

天黑了，黑沉沉的積雨雲堆積在乳白色的天空上，開滿鮮花的鮮豔丘陵孤獨佇立在夜幕下，變成恐怖的黑影子。吵鬧的人體海嘯和合唱都已經消失，彷彿退走的潮水。白色的熱氣中，裸女蓮花座不知去向何處，這個世界的妖邪音樂也已經停止，到處都是無邊無際的黑夜，以及如同地獄般的寧靜。仍然留在此處的，只剩下廣介和千代子。

「啊！」終於清醒過來時，千代子忍不住再次感嘆起來，她已不知是第幾次發出這種感嘆了。接著，她呼出一口氣，再次感受到巨大的恐懼。

「啊，老公，我們回家吧！」她在熱水中一邊哆嗦一邊看向丈夫。

聽她這樣說，那顆猶如黑色浮標般浮在水面上的頭顱一動不動，毫無反應。

「老公，是你嗎，是你嗎？」雖然害怕極了，她還是壯著膽子朝那個黑影子游過去，在應該是脖子的地方觸碰一下，又用力晃動起來。

「哦……我們回家，但是我還想讓你看一樣東西。哦，別怕，別出聲，

稍等片刻就好。」廣介說著，好像在思考什麼。

千代子聽到他的語氣，更加恐懼：「我已經無法忍受了。我害怕極了。瞧，我渾身都在顫抖。我必須馬上離開這兒，這兒實在太恐怖了。」

「你果然在顫抖，但是你害怕什麼？」

「我害怕什麼？我怕島上可怕的裝置，還有創造出這些東西的你。」

「你怕我？」

「是的，但是你別生我的氣。我這在世上什麼都沒有，只有你。可是我最近經常覺得你很可怕，無法確定你對我的愛是否出於真心。我非常害怕你會在這座可怕的島上，在這黑暗中告訴我，你根本不愛我……」

「別胡說了！行了，這個話題就到此為止。你的心情我很理解，可是你沒有必要害怕，我們只是進入一片黑暗，看不清周圍的東西而已。」

「可是我真的很害怕。也許是冷不防看到這麼多鮮活的場景，我變得非常興奮，平時沒有勇氣說的話，現在卻說了。老公，不要生我的氣。」

「你對我起了疑心，我一清二楚。」廣介一下變了語氣。

千代子驚訝地閉上嘴。忽然之間，她覺得自己曾經歷過一模一樣的場景，但不確定是在什麼時間、什麼地點、在現實抑或夢中，彷彿上一輩子的經歷。當時，他們兩個同樣身處黑暗，好像陷入地獄，除了頭部，其餘部位都淹沒在瀰漫著熱氣的水中。旁邊的男人對她說出了同樣的話：「你對我起了疑心，我一清二楚。」她對此後自己的回應、男人的態度和恐怖的結果都有非常清楚的感知，但具體是什麼，卻怎麼都想不起來。

「我一清二楚。」廣介重複著這句話，似乎要逼緘默不語的千代子做出回應。

「別，別，別這樣，別這樣說了！」千代子高叫著阻止廣介，「跟你說話讓我覺得很害怕。你一句話都不要說了，快，快帶我回家！」

黑暗突然被巨大的響聲打破。千代子摟住丈夫的脖子，頭頂上火花四濺，劈啪作響，閃爍著五彩的光芒，如同鬼魅。

「煙花而已，不用吃驚。這是帕諾拉馬國的煙花，我的心血之作。瞧，它跟一般的煙花不一樣，像幻燈片一樣凝固在天幕上，這就是我想讓你看的

東西。」

千代子抬起頭來，看到炸開的煙花果然如廣介所言，像投在雲巔的幻燈片。天幕上是一隻龐大的金色蜘蛛，有四對腳，看起來非常清晰，其中每個關節都在動，顯得十分詭秘。整隻蜘蛛慢慢朝他們落下來。這一幕是用煙花呈現出來的，對部分人而言，一隻碩大的蜘蛛掛在黑暗的天幕上，暴露出最令人作嘔的肚子，朝人頭上爬過來，可能是一種美妙的景象。可是千代子生來討厭蜘蛛，看到這樣的景象，一陣噁心作嘔，幾乎窒息。她不願再看頭上那一幕，但雙眼卻在一種恐怖、強大的吸引力作用下，不斷朝天幕上看去，不斷看到那怪物正朝自己逼近。不過，跟這一幕比起來，更讓她害怕的是，她記得自己曾經看過這種由煙花構成的大蜘蛛。

「我看夠煙花了！別嚇我了，我說認真的，求你讓我回家吧！走，我們回家！」她緊緊咬住牙關說出心裡話，這對她而言很不容易。

煙花構成的大蜘蛛，此時已經消失在黑暗中。

「你竟然怕煙花？真叫我頭痛。接下來的煙花是朵漂亮的花，不像蜘蛛這麼可怕。你先忍一忍。哦，池子對面立著一個黑色的筒子，你還有印象嗎？那是煙花筒。我們所住的鎮子就在池子下面，我的僕人就從那裡放煙花。這很尋常，你不用害怕。」

廣介不再說話，死死摟住千代子的肩，手上的力量大得像鐵鉗子。千代子無法擺脫他逃走，像耗子被貓抓住了一樣。

「哎呀！」她吃驚地意識到自己所處的境況，不由得尖叫起來，「抱歉，很抱歉！」

「你說什麼抱歉，為什麼要覺得抱歉？」廣介威脅她說，「你在想些什麼？你是怎麼看待我的？馬上坦白說出來。」

「哦，你終究問出來了，但是我現在真是怕得很……」千代子磕磕絆絆地說，好像在抽泣。

「可最好的機會就是現在。這裡只有我們兩個，沒有閒雜人等。別怕，沒有人會聽到你的話。我們倆還需要在彼此面前遮遮掩掩嗎？全都告訴我吧！」

兩人在黑暗的山谷浴池中開始了奇怪的對話。這種恐怖的氣氛讓兩人內心都變得瘋狂起來，千代子連嗓音都沙啞了。

　　「既然這樣，就告訴你吧！」千代子忽然變得口若懸河，跟之前判若兩人，「其實，我早就想問清楚了，直接向我坦白吧，不用再隱瞞什麼……你不是菰田源三郎，而是另一個人，對不對？告訴我吧！你從墳墓中死而復生有很長一段時間了，我從頭到尾都在懷疑你並非真正的菰田源三郎。這種令人震驚的才能不可能屬於源三郎。我來到島上之前，就大致想明白了，知道自己的懷疑多半是對的。你應該早就意識到了。我僅餘的疑惑也在親眼見識到此處各種令人驚訝而著迷的風景後蕩然無存。請你馬上說出真相吧！」

　　「哈哈哈哈，你終究還是坦白了！」廣介鎮定自若的語氣中，有無法掩飾的自暴自棄，「我的確犯了大錯，明知道那個人不應該愛，還是愛上了。長久以來，我都苦苦克制著自己，卻在最後一刻功虧一簣。我就這樣在你面前暴露出來，一如我之前擔憂的那樣……」

　　廣介把自己的陰謀詭計大概描述了一番，說得停不下來，好像瘋了一樣。不明真相的工作人員為取悅主人，不斷把備好的煙花從地底下放出來。煙花爆開，在空中變成奇形怪狀的動物、豔麗的花或其他奇異的圖案。煙花主要是藍色、紅色、黃色這三種亮色，把夜幕照得一片光明，把谷中的池水染上了顏色，如舞台上的彩燈一樣，照亮了水面上兩人西瓜似的頭上所有微妙的表情。

　　將所有精力都集中在說話上的廣介臉色相當恐怖，時而紅如醉漢，時而白如屍體，時而黃如黃疸病人。有時，周圍完全陷入黑暗，只能聽到他講話的聲音。光線不斷變幻，他的故事又如此詭異，千代子只覺得毛骨悚然。這種恐懼讓她幾乎無法忍受，她幾次想要逃走，都被廣介用力抱住，動彈不得。

# 二十二

「關於我的陰謀，你都知道些什麼，我並不清楚。不過，你感覺如此敏銳，必然已經猜得差不多了。可是我的計畫這樣縝密，我的理想這樣堅定，即便是你也沒有想到吧！」

廣介說完時，血紅色的煙花還停留在空中，將夜幕完全染紅。廣介瞪視著千代子，滿臉通紅，像一個惡魔一樣。

千代子已經徹底崩潰，拋開一切尊嚴，不斷哭喊著：「放我走！放我走！……」

「聽我說，千代子！」廣介大叫起來，似乎要用這種方式堵住她的嘴，「你知道我這麼多事，還想安然回去，你覺得我會答應嗎？難道你不愛我了？到昨天為止，不，到剛才為止，你不是一直都在愛我嗎？哪怕你懷疑我並非源三郎，也依然愛著我。眼下，我把我的事全都告訴你，你卻反倒把我當仇人看，對我滿懷仇恨和畏懼，是這樣嗎？」

「放了我！我要回家！」

「原來在你眼中，我還是你丈夫和菰田家的仇敵。千代子，你聽我說，我對你的愛超過其他所有人，我還想乾脆就跟你同歸於盡。可是我還有些東西難以割捨。我付出多少精力，才讓人見廣介從世間消失，才讓菰田源三郎死而復生？我付出了多少代價，才創造出帕諾拉馬國？我只要想到自己付出的這一切，就捨不得放棄生命，放棄一個月後就要完工的帕諾拉馬島。因此，千代子，我只有一個選擇，就是殺了你。」

「別殺我！」千代子扯著嗓子叫起來，「別殺我！我願意聽從你的一切安排，我願意像從前一樣侍奉你，繼續當你是源三郎。無論現在還是以後，我都會保守這個秘密，求你別殺我！」

「你說真的？」廣介面色發青，那是煙火映照的結果，他的雙眼閃著紫色的光芒，像要把千代子看穿，「哈哈哈哈，沒用了，沒用了。我不會相信你，你說什麼都是徒勞。你可能依然愛著我，你的話可能是發自真心，可誰

能肯定你繼續活下去，不會給我帶來滅頂之災？就算你不會跟任何人說起此事，但是你已經瞭解整件事，我能沉著地把這場戲演到底，但是你一個女人不可能做到這一點。你可能會因一時疏忽洩露一切。除了殺掉你，我別無選擇。」

「別，別這樣！我還有父母兄弟，求你放了我，放過我這條命，我會做你的傀儡任你差遣。放了我，放了我吧！」

「瞧，你根本不願為我獻出生命，你這麼畏懼死亡。你愛的是源三郎，不是我。也可以說，即便你能愛上一個跟源三郎長得完全一樣的男人，也不可能愛上我，因為你相信我是一個大惡人。說到底，我現在只剩下殺掉你這條路可走了。」

廣介的雙手逐漸從千代子肩上挪到她脖子上。

「哎呀，救命啊！」

除了逃命，千代子什麼都不想，什麼都不顧忌了。她極力張大嘴巴，呲著牙齒，好像猩猩，這是人類從遠古先人那裡繼承的生存本能。接著，她尖銳的虎牙條件反射般在廣介胳膊上狠狠咬下去。

「真討厭！」廣介不由得鬆開了手。

藉此機會，千代子迅速擺脫廣介，海豹一樣猛地跳進水裡，朝黑漆漆的對岸游過去。

「救命啊！」附近的小山中回蕩著她聲嘶力竭的慘叫。

「愚不可及，什麼人會到山裡來救你？白天那些女人都到地下的屋子裡休息了。況且你連逃走的路線都不知道。」

廣介故意不緊不慢跟上她，像貓一樣。在這個國家，他是國王，深知不會有人這時還留在地面上。他只擔心她的叫聲會從放煙花的筒子傳到地下，但這種可能性不大。因為她在截然相反的方向上了岸，筒子旁又擺著發電機，轟隆隆響個不停，蓋住了地上的輕響。此外，剛才她發出慘叫時，剛好有十多筒煙花發射出來，將那個聲音壓了下去，廣介也就不用擔心了。

千代子驚慌失措，四處尋覓逃生之路。這淒慘的一幕被從空中慢慢落下的金色煙花照得一清二楚。廣介縱身撲向她，跟她一起倒在地上。然後，他

輕而易舉掐住了她的脖子。千代子立即感到一陣窒息，甚至沒機會發出第二聲慘叫。

「原諒我，我直到這一刻還愛著你。可是我實在捨不得島上的各種享樂，我的貪欲不允許我捨棄這些。為了你毀掉我自己，我做不到。」

廣介不斷加重手上的力量，同時不斷流著淚，叫著：「原諒我吧！原諒我吧！」千代子赤裸的身體緊緊貼住他的皮膚，在他身下跳動，好像被網住的魚。

人造花之山的山谷深處，兩具赤裸的身體在暖烘烘的水氣中、在煙花詭異的彩色光芒中，像發瘋般打鬧的野獸一樣彼此糾纏。看起來就像兩個赤裸的人在忘我地舞蹈，一點都不像可怕的殺人場面。

糾纏的手臂，掙扎的身體，滿是鹹澀淚水的臉緊貼在一起時融合的淚水，彼此胸腔內瘋狂的跳動，以及兩人不斷淌出的汗水，這些全都交融起來，像要把兩人的身體溶解得又黏又稠，像海參一樣。

這場殊死搏鬥在一種如同遊戲的氣氛中展開，也許這就是死亡的遊戲吧，若這種遊戲真的存在的話。跨在千代子肚子上、死死掐住她纖細脖子的廣介也好，被男人健壯的肌肉壓住、拼死掙扎的千代子也罷，都像沉浸在美妙的快感和難以言喻的愉悅中，把痛苦徹底拋諸腦後了。

千代子很快用慘白的手指劃出瀕死之際一條優美的曲線，在半空中亂抓幾下，黏糊糊的血從她透明的鼻孔中噴射出來，像細細的絲線。一朵碩大的金色花朵就在這時進入天空，把宛如黑色天鵝絨的天幕撕裂，如此巧合，像預先做好安排一樣。金色的粉末飄落下來，落在靜止的人間花園、泉水、兩具彼此糾纏的肉體上。細如絲線、豔若紅漆的血從千代子慘白的臉上流過，如此寧靜，又如此美麗。

# 二十三

人見廣介從此再未返回位於 T 市的菰田家。他完全變成帕諾拉馬國居民，餘生將一直作為這個瘋狂王國的君王，留在沖之島上生活。

「作為帕諾拉馬國的女王，千代子不會在人世間露面了。島上有那麼多雕像，你應該都看到了。有時候，千代子會變成一尊站立的裸體雕像，混在那些讓人目不暇接的同類雕像中。有時候，她會化身為海底美人魚、毒蛇國耍蛇人、繁花盛放的花園中的花仙子。玩膩了這些遊戲，她就留在宏偉的宮殿中，隱藏在重重帷簾背後的深宮中做女王，享盡富貴榮華。這樣一座樂園，這樣一種生活，她怎會不喜歡？她已忘卻了時間和故鄉，在這塊麗的王國中徹底淪陷了，一如傳說中的浦島太郎⑧。你們完全不必為她擔心什麼，你們所愛的主人正在享受最幸福的生活。」

出於對主人的擔憂，千代子上了年紀的奶娘來到沖之島接千代子。廣介坐在殿內一座挖開地面建造而成的宏大圓形寶座上，想用君王接見臣子的盛大儀式，把這個沒見識的鄉村女人嚇走。也不知是被廣介的甜言蜜語唬住了，還是被這種宏大的場面嚇住了，奶娘什麼都沒說就回去了。廣介又用這種方式打發走了家族中其他人。他多次給千代子的父親送去厚禮，又用經濟施壓或重金收買的方式，堵住了其餘親戚朋友的嘴。他還借助角田管家向官員們行賄。所有事情都進行得有條有理，沒有露出半點破綻。

島上所有人這時也收到命令，不能窺視女王千代子。她每天從早到晚都隱藏在地底宮殿深處，廣介寢宮後厚厚的帷簾背後，所有人都不能闖入這片區域。島上諸人都未對此起疑心。他們很清楚，主人有著怪異的喜好。大家私下裡說笑，說國王與女王的繾綣之地就藏在帷簾背後。島上清楚看過千代

---

8. 日本傳說中的人物，他因為救下龍宮神龜，被帶到龍宮做客。重返故鄉時，發現自己的舊相識已經不在人世，他自己也變成老頭子。——譯注

子樣貌的只有幾人，其他人根本分辨不出誰是真正的千代子。

人見廣介借助自己費盡心機制定的計畫，將過去的妄想逐漸變為了現實。利用菰田家無數的錢財，他解決各種難題，補償了過去一切失敗。眨眼間，他從前那些貧苦的親戚朋友都發家致富了。不得志的雜技團舞女、電影女演員、歌舞伎女藝人來到島上都能得到厚待，好像日本一流的名演員一樣。年輕的文人、畫家、雕塑家、建築師這類人拿到的薪酬，都相當於小型企業的高級主管。就算帕諾拉馬島是充滿罪孽的恐怖國，這些人又怎麼敢捨棄它？

一座人間的樂園就這樣誕生了。

這座瘋狂的島上每天都會舉辦聚會，熱鬧非凡。赤裸的女子化身為花，在花園中綻放；人魚成群結隊，在溫泉中悠閒地游來游去；煙花持續不斷地綻放；一群雕像呼吸吐納；黑色的鋼鐵怪獸張牙舞爪；猛獸喝得爛醉，止不住地大笑；毒蛇跳著妖豔的舞蹈；美女組成的蓮花座穿行於這些景色中間；廣介身為國王，一身華服，坐在蓮花座上，發出狂笑。

島上正中的巨大水泥圓柱上布滿長春藤，柱身上建有直通柱頂的螺旋形樓梯，好像鐵製的長春藤。有時，美女蓮花座會從這座螺旋樓梯往上爬。螺旋樓梯頂好像一把怪異的蘑菇形大傘，從這裡能俯瞰島上各處的風景，連遠處的海岸也不會落下。應該怎樣形容這個神奇的建築？隨著螺旋樓梯的上升，下面所有風景，包括花園、池塘、森林、人在內，全都不知所蹤，只剩下一層層石壁。這些紅色石壁從頂端往下看，就像一朵花重疊在一起的片片花瓣，一直延伸至遙遠的海岸。

看過這種只有遠觀才能看見的前所未有的奇異景象後，來帕諾拉馬國旅行的遊客必然會在很長時間內驚嘆，這種景色他們連做夢都夢不到。要是打個比方，整個島就如同一朵玫瑰漂在海面上，這朵玫瑰豔麗如驕陽，像鴉片引發的夢的產物。如此純粹，如此壯美，簡直沒有能與之媲美者，其醞釀而成的美多麼令人驚嘆！部分遊客可能會由此想到人類祖先見識過的神話世界……

瘋狂、放浪、狂舞、沉醉的夢幻遊戲，每天從早到晚在這個華美的舞台

上上演，我要怎樣描繪方能讓大家瞭解其中一二？依我看，這裡可能有點像大家做過的最荒謬、最殘酷、最華麗的噩夢。

# 二十四

大家覺得這個故事應該就此圓滿結束嗎？人見廣介假扮的菰田源三郎能在這個舉世無雙的帕諾拉馬國中忘卻一切，快活地度過餘生嗎？不會，不會是這樣的。帕諾拉馬國就像很多古老的故事，將在高潮之後迎來意想不到的慘烈結局。

一天，人見廣介忽覺恐慌，卻找不到原因。可能是因為成功者的感傷，或連日享樂後的疲憊，也可能是因為內心對過去的罪行感到害怕。總之，他假寐的夢在不知不覺間迎來一陣恐慌。不僅如此，他和這座島還隨時處在一個男人帶來的恐嚇氛圍中。他之所以感到恐慌，可能主要是因為這個。

廣介初次看到這個男人時，此人正站在花園的溫泉池邊。廣介馬上詢問陪在身邊的詩人：「哎，那個在池邊出神的人是誰？我好像從未見過。」

「主人忘了嗎？他也是一個文人，是我們的同行。你第二次招聘時聘用了他。你之前從未見過他，是因為前段時間他一直待在故鄉，也許是今天才坐船回到島上的。」詩人說。

「原來如此。他叫什麼？」

「北見小五郎。」

「北見小五郎？我完全想不起來了。」

這個人從未在廣介的記憶中出現過，這是大凶之兆嗎？廣介從此每到一個地方，都感到這個叫北見小五郎的文人在看自己。他感覺自己隨時處在北見小五郎的監視中，繁花盛開的花園、水氣瀰漫的溫泉池對面、機器國的氣缸後面、雕像園成群的雕像中間、林中大樹下面，全都成為此人監視的地點。

廣介終於忍無可忍，在島中央的大圓柱後將此人抓個正著。

「你就是北見小五郎吧？你總跟在我後面，讓我覺得又彆扭又奇怪。」

男人閒閒倚靠著圓柱，看起來像一個鬱鬱不樂的小學生。聽到廣介的話，他慘白的臉上露出少許羞慚，畢恭畢敬答道：「不是的，主人，只是碰巧而已。」

「只是碰巧？可能是這麼回事。但是你在這兒想些什麼？」

「我在想以前看過的一篇深有感觸的小說。」

「啊，小說？哦，你是一個文人。那篇小說的作者是誰？題目是什麼？」

「作者是一個毫無名氣的作家，而且那篇小說從未發表過，主人多半不知道。那是一篇短篇小說《RA的故事》，作者叫人見廣介。」

經歷過先前的一切，廣介現在已刀槍不入，根本不會因這小小的意外產生任何不安。他甚至能平靜地面對對方冷不防提及自己的真名，沒有任何反應。他反而還因碰巧遇到從前的讀者，感到奇妙的歡喜，用充滿懷舊之情的口吻說：「我知道人見廣介這個人，他總是寫童話。讀書時，我跟他還是朋友。不過，我們從未深談過。我並未讀過《RA的故事》，你是如何弄到這份稿子的？」

「真想不到原來他跟主人竟然是朋友。他19XX年寫了這篇《RA的故事》，當時主人已經返回Ｔ市了，對嗎？」

「是的。兩年前，我見過人見一次，也是最後一次，從此就沒有他的音訊了。他靠寫小說謀生這件事我是從雜誌的廣告上看到的。」

「所以主人讀書時跟他並不是多麼親密的朋友？」

「哦，是的，我們頂多就是在教室遇到，彼此問聲好。」

「我來島上之前，就職於東京Ｋ雜誌編輯部，因工作關係看到人見先生的小說，幸運地讀到了他未發表的稿件。《RA的故事》之所以沒有在雜誌上發表，是因為主編認為其中的性描寫太過露骨。我卻認為這是一篇很好的小說。要不是人見先生出道不久，沒什麼名氣，也不會受到這樣的待遇。」

「真是可惜。人見廣介現在做什麼工作？」

廣介好不容易才克制住自己，沒有說出「我能安排他到島上工作」。時至今日，他已完全變成菰田源三郎，相信自己的假死絕不會被人看穿。

「主人還不知道吧，去年他自殺身亡了。」北見小五郎感嘆道。

「啊？自殺身亡？」

「他掉進了海裡，警察根據遺書斷定他是自殺。」

「他肯定遇到什麼困難。」

「可能吧，我也不是很清楚。不過，主人跟人見先生非常相像，就像雙胞胎一樣。初來島上時，我大吃一驚，還想人見先生為什麼藏在這兒。主人自然也知道你跟人見先生樣貌酷似吧？」

「以前同學們總是拿這一點跟我們開玩笑。這是造物主的惡作劇。」廣介笑起來，顯得光明磊落。

北見小五郎也忍不住笑起來。

此時，島的上空遮蓋著灰色的雨雲，平靜無風，一場暴風驟雨即將開始。天氣如此詭異，海浪從四面八方狠狠拍擊著小島，像野獸一樣咆哮著。

高聳的大圓柱好像魔鬼的梯子，通向頂端的烏雲。柱子本身沒有投下影子，但有兩個小人影在柱底大約要五個人才能抱過來的基座旁談話。平日裡，廣介要嘛坐在裸女的蓮花座，要嘛隨身帶著好幾個僕人，這天卻一個人來到這兒，顯得不同尋常。北見小五郎只是一個僕人，他卻跟一個僕人談了這麼長時間，這是很少見的。

「主人和人見先生簡直一模一樣。要說相像，還有一件事很有意思。」北見小五郎的語氣逐漸變得急切起來。

「什麼有意思的事？」好奇的廣介不願就此告辭。

「就是我剛剛提及的小說《RA的故事》。人見先生曾向主人提到過小說的大致內容嗎？」

「沒有，一點都沒有。我說過我們只是在同一所學校讀書，從未深談過。」

「當真？」

「你真是一個怪人，我為什麼要對你說謊？」

「可你當真這樣確定？以後會不會再否認？」

廣介聽到北見如此奇怪的勸告，不禁緊張起來，但為什麼要緊張？有什麼事他好像應該記得很清楚，卻在這個瞬間忘掉了，無論如何都想不起來。

「你究竟是什麼意思……」說到這兒，廣介一下停下不說了。他隱隱想到一件事，頓時變得面色慘白，呼吸急促，腋下不斷冒出冷汗。

「瞧，我來到島上的原因，你已經逐漸想清楚了。」

「我不明白你是什麼意思，不要胡說八道了。」廣介發出幾聲笑聲，卻像鬼魂般空洞無力。

「你若還是不明白，我就直說了。」北見好像忘了兩人主僕有別，「《RA的故事》中描繪幾處跟島上完全相同的風景。島上的風景跟小說中的風景，就像你跟人見先生一樣相像。你若從未看過或聽過人見先生這篇小說，那這種匪夷所思的巧合是如何出現的？如此相像還說是巧合，也太不可思議了。如果沒有跟《RA的故事》的作者完全相同的想法、喜好，根本無法創造出這座帕諾拉馬島。你跟人見先生長得再像，思想也不會完全相同。剛剛我在考慮的就是這個。」

「是又如何？」廣介凝神屏息注視著他。

「你還不明白？也就是說，你是人見廣介，不是菰田源三郎。你要是看過或聽過《RA的故事》，還能幫自己辯駁，說你這座島是仿照小說內容創造出來的，可惜這僅有的一條生路卻被你自己封住了。」

廣介終於意識到，此人設下了一個圈套，把自己套住了。他在動手建造這個龐大的工程前，把自己的小說仔細讀了一遍，確定沒有一篇小說會留下後患。可是他怎麼也沒想到，自己未能發表的稿子竟然會留下大破綻。他連自己寫過《RA的故事》都沒印象了。當初他投的稿子大部分都石沉大海，作為一名作家，他的處境十分悲慘，這一點本文開篇曾經說過。他在北見的提示下終於回想起來，自己確實寫過這樣一篇小說。由於多年以來，他一直夢想能創造出人造風景，因此我們不必吃驚他會將部分夢想寫進小說，部分夢想變成現實中的風景，跟在小說中描繪的一模一樣。他制定周密的計畫，卻想不到因為一篇未被採用的稿子露出破綻，他後悔不迭。

「哎，完蛋了。這個傢伙可能要拆穿我的本來面目了。但是等一等，這個傢伙只有一篇小說作為證據，不是嗎？這麼早就失去鬥志可不行。就算島上的風景很像小說中所寫的，也無法證明我的罪行。」這樣穩住心神以後，廣介馬上又恢復鎮定，「哈哈哈哈！你這個傢伙不要白費力氣了。你說我是人見廣介？可以，隨你怎麼說，但我是菰田源三郎，這是事實，你能奈我何？」

「不，你千萬不要以為我只有這一點點證據。我已經瞭解一切，之所以用這種迂迴曲折的方式問你，只是想讓你親口說出真相。我對你的藝術才能感到由衷的佩服，因此不想馬上讓警察來抓你。雖然我是東小路伯爵夫人請過來的，但是讓世俗法律來懲治你這個世間罕有的天才，非我所願。」

「是東小路派你過來的？」廣介醒悟過來。

源三郎的親戚中只有一個人不能用錢財收買，就是源三郎嫁給東小路伯爵的妹妹。肯定是東曉路伯爵夫人委託北見小五郎過來的。

「是的，是東小路夫人委託我過來的。你肯定沒想到吧，平時基本不跟娘家人往來的東小路夫人居然會監視你的一舉一動。」

「不，我只是沒有想到我的妹妹竟然會如此荒謬，懷疑到我頭上來了。可是我有信心，只要我跟她當面深談一次，就能打消她的疑慮。」

「事到如今，你再說什麼都沒用了。我之所以對你起疑心，一開始確實是因為《RA的故事》。然而，除此之外，我還有別的更加有力的證據。」

「你不妨說說你的證據。」

「比如……」

「比如什麼？」

「比如這根黏在水泥牆上的頭髮。」說話間，北見小五郎扒開大圓柱上的長春藤，暴露出一根附在白色柱身上、如同優雅曇花的長頭髮，「這是什麼意思，你應該很清楚……哦，別這樣，瞧，我的子彈會在你扣下扳機之前先射出去。」北見邊說邊伸出握著一個閃亮東西的右手。

廣介像雕像一樣動彈不得，手只能繼續放在衣兜裡。

「在此之前，我一直在考慮這根頭髮意味著什麼，最終從跟你的談話中

獲悉真相。我能確定，這根頭髮肯定跟某件事關聯緊密，它出現在這兒絕非巧合。你若不信，我們可以看一看。」

說完這話，北見小五郎立即從衣兜裡拿出一把頭尖尖的大鐵錘，朝頭髮下面的柱身用力捶打了幾下。柱身上很快出現一個窟窿，嫣紅的液體順著錘子的尖頭冒出來，好像一朵豔麗的牡丹開在白色柱身上。

「裡面應該藏著一具屍體，不必完全挖開也能猜得出來。死者是你的，不，是菰田源三郎的太太。」

廣介面色慘白如鬼魂，好像馬上就要癱倒在地。北見伸出一隻手扶住他，心平氣和地往下說：「我能推測出真相，自然不是只靠一根頭髮。我只是在不經意間發現，菰田太太必將成為人見廣介假冒菰田源三郎最大的阻礙。為此，我隨時留意你跟太太的行蹤。一天，太太忽然不知所蹤。你能欺騙別人，卻不能欺騙我。我猜你肯定把太太殺了，你必須找一個地方把屍體藏起來。作為一個滿腦子都是新點子的人，你會把屍體藏在哪裡？這個地方在《RA的故事》中有暗示，但是你可能已經沒印象了。小說中提到一個叫RA的男人，他有一種非同一般的喜好，即毫無必要地模仿古代造橋的傳說，將一個女人當成人柱，活生生埋入正在建造的水泥大圓柱裡（小說主角能隨心所欲地殺人）。我由此想到，難道……我想起太太到島上的那天，這根圓柱的圍板正在搭建，開始往裡澆灌水泥。把屍體藏在柱子裡，的確十分保險。你只需趁著沒有人時，抱著屍體登上鷹架，把屍體丟進圍板，再澆灌上兩三罐水泥即可。可是你怎麼都沒想到水泥外面會露出一根頭髮，這種破綻往往讓犯罪者難以預料。」

廣介終於撐不下去了，有氣無力地歪倒在千代子的血流過的柱身上。

見他如此可憐，北見小五郎心生同情，但還是堅持把自己的想法說完：「你必須殺死太太，正好能證明你不是菰田源三郎。你明白了嗎？我剛剛提到的證據就包括太太的屍體，但又不僅僅是太太的屍體。另有一項證據才是至關重要的。這項證據是什麼，你可能猜到了，就是菰田家在菩提寺的墳墓。大家之所以相信死而復生的是菰田，是因為大家都看到墳墓中菰田的屍體不見了，而在另一個地方，一個跟菰田完全一樣的活人出現了。可是棺材

裡的屍體消失，並不意味著死者一定死而復生了，也有可能是失蹤或被轉移到別處。旁邊不是埋著很多棺材嗎？這對挖屍體的人來說，堪稱最佳藏屍處。這個魔術實在是高明。菰田源三郎的墳墓緊鄰他祖父的墳墓，這對祖孫的骸骨眼下正在你的好心照料下，抱成一團長眠呢，真是溫馨啊！」

人見廣介原本已經萎靡不振，聽到這兒卻一下跳起來，發出恐怖的大笑聲：「哈哈哈哈！查得這麼清楚，你可真厲害呀！的確，一切如你所言。可是不用你這位名偵探插手，我也遲早會走上絕路。我剛剛大吃一驚，幾乎忍不住對你痛下殺手。不過細細想來，這樣做也只是將快樂延長半個月、一個月罷了。我已經沒有任何遺憾，我想創造的藝術、想完成的事業都已經變為現實。我乾脆就恢復人見廣介的身分，隨你怎樣處理。說一句老實話，富有的菰田家也只能維持這種生活大約一個月。對了，你剛剛提到，你不想隨隨便便讓世俗法律懲治我，是什麼意思？」

「多謝你。我聽完你這些話，已經很滿足了……至於我那句話的意思，是想讓你接受我的處理，不要動用警察的力量。東小路伯爵夫人並未授意我這樣做，但作為跟你一樣的藝術的僕從，我個人希望你能接受我的處理方法。」

「多謝你，請不要拒絕我的感謝。我還需要少許自由的時間，不過半小時而已，你能答應嗎？」

「當然。你在島上有幾百個僕人，要是你殺人的事洩露出去，他們絕不會幫你。況且你這個人應該不會找人幫忙，也不會說話不算數。我就找一個地方等著你吧，選在哪個地方比較好？」

「花園溫泉池。」說完這話，廣介就在大圓柱背後消失不見了。


# 二十五


過了十分鐘，北見小五郎泡在熱氣中瀰漫著香氣的溫泉中，悠閒地等候

廣介。很多赤裸的女子圍繞在北見身邊。

空中還是布滿烏雲，連一點風都沒有。花之山沉沉睡去，周圍都灰撲撲的。溫泉池平靜無波，圍在北見身邊的數十名赤裸的女子一言不發，如同屍體。北見覺得此處的風景就像一幅天然形成的沉悶的貼畫。

十分鐘過去了，二十分鐘過去了，時間流逝得如此緩慢。周圍是凝固的天空、花之山、溫泉池、一群赤裸的女子，以及夢一樣的灰色——其將前面的景致化為了一個整體。

很快，從溫泉池角落放煙花的聲音驟然響起，嚇得大家如夢初醒，抬頭看到空中一朵又一朵極美的煙花盛放，不禁再次感嘆起來。

盛放的煙花佔據了整個天空，每朵煙花都有普通煙花五倍那麼大。不像是一朵花，更像是很多大大小小的花融合而成的。花瓣色彩斑斕，像在看萬花筒。在下墜的過程中，煙花變得越來越大，不斷變幻顏色、形狀。

這種煙花有別於夜晚或白天的煙花，其絢爛的光芒在烏雲和灰濛濛的背景下逐漸散開，越來越模糊不清，給人恐怖的感覺，像不斷下降的釣天井[9]。這一幕如此美妙，又如此可怕。

北見小五郎不經意間發現，在這絢爛的煙花映照下，好幾個裸女臉上、肩上都沾上了紅色的泡沫。他原本並不在意，以為是煙花照在水蒸氣上，給水蒸氣塗上了顏色。很快又有很多紅色泡沫猛噴下來，暖暖的水滴滴落在他額頭、臉上。他伸手抹一抹臉，毋庸置疑，手上黏上了人的鮮血。有一樣東西漂在前面的池面上，他目不轉睛看著那兒，發現那是一隻被硬扯下來的人手，不知何時掉到了這裡。

奇怪的是，那些赤裸的女子面對如此血腥的景象，竟一點反應都沒有。北見小五郎在吃驚之餘，也待在原地紋絲不動，頭靠在岸邊，眼睛注視著那隻已經漂到他胸口的斷手手腕。手是剛剛斷裂的，傷口上嫣紅的血像花一樣盛放。

---

9. 日本一種活動的天花板裝置，能壓死底下的人。——譯注

人見廣介的身體就這樣跟煙花一起被粉碎，變成鮮血、碎肉，像雨一樣
灑在他創造的帕諾拉馬國各處。

# 孤島之鬼

## 引子

　　世界上還有像我這樣奇怪的人嗎？不到三十歲，就已經滿頭白髮。古時候有白頭宰相的說法，我的這頂「白帽子」比他們的更純粹，一絲雜色都沒有。所以，第一次見到我的人不免要露出驚異的神色。有些人修養不夠，甚至等不及寒暄一二，便滿臉好奇地問：「你的頭髮是怎麼回事？」不管對方是男是女，這個問題都讓我非常頭痛。除此之外，一些與我妻子關係較好的女性也會偷偷問我：「夫人腿上的那個疤是怎麼來的？」那塊疤盤踞在她腰腹和左大腿之間，是一塊不規則的圓形，像一次大手術留下的痕跡，看著就讓人寒毛直豎。

　　這兩件事雖有些古怪，但對我們夫妻（尤其是我）來說，也算不上什麼值得保守的秘密，我並不介意把它講出來。可是，想把這件事說明白卻不容易，因為這涉及到一個非常複雜而冗長的故事。我雖然願意耐著性子講給大家聽，把裡面的細枝末節一一拆分清楚，但一方面是因為我嘴笨，講得不好，一方面是因為聽的人疑心較重，所以大多數人聽完之後，都搖著頭說：

「怎麼可能？」我不停地跟他們保證我說的都是真的，可是我們的經歷太離奇了，即使有我的白頭髮和我妻子身上的疤痕這兩個明晃晃的證據，他們也不肯相信。

我曾經看過一個小說，名叫《白髮鬼》，說是一個貴族被人活著埋進墓裡，他想盡辦法也無法逃脫，生不如死，一夜白頭。我還聽過一個故事，說的是有一個人被人塞進鐵桶裡，從尼加拉大瀑布上扔了下去。他雖然運氣不錯，在下落的過程中沒有受到任何外傷，卻因為驚嚇過度，一頭黑髮瞬間變白。由此看來，一個人的頭髮若是忽然由黑變白，多半是精神上遭受了巨大的打擊，不然就是肉體上承受了極大的痛苦。我不到三十歲就滿頭白髮，足以證明我在生活中經歷了常人難以想像的突變。我妻子身上的疤痕，也一樣如此。即使是外科醫生也診斷不出那傷痕的來由：那不像是切除巨大腫瘤留下的疤痕，也不像是肌肉組織病變引發的壞死，因為即使讓蒙古大夫開刀，也不會留下那麼大的刀口；它不像燒傷或燙傷留下的疤痕，更不像痣或胎記。那道疤痕看起來十分古怪，更像是那裡原本多長了一條腿，切除後留下的痕跡。總之，那樣的疤痕，絕不是尋常異變所能引起的。

我一次次地和人解釋這件事，可惜費盡唇舌也無法讓人相信我說的話都是真的。到了最後，我已經懶得再費唇舌。不過說實話，我有一種傾訴的欲望。我想把過去那樁怪事，那樁世人難以想像的，我們在另一個世界的親身經歷，一絲不漏地告訴大家，讓他們知道世上當真有如此恐怖的事。所以，我忽然冒出這樣一個想法：寫一本書將我的經歷記述下來，以後再有人向我提出那個問題，我便把這本書遞過去，淡淡地說一句：「我已經把這件事的前因後果詳細地寫在這本書裡了，你若想知道是怎麼回事，可以仔細讀一讀。」

然而，我的文學素養實在有限，不管從哪個角度講，都是如此。我雖然愛讀小說，也確實讀過不少，但卻沒正經寫過什麼文章。自從離開技術學校，不用再上作文課，我最多也就寫過些事務性的信件。不過，現在的小說，貌似只要把自己心裡想的事詳細地寫下來就行了，看著聲勢浩大，其實內容有限，所以我自覺沒什麼可自慚形穢的。再說，我寫的是自己的親身經

歷，又不用胡編亂造，應該沒什麼難度。可惜等我真正下筆才發現，這件事比我想像的要難得多。首先，和我預想的剛好相反，正因為是真人真事，寫起來反而更加艱難。其次，因為不擅長寫作，我幾乎成為文字的奴隸，寫出來的東西要嘛廢話連篇，都是些雞毛蒜皮的小事，要嘛三紙無驢，該有鋪墊和伏筆都給落下了，把珍貴的素材寫的比社會上最無聊的小說，還像虛構的故事。直到現在我才知道，想把一件真人真事寫成一本精彩絕倫的小說有多難。

　　僅僅是故事的開頭，我就寫了20多遍。只要覺得不合適就撕了重寫，在不斷的塗改中，我發現最合適的做法，貌似是從我和木崎初代的愛情故事開始寫。坦白說，我又不是小說家，把自己的戀愛細節公之於眾，讓我覺得非常羞恥，甚至是痛苦。可是，我又不能不寫，因為它是整件事的一個重要線索，是故事發生、發展的引子。所以，我只能拋下羞恥和痛苦，將我和初代的戀情，還有一個重要事實，即我和某個人的同性戀情，全都交代清楚。

　　這個故事的開端，表面看來是兩個月內接連發生的兩宗謀殺案，或者說是兩個人的離奇死亡，所以看起來和社會上的偵探小說或志怪小說差不多，但事實並非如此。因為事情尚未展開，故事的主角（或是說第二主角），也就是我的女友木崎初代就被殺身亡了。還有深山木幸吉，他是一位我非常尊敬的業餘偵探，受我邀請調查初代遇害的事，也很快就被殺了。兩個人的死亡拉開神奇故事的序幕，隨著故事的展開，我被捲進了一個讓人不寒而慄的詭異事件中。這是一場邪惡的陰謀，帶給我的感受常人根本無法想像。

　　想要用誇張的預告來打動讀者的心，這大概是獨屬於外行的悲哀。（不過，讀者隨後就會發現，我的預告中沒有任何誇張的成分。）所以，前言部分還是到此結束吧！接下來，就請大家聽聽我的這個故事。若我口舌笨拙，講的不夠精彩，也請大家諒解了。

# 難忘的一夜

25歲時，我在一家名為S.K商會的合資公司工作。那家公司的辦公室就在丸之內的一座大廈裡。我每個月的薪水只能滿足自己的日常開銷，在W技術學校畢業後，因為家裡條件有限，我只能終止學業進入社會。

從21歲到那年的春天，我已經工作了四年。我在S.K商會做財務，從早到晚地扒拉算盤珠子。我讀的雖然是技術學校，卻對小說、繪畫、戲劇和電影充滿興趣，自覺是一個藝術方面的人才。所以，我比其他職員更討厭這種機械性的工作。每天晚上，我的同事們不是流連於咖啡館、舞廳，就是聚在一起聊聊體育運動，都是些積極時尚、很會生活的人。所以，作為一個內向的空想家，我雖然在公司待了4年，卻連一個能說知心話的人都沒有。因此，我更覺得這份工作十分枯燥無趣。

可是半年前，事情忽然發生變化，我不再像過去那樣討厭每天早起上班，因為木崎初代成為S.K商會的一位實習打字員。她那時才18歲，和我理想中的女人一模一樣：皮膚是憂鬱的白色，卻沒有病弱的感覺；身體像鯨鬚①般柔韌，卻不像阿拉伯馬那樣健壯；白皙的額頭比一般女人要高，眉毛雖不對稱卻獨具魅力；單眼皮下狹長的鳳眼裡，帶著某種引人探究的神秘感；她的下巴小巧細緻，鼻子不算挺拔，嘴唇豐滿圓潤，人中比一般人要窄，上嘴唇微微翹起。這樣細細寫來，倒有點不像初代了。不過她的容貌基本就是如此，雖不是一般意義上的美人，卻對我特別有吸引力。

我因為膽子太小，沒有抓住最初的契機和她相識，整整半年時間，連一

---

1. 鯨鬚：一種由表皮形成的巨大角質薄片，生長在藍鯨等鬚鯨類動物的口腔內，柔韌不易折斷，形狀與梳子類似，用於濾取水中的小魚小蝦作為食物。——譯注

句話都沒和她說過。即使早上遇到，也沒有點個頭或用眼神致意。（這間辦公室裡的職員非常多，除了有業務聯繫或彼此間十分熟悉的人，早晨見面，通常不會打招呼。）可是有一天，鬼使神差的，我忽然就和她搭上了話。後來想想，這可能就是神秘莫測的緣分了，不，連她進入我們公司，都是一種命中註定的巧合。我說緣分，不是因為我們成為戀人，而是因為這次搭訕，改變我的命運，讓我陷入這篇故事所要講述的那個恐怖事件裡。

當時，木崎初代正在低著頭打字，她大概是自己設計過髮型，所有頭髮都攏在後面，看起來既漂亮又特別。她穿著灰褐色的工作服，肩背微微弓著，正在聚精會神地敲打鍵盤。

我探頭一看，打字紙上密密麻麻的全是這樣的圖案：HIGUCHI HIGUCHI HIGUCHI HIGUCHI HIGUCHI HIGUCHI HIGUCHI HIGUCHI……像是一個姓氏，讀作「樋口」。

我原本想說「木崎小姐，好認真啊！」這一類話。可是，所有怯懦膽小的人，在關鍵時刻大概總是要出錯的。因為太緊張，我居然非常突兀、可笑地喊了一聲：「樋口小姐！」

木崎初代轉過頭，看了我一眼，用極為自然語氣，隨口回了一句：「嗯？」聲音中帶著一些孩子般的稚嫩和天真。

好像她本來就姓樋口一樣，毫不遲疑。我又一次無措起來，難道我弄錯了，她姓的不是木崎？她其實在打自己的姓？這個疑問瞬間將我的羞怯壓下了去，我不由得問道：

「你姓樋口啊，我還以為你姓木崎！」

她似乎也嚇了一跳，微紅著眼圈說：「啊，我沒注意……我確實姓木崎。」

「樋口呢？是……」

我原本想問「樋口是你的男朋友嗎？」不過剛開口就意識到這個問題不合適，趕緊又嚥下去了。

「什麼也不是……」

木崎一邊說，一邊將信紙從打字機上扯下來，在手裡揉成一團。

這段對話看起來沒什麼意義，其實非常重要。一來，那是我和木崎戀情的開端，二來，她打出「樋口」這個姓，以及她對別人稱其為「樋口小姐」毫不見怪的這件事，具有重大意義，與這篇故事的核心內容密切相關。

我不準備花大量篇幅講述我和木崎初代的戀情，因為這不是一篇愛情故事。我想寫的東西又太多，不該把筆墨浪費在這部分內容上。所以，接下來我只揀最主要事情稍加敘述。

有了這次偶然的對話，我們有時便會一起下班（雖然不是刻意約好的）。從電梯到辦公樓，再到電車車站，從上了電車再到中間的換乘站（她往巢鴨方向換乘、我往早稻田方向換乘），這段短暫的路程，成為我最快樂的時光。沒多久，我們的膽子開始變大，不再按時回家。有時，我們會繞到公司附近的日比谷公園閒逛，在角落的長椅上坐一會兒聊聊天；有時，我們會趁著在小川町換乘的時間，到附近破落的咖啡館裡，一人點一杯茶，慢飲細聊。我們那時十分純情，用了將近半年時間，才鼓起勇氣在郊外找了家旅館。

木崎初代和我一樣，都是非常孤獨的人。作為一個現代人，不管是我還是初代都顯得有些保守。幸運的是，她的容貌和我理想中的伴侶一模一樣，而我的長相也是他生來就喜歡的那種。我這麼說，讀者或許會覺得有些怪。事實上，我對於自己的容貌一直非常自信，因為在這個故事中，同樣扮演重要角色的諸戶道雄，曾經熱烈地追求過我。雖然他和我一樣都是男性。諸戶道雄畢業於醫科大學，在校內的研究室做著重要的研究工作。他對我的戀慕始於大學時期，當時我還是技術學校的學生。

據我所知，這位美男子不僅身形健美，在精神上也非常高尚。我雖然沒有愛上他，卻因為得到他的青眼而洋洋自得，對自己的外貌充滿信心，畢竟他的眼光還是很高的。至於我和諸戶的關係，不妨留待後面細說。

現在，先來說說我和木崎初代在郊外旅館度過的第一個夜晚吧！直到今天，我仍然記得非常清楚。當時，我們在一家咖啡館裡，像一對私奔的小情侶，情緒非常激動，又帶著不顧一切的悲壯，幾乎落下淚來。我並不喜歡威士忌，那時卻連著灌了三大杯，初代也喝了兩杯甜得發膩的雞尾酒。我們滿

臉通紅、頭暈腦脹地走到旅館的服務台前。可能是因為有些神志不清，所以暫時忘記了羞怯。我們被帶進一間陰暗潮濕的客房，房屋正中擺著一張寬大的雙人床，牆紙上滿是汙漬。服務生將一壺粗茶、一把鑰匙放到牆角的桌子上，悄無聲息地退了出去。這時，我們忽然回過神來，驚訝而尷尬地看著對方。初代雖然是一個外柔內剛的姑娘，驟然清醒過來，也不由得臉色發白，嘴唇發抖。

我輕聲問初代：「你怕嗎？」我這樣問，是想掩藏自己的恐懼。

她一言不發，只是閉著眼睛，輕輕地搖了搖頭。其實，這個問題根本不用問，她一定是怕的。

當時的情景，詭異得讓人尷尬不已。誰能想到事情會演變成這個樣子？我還當我們會像世間所有普通的成年人一樣，盡情地享受男女間的第一個夜晚！可是，那個時候，我們根本不敢往床上躺。什麼脫下衣服、裸露肌膚，或者其他更進一步的事，真是想都不敢想，連我們之前嘗試了好幾次的親吻都沒做。總之，我們當時焦慮極了。只能並肩坐在床邊，僵硬地搖動雙腿，以此來掩飾自己的尷尬。就這樣，我們倆幾乎沉默了一個小時。

直到她用清脆的聲音，低聲說了一句：「哎，我們說點什麼吧！你想聽聽我小時候的事嗎？」

「好啊，這主意真不錯。」可能是因為身體上緊繃到了極致，我的心頭忽然一鬆，精神莫名清爽起來。她真聰明，我一邊這麼想著一邊鼓勵她說：「你說吧，說說你的身世。」

她動了動，換了一個舒服的姿勢，用清亮的聲音將自己兒時的奇異經歷慢慢地說給我聽。我聚精會神地聽她說話，像被迷住了一般，過了很久都紋絲不動。她說話的聲調，就像母親在唱搖籃曲，讓我的耳朵倍感愉悅。

她前前後後不止一次和我說過自己的身世，唯有這次給我留下的印象最為深刻。直到今天，我還能清晰地回憶起她當時說過的每一句話。不過在這裡，沒有必要將她說的話一字不落地複述下來，那對我們的故事並無好處。所以接下來，我將只摘錄一些與本文相關的內容。

「我和你說過，我不知道自己的家鄉在哪兒，也不知道自己的父母是

誰。我和養母——你還沒見過她——相依為命，我現在這樣幹活賺錢，都是為了她。她是這樣和我說的：『初代啊，你是我們夫妻年輕時在大阪的川口碼頭撿來的，當時你抱著一個小包袱，站在候船室的一角，正嗚嗚地哭。後來，我們把那個小包袱打開，發現裡面有一本家譜和一張字條。字條上寫著你叫初代，剛滿3歲。因為我們沒有孩子，就把你當成上天的恩賜，到警察局辦了正式的領養手續，讓你做了我們的女兒，細心撫養你長大。所以，千萬不要因為這個，就和我們生分了。你爸爸已經死了，現在就剩下我一個，請把我當成你的親生母親吧！』雖然她和我說了實情，我卻無法感同身受，總覺得是別人的故事，一點都不難過。真的。可是很奇怪，眼淚卻止也止不住。」

她養父活著的時候，曾經仔細研究過那份家譜，想要幫她找到親生父母。可惜家譜殘缺不全，上面只有祖先的名姓、字號和諡號——這表示初代的先祖來頭不小，曾經是一流的武士家族——卻沒有記錄這些人隸屬於哪個藩地，或者在何處定居，所以雖然費了不少力氣，卻終究沒查到什麼線索。

「我真是一個傻瓜，都3歲了，卻對父母的長相沒有絲毫記憶，還被人扔到了人群中。不過，有兩件事我卻記得非常清楚。直到現在，只要一閉上眼睛，就能看到它在黑暗中清晰地浮現出來：一個是我和一個可愛的小嬰兒在海邊的草地上，在和暖的陽光中嬉戲玩耍的情景。那個嬰兒十分可愛，在這個場景中，我應該是他的姐姐，正在哄他玩。下面是一片蔚藍的海水，海水另一邊的陸地，呈現出朦朧的紫色，看起來像是一頭臥倒的牛。我有時會想，那個孩子可能是我的弟弟或妹妹，如今正在什麼地方，和我們的父母幸福的生活在一起，而不是像我這樣被遺棄了。每次想到這兒，心口就像是被揪住了一般，又是思念，又是感傷。」

她望著遠方，喃喃說道。她記憶中的另一個場景是：

「我站在一座石頭山的半山腰上向下張望，只見遠處有一座宏偉的宅院，也不知道是誰家的，院子四周的土牆巍峨聳立，如同萬里長城般威嚴，正房的屋頂像鵬鳥舒展的翅膀，看起來十分氣派；旁邊還有一座白色的倉房，雖然是用泥土蓋的，面積卻非常大。我視線所及的地方，只有那一棟宅

邸，沒有任何其他人家。那所宅院的另一邊也是一片藍色的大海。再往遠看，就是那塊隱藏在雲霧中類似臥牛形狀的模糊陸地。對，這景象和我與那個小嬰兒玩耍的地方一模一樣。我不止一次夢到過那裡。每次做夢時我都想：『啊，我又要到這兒來了』，走著走著，我就會爬上那座石頭山。我若能走遍整個日本，一定能找到我夢見的那個地方。那裡是我的出生地，我日思夜想的故鄉！」

「你等等，請等一下！」我打斷她的敘述，說，「真糟糕，我不太擅長畫畫。不過，我可以試著把你夢中的景象畫下來，你看怎麼樣？」

「真的？我再仔細說說吧！」

於是，我從桌子上拿起旅館配備的、裝在盒子裡的信紙和筆，將她站在岩石山上看到的海岸景色畫了下來。這幅畫現在還在我手裡。當時畫這幅畫的時候，只是一時興起的胡亂塗鴉，沒想到後來卻派上了大用場。

等我畫好之後，初代興奮地喊道：「天啊，太不可思議了，就是這樣，一模一樣。」

「這張畫，請交給我收著吧！」

這上面是我愛人的夢，所以我小心翼翼地將那張紙折好，放進外套的內兜裡。

之後，初代又說了一些她懂事之後的種種回憶，有悲傷的，也有喜悅的。不過它們和本文關係不大，就沒有必要寫在這裡了。這就是我們如同美夢的第一個夜晚。當然，夜深之後，我們各自回家，並沒有在旅館留宿。


# 另類的愛情


我和木崎初代的感情越來越好。這之後又過了一個月，還是在那家旅館，我們度過第二個夜晚。我們的關係由此擺脫了少年的青澀和單純。我去初代家，拜訪了她慈祥的養母。沒過多久，我們又向各自的母親傾訴了自己

的心意，雙方家長都沒有流露出反對的意思。只是我們還太年輕，結婚這種事就像隔著茫茫大海一般遙遠。

我們年輕而又稚氣，像孩童般互贈禮物，勾著手指發誓。我用一個月的薪水給初代買了顆電氣石①戒指——它的重量剛好是初代誕生月份的數字。一天，在日比谷公園的長椅上，我學著電影裡的樣子，將那顆戒指戴到她的手指上。初代像孩子般開心地笑了起來（因為出身貧苦，以前她手上沒有任何戒指這樣的飾品）。她想了想，說：「啊，差點忘了。」說著，便打開隨身的手提包。

「你知道嗎？我剛才還在煩惱，不知該送些什麼給你！戒指我是送不起的，但是我有一樣東西也十分珍貴。你看，這是我之前跟你說過的那本家譜，是我從未謀面的父母留給我的唯一一樣東西，對我來說沒有什麼比它更珍貴了。為了不和祖先分開，即使是外出時，我也把它裝在這個手提包裡帶在身邊。我的親生父母離我那樣遙遠，我們之間唯一的聯繫，就是這本家譜，只要想到這個，我就覺得無論如何都不能與它分開。可是，除了它，我再沒有別的東西可以送你。所以，我要把這個對我來說第二重要的東西，第一重要的是我的性命，送給你，你願意接受嗎？它雖然像廢紙一樣不值什麼錢，但也請你妥善保管、珍之重之。」

說完，她就從手提包裡拿出一本薄薄的家譜，遞到我手裡。那本家譜包著絲質封皮，看起來十分破舊。我隨手翻開一頁，發現上面的名字古雅而肅穆，書背是用紅線串聯起來的。

「看到了吧，上面寫的是樋口。就是你之前看到我在打字機上亂打時，寫的那個姓氏。我總覺得自己真正的姓氏不是木崎，而是樋口，所以當時你叫我樋口，我便不由自主地應聲了。」

她這樣說。

---

1. 電氣石（Tuomailin）：一種天然寶石，又被稱為碧璽或托瑪琳石，是自然界中已知的唯一永久帶電晶體，因其表面恆定帶有微電流而得名。——譯注

「它雖然看起來像一堆不值錢的廢紙，可是我家附近的舊書店老闆曾經想要出高價買它。不知他從哪兒聽到這件事，也許是我母親不小心說漏了。不過我沒答應，我對他說，這個東西我絕不會賣，不管他出多高的價，都一樣如此。所以，它也不是完全沒有價值的。」

她又說了一些孩子氣的話。

我們就這樣互贈了訂婚信物。

然而，不久之後，就發生一件對我們來說非常麻煩的事。初代遇到另一個追求者，此人不管是財力、地位，或者學識，都比我強出很多。他還找了一個高明的媒人，舌粲蓮花地遊說初代的母親。

就在我們互贈禮物的第二天，初代從她母親那裡聽說了這件事。母親的那番話，以「坦白說」為開頭，表示早在一個月之前，媒人就透過親戚的關係上門拜訪過了。毫無疑問，我被這個消息嚇了一跳。但更讓我驚訝的，不是那位追求者的條件遠勝於我，或者初代的母親更偏向他，而是求婚者是諸戶道雄，那個曾經和我關係微妙的男人。因為太過驚訝，我甚至忘了生氣和難過。

我之所以如此震驚，說來，是因為一個難以啟齒的事實……

就像我在前面說過的那樣，科學家諸戶道雄曾經追求過我，這些年來，他一直對我抱有一種奇怪的戀慕之情。我雖然無法接受他的感情，卻很欣賞他淵博的知識、英俊的外表和不同凡俗的言談舉止。所以，只要他沒有逾矩的行為，我很願意以單純的朋友的身分，接受他的好意。

我在技術學校上四年級的時候，因為家庭原因，更主要的是因為稚嫩的好奇心，沒有住在東京的家裡，而是在神田找了家名為初音館的舊公寓住了進去。諸戶也在那裡租房子住，我們就是這樣認識的。雖然我們有六歲的年齡差，我17歲，他23歲，但因為他是大學生，而且有才子的名聲，所以我幾乎是懷著一種崇敬的心情，接受他的邀請，開開心心地同他來往起來。

我第一次意識到他對我的感情，是在我們認識的兩個月之後。他不曾對我告白過，但是我聽到他朋友們的議論。當時有人到處和別人說：「諸戶和蓑浦關係曖昧。」所以我仔細觀察了諸戶的言行，發現他只有在我面前才會

臉紅羞怯。我當時年紀小，還認識一些以玩鬧的心態嘗試過這種事的同學。所以，雖然知道諸戶的心意，並私下臉紅過，卻沒有十分厭煩。

我記得他經常約我去澡堂洗澡。我們互相搓背，他幫我塗肥皂，像母親那樣細心地幫我沖乾淨。我起初並沒有多想，只當他是好意幫忙。後來，當我知道他心意，卻也未曾阻止拒絕。因為這不是什麼大事，我雖然保守矜持，卻也未曾感到受辱或難堪。

我們曾經手拉著手、肩挨著肩地散過步，我並沒有刻意阻止這些事。他的手指有時會帶著強烈的激情，緊緊地攥住我的手指。我假裝什麼都不知道，由著他這麼做。坦白說，我的心當時跳得很快，這一點我無法欺騙自己。儘管如此，我卻沒有回握過他的手。

毫無疑問，他對我的熱情不只表現在此類的肉體接觸上，他還很關心我，送我各種禮物，帶我看電影、看戲、看體育比賽，幫我補習外語。每次我要考試，他都會辛辛苦苦地幫我複習，就像自己要考試一樣認真。這種精神上的愛護，讓他在我心裡留下來非常深刻的烙印，至今難忘。

可是，我們之間的關係不會一直保持這種狀態。過了一段時間，他變得憂鬱起來，只要見到我，便默然不語，不停地嘆氣。之後又過了沒多久，大概是在我們相識的半年之後，危機終於降臨。

那天晚上，因為公寓的飯實在太難吃，我們約好了一起去附近的餐廳用餐。他不知怎麼，拼命灌酒，不但自己喝，還逼著我喝。我那時還不會喝酒，兩三杯下去，就覺得臉頰滾燙，腦袋發暈，一種放縱的欲望在心裡不斷蒸騰，慢慢控制了我的頭腦。

我們唱著一高的宿舍歌[2]，互相攙扶著，跟跟蹌蹌地回到了公寓。

諸戶說：「去你的房間吧，我們去你的房間。」一邊說，一邊將我拖進

2. 第一高等學校（東京大學的前身之一）的宿舍歌。日本高等學校過去有各自創作宿舍歌的慣例，這些歌有些十分流行，連一般民眾都會跟著唱，高一宿舍歌就是這樣。——譯注

屋裡。我的被子從來不疊，就那樣放在床上。我也不知是被他推倒的，還是絆倒的，直接摔進了被子裡。

諸戶站在我旁邊，傻愣愣地盯著我看，忽然沉聲說了一句：「你真美！」

真奇怪，我剎那間產生一種異樣的感覺，好像我是一個女人，而站在我面前的，那個因為喝醉酒而雙頰泛紅，顯得更加英姿勃發的男人，是我的丈夫。

諸戶跪在榻上，握著我無力地放在被褥上的一隻手說：「你的手好熱啊！」

其實，他的手也很熱，像是要燒著了一樣。

當我一臉慘白地縮到房間一角時，諸戶立即像做了什麼無可救藥的錯事一般，痛苦地擰起眉頭，哽咽著對我說：「別怕，我開玩笑的。剛才的話都是瞎說的，我什麼也不幹。」

之後，我們各自背轉頭，沉默了好一會兒。諸戶忽然「砰」地一聲趴在我的書桌上，雙手交疊，臉趴在胳膊上。看到這個景象，我不由得想到，他一定是哭了。

又過一會兒，他抬起頭這樣對我說：「你會瞧不起我嗎？會不會覺得我很下流？我們不是同一種人，不管從哪個方面講，我都是另類。我無法告訴你這是怎麼回事，我有時非常害怕，怕得渾身發抖。」

我當時並不知道他在怕什麼，直到很久以後，一件意想不到的事忽然發生，我才有所領悟。

和我想的一樣，諸戶的臉上滿是淚水。

「你能原諒我嗎？求你原諒我吧，我只求這件事。如果說我還有什麼其他的奢求，那就是請你不要離開我，請你陪在我身邊，起碼能繼續和我做朋友。我會把對你的戀慕藏在心底，我就要這一點自由，可以嗎？蓑浦君，我就要這一點點的自由……」

我固執地閉緊嘴巴。可是，我無法對他淚流滿面、苦苦哀求的樣子無動於衷，滾燙的淚水不由得湧上眼底。

這件事使我不得不放棄自由自在的寄宿生活。我這麼做，不是因為厭惡諸戶，而是因為瀰漫在我們之間的古怪氣氛，讓人尷尬不已。怯懦的性情和傳統的道德觀念所帶來的羞恥心，讓我無論如何也無法繼續留在那間公寓裡了。

可是，諸戶道雄究竟是怎麼想的？我真的無法理解。在這之後，他異樣的情感不僅沒有隨著時間的流逝而消散，反倒越來越深邃和濃重了。每次見面，這樣的機會並不多，他都會不動聲色地向我吐露他的思念之苦。不過，更多的時候，他會用極具個人特色的新穎言辭，將這種感情吐露在寫給我的情書中。這種情況一直持續到我25歲的時候。他的心意實在讓人難以理解，難道是因為我的臉頰仍有少年的稚嫩，我的皮膚仍如少女般光滑，或者是因為我還沒像世間的普通男子那樣，長出發達壯碩的肌肉。

這樣一個男人，忽然向我的女友求婚，這也未免太巧了。對我來說，簡直就是晴天霹靂。我的第一反應，不是把他當成情敵來防備，而是不由自主地生出了一種類似於失望的情緒。

「難道……難道他知道我喜歡初代的事了？因為不想我離開他，為了獨佔我的心，所以才向初代求婚，想要以此來破壞我們的戀情？」

我大概是太看得起自己了，居然生出這樣的想法，並且由此展開種種聯想。

# 怪老頭

一個男人因為深愛另一個男人，竟然想要奪走對方的女友，還有比這更離奇的事嗎？實在讓人無法想像。我一邊順著這個思路——即諸戶向初代求婚可能是為了破壞我和初代的關係——胡思亂想，一邊嘲笑自己竟然會做出這樣荒唐的猜測。可是，這個猜測一冒頭，就固執地盤踞在我心裡，再也壓不下去了。我還記得有一次，諸戶曾經詳細地跟我說過他那異常的心態：

「我完全感覺不到女人的魅力，我討厭她們，甚至覺得她們是汙穢的。你明白嗎？這和單純的羞澀截然不同，這太可怕了。有時，我甚至怕得渾身發抖。」

諸戶道雄，一個天生就厭惡女人的男人，怎麼會突然想要結婚呢，而且他求婚的態度還如此積極，這太奇怪了？這裡我用「突然」這兩個字，是因為老實說直到不久以前，他還一直在給我寫那些情真意切的情書，一個月前，他還請我去帝國劇院看了場戲劇。諸戶請我去看戲，不用說，自然是因為他還愛著我。這一點，以他當時的態度來說，是毋庸置疑的。可是，不過一個月的時間，事情就發生翻天覆地的變化，他甩了我（這樣說，好像我們之間真有什麼曖昧一樣，但是我不得不說，真的沒有），轉而積極地求娶木崎初代，這無疑是非常「突然」的。再者，他想要娶的，又是我的女友木崎初代。所以我很難相信這是一種巧合，總是覺得這裡面一定有什麼隱情。

這樣仔細分析下來，我的猜測便也有了些依據。世間的普通人不像我這樣，和諸戶道雄有過直接接觸，對他詭異的行為和心理自然無法理解。為免讀者說我浪費筆墨在這些無聊的揣測上，我只好把順序顛倒一下，將一些後來才查清楚的事，提前在這裡揭示出來。換句話說，我的懷疑並非無稽之談。和我的猜測一樣，諸戶道雄之所以對初代展開熱烈的求婚攻勢，是想破壞我們的關係。

要說他的求婚攻勢有多熱烈，我們不妨聽聽初代是怎麼說的：

「我都快被他煩死了。媒人幾乎每天都要來我家勸我母親同意這門婚事。媒人還把你的情況也都打探清楚了，你家裡有多少錢，你在公司每個月能拿多少薪水，原原本本，都同我母親說了。還說什麼你配不上我，你若是娶了我，也無力奉養我的母親，說的話十分惡毒。更要命的是，母親看了那個人的照片，聽說了他的學歷和家境之後，竟然被說動了。母親是一個好人，從沒有像這次這樣讓我生氣過。她怎麼這樣俗氣？我們兩個最近簡直變成仇人，一見面就要說這件事，一說這件事就要吵架。」

初代這樣和我抱怨道。

「因為這個人，我和母親的關係變得非常緊張，這種情況在兩個月前，

打死我，我也想不到。你知道嗎？最近我不在家的時候，母親甚至會翻我的東西，書桌、資料夾，全都翻過了。她這麼做可能是在找信，想看看我們的關係進展到哪一步了。我是一個非常仔細的人，抽屜和資料夾從來都弄得整整齊齊的。可是現在，動不動就被翻得亂七八糟。你說我能不生氣嗎？」

她們母女的關係現在確實非常緊張。初代是一個溫和孝順的姑娘，這次和母親發生爭執，卻立場堅定，寧可違背母親的心意，也要和我在一起。

我和初代的關係，因為這場突如其來的阻礙，變得更加親密和深厚。強大的情敵雖然讓我一時有些膽怯，卻無法討得初代的歡心。我對初代全心全意只戀慕我的真情充滿感激。當時正是晚春時節，下班後，因為初代不想回家看母親的臉色，便時常和我一起在燈光閃耀的馬路上，或者在散發著草木香氣的公園裡，肩並肩，慢慢地散步。週末的時候，我們在郊區的電車站會合，去武藏野遊玩，那裡綠草如茵，林木茂盛，景色極好。我只要一閉上眼睛，就能看到溪水和土橋，看到那一大片被稱之為「守護之森」的茂密叢林，還有石頭圍牆。我和初代並肩走在這樣的景色中。我是那樣的年輕，而初代又是那樣美麗，她穿著華美的銘仙①和服，高高束起的腰帶，與我最喜歡的顏料是同一種色彩。請不要笑我們幼稚，這是我初戀中最難忘的一段回憶。八九個月的相處，已經讓我們對彼此產生難以割捨的感情。我將家庭和公司拋到了腦後，在粉色的雲層中流連忘返。既然初代不可能變心，諸戶對她的求婚還有什麼可畏懼的？即使被養母斥責——那是她現在唯一的親人了——她也從未考慮過嫁給除我以外的任何人。

直到現在，我還記得自己當時有多快樂，就像是一場美夢。可惜快樂的時光，總是十分短暫。我記得很清楚，就在大正14年6月25日，距離我們第一次交談不過九個月，我們的關係便被迫中止了。不是因為她嫁給諸戶，而是因為她死了。初代不是正常死亡的，她成為一場詭異凶殺案的受害者，淒慘地離開人世。

---

1. 是一種先染後織的面料，因為明快豔麗的設計風格，受到戰前婦女的喜愛。——譯注

在講述木崎初代的死因之前，有件事我必須先交代一下，就是在初代遇害的幾天之前，她曾經和我說過一件怪事。因為這件事和後續的事情有關，所以讀者最好能在記憶裡給它留些地方。

那天，初代的臉色很差，就連在公司上班的時候，也是一副惶恐不安的樣子。下班後，我們在丸之內的街頭並肩而行，我問她發生什麼事，初代靠在我身上，緊張兮兮地回頭四下張望一番，才對我說：

「算上昨晚，已經是第三次了。每次都是在晚上，我要去洗澡的時候。你也知道，我們家那邊比較偏僻，附近沒什麼人家，到了晚上，總是一片漆黑。我像平常那樣隨手拉開格子門走到外面，忽然看到我家的格子窗外站著一個奇怪的老頭。一連三天都是這樣，我打開格子門，看到那個老頭。他看到我，也是一副吃驚的樣子，接著便背過身，故作鎮定地走了。我懷疑他之前一直站在窗外偷窺我們，前兩次我還當自己犯了疑心病，可是昨晚他又來了。如果說他只是路人，恰巧從那裡過，他應該是我家附近的鄰居吧，可是在此之前，我從沒見過他。我總覺得這是不祥之兆，心裡十分害怕。」

我覺得有些好笑，神色中難免帶了出來。初代見我這樣，十分惱火，氣沖沖地又說：

「那個人根本不像是平常的老人，長得非常怪，讓人一看就心裡發毛。我從沒見過這樣的老人家。看年紀，不像是五六十歲，怕是有八十多了。佝僂著身子，脊背恨不能折成兩段，拄著彎鉤似的拐杖，抬著頭一步一步地往前挪。從遠處看，他只有成人一半兒高，像是一條恐怖的蟲子在地上爬。他臉上長滿皺紋，擠得五官全部移位。你知道嗎？他年輕時的模樣，一定也很不尋常。當時我因為太害怕，加上外面很黑，看得不是很清楚。但是，藉著我家門前微弱的燈光，我看到他的嘴巴，他的上嘴唇好像是兔唇那樣裂成兩瓣。看到我在看他，他還窘迫地笑了一下。可是他笑起來更嚇人，那個笑容我現在想起來，還會寒毛直豎。半夜三更，在我家門前站著一個怪物模樣、八十歲的老人，而且一連出現三個晚上，這不是太奇怪了嗎？一定是某種不祥之兆？」

初代嘴唇發白，渾身發抖，我知道她一定是被嚇壞了。可是當時，我只

以為她是神經過敏，還笑呵呵地勸她不要放在心上。根本沒想到初代看到的是事實，更不知道他後來會造成那麼大的危害。一個八十多歲，連背都伸不直的老人，能幹出什麼危險的事？我以為初代的恐懼只是來自於少女未經世事的少見多怪，完全沒有把它放在心上。直到後來我才知道，初代的直覺有多準。

# 一間密室

現在應該說大正14年6月25日的那件禍事。

案發的前一天，不，應該說案發的前一晚，我和初代一直聊到7點多。那個晚春的銀座之夜，慢慢浮現在我心頭。我很少去銀座，那天晚上初代不知道怎麼了，忽然提出想去那裡看看。她穿著一件全新的單層黑色和服，衣服上帶有雅致的淺色花紋，黑色的腰帶上織著銀色的絲線，她的草鞋也是新的，上面綁著紅色的鞋帶。我穿著鋥亮的皮鞋，她穿著草鞋，我們兩個人以相同的步調，在人行道上緩緩而行。我們隱晦地模仿著當時年輕男女的流行風尚。正好那天我剛領薪水，想著吃一點好的，便進入新橋的一家雞肉館。我們在那裡一邊喝一邊聊，一直到7點多。我多喝了幾杯酒，便大言不慚地說：「諸戶有什麼了不起，我早晚讓他好看。」又說，「諸戶現在肯定打噴嚏！」然後，得意地哈哈大笑。現在回想起來，唉，我當時真蠢啊！

第二天早上，我回想著昨晚分別時初代臉上那種讓人迷醉的笑容和她說過的某句讓人難以忘懷的話，歡喜地推開S.K商社的大門，心情絢爛得如同春日的陽光。我像往常一樣，先朝著初代的座位看了看。因為每天早上誰先到公司這樣的話題，也能讓我們興致勃勃地聊上半天。

可是，上班時間已經過了，初代仍然沒有在座位上出現，打字機上的罩子也沒有摘下來，這太奇怪了。還沒有等我回到自己的座位上，一個人忽然攔住我，激動地說：「蓑蒲君，出大事了！你一定要挺住。我聽說，木崎小

姐被人殺死了。」

他是人事部的主管K。

K好心地沉聲問我：「警察局剛才打電話來，我現在要過去看看，你要不要和我一起去？」我和初代的關係在公司已經是公開的秘密。

我的腦袋一片空白，什麼都顧不上想，機械地回答：「好，我們一起去。」

S.K商社的制度還是比較寬鬆的，所以我簡單地和同事交代一聲，和K一起坐車走了。

「她在哪兒被殺的，凶手是誰，你知道嗎？」

直到車子發動，我才舔著發乾的嘴唇，用沙啞的聲音，提出這個問題。

「在她家裡，你去過她家吧？凶手現在還沒有查出來，真是可憐！」

K是一個善良的人，面對這樣的大事，也答得十分冷靜。

人有時候疼得狠了，不會馬上哭，而是會莫名其妙地露出笑臉。悲傷也是這樣，過於沉重的悲傷會讓人忘記流淚，甚至失去感知悲傷的力氣，直到一段時間以後，才會真正感覺到悲傷。我也是這樣的情況，不管是在車上，還是在初代家，甚至是看到初代遺體的時候，我的表現都和其他弔唁的客人一般無二。整個過程，呆愣愣的，好像那是別人的事。

初代家在巢鴨宮仲的一條街道上，街道很窄，或許稱為巷子更合適。街道兩邊既有小鋪子，也有民宅，擠擠挨挨連成一片。這裡附近，除了她家和隔壁的舊貨店是低矮的平房，其他建築看起來都比較高，所以非常顯眼，站在遠處一眼就能看到。初代和她養母兩個人，就生活在那三四間小屋裡。

我們到的時候，警察已經勘驗過屍體，正在詢問附近的住戶。一個穿著制服的警察像守衛一樣，攔在初代家的格子門前。我和K拿出S.K商社的名片，他看了一眼，便將我們放進去。

在六張榻榻米大的裡間，初代的屍體安靜地躺在那裡。她身上蓋著白布，身前的工作桌上也蓋著白布，桌子上插著小蠟燭和線香。我和初代的母親只見過一次，她的個子很小，現在正趴在初代屍身的枕頭邊哀聲痛哭。旁邊，還有一個據說是她叔叔的人，冷著臉坐在那裡。我跟在K的後面向她母

親致哀，對著桌子躬身行禮。然後，我走到屍體旁，輕輕地掀開白布，看了看初代的臉。聽說她是被人刺中心臟而死，臉上沒有一點痛苦的痕跡，反而帶著一絲微笑，看起來十分安詳。初代活著的時候，臉上也沒有什麼血色，現在更是白得跟紙一樣。她雙目緊閉，胸前纏著厚厚的繃帶——就像她生前束著的腰帶一樣——擋住傷口。她的樣子讓我想起就在十三四小時之前，我們還在雞肉館裡喝酒聊天。當時，初代就在我對面，笑得那樣開心。我的心臟忽然像是生了急病一般抽痛起來，眼淚瞬間奔湧而出，落到初代的枕邊。

唉，我應該從過往的記憶中走出來了。畢竟我不是為了向讀者哭訴這個傷心事，才寫這本書。請原諒我愚蠢的嘮叨吧！

因為那天我和K去現場，所以警察將我們帶去警局，詢問初代日常生活中的情況。綜合我瞭解到的線索和從她母親及街坊那裡打聽到的情況，這場可悲的凶殺案大概是這樣的：

事發前一晚，初代的母親去品川，找住在那裡的小叔商量女兒的婚事。因為兩家離得很遠，她回來時，已經是夜裡一點。等她鎖好門窗，初代便醒了，兩人聊了一會兒，她回到自己的房間睡下，那間屋子有四張半榻榻米大小，是用門廳改的。在這裡，我要簡單地交代初代家的格局：首先是剛才說的四張半榻榻米大、改成寢室的門廳，門廳後面是六張榻榻米大的飯廳，這個飯廳是橫著的長方形房間，兩邊分別通向六張榻榻米大的裡間和三張榻榻米大的廚房。六張榻榻米大的裡間既是客廳，也是初代的臥房。因為初代要出去工作維持生計，所以她的房間是家裡最好的。四個半榻榻米的門廳因為坐北朝南，冬天日照充足，夏天涼爽舒適，被初代母親當成起居室，在那兒做針線活。中間的飯廳和廚房隔著一道拉門，雖然寬敞，卻照不進陽光，因而有些潮濕，母親不喜歡那裡，乾脆把門廳的房間當成寢室。我之所以把初代家的格局描繪得這麼詳細，是因為按照這種格局，想要殺死初代難度極大。還有一件事也增加這件事的複雜程度，在這裡我需要交代一下，就是初代母親的耳朵不太好。那天晚上她本來就睡得晚，因為一些事又有些心煩，翻來覆去無法入眠。結果一旦睡著，便雷打不醒。早上六點以前發生什麼事，她一無所知，也沒有聽到任何聲響。

母親是六點醒的，她像往常那樣，開門前先去廚房點燃爐灶，準備做飯。因為最近一直在為女兒的事煩心，所以她又拉開飯廳的門，去初代的臥房看一眼。藉著從雨戶縫隙裡透過來的晨光和書桌上檯燈的光芒，母親一眼就看到仰躺在地的初代和她胸前的鮮血。被子是掀開的，她的胸口插著一把白色刀柄的短刀。屋裡沒有打鬥的痕跡，初代臉上的神色十分安詳，沒有半點痛苦之意。她就像因為熱而拉開被子一般，安靜地躺在那裡，死去了。難道是凶手的手法太過高明，一刀刺中心臟，甚至讓人來不及感到痛苦嗎？

　　母親嚇得癱倒在地，連聲喊著：「來人啊，快來人啊！」因為耳背，她平時嗓門就很大，現在更是用盡全力地喊叫，鄰居立刻就聽到動靜。一片嘈雜之後，五六個人衝到她家門前，可是因為大門鎖著，他們進不來，只能用力敲門，大聲喊著：「婆婆，怎麼了，開門啊！」有些人急得跑去後門，可是後門也鎖著。過了好一會兒，母親才把門打開，歉疚地跟他們說，自己被嚇傻了，忘了開門。鄰居進屋以後，知道發生可怕的凶殺案，立即幫忙報警，又讓人去母親的小叔家報信。整條街的人全部行動起來。隔壁舊貨店門前聚集很多人，按照店鋪老店主的話說，就是「這兒已經成為葬禮的休息處」。街道原本就十分狹窄，現在每家門前都站著兩三個人，所以看起來異常混亂。

　　法醫的驗屍報告顯示，案發時間在凌晨三點左右，殺人動機尚不清楚。初代的臥室整齊乾淨，沒有翻動過的痕跡，櫃子和抽屜也未見異常。仔細查看過之後，初代的母親發現少了兩樣東西，一個是初代一直帶在身邊的手提包，裡面裝著初代剛領的薪水。母親說，那天晚上，她和初代發生一些口角，所以初代來不及把錢從包裡拿出來，手提包原本應該放在初代的桌子上。

　　如果只看這些事實，這件殺人案的凶手多半是一個趁夜盜竊的小偷。他潛進初代的房間，想要偷走裝著薪水的手提包——這樣看來，他早已選好目標——不想初代醒了。她可能是要呼救，或是做出其他什麼動作。總之，竊賊被嚇到了。他驚慌失措地在初代胸口捅一刀，然後拿著包逃走了。初代的母親一無所覺，這雖然不太說得通，但也不是完全不能理解，就像之前說過

的：兩人的房間離得有些遠，老人家又有些耳背，那天還非常疲憊，睡得很熟。此外，還有一種可能，就是竊賊一刀刺中要害，根本沒有給初代呼叫的機會。

讀者肯定會覺得奇怪，一個尋常的入室搶劫殺人案，有什麼可說的，還說得這樣詳細。以上的事雖然平常，但整件事並非如此。說實話，不尋常的事，我還沒有和讀者說。我們總要按照順序慢慢講述，不是嗎？

有哪些不尋常的事？首先，如果凶手是針對薪水來的，他偷巧克力盒子做什麼？初代的母親發現丟了兩樣東西，一個是手提包，這個我們之前說過，另一個則是巧克力盒子。聽到是巧克力，我立刻記起：頭天晚上我們在銀座散步時，確實在一間糖果屋裡買過三盒巧克力，我知道初代喜歡吃這個。當時，我和初代一眼就看中展示櫃裡的那三盒巧克力，因為它們的包裝盒實在太漂亮了，巴掌大的扁圓形盒子，上面還帶著華美的寶石花紋。說起來，我之所以選它，看中的不是裡面的糖果，而是這個盒子。聽說初代枕邊有幾張剝開的錫紙，昨晚她應該是吃了幾顆巧克力才睡的。凶手剛殺完人，情勢如此危急，怎麼會有閒心拿走那種一塊錢都賣不到的糖果盒？難道是母親記錯放糖果盒的位置？可是我們幾乎翻遍整個屋子，都沒有找到那個漂亮的盒子。不過，一個巧克力盒子就算丟了，也算不上什麼大事。讓這件凶殺案更顯得離奇的，是發生在更周邊的事。

竊賊潛入和離開初代家的路徑，也是一個讓人百思不得其解的問題。首先，人們通常從三個入口進出這間房子：房前的格子門、屋後的兩片推拉門、初代房間的簷廊，其他地方不是牆壁就是結實的格子窗。那天晚上，這三處入口都仔細地鎖好。簷廊的所有木門上都插著插銷，根本無法從中間隨便卸一扇下來。不管是母親的證詞，還是最先聽到呼救聲抵達現場的那五六個鄰居，都可以證明這一點。就像讀者已經知道的那樣，當天早上那幾個鄰居本來想衝進初代家裡，可是前門和後門都被鎖死了，根本進不去。而且，簷廊的雨戶之前也是鎖著的，直到這些人進入初代的房間，覺得光線太暗，才兩三個人一起將它推開。這樣看來，竊賊並不是從這三個入口進入初代房間，可是他到底是從哪裡進去，又從哪裡逃走的？

難道是從地板下面進來的？人們最先懷疑的就是那裡。初代家的地板只有兩處與外界相通，一個是門廳換鞋的地方，一個是初代房間與院子相對的簷廊下方。不過，門廳那裡用厚木板釘死了，簷廊那裡因為怕貓狗進入，也安上鐵絲網，兩處都沒有被拆卸和破壞過的痕跡。

　　廁所的排糞口雖然髒了一些，但也說不定竊賊會將那裡當成進出的入口。廁所在初代房間外面的簷廊上，但因為房東比較謹慎，剛剛才把傳統的那種大開口的排糞口改成只有五寸的方形小口，所以它也被排除了。還有廚房屋頂的天窗，窗戶被一根細繩繫在扭曲的鐵釘上，沒有任何異常。此外，簷廊外院子的地面是濕的，若是有人經過也會留下腳印，可惜並沒有。一個刑警爬上天花板，檢查閣樓通道的情況，上面積了厚厚的一層灰，沒有任何爬動的痕跡。這樣看來，竊賊想要進出就只能砸牆或是拆掉外面的格子窗。只是牆壁沒有破損的地方，格子窗也都釘得很牢。

　　此外，我們不僅沒有找到竊賊進入的痕跡，也沒有找到竊賊在屋子裡活動的痕跡。那把玩具似的殺人凶器——白柄短刀，幾乎每一家五金店都有賣。警方勘察所有能勘察的地方，一個指紋都沒有找到，不管是刀柄上，還是初代家的桌子上，或是其他什麼地方，凶手也沒有留下任何東西。用一個奇妙的說法就是，這是一件只能看到殺人和盜竊行為，卻看不到凶手和竊盜犯的密室盜竊殺人案。

　　我曾經看過幾本關於密室殺人案的小說，像是愛倫・坡的《莫格街血案》和勒胡的《黃色房間的秘密》，一直以為這樣的事與日本的建築無關，只會發生在外國建築裡，因為日本房子都是用薄木板和薄紙建成的。可是現在我知道了，沒有什麼事是不可能的。在偵探的眼中，一公分的薄木板和一尺厚的水泥牆毫無區別。因為再薄的木板，若是被拆卸或破壞過，也會留下一些痕跡。

　　有些讀者比較敏銳，看到這裡或許會問：「愛倫・坡和勒胡的小說之所以顯得那樣離奇，是因為密閉空間裡只有被害人自己。可是這個案子，會不會你自己誇大其詞，竭盡所能地往離奇上說？畢竟那個房間就算真像你說的那樣，是一個完全封閉的空間，屋裡也還有一個人？」是啊，不止你們，當

時的檢察官和警察也這樣想。

　　既然找不到任何痕跡，可以證明有竊賊潛入，屋子裡唯一能接近初代的，便只有她的母親。說是丟了兩樣東西，誰能保證那不是母親編出來的謊話？再說，那兩樣東西也不是什麼大件物品，很容易就能悄悄處理掉。更奇怪的是，老人家雖然耳背，但一般來說睡眠也比較淺，兩人中間只隔著一個房間，屋子裡有人被殺，她怎麼也不應該完全察覺不到啊！負責查探這起案件的警察，難免會有這樣的想法。

　　再有，警察還打聽到一些事：比如，初代並不是她的親骨肉，母女倆最近因為婚姻問題吵得很凶……

　　隔壁舊貨店的老店主也說發生命案的那天晚上，母親去小叔家拜訪回來，又和女兒大吵一架。我也作證說，初代不在家時，母親會偷偷翻她的抽屜和資料夾。這些情況對母親十分不利，讓她成為警察的重點懷疑對象。

　　初代葬禮的第二天，那個可憐的母親就被傳喚到警察局。

# 女友的骨灰

　　之後兩三天，我都沒有去公司，只是一個人在房間裡發呆。除了去參加初代的葬禮，我再沒有出過房門，這讓我的母親和哥哥與嫂子憂心不已。

　　日子一天天過去，我的憂傷卻越來越深。直到那時，我才知道什麼叫真正的痛苦。和初代雖然只交往九個月，可是有沒有愛，愛得有多深多濃烈，和時間長短往往沒有什麼關係。我活了二十幾年，不是沒有品嘗過痛苦的滋味，但唯有失去初代，最讓我痛徹心扉。我19歲失去父親，20歲，唯一的妹妹也死了，我個性柔弱，當時也十分傷心，可是這種痛苦，和失去初代相比，還是差了很多。愛情是如此神奇，可以讓人上天堂，可以讓人下地獄，也不知道這是好事還是壞事。我不知道失戀有多痛，但絕對不會比我失去初代更痛。因為再決絕的失戀，也只是讓人與自己的愛人形同陌路。愛情讓我

和初代跨越一切阻礙，合二為一。就像我之前說的，我和初代被紅色的雲朵包裹著，實現靈與肉的融合，你中有我，我中有你。我相信，即使是最親的親人，也無法像初代那樣，與我融為一體，成為我生命中絕無僅有的半身。可是現在，這樣的初代已經離開我。如果她是病死的，我還有時間去照顧她。但她不是病死的，是忽然被人殺死的，就在她開心地與我道別十幾個小時之後。她變成一個無法說話的蠟像，淒慘地躺在我面前。她被一個冷血無情的傢伙刺穿心臟，我卻不知道那個害她慘死的人是誰。

我拿出她寫給我的那些信，一封一封地反覆讀，一邊讀一邊哭。看到她給我的定情信物——她先祖的家譜，看到我們第一次去旅館時我按照她的描述所畫的，她夢裡的海濱圖景，我的眼淚更是止不住。我不想和人說話，誰都不想見。我待在自己狹小的書房裡，閉著眼睛幻想已經死去的初代就在我身邊，我在心裡跟她說話。

初代葬禮之後的第二天早上，我忽然想起一件事，必須立即出門。嫂子問我是不是去公司，我沒有回答，自顧自地走了。我既不是去公司，也不是去探望初代的母親，這些無需多說。那天早上要舉行初代的撿骨儀式，我自然不肯錯過。唉，我必須去那個不祥之地，看看我死去戀人的骸骨。

我到的時候，撿骨儀式剛開始，初代的母親和親人拿著長長的火鉗正在拾撿骨灰。我胡亂和初代的母親說幾句節哀的話，便呆愣愣地站到焚化爐跟前。這時，沒有人指責我的失禮之處。我看到火葬場的師傅拿著金火筷，將一塊骨灰粗魯地敲成粉末。他百無聊賴地將死者的牙齒撿出來，放到一個小容器裡，就像一個在坩堝的礦渣裡翻撿某種金屬的煉金術士。看到我珍愛的戀人成為別人眼中可以隨意處置的「物品」，一種難言的痛苦驟然襲來。可是我不後悔來這一趟，因為我來這裡的目的非常明確。

我趁眾人不備，從鐵板上拿了一把骨灰，那是我戀人的一部分，儘管她已經悲慘地變成灰燼（唉！把這一段寫出來，讓我覺得非常羞恥）。然後，我跑到附近一處荒地裡，像瘋了一般，將我的痛苦和愛戀喊出來。最後，我將初代——我的愛人所化作的骨灰，塞進嘴裡，吞進腹中。

因為情緒太過激動，我躺在草地上拼命地翻滾，嘶喊：「我想死，我不

想活了！」過了好一會兒，我才停下來，躺在地上不動了。丟臉的是，我根本沒有自殺的勇氣，沒辦法按照傳統做法，去地府黃泉與戀人相聚。不過，我下定決心要遵循另一個傳統，這件事只比自殺稍遜一籌。

我恨極了那個奪走我寶貴戀人的凶手，這種恨與其說是為了讓初代的在天之靈得以安息，不如說是為了減少我對自己的厭惡和痛恨。在檢察官的猜測和警察的推斷中，殺死初代的很可能是她的母親，但是我不這麼想。雖然找不到竊賊出入的痕跡，但初代總是被人殺掉的，既然如此，凶手就一定存在。因為找不出凶手，我心裡更加焦躁，對自己的憎恨也越深。我躺在草地上，望著湛藍天空中光芒萬丈刺得我眼前發黑的太陽，立下誓言：「我一定要找出凶手，為初代報仇！」

就像讀者知道的那樣，我是一個內向的膽小鬼。這樣一個人，居然能痛下決心，並且鼓起勇氣，在之後的各種險境中一往無前，事後我自己想來，都覺得不可思議。我猜測痛失所愛帶給我的巨大衝擊，便是這一切的原動力。愛情當真玄妙無比，有時會將人帶上極樂的巔峰，有時會將人推下痛苦的深淵，有時又讓人無所畏懼。

我躺在草地上，心緒慢慢平復下來，能夠較為冷靜地思考接下來應該怎麼做。我苦思冥想，終於想到一個讀者已經知道的名字——深山木幸吉，我口中的業餘偵探。這件事本來應該交給警察，但是我心裡像有一個疙瘩，只有親自抓到凶手才能解開。我討厭偵探這個詞，但只要能找出凶手，我願意當一次偵探。在這個方面，除了找深山木幸吉，我也找不到其他合適的人。他是我一個非常特別的朋友，就住在鎌倉海岸附近。於是，我站起身，趕往最近的電車車站。

讀者朋友們，我當時還太年輕，一心想要給死去的戀人報仇雪恨，根本沒有想過，我會遇到多大的苦難，未來有多少危險，在我面前將會出現一個怎樣的人間地獄……如果我早知道是這樣的情況，如果我早知道自己立下的狂妄誓言，會讓我的摯友深山木幸吉失去性命，我還會發下這樣的宏偉誓言嗎？或許不會吧！可是，當時我什麼都不知道，暫且不說結果如何，反正定下目標之後，我的心情變好了很多。初夏，我邁著勇敢的步伐，穿過郊區，

朝著電車站走去。

# 特別的朋友

我性格內斂，和那些跳脫的同齡人沒有話聊，反而和那些年紀稍長和性情古怪的人，比如諸戶道雄，有一些共同語言，受到他們不少照顧。接下來，我要介紹給大家的深山木幸吉，就是我的一個性格較為特殊的朋友。不知道是不是我太過敏感，總是覺得這些較為年長的朋友，包括深山木幸吉，都對我的相貌有些興趣。當然，這種興趣可能與情欲無關，但無論如何，在某種程度上，他們都受到我身上某種力量的吸引，不然這些專家型的年長者，怎麼會搭理我這個黃口小兒。

總之，在我們公司一個年長朋友的介紹下，我認識當時已經四十多歲的深山木幸吉。他沒有妻子兒女，也沒有其他什麼親人，是一個真正的孤家寡人。和諸戶不一樣，深山木幸吉雖然沒有娶妻，卻不討厭女人。在認識我之前，他和不少女人發生過關係，認識我之後，也換過兩三個女友。我每次去看他，他身邊的女人都與前一個不同。他經常對我說，自己信奉「暫態一夫一妻制」，換句話說，他認為兩個人在一起，應該合則來，不合則散。持有或說出這種觀點的人有很多，但真正身體力行，踐行這種觀點的人就極端稀少。透過這件事，我們也可以看出他的性情。

他學識淵博，被問到任何問題，都能對答如流。我不知道他靠什麼賺錢，可能是有些積蓄吧！他沒有上班，每天都在看書，他的興趣就是從書中挖掘出潛藏在社會各個角落的各種秘密。他最喜歡研究各種犯罪案件，所有知名的案子，都能找到他參與的身影。有時，他還會給犯罪專家提出建議，協助辦案。

一個有這種愛好的單身漢，自然是三天兩頭往外跑，也不知道去哪裡。那天我去他家，其實心裡已經做好撲空的準備。不過，我運氣不錯，老遠就

已經知道他在家，因為他家裡傳出一陣孩童的嬉鬧聲和歌聲。深山木幸吉正在用一種古怪的調子唱著一首流行歌曲，我對他低沉的聲音十分熟悉，所以一聽就能聽出來。

我走到近前，透過西式房屋敞開的青色木門，看到五六個頑童坐在門廳的台階上，深山木幸吉盤腿坐在最高處的門檻上。大家一起搖著腦袋，高聲唱著：

「我來自何處啊，又將去往何方？」

深山木幸吉非常喜歡小孩，因為自己沒有孩子，就把附近的孩子召集到一起，給他們當孩子王。也不知道是怎麼回事，這個在街坊眼中特立獨行的怪人，卻很受孩子們的歡迎。

「啊，客人來了，一個漂亮的客人，你們下次再來和我玩吧！」深山木十分敏銳，一眼就看出我表情中的秘密。若是以前，他會邀請他們和我一起玩，這次卻將孩子們打發走，把我請進屋裡。

這棟西式建築可能是用畫室改建的，除了兼具起居室、臥室、飯廳功能的客廳，只有一個狹小的玄關和廚房。客廳像舊書店一般擺滿各種書籍，中間放著一張破破爛爛的木板床和一張飯桌，桌子上擺著各種各樣的餐具和罐頭，以及蕎麥麵館送來的外賣餐盒。

「椅子都壞了，就剩這一把好的，坐吧！」

說完，深山木一屁股坐在床鋪的床單上，那張床單已經髒得看不出原色，然後把腿盤起來。

「怎麼了？你來找我是有什麼事，想讓我幫忙吧？」他窘迫地用手指將蓬亂的頭髮往後抿了抿。似乎每次看到我，他都顯得有些不自在。

我看著他身上皺巴巴的襯衫——又破又舊，既沒有領子也沒有領帶，看起來就像一個乞丐，說：「是，我需要你的智慧。」

「是愛情吧？你的眼睛告訴我你戀愛了，怪不得最近都沒有聯繫我。」

「愛情……對，就是愛情……可是，她死了，被人殺死了。」

我像是告狀似的說了這麼一句，話音剛落，不知道怎麼了，眼淚忽然奔湧而出，止也止不住。我用手臂摀著眼睛，乾脆放開了痛哭一場。深山木連

忙下床，走到我身邊，像哄小孩似的，拍著我的背，勸我不要哭。我雖然難過，卻有一種詭異的甜蜜感，本能地知道，我越是毫不遮掩地顯露自己的脆弱，他的心跳得就越快。

深山木幸吉是一個非常善於傾聽的人，我講得很亂，他卻能找出一些關鍵點發問，然後獨自將事情捋順清楚。我將所有的事，與初代的相識，初代的離奇死亡，全都和他說了。深山木說要看看那幅畫（按照初代夢境畫的那幅海景圖）和初代的家譜，這兩樣東西我都帶著，於是從衣袋裡拿出來，遞給他。深山木盯著那幅畫看了很長時間，我沒有注意他的表情。當時，我滿臉是淚，為了遮掩，把視線投向其他地方。

傾訴過後，我不再說話。奇怪的是，深山木也一言不發地沉默著。過了好一會兒，我覺得奇怪，忍不住抬頭看他一眼，發現他面無血色，魂不守舍地看著虛空。

「你能理解我的心情嗎？我已經發過誓，這個仇非報不可。不能親手抓到真凶，我死不瞑目。」

我這麼說，是想讓他趕快表明立場，沒想到他神情依舊，像沒有聽到一般。太奇怪了，他平時一副東洋豪傑和義薄雲天的模樣，今天卻像是被嚇傻了，這種情況完全出乎我的意料之外。

「若我所料不錯，這件事比你想像的要嚴重和恐怖得多。換句話說，你現在看到的只是冰山一角。」

「還有什麼事比殺人更恐怖？」我不知道他怎麼會得出這個結論，便隨口反問。

深山木皺著眉，反常地用憂鬱的口吻回答：「我的意思是，這不是尋常的殺人案。丟了手提包，就一定是遭了賊嗎？我想，即使是你，也不會這麼想。如果凶手只是單純的為錢殺人，他的手法也未免太縝密了。我認為，藏在這個案子背後的凶手是一個非常狡詐、老練、冷血的人，他犯案的手段十分高明。」

他停住話頭，因為太過緊張，蒼白的嘴唇不住發抖。我之前從未見他露出這樣的表情，被他恐懼的樣子嚇得脊背發寒，雞皮疙瘩都起來了，就像有

什麼人正在暗中偷窺我們一般。可是我當時真是太蠢了，根本沒有想到他知道一些我不知道的事，也沒有想過他為什麼這樣激動。

他稱讚地說：「一個竊賊在被人發現之後，為免行跡敗露，一刀刺中對方心臟，這是多麼高明的手法？要知道，一刀斃命說起來簡單，做起來卻極難，只有認真練習過的人才有這樣的技術。更何況，屋子裡一點外人進出的痕跡都沒有留下，也沒有指紋。這麼好的身手，一個竊賊是做不到的。」又說，「不過，最可怕的事，是巧克力盒子丟了。我雖然還不知道為什麼會有人偷這種東西，卻能感覺到它是解開謎團的關鍵，這裡面一定有什麼非常恐怖的原因。還有那個步履蹣跚的老頭兒，初代不是說他連續三晚都看到那個人……」

他的聲音越來越輕，說到這兒，便沉默下來。

我們一言不發地盯著對方，苦苦思索其中的關鍵。剛過正午，外面陽光燦爛，屋內卻詭異地有些寒氣森森。

「我覺得凶手不是初代的母親，你也這麼想吧？」

我這麼問，是想知道深山木的想法。

「當然，我們沒有理由去懷疑她。一個頭腦清楚的老人家，就算和獨生女兒分歧再大，也不會殺了自己未來僅有的依靠。再說，透過你的陳述，我也能看出來，初代的母親不是一個心狠手辣的人，這樣冷血殘暴的事，她也做不出來。假設她真是凶手，為了迷惑別人，她或許會把手提包藏起來，可是她沒有必要撒謊說巧克力盒不見了，這毫無道理可言。」

說到這裡，深山木站起來，看了手錶一眼，又說：「時間還早，我們可以在天黑之前趕到初代家，看看案發現場的情況。」

他走到房間一角掀起簾子，到後面收拾一番，沒多久，就換了一身體面的衣服出來。他匆匆說一句「走吧」，便抓起帽子和手杖，一馬當先地走出門，我連忙跟上。當時，我心裡除了濃重的痛苦和異樣的恐懼，就是各種報仇的念頭。深山木將那本家譜和我畫的素描收起來，也不知道放到哪裡，我沒有在意。初代死後，這些東西對我失去價值。

我們坐了兩個小時的火車和電車，大部分的時間都在沉默。我雖然努力

想要找一些話題，可是深山木一直在想事情，沒有時間搭理我。不過，我記得他當時說了一件非常奇怪的事，因為與後來的事有關，所以非常重要。我仔細回憶一下，大致是這樣的：

「高明的犯罪，就像一場精彩絕倫的魔術。魔術師不必打開盒子，就能取出盒子裡的東西，因為他掌握其中的門道。你明白我的意思吧，這裡面是有機關的。觀眾覺得不可思議，魔術師卻覺得理所當然。這個案子就像一個密封的魔術箱，具體情況如何，我得去現場看看再說。但有一點是可以確定的，就是警方沒有找到這個魔術的機關。因為思維定勢的影響，人們往往會對這種機關（通常來說，它會光明正大的擺在人們面前）視而不見。如果我沒有猜錯，那個地方應該和入口沒有半點相似之處，但是只要換一個角度去想，它就成為一個很大的可以讓凶手隨意進出的入口！那裡沒有上鎖，四敞大開，進出之間根本不用砸毀或拆掉什麼東西，因為人們沒有意識到要把它鎖上或關上。哈哈哈，這只是我的一個猜測，荒唐可笑的很，但魔術機關大多都十分荒謬，所以我的猜測也未必是錯的。」

我現在只要一想到，那些偵探動不動就要賣關子，故弄玄虛地吊人胃口，心裡就覺得憋悶不已，越想越氣。深山木幸吉若是能在死前，把自己知道的所有事詳細地告訴我，我又怎麼會把事情弄得那麼複雜。和所有優秀的偵探（比如夏洛克·福爾摩斯、神探杜邦）一樣，深山木也喜歡吊人胃口，這似乎是他們的共性，只要是他們插手的案子，除非結案，絕對不和人討論自己的推斷，只是偶爾在心血來潮時，向人炫耀幾句。

聽了他那番話，我就知道他心裡對這個案子的秘密，已經有一些猜測。我希望他能開誠布公地和我談談，可是偵探的虛榮心讓這個傢伙變得十分固執，當真是守口如瓶，一個字沒有和我說。

# 景泰藍花瓶

　　木崎家門口治喪的牌子已經取下來了，站崗的守衛也已經離開，四周安靜極了，就像什麼都沒有發生過。我後來才知道，初代的母親那天撿完骨剛回到家，就被警察帶走了。他的小叔，派家裡的女傭過來幫她看房子。

　　我們打開格子門，正要邁步進去，就看到一個人迎面從裡面走出來。這個人確實應該來，但是我沒有想到會遇到他。我們兩個都很尷尬，視線一觸即分，沉默著不肯說話。他就是諸戶道雄，那個從未在初代活著時來木崎家拜訪過的求婚者，也不知道怎麼想起今天來致哀。他一身合體的晨禮服，一段時間不見，憔悴了很多。他呆呆地站在那裡，一副手足無措的樣子，最後終於鼓足勇氣，說了一句：「啊，蓑蒲君，好久不見。你是來弔喪的嗎？」

　　我不知道應該怎麼回答，便扯動乾澀的嘴唇，勉強笑了一下。

　　「你辦完事以後能出來一下嗎，我在外面等著，有幾句話想和你說。」他可能是真的有事，也可能只是為了掩飾尷尬，這樣對我說。說完，還瞥了深山木一眼。

　　我的大腦一片空白，慌慌張張地介紹：「這是諸戶道雄先生，這是深山木先生。」他們兩個都從我嘴裡聽過對方的名字，所以眨眼之間，便像掌握對方的所有資訊般，話裡有話地寒暄起來。

　　「你去吧，不用管我。只要帶我跟這家人打個招呼，讓他們知道我是誰就行，反正我一時半會兒也不會走。行了，你去吧！」深山木隨口催促道。

　　於是，我立即帶他進屋，和看家的傭人——我們之前見過——說明此行的來意，又把深山木介紹給他認識。之後，到外面與諸戶會合，一起去了附近的一家簡陋的咖啡館。

　　對諸戶來說，見到我之後的首要任務，自然是解釋一下為什麼會有那場匪夷所思的求婚。可是我的關注點卻不在這裡。雖然覺得不可能，但是我心裡確實對他抱有一種可怕的懷疑，本能地想要抓住這個機會探探他的真實想法，儘管這不是我的唯一目的。再者，深山木催我出來的語氣，似乎也頗有

深意。所以，儘管我們的關係十分複雜，仍舊一起走進那家咖啡館。

具體的談話內容，我已經想不起來了，只記得氣氛十分尷尬。事實上，我們可能也沒說什麼有用的東西。深山木辦事極有效率，不一會兒，就來咖啡館找我了。

我們相對而坐，低著頭，對著飲料發呆。我本來想罵他兩句，再刺探一下他的真實想法，可是嘴巴像被黏住了似的，什麼也說不出來。諸戶不知為什麼，拘謹的有些反常。我們誰都不肯率先開口談這件事，好像誰先開口，誰就輸了一般，一場刺探弄得磕磕絆絆。不過，我記得諸戶對我說：「現在看來，我真是做了一件大錯事，我對不起你，請你不要生氣，我也不知道該怎麼向你贖罪。」

他客客氣氣地重複著這些話。我還沒弄明白他為什麼要向我謝罪，深山木便掀開簾子，走進來了。

他沉聲說道：「沒打擾你們吧？」說完，就坐到我身邊，肆無忌憚地盯著諸戶上下打量。不知道為什麼，深山木一來，諸戶就像忘了自己的初衷般站起身，匆匆和我說了幾句告辭的話，逃也似地走了。

「奇怪，這個傢伙怎麼慌慌張張的，你們談什麼了？」

「沒談什麼，我也摸不著頭腦。」

「古古怪怪的，木崎家的人剛才跟我說，初代死後，這位諸戶先生已經去拜訪三次了。不但問了很多問題，還在家裡四處查探，這裡面一定有什麼事。長得倒是一表人才。」

說到這兒，深山木又別有深意地看了我一眼。雖然眼下時機不對，我還是羞窘地漲紅了臉。

為了掩飾自己的尷尬，我反問道：「你這麼快就把事情辦完了？查到什麼線索沒有。」

他壓低聲音嚴肅地說：「非常多。」

他離開鎌倉時的那股興奮勁，在拜訪過木崎家以後，更加濃烈了。他像是知道一些我不知道的秘密，將它們藏在心裡獨自品嘗、反覆回味。「我很久沒遇到這麼厲害的傢伙了，靠我一個人，怕是解決不了。無論如何，我決

定從今天開始，竭盡所能地把這個案子查清楚。」

他一邊用手杖在潮濕的地面上亂寫亂畫，一邊喃喃自語道：「現在大致的脈絡已經出來了，只有一個點還確定不了。其實也能解釋，而且我認為這就是真相。只是，若當真如此，事情就太可怕了。這是史無前例的邪惡。單是想想，都讓人覺得噁心。那個凶徒，將是所有人類的敵人。」

他一邊嘟嘟囔囔地說著這些不知所謂的話，一邊無意識地用手杖在地上描畫著什麼。我無意中看了一眼，發現那個怪模怪樣的圖形，很像是一把放大了的酒壺，應該是花瓶。他在邊上模糊不清地寫了三個字——景泰藍。我不由得好奇地問道：「這是景泰藍花瓶嗎？這個案子和景泰藍花瓶有什麼關係？」

他嚇了一跳，看到地上的圖形，連忙用手杖把它抹花了。

「小聲一點。對，這是景泰藍花瓶……你眼睛還挺尖的。現在我只差這個問題沒想明白了，正在煩惱怎麼解釋這個景泰藍花瓶！」

他說到這裡，便又止住了話頭，無論我怎麼問，都不肯再往下說了。

不久之後，我們便離開咖啡館，回了巢鴨火車站。因為回家的方向剛好相反，我們在月台前分手，當時深山木幸吉對我說：「你別著急，再給我四天時間，最少也得四天。等到第五天，我或許能給帶給你一個好消息。」我雖然不喜歡他這樣賣關子，卻也沒什麼辦法，誰讓他是我唯一的指望？

# 舊貨店的客人

我心裡雖然非常煩躁和痛苦，但未免家人擔心，第二天便打起精神回S.K商社上班。查案的事已經交給深山木，我又幫不上什麼忙，只能空虛地撐過每一天，並希望他能像約定的那樣查明真相，在一個星期以後告訴我答案。下班後，想到往常陪在我身邊的人再也不會出現，我心裡十分寂寞，不由自主地朝初代的墓地走去。每天，我都會給我死去的戀人送上一束鮮花，

站在她的墓碑前獨自落淚。我每去一次，復仇的決心就堅定一分。每天都能感覺一種神奇的新力量充斥全身。

我的耐心在第二天便已告罄。那天晚上，我搭火車去鐮倉找深山木，可是他不在家。他的鄰居告訴我：「他前天走了之後，再也沒回來過。」也就是說，那天在巢鴨和我分手後，深山木沒有回家，而是去了其他地方。我心裡想著，看這個情況，在五天限期到來前，我是無法在他家找到人了。

不過，第三天，我找到一個線索，雖然當時完全不知道它意味著什麼。深山木透過推理看到一個龐大的冰山，我遲了三天，才看到它上面的一小塊冰。

我沒有一天不在思考，深山木所提及的那個神秘的「景泰藍花瓶」是什麼意思。那天，我正在公司工作，一邊撥打算盤，一邊在腦子裡琢磨「景泰藍花瓶」。真奇怪，自從看到深山木在巢鴨的咖啡館寫下這幾個，我就有一種感覺，我之前曾經在什麼地方聽說或是看到這樣東西。我應該是見過的，到底在哪兒？它能讓我聯想到初代死時的景象，這些想法一直在我腦袋裡盤旋不去。可是，十分奇妙，當我在算盤珠子上扒拉到一個數字時，那個景泰藍花瓶忽然在我的記憶深處浮現出來。

「啊，我想到了，在初代家隔壁的舊貨店，我曾經在那裡看過它。」

我在心裡暗叫一聲。當時已經下午三點多了，我拎起衣服，離開公司，趕往舊貨店。到了店裡，張口便問：

「這原來不是有一對很大的景泰藍花瓶嗎？怎麼沒了，賣掉了？」

我假裝是過路的客人，細細地打聽起來。

「是啊，已經賣了。」

「真可惜，我還想買耶！什麼時候賣的？是一個人買的嗎？」

「那兩個花瓶雖然是一對的，但買主並不相同。那樣兩件精緻的古董，放在我這破破爛爛的小鋪子裡，太可惜了。總算賣了個不錯的價錢。」

「什麼時候賣的？」

「一個是昨天晚上，你要是早一天來就好了。另一個是上個月，嗯，25號，被一個外地人買走的。那天我家隔壁出了點事，所以我記得很清楚。」

老店主是一個健談的人，由此便說起了隔壁的禍事，喋喋不休，說得十分細緻。最後，我問明白了，第一個買家是一個商人打扮的男人，頭天說好了價格付了錢，第二天中午便派了個傭人過來，用布包好扛走了。第二個買主是一個穿西服的先生，看著挺年輕的，買下後當場就讓人裝車帶走了。兩個買主都是過路的客人，老闆對他們的身分一無所知。

我注意到，第一個買主拿走花瓶的時間和凶殺案案發的時間是同一天，可是我不知道兩者之間有什麼聯繫。深山木肯定是透過花瓶的事，想到什麼（老店主和我說，他清楚地記得三天前，一個很像深山木的人找他問過花瓶的事）。他為什麼這麼重視這個花瓶？這裡面一定有什麼理由。

「我記得花瓶上繪的是蝴蝶，對吧？」

「對，對，就是蝴蝶。黃色的底，上面有很多蝴蝶。」

我記得那花瓶大概三尺高，直徑很大，底色是淺黃色，上面畫著很多四處飛舞的銀邊黑蝴蝶。

「你是從哪兒買的這對花瓶？」

「從同行手裡。賣這對花瓶給他的，是一個破產的實業家。」

我第一次去初代家，就在這間舊貨店裡看到這兩個花瓶，那麼長時間都沒賣出去，初代一死，這兩個花瓶便在短短的幾天內全都被買走了。是巧合嗎？還是這裡面有什麼關聯？我不知道第一個買主是誰，但對第二個買主卻有些懷疑，所以最後我問了這樣一個問題：

「第二個買主，是不是30歲上下，皮膚很白，沒留鬍子，右臉上有一個顯眼的黑痣？」

「對，對，就是那樣。是一個文質彬彬的先生。」

若是當真如此，第二個買主肯定是諸戶道雄無疑。我問店老闆：「這個人應該去過隔壁的木崎家兩三次，你沒見過？」這時，老闆娘從裡面出來，聽了我的問話，便道：

「說起來，應該是那位先生！你還記得吧，老頭子。」運氣不錯，她和男主人一樣是一個習慣八卦的人，「兩三天前，不是有一個穿著黑色大禮服的紳士去隔壁拜訪嗎？買花瓶的應該就是他！」

雖然她把晨禮服當成大禮服，但總歸是諸戶沒錯了。出於謹慎，我又向店主要了他叫車的那家汽車房的地址，到那裡打聽了一下。對方告訴我，他們當時把花瓶送去了池袋——諸戶家就住在那邊。

這種想法，或許有些不可思議。但諸戶不是「常人」，自然不能用尋常人的標準去揣度。他雖然是一個男人，卻不喜歡女人；為了得到心愛的男人，甚至有搶奪對方女友的嫌疑；他忽然對初代展開激烈的求婚攻勢，他追求我時，又是那樣的瘋狂和熱情。綜合以上所有這些情況，誰能保證他在求婚失敗後，不會為了從我身邊搶走初代而破釜沉舟，制定並且執行一場布局嚴密、未曾留下任何證據的凶殺案？他是一個非常敏銳和理智的人，做的是拿著手術刀折磨小動物的工作。他不怕血，可以泰然自若地殺掉活物來做實驗。

想到這兒，一個恐怖的場景忽然在我心裡浮現出來，那還是他剛搬到池袋，我去拜訪他的時候親眼看到的事。

他搬到了一個距離池袋火車站大約兩公里遠的獨棟西式洋房裡。那裡荒涼僻靜，沒什麼人煙。房子是用木頭搭建的，孤零零地立在那裡，邊上還有一個實驗室，四周圍著鐵柵欄。家裡三個人，他、一個十五六歲的學生助理、一個做飯的老太太，除了實驗動物慘厲的叫聲，沒有一點人氣，十分冷清。他不是待在家裡實驗室，就是去大學的研究室，全神貫注地進行著一些特殊的研究工作。他研究的課題好像是外科方面的發明創造，不用直接作用在病人身上。

一天晚上，我去他家拜訪。剛靠近鐵門，就聽見那些可憐的實驗動物（主要是狗）發出的淒厲的哀號聲。一條狗叫得極慘，我不由得想到它一定是在垂死掙扎。接連不斷的嚎叫，像錘子般狠狠地敲打在我的心頭。實驗室裡，不會是在做活體解剖吧？想到這兒，我不由得打了個寒顫，渾身寒毛直豎。

我走進房裡，瀰漫在空氣中刺鼻的消毒水味，讓我想起醫院的手術室和監獄的死刑室。那些動物在死亡面前毫無反抗之力，它們發出驚恐的哀號聲，我只想捂住耳朵，趕緊離開。

天剛擦黑，正房的窗戶漆黑一片，唯有實驗室裡漏出些許燈光。我像在做噩夢一般，走到玄關前，按響了門鈴。過了一會兒，旁邊實驗室門口的燈亮了起來，諸戶走出來。我看到他穿著一身濕淋淋的塑膠手術服，伸出來的手上鮮血淋淋。在燈光的照耀下，那妖異的紅色十分刺目，這個場景，直到現在我還記得清清楚楚。

我心裡有一個可怕的猜測，無法證實。所以，只能在深沉的月色下，懷著抑鬱的心情，沿著街道慢慢地往回走。

# 以明日正午為最後期限

我和深山木幸吉五日之約的最後一天，正好是七月的第一個禮拜天。那天碧空如洗，天氣熱得出奇。早上9點，我剛換好衣服，準備出發去鎌倉，就收到了深山木電報，說要和我見面。

我上了火車，和今年夏天第一波避暑的遊客擠在一起。從時間上說，現在其實還不到洗海水浴的時候。可是，天氣太熱了，加上這又是入夏後的第一個禮拜天。於是，人們迫不及待地湧向湘南海岸，準備好好地涼快一下。

深山木家門前的馬路上，擠滿了前來避暑的旅客。還有不少賣霜淇淋的小販，在空地上掛起嶄新的招牌，熱火朝天地招徠客人。

外面喧囂熱鬧的景象，完全沒有影響到深山木。他坐在書堆中間，正皺著眉沉思。

「你去哪兒了？我之前來過一次，你不在家。」

看到我進屋，深山木並沒有起身，只是伸出手，指著邊上髒兮兮的桌子說：「看看這個。」

桌上是一個已經打開的信封和一張信紙，我拿起信紙一看，上面用鉛筆歪歪扭扭地寫著：

你必死無疑。我會在明天正午之前殺了你。如果你還想活命，就交出

手裡的東西（你知道要送去哪裡），管好自己的嘴巴。我要你親自去郵局，用掛號小包裹將東西寄出去。明天正午之前，是我給你的最後限期。該怎麼做，你自己選。不要報警，你知道的，我沒有留下任何證據。

我鎮定自若地說：「誰這麼無聊，搞這樣的惡作劇！郵差送來的嗎？」

深山木嚴肅地說：「不是。昨天晚上，有人從窗戶扔進來的。也許不是惡作劇？」他嚇壞了，臉上一點血色都沒有。

「這太荒唐了，肯定是小孩子的惡作劇啦！再說，他要怎麼在明天正午之前殺了你？又不是演電影。」

「不，你不知道。我看到一個非常恐怖的東西。我猜的一點不錯，還找到敵人的老窩。我看到一樣非常奇怪，也非常恐怖的東西，這太糟糕了。因為太害怕，我選擇了逃跑。你是無知所以無畏。」

「誰說我不知道，我也摸到一點線索。就是那個景泰藍花瓶，雖然我不知道它代表了什麼，但我知道是諸戶道雄買走了它。」

「諸戶把它買走了？奇怪，他為什麼要買？」

可是深山木對此似乎並不在意。

「景泰藍花瓶到底怎麼回事？」

「雖然我還沒找到切實的證據，但是我基本已經可以確定那是一件非常恐怖的，甚至可以說是史無前例的罪惡。花瓶不是最可怕的，事情比那要嚴重的多。簡直就是惡魔的詛咒，超乎想像的罪惡。」

「難道你找到凶手了，是誰殺了初代？」

「還沒有，但起碼我找到他們的老巢。你別著急，再等等吧！不過，他們未必會留我一條命。」

深山木剛才說什麼惡魔的詛咒，難道他中了詛咒？要不然怎麼這樣消沉怯懦。

「你怎麼了？你要是害怕，我們就報警吧！你的力量雖然不夠，但是我們可以找警察幫忙啊！」

「不能報警，若是打草驚蛇，就再也抓不到他們了。再說。我手裡沒有切實的證據，就算知道那些惡人是誰，也告不倒他們。若是現在就讓警察插

手，事情反而會無法收拾。」

「信裡說的那樣東西，你知道是什麼嗎？」

「當然，我若是不知道，就不會害怕了。」

「你就按照對方說的，把東西寄出去。」

「我已經寄出去了，不過不是給敵人，」他向四周掃了一眼，低聲說，「而是給你。今天你回去後，會收到一個掛號的小包裹，裡面的東西有些怪，你一定要保存好，別弄壞了。那東西非常重要，放在你那裡應該比放在我這裡安全一些。你保存好，千萬別讓人知道它很重要。」

我不喜歡深山木這種遮遮掩掩、神秘兮兮的態度，總覺得他是看不起我。

「你到底查到什麼了？就不能好好地跟我說一說嗎？這件案子是我求你去辦的，我是當事人啊！」

「可這裡面有些事，已經不是你交代給我的了。但是，無論如何，我不會一直瞞著你的，我本來就沒想瞞你，這樣，今天晚上，我們一起吃個飯，邊吃邊聊。」

他看了看錶，一副心神不寧的樣子。「11點了，要不要去海邊走走？我太消沉了，這很不好。去海裡泡泡，我好久沒下海了。」

我沒什麼興趣，可是他沒有給我反駁的機會，已經率先走出去了。我只好跟在他身後，走到海灘附近。岸上的遊人穿著各種顏色的泳裝，三五成群聚在一起，讓人看得眼花撩亂。

深山木脫掉全身衣物，只留一條四角內褲，大喊著衝向水邊，跳進海裡。我坐在一個小沙丘上，看他強顏歡笑地在水裡嬉戲，心裡不知是什麼滋味。

我忍不住想要看錶，雖然我不願意這樣做。理智告訴我，那種事不可能發生。可那封恐嚇信寫的很清楚「正午是最後期限」，這可怕的句子讓我心驚膽顫。時間流逝，毫不容情。11點半，11點40分，越接近正午，我越焦躁不安。與此同時，還發生一件讓我更加膽寒的事。諸戶道雄忽然出現在這裡。我在海岸的人群中，隱隱看到他的身影。這個時候，他怎麼會出現在這

兒，是巧合嗎？

我趕緊往深山木那邊看去。他很喜歡小孩，現在正被一群穿著泳裝的孩子圍在中間。孩子們一邊跑一邊叫，看樣子是在玩捉迷藏一類的遊戲。

湛藍的天空不見一片雲彩，深邃的海水平滑如鏡。在愉悅的呼喊聲中，一具具優美的軀體，從高高的跳台上躍進海裡，在空中留下一道道優美的弧線。在閃閃發光的沙灘上，在波光粼粼的淺水區，人們沐浴著明媚的陽光，快活地笑著、鬧著。那裡什麼都沒有，只有像鳥兒一樣唱著歌，像魚兒一樣划著水，像小狗一樣奔跑撒歡的人，換句話說，那裡除了幸福，再沒有其他東西。那裡是開放的樂園，沒有任何一個角落能讓人想到潛藏在黑暗世界中的罪惡。青天白日的，在大庭廣眾下殺人？如此血腥殘暴的事，一定不會發生吧？

可是，親愛的讀者們，惡魔當真是言出必行。上一次，他在密閉的房間裡殺人，這一次，他在開闊的海岸邊，當著幾百個遊客的面殺人。可是我們居然連一個目擊者，一絲半點的線索都沒找到。當真是乾淨俐落、技藝超群。不得不說，這個惡魔的本事實在讓人驚嘆。

# 匪夷所思

每次我讀小說時，看到善良無知的主角不停地犯錯，總會急得抓耳撓腮，想著我要是他，肯定不會這麼蠢。可是，讀者們啊，當你們在看我寫的這篇故事時，當你們看到我這個稀里糊塗的主角，說是要當偵探查出真相，卻一件偵探的事都沒幹，只是由著深山木這個喜歡故弄玄虛（這實在是一個壞毛病）的傢伙隨意擺布時，肯定也急得想打人吧！其實，我真不想這樣繼續照實寫下去，因為這會將我的蠢笨徹底顯露於人前。可是那時，我還是一個毛頭小子，什麼都不懂，有什麼辦法？所以，請讀者們原諒，我只能讓大家繼續替我著急了，因為實際情況確實如此啊！

言歸正傳，現在我要把深山木幸吉慘遭殺害的詳細過程，向大家交代清楚了。

當時，只穿著一條四角內褲的深山木和一群穿著泳裝的孩子們，在沙灘上嬉戲奔跑。我在前面已經說過，他非常喜歡小孩，經常像孩子王似的，和天真頑皮的孩子們一起玩耍。不過當時他鬧得那麼歡，顯然不只是因為他喜歡孩子，更重要的原因是他在害怕。那封字跡醜陋的恐嚇信上說「正午是最後期限」，這句話嚇到他了。一個40多歲、聰明絕頂的男人，居然會被一封嚇唬小孩的恐嚇信嚇到，這聽起來很可笑。但是，他如此畏懼，並非沒有理由。

他幾乎沒有向我透漏任何他查到的，與此相關的事實，所以我想像不出，這件事的背後到此藏著多麼可怕的秘密，能讓這樣豪放瀟灑的男子漢都慌了手腳。他的恐慌如此真實，連我都被傳染了。儘管海水浴場非常繁華熱鬧，周圍又有不少遊客，我仍然有一種莫名的詭異感和緊張感。忽然，我記起自己似乎在哪裡聽過這樣一句話：「真正高明的殺手，不是在僻靜處殺人，而是在人群中殺人。」

「我得保護深山木！」想到這兒，我立即離開沙丘，向他和孩子們玩鬧的地方走去。許是玩膩了捉迷藏，他們眼下正在水邊玩用沙子埋人的遊戲。深山木躺在一個大坑裡，三四個十歲左右的天真孩童正努力往他身上蓋沙子。

深山木像一個溫和叔叔，大聲嚷著：「來吧，再多蓋點。手啊、腳啊，要全都埋起來。呸、呸、呸，別弄我臉上，臉得露在外面。」

「叔叔，你別亂動，沙子都掉下來啦！乖乖的，我們給你多蓋點沙子。」

孩子們用手將沙子聚到一起，捧起來，蓋到他身上。深山木體型高大，想要完全蓋住並不容易。

距離他們大約兩公尺遠的地方，有兩個穿著整齊和服的婦人，打著遮陽傘，坐在報紙上，一邊休息聊天，一邊看著海裡的孩子。偶爾也會笑容滿面地朝深山木那邊看上一眼。她們和埋在沙坑裡的深山木距離最近。在她們對

面，還有一個漂亮的女孩和兩個小伙子也離深山木比較近。女孩穿著時髦的泳裝盤膝坐在中間，男孩兒一邊一個在沙灘上躺的筆直，三個人說說笑笑十分熱鬧。在深山木附近，只有他們算是停留了較長時間。

深山木身邊一直沒斷人，偶爾還有人會停下來，看熱鬧似的笑一笑。可是，沒有人走到他身邊、停在他身前。看到這種情景，我覺得深山木根本不必如此害怕，誰能在這種地方殺人？

深山木明顯還在為這件事心煩，看到我過來，憂心忡忡地問：「菖蒲君，現在幾點了？」

「11點52分，還有8分鐘。哈哈哈……」

「應該沒什麼事。你和附近這麼多人一起看著我，再加上這四個孩子，還有這座沙子堡壘的守護。任是什麼樣的魔鬼，也無法靠近我。哈哈哈。」

他的精神看起來好一些了。

我圍著他晃來晃去，想起剛才諸戶在這兒出現過，總有些不放心，便放眼整個沙灘，細細尋找起來。可是他一直沒再出現。後來，我站在離深山木大概五六公尺遠的地方，看著跳台上的青年們飛魚般躍進海裡的身影發起呆來。過了一會兒，我又回頭去看深山木。孩子們費了九牛二虎之力，終於把他完全埋進了沙坑裡，只露出一顆腦袋在外面。他雙眼凝視天空，一副故事裡印度苦行僧的模樣。

「叔叔，你還能站起來嗎？沙子是不是很重？」

「叔叔，你的臉真好玩，能站起來嗎，要不要我幫忙啊？」

孩子們嘻嘻哈哈地嘲笑深山木，不停地喊著「叔叔、叔叔」，可是不管他們怎麼喊，深山木都不搭腔，只是固執地盯著天空。我看了眼錶，12點02分。

「深山木，已經過了12點了，惡魔看樣子是不會來了，深山木，深山……」

我心下一驚，意識到深山木的樣子有些不對。仔細一看，這才發現他的臉上幾乎沒了血色，睜得滾圓的眼睛從剛開開始，已經好一會兒都沒眨過了。更詭異的是，他胸前的沙子上有一塊黑色的斑紋，而且一點一點地，正

不斷擴大。孩子們似乎也發現異常，全都沉默下來。

我連忙撲到深山木身邊，扶起他的頭用力搖晃。可是他的頭居然像木偶的頭一樣，完全隨著我的手勁在動。我將他胸前出現斑紋的沙子扒開，只見厚厚的沙子下有一個白色的手柄。周圍的沙子被血水泡得又黏又膩。我又扒開這層沙子，只見那把匕首齊根沒入，正中心臟，只留一個把手露在外面。

接下來的局面有多亂，大家可以自行想像，我便不再細說了。無論如何，深山木週日在海水浴場慘遭殺害的事，都成為當地的一大奇聞，畢竟他的死是在眾目睽睽下發生的。我站在蓋著草席的屍體旁，在幾百個年輕男女興致勃勃的目光下，接受警察的詢問。後來，檢察官們勘察過現場，我和他們一起將深山木的屍體送了回去。我覺得很丟臉，也很沮喪，心亂如麻。然而，就算是在那樣的情況下，我仍然能在密集的圍觀群眾中，一眼就看到諸戶道雄的臉。他略顯蒼白的面孔，給我留下深刻的印象。看熱鬧的人將事發現場擠得水洩不通，他站在人群外，死死地盯著深山木的屍體。運送屍體的時候，我總是覺得自己被惡魔盯上了，它的視線無處不在。深山木被殺時，諸戶不在現場，這一點毫無疑問，所以我沒有理由再懷疑他。可是他種種詭異的行為，又是因為什麼？

還有一件事，也算是意料之中，必須寫一下，就是我們將深山木的屍體送到他家時，發現他本就不太整潔的起居室，像颱風過境一般，被人翻得亂七八糟。不用說，肯定是歹徒趁他不在家時，來找過那樣「東西」。

檢察官就深山木遇害的事，對我進行詳細地盤問，我一五一十，交代所有的事。不過，可能是出於某種神奇的預感（其中的意思，讀者以後自會知道），只有深山木把恐嚇信裡說的那樣「東西」快遞給我的那件事，被我隱瞞下來。當他們向我問起那件「東西」的時候，我表示自己對此一無所知。

審問結束後，深山木的鄰居幫我給他的幾個朋友送了信，和我一起準備喪葬事宜。忙忙碌碌折騰了好一會兒。最後，我把這裡的事託付給了隔壁的一個大嬸，自己在晚上8點坐火車回了家。至於諸戶是什麼時候走的，這段時間內又做了些什麼，我理所當然地，也是一無所知。

警察的調查沒有任何進展，完全找不到凶手。和深山木一起玩的四個

孩子（三個來自海岸附近的中產家庭，一個是和姐姐從東京過來玩的）都表示，沒有人靠近過被沙子埋起來的深山木。這些孩子已經10歲了，若是有人當著他們的面殺人，怎麼可能看不到？再者，離他們不過兩公尺遠的那兩個太太也說，沒看見有可疑的人接近深山木。以她們所在的位置來說，真有人接近死者，她們不可能看不到。此外，附近的其他人也紛紛表示，沒看到任何可疑的人。

我也和他們一樣，沒看到可疑的人。我離深山木不過五六公尺遠，中間確實有一會兒，看年輕人跳水有些入迷，可是真有人接近並殺了他，我只用餘光也能看到。我必須承認，這宗殺人案十分詭異，簡直像是一場噩夢。眾目睽睽之下，沒有一個人看到凶手的影子。難道是人眼看不到的幽靈，將那把匕首深深地插進了深山木的胸口嗎？我心裡忽然閃過一個念頭，難道這把匕首是被人從遠處扔過來的？不，以當時的情況而言，這種猜想根本實現不了。

值得注意的是，鑑識人員發現深山木胸口的刀痕的和初代胸口的刀痕非常像。除此之外，兩個案子還有一個共同點，就是作案凶器都是一把白柄匕首，而且都是在市面上隨處可見的、同一種便宜貨。換言之，殺害深山木的凶手和殺害初代的凶手，很可能是同一個人。

可是，這個凶徒難道會魔法嗎？否則，怎麼會有這樣來無影去無蹤的本事。一次是像幽靈一樣，潛進了完全密閉的房間，一次是在人群中，在數百人的眼皮子底下，像風一樣逃得蹤跡全無。我不信鬼神之說，可是親眼看到這兩宗不可思議的殺人案，不知為什麼，我有一種遭遇了地獄幽靈的恐怖感。

# 沒有鼻子的乃木大將

現在，因為失去重要的引導者，我不知道該怎麼報仇、怎麼查下去了。

更糟糕的是，深山木死前沒有跟我透漏過任何他已經查到或他推理出來的事。他死之後，我一點對策都沒有。他倒是說過幾句暗示性的話，可是我太過蠢笨，根本想不明白這些暗示背後的深意。

與此同時，我的復仇大業卻有了更重要的意義：以前，我只需為我的愛人復仇，現在我還要為我的好友兼前輩復仇。對他痛下殺手的，雖然是那個藏在暗處、面目模糊的凶徒，可是讓他陷入險境的那個人，卻是我。如果不是我讓他調查初代的案子，他怎麼會被人殺死。我無論如何都要找出凶手，只有這樣，我才能從對深山木的愧疚中走出來。

在遇害前，深山木說他把恐嚇信裡提到的那樣「東西」——它是深山木拼死想要保住的東西——用掛號小包寄給我。那天我回到家，果然收到了一個包得嚴嚴實實的小包裹。我打開一看，居然是尊石膏像。

這是一尊乃木大將的半身像，用顏料塗成青銅質感，幾乎在所有雕像店裡都能找到。它看起來斑駁破舊，很多地方都因為掉漆，露出下面的白色石膏。這位軍神的鼻子掉了一半，這讓他看起來有些滑稽。缺了鼻子的乃木大將？羅丹似乎有一個類似的作品，想到這兒，我不由得產生一種古怪的感覺。

可是，我完全不知道這件「東西」意味著什麼，為什麼深山木寧願賠上性命也要保住它。深山木讓我「一定要保管好，別弄壞了」，還說「千萬別讓人知道它很重要」。我無論如何也想不出這半身像到底有什麼秘密，最後只能嚴格按照死者的意願行事。為了不讓人發現它，我把放在裝雜物的收納箱裡。警察連這件東西是什麼都不知道，所以我也不用著急把它送走。

雖然我心裡急得冒火，可是之後一個星期的時間，除了為深山木的葬禮忙了一天，我幾乎什麼都沒幹，只是每天不情不願地去公司上班。下班之後，我會去初代的墓地，向我死去的戀人訴說剛剛發生的這宗詭異的凶殺案。我不想回家，因為回去也睡不著，所以去墓地看過初代，便在街上晃來晃去地消磨時間。

這段時間沒發生什麼異常的情況，只有兩件小事，我得向讀者交代一下。一個是，有人趁我不在，偷偷潛入我的房間翻動過我抽屜和書櫃裡的東

西，這是我從一些細微的痕跡中發現的，總共有兩次。我這個人不是十分細心，所以也沒什麼切實的把握。但是我能感覺到屋子裡一些物品的位置，比如書櫃裡書籍的擺放順序，和我出門前不太一樣。我問家人是不是動過我的東西，大家都說沒有。我的房間在二樓，窗戶緊挨著鄰居家的屋頂，若是有人想從那裡潛進我的房間，想來難度不大。我懷疑自己有些神經過敏，卻始終無法壓下心裡的不安。忽然想起那個缺了鼻子的乃木將軍，連忙把裝雜物的收納箱打開檢查了一下。它還好好地待在那裡。

還有一件事，有一天，我沿著郊外的一條小路——我經常在那條路上閒逛——從初代的墓地往回走，正走到鶯谷站附近，那裡有塊空地搭著曲馬團[1]的帳篷。我喜歡那裡的古典樂曲和風格奇特的宣傳畫，以前曾經專門停下來欣賞。不過那天晚上，當我從曲馬團門前經過時，忽然看到諸戶道雄從小木門裡快步走出來。他應該沒看到我。他穿著筆挺的西裝，我可以確定那是我的朋友，性格有些特別的諸戶道雄。

雖然沒有確切證據，但是因為以下情況，我對諸戶的懷疑卻越來越深了：首先是初代死後，諸戶曾經多次到木崎家拜訪，他為什麼要這麼做；其次，他買了那個景泰藍花瓶；第三，深山木遇害時，他在現場出現過，如果這只是巧合，那也太巧了，而且他當時的行動也很可疑；最後就是，他怎麼會來鶯谷看馬戲表演，要知道這和他的住處根本是兩個方向，這不是太奇怪了嗎？

除了這些外在事實，我認為諸戶心理上的動機也十分明顯。雖然有些羞於啟齒，但是他對我確實有一些常人無法理解的深沉愛意。他很可能是因為這個，才裝模作樣地對初代展開求婚攻勢，這一點並非無法想像。求婚失敗後，他意識到自己真正的情敵是初代，一時衝動便偷偷把她殺了，這一點也不是毫無道理。如果初代真是被他所殺，被我請來調查這件案子而且以快得

---

1. 曲馬團是進行騎馬表演的雜技團，明治四年開始因為西洋雜技團的湧入而受到壓制，逐漸被現代馬戲團吸收。——譯注

讓人意外的速度查出凶手的深山木幸吉，就成為他的一大威脅，必須及早除去。為了遮掩第一宗殺人案，他不得不又犯下了第二宗殺人案，這樣推理，應該可以成立吧！

深山木一死，我除了懷疑諸戶，再沒有別的線索可以跟進，也找不出其他的偵查方向。我絞盡腦汁，只想到一個辦法，接近諸戶找到證據，以證明我的猜測。所以，在深山木死後的第二個星期，我下定決心：一下班，就去池袋拜訪諸戶。

# 再見怪老頭

連著兩個晚上，我去諸戶家拜訪。第一天晚上諸戶不在，我只能空手而回，十分沮喪。沒想到第二天晚上，卻有一個意外的收穫。

7月中旬本就到了熱的時候，那天晚上熱得出奇。當時，池袋遠不如現在熱鬧，剛過師範學校，便迅速荒涼下來。我沿著馬路往前走，四周一片漆黑，像是走在田間的小路上。道路兩邊，一邊是參天大樹，一邊是蕭瑟的平地。黑暗中，只有這條路泛著幽暗的白光。我藉著邊上稀稀落落的燈火，目不轉睛地盯著腳下的路，越往前走，越是心慌。不知為何，那天晚上（其實太陽才剛落下）街上的行人極少，偶爾有人從我身邊過去，我也像遇到鬼怪般，心驚肉跳。

前面說過，諸戶家住的很遠，下了車，還要步行半里多地。我走了一半，忽然發現前面有一個怪模怪樣的東西在往前挪。那是一個人，身高只有常人的一半，肩背卻比常人寬很多。他走路的時候，全身都在左右搖動，他腦袋的位置低得嚇人，身體每這樣搖晃一次，頭就像紙糊的老虎頭一般忽左忽右地晃動一陣。走路對他來說，像是一件十分吃力的事。讀者看我這樣描述，可能會以為他是一個侏儒，其實不是。他比常人矮，是因為他腰彎得太厲害，上半身從腰開始大概折了45度角，所以從後面看才那樣矮。換言之，

他是一個佝僂得十分厲害的老人家。

我一看到這個鬼怪般的老頭，就想到初代曾經和我說過的那個怪老頭。我本來就疑心諸戶，又在這裡碰到他，心裡不由得十分驚訝。

我小心翼翼地跟在他身後，盡可能不讓他發現。這個老頭果然在朝諸戶家那邊走。他拐進一條岔路口，路更窄了。我已經可以確定他要去諸戶家，因為這條路只通向他家。前面隱約已經能看到諸戶家的西式洋房，不知為什麼，今晚他家所有窗戶都亮著燈。

老人在諸戶家的鐵門前想了半天，最終還是推開門，走了進去。我連忙跟在他身後，也進了大門。可是那老人，眨眼間就不見了，玄關和大門之間有一片灌木叢長得極密，不知他是不是躲在了那裡。我靜靜地站在一邊四下張望，又等一會兒，老人還是沒有現身。我不確定在我進入大門之前，他是進屋了，還是躲到了灌木叢裡。

我盡可能在不被對方察覺的情況下，把前院搜了一遍，始終沒找到人，就像憑空消失了一般。難道他進屋了？我決定直接和諸戶見面，聽聽他怎麼說。於是。我走到玄關前，按下了門鈴。

不一會兒，年輕的學生助理（我們之前就認識了）便打開門，走了出來。我說要見諸戶，他讓我稍等，逕自去找諸戶稟告。很快，他折回來，將我帶去了隔壁的會客室。屋裡的牆紙和擺設，搭配得十分協調，可以看出主人高雅的品味。我剛在柔軟的沙發上坐下，諸戶便紅著臉、興匆匆地走了進來，看著像是喝醉了酒。

「啊，你來了，歡迎！歡迎！上次在巢鴨我有點不舒服，真是太失禮了……」

諸戶用悅耳的男中音和我打招呼，看起來非常高興。

「那之後，我們在鎌倉海邊，不是又見了一次嗎？」

或許是因為我已經下定了決心，要和他開誠布公地談談，說起話來居然十分俐落。

「什麼？鎌倉？啊，是，當時我看到你了。可是那時太亂了，我不好和你打招呼。聽說死者是深山木，你和他很熟嗎？」

「嗯，我讓他幫我查初代被殺的事。他是一個非常優秀的業餘偵探，就像福爾摩斯那樣。他馬上就要查出凶手，可是居然遇到這樣的事，我非常難過。」

「和我猜的差不多。他很優秀，太可惜了。哎，你吃飯了嗎？因為有貴客登門，廚房那邊還在做飯，你要是願意，咱們一起吃頓飯吧！」

諸戶像是想換個話題。

「不，我已經吃過了。你還沒吃嗎？先去吃，我等一會兒，你別客氣。不過你說有貴客登門，是一個老頭嗎？背駝得很厲害。」

「什麼，老頭？不，不是，是一個小孩。你別客氣，一起去餐廳坐坐也行。」

「真的？可是我來的時候，明明看見有一個彎腰駝背的老頭，推開門走進來了。」

「哦？那太奇怪了，我沒有哪個親友是駝背的老人家啊！你確實看見那個人進了院子嗎？」

諸戶不知為什麼，看起來十分緊張。他請我去餐廳一起吃飯，我堅決不肯答應，他拗不過我，只好把那位學生助理叫過來，吩咐說：

「客人正在餐廳用飯，你去招待一下，和婆婆一起陪著，盡量哄著他，以免他覺得無聊想要回家。有玩具嗎？……對了，給這位客人拿些茶點過來。」

學生助理離開以後，他勉強擠出笑臉，轉回頭同我說話。就在這時，我忽然發現牆角放著一個景泰藍花瓶。他膽子真大，居然把那東西明晃晃地擺在外面，太讓人吃驚了。

「那個花瓶真漂亮，就是看起來有些眼熟。」我一邊說，一邊偷偷打量諸戶的表情。

「啊，那個花瓶，我是在初代小姐家隔壁的舊貨店買的，你見過也不奇怪。」他鎮定自若地回答道。

我沒想到他如此沉著，心裡又驚又怕，想著自己無論如何，也不會是他的對手。

# 意料之外的業餘偵探

諸戶藉著酒勁，柔聲抱怨道：「我們好久都沒坐下來好好談談了，說實話，我一直很想見你。」他臉頰緋紅、神采奕奕，在長長的睫毛下，清亮的眸子帶著醉人的媚意。「上次在巢鴨，我就想向你道歉的，只是話到嘴邊卻沒有說出口。我很抱歉，是我對不起你，不知道你能不能原諒我。這都是因為我太愛你了，不想你被別人搶走。不，我這麼說太自私了，你不會又像以前那樣生我的氣吧？可是，我對你是真心的，這一點你一定知道。我控制不了我自己……你肯定生氣了，對不對？」

我板著臉問：「你說的是初代小姐的事嗎？」

「是。我非常嫉妒她，嫉妒她能和你在一起。以前，你雖然不理解我的心情，不接受我的愛，你的心裡卻沒有裝著任何一個人。可是，自從你遇到初代，你對我的態度就完全變了。你還記得上個月，我們一起去帝國劇院看戲的事嗎？那天晚上，我幾乎無法直視你的眼睛，因為你的眼神裡全是美夢成真的欣喜。你真的很殘忍，居然能笑容滿面地同我說初代小姐如何如何，你能想像我當時的心情嗎？真抱歉，我總是說自己沒有權利責備你，是啊，我哪有那樣的權利？可是，你的樣子讓我非常絕望，痛苦至極。我恨自己愛上你，可是我更恨自己會產生這種不容於世的感情，我為什麼不能像常人那樣喜歡女人？從那之後，你就開始疏遠我了，我給你寫了那麼多信，你連回都不回。你以前對我雖不太熱情，但總還會回信給我的。」

喝醉酒的諸戶，簡直變成一個雄辯家。他像女人一樣抱怨個沒完，我要是再不吭聲，他怕要滔滔不絕地一直說下去了。

「所以，你就裝模作樣地跟初代求婚了？」我火氣上湧，當即打斷了他的長篇大論。

「看吧，我就說你會生氣。這件事是我做錯了，你想怎麼罰我都行。只要你能解氣，我什麼都能接受，不管是用腳踩我的臉，還是別的更過分的事。」

諸戶的聲音十分悲傷，可是我卻無論如何都無法壓下心頭的怒火。

「你說了這麼多，全是你的感受，你又管過別人嗎？你怎麼能這麼自私？初代是我一生的摯愛，誰都無法取代她的位置，你居然，居然⋯⋯」

我越說越覺得悲涼，眼淚不住上湧，再也說不下去了。諸戶看我滿眼是淚，一把抓住我的手，不停地喊著：「我錯了，我錯了，你原諒我吧！」

「這種事，我怎麼原諒你？」我推開他炙熱的雙手，大聲喊道：「初代死了，一切已成定局，我被推進了黑暗的深淵裡。」

「我非常理解你的心情。可是，你比我幸福得多，不是嗎？我那樣熱烈地向她求婚，對她有養育之恩的母親言辭懇切地勸說，都沒有讓初代小姐改變心意。她一心一意只想和你在一起，為此可以承受任何阻撓和壓力，她對得起你的愛，你付出心意得到百分之百的回報。」

「你說的是什麼話？」我泣不成聲，「是，她愛我。她這樣愛我，所以失去她之後，我才會如此痛苦。你要這樣說嗎？因為初代拒絕了你，你不甘心，所以⋯⋯」

後面的話，我無論如何也說不出口。

「嗯？你說什麼？啊！你在懷疑我，你居然認為我會做出這樣可怕的事？」

我忽然放聲痛哭，一邊哭，一邊斷斷續續地喊著：「我真想殺了你！我要殺了你，殺了你！你跟我說實話，我求你了，跟我說實話！」

「我做了什麼啊！我對不起你！」諸戶再次抓住我的手，輕輕摩挲著，想讓我平靜下來，他說：「我不知道，失去愛人會讓你這樣痛苦。可是，蓑蒲君，你真的誤會我了，相信我吧，我怎麼會殺人？無論如何，我都不會那樣做的啊！」

「我問你，那個可怕的老頭子怎麼會來你家？初代小姐曾經見過那個人，他出現沒多久，初代就死了。還有，深山木遇害那天，你為什麼鬼鬼祟祟地出現在那裡？你去鶯谷的曲馬團幹什麼？你可從未跟我說過你對那種東西感興趣。再有就是那個景泰藍花瓶，你為什麼買它，據我所知，它和初代的死是有關聯的。還有，還有⋯⋯」

我像瘋了一樣把所有事都說了。說到最後，因為太激動，臉色發白、渾身發抖，像得了瘧疾一般。

諸戶急忙繞到我身邊，坐到我的椅子上，伸出雙手緊緊地抱住我，柔聲在我耳邊說道：

「怪不得你會懷疑我，這裡面確實有太多讓人意想不到的巧合了。但是你聽我說，這些巧合我都可以解釋的。我應該早點跟你說清楚的，這樣，我們就能攜手解決這件事了。蓑蒲君，我也在自己查這個案子，就像你和深山木那樣。我這麼做，是因為我覺得自己對不起你。真的，我和那件案子沒有任何關係。我向初代小姐求婚，讓你備受折磨，初代小姐死後，你又這樣可憐，我想著，若是能抓到真凶，你多少能好過一些。再有就是初代的母親，她本不該受到懷疑的，是我向初代求婚，惹得她和初代爭執不休，最後被檢調給抓走了。換句話說，如果不是因為我，她也不會受到懷疑。所以，我想找出真凶，還她清白。當然，這個理由現在已經不成立了，你應該知道，因為證據不足，初代小姐的母親被放回來了。這還是她昨天過來，親自和我說的。」

雖然他說的頭頭是道，語氣也十分溫柔誠懇，可是我心裡的懷疑太深，不會那麼輕易地就相信他。說起來有些臉紅，當時我在諸戶懷裡，就像一個無理取鬧的孩子。事後想來，這主要有兩方面的原因；一個是我覺得在別人面前嚎啕大哭，有些不好意思了，想藉此遮掩一下；一個是我潛意識想要依賴深愛我的諸戶。

「我不信，你怎麼能做偵探做的事？」

「這話說得也太奇怪了，我怎麼就不能做偵探？你是覺得我不知道該怎麼做嗎？」看我沒那麼激動了，諸戶像是稍微安心了一些，他說：「你別小看我，我或許能成為一個非常優秀的偵探。你也知道，我有一些法醫知識。還有……啊，對了，差點忘了這件事，我有辦法讓你相信我了：你剛才不是說，這個花瓶和殺人案有關嗎？果然目光如炬。這是你的想法，還是深山木跟你說的？你應該不知道它和那件案子到底有什麼關係吧？問題的關鍵不是這個花瓶，而是和它成對的另一個。初代遇害那天，有人從舊貨店把另一

243

孤島之鬼

個花瓶買走了，這件事應該已經查到了。啊，這就可以證明，我不是凶手，而是在查案的偵探了，不然我買這個做什麼？我買它，是為了研究花瓶的特點。」

聽到這兒，我有了繼續傾聽的欲望。我覺得他說的很有道理，不像是假的。

我窘迫地說：「如果你沒騙我，我向你道歉。可是，你真的像偵探那樣去查這個案子了嗎？有什麼發現沒有？」

「有，而且是重大發現。」諸戶得意洋洋地說，「我大致已經推斷出凶手是誰，就差把他送去警察局了。只是我不知道他為什麼要連殺兩個人。」

「什麼？連殺兩個人？」我嚇了一跳，也顧不得害羞了，連忙問，「你的意思是，深山木也是被那個人殺死的？」

「應該是。如果我的推斷是正確的，這確實是一件古怪至極的事，稱得上史無前例。誰能相信世界上還有這樣的事？」

「你說，他是怎麼在沒有入口的情況下進入初代房間的？又是怎麼在眾目睽睽下殺人的？」

「嗯，這個案子是挺嚇人的。因為從常識的角度看，它根本無法實現，可是凶手偏偏輕而易舉就做到這一點。這個案子最嚇人的地方，就在這裡。而想要破案，第一個（也是最重要的一個）切入點就是，凶手如何把不可能變成可能的。」

我等不及他一一細說，心急地又問了一個問題：

「凶手是誰？我們認識他嗎？」

「你應該認識，但是絕對想不到。」

啊，對於諸戶道雄即將出口的話，我模模糊糊居然有了一些猜測。那個古怪的老頭到底是誰，他來諸戶家做什麼？現在又藏到了哪裡？諸戶為什麼會出現在曲馬團的角門口？景泰藍花瓶和這個案子到底有什麼關係？諸戶的嫌疑已經完全洗清了，可是我越覺得他可信，這種種疑問就越是在我腦袋裡，像雲如霧一般翻騰不休。

# 盲點的作用

事情忽然起了變化。

我一直認為諸戶道雄和這個案子有關（理由我在前面已經說過了），所以專門去他家想要問出真相。沒想到，和他聊過之後，我居然發現他非但不是凶手，還是一個業餘偵探。他和死去的深山木幸吉一樣，都在追查這個案子。

他還說自己已經查出真凶，並準備告訴我對方是誰。深山木活著的時候，我就十分欽佩他敏銳的偵查能力，沒想到諸戶道雄也是個中高手，甚至比深山木更出色，我不由得更吃驚了。我和諸戶很早就相識，我知道他喜歡同性，是一個讓人寒毛直豎的解剖學者，是一個特立獨行的人，可是我怎麼也想不到，他還能當一個偵探。驟然轉變的局面，讓我目瞪口呆。

在此之前，讀者可能覺得諸戶十分神秘，其實對當時的我來說，也是這種情況。他和世間的普通人並不一樣，所作的工作也非常特殊（關於他工作的詳細情況，我們以後還會細說），除此之外，他還是一個同性戀者。他的神秘莫測或許與此有關，但貌似又有其他理由。我總是覺得他不像表面上那樣溫柔和善，骨子裡有一種難以想像的邪惡，周身環繞著可怕的邪魔之氣。忽然間，他又變成一個業餘偵探，這讓我多少有些難以相信。

不管怎麼說，作為偵探，他的推理毫無破綻。而且他的每一個表情和每一句話也都告訴我，他是好人。所以，我心裡雖然還有一絲戒備，卻慢慢相信了他的話，並聽從他的指示了。

我又問了一次：「你說凶手是我認識的人？這太奇怪了，我完全沒有頭緒，你快點跟我說說吧！」

「我要是直接把答案告訴你，怕你也無法相信。這樣吧，雖然稍顯麻煩，但請你耐心些，聽聽我的推理過程，聽聽我這個業餘偵探是怎樣費盡千辛萬苦，才得出這個結論，好不好？當然，這不是說我冒了多大險，或者四處打探消息受了多少累。」諸戶現在已經完全鎮定下來了。

「行，你說吧，我會好好聽的。」

「這兩宗凶殺案，乍一看原本都不可能發生：一個是在密閉的空間裡，照理說，凶手根本無法進出；一個是在青天白日、眾目睽睽之下，卻連一個目擊者都找不到。所以，它們都是不可能的事。可是現在，不可能的事已經變成現實，所以我們只能仔細研究『不可能』本身，這是最重要的事。當我們把不可能拆解開，或許能看到藏在裡面沒有任何奇妙之處的魔術機關。」魔術機關，我忽然想到深山木也曾經用過這個詞，我因此對諸戶的推斷更加期待了。

「這其實非常荒唐（這句話，深山木也說過）。荒唐到，我都不敢相信自己的推斷了。如果只發生一次，我肯定不會相信，可是在深山木遇害的案件裡，我又見到這種手法，所以我知道我的推斷並未出錯。我說它荒唐，是因為這種騙術只能騙騙小孩子。凶手能想到這樣的辦法，我不得不說他的膽子實在是太大了，但是這個點子，以其本身而言，也確實有其高明之處。可以說，凶手能夠逃脫，全靠了這個障眼法。應該怎麼說？這件事其實隱藏著常人難以想像的獸性，它非常醜惡和冷酷。乍一看，荒謬絕倫，卻是只有惡魔才能實現的犯罪，正常人根本連想都想不到。」諸戶說得義憤填膺，看起來十分激動。說到此處，他忽然沉默下來，用深沉的目光盯著我的眼睛。這時，我發現他的目光中不是平時的溫柔與深情，而是濃重的畏懼。受他影響，我忽然也害怕起來。

「我的思路是，初代小姐，就像大家看到的那樣，是在密室裡遇害的。當時，所有門和窗戶都從裡面鎖上了，凶手根本無法隨意進出。如此一來，凶手要嘛原本就在屋子裡，要嘛殺人後根本沒離開。初代小姐的母親之所以受到懷疑，也是基於這個理由。可是，以我瞭解的情況而言，初代母親既不會是凶手，也不會是幫凶。因為一個母親無論如何也不會殺掉自己唯一的女兒，所以我斷定這種『不可能』只是表面上的，它背後其實藏著一個難以察覺的機關。」

諸戶說得十分激動，我卻無法擺脫心底的疑慮。諸戶對初代小姐的事，太熱心了。他為什麼這麼做？難道是可憐我失去戀人，或者他天生喜歡當偵

探。可是單憑這兩個理由，就能讓他如此熱心嗎？我覺得不會。後來我才知道，他如此積極確實有一些其他原因。可是我當時不知道為什麼，既沒有問，也沒想辦法把它壓下去，只是由著它在心裡時隱時現。

「就像做代數題，有時你花了一整晚，寫了好幾張紙，卻無論如何都解不開。你開始懷疑這道題有問題，覺得它原本就無法可解。然而，你忽然靈光一閃，發現只要換個角度，這個問題很容易就能解開了。之前解不開，其實是陷入思維的盲點，像被巫術迷了眼一般。在我看來，初代小姐的事，也需要換個角度去想。通常我們說『沒有入口』，指的是房子外面沒有入口可進。初代小姐遇害時，門和窗戶均已上鎖，院子裡沒有腳印，天花板沒有異常，地板下面又釘著鐵絲網，誰又能從外面進去？也就是說，外面沒有可以通向屋內的常規入口。問題就出在『從外面進去』這個想法上。人們之所以覺得這件事不可能，是因為一開始就抱有這種想法：凶手是從外面潛入屋內，又從屋裡逃去了外面。」

學者諸戶說得口沫橫飛，我聽得也很入迷，可是因為他太喜歡故弄玄虛，言辭中又有不少學術性的語言，所以我呆愣愣的，有些似懂非懂。

「你或許要問，凶手若不是從外面進去的，那是從哪兒進去的？當時屋裡只有初代小姐和她的母親，凶手不是來自外面，難不成初代真的是被她母親所殺？結果繞了一圈，又回到原點。其實，這件事一點都不複雜，說到底只是日本的建築問題。哎，你還記得吧，初代小姐家並不是獨立的房屋，而是和隔壁舊貨店連在一起的。那一片只有這兩棟平房，非常顯眼，你應該不會忘。」

諸戶看著我，露出一個古怪的笑容。

我大吃一驚：「你是說，凶手進出的入口在隔壁？」

「是，我們有足夠的證據可以證明這一點。在日式建築中，連棟房屋不僅屋子是連著的，連閣樓和簷廊也是連在一起的。我時常會想，住長屋的日本人，就是把前後門鎖得再嚴實又有什麼用？因為閣樓和簷廊是有通道相連的啊，你放任這裡不管，所謂關緊門戶，也只是裝個樣子罷了？說起來，日本人還真是樂天知命、心胸開闊啊！」

「可是⋯⋯」我心裡的疑問壓也壓不住：「隔壁開舊貨店的老倆口，人非常好，而且，你也聽說了吧，那天早上，還是周圍的鄰居發現初代小姐死了，吵吵嚷嚷地去敲他家的門，把兩位老人叫起來的。此前，他們家的門窗也都關得極牢。老人打開門時，門口已經聚集不少看熱鬧的群眾，而那家舊貨店也成為接待室。在這種情況下，就算凶手真是從他家進出的，也沒機會跑啊！你不會覺得那老倆口是藏匿凶手的幫凶吧？」

「你說得對，我起初也是這樣想的。」

「不止如此，還有一點也很清楚：如果凶手是從閣樓進去的，那閣樓上的灰總會留下些腳印或其他痕跡，可是警察已經查過了，那上面沒有任何異常。再有就是廊簷下面，那裡也釘上了鐵絲網，根本過不去人。凶手總不會是掀了地板、扒開榻榻米，爬進去的吧？」

「當然不會。他走的是另一條更加便捷的路。那條路非常普通，正因為太普通了，人們反而沒有注意，簡直像在招呼大家從那兒走一般。」

「不是天花板上，也不是簷廊底下？難道是把牆砸了？」

「怎麼會，我們得換一條思路。砸牆、撬地板，免不了要留下痕跡，走那條路卻不用這麼大費周章，完全可以大方地隨意出入。你看過《失竊的信》嗎？那是愛倫・坡寫的一篇小說。說是有一個男人想要藏一封信，他非常聰明，認為藏東西的最高境界，就是不藏。他把信就放在牆上的信袋裡，結果警察幾乎翻遍整個屋子，都沒有找到那封信。換一個角度，我們便可以得出這樣一個結論：在凶案現場，最容易被忽視的，其實是每個人都能看到的、最明顯的地方。要我說，這就是盲點的作用了。初代小姐案子也是這樣。真可笑，那麼顯眼的地方，怎麼誰都沒有想到？說到底，只是因為所有人都被『凶手是從外面進來的』這種先入為主的想法束縛住了，只要換個思路，想想凶手會不會是『從裡面』來的，馬上就能有所發現。」

「我發現不了，你別賣關子了，凶手到底是從哪兒進出的？」

我懷疑他在逗弄我，不覺有些惱火。

「嗯，所有的長屋都有一個特點，就是廚房的地板下有一個三尺見方拉板，裡面是存放木炭、柴禾的地方。那裡沒有隔斷，直通簷廊底下，我說

得對吧？誰會想到會有凶徒從那裡進入房子內部？所以，就算主人家非常小心，把通向外面的地方都釘上鐵絲網，也不會想到，要把這個地方鎖起來。」

「你的意思是，殺害初代的凶手走的是拉板這條通路？」

「我去了初代家幾次，可以確定她家廚房裡有拉板，拉板下面也沒有隔斷，直通所有簷廊底下。換句話說，我猜凶手是從隔壁舊貨店廚房的拉板進入，穿過簷廊下的通道，再從初代家廚房的拉板下爬出來，進入初代房間的。然後，他又用同樣的方法逃了出去。」

初代被殺的謎團，若是按照這個思路去想，確實很容易就能解開。諸戶的推理有條有理，嚴絲合縫，讓我欽佩不已。但是我仔細一想，又發現凶手進入的謎題雖然已經解開，卻還有很多重要的問題，尚不清楚。比如，舊貨店老闆怎麼沒有發現凶手的異常？看熱鬧的人那麼多，凶手是怎麼當著他們的面逃走的？凶手究竟是誰？諸戶說我認識他，是誰呢？諸戶的說辭太過隱晦，弄得我心急如焚。

# 魔瓶

「唉！你的性子也太急了，耐心一點聽我說嘛！你想找出凶手，為初代小姐和深山木君報仇，這我都知道，也願意幫忙。可是你得讓我把自己的想法抒順、講清楚啊！畢竟我的推理也未必全對，你聽完，或許能給我一些意見！」

諸戶不許我再胡亂發問，像作報告一般，慢條斯理地繼續講道：

「你的問題，我也想過，還專門向附近的鄰居詢問過。以當時的情況來說，凶手簡直是在舊貨店老闆和看熱鬧的那些人的眼皮子底下逃走的，這怎麼可能？舊貨店開門時，門口已經站滿了來看熱鬧的街坊鄰居。所以，凶手就算已經從簷廊下，透過舊貨店廚房的拉板，爬上來了，最多也就走到後

門或臨街的店面，卻沒辦法避開老闆夫婦和看熱鬧的人的眼睛，逃到外面。我這個業餘偵探也被這個難題困住了。這裡面肯定有什麼機關，是常人很難察覺的。就像廚房的拉板一樣。啊，你應該知道吧，初代小姐死後，我曾經去過她家好幾次，還向附近的鄰居問東問西。當時，我忽然想到一件事，案發後，舊貨店有沒有運出去過什麼東西？他家是做買賣的，鋪子裡什麼東西都有，這裡面或許有什麼東西被帶走了？所以我去鋪子裡查探一番，結果發現，案發那天早上，就在警察四處尋找線索、街坊鄰居亂成一團的時候，有人買走了一個花瓶，就是和這個花瓶成對的另一個。鋪子裡只賣出去這個大件物品，所以我斷定那個花瓶有問題。」

我忍不住插了一句：「深山木也說過這些話，可是我完全不知道這意味著什麼。」

「是啊，我也不知道，可是我就是覺得這裡面有問題。店鋪的老闆告訴我，一個客人在案發的頭一天晚上，付了訂金，並且將他要買的那個花瓶用細布包好了才走的。然後，第二天早上，便是專人上門抬走了花瓶。買花瓶和初代被殺，兩者在時間上的重合，讓人沒法不多想。」

「凶手不會是藏在花瓶裡吧？」

「不是。你可能不相信，其實我也懷疑過他藏在裡面。」

我走到放在房間一角的花瓶跟前，量了量它的口徑和高度，對諸戶說：「開玩笑吧，這怎麼可能？你看看這花瓶，最高也就兩尺四五，最寬的地方也只有一尺五左右。還有這瓶口，也太小了，我連腦袋都伸不進去，怎麼可能藏人，你當它是神話裡魔瓶嗎？」我越說越覺得，這個猜測非常荒唐，不由得哈哈大笑。

「魔瓶？是啊，它或許就是一個魔瓶！沒有人會想到這個花瓶能藏人，包括我在內。可是，事情就是這麼荒唐，我有理由認為凶手曾經在裡面藏身。為了方便研究，特地把剩下的這個花瓶買了回來。我前思後想，還沒研究出什麼結果，第二宗凶殺案就發生了。深山木遇害那天，我碰巧有事去鐮倉，半路上遇到你，便跟在你身後去了海邊，沒想到竟然目睹了深山木的死。我知道深山木在查初代小姐的命案，所以對這個案子做了多方面的研

究。初代小姐和深山木都是以一種非常離奇的方式被人殺死的，我於是想到，兩者之間會不會有什麼聯繫。因此，我提出一個假設，注意，在找到切實的證據以前，它只是一個假設，也可以說，它只是我說的一些胡話。可是，只有這個假設能讓這一連串的事件，變成一個嚴絲合縫的圓環，可以讓事情每個環節都說得通、理得順，於是我想它應該是可信的。」

諸戶盯著我的臉——他的眼睛因為酒精和亢奮變得通紅——舔了舔乾澀的嘴唇，繼續演講般滔滔不絕：

「為了方便理解，我們不妨把初代小姐的命案放在一邊，先從第二宗命案講起，因為我就是按照這個順序推理的。深山木在青天白日、大庭廣眾之下被人殺死，卻沒有人看到凶手是誰，什麼時候動的手。當時，海灘上有數百號人來來往往，他附近，算上你有好幾個人，大家不時就會往那邊看一眼，更重要的是，還有四個孩子跟他正在遊戲。可是，沒有人看到凶手，一個都沒有，這太不可思議了。簡直是超自然事件，根本不可能嘛！可是，死者胸口插著一把匕首，這是一個不可辯駁的事實，既然如此，就必定有一個凶手。這個不可能的任務，凶手是怎麼完成的？我做了種種設想，可是我的想像力再豐富，也只有兩種情況能讓這個不可能的事件變成可能。一種是，深山木忽然生出死念，然後自我了斷了。一種是，這種假設更加恐怖，在那四個不滿十歲天真無邪的孩子中，有一個假借玩沙子的機會殺了深山木。當時那四個孩子為了把深山木埋起來，正分散到各個方向拼命往回運沙子，若是有一個孩子想趁其他孩子不注意，藉著蓋沙子的機會，偷偷拔出藏在身上的匕首刺進深山木的心臟，想必不是難事。在被刺之前，深山木因為對方是孩子，根本沒有任何提防之心，而在被刺之後，他就是想叫，也叫不出來了。接下來，那個孩子為了遮蓋血跡和凶器，只要假裝什麼事都沒發生，繼續往他身上蓋沙子就行了。」

諸戶的設想近乎瘋狂，我被嚇得目瞪口呆，盯著他的臉，好一會兒都說不出話來。

「在這兩種情況中，我首先排除深山木死於自殺，因為無論從哪個角度講，這種情況都說不通。那就只剩一種情況了，即剩四個孩子中有一個是凶

手。雖然看起來讓人難以接受，但是除此之外，我們已經沒有別的解釋。而且，只要採納了這個說法，就同時解開這兩宗案子裡的所有謎團，將那些乍一看不可能的事，統統變成可能。比如，你口中的那個所謂『魔瓶』的事。所有人都認為，想把一個人藏在這個花瓶裡，非借助惡魔的神力不可。可是，我們會得出這個結論，完全是因為思維定勢的限制。每次說到殺人犯，我們最先想到的就是凶神惡煞的成年男人——犯罪學書籍上的插圖多半如此，這其實也是一種迷信。這種慣性思維，讓我們自動忽視孩子的可能性，誰會想到殺人的其實是一個孩子？幼童行凶，這個思維盲點讓凶手成功地變成一個隱形人。但只要我們注意到孩子也能殺人，花瓶的謎題馬上就解開了。那個花瓶是不大，但是藏一個10歲左右的孩子不是什麼問題。花瓶用布包著，瓶口被擋住了，所以裡面有什麼，誰也看不到。孩子還能從打結的地方進進出出，只要把繩結整理好，遮蓋住瓶口就行了。所謂『魔瓶』，有魔力的不是瓶子，而是瓶子裡的人。」

諸戶的推理環環相扣、脈絡清晰，他的講述也很有說服力。可是，聽到這裡，我還是有些不能置信。諸戶許是看出我臉上的遲疑，繼續說：

「你還記得吧，在初代小姐的案子裡，除了凶手潛入的路徑之謎，還有一個謎團，就是凶手在那麼危急的情況下，怎麼還有閒心拿走一盒巧克力？關於這一點，如果凶手是一個只有10歲的孩子，就說得通了。成年人喜歡鑽石戒指、珍珠項鍊，可是對一個孩子來說，裝在漂亮盒子裡的巧克力才是最討人喜歡的。」

「我不信。」我忍不住打斷他的話，「一個天真無邪，對巧克力沒有任何抵抗力的孩子，怎麼會去殺人，還連殺了兩個無辜的成年人？糖果和殺人，這反差也太大了，真是荒唐。在這個犯罪活動中，我們可以看出凶手是一個極端殘忍的人，他布局嚴密，準備工作細緻入微，行動時冷靜機智，殺人時又狠又準，你覺得這是一個稚嫩的孩童能做到的嗎？你的推理根本不符合邏輯。雖然說要大膽假設，可是你這麼說，也太牽強了。」

「你覺得古怪，是因為你把行凶的孩子當成這場凶殺案的策劃者。布局的人當然不會是那個孩子，這個案子背後藏著另一個人，一個真正的惡魔，

他才是真正左右這個案子的人，至於那個孩子，則是他訓練出來的殺人高手，一個機械工具。這個計畫如此新穎，想想就讓人寒毛直豎。誰會想到凶手是一個10歲的孩子？就算被發現了，孩子受到的處罰也比大人要輕得多。有些盜竊集團會訓練天真無邪的孩子，把他們變成真正的竊賊。這個計畫是對這種思想的極端運用。孩子可以藏在花瓶裡，被人安全地運出去，孩子可以讓謹小慎微的深山木先生不加提防。你可能會說，一個喜歡吃巧克力的孩子不會因為受到訓練就對人痛下殺手。可是，每一個兒童學家都知道，和大人相比，孩子其實意外的殘忍。孩子會活剝青蛙的皮，把蛇折磨得半死不活，這些成人無法接受的遊戲，卻能讓孩子喜笑顏開。對孩子來說，這些殺戮無需任何理由。在進化論中，兒童象徵著人類的原始時期，比成人殘忍得多。把這樣的孩子挑選出來，訓練成殺人機器，藏在暗處的真凶在作惡方面的智慧，還真是讓人嘆為觀止。你或許認為，再好的訓練也無法讓一個10歲的孩子，成為一個心狠手辣的殺人高手。是啊，這件事難度極大。那個孩子要悄無聲息地從簷廊地下穿過去，然後從拉板下方爬上來，潛進初代小姐的房間，迅速、準確地刺中對方的心臟，而不給對方留下一點呼救的機會，之後，他要原路返回舊貨店，在花瓶裡蜷縮著一宿；除此之外，他還要和三個不認識的孩子在海邊玩耍，要趁他們不注意，殺了深山木。這麼困難的事，一個10歲的孩子真能做到嗎？就算他能做到，他能在事後嚴格保密，不和任何人說嗎？有這些疑問，再正常不過。可是，現在我們面對的，是正常的情況嗎？只有不瞭解訓練的力量有多強大的人，不知道世間有很多荒唐事的人，才會有這樣的想法。中國的雜技師能讓五六歲的孩子腰身柔軟到，將頭從胯下伸出來；查理涅[1]的雜技師能讓不足十歲的孩子像鳥兒一樣，在兩個離地面足有3丈遠的鞦韆間，來回飛躍。如果真有一個喪心病狂的人，使盡

---

1. 朱塞佩‧查理涅（Giuseppe Ghiarini）出身於義大利最大的馬戲團家族，曾經在明治十九年和明治二十二年兩次帶著二十多名男女藝人和獅子、大象、老虎等動物出訪日本，表現雜技，對日本的雜技和曲馬等表演形式造成很大的影響。——譯注

千般手段教導一些不滿10歲的孩子如何殺人，你怎麼能斷定他們學不會？就像撒謊騙人一樣，有些乞丐為了刺激路人的同情心，會雇一些孩子讓他們假裝缺衣少食、飢寒交迫，假裝身旁的乞丐就是他們的親生父母，你知道他們扮的有多像嗎？你知道他們的演技有多好嗎？經過訓練的孩子，有時候連大人都比不上。」

諸戶的這套說辭，聽起來合情合理，可是我實在無法相信，或是說，我不願意相信。居然有人會利用天真無邪的孩子來實行血腥的犯罪，這太邪惡、太可怕了。我絞盡腦汁想要駁斥他的話。像竭力要從噩夢中逃出來的人一樣，茫然地用眼睛在房間裡四下逡巡。諸戶不再說話，屋子裡靜得嚇人。我在喧鬧的地方住慣了，現在四周一片安靜，總是覺得這間屋子像一個詭異的異世界。因為天氣炎熱，所有的窗戶都打開了，只是一點風也沒有。外面一片漆黑，像是一堵極其厚重的牆壁。

我的視線落到牆角的花瓶上。曾經有一個小小的殺人犯在這樣一個花瓶裡蜷縮了一宿，只要想到這，我心裡就感到一種莫名的壓抑。與此同時，我也在考慮諸戶的這番恐怖猜測，是不是真的無懈可擊。我直勾勾地看著那個花瓶，忽然靈光一閃，立即振奮精神，興高采烈地反駁道：

「我在海邊看到的那四個孩子，從身形上看，沒有一個能藏進這個花瓶裡。這個花瓶也就兩尺四五，孩子想要藏進去，只能蹲著，可是他若是蹲著，花瓶的寬度又太窄了。再有就是這個花瓶的口徑也很小，再瘦的孩子怕也鑽不進去！」

「這一點我也考慮過，還專門找了一個同齡的孩子試驗。不出所料，那個孩子確實鑽不進去。可是只從體積上看，這個花瓶是可以裝下一個孩子的，只要那個孩子能像橡膠一樣隨意彎折身體。不過，人的手、腳和身體，到底不是橡膠，所以很難藏進去。那個孩子千方百計往裡面鑽的時候，我忽然想起一件非常奇妙的事。很早以前，有人跟我說過，有一個越獄高手，只要給他一個腦袋那麼大的洞，他就能任意彎折身體，然後讓整個身體都過去。當然，這裡面可能有什麼特別的秘術。如果有人連那麼難的事都能做到，那讓一個10歲大的孩子藏在這個花瓶裡也不是不可能，畢竟這個花瓶的

口比孩子的頭大，花瓶的容積也夠用。要說什麼樣的孩子能做到這一點，我首先想到的就是兒童雜技師。他們從小就每天喝醋，身上關節和骨頭靈活得像海蜇一樣，想怎麼彎就怎麼彎。說到雜技，你知道嗎，我曾經看過一個表演，幾乎和這起案子一模一樣。那場表演看點是腳上的功夫：雜技師用雙腳頂著一個大罈子，罈子裡裝著一個小孩子，雜技師快速地蹬動雙腳，讓罈子飛速旋轉。你看過這種雜技嗎？罈子裡的那個孩子，要把身體扭成各種形狀，最後變成一個圓球。他們的身體非常柔軟，以腰為中心將身子折成兩半，然後將頭從兩膝間伸出來。一個能把身體團成一個球的孩子，想要躲進這個花瓶裡，想必不是什麼難事。凶手利用花瓶來設計罪案，或許就是因為他剛好認識一個這樣的孩子。想到這一點之後，我找了一個喜歡雜技的朋友瞭解情況，他告訴我，鶯谷附近剛去了一個表演這種雜技的曲馬團。」

聽到這兒，所有的疑問都解開了。和諸戶剛一見面，他就說家裡有一個小客人，難道是那個曲馬團的小演員？上次我在鶯谷見到諸戶，他應該就是去確認那個孩子的長相的。

「於是，我立即去那個曲馬團看雜技表演。表演足藝的孩子，看著像是鎌倉海邊的那四個孩子之一，但是我不能確定。他們的長相，我記得不是很清楚。不過，無論如何，這個孩子是一定要查清楚，因為他住在東京。而海邊的那四個孩子中，有一個恰好就來自東京。為免打草驚蛇，放走幕後真凶，我必須特別謹慎。所以我想了個迂迴的辦法，利用我的職業特點，把孩子單獨帶出來。我告訴他們我是一個醫學工作者，想要研究雜技對兒童的身體發育的影響，讓他們把孩子借給我用一晚。為此，我下了好大一番力氣，賄賂了管理巡迴藝人的組長，透過他給曲馬團的班主送了一大筆錢，又和那個孩子許諾，說會給他買很多他喜歡的巧克力。」說到這兒，諸戶將放在窗邊桌子上的紙包打開，裡面是三盒包裝精美的鐵盒巧克力和一盒紙盒巧克力。「今天晚上，我總算得償所願將那個小雜技師單獨請了過來，我之前不是說有一個客人在餐廳裡嗎？就是他。不過他才到，我們還沒聊過，也不知道是不是海邊的那個孩子。正好你來了，我們可以一起查案。你還記得那個孩子長什麼樣吧，我們也可以現場試試，看他能不能鑽進這個花瓶裡。」

說完，諸戶站起身，帶我去了餐廳。諸戶的推理，如果只看結論，確實非常荒謬，讓人難以置信。但是他冗長複雜的解說，卻也算的上是條理清晰、環環相扣。我被說服了，再也找不出什麼話來駁斥他。我們離開房間，來到走廊。

# 小雜技師

我一看到那個孩子就認出來了，他確實是鎌倉海邊那四個孩子中的一個。我向諸戶使了個眼色，他點點頭，表示知道了。他坐到孩子身邊，我則坐在了桌子的另一邊。那個孩子已經吃完飯，正在看學生助理拿給他的畫冊。看到我們之後，他沒說話，只是微微提了嘴角一下，露出一個古怪的笑容。他穿著一件髒兮兮的小倉[1]水兵服，嘴巴像是在嚼著什麼東西般，一直在動。他的長相看起來有些呆傻，仔細看時，又覺得有一種來自靈魂深處的、莫名的殘暴感。

諸戶先是跟我介紹了一下這個孩子的基本情況：「他的藝名叫做友之助，今年十二歲。想不到吧？看著也就10歲。因為發育不良，所以個子比較小。他沒上過學，說話幼稚，完全不認識字。不過，他技術很好，行動迅疾堪比松鼠。他是一個智力低下的低能兒，語言能力和運動天賦簡直是走了兩個極端，前者有多差，後者就有多高明。他沒什麼常識，但是在犯罪上天賦異稟，可以說是一個天生的罪犯型兒童。他像是聽不懂話，對答總是牛頭不對馬嘴。」然後，又轉向小雜技師友之助，說道：「前些天你去了鎌倉的海水浴場吧？當時這個叔叔就在你旁邊，記得嗎？」

「什麼海水浴場，我沒去過呀。」友之助白眼一翻，瞪著諸戶，粗聲粗

---

1. 小倉：位於日本的九州地區，以棉織品聞名。——譯注

氣地說。

「你肯定記得。對了，有一個胖叔叔在和你們玩埋沙子遊戲時，被人殺了。當時亂成一團，這件事你一定記得！」

「我什麼都不知道，我要回家。」

友之助氣呼呼地站起來，像是一刻都不肯多待。

「瞎說，這麼遠的路，一個人怎麼走，再說，你認得路嗎？」

「認得，嗯，就算不認識，我也可以問人啊！以前我自己走過十幾里路！」

諸戶苦惱地笑了一下，想了想，讓學生助理將那個花瓶和那包巧克力拿了過來。

「再待會兒吧，你想要什麼，我都拿給你，我還給你準備禮物。你喜歡什麼？」

友之助站在那裡不動了。「巧克力。」他老實地說，只是聲音中還有些火氣。

「巧克力是嗎？我這裡最多的就是巧克力。你真要回家嗎？你要是走了，我就不能給你了。」

看到那麼一大包巧克力，友之助的神情總算好了一點，但是他十分固執，仍不說要。只是坐回到原來的椅子上，瞪著諸戶不肯說話。

「看見了嗎？想不想要。你只要聽叔叔的話，我就把它們全都給你。看看這個花瓶，漂亮吧？你以前有沒有見過一個和它一樣的花瓶？」

「沒，沒有。」

「沒見過？是一個倔脾氣。好，我們不說這個。你表演足藝用的那個罈子和這個花瓶比，哪個大。我覺得還是那個罈子大一些，是吧？這麼小的花瓶，你能鑽進去嗎？我覺得你進不去。」

那個孩子一言不發，就像沒有聽到諸戶的話一般。諸戶於是繼續說：

「怎麼樣？你要試試嗎？你要是能鑽進去，我就獎勵你一盒巧克力，讓你在這兒吃。不過，你肯定鑽不進去，真可惜。」

「誰說我鑽不進去？我要是進去了，你說話算數嗎？」

無論如何，友之助只是一個小孩子，終究落入了諸戶的圈套。

他疾步走向景泰藍花瓶，雙手按著花瓶的邊，縱身一躍，輕飄飄地跳到了花瓶喇叭口的正上方。然後他伸進去一條腿，把另一條腿沿著腰向上折起，左右扭動屁股，很快就鑽到了花瓶裡面。頭進去之後，伸出瓶外的雙手在空中晃了幾下，很快也縮進瓶中，看不見了。真是靈活的嚇人。從上往下一看，孩子的頭就像一個黑色的蓋子塞滿了瓶口。

「真棒！好了，出來吧，該給你發獎品了。」

出來像是比進去難，花的時間也多一些。頭和肩膀很容易就出來了，折起來的腿和屁股費了一番功夫才拔出來。鑽出來之後，友之助得意洋洋地從花瓶上跳到地板上。他沒有催著諸戶給他獎勵，只是默默地站在那裡，瞪著圓溜溜的眼睛看著我們。

「這盒巧克力是你的了，吃吧，別客氣。」

諸戶遞了一盒紙盒的巧克力過去，友之助一把抓住，粗魯地撕開盒子，拿出一枚巧克力，剝開錫紙，塞進嘴裡，津津有味地吃起來。一邊吃，一邊貪婪地盯著諸戶手裡剩下那三盒包裝精美的鐵盒巧克力。對於自己只得到包裝粗陋的獎品，他顯然有些氣惱。這樣看來，他不僅喜歡巧克力，也喜歡精美的包裝盒。

諸戶把他抱到自己腿上，摸著他的頭說：

「好吃吧？真聽話。不過，你吃的巧克力不是最好的，看見這個金色的鐵盒子了嗎，它比你剛才的獎品漂亮十倍，裡面的巧克力也比你剛才吃的美味十倍。你看這盒子，漂亮得像陽光一樣，是吧？現在我要給你這盒啦，但是你得跟我說真話。你要是騙我，我就不給你了，知道嗎？」

諸戶像一個催眠師般循循善誘，說的每句話都清晰而有力。友之助剝糖紙的速度快得驚人，不一會兒，嘴裡就塞滿了巧克力。他老實地坐在諸戶的腿上，樂呵呵地拼命點頭。

「這個花瓶和巢鴨舊貨店的那個，不管是形狀，還是圖案都是一樣的，對吧？你還記得嗎？那天晚上，你先是躲在這個花瓶裡，後來從瓶子裡出來，穿過簷廊下邊的通道去了隔壁的屋子。你在那兒做什麼了？有一個人睡

得很熟，你將一把匕首插進了她的胸口，對吧？你忘啦？那個人的枕頭邊還有一盒包裝得非常漂亮的巧克力呢，你不是把它拿走了嗎？你還記得你當時刺死的那個人是什麼樣的嗎？你一定記得，告訴我吧！」

「是一個漂亮的姐姐。有人告訴過我，一定要記住她的臉。」

「真棒。好，就是這樣。你也去過鐮倉，對吧？你說沒去過，是騙我的。埋在沙子裡的那個叔叔，你也往他胸口上刺了一刀，對嗎？」

友之助仍然全神貫注地吃著巧克力，聽到諸戶發問，便不在意地點了點頭。忽然，他像是想起什麼，露出一臉驚駭的表情，猛地扔掉吃了一半的巧克力盒，掙扎著想要從諸戶的腿上跳下來。

「別怕，別怕。我們和你師父是好朋友。你完全可以跟我們說實話，沒關係的。」諸戶連忙安撫住他。

「不是師傅，是『阿爸』。你和『阿爸』也是朋友嗎？我很怕『阿爸』，你別和他說，好不好？」

「別怕，沒事的，我誰都不說。好了，叔叔再問你最後一個問題，你也和我說實話，好不好？你『阿爸』現在在哪兒？他叫什麼名字？啊！你不會忘了阿爸的名字吧？」

「你胡說，我怎麼會忘了『阿爸』的名字？」

「那好吧，你告訴我他叫什麼？叔叔忽然忘了呢，你告訴我吧！你跟我說了，我就把這盒像太陽公公一樣金光閃閃的巧克力給你。」

這盒巧克力對友之助的吸引力，和一座金山對成人的吸引力一樣大。他被迷得暈頭轉向，像中了魔法般，忘記了一切危險。毫無疑問，諸戶馬上就能得到答案了。忽然，一道尖銳的異響傳來，然後，諸戶大喊了一聲「啊」，推開友之助，跳到一邊。友之助躺在地毯上，白色水兵服的胸部被染得通紅，像被紅墨水泡過一般。

「蓑蒲君，危險！是手槍！」

諸戶一邊喊，一邊猛地把我推向房間一角，生怕敵人再開一槍，把我也殺了。只是第二發子彈遲遲沒來，我們等了足有一分鐘，就那樣呆愣愣地站在原地。

為了讓那個孩子閉嘴，有人在窗外趁著夜色開槍射殺了他。毫無疑問，行凶者是怕友之助的供詞，讓自己陷入險境。他是誰呢，是友之助的那個「阿爸」嗎？

「報警！」

想到這兒，諸戶立即衝出房間。很快，我就聽到他給附近的警察局打電話的聲音。

我一邊聽他打電話，一邊愣愣地站在原地。一個人影忽然在我的腦海中浮現出來，是那個我剛剛見到的，腰部幾乎折成四十五度角的怪老頭。

# 乃木將軍的秘密

雖然不知道對方是誰，但有一點是可以確定的，就是他手裡有槍，不只可以嚇唬我們，也可以殺了我們。所以，我、學生助理和阿婆，都不敢往外追，只是一臉慘白地從各自的房間裡跑到書房。在那裡，諸戶正打電話報警。

諸戶比我們勇敢多了，一撂下電話就往玄關跑，嘴裡還喊著學生助理的名字，吩咐他準備燈籠。我也不再繼續傻站著，和學生助理一起準備兩盞燈籠，追在諸戶的後面跑出大門。那天晚上沒有月亮，四周黑漆漆的，根本看不出凶手往哪個方向跑了。他也可能沒跑，而是藏在院子的某個角落。想到這一點，我們便提著燈細細地找了起來，灌木叢後面，房子的拐角處和背陰處，能找的地方都找了，什麼發現都沒有。很明顯，在我們打電話、準備燈籠、四處亂翻的時候，凶手已經遠遠地逃走了。現在我們唯一能做的，就是等警察上門了。

因為從轄區警署到這裡，只有田間小路可走，所以幾位警官過了好一會兒才到。如此一來，不要說追蹤罪犯，就是打電話給附近的電車站監控，都來不及了。

最先到的警察仔細檢查了友之助屍身，搜查諸戶家的庭院。沒過多久，檢察院和警視廳①的人也相繼趕到，問了我們很多問題。我們再不敢隱瞞，仔細交代所有事情。警察為此嚴厲地斥責我們，說我們報警不及時、自作主張、不知深淺，之後又傳喚了我們很多次，同樣的問題，翻來覆去地問。我們和警察彙報的這些怪事，不用說，警察也和鶯谷曲馬團的人說了，他們派人把友之助的屍體領了回去，又說自己對這些事毫不知情，也不相信。

無奈之下，諸戶把自己荒謬的推理也告訴警察，即小雜技師是兩起殺人案的凶手。警察似乎仔細調查了曲馬團，並且對曲馬團的人進行嚴格的審問，可惜一個疑凶都沒找到。不久之後，曲馬團便結束在鶯谷的演出，到鄉下巡演。警察就此結束對曲馬團的調查。除此之外，我還和警察說了那個80多歲的怪老頭的事。可惜，警察雖然大肆搜索，卻一直沒有找到這個人。

一個10來歲天真無邪的孩子，接連兩次對成人痛下殺手，一個80多歲，連走路都費勁的老頭，拿著一把最新式的白朗寧手槍殺了這孩子滅口。神經纖細、循規蹈矩的警察，如何能接受這樣荒謬可笑、天馬行空的推理。再說，諸戶雖然畢業於東京大學，卻只是一個專注於古怪研究的學者，而非高官或事業家，至於我，只是一個滿腦子只有愛情的文藝青年。所以，警察將我們當成沉迷於復仇和偵探遊戲的狂想者和變態。也許是我想多了，但警察似乎也沒有把諸戶嚴密的推理當真，覺得那只是狂想者的胡思亂想，不值得認真對待。（是啊，警察怎麼會相信一個10歲的孩子為了得到巧克力而做的證詞。）換句話說，警察只按照自己的思路查案。就這樣，因為找不到凶手，案子只能一天天地拖著。

碰到這個案子，諸戶真是倒了大楣，首先是曲馬團以賠償的名義，跟他要了一大筆奠儀，其次是警方把他當成偵探狂魔，嚴厲地斥責了他一番。可這並沒有打消他的積極性，不僅如此，他反倒更加熱情了。

說起來，警察和諸戶都不信任對方。警察不相信諸戶的推理，覺得他在

---

1. 警視廳：東京都地方警察機構，行政上屬於東京都政府所轄。——譯注

胡思亂想，諸戶也不把警察的意見當回事，覺得他們思想僵化。證據就是，後來我把深山木收到的那封恐嚇信裡說的東西是一尊缺了鼻子的乃木將軍的雕塑，還有深山木把這個東西寄給我的事告訴諸戶之後，他不僅自己在接受警方盤問時，三緘其口，還反覆叮囑我，讓我也不要說。換句話說，他似乎準備獨自查清整個案子。

我當時雖然一心想要查出真凶，為初代報仇雪恨，可是眼看著案子越來越複雜，成為一宗預料之外的大案，不由得有些慌了。連著死了三個人，越往下查，擋在真相前的迷霧似乎就越厚重。說實話，複雜難辨的案情和詭異莫測的事態，讓我感到非常恐慌。

除此之外，諸戶道雄意料之外的熱心，也讓我覺得困惑不已。前面我已經說過了，他就算再愛我，再喜歡偵探事業，也不可能這樣熱心，我總是覺得，這裡面還有什麼其他原因。

那個孩子被殺之後，有好幾天，我們周圍都亂糟糟的，再想想躲在暗處的凶手，我們更加焦躁不安。我雖然經常去找諸戶，但因為我們心裡都很亂，一直拖到友之助被殺之後好幾天，才認真討論起接下來的對策。

那天，我跟公司請過假（我都好久沒正常上過班了），去諸戶家找他。我們在書房裡商量，他大致是這麼說的：

「不知道警察那邊查的怎麼樣了，但如果指望他們，多半靠不住。我認為警察想要破案，就不能按照尋常思路走，但是他們不肯接納我們的意見。所以只能是他們按照他們的思路查，我們按照我們的思路查。友之助是真凶手裡的提線木偶，而殺友之助滅口的人，或許是另一個木偶，至於真凶本人，他還藏在厚厚的迷霧裡。所以，為免白費功夫，我們不能盲目的尋找真凶。要查清楚這三宗命案的死者到底是因何而死，這些案子的背後隱藏著什麼秘密，只有找到犯罪原因，我們才能盡快抓住凶手。我認為，這是目前最重要的事。你說深山木遇害前曾經收到一封恐嚇信，上面寫著，讓他立即把「東西」還回去。所以對凶手來說，這樣『東西』一定非常重要。為了得到它，即使是犧牲人命，也在所不惜。為了拿到這樣『東西』，他殺了初代小姐和深山木先生，還去你的房間仔細搜查過。友之助倒不是為了這個死的，

對方只是想封住他的嘴，讓他無法洩露出真凶的名字。好在，那樣『東西』現在在我們手裡。也不知道那個斷了鼻子的乃木大將的石膏像，到底有什麼價值，不過他說的那樣「東西」肯定是這個雕像無疑了。所以目前，我們最重要的事，就是查清楚這個來歷不明、怪模怪樣的雕像到底有什麼秘密。警察現在還不知道有這麼一樣東西，它或許能幫我做成一件大事。敵人知道我們的住處，這很危險，所以我們得為這次的偵探工作找一個秘密基地。說實話，我在神田租了個房子。明天你把那個石膏像用舊報紙包好，盡量弄得普通一點，謹慎起見，你坐車過去。我在那兒等你，然後我們好好研究一下那個石膏像。」

他的提議，不用說，我馬上就答應了。第二天，我按照約好的時間，坐車去了他告訴的地址。他租的房子在神保町附近的學生街。七扭八拐的小巷裡，全是買吃食的小店。諸戶租的屋子在二樓，有六張榻榻米大，一樓是一家西餐廳。後門的樓梯又陡又窄，我小心翼翼地爬上去。諸戶坐在褐色的榻榻米上，少見地穿著和服，背後的牆壁上，有一大片被雨水沖刷過的痕跡。

我皺著眉說：「怎麼這麼髒啊！」

諸戶得意洋洋地說：「我特意選的這個地方，一樓是西餐廳，我們出入不會引起別人的注意。而且這條學生街髒亂不堪，別人也想不到我們會在這兒。」

我忽然想起小學時經常玩的偵探遊戲。和尋常抓小偷的遊戲不同，偵探遊戲是在天黑之後，和朋友一起拿著本子和鉛筆，悄悄在附近的街巷中潛行，神秘兮兮地記錄下各家各戶的門牌號碼，以及××街道××號住著多少人，興奮得像是知道什麼了不得的秘密。當時，我的那個小夥伴非常喜歡做神神秘秘的事。他一臉驕傲地稱自己的小書房為「偵探基地」，現在諸戶也有一個「偵探基地」了。看著得意洋洋的諸戶，我心裡想的是：30歲的諸戶就像當年那個喜歡探秘的孩子，而我們做的事，和小孩子的遊戲其實也差不多。

本該嚴肅的場合，我卻莫名地有些開心。諸戶看起來也挺高興，像孩子般神采飛揚。我們年輕的心裡，還有一些為了秘密和冒險而振奮的精神。我

和諸戶的關係不是簡單用「朋友」這兩個字就可以概括的。他對我有一種特殊的感情，而我對他，理智上，我當然不會接受他的感情，但是我並不討厭他對我的愛。我們在一起的時候，或是他，或是我，總有一個人似乎變成異性，一種甜蜜的氛圍在我們之間遊蕩。或許正是因為這樣，我們的偵探活動才那樣有趣。

總之，諸戶從我手裡接過那個石膏像以後，仔細地檢查一番，很快就解開了謎團，當真是一點力氣都沒費。

「和我猜的一樣，石膏像本身毫無價值，因為初代小姐不是為它而死。初代小姐被殺時，除了巧克力，只丟了一個手提包。手提包顯然是裝不下這個石膏像的。所以，凶手要找的，一定是一個小件物品。既然是小件物品，就應該可以藏在石膏像裡。柯南‧道爾有一篇小說，名字叫《六座拿破崙半身像》，講的是有人將珠寶藏在拿破崙的石膏像裡。深山木先生肯定是從這篇小說中得到靈感，所以把那件神秘『物品』藏在乃木將軍的塑像裡。說起來，拿破崙和乃木將軍，還是很容易被人聯想到一起的，不是嗎？剛才我仔細看了一下，這石膏像雖然髒的有些看不出原樣，但有一點是可以確定的，就是它曾經被人剖成兩半，後來又黏到了一起。唔，這兒還有一條細石膏線，明顯是新的。」

說到這兒，諸戶用手蘸了一點唾沫，往那條新石膏線上一抹，下面果然有條接縫。

「砸碎了看看吧！」

說完，諸戶把石膏往柱子上狠狠一扔。乃木將軍瞬間變成一地碎片，好不淒涼。

## 神佛恩賜

石膏像被打碎以後，露出一大團棉花，扒開棉花，裡面是兩本書。出

乎意料的是，其中一本居然是木崎初代之前託我保管的她家的家譜。我第一次去深山木家拜訪時，就把這本家譜交給他。另一本像是雜記，封皮破破爛爛的，所有空白的地方，都被人用鉛筆寫滿字。這本書是一份非常神奇的記錄，具體情況，我們以後細說。

「啊，和我猜的一樣，是那本家譜。」諸戶拿著家譜喊道，「是了，問題就出在這本家譜上，這才是竊賊拼命想要得到的那件『東西』。只要把眼下發生的所有事都聯繫起來，就可以證明這一點。竊賊偷走初代小姐的手提包，卻不知道她已經把家譜交給你。初代小姐之前一直把這本家譜裝在手提包裡，隨身帶著。竊賊以為只要拿到手提包就萬事大吉，沒想到只是白費力氣，於是凶手又盯上了你。可是你在他們動手之前，就把家譜交給深山木。深山木先生帶著這本家譜去了某個地方，很可能還找到一些重要線索。之後沒多久，他就收到那封恐嚇信，並且慘遭殺害。凶手在深山木家翻箱倒櫃，再次無功而返，因為這本家譜已經被深山木先生封在石膏像裡寄給你。然後凶手又盯上你，他幾次去你的房間搜查，卻沒有發現石膏像的秘密，所以再次失望而歸。真好笑，凶手總是晚一步。按照這個順序來看，凶手拼命想要弄到手的就是這本家譜了。」

「你這樣說，我忽然想起一件事。」我的心砰砰直跳，「初代跟我說過，她家附近舊書店的老闆曾經想要買這本書，還說價錢隨便開。這家譜破破爛爛的，能值多少錢？你說，那個舊書店的老闆，是不是受了凶手的託付才要買的？我們找那個舊書店的老闆問問怎麼樣？他也許見過凶手！」

「這件事若是真的，我的猜測便得到驗證。只是凶手如此狡猾，恐怕不會讓舊書商看到自己的真面目。他最初的打算，應該是透過舊書商悄悄地買下那本家譜。因為初代小姐不肯賣，所以他又想把它偷出來。你不是說過，初代小姐發現那個怪老頭時，還發現有人動了她書房裡的東西嗎？這可以證明凶手曾經想要偷走家譜。當他發現初代小姐一直把家譜帶在身邊，便……」

說到這兒，諸戶像是忽然想起什麼，臉色瞬間沒了血色。他停下話頭，瞪著眼睛，茫然地看向前方。

「怎麼了？」我著急地問。

諸戶沒有理我。他沉默了好一會兒，才重新打起精神，若無其事地總結道：「便……殺了初代小姐。」

可是，他為什麼一副吞吞吐吐、猶豫不決的樣子？諸戶當時的表情非常怪，直到現在我還記得很清楚。

「可是我還是有些想不通，凶手只要把家譜偷走就行了，為什麼非要殺掉初代和深山木？」

「這一點，現在我也沒想清楚。應該有非殺不可的理由吧，只是我們還沒發現。由此也可以知道，這件事並不簡單。好了，我們別瞎想了，先看看實物再說。」於是，我們開始仔細研究那兩本書，家譜就像我之前看過的那樣，和尋常家譜沒什麼區別，只是那本雜記上，記載了很多荒誕離奇的故事。因為太過聳人聽聞，以至於我們一讀便被吸引住了，甚至有些停不下來。最後，還是先把它看完了，才仔細看家譜。不過因為寫作需要，我們不妨顛倒一下順序，先說說家譜的秘密。

「家譜在封建社會或許非常重要，但到了現在，又有誰會為了偷它，連命都不要？所以，我認為這本書，不是一本單純的家譜，裡面一定有些其他含義。」

諸戶把家譜的每一頁都細細看了，一邊看一邊念道：

「九代，春季生人，小名又四郎，享和三年繼任戶主，受賜二百石，歿於文政十二年三月二十一日。」因為前面幾頁被撕掉了，所以這一族大致只能看出這些內容。藩主的名諱應該是在前面，後面與此相關的內容都被省略，只寫了俸祿的數額——兩百石。因為薪俸過少，就算知道名字，也很難查出此人隸屬的藩部。一個小人物的家譜能有什麼價值？總不會是繼承家產要用吧？可就算是如此，也沒有必要去偷啊，太奇怪了，完全可以光明正大地提出來嘛！」

「奇怪，你看這封面，像是被人故意扯開的。」

這件小事忽然引起我的注意。初代當初將這本家譜給我時封面是完好的，這一點我記得非常清楚。但是現在卻有人小心地將它破開了，破開了舊

式織物封皮和中間的厚紙板分離開，露出紙板內側的幾行水墨文字。

「你說得對，這是被人故意割開的，肯定是深山木幹的。所以，這段話一定有特殊含義。深山木應該是猜到了什麼，他不會做沒意義的事。」

聽他這麼說，我仔細看了看那段文字，可是它讀起來非常怪，也不知是什麼意思，我拿給諸戶看。

「這是什麼？佛偈嗎？」

「是挺奇怪的。不是佛偈，而且到了如今這個時代，也不會是神諭。看著像是有什麼深意！」

我把那段古怪的文字記錄如下：

神佛相會時
打碎巽鬼
若尋神佛恩賜
勿為六道路口所迷

「文辭不通，韻律不通，從字跡上看，寫這段文字的人怕也沒有臨過名家字帖，應該是古時候哪位學識有限的老爺子寫的。『神佛相會時，打碎巽鬼』，雖然有些不知所謂，但這段神秘的文字一定是問題的關鍵，不然深山木不會特意把它撕開，仔細研究。」

「像是咒語。」

「嗯，有可能。不過，我認為更像暗語，比命還重要的暗語。你看那些人為了它，連命都不要了。若當真如此，這段古怪的文字一定非常值錢，難道它是對應某個藏寶的位置？如果從這個角度去想，『若尋神佛恩賜』這句話，應該就是『若尋藏寶地點』的意思了吧！藏起來的金銀財寶，不就是神佛的恩賜嗎？」

「對，你說的很有道理。」

那個藏頭露尾的神秘人（會是那個看起來80多歲的怪老頭嗎？），為了得到封皮裡的這張紙，可謂是無所不用其極。因為紙上這段文字是通向藏

寶地點的鑰匙，所以真凶一直追著它不放。若是當真如此，事情就變得非常有趣了。因為我們只要譯出這段古代暗文，就能立即變成百萬富翁，就像愛倫‧坡小說《金甲蟲》裡的主角那樣。

可是，我們絞盡腦汁想了半天，除了猜測「神佛恩賜」這句暗示寶藏（如果可以這樣猜測）之外，剩下那三句，怎麼想也想不明白。難道只有瞭解當地情況和地形的人，才能解開這個謎團？如此一來，我們這些連那片土地究竟在哪兒都不知道的人，怕是永遠也無法譯出這段暗文了（暫且當它是暗文吧）。

然而，諸戶的猜測真的對嗎？那段文字，若真是揭秘藏寶地點的暗文，那也太浪漫、太夢幻了。

# 來自另一個世界的信

說完家譜，我們再來說說那本古怪的雜記。諸戶對於家譜的猜測讓人精神一振（當然，前提是他的猜測是對的），雜記的內容卻陰森恐怖得讓人難以相信了。那是一封來自另一個世界的信。

直到現在，這封信還在我文件盒的底部保留著，我會把部分重要內容摘錄下來，寫在此處。不得不說，雖然只是一部分，但篇幅仍然很長。因為這是一份常人難以想像的記錄，更是這篇故事的核心，所以要請讀者們耐心地讀一讀。

這篇古怪的文字，是作者用細鉛筆寫下的親身經歷，每一頁都寫滿了字。文章中有很多方言和假名字母、假代字，而且單就文章本身來說，也十分怪異，讓人難以評價。為免大家讀起來費力，我在抄錄時，把方言改成東京話，把假名字母、假代字改成正確的漢字，又把缺漏標點符號補齊了。

這個本子和鉛筆，是我求了教我唱歌的師傅偷偷拿給我的。在這個遙

遠的國家，似乎每個人都喜歡把自己的心事寫在本子上，那麼，我（一半的我）也來做做看吧！

我已經逐漸知道什麼叫「不幸」（這兩字，我是最近才學會的）了。「不幸」，這是為我量身打造的詞語嗎？聽說在遙遠的彼端有另一個世界，那裡有一個叫日本的地方。聽說所有人都在那裡生活，可是我從出生到現在，從沒見過那個世界，更沒見過日本。我想，這就是不幸了，我快被不幸壓死了。我經常在書上看到「神啊，救救我吧！」這樣的話，我也想說：「神啊，救救我吧！」──儘管我沒見過神──似乎只要這樣做了，心裡就會好過一些。

我想和別人說說我的傷心事，可是我找不到傾訴的對象。每天，我只能見到兩個人，年紀都比我大很多，一個是教我唱歌，讓我叫他「爺爺」的助八爺爺，一個是每天送三餐過來的阿賢嫂（40歲），她連話都不會說（是一個啞巴）。阿賢嫂是指望不上的，助八也不怎麼說話，每次我有事問他，他都滿眼是淚地看著我，卻什麼都不說，所以跟他說話是沒用的。除了他們，就只有我了。我當然可以和自己說話，可是我和自己性格不合，動不動就要爭執，甚至吵架。我為什麼會有一張不一樣的臉？想法也總是不一樣。這讓我非常難過。

助八爺爺告訴我，我今年17歲。17歲是什麼意思，就是從我出生到現在已經過了17年了。17年我都待在這方形的牆壁裡。我知道一年有多長時間，因為助八每次來都會告訴我今天是幾月幾日。我已經過了17個「一年」，這些漫長的日子，想想都讓人悲傷。我要仔細回憶，把這段時間發生的事都寫下來，這樣，就能把我的不幸都寫下來。

聽說人類小時候要喝母親的奶水，可惜我不記得那個時候的事，一點印象都沒有。聽說世間最溫柔的人就是母親，可母親是什麼樣的，我完全想像不出來。我知道除了母親，還應該有一個父親。我應該和父親見過兩三次，如果那個人真是我父親的話。他跟我說：「我是你阿爸啊！」他是一個殘廢，長得非常嚇人。

我的記憶，最早可以追溯到四五歲，再往前就是一片空白了。從那時

起，我便生活在這四面牆壁裡。門也是一堵厚厚的牆，我一次都沒出去過。那道厚重的門從外面上了鎖，不管是推還是砸，都打不開。

現在，我還是仔細寫寫我所住的四面牆壁裡的事吧！我不知道該怎麼計量長度，不過以我身體長度為標準的話，四面牆壁，無論哪一邊，都有四個我那麼長；房間的高度有兩個我那麼高。天花板是木頭的，助八爺爺說，木板上還有水泥，水泥上還有瓦片。透過窗戶，我可以看見瓦片的邊兒。

現在我坐的地方鋪著十張榻榻米，榻榻米下面鋪著木板，再下面則是一個方形的空間，想要下去，得順著梯子往下爬。那裡的空間和上面差不多大。只是沒有榻榻米，還放著各種各樣的箱子。除此此外，還有我的衣櫃和一個廁所。這兩個方形的空間，似乎叫房間和倉庫，助八爺爺有時會管它叫倉庫。倉庫除了我剛才說的牆壁和門，還有一上一下兩扇窗戶，每扇都有我身體的一半那麼大，上面鑲著5根很粗的鐵棍，所以我不能從窗戶逃出去。

在鋪榻榻米的這個房間，牆角堆著棉被和我裝玩具的箱子（我現在正趴在箱子上寫字），牆上用釘子掛著三味線[1]，這就是屋子裡所有的東西了。

我從小到大一直生活在這裡，從沒看過外面的世界。聽說外面有很多城鎮，城鎮裡聚集著很多人，這我是沒見過的，只在書上的插圖裡看過。可是，我知道什麼是山，什麼是海，因為透過窗戶，我便能看到山和海。山是用土堆起來的，高高的東西，海很大很平，一會兒是藍色的，一會兒又會發出白色的光。這些都是助八爺爺跟我說的。

想想四五歲的時候，我似乎比現在要開心得多。可能是因為我那時什麼都不懂吧！那時，助八爺爺和阿賢嫂還沒來，我身邊只有一個叫阿雨奶奶的老太婆。他們都是殘廢。我原以為阿雨奶奶是我母親，後來想到，她那麼粗魯，似乎也沒餵過我奶水，所以應該不是。我那時太小了，什麼都記不住，她的臉和身形全都忘了，只是後來聽到她的名字，還有些印象。

她有時會和我玩一會兒，給我糖果，餵我吃飯，教我說話。我每天在

---

1. 三味線：日本傳統絃樂器，類似於中國的三弦。——譯注

牆壁裡繞圈，在被子上爬上爬下，玩石頭、木片和貝殼，經常嘻嘻哈哈地大笑。唉，那時真好啊，我不該長大的，知道這麼多的事有什麼用？

……

阿賢嫂端著飯菜氣哼哼地走了。阿吉不餓的時候，還是很乖的，所以我要抓緊時間，寫點什麼。阿吉不是別人，正是另一個我。

我寫到現在，有四五天了吧！因為不認識多少字，又是第一次寫這麼長，所以我寫的很難。有時寫一頁要一整天。

今天，我準備寫第一次被嚇到的事。

有很長時間，我都不知道我和其他人一樣都是人類，除了人，這個世界上還有魚、蟲子、老鼠等各種各樣的生物。我不知道人類長得都差不多，還以為人也是各種形狀都有的。我有這種錯誤的想法，是因為我總共也沒見過幾個人。

我7歲以前，只見過兩個人：一個是阿雨奶奶，一個是後來的阿米嫂。除此之外，再沒見過其他人了。所以那時，當阿米嫂費盡九牛二虎之力，抱著我寬大的身體湊到鐵窗前，讓我看外面遼闊的原野時，我才會被一個從原野上走過的人嚇得尖叫出聲。以前，我是見過幾次原野的，可是我從沒見過人。

阿米嫂可能是殘廢裡的「傻瓜」，什麼都不跟我說，以至於在那之前，我都不知道人的外形其實是差不多的。

原野上走過的人，和阿賢嫂、阿雨奶奶外形相同，可是我的外形卻和他們都不一樣。我忽然有些怕了。

我問阿米嫂：「那個人和阿米嫂為什麼都只有一張臉？」阿米嫂說：「哈哈，誰知道？」

我當時什麼都不懂，但很害怕，非常怕。睡覺的時候，我做了一個夢，夢裡全是奇形怪狀、只有一張臉的人。後來，我總是做這樣的夢。

大概十歲的時候，因為和助八爺爺學唱歌，我學會了一個詞，叫做「殘廢」。「傻瓜」阿米嫂走了，阿賢嫂是新來的。之後沒多久，我開始學唱歌和三味線。

阿賢嫂不會說話，似乎也聽不見我說話，我覺得奇怪就問助八爺爺是怎麼回事。他告訴我，阿賢嫂是一個啞巴，也是殘廢，而殘廢就是和正常人不一樣的人。

我於是問他：「那助八爺爺、阿米嫂、阿賢嫂，都是殘廢嗎？」助八爺爺似乎被嚇到了，瞪著我看了好一會兒，才說：「唉，阿秀、阿吉真可憐，什麼都不懂！」

我有三本書，上面的字很小，我已經看過好多遍了。天長日久，助八爺爺再是沉默寡言，也教了我不少東西。可是我從這幾本書裡學到的，比他教我的多十倍不止。所以，我雖然不知道別的事，卻對書裡的事一清二楚。書裡有很多插圖，上面畫著人和一些別的東西。所以我現在知道人類正常的形狀了，但是怎麼會那麼奇怪？

細想起來，我自小就被一個問題困擾著。我有兩張臉，一張美的，一張醜的，美的這邊對我惟命是從，我怎麼想，它就怎麼說；醜的那邊卻總是在我不留意的時候，說一些非常討厭的話，攔都攔不住，根本不聽我的。

我氣急了會用指甲抓那邊的臉，那張臉就會變得更恐怖，大喊大叫，又哭又鬧。那張臉上的淚水，不會讓我生出一絲難過的情緒。反過來，我難過的時候，那張醜陋的臉有時也會喜笑顏開。

不受我控制的，不只是那張臉，還有兩隻手和兩條腿（我有四隻手和四條腿）。只有右邊的手、腳會聽我的話，左邊手、腳總是和我對著幹。

從我有思想那天起，我就覺得自己像是被什麼東西綁著，處處受制。這全都是因為那張醜臉和不聽話的手腳。等我慢慢懂事之後，我才發現這件怪事：我有兩個名字，漂亮的那張臉叫阿秀，醜陋的那張臉叫阿吉。

助八爺爺的那番話，終於讓我明白這是怎麼回事了：殘廢的不是助八爺爺他們，而是我。

我那時雖然不知道不幸這個詞，卻已經意識到自己的不幸。我非常難過，當著助八爺爺的面，撕心裂肺地哭了起來。

助八爺爺這樣和我們說：「真可憐，別哭了。人家吩咐過我，除了唱歌，不能教你們任何事。所以我只能告訴你這些了。造孽啊！你們本來是雙

胞胎的，在母親肚子裡時長在一起，就那麼生下來了。要是用刀割開，便一個也活不成，只好這樣把你們養大了。」我不知道什麼叫在母親肚子裡，就問助八爺爺那是什麼意思，助八爺爺也不說話，只是看著我們默默流淚。「在母親肚子裡」這句話，我一直記到了現在，可是沒有人願意解釋給我聽，所以我一點也不懂。

人們一定很討厭殘廢。除了助八爺爺和阿賢嫂，這裡一定還有別人，可是他們不到倉庫這邊來，我也出不去。我不想被人討厭，與其這樣活著，不如去死。助八爺爺沒有教過我死的事，但是我在書上看過。我想，一個人只要痛到極致，便會死了。

我最近有了一個新想法：既然別人討厭我，我也要討厭、仇視他們。所以我要在心裡管那些和我們不同的所謂正常人叫做殘廢，寫的時候也這樣寫。

# 鋸子和鏡子

（註：中間有一大段兒時的回憶，這裡全部省略。）

慢慢地，我知道助八爺爺是一個好爺爺了。可是，我也知道外面的人（可能是神仙，或者那個可怕的「阿爸」）不許這個好爺爺對我好。

我想和人說話（阿秀和阿吉都想），可是助八爺爺每次教完唱歌就走，就算我再傷心，他也假裝看不到。認識的時間長了，助八爺爺偶爾也會和我們說話，可是每次剛開了個頭，他就忽然沉默下來，就像被什麼無形的東西捂住了嘴巴一樣。「傻瓜」阿米嫂倒是有很多話，可是沒有幾句是我們想知道的。

助八爺爺教我認字，告訴我每樣東西叫什麼名字，教我瞭解人心。他說自己識字不多，所以我認識的字也不多。

有一次，助八爺爺拿著三本書過來對我說：「這幾本書是我放在行李

箱裡的，現在給你吧！你可以看上面的畫。我讀不懂，你就更讀不懂了。我不能說太多，以免惹禍。你要是看不懂也沒關係，就把它當成談話的對象吧！」然後，就把書給了我。

這三本書的封皮上用很大的字分別寫著「兒童世界」、「太陽[1]」和「回憶錄[2]」，我想，它們應該是書的名字吧！我看的最多的是《兒童世界》，因為它上面有很多畫，非常有趣，也很好懂。《太陽》裡寫了很多故事，大部分我到現在都沒讀懂。《回憶錄》是一本既有痛苦，也有歡樂的書，我越讀越喜歡，現在最喜歡它。但是，我還有很多地方無法理解，我問助八爺爺，他也是有的懂，有的不懂。

書上的畫和字，描繪的都是另一個世界的事。那裡離我太遠了，我從沒經歷過，所以就算懂，也懂得十分有限。那些事，就像我夢裡發生的一樣。我聽說，在那個遙遠的世界裡，還有很多我不知道的事、思想和文字，比我知道的多一百倍不止。這三本書和助八爺爺跟我說的那一點點的事，就是我知道的全部了。我相信，連《兒童世界》裡那個名叫太郎的小孩子，都知道很多我完全不知道的事。聽說那個世界裡有專門的學校，可以教小孩子很多很多的事。

在我認識助八爺爺大概兩年後，也就是我12歲的時候，他給了我這三本書。可是，拿到書之後，又過了兩三年內，我就已經再也無法從這些書裡得到更多東西了。我問助八爺爺，他也很少回答我，總是閉著嘴巴，像啞巴阿賢嫂那樣。

識字之後，我便知道自己為什麼那樣悲傷了。時間每過去一天，我對殘廢的可悲之處，瞭解的就越深。

---

1. 由博文館創刊的綜合性雜誌，第一期始於明治二十八年一月，昭和三年二月出版最後一期後停刊。——譯注
2. 作者是日本明治時代小說家德富蘆花，講的是公菊池鎮太郎在家道中落後，努力考上大學，成為出版社的編輯，最後當上作家的故事。——譯注

我不知道阿吉的心嗎？不，很多時候，其實我是知道的。

我認為阿吉的心比阿秀的心更加殘缺。阿吉認得的字、知道的事，都沒有阿秀多，只有力氣比阿秀大。

阿吉知道自己是殘廢。這是阿吉和阿秀唯一能達成共識的事。每次提起，兩個人都會悲傷起來，然後又說一些傷心的話。

有一次，我在配菜裡看到一種不認識的魚，便問助八爺爺這魚叫什麼名字。助八爺爺告訴我它叫章魚。我又問他：「章魚長什麼樣？」助八爺爺說：「章魚有八條腿，特別醜。」

聽了他的話，我心裡想，原來我不像人，更像章魚，我的手手腳腳加在一起也有八隻，章魚有幾個頭？不管有幾個，我都是兩頭章魚。

從那之後，我經常夢見章魚。我不知道章魚到底長什麼樣，所以在夢裡，章魚都是我小時候的樣子。我夢見很多這樣的章魚在海裡走來走去。

不久之後，我心裡忽然產生這樣一個想法，我們是不是應該分割成兩個人？我仔細地研究了一下，發現右邊的身體，頭、手、腳，還有肚子都聽阿秀的，左邊的身體，頭、手、腳都聽阿吉的，這大概是因為左邊的身體裡裝著阿吉的心吧！我相信，只要把身體切開，我們就能像助八爺爺和阿賢嫂那樣，變成兩個不同的人。可以各自行動、思考，還有睡覺。若真能這樣，就太好了。

阿吉和阿秀只有一個地方連在一起，阿吉的左半邊屁股和阿秀的右半邊屁股，只要把這個地方切開，我們不就變成兩個不同人了嗎？

有一次，阿秀將這個想法告訴阿吉，阿吉聽了，高興地說：「行，就這樣辦吧！」可是，我們找不到東西切。我知道有鋸子和菜刀這種東西，卻沒有見過。阿吉非常著急，說可以用牙咬開。阿秀不信，阿吉便狠狠地咬了一口。我疼得哇哇大哭，阿吉也哭了。從這之後，阿吉就不敢再試了。

雖然只試了一次，但切開的想法卻時常會冒出來，比如想到自己是一個殘廢，比如我們吵架了、傷心了。有一次，我求助八爺爺幫我找把鋸子過來。助八爺爺問我要鋸子做什麼。我說要把自己切成兩半，助八爺爺大吃一驚，說：「切開你就活不成了。」我說我寧願死。說完就大哭起來，一邊

哭，還一邊求他給我鋸子，可助八爺爺說什麼都不同意。

⋯⋯

我（阿秀）在書裡學會了一個詞，叫做「化妝」。我想它的意思應該是，像《兒童世界》插圖裡的那些女孩一樣，把臉洗得乾乾淨淨，再穿上一身漂亮的衣服。我問助八爺爺，是不是這個意思，助八爺爺說，還要把頭髮紮起來，在臉上抹一些脂粉⋯⋯

我請助八爺爺幫我帶一些粉過來，助八爺爺笑著說：「可憐啊，說到底，你也是一個女孩。」又說，「你到現在還沒有洗過澡吧，不洗澡是沒法抹粉的。」

我雖然沒洗過澡，卻知道那是怎麼回事，我聽過的。每個月，阿米嫂都會（偷偷地）用鐵盆裝一盆熱水過來，放在下面的木板房裡，讓我擦洗身體。

助八爺爺跟我說，沒有鏡子是化不了妝的，他自己也沒有鏡子，所以沒法給我。

我一次又一次的求他，終於有一天，他給了我一塊玻璃，說它可以代替鏡子。我把玻璃掛在牆上，它的效果果然比水要好很多，我總算看清了自己的臉。

阿秀的臉雖然比《兒童世界》插圖上女孩髒很多，但也比阿吉、助八爺爺、阿米嫂，還有阿雨奶奶漂亮很多。所以，阿秀看過玻璃裡的自己之後，變得非常開心。阿秀覺得自己若是把臉洗乾淨，再抹上粉，梳好頭，也會變得和插畫裡的女孩一樣美。

沒有粉，阿秀只能盡量把臉弄乾淨一些，所以每天早上都會很認真、很認真地洗臉。阿秀還會對著玻璃，照著畫裡的樣子梳頭髮。起初梳得不好，但是慢慢地，就能梳出和畫裡一樣的髮型了。阿秀看到我梳頭，也會過來幫忙。看到自己越來越美，阿秀真的非常開心。

阿吉不想照玻璃，也不想變漂亮，總給阿秀搗亂。可是偶爾，阿吉也會說一句：「阿秀真漂亮！」

可是，阿秀變得越漂亮，就越為自己是一個殘廢傷心。阿秀變得再漂

亮，另一邊的阿吉也還是那麼髒，身體比別人寬一倍。穿著破破爛爛的衣服，只有阿秀的臉漂亮有什麼用？只是讓人更難過罷了。就算這樣，阿秀也想把阿吉的臉弄得乾淨一些。所以阿秀幫阿吉洗臉，幫阿吉梳頭髮。可是，阿吉不知為什麼，卻惱了起來。阿吉真不懂事。

# 可怖的愛

接下來，我要說的是阿秀和阿吉的心。

前面說過，阿吉和阿秀雖然只有一個身體，卻有兩顆心。若是能分開，我們將變成兩個不同的人。以前我以為兩邊都是我，現在我知道的東西多了，慢慢也意識到阿秀和阿吉其實是兩個人了。我們只是很不巧的，屁股長在了一起。

我之前寫的基本都是阿秀的心境，若是把阿吉的心情也都寫出來，他肯定要不高興。阿吉認的字沒有阿秀多，最近還有點神經過敏，我有點害怕，只能趁他睡覺時，弓起身子，悄悄地寫。

從小時候開始寫吧！以前，阿秀和阿吉因為身體畸型，不能隨意行動，所以兩個人總是吵架，說一些任性的話，可是我們心裡不覺得痛苦。

等我們知道自己是殘廢之後，便不像過去那樣吵了，可是慢慢地，發生很多比吵架要嚴重得多的變化。阿秀覺得殘廢是一件非常骯髒，也非常可恨的事，她因此十分討厭自己，更討厭那個髒兮兮的阿吉。一想到阿吉的臉和身體，會永遠出現在自己旁邊，阿秀的心裡就充滿痛苦和憎恨，陷入一種無法名狀的焦慮之中。她認為阿吉應該也是這樣想的，所以兩個人雖然嘴上不再吵了，心裡卻吵得比以往都凶。

……

大概是在一年以前，我第一次模糊地意識到自己兩邊的身體並不相同。用鐵盆擦洗身體時，這種感覺最為強烈。阿吉的臉很髒，手腳粗壯有力，皮

膚黝黑，阿秀卻四肢柔軟，皮膚白皙，兩個乳房飽滿而柔軟……

助八爺爺很早以前就和我們說過，阿吉是男的，阿秀是女的。可是我真正明白這句話的意思，卻是在大約一年以前。

過去《回憶錄》裡我不瞭解的部分，現在也有些瞭解。

（注：像暹羅雙胞胎那樣，在分離後存活下來的連體雙胞胎非常少見。故事的主角身上存在一個醫學問題。具體情況，聰明的讀者可以自行想像。）

因為長在一起，我們每天要去六七次廁所，是正常人的兩倍，順著梯子爬上爬下。

……

沒過多久，阿秀出現一些奇怪的變化……我很害怕，以為自己要死了，抱著阿吉的脖子嚎啕痛哭，最後還是助八爺爺告訴我這是怎麼回事。

阿吉身上也發生一些變化，聲音變粗了，就像助八爺爺那樣，更糟糕的是，阿吉的心，變得尤其厲害。

阿吉的手指變得又粗又硬，力氣很大，幹不了細活。三味線彈得沒有阿秀好，唱歌沒有節奏，只知道扯著脖子喊。我想這多半是因為阿吉的心太過粗糙，對細節難以把控吧！阿秀的頭腦比阿吉靈活，阿吉才想到一，阿秀已經想到十。不過，阿吉非常直率，心裡想什麼便說什麼或做什麼。

有一次，阿吉問道：「阿秀，你現在還想變成正常人嗎？還想從這個地方切開嗎？阿吉不想了，能永遠在一起，我很開心。」說到這兒，他臉頰通紅，眼眶裡滿是淚水。

當時，阿秀也莫名地漲紅了臉，一種從未有過的奇妙感覺湧上心頭。

從那之後，阿吉再也不欺負阿秀了。不管阿秀做什麼，不管是早上起來洗臉，在玻璃前化妝，還是晚上鋪被子，阿吉都不去搗亂。不僅如此，還總是給阿秀幫忙，說：「阿吉來做，交給阿吉吧！」想盡方法地減輕阿秀的負擔。

阿秀彈三味線、唱歌或梳頭化妝時，阿吉不會像過去那樣又喊又叫地胡鬧，而是安安靜靜地坐在那裡，全神貫注地看著阿秀的嘴和動作。阿吉總

說：「阿吉喜歡阿秀，特別喜歡。阿秀喜歡阿吉嗎？喜歡的，對吧？」我煩透了這些話。

阿吉以前也經常用左邊的手碰觸右邊阿秀的身體。可是，相同的碰觸，現在卻有了些不同內容。以前阿吉的動作非常粗魯，現在卻溫柔的要命，像小蟲子爬一樣。有時，他還會抓著阿秀不放。阿秀覺得被碰過的地方變得很熱，血流得很快。

阿秀晚上睡覺，隱約感覺到有一個溫暖、柔軟的生物在身上爬來爬去，忽然被嚇醒了。夜裡一片黑暗，阿秀懵懵懂懂地問：「阿吉，你醒著嗎？」阿吉紋絲不動、一聲不吭。但因為肌膚相連，阿秀能清晰地感覺到阿吉的呼吸聲和血液流動的聲音。

有一天晚上，阿吉趁阿秀睡著的時候做了一件非常過分的事。從那之後，阿秀便恨死了阿吉，恨不得要殺了他。

阿秀當時睡得正香，忽然覺得透不過氣來，還以為要死了！她驟然驚醒，發現是阿吉把臉湊過來，正用嘴堵著她的嘴，害得她無法呼吸。阿吉和阿秀的腰長在一起，不要說身體重疊，就是臉也很難重合在一起。為了把臉湊過去，阿吉拼命地扭著身子，幾乎把骨頭都折斷了。阿秀的胸快被擠扁了，腰部的皮肉被扯得生疼。她大聲喊著：「阿吉，討厭，走開。」一邊喊一邊用指甲狠狠地撓阿吉的臉。阿吉終於停了下來。他沒有和阿秀吵架，像過去那樣靜靜地轉過頭，重新入睡。

第二天早上，阿吉帶著滿臉的抓痕起床，他沒有生氣，只是一整天都很悲傷。

（註：因為沒有受過世俗的廉恥教育，這個殘疾人在後面記錄了不少非常露骨的事，已經被我全部刪掉了。）

我真羨慕那些正常人，羨慕死了，因為他們是獨立的，可以自由地睡、自由地起、自由地思考和活動，那感覺一定非常好。

我想擺脫阿吉的身體，就算只是讀書、寫字，站在床邊遙望大海時，暫時性的擺脫，也好啊！可是，我時時刻刻都能聽到阿吉那討厭的血流聲，聞到他身上永遠也不會消散的臭味。每次移動身體，我都會想到：「啊，我是

一個悲慘的殘廢！」最近，阿吉總是目不轉睛地盯著阿秀看。他粗重的呼吸聲，聽起來十分嚇人，我要受不了了。

有一次，阿吉哭得十分傷心，他說：「阿吉喜歡阿秀，非常喜歡，可是阿秀討厭阿吉。怎麼辦，怎麼辦啊？就算被討厭得要死，阿吉也離不開阿秀，也不想離開。阿秀那麼漂亮，聞起來也香香的。」聽了這些話，我又有些同情阿吉了。

最後，阿吉像瘋了一樣，不顧一切地想要抱住阿秀，根本不管阿秀有多不願意。可是，因為我們的身體是橫向連著的，所以他就算再如何努力，也做不到這件事。他非常生氣，又喊又叫、滿臉是汗，可是我一點也不同情他。

因為這些事，阿秀又仔細想了想，發現我和阿吉其實都很討厭自己是一個殘廢。

我要寫兩件阿吉做的最讓人討厭的事。最近，阿吉每天都會⋯⋯看了就讓人覺得噁心，所以我盡量不看。可是，不看又怎麼樣？我還是能聞到阿吉身上的臭味，感覺到他混亂的動作，討厭得要命。

還有，阿吉力氣特別大，動不動就要把臉貼到阿秀的臉上，根本不管阿秀願不願意。阿秀若是哭了，他便用嘴堵住阿秀的嘴，讓她無法發出聲音。阿吉將自己黑亮的眼睛貼在阿秀的眼睛上，阿秀的鼻子和嘴無法喘氣了，非常難受。

為此，阿秀每天都在哭。

⋯⋯

# 奇怪的通信

我每天只能寫一兩頁紙，所以寫到現在，應該已經有一個月了吧！夏天到了，我每天都會出很多汗。

我長這麼大，第一次寫這麼長的東西。因為思維和記憶都很混亂，所以把很久以前的事和最近的事，寫在了一起。

現在，我準備仔細說說我住的這間名為倉庫的牢房。

《兒童世界》這本書裡寫著，人們會把壞人扔進牢房，讓他受苦。我不知道牢房具體是什麼樣的，但是想來，和我住的這間倉房應該差不多吧！

我在《兒童世界》看到不少這樣的插圖：孩子和父母一起生活，一塊吃飯、聊天、做遊戲，我想，在遙遠的世界裡，正常的孩子應該都是這樣的吧！如果我也有父母，是不是也能過這樣的生活？

我問助八爺爺我父母的事，只得到一些含含糊糊的敷衍。我求他讓我和那個可怕的「阿爸」見面，他也沒有答應。

我和阿吉還沒有性別意識時，經常談及父母的問題。讓我像坐牢一樣待在土倉庫的人，會不會就是我的父母？因為我是一個可怕的殘廢，所以他們不想讓人看到我。可是，書上不是說，眼盲、耳聾的殘廢也會和父母生活在一起嗎？因為比正常的孩子可憐，父母還會更疼他們一些。可是，為什麼我沒有遇到這樣的事？我問助八爺爺為什麼，他流著淚說：「你命不好！」外面的事，他真是一點都不和我說。

和阿秀一樣，阿吉也很想離開土倉庫。他拼命地拍打倉庫門，那門厚得像牆壁一樣，阿吉拍的手都腫了。有時，他會吵著鬧著要和助八爺爺或阿米嫂一起出去。每次阿吉鬧起來，助八爺爺都會狠狠地打阿吉耳光，然後把我們綁在柱子上。若是他還不肯聽話，就每天只讓我們吃一頓飯。

為了能偷溜出去，我和阿吉絞盡腦汁，不停地想辦法。

有一次，我想到窗戶上的鐵條是砌在白土裡的，只要把白土挖開，就能把鐵條卸下來，這樣我們就能逃走了。於是阿秀和阿吉輪流用手指挖土，一挖就是好長時間，手指都要出血了，才終於卸下一根鐵條。可是，助八爺爺馬上就發現這件事，一天都沒有給我們飯吃。

……

我們無論如何都走不出土倉庫，一想到這個，我就難過得要死。有很長一段時間，我每天都伸著脖子，眼巴巴地往窗外看。

大海一如既往地閃著白光，風從空蕩蕩的原野上吹過，草葉輕搖。綿延不絕的海浪聲，帶著沉重的悲傷。聽說海的另一邊是一個截然不同的世界，我真想變成一隻小鳥兒，飛過去看看。可是，我這樣一個殘廢，即使到了那個世界，也會被欺辱虐待吧？想到這兒，心裡不免又是一陣傷感和畏懼。

海的另一面像是有一座山一樣的東西。助八爺爺告訴我：「那是海角，就像一座躺著的牛。」我在畫裡看過牛，心裡想著：原來牛躺下來是這個樣子的。又想：世界的最遠處，不會就到那座海角山吧？我目不轉睛地看向遠處，一直看、一直看，直到眼睛又酸又痛，眼淚無知無覺地流了下來。

……

無父無母，自出生起就被關在這樣一座土倉庫的牢房裡，從沒見過外面的遼闊世界，這樣的「不幸」已經讓我痛不欲生了，最近卻又要忍受新的苦難，阿吉又開始做那種噁心人的事了。我有時真想殺了他，可是阿吉若是死了，阿秀也活不成了吧！

有一次，我掐著阿吉的脖子，差點把他掐死，接下來，我就寫寫這件事吧！

那天晚上睡覺的時候，阿吉像被折成兩段的蜈蚣一樣，瘋狂地東翻西滾。他鬧得太凶，我還以為他生病了。阿吉說他喜歡阿秀，非常喜歡，一邊說一邊死死箍住阿秀的脖子，揉捏阿秀的胸脯，扭著腿纏上來，臉幾乎要疊在阿秀的臉上，不要命似的瞎折騰。……我覺得很害怕，也覺得非常噁心和厭煩，我想弄死阿吉，因為他太可恨了。於是，我一邊嚎啕痛哭，一邊用兩隻手抓著阿吉的脖子用力掐。

因為太難受了，阿吉掙扎地比之前還厲害。我被他推倒在被子上，在榻榻米來回翻滾。一邊哭喊，一邊胡亂舞動著四隻手和四隻腳。最後，助八爺爺趕到把我徹底按住了。

第二天起，阿吉便收斂了一些。

……

我不想活了，真的，特別想死。神啊，幫幫我吧！神啊，殺了我吧！

……

今天，我聽到窗戶外面有動靜，抬頭一看，發現窗外的圍牆下竟然站著一個又高又壯的胖子，正抬著頭往窗戶裡看。他身上的衣服很奇怪，就像《兒童世界》的插畫裡那樣，於是我想，他或許來自於遙遠的另一個世界。

我大聲問：「你是誰？」那個人沒有說話，只是盯著我看。他的目光和善，不像壞人。我想和他說話，把所有的事都告訴他，可是阿吉像是被嚇到了，一直在搗亂。更重要的是，我必須壓低聲音，以免助八爺爺聽到。所以，我只能對著那個人笑，沒想到，那個人也對我笑了笑。

那個人離開以後，我很難過，祈求神靈讓那個人再來一次。

後來我靈光一閃，忽然有了主意。若是那個人再來，雖然我不能和他說話，卻可以和他通信。這是我在書上看到的，在遙遠的異世界，每個人都會寫信。可是，寫信要花不少時間，所以我不如把這個本子給他。那個人肯定識字，當他在這本子裡看到我的悲慘遭遇，或許會來救我也說不定。

神啊，請你再次將那個人送到我的面前吧！


這本日記寫到這裡就結束了。

為了便於讀者理解，我把日記本裡的錯字和假代字都改了過來，加了一些漢字，並把那些莫名其妙的方言改成東京話。所以，讀起來應該是比較流暢的，不會覺得詭異彆扭。但是，我必須提醒大家，這本日記是用鉛筆寫的，字跡歪斜，每一行都有錯字和假代字，語句不通，不知道的，還以為寫這封信的人是異世界的原住民。

讀完這本日記，我和諸戶道雄一言不發地對望了好一會兒。

暹羅連體人的事，我是聽過的。我知道它是劍突軟骨連體人的通稱，這種畸形兒大多生下來就是死胎，就算有少數能成活，也活幾天就夭折了。最有名的暹羅連體人是一對男性雙胞胎，一個叫恩，一個叫昌。和其他連體人不同，恩和昌壽命極長，一直活到了63歲。他們分別和不同的女人結了婚，更令人想不到的是，他們生了22個健康的孩子。

可是，這樣的例子世所罕見，誰能想到我國也有一對詭異的連體人？他們有兩個頭，一邊是男人，一邊是女人，男人深深地愛著那個女人，那女人

卻十分痛恨男人。這樣的情形，不要說想不到，即使是出現在噩夢裡，也是一副極其恐怖的地獄圖。

「這個叫阿秀的女孩真聰明。誰能只看三本書，就知道這麼多事，寫出這麼長的一篇感想？雖然熟讀之後，還是寫了些錯別字。她簡直是一個詩人，太厲害了。可是，真有這樣的事嗎？這不會是一個可惡的惡作劇吧？」

我問了問諸戶的想法，他說：

「惡作劇？不，這恐怕是真的。深山木小心翼翼地把它藏起來，這裡面一定大有文章。你還記得日記最後一頁提到的那個站在窗下的男人嗎？長得又高又胖，穿著西裝，她說的會不會就是深山木先生？」

「嗯，我也有這種感覺。」

「若是當真如此，深山木死前肯定去過那個關著連體人的倉庫，而且不止一次出現在倉庫窗外的牆根下。因為他要是只去過一次，連體人就不會把這本日記從窗戶裡扔出來了。」

「深山木旅行回來後曾經和我說過，他見到一些非常可怕的東西，難道他指的就是這對連體人？」

「哦？他這樣說過，那應該是了。深山木先生既然能找到那裡，他肯定是知道一些我們不知道的事。」

「可是，這對連體人這麼可憐，深山木怎麼沒有想辦法把他們救出來？」

「不知道。會不會是因為敵人太強了，他想回來搬些救兵再去？」

「你是說囚禁這對連體人的人……」我忽然想到一件事，被嚇了一跳：「啊，對了。這太巧了。友之助，那個被殺的小雜技師不是說『阿爸』會罵他嗎？這個日記本裡也有一個『阿爸』，這兩邊的『阿爸』都不是好人。你說，他們會不會是一個人，而且是這些凶殺案的幕後真凶？這麼一想，連體人和這次的殺人案就有些關係了！」

「對，我也想到這一點。除此之外，仔細看看這個日記本，還可以看出很多非常可怕的事。」

說到這，諸戶像是真的被嚇到了，露出一臉驚慌的神色。

「如果我的猜測是對的，那初代小姐的死，在這整個的邪惡事件中，恐怕只是冰山一角。你好像還沒發現，藏在這對連體人身上的秘密，是世界上任何一個人都想像不到的。」

我不知道諸戶這話是什麼意思，但接連出現的這許多詭異事件，已經讓我感到極端恐懼了。諸戶臉色發青，正在低頭沉思，那樣子像是要窺視到人心的最深處裡一般。我拿著日記本，也在苦苦思索。想著想著，忽然有了一個驚人的聯想，把自己都嚇了一跳。

「諸戶君，真奇怪，我又想到一個非常詭異的巧合。我和你說過嗎？初代曾經和我講過她的一段回憶，說是她兩三歲，還沒被遺棄的時候，曾經在一片荒涼的海灘上，和一個小嬰兒在玩。她說那片海灘上有一棟古老的房子，看起來像一個城堡，還說那情景就像是夢裡的一樣。我曾經按照她的記憶，畫下了那個場景。初代說我畫得非常像，所以我把那幅畫珍藏起來了，後來還拿給深山木看過，只是忘了要回來。畫裡的內容我記得很清楚，你如果要看，我馬上可以給你再畫一幅。你知道最不可思議的地方在哪兒嗎？初代說：『遠處，海的另一面有塊臥牛形的陸地。』在這本日記裡，阿秀透過倉庫的窗戶，看到海的對面也有一個臥牛形的海角。臥牛形狀的海角或許十分常見，我們可以說這是一個巧合，可是她們對於大海的描繪，對於海岸荒涼景象的描繪，也都十分相像。初代的家譜裡有意義不明的暗語，想要偷走家譜的盜竊貌似和連體人有關，連體人和初代一樣都看到臥牛形狀的陸地。綜合以上所有情況，你覺得她們說的，有沒有可能是一個地方？」

我的話還沒說法，諸戶就露出一副見鬼似的恐怖表情。我話音一落，他便催我馬上把那副海岸圖景畫下來給他看。我拿出鉛筆和記事本，將初代記憶中的圖景大致重畫了一遍。剛停下筆，諸戶便急不可耐地搶了過去。他看到那副畫，一下子呆住了，好半天都沒說話。最後，他搖搖晃晃地站起身，開始收拾東西準備回去，還跟我說：「我現在腦子很亂，沒辦法集中精神，先回去了。明天你來我家吧，我想到一些非常恐怖的事，在這兒，我沒辦法和你說。」說完這句話，他像忘了我的存在，連句道別的話都沒說，就踉踉蹌蹌地下樓走了。

# 北川警官和侏儒先生

　　諸戶突如其來的異常表現，弄得我有些手足無措。我困惑地在那個房間待了一會兒，想著，既然諸戶說「明天再跟我好好地談一談」，我便先回家，明天再去找他好了。

　　我來神田的時候，用舊報紙包著乃木將軍的雕像，生怕被人發現，現在要把藏在裡面的那兩樣重要物品帶回去，想來也不是很安全。雖然我還不能確定，但諸戶和深山木都說，凶手殺人是為了得到這些東西。只是諸戶也不知道有什麼苦衷，走的時候把這些事忘了，什麼都沒交代。我想來想去，覺得凶手應該還沒有注意到諸戶在西餐廳二樓租的這個房間，就把那兩本冊子塞進了橫木匾額上後面的一個破洞裡，又在外面修飾了一番，不仔細看，應該看不出裡面有東西。之後，我就佯裝鎮定地回家了。（後來才知道，我隨意選的而自以為高明的那個藏匿地點，其實一點都不安全。）

　　接著，直到第二天中午我去諸戶家拜訪，都沒有什麼異常的情況發生。不過，這段時間其實是發生一些事的，只是沒有發生在我身上。因此，我想稍微換個角度，描述一下很久之後我才從刑警北川那裡聽說的，他的辦案過程。

　　北川是池袋警署的刑警，負責辦理前些天友之助被殺的案子。和大多數警察不同，他非常重視諸戶的意見。警視廳的人從這個案件中撤走後，他仍向上官要求繼續調查。後來，尾崎曲馬團（友之助所在的那個曲馬團，之間在鶯谷演出的）去了外地，他也沒有放棄，仍然追在後面，展開艱苦的偵察工作。

　　當時，尾崎曲馬團離開鶯谷，逃命似的去了遙遠的靜岡縣下的一個城鎮演出。北川警官幾乎和曲馬團同時到了那裡，他偽裝成一個不修邊幅的工人，混進曲馬團。秘密調查了一個星期。在這一個星期的時間裡，前面的四五天，他在幫曲馬團搬家、搭演出帳篷，後面的兩三天，他在幫曲馬團招攬客人。北川扮成臨時工，賣力幹活，想盡方法和曲馬團裡的人套交情。照

理說，那裡若是真有什麼秘密，他怎麼也能查到一些，可是事情就是這麼奇怪，一點線索都沒有。

「7月5日，友之助去過鎌倉嗎？」、「誰和他一起去的？」、「友之助身邊有沒有一個80多歲的駝背老人？」他拐彎抹角地問每一個人，可是所有人都說不知道，而且看哪個人，都不像是在說謊。

曲馬團裡有一個小丑，30歲了，身高卻和七八歲的孩子差不多。他滿臉皺紋，看起來像一個老頭子。這樣的人通常智力低下，這個古怪的殘廢也是如此。北川刑警一開始沒有把他放在心上，不和他來往，也不和他打聽事。可是，時間長了，他發現這個侏儒雖然看著有點傻，卻是一個非常多疑而且嫉妒心極強的人，有時甚至會做出一些常人難以想像的惡作劇。因此，北川刑警開始懷疑這個人的低能是一種偽裝，想著若是向他打聽，或許能問出一些別人不知道的事。於是，北川刑警開始耐心地接近這個侏儒，等他覺得時機成熟了，便找了一個機會問了下面幾句話。這段對話十分古怪，我認為有必要把它們記錄下來。

那天晚上天氣很好，漫天的繁星一閃一閃。散場後，收拾完東西，侏儒因為人緣不好，便一個人離開演出棚，去外面乘涼。北川君覺得這機會不錯，便走上去，和他在黑色的夜幕中閒聊起來。一開始說的都是些無關緊要的話，慢慢地北川開始將話題往深山木被殺那天的事情上引。他假裝自己那天也在鶯谷看曲馬團的表演，胡編亂造了一番感想之後，開始引入正題：

「那天不是有足技表演嘛，我看見友之助，就是那個在池袋被殺的孩子，縮在罈子裡，被人蹬著轉得飛快。可憐啊，那個孩子怎麼會遇上那樣的事？」

「誰？友之助嗎？是啊，那個可憐的孩子，最後還是被殺了！太可怕了。不過，兄弟……你記錯了吧，那天晚上，友之助沒登台啊，他那天甚至都不在表演棚裡。你別看我這個樣子，其實記性好的不得了。」

侏儒帶著濃重的口音（聽不出是哪兒），斬釘截鐵地說。

「我跟你賭一圓，我確實看到他了。」

「不、不、不，兄弟，你可能是記錯日子了。7月5日，因為發生一些

事，所以我記得特別清楚。」

「記錯日子了？不是7月的第一個禮拜天嗎？你記錯日子了吧？」

「不，怎麼可能？」

黑暗中，一寸法師①露出一個譏諷的表情。

「難道友之助那天生病了？」

「切，他怎麼會生病，是師傅的一個朋友把他帶走了。」

「師傅？你說的是阿爸嗎？」北川君記得很清楚，友之助曾經提到過一個「阿爸」，所以他試探著問出了這句話。

侏儒大驚失色：「你說什麼？你怎麼知道阿爸的事？」

「我當然知道啦，他是一個80多歲、彎腰駝背，連路都走不動的老頭子，對不對？你們的師傅，就是那個老頭。」

「什麼啊？師傅才不是什麼彎腰駝背的老頭！他很少到演出棚這邊來，你肯定沒見過他，而且他……嗯，雖然駝背，但也就30來歲，還是一個年輕人！」

北川君心想，因為是駝背，所以被誤認為老人也說不定。

「他就是阿爸？」

「不是，你弄錯啦！阿爸在很遠的地方，他根本不到這種地方來。而且師傅是師傅，阿爸是阿爸，他們是兩個人！」

「兩個人？阿爸是誰，他是你們的什麼人？」

「我也說不清。但阿爸就是阿爸，雖然他和師傅都是佝僂，而且長得很像。這麼一想，他們也許是父子倆。唉，不說了，不說了，阿爸的事不能談，要是被阿爸知道，你倒沒什麼，我可要倒大楣的，會被裝到箱子裡。」

箱子？北川聽了這話，不由得想到現代的一種刑訊的工具，只是後來他才知道自己想得太簡單了，一寸法師嘴裡的箱子比那種刑訊工具要恐怖得

---

1. 一寸法師：日本童話故事《一寸法師》中主角的名字，因為他生下來只有拇指大小。也有諷刺的意思，指矮子。

多。不管怎麼樣，看到他這樣好說話，而且透露了不少東西，北川君心裡十分高興，他繼續發問：

「也就是說，7月5日那天，領走友之助的不是老爸，而是師傅的朋友。你知道他們去哪兒了嗎？」

「友之助那個小子和我關係還不錯，除了我誰都沒沒有說，他說他們去了一處非常漂亮的海灘，玩沙子、游泳了。」

「是鐮倉嗎？」

「對，對，就是鐮倉。師傅特別喜歡友之助，有什麼好事都找他。」

聽了一寸法師的這番話，北川更加相信諸戶的推理——友之助就是動手殺了初代和深山木的人——是正確的，儘管這聽起來有些匪夷所思。他現在絕對不能魯莽行事，若是抓了一寸法師嚴加審問，難免要打草驚蛇，甚至會放跑真正的凶手。所以，在行動之前，他必須悄悄查清那個隱藏在幕後的「阿爸」是誰。說不定，這個人就是禍首。再說，這件事恐怕不只是殺人案那麼簡單，很可能是一個非常複雜也非常恐怖的犯罪活動。北川雄心勃勃，想獨力查清楚所有的事，等到最後，再向署長報告。

「剛才你說會被塞進箱子裡，什麼箱子，很嚇人嗎？」

「嚇人？豈止是嚇人！你們都沒見過，那是地獄啊！人被裝在那個箱子裡，手和腳會麻痺得無法動彈。知道嗎？我這樣的殘廢，也是從那種箱子裡出來的。哈哈哈……」

侏儒絮絮叨叨地說了一會兒，便莫名其妙大笑起來，聽得人脊背發寒。他雖然有些傻，卻也保持著一分理智，所以接下來，不管北川再問什麼，他都沒有給出任何明確的答案。

「阿爸就那麼可怕嗎？你膽子也太小了。不過，阿爸在哪兒？離這兒很遠嗎？」

「嗯，很遠。具體是哪兒，我也不記得了，只記得是遙遠的海的另一邊。那裡是地獄、鬼島！想起來，我就汗毛倒豎。太可怕了……」

所以那天晚上，北川無論如何努力，都沒有得到更多的線索。但整體來說，他還是比較滿意的，因為他的推測總算得到印證。之後的幾天，北川都

在努力拉攏一寸法師，指望對方放鬆警惕，說出更多更詳細的情況。

在這段期間，北川慢慢對「阿爸」這個人有了一些瞭解，開始明白他的恐怖之處，以及一寸法師和友之助為什麼這麼怕他了。侏儒總是含糊其辭，以致北川無法從這樣少量的資訊中，推斷出阿爸的長相，但是有時，他甚至會覺得「阿爸」不是人，而是一隻令人膽寒的野獸，甚至是傳說中的魔鬼。侏儒的言語和表情，也在不斷地加深他的這種感覺。

此外，北川透過想像，慢慢地知道一些「箱子」的真實含義。當想像落到實處，連北川這樣的英豪都被那恐怖的景象嚇得渾身發抖。

有一次，侏儒告訴他：「我從出生起，就被人塞進了箱子裡，渾身上下一動都不能動，只有頭露在外面，好方便他們餵我吃飯。我被人塞在箱子裡，坐著船來了大阪，到這之後，我才第一次被允許離開箱子，到外面寬敞一些的地方活動。我當時怕得要死，就這樣縮成一團。」說到這兒，他便蜷縮起短小的胳膊和腿，就像剛出生的嬰兒那樣。

「這都是秘密啊，我只和你說，你不要告訴別人，不然你會倒楣的，會被人裝到箱子裡。你要是真的進去了，可別怪我哦！」說到這兒，侏儒像是被嚇到了，露出一副驚恐至極的表情。

之後，又過了十幾天，北川刑警悄無聲息地混進敵營，沒動用任何武力，以和平的手段，穩穩當當地查出「阿爸」的身分，揭露發生在那座島上異乎尋常的犯罪事件。這些情況隨著故事的發展，讀者自然會慢慢瞭解到。在這裡，我只是想告訴大家，警察裡也有正直睿智的刑警，就像北川那樣，歷經千辛萬苦，從曲馬團這條線索出發，積極地展開偵探活動。北川刑警具體是如何破案的，大家以後自然會瞭解到。現在，我們不妨繼續原來的話題，說說我和諸戶之後的行動。

# 諸戶道雄的自白

在神田西餐廳看過那本讓人膽寒的日記之後，諸戶約我第二天去他家細談。我如約而至，諸戶看起來正在等我，所以學生助理一看到我，就將我帶去了會客室。

為免有人偷聽，諸戶打開所有的門和窗戶。然後，他一臉菜色地坐在那裡，低聲說起了自己的離奇身世。

「我從來沒和人說過自己的身世，說實話，我自己也不是很瞭解。要說這裡面有什麼原因，我也只想和你說。我希望你能幫我解開這個詭異的謎團，因為查出這件事，就能找出害死初代小姐和深山木先生的真凶！

「我一直以來的種種行為，你一定覺得非常可疑吧！比如，我為什麼會對追查凶手的事如此熱心，我為什麼要和你爭著向初代求婚？（我喜歡你，不想你們在一起，這是事實，但是我向她求婚，確實還有別的、更深層次的原因。）我為什麼喜歡男人而不喜歡女人，我為什麼學醫，這棟研究室又在做什麼稀奇古怪的研究⋯⋯這一切，當你知道我的身世，就全明白了。

「我不知道自己在哪裡出生，父親、母親都是什麼人。我不知道養育我長大、送我讀書的人和我是什麼關係，是不是我的父母，因為我在他們身上感受不到任何親情，沒有一絲半點父母對子女的愛。我從記事起，就生活在紀州①的一個孤島上。那座島十分荒涼，只有二三十戶漁民，零零散散地住在那裡。我們家的房子宏偉而殘破，住在那裡的一對夫妻，說是我的父母，我卻始終無法相信，一來是我們長得完全不像，他們很醜而且都是駝背，二來他們也不愛我，雖然住在一個屋簷下，但也許是因為房子太大了，我和父親就沒見過幾次面，他非常嚴厲，不允許我犯一丁點錯，否則便要打罵責罰。

---

1. 紀州：是日本江戶時代的一個藩，位於現在的歌山縣和三重縣南部。——譯注

「島上沒有小學，最近的學校在一里外的鎮上（在海的另一邊）。按理我應該去那兒讀書，可是誰都沒有提，所以我沒上過小學。給我啟蒙、教我唱「伊呂波②」的，是一個和藹的老爺爺。因為家裡的情況，我把讀書當成一種樂趣。認字之後，就把家裡所有的書都看了一遍。每次去鎮上，都會買很多書回來讀。

「13歲那年，我鼓足勇氣求父親送我上學。父親覺得我很聰明，是塊讀書的好材料，所以聽了我的懇求，並沒有嚴加斥責，而是說要考慮考慮。一個月後，他終於答應了，但提出一些非常古怪的條件。第一個條件是，既然要上學，就要好好讀，去東京一直上到大學。他讓我去東京他朋友家寄宿，為升入中學做準備，還說我若能順利入學，以後得住集體宿舍裡，或在外面租房子住。這條對我來說，簡直正中下懷。父親找了他在東京的一個姓松山的朋友幫忙，對方來信說願意照應我一段時間。第二個條件是，在大學畢業以前，不能回家。我對這個冷冰冰的家和殘疾的父母，沒有任何留戀，所以這個條件並沒有讓我感到痛苦，儘管它確實有些奇怪。第三個條件是，我必須學醫，至於醫學的哪個方面，則等到我上大學的時候再說。以上這些條件，我若違背一條，他們就會停止匯款，不再為我提供學費。當時，我並沒有因為這些條件而感到為難。

「可是年紀越大，我越覺得藏在第二條和第三條背後的深意，非常可怕。在大學畢業前不能回家，應該是怕我長大後發現家裡的什麼秘密。我家是一棟又大又破、古堡般的宅院，裡面有很多因為見不到陽光而顯得鬼氣森森的房間，簡直就是恐怖小說裡藏匿鬼怪的巢穴。有幾間屋子終年上鎖，嚴禁出入。裡面有什麼，我全然不知。還有院子裡那個大倉庫，也是終年上鎖。那個時候我還很小，但已經意識到家裡的秘密必定十分可怕。還有我家裡的人，除了那個親切的老爺爺，全都是殘廢。這也讓我非常難受。我父母是佝僂，家裡的四個傭人（也可能是客人）竟然像約好了一般，不是瞎子、

2. 以日語假名次序譜寫的字母歌。——譯注

啞巴，就是只有兩根手指的低能兒，或者連站都站不直，水母般的軟骨症患者。想想這些人，再想想那些常年上鎖的房間，我不由得生出來一種難以名狀的驚懼和不適。我的這種因為不用回父母身邊而喜不自勝的心情，你能理解嗎？父母不讓我回去，是為了保住自己的秘密。我自小就非常敏感，融不到那個家裡去，他們應該是想到這一點，所以有些害怕了。

「可是，第三個條件才是最嚇人的。等我考上了醫科大學，松山（我之前曾經在他家寄宿）就帶著我父親的長信到出租屋來找我。他帶我去了一家餐館，按照信裡我父親的意思，勸了我一個晚上。總的來說就是，我不用像普通醫生那樣賺錢養家，也不用像專家學者那樣揚名立萬，而是要積極參與重大的科學專案，以促進外科的發展。當時，世界大戰才剛剛結束，外科方面的醫學奇蹟層出不窮，什麼透過皮膚和骨骼移植，讓重傷士兵完好如初；什麼透過開顱手術，為患者移植部分腦組織，諸如此類。我父母讓我也從事這個方面的研究。因為父母都是可憐的殘廢，我比別人更覺得有此必要。如果能讓肢體上有殘缺的人都裝上義肢，像正常人那樣生活，這也很好啊！當時，我還天真地擁有這種外行人的想法。

「一來，這不是壞事；再者，我還需要父母幫忙交學費，所以聽到這個要求，我毫不猶豫地答應。我那該受詛咒的研究，就是從這裡開始的。學完基礎課程，就是動物實驗。老鼠、兔子、狗，我用鋒利的手術刀，殘忍地肢解這些動物，由著它們痛苦地嘶吼、掙扎。我的研究領域是活體解剖，也就是說，我必須活生生地將它們剖開、切碎。不知有多少動物因為我變成殘廢。有一個叫亨特[3]的學者，把雞的爪子移植到牛的頭上，你知道名聲赫赫的阿爾及利亞『犀牛鼠』是怎麼來的嗎？是把老鼠的尾巴移植到牠的腦袋上。我所謂的研究也是這樣，把一隻青蛙的腿切除，換上另一隻青蛙的腿，給一隻白老鼠再安一個頭。為了做腦移植手術，我不知殺了多少兔子。

---

3. 約翰・亨特（John Hunter，1728～1793），英國外科學家、解剖學家，近代實驗室外科學和解剖學的奠基人之一。——譯注

「研究的目的是造福於民，可換個角度去想，那麼多的動物都因為我變成殘疾。更可怕的是，我居然開始享受製造殘疾動物的過程了。每次動物實驗成功，我都會自豪地寫信向父親報告，他也會回一封長信來祝賀、激勵我。大學畢業後，之前提到的松山，便按父親的意思給我蓋了間實驗室，每個月我都能收到一大筆研究經費。可是，父親完全不想見我。畢業之後，我也一次都沒回過家，這是他要求的，而他自己，也沒來東京看過我。父親做這些事，看起來是為了我好，可是這裡面哪有半點父母對子女的愛。有時，我忍不住懷疑，他在做什麼罪大惡極的事，不想被我發現。

「我無法視他們為父母的另一個理由，和那個號稱是我母親的人有很大關係。那個醜陋不堪的佝僂女人，對我抱有的不是母子之情，而是男女之愛。我真不願意提這件事，因為羞恥，更因為噁心。從我10歲開始，母親就不停地騷擾、折磨我。她時常會撲到我身上，用骯髒的嘴和舌頭在我身上又親又舔。直到今天，一想起她嘴唇的觸感，我就毛骨悚然。我睡覺時常睡到一半，就被古怪的刺癢感驚醒，睜開眼睛一看，母親不知什麼時候上了我的床。她對我說『你是好孩子，要乖啊』，然後做一些讓我羞於啟齒的事。我在她身上看到世間所有的惡，被折磨了三年。我之所以不願意回家，和母親有很大關係。我厭惡母親，厭惡所有女人，覺得她們髒。這可能就是我變成同性戀的原因。

「此外，還有一件事你絕對想不到：我是在父親的逼迫下向初代求婚的。你還沒愛上初代，我就已經收到了要和木崎初代結婚的命令。父親不停地給我寫信，松山先生作為他的信使，不停地勸我、催促我。這是一個巧合，一種說不清道不明的因緣。可是，就像我之前說的那樣，我厭惡女人，根本沒有想過要和女人結婚。父親說要和我斷絕關係，不再為我提供研究經費。我拖著、敷衍著，堅決不去求婚。可是，沒過多久，你和初代就確定關係。我知道這件事後，心態馬上就變了，我接受父親的命令，去松山家對他說我願意向初代求婚，托他幫我處理求婚事宜。後面的事，你都知道了。

「聽了這些事，你猜到什麼沒有，是不是非常可怕。雖然我們還沒有掌握所有事實，但大致的輪廓已經出來了。直到昨天看了連體人的日記，聽你

說起初代的童年記憶，我才知道自己的想像力和聯想能力，居然十分匱乏。可是……天啊，太可怕了。我必須得告訴你，昨天你畫的那片荒涼的海景正是我家鄉的景色，而畫中那棟古堡般的大房子，是我生活了13年的老宅。太可怕了，你絕對想像不到這件事對我的衝擊有多大！

「三個人看到的景象幾乎相同，這絕對不是誤會或巧合。初代小姐看到臥牛形的海角、城堡一樣的房子、牆皮剝落的倉庫。連體人看到臥牛形的海角，住在一間大倉庫裡。這些情況，和我家鄉的景色一模一樣。我們三個人之間也有著常人難以想像的緊密聯繫。父親一定認識初代小姐，不然不會逼我娶她。追查初代小姐遇害案件的深山木，拿到了連體人的日記本，這說明初代小姐和連體人之間，不管是直接還是間接一定有什麼聯繫。還有，連體人住在我父母家裡。總之，我們是三個（準確的說，應該是四個，因為其中有一對是連體人）可憐的木偶，被一個看不見的惡魔操縱著。我還可以繼續往下猜，那個擁有惡魔之手的人，其實不是別人，而是我名義上的父親。」

說到這兒，諸戶像一個聽了鬼故事的孩子般，一臉驚恐地四下看了看。雖然我還沒完全理解他得出的那個結論有多可怕，卻被他荒誕離奇的身世和他說這些事時的詭異表情，嚇得臉色發白，忽然有一種置身地獄，四周陰風陣陣的感覺。夏日陽光明媚，森森寒意爬上脊背，我不由得打了個寒顫。

# 惡魔的真面目

諸戶的講述還在繼續。炎熱的天氣和亢奮的精神，讓我流了一身汗。

「你知道我現在是什麼心情嗎？我父親可能是一個殺人犯，不，是一個殺人魔，因為他手裡的人命，不止一條。哈哈哈，世界上怎麼會有這麼荒唐的事。」諸戶瘋了一樣不停地笑。

「可是，事情還沒有查清楚，也許這些事都是你不切實際的瞎想！」

不要以為我這麼說是為了安慰他，事實上，我真覺得他的猜測有些荒

唐。

「怎麼會是瞎想，除了這個，還有別的解釋嗎？父親逼我娶初代小姐，是為了得到她的東西。因為結婚後，初代小姐的一切都會轉入她丈夫，也就是父親兒子的名下。我還可以繼續往下猜。對父親來說，只拿到家譜裡的暗文是不夠的。因為父親就算從暗文中推斷出寶藏的位置並取出寶藏，初代小姐作為寶藏的真正所有者，若是發現其中的秘密，就有權向他討要。但是，只要我娶了初代小姐，這個問題自然就不存在了，因為寶藏和寶藏的所有權都會落到我父親手裡。我父親一定是這樣想的。只有這樣，才能解釋他為什麼如此積極地逼我求婚。」

「可是，他怎麼知道暗文在初代手裡？」

「這個部分，我也沒想明白。但是，透過初代記憶中的海岸景色可以知道，我家和初代小姐之間一定有什麼聯繫。也許初代小時候和我父親見過面。她不是3歲時，才被人遺棄到大阪的嗎？我父親可能是最近才找到她。這就解釋了，父親為什麼知道初代小姐手裡有暗文。

「聽我說：我後來雖然想盡各種辦法向初代小姐求婚，甚至打動了她的母親，可初代小姐從沒答應過。因為她把自己的身體和整顆心都給了你。我知道這一點沒多久，初代就遇害了，凶手還拿走了她的手提包。為什麼？因為手提包裡有一樣非常重要的東西。誰會為了偷一個月的薪水而大動干戈地殺人？所以，凶手的目標是家譜，不，是家譜裡的暗文。初代小姐不肯嫁給我，他便設計這場精妙的謀殺，以除去這個隱患。」

我被諸戶的解釋說服了。他怎麼會有這樣一個父親呢，他心裡得多難受啊，想到這些，我總是覺得應該說些什麼安慰他一下，可又不知道應該如何開口。

諸戶像一個被高熱燒糊塗的病患，不管不顧地繼續說：

「深山木也是因為這件事死的。他是一個非常優秀的偵探，不僅拿到了家譜，還找到紀州的孤島。凶手，啊，也就是我的父親，看到這種情況會怎麼想？肯定是殺人滅口吧！他不會允許深山木活著，挖出所有的事。此外，他要從深山木手中拿到家譜。所以，深山木一回到鐮倉，就像初代小姐那

樣，被人用精妙的手法，在大庭廣眾下殺掉了。這是第二宗殺人案。要說凶手為什麼沒有在島上殺了深山木，我猜多半是因為我父親當時人在東京。蓑蒲君，我父親說不定一直潛伏在東京的某個地方，只是沒有告訴我罷了。」

說到這兒，諸戶像是忽然想到什麼，站起身走到床邊，警惕地望向院子裡的花草樹叢，好像他父親正藏在草木的陰影裡一樣。可是，盛夏幽深的庭院裡一片寂靜，既沒有風吹動草葉的聲音，也沒有素來聒噪的蟬鳴。

「我之所以會這麼想，」諸戶回到座位上，繼續說，「嗯，友之助被殺那天晚上，你不是和我說，看見一個駝背的老人進了我的院子嗎？我們都猜是他殺了友之助。我父親上了年紀，腰多半也彎了，再加上他本來就是佝僂，走路時很可能就像你說的那樣，像一個80多歲老頭。如果這個老人真是我父親，那從初代看到他時，他就已經在東京了。」

諸戶忽然停下話頭，用求助的目光，怔怔地看著我。我心裡像是裝著很多話，卻一句也說不出來，只能冷著臉，任由壓抑的氣氛在我們之間發酵。

「我決定了。」最後，諸戶低聲說，「昨天晚上，我想了一宿，決定回老家看看，已經十幾年沒回去了。從和歌山縣[1]南邊的K碼頭上船，往西大概5里，就能看到一座非常荒涼的孤島。那座島嶼名叫岩屋島，是初代小姐生活過的地方，現在可能還囚禁著一對連體人。（傳說在很久以前，這座島曾經是八幡海盜船[2]的聚集地。我猜，那暗文所對應的不明寶藏，指的就是這個。）我父母的家就在那裡。說實話，我真不想回去。只是想想那殘破不堪、鬼氣森森的宅子，就有一種難以言喻的恐懼和厭惡。可是，無論如何，我還是要回去一趟。」

諸戶臉上的神情十分堅決和嚴肅。

---

1. 和歌山縣：位於日本最大的半島「紀伊半島」的西南面，木產豐富，有「山海之國」、「木材王國」、「果樹王國」之稱。——譯注

2. 古時候，日本附近的海盜經常在船上掛「八幡大菩薩」旗，所以人們稱海盜船為八幡船。——譯注

「以我現在的心情，只能想到這個辦法。我無路可走了。我心裡壓著這樣恐怖的懷疑，一天也無法安心。我要在島上等他，不，他可能已經回去了。我要和他見面，把所有的事都問清楚。可是，想想都覺得可怕。我的猜測萬一是對的，我父親如果真是一個窮凶極惡的殺人犯……天啊，我要怎麼做？我是殺人犯的兒子，殺人犯將我養大，我用沾滿鮮血的錢讀書，住在殺人犯給我蓋的房子裡！對，他要真是殺人犯，我得勸他去自首。你看著吧，我一定會說服我父親的。如果他一意孤行，我就毀了這一切，讓邪惡的血脈徹底斷絕，和我的佝僂父親一起死掉，讓事情徹底了結。

「可是，在此之前，我還有件事必須去做，就是找到家譜的真正主人。已經有三個人因為家譜上的暗文而失去性命，它的價值不可估量。我有責任把它還給初代小姐的親人。父親罪孽深重，我要為他贖罪，我要找到初代小姐親人，讓他們幸福地生活下去，這是我的責任。這次去岩屋島，也許能找到一些線索。無論如何，我決定明天就離開東京。蓑蒲君，你覺得怎麼樣？我太激動了，你是局外人，用你冷靜的頭腦對我的想法做些評價吧！」

諸戶說我是「冷靜的局外人」，可是他完全想錯了，我敏感脆弱，當時比他還激動！

諸戶將心中的疑慮和盤托出，我雖然同情他，卻也因為找到殺死初代的真凶，想起一度被雜事擾亂的復仇執念，想起戀人慘死的事實。想到那個人奪走了我最珍貴的寶物，心裡的恨意便像熊熊燃燒的火焰般，沖天而起。

我始終記得為初代撿骨那天，我在火葬場旁邊的草地上，如何吃下了初代的骨灰，如何在地上翻滾著立下了報仇的誓言。如果諸戶的推理是對的，他父親就是殺害初代的真凶，我一定要讓他嘗嘗我所承受的痛苦，我要吃他的肉、喝他的血、挖出他的骨頭，只有這樣，才能消除我心裡的怨氣！

仔細想來，有一個殺人犯父親，諸戶確實很倒楣。可是我呢？我的愛人被我朋友的父親所殺，我的朋友對我抱著超越友誼的愛。這樣一想，我的立場就變得有些詭異了。

「我要和你一起去。工作我可以不要了，旅費我自己想辦法，你讓我和你一起去吧！」

我立即將這個想法告訴諸戶。

「所以，你也覺得我猜測是對的？可是，你去做什麼？」

諸戶滿腦子都是這些事，已經無力再揣測我的心情了。

「和你一樣，確定殺了初代的人到底是誰？找到初代的家人，還回家譜。」

「如果真是我父親殺了初代小姐，你準備怎麼做？」

我被他的問題嚇了一跳，心裡有些為難。可是，我不想騙他，於是狠下心腸，實話實活：

「如果真是他，我，我會和你割袍斷義，然後……」

「你要像古人那樣報仇嗎？」

「我還沒想好，但是你能瞭解我的心情嗎？就是吃他的肉，也難解我心頭之恨！」

聽我這麼說，諸戶一時沉默下來，用恐怖的目光看著我。忽然，他的表情又緩和下來，語調輕快地說：

「好，你和我一起去。如果我的猜測是對的，如果我真是殺人犯的兒子，就算你能放下仇恨，我也羞於讓你看到我禽獸不如的家人。若是可以，我寧願站在你這邊，反正我和父母也沒什麼感情，還有些憎恨他們。為了你，為了你心愛的初代小姐，我可以捨棄親人甚至是我的命。蓑蒲君，和我一起去吧，看看那座島上到底有什麼秘密。」

說到這裡，諸戶眨了眨眼睛，笨拙地抓住我的手，像古人「結義」那樣緊緊地握著，然後眼圈瞬間就紅了。

就這樣，我和諸戶決定去他的家鄉，紀州某座偏僻的孤島上去看看。不過，這裡我還有件事需要交代清楚。

諸戶當時並沒有表露他對父親的恨意，事後想來，這件事大有深意。那樣的事，比世間一切犯罪都恐怖和可恨得多，根本不是人能做出來的。只有野獸，只有不在人間的、地獄裡的惡鬼才會做。那樣惡行，諸戶甚至不敢去想。

可是，我的心太過脆弱，單是那三宗血腥的殺人案，就已經讓我心神俱

疲，哪裡還有心力去想這些罪案之外的罪惡。結果，只要把這些狀況結合起來，必然能想到的事實，我居然一點都沒察覺到。

# 岩屋島

商量完這些事，我們想起藏在神田西餐廳二樓匾額後的家譜和連體人的日記本。

坐車去神田時，諸戶提出這樣的建議：「我們不能把日記本和家譜帶在身邊，那太危險了。既然只有暗文有特殊價值，那麼我們把暗文記熟，把東西燒了吧！」我覺得他說的很對。

可是，到了西餐廳二樓，當我把手伸進匾額的破洞裡一摸，汗立時就下來了——裡面什麼都沒有。我不敢相信，又仔細摸了摸，確實是空的。我們去樓下問，所有人都說不知道，還說，從昨天起就沒有人進過那間屋子。

「虧我們還以為自己有多小心，原來一直在他們的監視下。現在東西丟了……」

諸戶對竊賊的本事欽佩不已。

「對方已經拿到了暗文，我們必須馬上行動。」

「明天就走。事情到了這個地步，也只能主動出擊了。」

第二天，大正14年8月19日（我永遠不會忘記這個日子），我們帶著少量行李奔赴南海孤島，展開一場難以想像的旅行。

諸戶說自己要出去旅行，讓學生助理和阿婆看家。我向公司請了假，理由是神經衰弱，要陪朋友回鄉，順便在那兒療養一段時間。我的家人也很支持我去。當時正是7月末，暑期休假馬上就要開始了，所以不管是家裡人還是公司的人，都沒有懷疑這件事。

我沒有說謊，確實是要「陪朋友回鄉」。可是，這趟家回的多麼詭異啊！諸戶回家，不是為了探望他的父親，而是為了判父親的罪，打敗他的父

親。

我們先坐火車到志摩半島的鳥羽，再坐班船去紀伊的K碼頭。最後一段路程連班船都沒有，只能找漁夫駕船出海。從鳥羽出發的班船，不是現在那種3000噸的豪華遊輪，而是二三百噸的汽船，又破又舊，旅客也少。剛離開鳥羽，我就有些想家了，心裡十分不安。汽船搖搖晃晃，我們坐了一天，才到K碼頭。K碼頭是一個破敗的小漁村，划船的漁夫只會說方言，漁船左搖右擺，沿著杳無人煙的山崖絕壁，在海上走了大概5里，終於到了岩屋島。

一路還算順利，沒遇到什麼特殊情況。我們在中轉站K碼頭登陸的時間，是8月21日的中午。

K碼頭既是貨物的集散地，也是魚市。水雷一樣的松魚，腸穿肚爛、不太新鮮的鯊魚滿地都是。海水的鹹腥味和腐肉的臭味，一陣陣地往人鼻子裡撲。

我們在碼頭上，找了家提供餐飲服務的旅館。那家店招牌很大，衛生條件卻十分糟糕，但也沒什麼可挑的。我們點了用新鮮的松魚生魚片做午飯，又請老闆娘幫我們找渡船去岩屋島，順便還和她打聽了那裡的情況。

「岩屋島嗎？遠是不遠，但是我沒去過。那裡陰森森的，有些嚇人。除了諸戶大宅，只有六七戶漁民。島上全是石頭，沒什麼看頭！」

女老闆說的是方言，很難聽懂。

「聽說諸戶家的老爺最近去東京了，你知道這件事嗎？」

「沒有吧！諸戶老爺是一個佝僂，他要是上了這裡的汽船，我不可能看不到。不過也說不定，佝僂先生自己有帆船，若是想出去走走，駕船就能走，我們也看不到。你認識諸戶老爺？」

「不，不認識。我們要去岩屋島玩，所以隨便問問。你知道誰能駕船送我們過去嗎？」

「難哦，今天天氣好，大家都出海打魚去了。」

因為我們一再懇求，老闆娘也是一個熱心人，她到處打聽，終於找到一個老漁夫。我們商量好價錢，鄉下人動作慢，等他準備好出行的東西，已經是一個小時以後了。船非常小，是那種俗稱「豬牙」的釣魚船，裝兩個人已

經十分勉強。我戰戰兢兢地問：「這船能行嗎？」老漁夫笑呵呵地說：「別怕，沒事的。」

沿岸的景色，和其他半島沒什麼差別。陡峭的懸崖上是茂密的森林，山與海連成一片。我們運氣不錯，那天無風無浪，只有斷崖底下能看到連綿不絕的白色浪花。山崖怪石嶙峋，到處都是只容一人進入的窄小岩洞。

老漁夫說今天晚上沒有月亮，我們必須在天黑前上島，所以加快了船速。繞過一個巍峨的海角之後，形狀怪異的岩屋島，便出現在我們面前。

整座島似乎都是岩石結構，幾乎看不到多少綠色植物。海岸全都數丈高的懸崖，誰能相信這裡還住著人？

隨著小漁船慢慢靠近，我們終於看到散落在斷崖上的幾戶人家。旁邊巨大岩石的上方露出一大片屋脊，那棟宅院十分宏偉，看著果然像是城堡。在這棟房子旁邊，我終於看到那座巨大的倉庫，陽光斜斜地射過來，牆壁反射出白光。

船很快就駛到了岸邊。不過，為了讓船隻順利靠岸，我們還要沿著斷崖再走一段。

路上，我們看見崖底有一個黑漆漆、深不見底的溶洞，應該是海水侵蝕而成的。在距離那個洞穴大概還有一百公尺的時候，老漁夫指著它說：

「看到那個洞穴了嗎？我們這裡的人管它叫『魔鬼淵』，聽說那裡有妖魔作祟，會吃人，漁夫們都不敢靠近。」

「是有漩渦吧？」

「不是漩渦，但肯定有東西。最近一次發生那種事，大概是10年前……」

然後，老漁夫和我們說一件非常神奇的事：

老漁夫說那件事不是他，而他一個漁夫朋友的親身經歷。有一天，一個眼神銳利的瘦削男子出現在K碼頭，找到老漁夫的朋友，說要雇船到岩屋島，就像現在的我們這樣。

過了四五天，那位漁夫朋友夜捕回航，在黎明時分經過岩屋島的洞穴前，當時正在退潮，湧入洞穴的海浪帶著海草、垃圾，還有一個巨大的白色

物體，一點點退出來。漁夫看到那個漂浮的白色物體，還以為是鯊魚的屍體，沒想到仔細一看，居然是人類的屍體。屍體頭朝外，身體還在洞穴裡，正在慢慢地往外飄。

漁夫立即划船過去，將那具屍體撈上來。不想，看到屍體又被嚇了一跳，因為那個人正是前幾天從K港坐著他的船去岩屋島的旅客。

所有人都覺得他是跳崖死的，所以事情到此就結束了。但是，聽老人說，那洞穴原本就是魔窟，所有死在那兒的人都是只有半截身體在洞穴裡，半截身體在外面，然後被人發現，場面十分詭異。還有人說，那洞穴裡是一個無底洞，只有獻祭活人才能壓住裡面的妖魔。「魔鬼淵」的名字貌似就是這樣來的。」

講完這些，老漁夫還囑咐我們道：

「正因為這樣，我才特意繞路，就想著離那洞窟遠一點。你們也要小心，別中了魔鬼的幻術！」

可是，我們並沒有把他的話放在心上。沒想到，老漁夫一語成讖，我們後來也遭遇了這樣恐怖的事。

說話間，這艘小漁船就在一個小巧的天然峽灣靠岸了。整片海岸，只有這裡的岩石比別處略低兩公尺，被海水侵蝕而成的階梯，像一個天然的停船場。

放眼望去，海灣裡只有一艘50噸左右、運載貨物的大帆船和兩三艘又破又舊的小船，並沒有看到人。

我們一上岸，老漁夫就回去了。我們懷著既亢奮又忐忑的奇妙心情，沿著平緩的斜坡往上走。

到了坡頂，視野瞬間開闊起來。草木稀疏的寬闊石道，一眼望不到邊，在島嶼中間有一座巨大的岩石山被圍在石道中間。對面，是城堡般巍峨聳立的諸戶大宅。

「從這裡看過去，對面的海角，果然像一隻臥牛。」

我聽了諸戶的話，連忙抬頭去看。他說的沒錯，從這邊看，之前登船的海角就像一頭臥倒的牛。初代小姐說她曾經在這附近照顧、逗弄過一個小嬰

兒，想到這件事，我心裡便有一種奇妙的感覺。

天色漸暗，諸戶家倉庫的白牆慢慢變成灰色，莫名地顯得有些荒涼！

我說：「這座島上一點人氣都沒有。」

諸戶聽了，說：「是啊，比我小時候還荒涼，真不像是人住的地方。」

我們踩著沙沙作響的石子，慢慢走向諸戶大宅。剛走沒幾步，就看到一個奇怪的畫面：夜色中，有一個乾巴巴的老頭獨自坐在斷崖邊，石像般一動不動地盯著遠方。

我們不由得停下腳步，打量起這個怪人。

老人許是聽到我們的腳步聲，不再盯著海面，慢慢地轉回頭看了我們一眼。當他的目光落到諸戶的臉上，像是被嚇到了，露出一臉驚訝的神色，目不轉睛地看著諸戶。

走過大概一百公尺之後，諸戶又回頭看了看那個老人，說：「奇怪，是誰呢？想不起來了。我肯定認識他。」

我心驚膽顫地說：「看著不像是佝僂？」

「你以為他是我父親？怎麼可能，雖然已經很多年沒見了，但是他，我是絕不會忘記的！哈哈哈。」

諸戶嘲諷的聲音，在夜色中飄散。

# 諸戶大宅

走得近了，更加覺得諸戶大宅殘破不堪。塌掉的土牆和破破爛爛的門，根本擋不住人，站在外面，甚至能一眼看到後院的情況。不知為什麼，整個院子一片狼藉，地面被挖得坑坑窪窪，稀稀落落的幾棵樹全被人拔了，橫七豎八地扔在那兒。這種情況，讓這座宅院看起來比實際情況更加荒蕪破敗。

四敞大開的玄關，黑漆漆的，像是怪物張開的嘴。我們站在門前，敲了半天，裡面一點反應都沒有。我們不停地敲門、叫人，又過了好一會兒，才

有一個老太婆晃晃悠悠地走出來。

雖然有光線昏暗的原因，但是我不得不說，我長這麼大從沒見過這麼醜的老太太。又矮又胖，皮肉都耷拉下來了，佝僂的背部像一個肉瘤堆起的小山。她黑紅色的臉孔上長滿皺紋，兩隻青蛙眼又小又圓，明顯地向外鼓著。她嘴巴像是長歪了，發黃的牙齒裡出外進，上排的牙像是掉光了。嘴一闔上，溝壑縱橫的臉，就像一隻束起來的燈籠。

老太婆一臉凶橫地瞪著我們，說：「你們是誰啊？」

「是我，道雄。」諸戶抬起臉，任她打量。老太婆盯著諸戶仔細看了看，忽然驚叫起來：「天哪，阿道？天啊，你怎麼回來了？我還以為你這輩子都不回來！嗯，你身邊的人是誰？」

「我的朋友。我很久沒回來了，想回來看看。所以，和朋友一起從遙遠的東京回了岩屋島。丈五郎呢？」

「哎，什麼鬼話，丈五郎也是你叫的？那是你爸，該叫爸爸才對。」

這個醜陋不堪的老太太竟然是諸戶的母親。

諸戶和母親說話，居然直呼父親的名字，管他叫丈五郎。這已經很奇怪了，更奇怪的是，那個老太婆在說「爸爸」時，不知是不是心理作用，我聽那語調居然和小雜技師友之助死前提起「阿爸」時的語調極為相似。

「你爸爸在家，只是他最近心情不太好，你和他說話時當心一點。唉，別在這兒站著啦，跟我進來吧！」

夜色昏暗，我們在散發著霉味的走廊裡拐來拐去，最後被領進了一個十分寬敞的房間。那個房間外面看著破敗，裡面卻被打掃得十分整齊乾淨。可是，不知為什麼，那種蕭瑟的感覺卻從未消失。

房間正對庭院，夜色中，可以看到寬敞的後院和土倉庫斑駁的牆，當然，還有院子裡被挖的亂七八糟的地面。

過了一會兒，諸戶的父親忽然出現在房間門口，陰冷的氣息撲面而來。他像一道影子在晦暗的房間裡緩緩移動，最後背對大壁龕輕輕地坐下來，第一句話便是斥責：

「阿道，誰讓你回來的？」

諸戶的母親也進來了，她走到房間一角拿出盞方形的紙罩燈，放在我們和老人中間，點上火。老人的臉浮現在紅色的燈光下，那是一張醜陋而狡詐的臉，像一隻貓頭鷹。和諸戶母親一樣，他也是佝僂，而且個子很矮。他的臉大的出奇，臉上長滿蜘蛛紋，上嘴唇像兔子似的從中間裂開。如此醜陋，讓人看一眼就終生難忘。

　　「我回來看看。」諸戶把剛才對母親說過的話又說一遍，轉而介紹身邊的我給他認識。

　　「哼，你沒有遵守約定。」

　　「不是那樣，我有事必須當面向你問清楚。」

　　「是嗎？其實我也有事想和你說。好吧，留下來住幾天，說實話，我也想知道你長成什麼樣。」

　　請恕我無法將當時的氣氛描述清楚。可是，諸戶父子在闊別了十年之後，首次見面的情況大概就是這樣。古怪極了。這個殘廢老人，看起來不僅肉體上有殘缺，精神上也不健全。他的語言、動作，甚至連父子情感的表達，都和正常人截然不同。

　　儘管氣氛非常詭異，這對古怪的父子仍然斷斷續續地說了一個小時。其中的一段對話，給我留下極為深刻的印象：

　　諸戶抓住機會，提出這個問道：「你最近是不是出去旅行了？」

　　「沒有啊，我一直在島上。是吧，老太婆？」

　　老人回頭問身邊的女人，不知道是不是心理原因，我總是覺得他當時的眼神帶著些緊張和深意。

　　「我在東京看到一個人，和你非常像。還以為你瞞著我，悄悄地去了東京。」

　　「什麼鬼話。我都多大年紀了，身體又不方便，去東京幹什麼？」

　　我仔細觀察著老人的面部表情，清楚地看到他說這句話時，眼球微微充血，額頭有些發青。諸戶換了個話題，沒再往下問。可是很快，他又提出一個重要問題：

　　「家裡的院子怎麼挖成這樣，出了什麼事嗎？」

突如其來的問題，把老人嚇了一跳。他像是沒想好答案似的，沉默了好一會兒才說：「沒有啊，這個，嗯，是阿六那個混蛋做的。對吧，阿高？你也知道，咱們家養了很多殘廢，阿六就是其中一個。他腦筋不清楚，所以把院子弄成這樣，我也不好罵他。」老人的這番話，明顯是胡亂找的藉口。

那天晚上，我和諸戶被安排到了同一個房間。我們並肩躺在床上，因為太過激動，怎麼也睡不著。我們不敢隨便說話，只能像啞巴一樣互相看著。夜色漸深，四周安靜極了，忽然，不知是從大宅的什麼地方傳來一陣細碎的「嗚嗚」聲。那個聲音又尖又細，聽起來非常痛苦。起初，我以為是有人在做噩夢，可是那個聲音持續的時間也太長了，感覺十分奇怪。

在紙罩燈昏暗的燈光下，我和諸戶交換了一個眼神，豎起耳朵凝神細聽。我忽然想起那對被囚禁在土倉庫裡的連體人。這呻吟聲，不會是那對可憐的連體人，因為打得太過激烈而發出的聲音吧？想到這兒，一陣寒意爬上脊背，我不由得打了個寒顫。

天都快亮了，我才迷迷糊糊地睡過去，可是沒一會兒，又忽然驚醒過來。睜眼一看，邊上的諸戶不知什麼時候不見了。我以為自己起晚了，連忙跳起來，去走廊上找洗手間。

諸戶家很大，我不知道路，只能茫然地四處遊蕩。諸戶的母親阿高忽然從走廊的拐角處衝出來，攔住了我的路。這個殘廢的老太太疑心很重，可能懷疑我在探查什麼。聽說我是在找洗手間，才稍微安心一點，說：「啊，你要去洗手間啊！」然後將我從後門帶到水井邊。

洗完臉，我想起昨晚聽到的呻吟聲和土倉庫裡的連體人。深山木曾經在牆外的窗戶下看到那對連體人，我也去那兒看一看，若是運氣好，或許能趕上他們往窗外看。這樣，大家也能見面。

我假裝早起散步，不緊不慢地溜出宅邸，順著土牆往後走。石子路凹凸不平，四周草木稀疏，連一棵像樣的樹都沒有，顯得十分荒涼。不過出了正門，去往土倉庫後門的路上，我忽然看到有一個地方長了一圈樹，就像沙漠裡的綠洲。我分開樹枝朝裡面一看，中間有一口古井，邊上的石頭井欄上長滿苔蘚。想想島上荒蕪的情況，再看看這口井（雖然現在不用了）的高規

格，想來諸戶大宅的前身多半也是座非常豪華的宅邸。

這些我們暫且不談。總之，我很快就到了那座擋在土倉庫前的圍牆下面。因為那堵牆和土倉庫非常近，所以即使站在牆外，我也能清楚地看到倉庫那邊的情況。和我想的一樣，倉庫二樓後面有一個小窗戶，窗戶上嵌著鐵棍子。嗯，本子裡也是這樣寫的。我激動地仰起頭，朝窗戶裡看，耐心地等著。太陽剛剛升起，紅色的光線照在剝落的白色牆皮上，微鹹的海風摩挲著我的皮膚。一切都是那樣的光明燦爛，真有一對連體怪物被關在這座倉庫裡嗎？

啊！是真的，我看見他們了。當時，我剛把視線從海面上轉回來，就看到窗戶的鐵欄後，並排出現兩張臉，還有四隻手正緊緊地抓著鐵欄杆。

一張是男人的臉，那個人顴骨高聳，皮膚發黑，長相極醜；一張是女人的臉，那個人雖然面無血色，但是皮膚十分光滑細嫩。

少女大大的眼睛滿是好奇，我驚訝地看著她。在我們視線相交的一瞬間，她像是不敢見人一般，露出一抹難言的羞澀，窘迫地將頭往後縮了縮。

當時，我不知怎麼的，忽然就漲紅臉，不敢多看她一眼。我太膚淺了，看連體人中的女孩容貌豔麗，不由自主便動了心。之前，真是想也想不到。

# 三天

如果諸戶的猜測是對的。他父親丈五郎必定有一副蛇蠍心腸，內裡比形貌更加醜陋，是這世上最為狠毒、邪惡的人，為了達成某種邪惡的目的，甚至捨棄了恩義親情。道雄不止一次說過，那個人根本不像是他的父親，他準備揭露其罪行。現在這對不同尋常的父子住到了一起，日後的交鋒只怕十分激烈。

我們在島上只過了三天較為平靜的日子，到了第四天，我和諸戶甚至沒法正常交流。那天，岩屋島上還發生一個慘劇：島上的兩個居民，像中了惡

魔的詛咒般，掉進了之前提到的魔鬼淵，那個吃人的洞穴，屍沉大海。

這三天雖然比較平靜，卻仍有一些事需要記錄下來。

首先是倉庫裡的連體人。我在諸戶家住了一宿，第二天早上，隔著圍牆看到站在倉庫窗戶裡的連體人。連體人中的女孩（日記中的阿秀）長得非常漂亮，或許奇妙的環境凸顯了這位殘疾少女的美貌。但無論如何，那一眼仍然給我留下非常深刻的印象，甚至打動我的心，這種情況讓我非常驚訝。

讀者也知道，我把所有的愛都給了死去的木崎初代，連她骨灰都吃了，還有我和諸戶來岩屋島，是為了查出殺害初代的真凶。可是，這樣的我，居然在看到一個殘疾女孩後，被她的外貌打動了。換句話說，我居然對她萌生愛意，動了心。是的，我必須承認，殘疾的阿秀姑娘十分吸引我。啊，我真是一個冷血的傢伙，我不是說要為初代報仇嗎？我才立下這個誓言多久啊！昨天才上島，現在還什麼都沒做呢，就愛上另一世界的殘疾姑娘。還有比我更無恥的人嗎？當時，我都有些看不起自己了。

可是，我心裡再愧疚，也無法抹除這種愛慕之心。我一邊給自己找藉口，一邊抓住各種機會溜出宅子，繞到土倉庫的後面和阿秀見面。

我第二次去那邊，是在隔著圍牆看到阿秀的那天傍晚。當時，發生一件讓我更尷尬的事，就是阿秀似乎也喜歡我。這真是一段孽緣啊！

在太陽的餘光中，倉庫的窗戶就像一張大張著的餓死鬼的嘴。我站在窗下，耐心地等著女孩再次出現。可是，我等了好久，黑色的窗子裡都不見人影。我心裡十分著急，竟然吹了聲口哨，就像那些不良少年一般。阿秀白皙的臉龐忽然在窗前一閃而過。我想她之前必定是躺著的，聽到我的哨聲忽然跳了起來，然後，又被什麼東西大力地拉了回去。雖然時間很短，但是我清楚地看到阿秀在對我微笑。想到這是「阿吉吃醋了，不想讓阿秀看到我！」，臉上不由得有些發燙。

阿秀雖然把臉縮回去了，我卻捨不得離開，癡癡地仰望著那扇窗戶。不一會兒，窗戶裡飛出一個白色的東西，是一團紙。我撿起來打開紙團，只見上面用鉛筆寫著：

關於我的事，你可以問撿走書的那個人。請把我從這裡救出去吧，你這麼漂亮、聰明，肯定有辦法救我出去的。

那封信寫得亂七八糟，我讀了好幾遍，才猜出裡面的意思。她竟然用漂亮來形容我，這讓我十分吃驚。不過，想想那本日記的內容，我猜阿秀眼裡的漂亮和我們所說的漂亮，大概並不相同。我們不會用「漂亮」來形容男人，因為那多少有些輕浮無禮。剛認出這個詞的時候，我臉都紅了。

之後的三天時間，為了和阿秀偷偷見面，我去了那裡大概五六次（別看只有五六次，卻費了我好大一番功夫），直到在倉庫的窗戶裡發現一樣意料之外的「東西」。為免被諸戶家的人發現，我們不敢說話，只用眼神和手勢交流。見面的次數越多，我越能從對方的眼神中領會一些複雜而微妙的意思。阿秀的字雖然寫得很差，也沒有見過什麼世面，有些懵懂，但她是一個聰明的姑娘，天生就聰明。

阿秀用眼神告訴我，阿吉欺負她欺負得很凶，尤其是在我出現後。因為嫉妒，阿吉對阿秀更凶了。阿秀透過眼神和手勢，把這些事告訴我。

有一次，阿吉用自己青黑色的醜臉將阿秀擠到一邊。他瞪了我很長時間，眼神十分凶狠，直到今天，我還記得那張殘暴的臉和他臉上的嫉恨。他像一隻骯髒蒙昧的野獸，執拗地瞪著我，眼睛一眨不眨。

連體人中的另一個，是一隻醜陋的野獸，這讓我更加憐憫阿秀。每一天我對這個殘疾女孩的愛意都會加深一點，這讓我有些不知所措。這難道是前世註定的孽緣嗎？每次見面，阿秀都催我快點救她出去。我雖然無計可施，卻跟她拍了胸脯，意思是：「放心吧，我一定會救你出來的，再等兩天，先別著急。」以此來安慰阿秀。

諸戶家有好幾個房間不許人進。且不說那個土倉庫，還有很多房間的門上都掛著老式鎖頭。諸戶的母親和男傭人嚴密的監視著我們的行動，簡直沒有一刻放鬆，所以我在他家根本不能隨意走動。不過，有一次我在走廊上假裝走錯了路，悄悄潛入宅子深處，和我想的一樣，裡面也有上鎖的房間，而且我聽到裡面傳出淒厲的呻吟聲和持續不斷的腳步聲，十分恐怖。我猜測，

發出這些聲音的，是像動物一樣被關起來的人。

　　我站在昏暗的走廊上連大氣都不敢喘，豎著耳朵仔細聆聽，一陣莫名的寒意撲面而來。諸戶說這棟宅子裡全是殘疾，那麼相比於土倉庫裡的怪物（啊，我竟然愛上那個怪物），所在那些房間裡的殘廢難道更可怕嗎？所謂諸戶大宅，難不成是殘廢的聚集地，丈五郎收集這麼多殘廢做什麼？

　　在這平靜的三天時間裡，我見到阿秀，發現上鎖的房間，除此之外，還有一件怪事。有一天，諸戶去找他父親，很久都沒回來，我不耐煩再等，就去遠處走了走，一直走到海邊的泊船處。

　　上島那天因為天色已經有些晚了，所以島上的情況看的不是很清楚。這次我走到一半，發現岩石山下面有一片樹林，裡面有一間房子，又小又破。這間房間和島上的所有人家都離得非常遠，看起來有些離群索居的味道。裡面住的是什麼人？我有些好奇，便離開主路，進了林子。

　　那棟建築非常小，相比於房子，說它是窩棚可能更合適，而且蕭瑟破敗，根本不像有人住的樣子。因為棚子的地勢較高，所以站在那兒，不管是對面的大海，還是臥牛狀的海岬，甚至是那個有魔鬼淵的洞穴，全都一覽無遺。岩屋島的斷崖是一片錯綜複雜的凹地，魔窟在凹地的最深處。

　　那洞穴深不見底，黑漆漆的，像魔鬼張開的嘴。湧向「唇邊」的浪花像寒光閃閃的獠牙。我低頭凝視洞窟，甚至能想像出魔鬼的眼睛和鼻子。南海的這座孤島對於自小在城市長大，沒什麼見識的我而言，簡直是一個荒誕離奇的異世界。只有幾戶人家的孤島、古堡一樣的諸戶大宅、被囚禁在土倉庫裡的連體人、被囚禁在房間裡的殘疾人、吃人的魔窟，這一切，對一個城裡人來說，只該出現在奇幻故事裡。

　　整座島安靜極了，只有單調的海浪聲，放眼望去，一個人都看不到，夏日如火的太陽照在白色的石子路上。

　　身後的一聲咳嗽，忽然將我從這如夢似幻的心境中驚醒。我回頭一看，在小屋的窗戶後，站著一個老人，正盯著我看。我想起來了，我和諸戶上島那天，有一個古怪的老頭蹲在這附近的海岸上，目不轉睛地看著諸戶，就是他。

老人見我回頭，主動開口道：「你是諸戶家的客人嗎？」

「嗯，我是諸戶道雄的朋友。你認識他嗎？」我想知道老人是誰，所以這樣問道。

「怎麼會不認識。我以前在諸戶家做過傭人，當時道雄少爺還很小，我背過他，也抱過他，當然認識了。不過，我年紀大了，道雄少爺沒認出我！」

「這樣啊，你怎麼不回諸戶家和道雄見面？他一定很想你！」

「哦，不不，我雖然很想道雄，但諸戶家的門我是一步也不會進的。你不知道，諸戶家那對佝僂夫婦根本不是人，是披著人皮的惡魔，是畜生！」

「這麼可怕？他們做什麼壞事了？」

「唉！我不能說。一個島住著，若是被他們聽到風聲，我就要倒楣了。那個佝僂老頭，根本不把人命當回事。你一定要小心，貴人們以後是要做大事的，命也金貴，千萬別因為跟我這個在荒島上生活的老頭子來往而遇上什麼危險啊！」

「可是，丈五郎先生不是道雄的父親嗎？我是道雄的朋友，他就是再壞再凶惡，也不會對我下手吧？」

「不，你可別那麼想。類似的情況，其實10年前就發生過。那個人聽說是丈五郎的堂兄弟，大老遠從東京來了諸戶大宅。可憐啊，年紀輕輕地，看著也是一表人才，最後變成一具屍體從魔鬼淵的洞穴裡飄出來。我不能說他就是被丈五郎殺的，可是那個人上岸後，一直待在諸戶大宅。沒有人看到他從宅子裡出來或坐船離開。你知道了吧！老人的話還是要聽的，小心一點，總沒有錯。」

老人溫聲細語，說了很多發生在諸戶大宅裡的恐怖故事。聽他的口氣，竟像是覺得我們會走上10年前丈五郎那位堂兄的舊路，所以讓我們千萬小心。我一邊自我安慰，說：「別擔心，沒那麼嚴重了！」一邊又想起慘死在東京的那三個人。老人說的這些不吉利的話，不會變成真的吧？這種不祥的念頭一冒出來，便無論如何都壓不下去了。我只覺得眼前發黑，渾身發抖，起了一身的雞皮疙瘩。

要說那三天，諸戶都做了什麼，其實我也不清楚。每天晚上，我們都並排躺在一起，可是他沉默得厲害。可能是因為心裡太苦了，他不知道應該如何訴說心裡的苦悶。白天我們單獨行動時，他似乎在某個房間和佝僂父親溝通交流，雙方爭執得厲害，每次都要說很長時間。回房間後，他總是非常憔悴，面無血色，眼睛裡布滿了血絲，冷著臉，一言不發，也不回答我的任何問題。

到了第三天晚上，他可能是忍到了極限，孩子似的發起脾氣，在被子上滾來滾去，輕聲喊道：

「啊……太可怕了。怎麼會這樣，居然是真的，完了，我真的是沒辦法了。」

我壓低聲音問他：「我們猜測是對的？」

諸戶青白的面孔扭成一團，痛苦地說：「是！而且比我們的猜測更嚴重！」我再三追問：「比我們的猜測還嚴重，那是什麼意思？」諸戶始終不肯說。

「明天吧，我要和父親做個了斷。如此，我們就再也不是父子了。蓑蒲君，我是你的朋友，我們一起打敗魔鬼吧！啊，一起上吧！」

說到這兒，諸戶一把抓住我的手腕，緊緊地握在手裡。他說的話雖然振奮人心，臉上的表情卻十分苦澀。這很正常，現在他稱之為惡魔，想要反抗、打倒的人，是他的親生父親。他臉色怎麼能好？我不知該怎麼安慰他，只能握緊他的手，希望藉此給他一些勇氣。

# 替身

第二天便是決一死戰的日子。

中午，我在啞巴女傭（阿秀日記裡的阿賢嫂）的服侍下，一個人吃了飯。諸戶自從進了他父親的房間，就再也沒出來過。我一個人在那裡胡思亂

想，越想心情越低落。所以吃完飯，就趁著散步的時間去倉庫後面和阿秀進行眼神交流。

我站在那裡，抬著頭朝窗戶裡看。過了好一會兒，也沒看到阿秀和阿吉的臉。我像往常那樣，吹了聲口哨。哨音一落，窗戶的鐵欄杆後出現一張臉，我嚇了一跳，還以為自己出現幻覺，因為那張扭曲的臉不是阿秀的，也不是阿吉的，是諸戶道雄的，他不是應該在他父親的房間裡嗎？

我揉了揉眼睛，再三確認，沒錯，那確實是諸戶道雄，他怎麼會在囚禁的連體人牢房裡。我想弄清這是怎麼回事，剛想大聲發問，就看到諸戶用食指抵住嘴唇。我立即安靜下來。

諸戶看我一臉驚慌，就在狹窄的窗戶邊給我打手勢、使眼色。可是我和他之間沒有和阿秀的那種默契，而且他想說的事也太過複雜，用眼神根本交流不了。諸戶非常著急，做了個讓我稍等的手勢，然後縮頭進去了。不一會兒，他將一張紙揉成團，朝我扔過來。

我撿起來，打開一看，上面的字跡非常模糊，大概是跟阿秀借的鉛筆：

我太過大意，中了丈五郎的奸計，現在和連體人一樣成為他的囚犯。這裡守衛非常嚴，根本逃不出去。可是和我相比，作為外人，你的處境更加危險。所以趕緊逃吧，離開這座島。我已經對一切失去信心，我當不了追查真相的偵探，也報不了仇，我的人生就這樣了。

原諒我沒有履行和你的約定，請不要笑我當初說的那樣英勇，如今卻表現的這般懦弱，丈五郎畢竟是我父親啊！

我的愛人，這是我們最後一次見面了。請忘了我，忘了諸戶道雄，忘了岩屋島。如果可以，也請你忘了給初代報仇的事，儘管我知道這個要求非常過分。

離開這裡之後，如果你還顧念我們多年的友情，請不要報警。這是我最後的請求。


讀完這封信，我抬起頭，諸戶正滿眼含淚地向下看我。惡魔父親終於將

自己的兒子也囚禁起來了。我不知是該責備道雄的言而無信，還是咒罵丈五郎的冷酷無情，當時只覺得心裡空蕩蕩的，只剩下難以言說的淒苦和哀愁。

這看不見的血脈之情，一定讓諸戶的心備受煎熬。其實仔細想想，他不遠千里來岩屋島探訪，並不是為了我，也不是想給初代報仇，而是受了父子天性的驅使。到了最後，他也因為這種羈絆而一敗塗地！難道這場殘忍父子之戰，就要這樣結束了嗎？

我和諸戶對望了好一會兒，最後還是他做手勢讓我趕緊走。我的腦袋亂成一團，沒有任何想法。倒是兩隻腳像是有自己的意識般，走向了諸戶宅邸的大門。離開時，我看到黑暗中諸戶蒼白的臉，阿秀的臉上也滿是不解，這讓我覺得更加失落。

可是，我不能走，我得把道雄和阿秀救出來。就算道雄要和我翻臉，我也不能放著殺害初代的仇人不管，夾著尾巴逃出這個島。如果有機會，我還得幫死去的初代，找到她的寶藏（真奇怪，我居然能毫無阻礙地同時愛上初代和阿秀兩個人）。即使諸戶不說，我也不會找警察幫忙，除非最後實在沒有辦法了。我要留在島上繼續追查。我要讓心灰意冷的諸戶振作起來，站到正義的這一邊。他智謀過人，我需要借助他的力量和魔鬼戰鬥到底。還沒回到諸戶大宅的房間，我便下定了這樣的決心。

回到房間沒多久，丈五郎（我上島之後，只和他見過一面）就彎著腰衝了進來，大聲喊道：「走，你給我收拾好東西，馬上離開這個家，不，整個岩屋島都不歡迎你。快，趕緊走！」

「你既然不歡迎我，我走就是了，可是我要和道雄一起走，他在哪兒？」

「我兒子不能見你，他還有別的事，他答應我要在家多待幾天。你趕緊準備吧！」

我不想和他做無謂的爭吵，準備暫時離開諸戶大宅。當然，我是不會離開岩屋島的。我要在島上找一個地方藏身，想辦法救出道雄和阿秀。

麻煩的是，丈五郎十分謹慎，派了個膀大腰圓的男僕看著我收拾東西、押送我出島。

男僕拎著我的行李走在前面，最後帶我去了之前和我聊過天的那個奇怪的老人家裡。這完全出乎了我的意料之外。他站在小屋前，大聲喊道：

「老德在家嗎？諸戶老爺讓你駕船，將這個人送去Ｋ碼頭。」

老人像上次一樣，從敞開的窗戶裡探出頭，看了我們一眼，問：「只有這位客人自己嗎？」

最後，男傭將我託付給這位名叫老德的老人就走了。丈五郎竟然會把我交給這麼一個對他心存不滿的老人，這實在有些出人意料，心裡總是覺得有些不敢相信。

無論他為什麼會選中這位老人，對我來說，都是一件好事。我把大概的情況和老人說了，求他幫我在這座島上多留一段時間。

老人仍像前幾天那樣溫聲勸我離開，說我的計畫並不周全，恐怕無法成功。我堅持不肯走，老人無奈之下，不僅答應我的請求，還幫我想了一條妙計，以瞞過丈五郎的耳目。

那條妙計是：丈五郎生性多疑，肯定不會讓我繼續留在島上，老德若是留下我，自己也要遭殃。所以，無論如何，都要划船去一次Ｋ港。如果船上只有老德一個人，自然無法騙過丈五郎，好在老德的兒子和我年齡相仿，個頭也差不多。只要讓他換上我的西服，不近看，別人也只當是我，然後他划船照常帶「我」去本島。我則換上老德兒子的衣服，藏在他家裡。

阿德笑著說：「我讓他去伊勢神宮參拜，等你的事情辦完再回來。」

傍晚，老德的兒子換上我的西服，威風凜凜地上了老德的小船。

我完全不知道，「我」乘坐的那艘小船，將會遇到多麼恐怖的命運。就這樣，小船沿著海島的斷崖，在茫茫的夜色中，漸行漸遠。

# 目擊殺人案

現在，我成為這篇冒險故事的主角。

我把兩個人送走之後，換上老德兒子滿是魚腥味的破棉衣，往小屋的窗戶邊一蹲，只露出一雙眼睛，遙望遠去的小船。

傍晚，海面升起淡淡的薄霧，黑色的海水和灰色天空融合在一起。昏暗的天空中，隱約能看到數點閃爍的星光。沒有風，海面像黑色的油一般平靜。現在正是漲潮的時候，遠遠地，能看到魔鬼淵那片海水正打著漩渦，往洞穴裡灌。

在參差不齊的斷崖邊，小船在浪潮中時上時下，正在緩緩駛向魔窟。數丈高的懸崖像一道黑色的牆壁，玩具似的漁船在崖底驚險地前進，蟲鳴似的搖櫓聲，偶爾會順著風隱隱傳進我的耳中。在昏黃的夜幕中，老德和他穿著西服的兒子已經小到只有黃豆大小的輪廓。

再轉過一道岩角，就是魔鬼淵的區域。忽然，我看到小船正上方的斷崖上，像是有什麼東西在動。我嚇了一跳，仔細看去，竟然是一個男人，而且是一個彎腰駝背，像是背著一口鐵鍋的佝僂男人。那麼醜陋的身體，我怎麼會看錯。是丈五郎，諸戶大宅的主人。可是這個時候，他去懸崖邊幹什麼？

我看到那個佝僂男人拿著一把像是十字鎬的東西，正在低著頭，用力地做著什麼事。隨著十字鎬的起落，懸崖上的什麼東西也晃動起來。我仔細一看，是被卡在懸崖峭壁間的一塊巨大的石頭。

天啊，我知道丈五郎想做什麼了。他想趁老德的船從懸崖下方經過時，把那塊巨大岩石推下去，讓老德他們船毀人亡。危險，他們必須趕緊離開那片懸崖，否則怕是凶多吉少。可是，我離他們太遠，就是喊破喉嚨，他們也聽不到。也就是說，我雖然發現丈五郎那個可怕的陰謀，也無力救下這兩位幫忙的好人，只能看著他們去死。除了求老天保佑，我還能怎麼樣？

那種佝僂的動作忽然加劇，巨石搖搖晃晃地從懸崖上落下去，眨眼就以非常快的速度撞上山崖，變成無數碎塊，砸向小船。

海上掀起巨大的浪花，連我這裡都能聽到轟隆隆的水聲。

丈五郎得償所願，船翻了。老德和他的兒子瞬間失去蹤影，不知道是被岩石砸死了，還是跳海逃走了。距離太遠，我實在看不清楚。

丈五郎這個佝僂的男人，顯然是一個心狠手辣的傢伙，只是掀翻小船還

不滿足，他氣勢洶洶地揮舞十字鎬，把崖頂的大小石塊全都推到海裡，海面掀起無數浪花。

過了一會兒，他不再揮鎬，探頭望向崖底，可能是想確定船上那兩個人有沒有死，然後才轉身走了。

頃刻之間，這一切便已經塵埃落定。因為距離太遠，我像看了一場精緻滑稽的木偶戲。儘管在這幕戲裡，有兩個人悲慘地失去性命，我卻一點都不覺得害怕。可是，這不是戲，也不是做夢或幻覺，是發生在現實裡的事。老德和他的兒子被奸人所害，多半已經成為魔鬼淵裡的兩個冤魂。

我終於知道丈五郎的打算了，果然狠毒邪惡。他從頭到尾都沒有想過要放了我。沒有在宅邸動手，是怕萬一暴露，惹上麻煩。所以他讓我乘船離開，斷了我和岩屋島明面上的聯繫。他知道小船一定會在那道懸崖下經過，所以事先在那兒設好埋伏，用石頭砸翻老德的船，讓人以為造成這一切的，是魔鬼淵那個人類難以抵擋的魔力。這也是為什麼他沒用更加方便的槍枝，而是不辭勞苦地跑去斷崖上推落岩石。

他沒有找別人送我，而是找了和他有矛盾的老德，是因為他想一箭雙鵰，將知道他惡行的我和曾經背叛過他、對其惡行也有一定瞭解的老德，同時除掉。現在，他的願望也算實現一半。

丈五郎已經殺了五個人了，這還只是我知道的。仔細想來，還有更恐怖的事實，就是這五個人的死，多多少少都和我有些關係，這太可怕了。首先是初代，要是沒有我，初代多半已經答應諸戶的求婚，她要是嫁給諸戶，就不會死了。然後是深山木，如果不是我請他查出真相，他就不會被丈五郎所殺。那位小雜技師也是如此。再有就是老德和他的兒子。他們會有這樣的悲慘結局，全是因為我來了這座島，又找他們做了我的替身。

我越想越怕，越想越恨，和昨天相比，今天我對殺人魔丈五郎的恨不知強烈了多少倍。現在，無論如何我都要留在這座島上，和那個惡魔決一死戰，將我的復仇大業進行到底。這不僅是為了初代，也是為了其他四個人。我相信，只有這樣，他們的靈魂才能安息。我勢單力薄、能力有限，可能最好的辦法是向警察求助。可是，這個世所罕見的惡魔，我不能只讓他接受法

律的制裁。按照老話說，我必須以其人之道還治其人之身，讓他承受與他所犯罪行同樣分量的痛苦，只有這樣，我心裡的恨意才能消解。

丈五郎認為我已經死了，這對我十分有利，所以目前最重要的事，就是盡可能不漏痕跡地裝成老德的兒子，不要被他發現。我還要悄悄地去土倉庫找諸戶道雄，和他商量一下要怎麼做才能報仇。我相信道雄只要聽說老德他們的死訊，就會徹底和他父親決裂。就算他不肯，我也要按照自己的心意，堅決地走下去。

我運氣不錯，老德和他兒子的屍體在之後的幾天裡，一直沒有被發現，可能是被捲進魔鬼淵的洞穴。於是，我順利地偽裝成老德的兒子。因為老德的船一直沒有回來，有幾個漁夫覺得不對，特地來小屋探望。我假裝病了，在屋子昏暗的角落裡，立起一面對折的屏風，遮著臉，蒙混過去。

白天，我在小屋裡藏著，等到晚上，才出來行動。除了去倉庫的窗戶下與道雄和阿秀聯繫，還仔細探查島上的地形，希望遇到危險時能用上。還有諸戶大宅的情況，也在我的嚴密監視之下。有時，我會趁人不備，溜進諸戶宅邸，觀察那些上鎖的房間，我透過關著的窗縫和門縫往裡看，想要查出到底是什麼東西在發出聲響。好了，親愛的讀者們，我就這樣魯莽地邁出了復仇的第一步，開始和那個世所罕見的殺人惡魔死戰到底。我將遇到怎樣的人間地獄，我將走進怎樣的魔鬼巢穴？我在文章開頭說的那個讓我一夜白頭的恐怖經歷，很快就會出現了。

# 屋頂上的怪老頭

因為有替身，我驚險萬分地躲過一場大劫難，可是我一點都不覺得開心。我偽裝成老德兒子，不能隨意離開屋子，也不想獨自駕船離開岩屋島。白天，我像犯人一樣謹慎地躲在老德的房子裡，只有晚上才能溜出去放放風，舒展舒展蜷縮了一天的手腳。

在食物方面，如果不考慮味道，我還是有東西可吃的。因為島上交通不便，老德的屋子裡存了不少米、麵、豆瓣醬、木柴。之後的幾天，我靠著豆瓣醬和不明種類的魚乾維持體力。

那段經歷告訴我一件事：一切冒險和苦難，都是想像的比切實體驗的更可怕。

我當初在東京設想的種種情況，沒有一個與現在的情況相符。我像是掉進一場荒誕離奇的夢或故事裡。老德家的屋子又小又破，我獨自躺在房間的角落裡，看著沒有天花板的屋頂，聽著連綿不絕的單調海浪聲，聞著海水鹹腥的味道，一種詭異的感覺油然而生，最近發生的這些事是真的嗎？我不會是在做夢吧？即使處在這樣可怕的環境下，我的心跳也和過去一樣有力，我的思維也和過去一樣清晰。無論事情有多可怕，當這樣的事真正發生，人總能冷靜地承受下去。這是在想像中，無法做到的。我想，士兵能在槍林彈雨中一往直前，或許就是因為這個。所以，當時我的處境雖然糟糕，心情卻不是很壞。

先不說這些，現在我的首要任務是去找被關在土倉裡的諸戶道雄，告訴他詳情，問問他接下來該怎麼辦。白天雖然危險，但晚上也不安全，島上沒有路燈，在黑夜中，真是一步都走不了。所以我選擇在黃昏，稍遠一點就看不太清楚人的時候，去那座土倉庫。枉我之前還那樣擔心，島上的人像死絕了一般，一個人影都沒看到。我悄悄走到土倉庫的窗戶下，迅速在圍牆邊一塊岩石後藏了起來，警惕地打探四周的情況，又豎起耳朵，聽圍牆裡或倉庫窗戶裡的動靜。

在薄薄的暮色裡，倉庫的窗戶黑漆漆的，像一張洞開的嘴。除了遠處單調的海浪聲，我沒有聽到任何聲音。眼前的所有景象都是灰色的，既沒有聲音，也沒有色彩，我不禁懷疑自己是不是在夢中。

我猶豫好一會兒，終於下定決定，將準備好的紙團從窗戶扔進去。我把從昨天開始發生的所有事，都寫在那張紙上，還問諸戶我們接下來應該怎麼辦。

我扔出紙團，便迅速回岩石後躲起來，耐心等候。可是，諸戶那邊一點

動靜都沒有。難道他因為我不肯離島，生氣了？我慢慢地開始有些不安。天徹底黑下來了，我幾乎看不清倉庫的窗戶。就在這時，終於有一張白色的人臉模糊地出現在窗邊，扔了一個紙團出來。

我定睛一看，那個人影好像不是諸戶，而是我喜歡的阿秀。儘管天已經很黑了，我仍然能看到她臉上的悲傷和低落。她應該已經從諸戶那裡聽說所有的事。

我打開紙團一看，只有用鉛筆寫的一句很短的話，可能是怕天黑我看不清楚，所以寫的很大。我一眼就看出那是諸戶的筆跡：

我現在頭腦一片空白，請明天再來。

看到這句話，我不免有些傷心，見到父親罪證確鑿，諸戶一定非常震驚和痛心吧！若非如此，他怎麼連我的面都不見，只讓阿秀將紙條扔出來。

透過窗戶隱約可以看到阿秀慘白的臉，我對她點了點頭，便垂頭喪氣地摸黑回老德的小屋。我沒有點燈，像野獸一樣直接撲倒在床上，任由思緒胡亂飄蕩。

第二天黃昏時分，我又去倉庫底下和諸戶聯繫。我打了暗號，諸戶的臉出現在窗邊。他輕輕扔了一個紙團下來，上面寫著：

你不肯放棄我，一定要救我出去，說實話，我真不知要怎麼感激你才好。當初，我以為你已經離開岩屋島，心裡十分絕望。我從未像現在這樣清楚地意識到，離開你，我將終生與孤獨為伴。丈五郎的惡行已昭然若揭，我和他父子之情將從此斷絕。現在，我對父親只有恨，沒有愛。他也從未給予我一絲半點的親情。而你，我們雖無血緣關係，我卻對你充滿眷戀。請將我從這座土倉庫裡救出去吧，還有那些可憐的人，我們也要救救他們。我們還要找到初代小姐的寶藏，這樣你就能瞬間成為富翁。我有辦法逃出土倉庫，只是還要稍微等上幾天。具體的計畫，我會慢慢告訴你。土倉庫這邊即使是白天，也看不到什麼人，所以你不妨每天都過來一趟。你一定要非常小心，

別被丈五郎發現。他若知道你還活著，一定會痛下殺手。此外，你在島上的這段時間，生活必定十分辛苦，請照顧好自己。

諸戶不止一次說過要和父親恩斷義絕，現在他終於下定了決心。可是，一想到促成這種轉變的一個深層次原因，是他對我的愛，心裡總是覺得有些彆扭。諸戶怎會如此瘋狂地愛上我？我無法理解，也不太想接受。

之後的五天，我們一直在偷偷幽會（用幽會這個詞多少有些怪，可是考慮到諸戶當時的狀態，用這個詞或許正合適）。細細想來，我在那五天裡的思想和行動，有很多都可以寫一寫。但是，我決定把這些事全部略去，只摘錄重點，畢竟它們和整個故事關係不大。

第三天早上，我遇到一件怪事，當時我正像往常那樣小心地靠近倉庫，準備和諸戶進行紙團交流。

太陽還沒有出來，黎明前的黑暗和薄薄的霧氣籠罩整個島嶼，我只能看清近處的東西。所以，直到距離那道土牆大概10公尺，才在偶然抬頭時，看到那個不可思議的場景：土倉庫的屋頂上，有一個黑色的人影正在動。

我大吃一驚，連忙跑到土牆的轉角處躲起來。我探頭細看，發現屋頂上的那個人是一個佝僂，沒錯，就是丈五郎。對於他，我不用看臉，只要看看身形就能認出來。

看到丈五郎，我馬上擔心起諸戶道雄的安危。這個怪物一樣的殘廢，總是伴隨著腥風血雨。初代看到這個怪老頭沒多久就被殺了。友之助遇害的那天晚上，我看到這個老頭的醜陋背影。就在前幾天，他還揮舞十字鎬，掀起斷崖上的岩石，讓老德父子葬身在魔窟洞穴的海底。

可是，他真的要殺死自己的兒子嗎？他之前不是因為狠不下心，採取比較溫和的做法——把諸戶關在倉庫裡嗎？

不，不是這樣！對那個怪物來說，這沒有什麼可猶豫的。既然諸戶不肯站在他那邊，還要和他鬥爭到底，他自然要斬草除根。

我心慌意亂地在圍牆後面躲著。晨霧慢慢退去，怪物丈五郎那個醜怪的身影越來越清晰。他坐在屋頂的一角，手上動個不停。

啊，我知道了，他想把鬼瓦①揭下來！

屋脊兩端的鬼瓦看起來莊嚴氣派，與宏偉的土倉庫非常協調。這種古典風格，在東京已經十分少見。

土倉庫的二樓怕是沒有天花板，揭開鬼瓦，只差一層屋板，就能看到囚禁諸戶道雄的房間。這太危險了。諸戶可能還在睡覺，對頭頂上的陰謀一無所知。可是，怪物就在那裡，我總不能當著他的面吹口哨向諸戶示警吧！除了著急，我真是一點辦法都沒有。

丈五郎很快就把那片鬼瓦揭下來，夾在腋下。那片鬼瓦有2尺見方，對一個殘廢來說，並不好拿。

他接下來要怎麼做？掀開鬼瓦下的屋板，讓醜陋的面孔出現在囚禁道雄和連體人房間的正上方，一臉奸笑地殺人嗎？

我被自己想像的畫面嚇壞了，呆呆地站在那裡，腋下全是冷汗。可是，丈五郎居然夾著鬼瓦，從屋脊的另一邊下去，怎麼會這樣？難道他是覺得鬼瓦太大，妨礙行動，想先找一個地方把它放下，再回來動手？可是，我等了好半天，他一直沒有回來。

我心驚膽顫地從圍牆後面繞到岩石那邊，遮遮掩掩地四下張望。在此期間，晨霧已經徹底消散。太陽從岩石山後探出頭來，將土倉庫的牆壁染成紅色，丈五郎始終沒有再出現。

# 神與佛

又過了半個小時後，我覺得不會有什麼事了，便鼓起勇氣在岩石後面輕輕吹起口哨。那是我和諸戶約好的暗號。

---

1. 鬼瓦，是鏟形、雕有鬼面的瓦件，常見房屋正脊和垂脊的兩端。——譯注

哨音一落，諸戶的臉就出現在倉庫的窗戶裡。看樣子，他已經等候多時了。

我從岩石後探出頭來，用眼神問他「有沒有事？」諸戶點了點頭，表示一切正常。我立即拿出事先準備好的筆記本，將丈五郎的詭異舉動寫下來，然後包著一塊小石子，團成團，從窗戶扔進去。

諸戶很快就寫了回信扔給我，大致是說：

告訴你一個好消息，看過你的信後，我有一個重大發現。我們的一個目標，好像很快就能實現。此外，別擔心，我暫時不會有什麼危險。詳細情況，我沒時間細寫，只寫下需要你辦的事吧！從這些要求中，你應該可以猜出我的想法：

一、走遍全島，找到所有和祭祀有關的東西，比如穀物之神的小廟，地藏菩薩的神像等，然後告訴我。當然，做這件事的時候，你一定要保證自己的安全。

二、諸戶宅邸的傭人這兩天應該會運貨出海，你若是看到，要馬上通知我，記得查清楚走了多少人。

諸戶說我可以從這些古怪的要求中猜測出他的用意，可是我想了半天也沒有想明白。扔紙條去問太浪費時間，又怕丈五郎突然回來，所以我決定暫時離開那裡，先執行諸戶命令。

為此，我每天在島上亂晃。因為怕被人識破，我穿著老德兒子的舊棉衣，用毛巾包著臉，在手腳抹泥。不仔細看，和本地人也沒有什麼區別。此外，我還像小偷一樣，盡量找沒有人家、沒有行人的地方走。因為白天要在野外活動，我的精神一直處於高度緊張狀態，當時是8月，雖說是海邊，天氣也十分炎熱，我每天頂著烈日到處跑，其實非常辛苦。可是，情況如此危急，我哪裡還顧得上熱啊！不過，轉的地方多了，我慢慢意識到一件事，就是這個島確實非常荒涼。即使零星看到幾個小棚子，裡面也不像住著人。除了偶爾能遠遠地看到兩三個漁夫，大多數時候，都是一天也看不到半個人

影。所以，慢慢地，我就沒那麼緊張了。

在那天黃昏之前，我在島上差不多轉了一圈，只找到兩個好像與神佛相關的東西。

岩屋島西側的海岸（在諸戶大宅對面，中間隔著島心的岩石山）幾乎看不到什麼人家，那裡山崖陡峭，聳立著很多奇形怪狀的巨大岩石。在那些巨石中，有一個烏帽子①形狀的岩石非常惹人注目，岩石頂端像二見浦的夫婦岩那樣，修建一個小巧的石頭鳥居②。這大概是幾百年前，諸戶大宅的主人為了祈求豐收和平安修建的。當時岩屋島應該還很興旺，那座宅邸家的主人也十分富有。附著在岩石鳥居外面的黑色苔蘚，在漫長的歲月中，已經老化成岩石的一部分。

同樣是在西側海岸，有一個與「烏帽子」相對的巨石，石頭上立著一座古老的石雕地藏菩薩像。在很久以前，島上應該有一條環繞全島的大路。道路的殘跡隨處可見，石雕地藏菩薩像如同路標一般立在路邊。石像下面既沒有拜祭的信徒，也沒有擺放貢品，所以說它是地藏菩薩，稱其為人形石頭或許更合適。石像的五官已經被磨平了。那裡荒無人煙，驟然見到這麼一座孤獨的神像，我還被嚇了一跳，不由自主地停住腳步。或許是因為下方的巨石基座，在歷經許多年的風吹雨打後，它仍然立在遠處，一如往昔。

後來我才意識到，這種地藏石像可能島上的很多地方都有，因為北側海岸還有其他地方也能看到這種類似地藏石台的東西。但是，不知道是因為頑童的惡作劇，還是其他什麼原因，現在只有西海岸這片最荒涼的地方，還有這麼一尊石像。

我走遍全島，只找到這兩個與神佛有關的東西。哦，對了，我記得諸戶

---

1. 烏帽子：日本公家平安時代流傳下來的一種黑色禮帽，烏帽子越高，等級越高。——譯注
2. 鳥居：日本神社的附屬建築，代表神域的入口，算是一種結界，用於隔離神靈生活的神域和人類生活的俗世。——譯注

大宅寬敞的庭院裡有一座氣派的小廟，只是不知道供奉的是哪一路神靈。但是我相信諸戶讓我找的東西，一定在諸戶大宅之外。

黑帽子岩上的鳥居代表「神」，地藏菩薩的石像代表「佛」。神與佛，啊，我好像有些瞭解諸戶的意思了。毫無疑問，和那篇咒語似的密文有關，我記得那篇密文是這麼說的：

神佛相會時
打碎巽鬼
若尋神佛恩賜
勿為六道路口所迷

如果「神」對應的是黑帽子岩上的鳥居，「佛」對應的是地藏菩薩的石像。啊，我知道了，「鬼」對應的可能就是今天早上，丈五郎從倉庫屋頂拿走的那塊鬼瓦。鬼瓦在土倉庫的東南方向，東南在方位上就是「巽」，所以那片鬼瓦，就是「巽鬼」。對，就是這樣。

密文說「打碎巽鬼」，難道寶藏在鬼瓦裡？若當真如此，丈五郎直接把鬼瓦捧了，拿出裡面的寶藏不就行了？

不，諸戶不可能想不到這件事。丈五郎拿走鬼瓦的事，我在信裡已經和諸戶說了，他也說從我的信裡找到新的線索。這樣看來，暗文一定還有深層次的含義。再說，若是只要捧碎鬼瓦就能拿到寶藏，還要密文的第一句做什麼？

說起來，「神佛相會時」這句應該怎麼解釋？如果「神」指的是黑帽子岩上的鳥居，「佛」指的是地藏菩薩石像，它們要怎麼相遇？這裡說的「神」、「佛」，不會是其他東西吧？

我絞盡腦汁，也解不開這個謎團。不過，今天的事讓我找到當初的那個賊，就是在東京神田西餐廳二樓偷走家譜和連體人日記的那個，和我們當時想的一樣，就是怪老頭丈五郎。所以，他才要拿走土倉庫上的那塊鬼瓦。之前他在諸戶大宅裡使勁，當真是把院子掘地三尺。後來，拿到了暗文，便廢

寢忘食地研究其中含義，並且最終發現土倉庫上的那片鬼瓦就是「異鬼」。

丈五郎會不會已經解開密文，拿到了寶藏？或者，他的解讀根本就是錯的，鬼瓦裡什麼都沒有。還有諸戶，他知道密文的真正含義嗎？我煩躁不安，心亂如麻。

# 殘廢軍團

那天傍晚，我去倉庫和諸戶說這些事，我們用紙條傳遞消息，就像往常那樣。出於謹慎，我還畫了一幅簡單的示意圖來說明黑帽子岩和地藏菩薩像的位置。

諸戶很快就出現在窗邊，扔了一張紙條下來：

你戴手錶了嗎？準不準？

沒想到他會問這個。不過，我現在的情況很危險，又不能隨時和他聯繫，有些事他怕也沒時間和我一一解釋，這不難理解。所以，我必須透過這些簡短的句子猜出他的想法。

幸好我有戴手錶（藏在衣袖裡，別人看不到），而且十分注意給錶上發條。我捲起袖子，將手腕上的錶展示給站在窗邊的諸戶，並打手勢告訴他，錶的時間很準。

諸戶高興地點了點頭，然後離開窗口。我等了一會兒，他又扔出一封稍長的信：

我要交給你一件非常重要的事，請認真去做，千萬別出紕漏。你應該已經猜到了，我對寶藏的位置有一些想法。丈五郎也在找，只是他犯了一個很大的錯誤。讓我們一起把寶藏找出來吧！希望很大。時間緊迫，不能等我離開土倉庫再動手了。

如果明天天氣好，下午4點左右，你去觀察一下烏帽子岩上鳥居的影子。記下它與地藏菩薩石像重疊的具體時間，回來之後告訴我。

接到這個命令，我立即返回老德的小屋。那天晚上，我腦袋裡全是密文的事。

「神佛相會時」這句話的意思，我現在已經非常清楚。不是真的相遇，是神的影子與佛重合——鳥居的影子落在菩薩石像上。這個想法太棒了。雖然有些晚，但是我不得不說，諸戶的想像力真是讓人驚嘆。

可是，這句雖然理解了，「神佛相遇時」後面還有一句「打碎巽鬼」啊！諸戶說丈五郎犯了一個很大的錯誤，也就是說「巽鬼」對應的不是土倉庫上的那塊鬼瓦。還有什麼東西，是用鬼命名的？

那天晚上，我終究沒有解開這個謎團，什麼時候睡著的都不知道。第二天早上，我迷迷糊糊居然聽到一些人聲，這十分反常，我立即被嚇醒了。有人從小屋這邊朝泊船場走去，不用說，他們都是諸戶大宅的傭人。

諸戶曾經交代我要注意這件事，所以我趕緊起來，將窗戶打開一條縫，悄悄往外看。只看到三個人的背影，走得已經有些遠了。其中兩個扛著一口箱子，是我在諸戶大宅見過的男僕。還有一個跟在旁邊，是出現在連體人日記中的助八爺爺。

前幾天，諸戶在信上說「諸戶宅邸的傭人會送貨物出海」，我想多半指的就是這個。對了，他讓我弄清楚去了多少人。

我打開窗戶，目不轉睛地盯著那三個人。他們漸行漸遠，最後走到岩石後面，看不到了。我耐心等待，果然很快就看到一艘船從泊船場划了出來。雖然離得有些遠，但能看到船沒有揚帆，剛才的那三個人還有那口大箱子都在船上。船又往外開了一會兒，便揚起帆，乘著清晨的風迅速遠航了。

諸戶之前囑咐過，查明這件事後，要盡快傳信給他。當時，我已經習慣白天出去，基本上沒有遇到人。所以，我立即動身，離開小屋去了倉庫。我把事情詳細地寫在紙上，從窗戶給諸戶扔了進去。諸戶很快就回了一封振奮人心的信：

他們這一走，少說也要一個星期時間。我知道他們此行目的。現在諸戶宅邸已經沒有好手，正適合逃走。我需要你的幫忙，請在岩石後躲一個小時，我會給你發信號。看到我在窗戶這兒揮手，請立即往大門那邊跑。若是有人從大門裡跑出去，一定要抓住他。現在裡面只有殘廢和女人，所以不用擔心。戰鬥終於要開始了！

我們的尋寶行動，因為這個突發狀況只能延後了。諸戶的信讓我喜出望外。好了，現在只要等著窗戶裡的信號就行了。諸戶的計畫若能順利進行，我們以後就可以直接交流了。還有阿秀，我一來到岩屋島，便不由自主地愛上她。很快，我就能看到她的臉，聽到她的聲音了。這段離奇的經歷，讓我不知不覺愛上冒險。聽說要開戰，只覺得熱血沸騰。在東京時候，我沒有想過會發生這樣的事。

和父母開戰，這種事非比尋常。我不知道諸戶現在是什麼心情，可是想到此處，連一心等著戰鬥的我，都覺得心裡空蕩蕩的，更何況是他？他準備怎麼做？要親手將自己的父母繩之以法嗎？

我在岩石後面一直等、一直等。天太熱了，雖然有岩石的陰影可以遮擋一二，灼熱的沙子仍然讓人站不住腳。往常，沙灘上還有海上吹來的涼風，可是今天一點風都沒有，甚至聽不到海浪聲，我懷疑自己是不是變成聾子。在難以言喻的靜謐中，大地幾乎夏日被熾熱的太陽燒著了。

我努力壓下眩暈的感覺，全神貫注地盯著倉庫的窗戶。信號終於來了。我看到一隻手從鐵欄杆裡伸出來，上下揮舞了兩三次。

我立即繞過土牆，一路飛奔，從正門衝進諸戶大宅。

進門後，我四下張望。裡面靜悄悄地，一個人都沒有。

丈五郎確實是一個殘疾，可是他奸險狡詐、心狠手辣，諸戶真的能制住他？我很擔心諸戶，生怕他遇到危險？宅子內裡靜的讓人心慌。

我進入玄關，沿著曲折的長廊，謹慎地往裡面走。

轉過一處拐角，前面是一條約2公尺寬、20公尺長的長廊。地上鋪著古

色古香的褐色榻榻米。因為屋頂很高而且沒有窗戶，走廊裡光線昏暗，如同傍晚時分。

我剛穿過這條走廊，就看到一個「東西」出現在長廊的另一端。它速度極快，糾纏著向我這邊衝過來，轉瞬就到了眼前。因為樣子太怪，我一下子沒有看出來。直到它撞到我，發出一聲怪叫，我才看出來，是連體人阿秀和阿吉。

他們身上的衣服和破布似的。阿秀簡單地將頭髮在腦後紮成一束。阿吉的頭髮大概是才剪的，怪模怪樣像一個勞改犯。大概是因為剛剛獲得自由，他們在我面前孩子似的又碰又跳，像是一頭形狀怪異的野獸。

我情不自禁，握住了阿秀的手，阿秀也回握著我的手。她的笑容天真稚嫩，她的手帶著絲絲眷戀。即使在那樣的環境裡，阿秀仍然把指甲修的乾淨又漂亮，我因此更喜歡她了。這樣的細節讓我很受觸動。

阿吉像一個莽夫，看到阿秀和我好，立即就惱了。直到那時，我才知道，沒有教養的人和猴子一樣，發怒時會露出牙齒。阿吉像猩猩一樣露出牙齒，凶狠地拽著阿秀，想讓她離我遠一點。

就在這時，有一個女人大概是聽到動靜，忽然從我後面的屋子裡衝出來。是啞巴阿賢嫂。看到連體人逃出土倉庫，她嚇壞了，當即一臉慘白地拼命將阿秀他們往宅子裡面推。

這是第一個敵人，很容易就被抓住了。我扭著她的手，她扭著脖子拼命往後看。發現是我，明顯吃了一驚，接著便雙腿一軟，坐在地上。她似乎沒有弄明白是怎麼回事，但無論如何，是放棄抵抗了。這時，又有一群怪人，從剛才連體人跑過來的方向過來了。諸戶走在最前面，後面是五六個形狀詭異的怪物。

我知道諸戶大宅裡有很多殘疾人，但是他們都被鎖在房間裡，嚴禁出入，所以我一次都沒有見過。一定是諸戶把門打開，放他們出來的。這些生物顯然對自由渴慕已久，他們用自己的方式歡呼慶祝著，看樣子十分感激諸戶。

「熊女」是一個半邊臉長滿黑色長毛的殘廢。她的手腳雖然正常，但可

能是因為缺乏營養，身體單薄，面無血色。她嘴裡絮絮叨叨念個不停，但從神情上看，還是很高興的。

有一個10歲左右的孩子，腳關節和正常人不一樣，是向後彎的，走起路來像一隻青蛙。他長著一張非常可愛的臉，用那雙殘疾的腿，興高采烈地蹦來蹦去。

還有三個小矮人，長著孩童的身材和成人的面孔，在這一點上，他們和見世物小屋<sup>①</sup>裡的尋常侏儒沒有什麼不同。不同地方在於，他們手腳無力，虛弱的就像軟骨症患者，走路十分困難。其中一個更是站都站不起來。他們像可憐的三胞胎一樣，在榻榻米上爬，用虛弱的身體撐著那個大腦袋，看著十分可憐。

在昏暗的長廊裡，包括連體人在內的這些殘廢亂糟糟地擠成一團。看到這種景象，一種古怪的感覺油然而生。應該說這看起來有些滑稽可笑嗎？可是這種滑稽是多麼地讓人膽寒啊！

「啊，蓑蒲君，我們贏了！」諸戶走到我身邊，強笑著說。

「嗯，贏了，那兩個人，你……」諸戶已經除去了丈五郎夫婦嗎？

「我把他們關進土倉庫裡了！」

諸戶跟我說，他謊稱自己有話要告訴那兩口子，將他們騙進土倉庫，然後和連體人一起忽然衝到外面。那兩個殘廢當時慌了手腳，被他們順利地鎖在倉庫裡。老奸巨猾的丈五郎當然不會輕易中計，只是這裡面的理由，我也是後來才知道的。

「這些人是……」

「殘疾人！」

「你父親為什麼要養這麼多殘疾人？」

「同病相憐吧！詳細的，我以後再和你說。現在我們的首要任務，是

---

1. 日本江戶時期，為刺激人們感官而搭建的，展示畸形人、稀罕物、雜技、戲法等節目的帳棚小屋。——譯注

盡快行動，在那三個傢伙回來之前，離開岩屋島。他們這次出去，怎麼也要五六天才能回來。我們要趁這個時間，把寶藏找出來，然後帶著些人離開這座恐怖的孤島。」

「那兩個人，你打算如何處置？」

「你是說丈五郎他們？說實話，我不知道。我有一個卑鄙的想法，就是帶著這些殘廢和寶藏，逃出這座島。如此一來，他們就做不了什麼，也不會再作惡，我希望是這樣。總之，我沒有膽量起訴他們，或是殺了他們。卑鄙就卑鄙吧，我只想扔下他們逃走。只有這件事，請你原諒我吧！」諸戶悲傷地說。

# 三角形的頂點

殘廢們都很聽話，所以我們讓阿秀和阿吉看著他們。阿吉雖然脾氣不好，但諸戶的話，他還是聽的，因為諸戶給了他自由。

我們讓阿秀用手勢告訴阿賢嫂，由她來為那些殘疾人和土倉庫裡的丈五郎夫婦準備一日三餐。諸戶一再強調，給丈五郎夫婦送飯時，飯菜只能從院子裡的窗戶送，絕對不能打開土倉庫的門。丈五郎夫婦冷血殘暴，阿賢嫂對他們當然不是真心臣服，她害怕甚至憎恨他們。所以，在弄清是怎麼回事後，她毫無反抗的接受命令。

諸戶做事乾淨俐落，到了下午，已經把這次反抗的所有後續工作都安排好了。諸戶大宅僅有的三名男傭全都出島送貨去了，所以我們輕易便贏取了勝利。丈五郎以為我死了，以為倉庫裡的道雄會乖乖認命，不會反抗自己的父母，一時大意，把所有的護衛都派出去了。諸戶當機立斷，打了他個措手不及，所以我們這一局，贏得非常漂亮。

我也問過諸戶那三個男人幹什麼去了，為什麼要走五六天？可是不知為什麼，諸戶從來沒有正面回答過這個問題，只是說：「他們要做的事，沒

有五六天絕對完不成，因為某些原因，我很確定這一點。不會有錯的，放心吧！」

當天下午，為了繼續探尋寶藏，我們一起去黑帽子岩。

路上，諸戶說了一些話，希望我能理解他：「我討厭這座島，再也不想來了。可是，我不能就這樣逃走，把寶藏留給那些人，因為他們會拿著它繼續作惡。如果這裡真有寶藏，我們一定要把它找出來，這樣初代小姐在東京的母親生活上就能寬裕一些，這些殘廢也有改變命運的機會。至於我，我急著找到寶藏是為了贖罪。按理，我應該把他們的罪行公之於眾，把丈五郎交給警察處置。可是我做不到，因為那表示我要親手把自己的父親送上絕路！」

「我知道，我知道，你只能這樣辦。」這是我的真心話。然後，我轉移話題，開始說尋寶的事。

「相比於拿到寶藏，我對解開密文更有興趣，只是這有點難。關於寶藏的那些暗語，你已經完全解開了嗎？」

「得試過才知道，雖然我覺得差不多了。你大致能猜到我的想法吧！」

「嗯，我只猜到一句。烏帽子岩上鳥居的影子落在地藏菩薩石像上的時候，便是『神佛相會時』。」

「你說得對。」

「可是，什麼叫『打碎巽鬼』？」

「『巽鬼』就是土倉庫上的鬼瓦，這不是你告訴我的嗎？」

「總不會打碎鬼瓦就能得到寶藏吧？」

「怎麼可能！但是我們可以沿用第一句，也就是鳥居和地藏菩薩石像的解讀方法。重點不在鬼瓦，而在鬼瓦的影子上。若非如此，第一句就失去意義。不是嗎？丈五郎也以為鬼瓦是關鍵，所以爬到倉庫頂上，把它揭了下來。我在倉庫的窗戶邊，還看到他摔碎鬼瓦後一無所獲的樣子。不過，他幫我找到解開暗語的線索。」

聽了他的話，我羞得滿臉通紅，感覺自己也受到嘲諷。

「我笨死了，完全沒想到這一層。也就是說，當鳥居的影子落到地藏菩

薩石像上的時候，我們只要確定鬼瓦的影子落在那裡就可以了，是嗎？」想到諸戶曾經問過手錶的事，我這樣分析。

「我是這樣想的，也可能不對。」

路程不算短，可是我們只說了這幾句話，剩下時間多是沉默。諸戶面若冰霜，我噤若寒蟬。將父親囚禁在土倉庫裡，這種有悖綱常的事，必定讓他心裡飽受折磨。雖然他總是直呼丈五郎的名字，沒有稱其為父親。可是丈五郎終究是他父親，他怎麼能不想……他這樣沮喪，也是理所當然。

我們早早就到了西海岸的目的地，那時烏帽子岩鳥居的影子才到斷崖邊上。

我們給手錶上了勁，等著影子在時間的推移中慢慢移動。

那天沒有風，我們雖然找了一個背陰的地方坐著，還是熱得汗流浹背。

鳥居影子以極為緩慢的速度一點點爬過地面，向小丘那邊靠近。

可是，在它離地藏菩薩石像只剩幾間遠時，我忽然意識到一件事。我轉頭去看諸戶，發現他神情古怪，看樣子是和我想到一起去了。

「照這樣看，鳥居的影子應該不會落到地藏菩薩像上。」

「嗯，差好幾公尺！」諸戶沮喪地說，「所以，是我想錯了。」

「那篇密文裡指的與神佛有關的東西，會不會已經消失了？我在其他海岸上，也看到地藏菩薩石像的遺跡。」

「可是，投影的地方一定是高地，這裡的岩石比其他海岸的都高，島心的岩山上又沒有與神社有關的東西。所以，只有這座鳥居才和『神』相對應啊！」諸戶倔強地說。

說話間，影子已經往前走了好大一段，幾乎和地藏菩薩石像的肩膀一樣高。仔細看來，鳥居的影子現在已經投射到小丘中間，距離地藏菩薩的石像大概還有4公尺遠。

諸戶目不轉睛地盯著影子沉思起來。忽然，一抹笑意出現在他臉上。

「哈哈，連小孩子都知道的事，我們居然沒有想到，真是太傻了！」說到這兒，他又哈哈大笑起來。「冬天日短，夏天日長。為什麼會這樣？哈哈哈，因為太陽和地球的相對位置發生變化。換言之，影子每天都會落在不同

的地方，落在相同地方的時間，一年只有兩次，就是夏至和冬至，太陽距離赤道最遠和最近的時候。唉！這麼簡單的事，虧我們還想了那麼久！」

「是啊，我們果然很傻。可是這樣一來，豈不是一年只有兩次尋找寶藏的機會？」

「寶藏的藏匿者可能就是這麼想的，並誤以為這是一個絕佳的點子，可以讓寶藏不被發現。可是，只要這座鳥居和地藏菩薩石像是尋寶的關鍵，我們就有很多辦法可以解開謎題，而不用等影子重合。」

「其中一個辦法就是以鳥居的影子和地藏菩薩石像為頂點，畫一個三角形，對嗎？」

「對。還要算出鳥居的影子和地藏菩薩石像之間的角度，然後計算鬼瓦的影子，看看它在哪裡能形成這樣一個角。」

這個發現讓我們興奮不已，我們距離找到寶藏的目標又近了一步。當鳥居的影子投射到地藏菩薩石像上，我看了看錶，剛好是5點25分。我將這個時間記在筆記本上。

之後，我們爬下懸崖，爬上岩石，好不容易才把鳥居和地藏菩薩石像之間的距離測算清楚。我按照這些資料，在筆記本上畫了一個三角形縮略圖。接下來，我們只要在明天下午5點25分，確定諸戶大宅倉庫房頂的影子投射在哪兒，並以今天算出的角度為基準，計算出誤差，就能找到藏寶地點。

可是讀者們，就像你們知道的那樣，那篇密文我們並沒有完全解開。密文的最後一句十分古怪，叫做「勿為六道路口所迷」。什麼是六道路口？難道前方還有一座地獄迷宮，正等著我們去闖嗎？

# 古井探險

那天晚上，我們並肩躺在諸戶大宅房間裡休息。夜裡，我被諸戶的叫聲驚醒了好幾次，他一直在做噩夢。這幾天，因為囚禁父母的事，他心裡一定

備受煎熬，日有所思夜有所夢，這很正常。他在夢裡，經常呼喊我的名字。知道他在潛意識裡那麼重視我，我覺得非常害怕。我明知道他喜歡男人，而且愛我至深，卻裝出一副若無其事的樣子，和他一起行動。這不是在害人嗎？我在心裡反覆琢磨這件事，翻來覆去睡不著。

在第二天5點25分之前，我們什麼安排都沒有。這讓諸戶更加痛苦，他甚至不敢靠近土倉庫，為了消磨時間，只能一個人去海邊閒逛。

丈五郎夫婦不知道是放棄了，還是想等那三個男僕回來再說，待在土倉庫裡不吵也不鬧。我不放心，還去土倉庫外面看了他們幾次。我趴在牆上想聽他們說話，又從窗戶向裡偷看，可惜他們安靜得很，也看不到人影。每次，啞巴阿賢嫂從窗口送飯進去，諸戶的母親都會溫順地下樓來取。

被我們安排在一個房間的那些殘疾人，也表現得非常老實。每次我去找阿秀，阿吉都要發脾氣，又喊又叫。和阿秀聊過之後，我發現她比我想像的更聰明更溫柔。越是接觸，我們越喜歡對方。阿秀像一個剛開靈智的孩子，不停地向我問這問那，我溫柔地回答她的每個問題。野獸一樣的阿吉自然很難討人喜歡，有時為了氣他，我會故意去親近阿秀。阿吉見了，火冒三丈，拼命扭動身體，弄得阿秀苦不堪言。

阿秀完全被我征服了。為了見我，甚至會用盡全身的力氣，拖著阿吉到我的房間。這種情況讓我喜不自勝。只是後來我才知道，沒過多久，阿秀對我的愛就會變成禍根。

在那些殘疾人裡，和我關係最好的，是一個10歲左右的小男孩。他名叫阿繁，非常可愛，只是腳關節有問題，只能像青蛙那樣四腳著地跳著走。阿繁生性活潑，總是一個人在走廊上跳來跳去，自得其樂。他的智力應該是正常的，經常用含糊稚嫩的聲音說些大人話。

我們暫且放下無關內容，轉入正題。下午五點，我和諸戶到圍牆外，我之前藏身的地方，抬頭看著土倉庫的屋頂。預定的時間就要到了。天氣晴朗，不見一片雲彩。土倉庫東南方向的屋脊將一道長影投射到土牆外。

諸戶看了看我的手錶說：「考慮到被揭掉的鬼瓦，得再加大概兩尺。」

「嗯。現在是5點15分，還差5分鐘。可是這種岩石地面，不像能藏東西

的樣子，是弄錯了吧？」

「那邊不是還有一片樹林嗎？按照我的推算，很可能要落在那一帶。」

「啊，那片樹林！我記得裡面有一口很大的古井。我第一天來這兒，就去那裡轉了轉。」

我記得那裡還有一道石頭井欄，看著非常氣派。

「真的？那裡有一口古井？太神奇了，井裡有水嗎？」

「應該沒有，那口井很深的。」

「難道那裡以前也有一座宅邸？或是那一帶曾經是這座宅邸的一部分？」

就在我們說話的同時，已經到了預定的時間——5點25分。

諸戶跑到影子那兒，放了幾塊石頭做記號，輕聲說：「影子在昨天和今天，位置上雖說會有些差別，卻也不會相差太大。」

我們測算出倉庫和影子之間的距離記在筆記本上，然後計算角度，確定三角形第三個頂點的位置。諸戶的推測十分正確，就在那片樹林裡。

我們撥開樹枝，向古井走去。四周林蔭茂密，古井顯得異常陰暗、潮濕。我們扒著石頭井欄探頭朝井裡張望，只感覺到一陣涼風從漆黑的井底吹來。

出於謹慎，我們又計算了一次。結果和上次一樣，這口古井確實是藏寶地點。

「這口古井是敞開的，這不對啊，難道是藏在井底的淤泥裡？就算是，這口井以前使用的時候，也要疏浚啊！這太危險了，根本不適合藏東西！」我總覺得不是那麼回事。

「你說得對，問題就出在這裡。把寶藏直接扔到井裡埋起來，這太草率了。藏寶者思慮周密、布局嚴謹，怎麼可能把財寶放在這麼容易暴露的地方。密文的最後那句，你還記得嗎？『勿為六道路口所迷』，弄不好這口井裡是有暗道的。所謂『六道路口』，就是縱橫交錯，迷宮一樣的暗道也說不定。」

「這簡直是故事裡的情節嘛！」

「不，很可能就是這麼回事。這種由岩石構成的島嶼通常有很多洞穴。事實上，魔窟洞穴也是這麼來的，地底的石灰岩層在雨水的侵蝕下，形成不計其數的地下通道。進入這些通道的入口，或許就在這口井裡！」

「用天然迷宮來藏匿寶藏，要真是那樣，確實是一個絕妙的主意。」

「這麼費盡心思藏起來的東西，肯定很有價值。不過，話說回來，密文裡有一個地方，我還是沒弄明白。」

「哦？聽你剛才的解釋，我還以為你全都弄懂了！」

「只有一個細節。就是那句『打碎巽鬼』。如果我們要掘地三尺，說是打碎，倒也說得通。可是，如果這口井就是入口，還有什麼是需要打碎的？太奇怪了。這篇密文看起來淺顯幼稚，但每句話都大有深意。我不相信作者會在密文裡加一句廢話。既然是『打碎』，總有需要打碎的東西吧！」

我們在昏暗的樹林裡商量半天，也沒有得出什麼結論，最後決定先到井下看看有沒有暗道再說。諸戶讓我在這兒等著，他自己回宅子裡找了一條漁民用的那種結實的長繩子。

「我下去吧！」

因為諸戶不如我瘦削靈活，所以探查暗道的工作，就由我來承擔了。

諸戶將繩子的一端在我的腰上紮緊捆牢，又把繩子在石頭井欄上纏了一圈，然後雙手抓緊繩子的另一端，慢慢將我放下去。

我將諸戶給我的火柴揣進懷裡，抓緊繩子，兩腳蹬著井壁，一點一點地向井底落去。

井壁從上到下，都是用粗糙凌亂的石頭砌成的。石頭上長滿苔蘚，根本落不住腳。

下了大概2公尺，我點了一根火柴，往下看了看。火柴的光芒太弱，井又太深，只看到下面一片漆黑。我扔掉火柴，光亮在一丈多遠的地方消失了。看樣子，井下還有積水。

又下了四五尺，我再次點燃火柴。剛想往下看，火柴就被一陣怪風吹滅了。我心裡覺得有些怪，又點了一根，一陣怪風再次襲來，但是在火柴熄滅之前，我已經找到風吹進來的地方———個暗道。

我仔細觀察一下。那個暗道距離井底大概有兩三尺，井壁上有一個兩尺見方的洞口。黑漆漆的，也不知道裡面有多深。洞口邊緣凹凸不平，以前應該是用石頭封死的，只是不知道被什麼人打破了。附近的石頭有些鬆動，像是被掀開又插進去。我仔細看了看井底，發現水面露著三四塊楔形石頭，應該是打開通道時掉下去的。

諸戶的推測果然沒錯。井下有暗道。密文中的「打碎」一詞，也有相應的解釋。

我連忙拉著繩子爬回去，將這些事一五一十地和諸戶說。

「奇怪，難道有人比我們先一步找到暗道？從痕跡上看，你覺得封堵洞口的石頭被撬開多久了，是最近的事嗎？」諸戶著急地問。

「不是，應該是很久以前的事，因為那裡長滿苔蘚。」

我把自己看到的情況，照實說了。

「不好！肯定有人進去過了。寫密文的人不會打碎石板自己進去，他沒理由這麼做，所以是別的什麼人。也不是丈五郎，這顯而易見。可能是從前的什麼人解開密文，找到暗道並進去了。寶藏不會已經被拿走了吧？」

「應該不會。這座島這麼小，要是有人做了這樣的事，一定會被發現。泊船場只有一個，若是外人上島，也瞞不過諸戶宅邸的耳目！」

「對。丈五郎狡詐多疑，絕不會為了不存在的寶藏，冒險殺人。他肯定已經確定寶藏的存在。無論如何，我絕不相信寶藏已經被拿走了。」

這種詭異的情況，我們怎麼想也想不通。突如其來的壞消息，讓我們有些困擾。不過這個時候，我們若是想起船夫當初講的那個故事，並把它和現在的情況聯繫到一起，就不用擔心寶藏是不是被人拿走了。不過，別說我，連諸戶都沒有想到這件事。

讀者們還記得漁夫說的那件怪事嗎？大概10年前，有一個男人自稱是丈五郎的堂兄弟，坐船來了岩屋島，可是沒過多久，人們就在魔窟洞穴的入口發現他的屍體，正隨著海浪浮浮沉沉。

不過，沒有想起這件事從結果上看，其實算不得壞事。因為我們當時要是想到這個外地人，然後對他的死因做出各種揣測，恐怕就沒有膽量繼續執

行地底探寶的計畫。

# 八幡不知藪①

　　想要知道寶藏到底有沒有被取走，除了進暗道驗證一番，還有什麼辦法？我們回諸戶大宅準備一些必要的探險工具，幾個蠟燭、火柴、漁民常用的大刀、將漁網上的麻繩全部扯出來，連在一起做成的長麻繩。

　　對於自己誇張的準備，諸戶這樣解釋：「那條暗道可能非常深，作者說『六道路口』，怕是除了深，還有很多叉道，就像八幡不知藪。還有《即興詩人》②，不是寫了有人闖進羅馬地下墓穴的事。正是因為想到這些，我才準備這根長麻繩。那個叫費迪利哥的畫工就是這麼做的，我在學他。」

　　《即興詩人》這本書，後來我又看了很多次。每次讀到底下墓穴的內容，都會因為想起這次暗道之旅而渾身發抖。

　　再往裡走，是通往各個方向的通道。這些通道縱橫交錯，應該是挖掘軟土的時候留下的，看起來都差不多。即使是對路途有些瞭解的人，也要迷失其中。那時，我年齡尚小，無知無畏。畫匠已有準備，神色如常。他拿出兩根蠟燭，一根點燃，一根放進口袋裡。他將繩子的一端綁在入口處，然後，牽著我的手走了進去。通道上方忽然變矮，我們倆只能……

　　就這樣，畫工和少年走進地下迷宮，我和諸戶剛好也是這樣。

---

1.　八幡不知藪：出自夏目漱石的《虞美人草》，指存在於日本千葉縣葛飾八幡神社南方的森林，據說只要走進森林就永遠迷失在裡面。藪：草木積聚之處。——譯注
2.《即興詩人》：丹麥作家安徒生所著的長篇小說。描寫一個窮苦的孤兒在善良貴族的幫助下奮鬥成才，獲得幸福的故事——譯注

我們順著之前說的粗繩子，先後下到井底。積水不深，只到踝骨，但非常冷，像冰一樣。暗道差不多就到我們的腰。

諸戶像費迪利哥那樣，點燃一根蠟燭，拿出繩團，將繩子的一端牢牢地綁在暗道入口的一塊石頭上。然後，他一邊往前爬，一邊慢慢展開繩子。

諸戶在前面舉著蠟燭往裡面爬，我拿著繩團在後面跟著，就像兩頭笨拙的熊。

「好像挺深的。」

「連喘氣都有點費勁。」

我們一邊慢慢地往裡面爬，一邊輕聲交談。

爬了大概十一二公尺，通道稍微變大，我們可以蹲著走了。可是很快，前方就出現第一個分岔路口。

「果然有岔道，我們猜對了，是八幡不知藪。不過，有繩子引路，不必擔心迷路的問題。無論如何，先往前走吧！」

說完，諸戶不管岔道，繼續往裡走。然後，大概走了四公尺，又有一個黑漆漆的岔道像張口的嘴巴一般出現在前方。諸戶把蠟燭伸進去看了看，發現這條岔道比較大，便拐了進去。

洞裡的小路彎彎曲曲，像四處亂竄的蛇。不止有左右彎的，還有上下彎的。低的地方像沼澤一樣，積著淺淺的一層水。

不計其數的岔道，弄得人頭暈眼花。除了人工開鑿的通道，還有很多天然形成的坑道。有的非常窄，想爬也爬不進去，有的又細又長，像縱向的岩石裂縫。我們正為了通道的窄小煩惱，就出現一個特別大的洞，簡直像一個大房間。這個大洞連著五六個通往不同方向的洞穴，形成極為複雜的迷宮。

「太讓人驚訝了。像蜘蛛腿一樣四通八達，規模大的超乎想像。照這樣看，這個洞穴說不定可以通向岩屋島的各個角落！」諸戶煩躁地說。

「麻繩不多了，等繩子用光，我們還往前走嗎？」

「不。繩子用完我們就先回去，多拿一些繩子過來。你一定要把繩子拿好，那是路標。要是丟了，我們很難找回去的！」

諸戶的臉被燭光照的有些發紅發黑。燭光自下而上照到他的臉上，形

成一道古怪的陰影，他的眼睛和臉頰都掩蓋在陰影裡，看起來像是換了一個人。說話時，嘴巴像漆黑的洞穴，大大地咧開。

蠟燭光芒有限，只能照亮前方兩公尺左右的地方，我們甚至看不出岩石的顏色，坑坑窪窪的白色洞頂顯現出一片雜亂的線條，一些凸起的地方會不時地落下一些水滴。這是一個鐘乳洞。又往前走了一會兒，通道開始向下，持續不斷的下坡，讓人心慌意亂。諸戶黑色的身影，在我眼前左搖右晃、緩緩前行。他身形晃動時，手上的燭火便會忽明忽暗地閃動一下。兩邊模糊不清的黑紅色岩石，不停地後退，再後退。

我們又往前走了一會兒，感覺兩邊和頭頂的岩石遠了很多。我們走進地底下的一個大廳。我忽然想起一件事，連忙往手上看去，繩子就要沒了。

「啊，繩子到頭了！」我忍不住喊道。

我自覺聲音不大，可是四面八方的回聲卻差點把人震聾。最後，微弱的聲音從遠處傳來：「啊，繩子到頭了！」

那是來自地底的回聲。

諸戶被那個聲音嚇了一跳，回過頭來問：「什麼？你說什麼？」還用蠟燭照著我的臉。

搖動的燭光照亮他的全身。就在那時，諸戶忽然「啊」的一聲從我眼前消失了。四周一片漆黑。諸戶「啊，啊！」的叫聲不斷迴響，此起彼伏，合二為一。最後，聲音越來越小，直至消失。

「道雄君，道雄君。」我驚慌失措地喊著諸戶的名字。

「道雄君，道雄君，道雄君，道雄君……」長長的回聲，聽在我耳中，像是譏諷。

我被嚇壞了，胡亂摸索著想要找到諸戶。不想眨眼間，便一腳踏空，向前摔去。

「啊，痛！」諸戶大喊。他被我砸到了。

發生什麼事？這裡的地面比之前低了大概有2尺，我們摔成一團。諸戶掉下來時，胳膊撞得很重。劇烈的疼痛，讓他無法立刻回答我。

黑暗中，諸戶抱怨了一句「真倒楣！」然後，努力想爬起來。他疼得直

抽氣。過了好一會兒，我才迷迷糊糊看到他的身影。

「你受傷了？」

「沒事。」

諸戶點燃蠟燭，繼續往前走，我在他後面跟著。

又走了大概三四公尺，我忽然停住腳步。天啊，我右手裡什麼都沒有。

我強自鎮定，對諸戶說：「道雄君，蠟燭給我。」

「怎麼了？」

諸戶疑惑地將蠟燭遞給我。我拿著蠟燭，手忙腳亂地四處照，嘴裡還說：「沒，沒什麼！」

可是燭光微弱，麻繩又太細，不管我怎麼找，也找不到。

我還抱著一線希望，在那個大洞穴裡到處找。

諸戶忽然意識到什麼，跑過來，一把抓住我的手，語調都變了：「你把繩子弄丟了？」

「對！」我沮喪地說。

「天啊，沒有繩子，咱們就是在這地底下轉一輩子，恐怕也出不去！」

我們慌裡慌張地到處找。

我們的目標，是找到之前摔倒的那個類似階梯的地方。蠟燭微弱，我們拼命地找。可是，到處都是類似階梯的地方。而且有很多狹窄的岔道都通向這個大洞。我們根本弄不清到底是從哪條窄路上過來的。此外，我們還不能只顧著找線，得隨時注意別又迷路了。所以越找越心慌。

後來，我記起《即興詩人》的主角也經歷過這樣的事。在森鷗外③的譯本中，我們可以清楚看到少年心裡的恐懼，他是這樣寫的：

極致的靜謐包圍我們，四周沒有一點聲音，除了水滴從岩石上墜落到岩石上的滴答聲……我望向畫匠，他氣喘吁吁地圍著一個地方繞圈子，奇怪，

---

3. 森鷗外（1862～1922）：日本醫生、藥劑師、小說家、評論家、翻譯家。——譯注

他怎麼了……我被他不同尋常的模樣嚇壞了，站起來痛哭失聲……我抓著畫匠的手，大喊：「我要離開這兒，我要上去。」畫匠說：「好孩子，乖，我給你畫畫吧！你想吃糖果嗎？我這還有錢。」一邊說，一邊從口袋裡翻出錢包，將裡面的錢一股腦地塞給了我。我接過錢時，感覺到他的手非常冷，像冰一樣，還抖個不停……他低頭吻我，不停地說：「乖孩子，你也要向聖母祈禱。」我大聲喊著：「你把繩子弄丟了！」

《即興詩人》的主角很快就找到繩子，然後順利地離開地底墓穴。這樣幸運的事，也會發生在我們身上嗎？

# 麻繩的斷口

畫匠費迪利哥向神祈禱，很快就找到那根繩子，可能是因為我們沒這麼做，待遇便差了很多。

地底寒冷，我們汗流浹背地找了一個小時，急得都快瘋了。我滿心愧疚，又看不到希望，不止一次想趴到冰冷的岩石上大哭。要不是諸戶堅韌積極的態度，讓我羞於放棄，我早就在洞裡乾坐著等死了。

生活在洞裡的大蝙蝠不知道將我們的蠟燭撲滅多少次。牠們挺著毛茸茸的身體，一會兒往蠟燭上撲，一會兒往我們臉上撲，十分恐怖。

諸戶耐著性子，一次次將蠟燭重新點燃，按部就班地在洞裡尋找。

「別慌，只要靜下心來仔細找，確定存在的東西，不可能找不到。」

諸戶繼續尋找，堅毅得讓人驚嘆。

多虧了諸戶的沉著冷靜，我們終於找到那根繩子。可是，這個原本應該美好的發現，卻又讓人那麼絕望！

找到繩子的那一刻，我和諸戶欣喜若狂，幾乎跳起來大喊：「萬歲！」我太高興了，不停地把繩子往這邊拉，卻沒有想到，繩子那邊是綁著的，怎

麼可能任我一直拉扯。

「奇怪！怎麼回事？」

站在一邊的諸戶，率先反應過來，疑惑地說了這一句。他這一說，我也覺得有些奇怪。卻沒有完全領悟這裡面的悲慘含義，還在那兒用力地拉扯，簡直就是傻瓜。然後，繩子像蜷曲的蛇一樣，忽然朝著我這邊飛過來，打在我的臉上。我被嚇了一跳，「噔、噔、噔」後退幾步，一屁股坐在地上。

「別拽了！」在我後退的那一瞬間，諸戶大聲喊著。

「繩子斷了，別拉。就這樣放著，我們往回走。最好是從頭裡斷的，這樣我們還有機會找到入口。」

我按照諸戶的建議，用蠟燭照著地面上的繩子，原路返回。可是，天啊，怎麼會這樣。我們的路標只將我們帶到第二個大廳的入口處，繩子斷了。

諸戶撿起繩子，對著燭火看了看繩頭，然後把它遞給我，說：「看看斷口！」

我不知他讓我看什麼，非常困惑。諸戶解釋道：「你是不是以為自己剛才跌倒時，用力過猛，把繩子拽折了，所以覺得很對不起我？放心吧，事實並非如此。但對我們來說，卻更加恐怖。你看這個斷口光滑平整，與其說是被岩石磨斷的，更像是被利刃切斷的。而且，要真是被你扯斷的，斷口應該在離我們最近的岩石轉角處。可是你仔細看，這應該是在入口附近造成的。」

我仔細看了看那個斷口，發現諸戶說的是對的。此外，我們在進入地底通道前，把繩子繫在井底的石頭上。為了確認繩子是不是在入口處斷的，我們還把繩子重新團成一團。結果發現它果然和之前的一般大小。毫無疑問，有人在入口附近切斷繩子。

我不知道一開始我拽繩子的時候，拽過來多長，差不多十五六公尺吧！可是，如果在我跌倒之前，繩子就已經被切斷了，我拽著沒有固定的繩子又走了多遠？天知道我們現在離入口處有多遠？

「現在想什麼都沒有用，走吧，能不能走出去，就看命了。」

說完，諸戶換了一根新蠟燭，繼續在前面帶路。這個大洞外面連著不少洞穴通道。我們沿著繩子終了的地方一直走到通道盡頭，然後拐進另一個洞穴。因為我們覺得入口很可能在這邊！

　　岔路很多，我們有時從一個岔路進去，發現是死路，便退出來，結果連從哪個洞穴過來的都記不清了。

　　我們不止一次進入過大洞穴，卻不知道它究竟是不是最開始的那個。我們當初找麻繩頭時，只要翻遍附近洞穴，就一定能找到。即使這樣，我們仍然找得十分辛苦。現在我們在布滿岔道的八幡不知藪中，還能有什麼辦法？

　　諸戶說：「就是有一點光也好啊！那樣，我們只要朝光走，總能走出去的。」可是，沒有，一絲光線都看不到。

　　我們這樣胡亂走了大概有一個小時，也不知到底是在往外走，還是往裡走，是在島的某個部分轉圈，還是已經走到島的外沿。總之，是徹底迷路了。

　　又是一個陡峭的下坡，斜坡底部連著一個寬敞的洞穴，我們走到洞穴中部，道路變緩，再往前走，是一個略高的台階，上去之後才發現後面是一堵牆。我們已經精疲力竭，只好坐在台階上休息。

　　「也許我們一直在轉圈子！」我真這麼想。「人真是一點用都沒有。這座島這麼小。從這頭到那頭，不一會兒就走完了。我們頭上有房子，有人家，有太陽。我們和地面也許只有三四十公尺的距離。可是，我們沒有辦法，突破這一點點的厚度！」

　　「所以，迷宮才那麼可怕啊！你知道那個名為『八幡不知藪』的展覽嗎？也就20公尺見方的竹林，從竹縫裡都能看到出口，但你就是走不出來。現在，我們也中了這樣的魔法。」諸戶一改之前的慌亂，繼續說：「這種時候，急是沒用的。我們得好好想想。靠腳是出不去了，得靠腦袋，要仔細想想迷宮的特點！」

　　說完，他叼起一根香菸，用燭火點燃。這是他進洞以後抽的第一根菸。他說蠟燭必須省著用，然後把蠟燭吹滅了。四周一片漆黑，只有菸頭上的火在閃閃發亮。

諸戶菸癮很大，下井前特意從皮箱裡拿出一包威斯敏斯特香菸，放在懷裡。因為不想浪費火柴，吸完一根，就用菸蒂點燃第二根。直到這根菸吸到一半，諸戶才開口說話。此前，我們都在黑暗中保持沉默。諸戶像是在思考，我卻是一點力氣都沒有，只是倚著後面的石壁發呆。

# 魔窟的主人

「只有這個辦法了。」黑暗中，諸戶忽然說，「如果把這個洞穴裡所有岔路的長度都加在一起，你覺得會有多長。1里，或者2里？不會更長了。就算有2里，我走上兩倍，4里也就差不多了。所以，我們只要走4里，就一定能出去。想要戰勝這座迷宮，我認為只有這個方法可行。」

我沮喪地說：「如果我們一直在繞圈子呢？走多少里都沒有用！」

「可是，我們可以想辦法不繞圈子。我的想法是，將一根繩子打個結變成圓環，放在地上，用手指將繩子或是往裡推，或是往外扭，把線圈弄得像楓葉的紋路一樣複雜錯亂。就像我們所處的洞穴這樣。洞穴兩側的岩壁就相當一條線，如果，岩洞也能像線那樣隨意擺弄，我們只要把所有岔路的岩壁都拽直，它就會變成一個大圓形。是不是？這就相當於是把彎彎曲曲的線拽直，讓它變回原來的線圈。

「所以，我們先用右手摸著右側的岩壁一直往前走，走到最後，再用右手摸著左側的岩壁一直往前走。一條路走兩次，每個地方都這麼做，岩壁就會變成一個大圓環。如此一來，我們一定能走到出口。用線來舉例，應該很容易理解吧！如果所有岔路加在一起有2里，我們只要多走一倍，也就是4里，一定能找到原來的出口。雖然是有些繞路，但是除了這個，我也想不到其他辦法了。」

我在絕望的邊緣，聽到這樣的好主意，不由得坐起身，急不可耐地說：「對，就是這樣。我們趕緊試試吧！」

「試是一定要試的，不過別著急。既然有好幾里路要走，我們總得休息好了再上路。」說完，諸戶將手裡的菸蒂往遠處一扔。

原本以為那個紅點會像老鼠一樣在地上轉幾圈，沒想到它飛出去五六公尺後，便「噗嗤」一聲，熄滅了。

諸戶遲疑地說：「怎麼回事？那裡有水坑？」

就在這時，我聽到一陣「咕嘟、咕嘟」的聲音，就像從瓶子裡倒水時聽到的那樣，非常奇怪。

「這個聲音太怪了。」

「是什麼？」我們凝神細聽，聲音越來越大。諸戶連忙點燃蠟燭，舉起來照亮前方，他被眼前的景象嚇得大喊：「水！是水！這個洞穴和海是連著的，漲潮了！」

我這才想起，我們剛才是從一個非常陡峭的斜坡上下來的，這裡說不定已經在海平面以下了。若當真如此，因為漲潮時海水倒灌，這裡的水面怕要和外面的一樣高。

我們坐在這個洞窟的最高處，之前沒注意，現在水面離我們不過三四公尺遠。

我們連忙從平台上下來，蹚著水往來的路上走。可是，天啊，已經來不及了。諸戶的沉著反倒讓我們錯失良機，陷入險境。越往前走，水越深。之前的洞穴已經被水淹沒了。

「從別的洞穴走！」我們胡亂喊著，在洞穴裡東奔西撞，想要找到其他洞口。可是，太奇怪了，水面上居然一個洞口都看不到。很明顯，我們已經無路可走了。不難想像，海水是從我們過來的那個洞穴的另一邊，經過一段扭曲蜿蜒的路流進來的。迅速上升的水位弄得我們十分焦躁。如果水是隨著漲潮一點點流進來的，不會漲得這麼快。所以這個洞窟一定在海平面以下。退潮的時候，洞裡岩石還能露出來一點，可是一旦漲潮，海水就會順著岩石縫，瞬間湧入。

在我們思考這些事的時候，海水已經悄悄湧上我們避難的石台。

忽然感覺到我們身邊有很多東西，在鬼祟的爬行。藉著燭光仔細一看，

原來是五六隻大螃蟹被水追著，爬到了這裡。

「啊，是啊！就是這樣。菖蒲君，我們完了！」諸戶像是意識到什麼，忽然痛苦地喊了起來。他痛苦的聲音，聽得我心裡難受極了，像瘋了一樣。

「魔鬼淵的漩渦流進這裡，這裡的水來自魔鬼淵。哈，我總算知道是怎麼回事。」諸戶啞著嗓子，不停地說，「船夫之前和我們說過的，丈五郎的堂兄弟進了諸戶大宅，不久之後，他的屍身卻從魔鬼淵飄了出去。他肯定是在哪兒看到那篇密文，解開其中的謎團。像我們一樣闖進了這個洞穴。井底的石板也是他弄碎的。他進了這個洞穴之後，遇到漲潮，被水淹死了，然後等潮水下落，屍身從魔鬼淵飄了出去。船夫也說，那具屍體像是從洞裡飄出來一般在海上浮著。這個洞穴就是魔鬼淵的主人！」

說話間，水已經淹過了我們的膝蓋。可是，我們毫無辦法，只能站起來，盡量延遲溺水的時間。

# 在黑暗中游泳

我小時候曾經玩過一個遊戲，就是用水把闖進鐵製捕鼠籠裡的老鼠淹死。我會將老鼠連著籠子一起放在臉盆裡，然後在上面澆水，直到把它淹死。殺死老鼠的方法當然不止這一種，比如將火鉗伸進老鼠嘴裡，但是這個太血腥了，我不敢做。水刑，其實也沒多溫和。臉盆裡的水越來越多，被關在小鐵籠子裡的老鼠，被嚇得上躥下跳。「為了捕鼠器裡的誘餌喪命，這個傢伙肯定後悔死了」，一想到這個，我心裡就有一種說不出來的怪異感覺。

可是，那隻老鼠必須死，所以我不停地加水。等水到了捕鼠器的頂部，無路可逃的老鼠只能拼命把粉紅色的嘴從細小的網眼中伸出來，盡量向上擠。牠焦急痛苦地嘶叫，努力維持著呼吸，這太慘了。

我不敢再看，閉著眼睛倒進最後一杯水，然後轉頭，飛也似地逃回房間。十分鐘以後，我心驚膽顫地去查看情況。老鼠在鐵籠子裡飄著，肚子脹

得老大。

　　我們在岩屋島洞穴裡的遭遇，說起來，和那隻老鼠也沒有什麼區別。我站在洞穴中地勢較高的地方，感覺黑暗中水從腳底一點點往上升，忽然就想起那隻老鼠。

　　「這個洞穴，不會被潮水徹底淹沒吧？」我摸索著，抓住諸戶的手，大聲喊道。

　　「我也在考慮這個問題。」諸戶沉聲說，「我們下坡走得多，還是上坡走得多，你算過沒有？做個減法就行了。」

　　「我覺得下坡遠比上坡多。」

　　「我也有這種感覺。就算把地面和海面之間距離減掉，也還是下坡比較多，對吧？」

　　「對！所以，我們死定了！」

　　諸戶沒有說話，我也不知該說什麼，只是迷茫地站在墓穴般的黑暗裡。水面緩步而穩定地上升，沒過膝蓋，已經快到腰了。

　　我被冰冷的海水凍得瑟瑟發抖，大聲喊道：「你想想辦法啊，我們總不能就這樣等死吧？」

　　「等等，還不到絕望的時候。剛才我藉著燭光仔細觀察過這個洞穴，是下寬上窄的結構，像一個不規則的圓錐。如果這個窄小的頂部是封死的，我們就還有一線生機。」

　　諸戶想了一會兒，忽然這樣說。

　　我不知道他是什麼意思，也沒有力氣發問，水已經淹過我的肚子。我被水流一帶，腳下踉蹌，連忙抓住諸戶的肩。感覺稍不留神，就會一腳踩空，跌進水裡。

　　諸戶伸手摸到我的腰，一把抱住。四周一片黑暗，我們甚至看不清兩三寸外、對方的臉。我聽到諸戶沉穩有序的呼吸聲，溫暖的氣息拂過我的面頰。我被他抱在懷裡，隔著濕漉漉的衣服，能感覺他堅實溫暖的肌肉。諸戶的氣息在我身邊飄蕩，我對此沒有絲毫反感，是它們讓我在黑暗中充滿力量。如果沒有諸戶，我堅持不到現在。如果沒有諸戶，我早就被水淹死了。

可是，海水一直在上升，不一會兒，就從腹部來到了胸部，眼看就要沒過脖子了。一分鐘之後，鼻子和嘴就會泡在水裡。現在唯有游泳，才能讓我們繼續呼吸。

「不行了，諸戶君，我們死定了！」我放開喉嚨大喊。

「別灰心，還不到絕望的時候。要堅持到底！」諸戶也大聲喊著，「你會游泳嗎？」這個問題的答案太明顯了。

「會，可是我不行了！我只想快點死掉。」

「別這麼說，打起精神來，沒事的！黑暗會讓人膽怯，堅強一點。不到最後一刻，絕對不能放棄！」

我們終於在水裡浮起身體，一邊踩水一邊呼吸。

可是用不了多久，我們的手腳就會失去力氣，現在雖然是夏天，地底的溫度卻很低，我們會不會被凍僵。就算沒有，等水漲到洞頂，又該如何？魚可以在水裡活，我們能嗎？我是那麼的軟弱怯懦，根本無法像諸戶說的那樣振作起來，這些悲觀的想法在我心裡不斷冒頭，無法壓制。我真的是絕望了。

「蓑蒲君，蓑蒲君。」

諸戶抓著我的手用力搖晃，我驟然驚醒，不知什麼時候竟然失去意識，沉進了水裡。

「再這樣幾次，我就會徹底失去意識，然後死掉。這不算什麼，死果然不是什麼難事。」

我在半夢半醒間，這樣胡亂思索著。

之後，不知道又過了多長時間。好像很長，又好像只是一眨眼。我被諸戶瘋狂的喊叫聲驚醒了。

「蓑蒲君，沒事了！我們不用死啦！」

可是我精疲力竭，一句話都說不出來，只能虛弱地緊了緊抱住諸戶的手，表示我聽到了。

「喂，喂！」諸戶在水中用力搖晃我的身體，「你能正常呼吸嗎？有沒有覺得空氣和之前有什麼不同？」

「嗯！嗯！」我無意識地回答道。

「水位不再上升了，停下來了！」

「退潮了？」

我因為這個好消息多少精神了一些。

「可能吧！不過，我覺得是因為其他事情，空氣和之前不一樣了。我的意思是，空氣處在一個封閉空間裡，產生的壓力讓海水無法再繼續上漲。你看，就像我之前說的那樣，洞頂狹窄，只要沒有裂縫，我們就有一線生機。我一開始就是這樣想的，多虧空氣壓力，救了我們一命。」

囚禁我們的這個洞窟，因為其本身的特點，居然又給了我們一條活路。

之後的事，因為比較乏味，我就不一一寫明。概括起來就是，我們逃過魔鬼淵的漩渦，得以在地底繼續探險。

我們花了一些時間等待退潮。知道不會死，我們的精神好多了，並不覺得在水上多飄一會兒，有多難熬。果然，退潮的時間很快就到了。水位下降的速度和上升的速度差別不大。不過，水的入口應該比這個洞窟高，所以漲潮時，潮水在升到某個高度後，會一下子灌進來。退潮時，水除了這個入口，還有別的退路——洞窟的地面上，有很多看不見的裂縫。要是沒有那些裂縫，這個洞窟怕是要一直泡在海水裡了。幾十分鐘之後，洞裡的水完全退去。我們站在洞窟的地面上，算是真正得救了。可是，現實生活竟然也和小說一樣劫難重重嗎？我們的火柴，被海水弄濕了。有蠟燭，卻點不著。洞窟裡黑得什麼都看不見，但是我知道，發現這件事之後，我們的臉已經毫無血色。

「我們可以用手摸著走。沒有亮光又怎麼樣，我已經習慣黑暗了。摸黑前進，也許方向感更強！」諸戶這話說的倔強，聲音裡卻帶著悲意。

# 絕望

我們決定按照諸戶之前的辦法，用右手摸著右側的岩壁往前走，走到頭之後，再摸著另一側的岩壁返回。無論走到哪兒，右手都不離開岩壁。我不知道除了這個辦法，還要怎麼做，才能離開地底迷宮。

為了避免走散，我們偶爾會叫對方一聲。剩下的時間，都是這樣在無盡的黑暗中默默前行。我們身心俱疲、飢餓難忍，也不知道這場旅途的終點在哪兒。我機械地邁著腳步（感覺像是在黑暗中原地踏步），神智慢慢飄散。恍惚間，似乎看到這樣的景象：春天，原野上開滿鮮花，湛藍的天空中飄蕩著潔白的雲彩，雲雀婉轉的唱著歌。在地平線的另一端，出現初代明媚的身影。她正在採集鮮花。還有阿秀，她不再是一個連體人，身邊沒有那個討厭的阿吉，成為一個正常而美麗的普通姑娘。

幻覺對瀕臨死亡的人來說，或許是一種保護，讓他不再覺得痛苦，正因此如此，我的精神才能繼續存活，絕望的感覺消散了很多。可是，幻覺頻繁出現，是不是證明我就快死了！

我不知走了多長時間，走了多少路。因為一直摸著石壁前行，我右手的手指已經磨破了。腿像是有自己的意識一般，機械地往前走著。我懷疑就算我想停下，它也未必會聽我的命令。

我們走了有一天了吧？說不定已經走了兩天，甚至三天了。每次我被絆倒，都想趴在地上直接睡過去，可諸戶總會把我叫起來，讓我繼續前進。

可是，諸戶再堅強也有氣力耗盡的時候。他忽然大聲喊道：「算了，我們不走了！」然後，蹲在了地上。

「我們要死了，對嗎？」我脫口問他，像是早就等著這句話。

「是，就是這樣！」諸戶平靜地說，「我仔細想過了，我們根本出不去。已經走了5里多路，這太荒唐了，地下通道不可能這麼長。這裡面一定有原因，我也終於想到了，真蠢啊！」

他急促地喘息著，聲音悲涼的像是瀕臨死亡的病患。

「我一開始就注意指尖上的感覺，努力記住岩壁的形狀。細節當然是記不清的，有可能是錯覺，可是我感覺每過一個小時，岩壁的形狀就會發生重合。換句話說，我們一直在繞圈子，這麼長時間走的都是同一條路！」

我已經不在乎這些事，所以諸戶的話只是左耳進右耳出，根本沒有深想。諸戶像交代後事一般，不停地說：

「我居然沒有想過，這個迷宮可能複雜到，讓人根本找不到出路。你知道嗎？這裡的小路可以自成一個圓環，我真是太傻了。這就像是迷宮裡有一個自成一體的小島，用繩圈來比喻，就是一個不規則的巨型圓圈裡，套著一個小圓環。所以，我們若是以小圓環的岩壁為起點，崎嶇迂迴的岩壁就是沒有盡頭的。我們一直在孤島上轉圈。若是用左手摸著左邊的岩壁走，或許可以離開這座孤島，可是孤島只有一座嗎？若是從這個孤島走進另一個孤島，我們一樣要不停地繞圈子啊！」

我把當時的情況用文字記錄下來，自然條理分明、易於理解。可是在當時，諸戶是一邊思索一邊說的，就像在說夢話。我聽得糊里糊塗，也無力深想。那情形，現在想來，其實挺可笑的。

「理論上，我們有百分之一的機會逃出地底迷宮。這要求我們有極好的運氣，能撞上最外面的大圓圈。可是，我們已經沒有力氣，也沒有信心再繼續走下去了。我放棄了，我們一起死吧！」

「嗯，死吧！這再好不過。」我迷迷糊糊，以一種放下一切的愉悅心情，緩緩回答。

「死吧，死吧！」

諸戶喃喃地重複著這個不吉利的字眼，然後像中了麻醉藥一般，聲音越來越輕，最後終於在我身邊軟軟地倒下來。

可是，人類頑強的生命力，並不會因為這些小事就消散殆盡。我們只是睡著了。進入山洞後，我們從未闔過眼，眼下不再強打精神，瞬間就被洪水般奔湧而來的疲倦淹沒了。

# 復仇的惡魔

不知過了多長時間，我從夢中驚醒——那是一個胃被烈火灼燒的噩夢。我稍微動了動身體，全身關節立即抗議似的疼了起來，那種疼有點像神經痛。

「醒了？我們沒有死，還在洞穴裡！」諸戶比我醒得早，感覺到我身體微動，便溫柔地對我說。

睡了一覺，我的思考能力恢復一些，這真不是什麼好消息。因為我意識到，我們將在這無窮無盡的黑暗中，活活餓死或渴死。我被這樣的前景嚇得渾身發抖。

我摸索著抓住諸戶的身體，緊緊地靠上去：「我，我害怕。這太可怕了。」

「蓑蒲君，我們再也回不到地面了。沒有人能發現我們，這裡這麼黑，我們甚至看不到對方的臉，等我們死了，我們的屍骨也將永遠留在這個暗無天日的地方。這裡沒有光，同樣的，也沒有法律、道德、風俗、人情。這裡空無一物。是沒有人類的另一個世界。用不了多久，我們就會死。在這之前，我想忘記一切。這裡什麼都沒有，沒有羞恥、沒有禮儀、沒有虛偽、沒有猜忌。我們則是這個黑暗世界中最初的，也是最後的兩個孩童。」

諸戶像在念散文詩般說著這些話。他把我摟進懷裡，雙手繞過我的肩頭，緊緊地抱著我。他的頭稍微一動，我們的臉頰便會碰到一起。

「有件事，我一直沒和你說，這是人類世界的習慣。但是在這裡，沒有什麼是不能說的，我要徹底放下羞恥。那是我父親的事，是那個畜生做的孽。在這裡我才敢說，因為這裡沒有輕蔑，父母朋友也都像是前生或夢裡的事。」

然後，我便聽到一個噩夢般的故事。那樣的事居然會發生在現實世界裡，簡直不可思議，那是一個空前絕後而醜惡至極的陰謀。

「我們住在諸戶大宅那段時間，我每天都在丈五郎的房間裡和他大吵，

這件事，你是知道的。當時，他把所有的秘密都和我說了。

「諸戶大宅的上一任家主，因為偶然出現的古怪衝動，強暴了一個怪物般的佝僂女傭。那個女傭後來生了一個兒子，就是丈五郎。家主早有妻室，丈五郎又是一個比他母親更恐怖的殘廢，家主怎麼肯認。事實上，他十分厭惡這對母子，所以給了他們一筆錢，把他們趕出岩屋島。因為不是正室，母親讓丈五郎隨了自己的姓——諸戶。丈五郎憎恨正常人，更厭惡父親，所以他後來雖然成為樋口家的家主，卻一直用著諸戶的姓。

「丈五郎剛剛出生，母親就帶著他在本島的山溝裡四處乞討，她咒罵這個世界，咒罵每一個人。丈五郎的世界裡沒有搖籃曲，只有這些咒罵。在漫長時間裡，這些咒罵充斥了他的耳朵，種進了他的心。他們像是來自另一個世界的野獸，對正常人又恨又怕。

「丈五郎將他成人前所遭遇的種種痛苦和不公，都一一告訴我。他跟我說了世人對他的欺辱和迫害。他母親直到死都在咒罵這個世界。他長大之後，好巧不巧，居然來了這座岩屋島。當時，樋口家的新任家主——丈五郎同父異母的哥哥正好去世，只留下一個美麗的妻子和剛出生的孩子。丈五郎見有機可乘，便賴著不肯走。

「糟糕的是，他還愛上自己的嫂子。他仗著監護人的身分，千方百計地追求、討好、逼迫那個女人。那女人最後冷酷留下一句『寧願死，也不嫁給你這個殘廢』，就悄悄帶著孩子，逃出岩屋島。丈五郎氣得渾身發抖。如果說他以前只是一個對世人有些偏見的殘疾人，那麼從那時起，他就變成一個憎恨全世界的魔鬼。」

「他去了很多地方，只為找一個比自己還恐怖的殘廢女人結婚，他做到了。這是他對這個世界復仇的第一步。他收留自己遇到的每一個殘疾人，祈禱自己的孩子也是一個殘廢，越殘廢越好，絕對不能是正常人。」

「可是，天意弄人，兩個那樣的殘廢居然生下一個再正常不過的孩子，那就是我。因為我是正常人，父親便連自己孩子也一起憎恨。我慢慢長大，他們對世人的恨意卻越來越深，最後居然想出一個聳人聽聞的陰謀。他先是想辦法去那些偏遠山區，買一些窮人家剛出生的嬰兒回來。他們喜歡買那些

非常漂亮可愛的孩子。

「蓀蒲君，如果不是在這個必死無疑的黑暗絕境裡，我絕對沒有膽量跟你坦白這一切，他們要製造殘廢！」

「中國有一本書叫做《虞初新志》①，不知道你看過沒有。裡面有一篇故事，說的是有人把正常的嬰兒塞在一個箱子裡，把他變成殘廢，然後賣給雜技團的事。我記得雨果的小說裡，也有一個做這種生意的法國醫生，可能每個國家都有人在製造殘廢吧！」

「丈五郎雖然不知道這些事，卻和那些『前輩』一樣想出這種點子。可是丈五郎這麼做，不是為了賺錢，是為了向正常人復仇，所以相比於那些商人，他的態度更堅決，行動更徹底。為了製造侏儒，他把孩子塞進一個只能露出腦袋的箱子裡，使其無法正常生長。為了製造熊女，他剝下孩子細嫩的面皮，植上動物的皮。為了製造三指人，他砍下孩子的手指。然後，他把自己製造出來的這些殘廢賣給雜技團，讓他們上台表演。前幾天，不是有三個男傭抬著箱子出海了嗎？他們是要賣掉人造的殘廢，再買一些正常的孩子回來。他們會在沒有人煙的荒灘靠岸，徒步翻過高山，去城鎮找販賣嬰兒的集團做交易。我斷定他們短時間內不會回來，就是我知道這些事。

「我提出要去東京念書的要求時，丈五郎他們才開始做這種事。所以，他要求我必須讀醫科，當外科醫生。說什麼讓我專研醫術，好救治殘疾人，說得真好聽，其實是讓我研究怎麼把正常人變成殘疾人。我什麼都不知道，由著他利用。每當我製造出兩個腦袋的青蛙，尾巴長在鼻子上的老鼠，父親就興高采烈地寫信鼓勵我，讓我繼續努力。」

「他怕我懂得多了，識破他們製造殘廢的陰謀，所以不准我回鄉。他覺得現在還不到告訴我真相的時候。還記得曲馬團的那個小雜技師友之助嗎？不難想像，也是他們訓練出來的一把好刀。他們不但要製造殘廢，還要製造冷酷無情的殺人惡魔。」

---

1. 《虞初新志》：由清代張潮編纂而成的短篇小說集，共20卷。——譯注

「我這次忽然回來，質問他為什麼殺人，才第一次聽說他作為殘廢，對世人展開的復仇計畫。他跪在地上哭著求我，讓用自己所學的外科知識幫他完成這個復仇大業。」

「他怎麼會有這樣匪夷所思又恐怖至極的妄念。他想消滅日本所有的正常人，把他們全都變成殘廢，讓日本成為一個殘廢帝國。他說這是諸戶家的家規，所有子孫都不能違背。他要像上州地區那個在天然巨石上開鑿岩屋飯店的老人②一樣，讓後世子孫繼承自己的事業，直到永遠。這是妖魔的妄念，鬼怪的烏托邦。」

「我同情父親的遭遇，可是他就是再可憐，也不能以此為藉口傷害無辜孩童。更何況，他是把那些孩子塞在箱子裡，甚至是剝皮做成殘廢，然後賣給馬戲團，讓他們在『見世物小屋』裡展覽。如此殘忍可怖的陰謀，我無論如何都不會參與進去。更不要說，我對他的同情只是理智上的，從感情上說，我完全不能真心實意地去可憐他。不知為什麼，我總覺得他不是我父親，那個女人也不是我母親。有哪個母親會猥褻自己的親骨肉？這對夫妻，天生就是魔鬼和畜牲。他們扭曲的，不止身體，還有心。」

「蓑蒲君，這就是我父母的真面目：一對不折不扣的魔鬼，以做下比殺人更恐怖的禽獸之行徑為終身目標。作為他們兒子，我要怎麼做？悲傷嗎？是的，我已經悲傷的要死掉了。憤怒？可是，仇恨已經太深了。」

「說實話，在岩洞裡，當我發現你把路標繩弄丟了，有一種莫名的輕鬆感。能夠永遠待在這片黑暗裡，對我來說，或許是一件好事！」

諸戶的雙手不斷的在顫抖，他猛地抱住我，緊緊地摟著我的肩膀，囈語似的說個不停。我們的臉緊緊貼在一起，我感覺到他臉上濕潤的淚水。

諸戶說的事簡直匪夷所思，我被嚇到了，腦袋一片空白。除了縮在他懷

江戶川亂步

---

2. 這裡指的是高橋峰吉，他在崎玉縣的吉見百穴附近，耗時二十一年（從明治到大正時期），獨力在巨石上開鑿岩屋，用於儲存蔬菜。人們稱這棟岩屋為岩窟飯店，儘管它從未做過飯店使用。——譯注

裡發抖，什麼都做不了。

# 地獄的真容

　　我忽然想到一件事，迫不及待地想要知道答案。可是，我怕諸戶認為我心裡只有自己，只能強自按捺，等諸戶平靜下來再說。

　　黑暗中，我們靜靜地抱在一起。

　　「我真傻，都忘了這是沒有父母也沒有廉恥道德的地底世界。到了現在，還有什麼可激動的！」

　　諸戶終於恢復鎮定，輕聲地說。

　　「連體人阿秀和阿吉，」我抓住機會，連忙發問，「也是被他們改造出來的殘疾人嗎？」

　　「對。」諸戶毫不隱瞞，「我一看到那篇古怪的日記就知道了。而且透過那本日記，我對丈五郎的惡行，和他為什麼非讓我學詭異的解剖學，也隱約有一些猜測。可是，我不願意把這些事告訴你。我可以說我父親是一個殺人犯，但把正常人變成殘廢甚至怪物這種事，太可怕了，我羞於啟齒，也說不出口，連想都不敢繼續想。」

　　「阿吉和阿秀不可能是連體人的事，你不是醫生，不知道也正常。但對我來說，這卻是再清楚不過的常識。因為癒合雙胞胎有一個定律，就是一定是同性。一個受精卵，不可能生出一男一女的連體嬰。再說，那對連體人在長相和身體素質上的差異還那麼大。」

　　「將兩個小嬰兒的皮膚和肉割掉一部分，再將傷口強行縫合到一起。只要條件合適，就能成功。運氣好的話，連外行都能做到。可是，這種連接遠不如真正的連體人那麼深，所以想要切開，也很容易。」

　　「所以，他們是被製造出來的，為了賣給見世物小屋，對嗎？」

　　「對，為了賣個高價，丈五郎還派人去教他們三味線。阿秀不是真的殘

廢，聽到這個消息，你是不是很高興？你開心極了，對不對？」

「你嫉妒？」

在這個封閉的世界裡，我的膽子明顯大了不少。諸戶說這裡沒有禮儀，沒有羞恥，確實是這樣。我就要死了，還有什麼是不能說的？

「嫉妒。對，我已經嫉妒很長時間了！因為嫉妒，我和你搶初代小姐，故意向她求婚。初代小姐死後，你痛不欲生的模樣，讓我心痛欲死。可是，你再也看不到女人，不管是初代小姐，還是阿秀小姐，或者其他什麼女人。在這個黑暗的世界裡，只有你和我兩個人，我們就是整個人類。

「啊，能這樣真好，感謝上蒼，把你和我關在這個封閉的世界。我早就不想活了。苦苦支撐，如此努力，只是為了替父親贖罪。我背負著那樣責任，不是嗎？可是，我不想給魔鬼當兒子，與其以這樣的身分在人世間苟活，承受無盡的羞辱，我寧願和你擁抱著死在一起，這讓我無比欣喜。菖蒲君，現在我求你忘記人世的習慣和廉恥心，接受我的愛，達成我的心願，好不好？」

諸戶的精神再次狂亂起來，他違背世俗常理的請求，讓我不知道應該如何回答。我是一個再尋常不過的男人，提起戀愛的對象，只能想到年輕的女人。和一個男人相愛？這種事我想起來就覺得噁心、寒毛直豎。和同性友人偶爾有些身體上的接觸，我只當是關係親近的表現，還是很高興的。可是這種碰觸，若和愛情扯上關係，我就無法接受，甚至噁心得想吐。人們說愛情具有排他性，又說同性相斥，可能就是這個意思。」

我把諸戶當朋友，所以非常信任，也非常喜歡他。可是，我越是信任和喜歡他，越沒有辦法對他產生情欲。當死亡迫在眉睫，當我已經放棄所有的希望，我仍然無法接受這種事，無論如何都無法擺脫這種厭惡感。所以我推開不斷靠近的諸戶，逃走了。

「都到了這個地步，你還是不能接受我的愛嗎？我愛你愛得發瘋，難道換不來你一絲一毫的憐憫嗎？」

諸戶失望至極，痛哭失聲，一邊哭一邊朝我追過來。

在不見天日的地底，我們居然不顧羞恥上演一場成人版的捉迷藏。啊，

真是讓人羞於啟齒。

那個洞穴還是比較大的，我從原來的地方跑出去大概有五六間遠，在一個牆角處蹲下來，屏住了呼吸。

諸戶那邊也十分安靜。他是在屏氣凝神，聽我的動靜嗎？還是像盲蛇一樣，悄無聲息地沿著牆壁向獵物滑行？我什麼都不知道，所以更覺得害怕。

在黑暗和寂靜中，我看不見也聽不到，只能一個人蹲在那裡瑟瑟發抖。我在心裡埋怨諸戶：「有時間幹著這個，他怎麼不花點心思想辦法逃出地底洞穴？他不會為了這種古怪的愛意，放棄萬分之一逃出升天的機會吧？」我雖然對諸戶有些生氣，卻不敢一個人在這個黑暗世界裡亂跑。

忽然，我意識到蛇已經逼近了。這裡這麼黑，他是怎麼看到我的，難道除了五感，他還有別的感官嗎？我一驚之下，連忙站起來想要逃跑，可是他一把就抓到我的腳。他的手很大，也非常有力，沒有給我留下任何掙扎的餘地。

我摔倒在岩石地面上。蛇滑溜溜地爬過來，壓住我的身體。這個人是諸戶嗎？他是不是已經喪失人性，變成一頭可怕的怪獸。

我嚇得大叫。

我害怕死亡，這種事比死更讓我畏懼。

潛藏在人內心深處的一種非常恐怖的東西，現在脫困而出，以海怪般古怪的姿態出現我面前。

這是用黑暗、獸性、死亡繪製而成的地獄圖騰，這是地獄的真面目。

我不知道自己是什麼時候開始不再喊叫和呻吟的，極端恐懼已經把我變成啞巴。

諸戶用他灼熱的臉摩挲著我的臉，因為害怕，我臉上全是冷汗。他像狗一樣發出急促的喘息聲，我聞到他鬼怪的體味。他用濕滑的舌頭熱情地親吻我的嘴唇，像水蛭一樣舔我的臉。

諸戶道雄已經離開人世，我不想讓死者蒙羞。所以，就停在這裡吧！

當時發生一件怪事，將我從這種難堪的情境中拯救出去，謝天謝地。

洞窟的另一端忽然傳來一陣古怪的聲響。我和諸戶已經對蝙蝠和螃蟹的

動靜十分熟悉了，所以我們知道發出聲音的不是那些小動物，而是某種體型非常大的生物。

諸戶鬆開手不再抓著我，我也停止反抗，豎起耳朵，仔細傾聽。

# 意想不到的人

諸戶離我遠了一點，像動物一樣，本能地擺出戒備的姿態。我屏住呼吸，凝神細聽。呼吸聲？

「咄！」諸戶急急地喊了一聲，他是把對方當成狗在喝斥嗎？

「果然有人？是人，對吧？」

沒想到，那個生物雖然看不到長什麼樣子，居然說起人話。聽聲音，應該是一個老人家。

諸戶不答反問：「你是誰？怎麼到這兒來的？」

對方也說：「你是誰？怎麼到這兒來的？」

因為洞穴裡有回聲，所以聲音在這裡多少會發生變化。我覺得對方的聲音有些耳熟，卻一時想不起來是誰，只好在記憶中仔細翻檢。出於戒備，雙方都不再出聲。

對方似乎在慢慢朝我們靠近，呼吸聲清楚很多。

「你不會是諸戶家的那位客人吧？」聽聲音離我們大概只有2公尺遠。這次聲音很低，我聽得十分清楚。

難道是他？可是他不是已經死了嗎？我親眼看到丈五郎動手的……這是死人的聲音，一時之間，我甚至有了我們其實早已死去，這裡其實是地獄的想法。

「你是誰？難道是……」

我話還沒有說完，就聽到對方興奮地大喊：「對，是我，你是蓑蒲先生吧？你身邊的，難道是道雄少爺？我是老德，死在丈五郎手裡的老德。」

「天啊，是老德！你怎麼會在這裡？」

我們忍不住順著聲音衝到對方身邊，抓著對方的身體摸索起來。

當初丈五郎推落魔鬼淵上的巨石，掀翻老德的船。可是，老德沒有死。當時正趕上漲潮，他被潮水沖進魔鬼淵的洞穴裡。潮水退去後，他在黑暗的迷宮中找不到出路，苟活至今。

「你兒子呢？為了掩人耳目，他不是扮成我嗎？」

「不知道，多半已經被鯊魚吃掉了！」老德絕望地說。是啊，他雖然死裡逃生，可是在黑暗的地底困了這麼久，已經放棄返回地面的希望。

「如果不是我，你怎麼會遇到這樣的大禍，你肯定很恨我吧？」

無論如何，都是我對不起他，我應該真心實意地向他道歉。可是，這裡是死亡洞穴，再真誠的道歉，聽起來是那樣的蒼白無力和虛假做作。所以，老德什麼都沒有說。

「你們看起來非常虛弱，是餓的嗎？我這裡有些食物，你們先吃一點。沒關係，這裡的螃蟹又肥又大，數量也多，想吃多少都行。」

我們還在想老德是怎麼活下來的，原來他一直靠生螃蟹充飢。老德將弄好的蟹肉遞給我們，冰涼滑嫩的蟹肉味道極好。我有生以來，不管是之前還是之後，都沒有吃過那麼好吃的東西。

我們求老德再抓幾隻過來，用石頭敲開蟹殼，取出裡面的肉，三兩下就吃個精光，簡直是人間美味。現在想想當時的情景，其實是非常恐怖和噁心的。我們抓著仍然在掙扎擺動的蟹腿，吸出裡面滑膩的白色嫩肉，只覺得異常鮮美可口。

吃飽之後，我們的精神恢復一些，各自說起自己的經歷。

「所以，我們就是走到死，也離不開這個洞穴，是嗎？」聽了我們的悲慘遭遇，老德長嘆一聲，徹底失去希望。

「唉！可惜了，早知道我應該拼死從原來的洞穴游出去的。我當時想著被漩渦捲進去，肯定會沒命，就放棄海上那條路，進了岩洞。沒想到，這個洞穴居然是一個比漩渦還恐怖的迷宮。後來，我雖然意識到這一點，可是這裡岔路太多，縱橫交錯，我迷失了方向，根本找不到原來的洞穴。不過，如

果不是因為迷路而到處亂走，我也遇不上你們，這也算是好事吧！」

「既然有東西吃，就不算是絕路。如果僥倖逃生的希望只有百分之一，我們也要付出百分之九十九的努力去爭取。即使要花幾天，甚至幾個月時間，也絕不放棄！」

因為吃了螃蟹肉，而且有了新同伴，我覺得精神好多了。

諸戶忽然悲傷地說：「啊，你們一定很期待離開這座黑暗的地獄，重新回到外面的世界，呼吸外面的空氣吧？我真羨慕你們！」

「你這話說的太奇怪了，難道你想死在這裡？」阿德疑惑地說。

「丈五郎是一個殺人犯，是一個把無辜孩童變成殘廢的惡魔，而我是他的兒子。我該怎麼站在陽光下，站在世人面前，我要如何面對世人的目光。魔鬼的兒子，或許正適合留在這黑暗的地底世界。」

可憐的諸戶！他的絕望中，一定也包含了對剛才那種下流行徑的羞愧。

「這不是你的錯，你什麼都不知道。你們上島的時候，我就想把真相告訴你了。還記得嗎？那天傍晚，我蹲在海邊看著你們走遠。可是我怕被丈五郎報復。他若是惱了，我在這座島上就沒有活路了。」

老德這番話有些怪。他以前是諸戶大宅的幫傭，可能知道丈五郎不少秘密。

「告訴我真相？什麼真相？」諸戶急急地湊過去問。

「告訴你，丈五郎不是親生父親這個真相！到了現在，沒有什麼是不能說的。你是丈五郎從本島拐回來的。你想想啊，丈五郎夫婦那樣恐怖的殘廢，怎麼可能生出你這樣俊秀的孩子？那個傢伙確實有一個兒子，現在正在帶著馬戲團四處巡演！他和丈五郎一樣，也是一個佝僂。」

讀者還記得吧，北川刑警曾經跟著尾崎馬戲團去了靜岡縣的一個小鎮，還刻意拉攏過一個侏儒，向對方詢問「阿爸」的事。那個侏儒說曲馬團的師傅是一個年輕的佝僂，不是阿爸。事實上，那個師傅就是丈五郎的親生兒子。

老德接著說道：「丈五郎原本想把你也變成殘廢，可是那個佝僂女人喜歡你，不許丈五郎動手，所以你才能健康長大。後來丈五郎見你十分聰穎，

就改變主意，把你當成兒子撫養，讓你上學讀書。」

丈五郎把諸戶道雄當成自己的兒子來撫養，是想和道雄建立難以斬斷的父子關係，以達成自己邪惡的目的。

諸戶不是惡魔丈五郎的親兒子，這簡直匪夷所思。

# 魂靈的引導

「請你再詳細說說，越詳細越好。」諸戶用沙啞的聲音，急急地問。

「我們家從我父親那一代開始，就在樋口家做傭人。7年前，我因為實在看不慣那個傴僂的所作所為，便辭職不幹了。我今年正好是60歲，也就是說，我在樋口家幹了五十年，對這段期間的紛爭一清二楚。我按照順序講，你可以好好地聽一聽。」

老德一邊回憶，一邊將樋口家（現在的諸戶家）過去五十年的事，詳細地和我們說一遍。為免讀者覺得枯燥，在這裡我就不一一贅述，只撿一些重要事項，列一張簡明扼要的表格：

慶應元年：樋口家上代家主萬兵衛強暴一個形貌醜陋的殘廢女傭，生下海二。因為海二是一個比他母親更醜陋的傴僂，萬兵衛惱羞成怒，將母子兩人趕出岩屋島。母親帶著海二在本島的山溝裡像野獸一樣生活，母親死前一直在咒罵這個殘忍的世界和世上那些冷酷的人類。

明治10年：萬兵衛正妻的兒子椿雄迎娶對岸的姑娘琴平梅野。

明治12年：椿雄和梅野生下女兒春代，不久之後，椿雄病逝。

明治20年：改名為諸戶丈五郎的海二回到岩屋島，住進樋口家。他對柔弱秀美的梅野垂涎三尺，言行下流，甚至想強行佔有梅野。梅野不堪其擾，最後帶著春代逃回娘家。

明治23年：慘痛的戀情讓丈五郎變得更偏激，詛咒世界之餘，還找了一

個醜陋不堪的佝僂女人結婚。

明治25年：丈五郎夫婦生下一個佝僂兒子，丈五郎十分滿意。同一年，剛出生的道雄被拐至岩屋島，沒有人知道他家在何處。

明治33年：春代（回娘家的梅野的女兒、椿雄的親生女兒、樋口家的正統繼承人）嫁給同村的一個小伙子。

明治38年：春代生下大女兒初代，也就是後來的木崎初代，那個被丈五郎所殺的我的女友木崎初代。

明治40年：春代的小女兒綠降生。同一年，春代的丈夫去世，此時她所有娘家親人均已離世。在丈五郎的哄騙下，無處可去的春代，憑著母親的關係，坐船來到岩屋島，並在諸戶大宅住下來。在故事的開篇處，初代說自己在一個非常荒涼的海岸上照顧一個小嬰兒，就是在這個時候發生的，那個嬰兒是小女兒綠。

明治41年：丈五郎的邪惡用心顯露無疑，他想把春代變成梅野替身，以彌補自己破碎的戀情。春代忍無可忍，終於在某一天趁著夜色逃出岩屋島。她帶走大女兒初代，小女兒卻被丈五郎搶走。春代四處流浪，困頓無依，最後在大阪丟下初代，一個人走了。木崎夫婦撿到初代，收她做養女。

老德的耳聞眼見和我的想像加在一起，便拼湊出樋口家近五十年的簡要歷史。由此我們可以知道，樋口家的正統繼承人是初代小姐，而非女傭生的丈五郎！如果地底真的藏著寶藏，應該歸已故的初代小姐所有，這再清楚不過。

至於諸戶道雄的親生父母是誰，很遺憾，我們沒有找到任何線索。或許只有丈五郎才知道這件事的答案。

「啊，我活過來了！既然知道這個，我無論如何，都要回到陽光下，我要問問丈五郎，我的親生父母到底是誰，現在在哪兒！」道雄立即振作起來。

只是，有一種奇怪的直覺，讓我有些坐立難安，一定要跟老德問清楚。

「春代不是生了兩個女兒嗎？一個是初代一個是綠。剛才你說，春代逃

走的時候，丈五郎奪走了妹妹綠，對吧？算起來，綠今年應該是17歲的大姑娘了。她現在怎麼樣了，還活著嗎？」

「啊，差點把這個忘了。」阿德說，「她沒有死，還活著，但也只是活著。太慘了，她被丈五郎做成一個連體的殘廢！」

「天啊，難道是阿秀？」

「對！阿秀就是落難的綠小姐！」

這真是難以想像的緣分！我愛上初代的妹妹。初代的在天之靈是否會怨恨我的移情別戀？或者，這段奇妙的緣分其實是初代靈魂的指引？她讓我踏上了岩屋島，讓我透過倉庫的窗戶看見被囚禁其中的阿秀，讓我一見到她，便心生愛慕。啊，肯定是這樣，這種想法十分強烈。如果初代靈魂的力量當真如此強大，我們的這次尋寶之旅也許會順利達成！她將繼續指引我們走出地底迷宮，讓我再次見到阿秀。

「初代，初代，請你保佑我們！」我想著阿秀的面容，如此祈禱。

# 惡魔變成瘋子

之後，我們又開始在地獄不停繞圈的痛苦旅程。餓了就吃生螃蟹肉，渴了就喝洞頂滴落的水滴，一連數十個小時，不停地走，不停地走。當時我們心中是如何的恐慌和痛苦，在這裡，便不一一贅述了。

地底沒有白天和黑夜之分。我們累極了，就直接睡倒在岩石上。記不清是第幾次醒來時，老德忽然瘋了似地大喊起來，因為太過興奮，聲音還有些發抖：

「繩子！是繩子！這是你們弄丟的麻繩嗎？」

這一定是神靈送給我們的驚喜。這個意料之外的好消息，當真讓人欣喜若狂。我們立即爬到老德身邊，在黑暗中四處摸索。啊，真是麻繩，我們豈不是到入口附近了？

「不對！我們丟的那根麻繩不是這樣的。菖蒲君，你怎麼看？我們用的那根麻繩沒這麼粗，是吧？」道雄疑惑地說。

他這麼一說，我也注意到了，這根繩子和我們用的那根差很多。

「所以，我們不是唯一用繩子做標記而進入地底洞穴的人？」

「這是唯一的解釋！雖然不知道那個人進入地底洞穴的目的是什麼，但是他肯定比我們進來的晚，因為我們進來時，井口處並沒有綁著這樣的麻繩！」

在我們之後進入地底洞穴的人是誰？是敵人，還是朋友？丈五郎夫婦被關進了土倉庫，其他人都是殘廢，所以不會是他們。啊，難道諸戶大宅的那幾個傭人，他們前幾天出海，現在回來了，並且發現古井的入口？

「不管怎麼樣，我們先順著這條繩子走，看看它通向哪裡？」

我們按照道雄的建議，跟著那繩子往前走。

確實有人進入地底洞穴。一個小時之後，我們隱隱發現前面有亮光。岩壁迂迴婉轉，燭光被傳出很遠的距離。

我們握緊衣袋裡的匕首，高抬腳輕邁步，小心翼翼地往裡面走。每拐過一個彎道，光線就亮一分。

終於到了最後一個拐角。一根蠟燭立在岩角對面的石壁上，燭光正微微搖動。是吉是凶？我嚇得渾身發抖，一步都不敢往前面邁。

這時，岩石對面忽然傳來一陣詭異的叫聲。我屏住呼吸，側耳傾聽，不像是單純的喊叫聲，像是有人在唱歌。只是曲調亂七八糟，歌詞粗俗暴戾，以前從來沒有聽過。歌聲撞在岩壁上，發出陣陣迴響，聽起來像是野獸鬼怪的嘶吼。在這樣詭異的地方，聽到一首匪夷所思的歌，我只覺得渾身汗毛直豎。

「是丈五郎。」

走在最前面的道雄偷偷往岩石後看一眼，驚訝地回過頭，輕聲對我們說。

丈五郎不是被關在土倉庫裡嗎？他怎麼會出現在這裡？還唱這麼鬼怪的歌？我被這個意想不到的情況弄得暈頭轉向，怎麼想也想不明白。

他唱歌的聲調越來越高，情緒越來越亢奮。除了歌聲，還有叮叮噹噹，像是用金屬敲擊出來的伴奏聲。

道雄又偷偷向岩石後窺探，過了好一會兒才說：「丈五郎瘋了。倒也正常，你們看看那個景象就知道了！」說著，便大步朝岩石對面走去。

丈五郎瘋了？聽到這個消息，我們連忙跟在他後面，走了出去。

天啊，我一輩子也不會忘記當時看到的那個奇異的景象。

燭光把一個醜陋的佝僂老頭半邊臉照成紅色，他嘴裡發出一陣陣怪叫，也不知是在唱歌，還是嘶吼。他拼命扭動著身體，跳著瘋狂的舞蹈。在他腳下，鋪滿了黃燦燦的金子，就像秋天落下的銀杏樹葉。

洞穴一角放著一排罈子，丈五郎一次次從罈子裡抓住滿手的東西，一邊瘋狂地跳舞，一邊把它們扔出去，然後就是一場金色的雨。「雨水」落在地上發出清脆的叮噹聲，悅耳至極。

丈五郎運氣不錯，比我們先一步找到地底的寶藏。他沒有弄丟標記路徑的繩子，沒有像我們那樣迷失方向、在第一個地方來回繞圈，不僅如此，他還很快（這真是難以想像）就抵達了目標地點。可是，樂極生悲，這座讓人驚嘆不已的金山，將他送上絕路——他瘋了。

我們跑到他身邊，搖晃他的肩膀，想讓他清醒過來。丈五郎傻傻地看著我們，眼神裡敵意已經徹底消失了。他不停地唱歌，沒有人知道他在唱什麼。

「菖蒲君。我知道切斷我們路標繩子的人是誰了，就是這個老傢伙。我們迷路了，他卻靠著這根繩子找到這裡！」道雄如夢初醒，大聲喊道。

「丈五郎出現在這兒，留在諸戶宅邸的那些殘廢豈不是很危險？真讓人心焦！」

相比於其他人，我更擔心阿秀，不知道她怎麼樣了。

「有這條繩子，不怕出不去。無論如何，我們先回去看看情況吧！」

諸戶讓老德留下來守著發瘋的丈五郎，和我一起順著路標繩，逃命一般迅速朝洞口走去。

# 警察來了

我們很順利就離開井底。在黑暗的地下待了幾天，乍然一見陽光，只覺得頭暈眼花。就在我們強忍不適，手牽著手，向諸戶大宅狂奔時，一個穿著西裝的陌生人忽然出現，和我們撞到一起。

看到我們之後，那個男人氣勢洶洶地質問：「喂，你們是什麼人？」

道雄反問：「你又是什麼人，不像這個島上的！」

「我是來島上辦案的警察，正在調查諸戶大宅，你們和這家人有關係嗎？」

想不到這個西裝革履的先生是警察，太好了，我們連忙自報姓名。

「胡說！你們怎麼可能是諸戶和蓑蒲，我知道他們到這兒來了，可是他們比你們年輕得多。」

警察這話是什麼意思，什麼叫「比你們年輕得多？」他是不是弄錯了什麼事？

我和道雄疑惑地看了看對方的臉，然後不約而同「啊」地一聲驚叫起來。

我眼前的諸戶道雄和前幾天比，簡直是兩個人。他像乞丐一樣穿著破破爛爛的衣服，皮膚因為沾滿汙泥已經變成黑色，頭髮蓬亂，眼窩、臉頰深陷，只有顴骨異常突出，一張臉骷髏似的。怪不得警察當他是老頭子。

「你的頭髮都白了！」說完這句，道雄微微提起嘴角，露出一個比哭還難看的笑容。

我的變化比道雄更厲害。除了肉體上的衰敗，這個我們倆都差不多，就不說了，困在洞穴裡的這幾天，我的頭髮居然全白了，整個人看起來就像一個八十多歲的老頭子。

因為嚴重的精神創傷而一夜白頭，這種不可思議的現象，我早就聽過，還在書上看過兩三個實例。可是，這種世所罕見的情況居然會發生在我身上，這是我萬萬沒想到的。

幾天時間，歷經生死，還遭遇了一些比死亡更恐怖的威脅。說實話，只是頭髮變白，而沒有發瘋，我還挺驚訝的！嗯，這也算是一件好事了。

　　諸戶和我一樣在化外之境受盡磨難，可是他的頭髮毫無變化，可見他的心確實比我強大很多。

　　我們把自己來這座島的原因和之後發生的所有事，簡要地和警察說一遍。

　　聽了我們的經歷，警察先生說的第一句話就是：「你們要是早點找警察幫忙，怎麼會遭這麼大的罪，簡直是自討苦吃！」不過，他說著這句話的時候，臉上帶著一絲笑意。

　　諸戶解釋說：「因為我以為罪大惡極的丈五郎是我親生父親。」

　　刑警不是自己來的，身邊還跟著幾個同事。他讓其中兩個去地底將丈五郎和阿德帶出來。

　　道雄囑咐那兩個人：「路標繩就在放在那吧，方便以後把金子取出來。」

　　之前我已經和讀者說過，為了調查小雜技師友之助所在的尾崎曲馬團，池袋署的北川刑警隨著曲馬團去靜岡縣，千方百計拉攏扮演小丑的一寸法師，並從他那裡知道一個秘密。北川刑警的種種努力沒有白費，他從另一角度出發，積極調查，最終找到岩屋島的巢穴，並根據阿秀提供的線索，找到我們。

　　警察抵達岩屋島時，諸戶大宅裡的那對連體怪物，也就是阿吉和阿秀，打的正凶。

　　警察制住那對怪物，問了一些情況，阿秀詳細地交代所有的事。

　　我們下井之後，阿吉因為嫉妒阿秀喜歡我，便和丈五郎串通一氣想要害死我和諸戶，他打開土倉庫的門，將丈五郎放了出來。阿秀雖然拼命阻止，卻終究是一個柔弱的女人，不如阿吉力氣大。

　　丈五郎夫婦獲得自由之後，立即揮著鞭子，將那些殘廢關進了土倉庫。只有阿吉和阿秀沒被關進去，畢竟阿吉救了丈五郎，是有些功勞的。

　　後來，阿吉又將我們的去向告訴丈五郎。儘管行動不便，丈五郎還是

親自下到井底，將我們用作路標的繩子切斷，自己用另一條繩子進了地底迷宮。給他幫忙的，不用說，肯定是那個佝僂老太婆，還有啞巴阿賢嫂。

因為阿吉告密，阿秀和他徹底決裂。阿吉想要控制阿秀，阿秀對阿吉的背叛深惡痛絕，咒罵不休。兩人爭執到最後，便打了起來。就在這時，警察趕到了。

警察從阿秀那裡知道事情的前因後果，立即將丈五郎的老婆和啞巴阿賢嫂抓了起來。並放出了被關在倉庫裡的那些殘疾人。遇到我們的時候，警察正準備去地底洞穴抓捕丈五郎！

警察將我們離開諸戶大宅這段時間所發生的事，詳細地對我們說一遍，具體情況就是這樣。

# 圓滿落幕

殺害木崎初代（準確來說，應該是樋口初代）、深山木幸吉和友之助的幕後真凶已經浮出水面，無需我們動手，他已經變成瘋子。引發這一切殺人事件的起因——樋口家的寶藏，也已經被找到了。所以，我漫長的故事講到這裡，已經進入尾聲。

還有什麼遺漏的部分嗎？哦，是業餘偵探深山木幸吉的事。他是怎麼透過那本家譜找到岩屋島巢穴的？再優秀的偵探，也不可能憑著這些線索就查明一切，那太神奇了！

等一切塵埃落定，我再回想這件事，也覺得不可思議。所以，我找到深山木的朋友，求他將自己保留的深山木日記，給我看一看。他同意了。我仔細翻看那本日記，果然有所發現：在大正2年的日記上，出現樋口春代這個名字。毫無疑問，正是初代小姐的母親。

讀者想必也知道，深山木先生性子古怪，沒有妻子，卻有很多關係親密的情人，有些人就比如春代女士，還會和他像夫妻一樣同居。深山木是在旅

行的路上遇到春代女士的。當時春代已經遺棄了女兒初代小姐，正窮困潦倒地四處流浪。

　　兩人同居了大概兩年，春代女士在深山木家病逝。臨死之際，春代向深山木吐露了所有的事，遺棄女兒、家譜、岩屋島。這就可以解釋深山木為什麼一看到樋口家的家譜，便動身前往岩屋島。

　　這本家譜應該是樋口椿雄（丈五郎的哥哥）交給妻子梅野的，後來梅野將家譜交給女兒春代，春代又將它交給初代。可是，他們對這本家譜的真正價值一無所知，只是按照祖先的遺命，交由家裡的正統繼承人保管。

　　丈五郎又怎麼知道家譜裡藏著密文？後來，他老婆將真相告訴我們。丈五郎有一天在讀先祖的日記時，偶然發現一段與此相關的內容。那段日記上大概是這麼說的：傳家寶的秘密藏在家譜裡。可是，那個時候春代已經逃出岩屋島，不知所蹤，所以這個重大發現，沒有產生任何作用。從那之後，丈五郎就命令自己的佝僂兒子，全力追查春代的下落。可是，他們歷盡千辛萬苦，卻一點線索都沒有找到。大概是在大正13年前後，丈五郎終於查到家譜在初代手中。於是，他想盡方法想要得到家譜，至於他為此都做了什麼，讀者已經知道了。

　　樋口家的祖先曾經是倭寇，或是說海盜。他們在大陸的沿海地區大肆劫掠，搶了不少金銀財寶。未免被政府沒收，家族統領便將這些財寶藏在地下的迷宮裡，然後透過口耳相傳的方式，將藏寶地點一代一代地傳下來。後來，椿雄的祖父將這個秘密編成密文，藏在家譜裡。可是不知為何，死前沒有把密文的事告訴自己的孩子。老德說椿雄的祖父像是得了中風，忽然死掉的。

　　從那之後，樋口家便沒有人知道寶藏的事，直到丈五郎從祖先的日記中發現這件事。

　　可是，這個秘密卻被樋口家以外的人知道了。我們有理由這麼認為，因為10年前，有一個奇怪的男人從K港坐船來岩屋島，到諸戶家拜訪。後來，在魔鬼淵的海底被淹死了。他明顯是從井底進入地底洞穴。我們還看到他留下的痕跡。對於這個男人，丈五郎的老婆解釋說，那是樋口家舊時家臣的兒

子。所以，應該是那個人的祖先察覺寶藏的秘密，並且留下線索。

過去的事，就寫到這裡吧！不過，在結束這個故事以前，我還要簡單地交代各個人物的結局。首先，是我的愛人阿秀。不用說，她就是初代的親妹妹綠。作為樋口家唯一的正統繼承人，獲得地下的所有財寶。按市價估算，那筆寶藏大概值一百萬日圓。

阿秀成為百萬富翁，也不再是醜陋的連體人。道雄給他們做手術，將她和野蠻的阿吉分開。因為原本就是做出來的連體人，所以分開以後，兩個人都成為正常的男人和女人，沒有任何肢體缺陷。傷口癒合後，阿秀挽起長髮，抹上脂粉口紅，穿著華美的縐綢和服走到我面前，用東京腔和我說話，當時，我是怎樣的欣喜若狂，不用我多說，讀者也能想像得出來。

我和阿秀結婚了，成為百萬日圓的另一個所有者。

經過商議，我們在湘南片瀨海岸買下一塊很大的地，蓋了一棟殘疾人之家，以彌補樋口家——惡魔丈五郎終究是樋口家的人——的罪孽。我們收容很多沒有勞動能力的殘疾人，讓他們能夠幸福地生活下去。諸戶大宅的那些人，包括丈五郎的老婆和啞巴阿賢嫂，就是這裡的第一批客人。

我們還在殘疾人之家旁邊，蓋了一所整形外科醫院。以竭盡醫學之能，把殘疾人變成正常人。

丈五郎，還有他的佝僂兒子，以及諸戶大宅的那些傭人，全都受到法律的制裁。我們把初代的養母，孀居的木崎夫人接到家裡。阿秀非常孝順，張口閉口都是「媽媽」。

諸戶道雄終於從丈五郎的老婆那裡知道自己的身世。他出生於紀州新宮附近某個村子的地主家庭，父母兄弟全都在世。諸戶聽了十分高興，立即去那個陌生的村子和自己闊別多時的父母見面，這趟返鄉之旅，足足晚了三十年。

我滿心歡喜地等著他。我已經想好了，等他回了東京，就請他來我的外科醫院當院長。沒想到噩耗忽然傳來，他回家還不到一個月，就因病離世。所有的事都進行得十分順利，只有這件事，讓我心痛不已。在他父親寄來的訃告中，有這樣一段話：

道雄垂死之際，並沒有呼喊父母的名字。他緊緊地抓著你的信，不停地喊著你的名字，直到嚥下最後一口氣。

# 詐欺師與空氣男

## 沒有字的書

　　這個故事發生在二戰及戰後，當然，也可以是其他時代，對故事不會有任何影響。也不必在乎裡面人物的設定，日本人可以，外國人也無妨。姑且認定是日本人吧，這樣更能讓讀者感同身受。簡單來說，這是一個很老套的故事，類似於「很久很久以前」的那種。現在就讓我們認識一下故事的主角，也就是「我」吧！

　　我有一個綽號叫空氣男，是別人給我取的。如果你因為這個綽號就覺得我是那種透明人，那就大錯特錯了。實際上，我只是一個普通人，確切地說，是比普通人還要普通的那種人，這就是這個綽號的意義。

　　這個綽號源於我的健忘，我年紀還小時，記性就不太好。我不是說這種忘性不好，相反，人們很需要它，只是和正常人相比，我的忘性太大，至少要超出十倍。一件我昨天還言之鑿鑿的事，到了今天，就一點印象都沒有了。在其他人眼中，再也找不出比我的話更不可靠的了。有一個朋友說我很虛幻，很有點看不見摸不著的意思，簡直像空氣一樣。從那以後，「空氣

男」這個綽號就迅速傳播開了。

我的健忘主要針對的是數字、專業術語等具體的東西。此外，我基本上沒有什麼時間觀念，比如昨天某個時間幹了某事這種，我轉眼就忘了。在我的記憶裡，具體事物很難像拍出來的照片一樣，留下清晰的印象，這可能就是我總是忘記它們的原因。相反，我總是能記住那些抽象的事。事物深處那種模糊怪異的感覺往往讓我記憶猶新，難以忘懷。事實上，在我看來，「空氣男」這個綽號還是挺適合自己的。

有時候我會被人辱罵，說我忘恩負義，因為我總是很快就忘記那些喜悅、憂傷、憤恨之類的情緒。當然，有時候也會被人誇讚，因為在另一些人眼中，這反而是灑脫、豁達的表現。

我是一個有點矛盾的人，很少執著於某事，但有時候卻陷入各種情緒中久久無法回神。

對寫作來說，沒有什麼比記憶力更重要了。所以在寫這篇故事的過程中，我可能很容易就忘記了前面的情節，寫著寫著就離題了。不過沒關係，我還是能讓這個故事圓滿的。因為在寫作具體情節時，完全可以憑藉想像力去編造，這是我非常擅長的。對此我非常有信心，對幾何學理論的研究也幫了我大忙。就用這樣的方法試試能寫出什麼東西，說不定比想像中容易得多，讓我們拭目以待吧！

雖然我還不如普通人，但世上那些普通的事卻難以吸引我，唯有那些奇特怪異之事才能引起我的興趣。這裡提到的奇特怪異之事不包括那些刊登在雜誌、報刊上的真實案例，這種事無論有多奇特，也很難吸引我的目光。對於真實的謀殺案，我一點興趣都沒有，但很喜歡那種情節不拘一格的殺人小說。我很喜歡那些把細節拍攝得一清二楚的照片，但與之相比，我對這種虛幻故事的喜愛還要更勝一籌。

這個故事發生時我才三十歲左右，那時正是二戰中期。不過直到昭和三十四年，我才將它訴之於筆端。

當時，我還沒有結婚，自己在外面租一間房子，在鄉下生活的母親是我唯一的親人。那時我也沒有工作，整天四處晃蕩，生活費都是從母親那兒要

來的。她有一點積蓄，生活過得還不錯。

其實認真算起來，我也並非什麼都不做。有時候我也會工作，比如託前輩的關係去某公司上幾天班，但持續的時間都不長，最多也不會超過半年。在我眼中，這些普通的工作就像新聞報導和照片一樣，一點也提不起我的興趣。我也就不再為難自己，乾脆就靠母親的接濟度日了。既然我不工作，那是不是有其他事情可做？完全沒有。大部分時間裡，我都是一邊抽菸一邊躺在出租屋只有六七平方公尺大的榻榻米上看講談本①，雖然這些講談本沒有多大意思，但我還是能看很久，抽完的菸蒂都在菸灰缸裡堆成山了。

現在已經很難再找到講談本這種東西，偶爾找到一些也沒有什麼意思，和過去那種連講談師的腔調、口氣都一絲不苟保留下來的老東西大相徑庭。過去的講談本非常有情趣，現在這些已經改成「讀物」的東西卻一點意思都沒有。我特別喜歡去租書屋挖掘這些老東西，樂此不疲。

我最喜歡讀的書有兩種，偵探小說和怪奇小說。簡單易讀的那種「早川推理②」當時尚未出現，日本和歐美的作品卻有不少得以出版。我總去租書屋租借這些書，沉溺其中不可自拔。

不過，我也不總是宅在家裡睡覺，雖然不怎麼喜歡運動，但是我非常喜歡看電影，沒事也常去大眾演藝場逛逛。除此之外，我還會去那些老花巷以滿足自己的需求，但不太去找現在那種風俗店③。我沒有什麼酒量，但不討厭喝酒。

後來，我的生活發生很大變化，可謂天翻地覆，這源於一次偶然的邂逅。邂逅對象是一對夫妻，那位丈夫很有些奇異之處。

當時我手裡有些閒錢，是母親從鄉下寄過來的。反正沒有什麼事做，我就去了東京車站。去火車站是我除了看電影和去大眾演藝場外的又一愛好。

---

1. 一種故事書，採用對話文體，曾經在明治初期廣受歡迎。——譯注
2. 早川書房於1953年出版的海外推理作家叢書，現已有1700多部作品出版。——譯注
3. 指二戰後無固定場所在街頭拉客的妓女。——譯注

常去車站轉轉對我自詡「人群中的魯賓遜④」是有好處的，畢竟沒有比它更合適的地方了，這時上野車站是最好的選擇。有時我會在熱鬧的車站裡閒逛，有時只是坐在三等候車室的椅子上發呆。

當天，我沒有去上野車站，去的是東京車站，我也說不清楚那天是怎麼了。我在乘車處的大廳和候車室裡或站或坐，眼前是步履匆匆的行人，看著看著我就冒出個念頭，自己去坐坐火車。

之前已經說過了，當時我手裡正好有些閒錢，所以直接去一二等售票窗口買一張去往靜岡的二等車票。車票是普通的那種，不是特快列車。

當然，我的穿著和平時沒有什麼兩樣，並不是旅行時的裝扮。當時街上穿和服的人著實不少，差不多得有一半。我也穿著和服，碎白花的，和外套的花色一樣。

車廂裡的乘客並不多，很寬敞，之所以會這樣大概是因為這是一趟慢車，每個車站都要停靠一下。我坐在靠窗的位置上，旁邊是一位中年婦人，大概四十歲左右。對面還有兩人，一位打扮考究的紳士，坐在靠窗的位置，他旁邊是一位五十多歲的西裝男子，正在看報紙，看模樣像是一位公司主管。那位紳士看起來比我大五六歲，皮膚很白，臉型偏長，頭髮很濃密，梳得很整齊。除此之外，比較引人注意的還有他的鬍子，鼻子底下和下巴上都有，鼻子下的小鬍子修剪得很仔細，下巴上則是一小撮山羊鬍鬚。他的穿著並不顯眼，黑西裝黑領結配上黑襪黑皮鞋，低調卻精細。

我的便當和茶水在橫濱車站時就已經準備好，這種火車便當是我的最愛。在一般人眼中，這種木板盒子裡的東西實在和好吃沾不上邊，米飯是硬的，燉魚、煎蛋、牛肉、蓮藕、醃蘿蔔都是硬的，但是我卻非常喜歡。所以只要乘火車就肯定會吃上幾回大飽口福，即便沒到吃飯時間也無所謂。甚至可以這樣說，我坐火車就是為了吃便當，而且獨獨鍾情於這種木板盒便當，

江戶川亂步

---

4. 出自江戶川亂步自己的隨筆《人群中的魯賓遜》，江戶川亂步曾經在此書中提到過一種「魯賓遜願望」，即在潛意識深處，每個人都有孤僻的願望。——譯注

很少選擇那種鰻魚便當、洋食⑤便當之類的。

我不慌不忙地將便當吃完，連黏在盒底的飯粒都沒放過，空了的木板盒子則被我用包裝紙包好後扔到了座位底下。之後無所事事的我開始四處打量，無意中發現我旁邊的婦人正盯著對面的黑衣紳士。順著她的目光望過去，我的視線落在了紳士的膝蓋上，原來他膝上正發生著一件怪事。

紳士正在低頭閱讀平放在膝蓋上的一本書，奇怪的是書頁上一個字都沒有，攤開的兩側書頁都是如此。難道是我眼花了嗎？顯然不是，旁邊的婦人也正神色訝異地盯著看呢，總不能是兩個人都眼花了吧！婦人注意到我也發現這一點，與我對視一眼，兩個人眼中都有疑惑。不過我們誰都沒笑，怕自己看花了眼，也是出於一種禮貌。

我不斷猜測，也許這本書是用極淡的墨水印刷的，或者用了極細小的鉛字。但是無論我怎麼看，它都是一張白紙，上面一個字都沒有。黑衣紳士的目光始終沒有從白紙上移開，翻書時還樂呵呵的，似乎看到什麼有意思的事，毫不在意他人。只是接下來的兩頁依舊一片空白，一個字都沒有。

之前黑衣紳士旁邊主管模樣的男子一直在看報紙，此時這位五十多歲的男子將報紙疊好塞到座位後面，點上一根菸。我和婦人的目光引起他的注意，他看向紳士的膝蓋後也非常驚訝。隨後他緊盯著黑衣紳士的側臉看了半天，似乎想說什麼，但可能是不願意多管閒事的習慣使然，最後什麼也沒有說，只是拿起座位旁的週刊側過身子看了起來。

沒過多久，我就知道那本書的名字，因為黑衣紳士將書舉到眼前後，書背正好對著我。藍灰色布質封面上印著燙金字樣——德・昆西論謀殺⑥。

《論謀殺》的作者是一個喜歡抽鴉片的傢伙，他最有名的作品就是這本

---

5. 日本人對歐美食物的總稱。——譯注

6. 湯瑪斯・德・昆西（1785～1859），英國著名散文家、文學批評家。童年生活悲慘，後來因病染上毒癮。1821年，在《倫敦雜誌》發表作品《一個吸鴉片者的自白》。《論謀殺》是德・昆西的一本散文集，其中收錄作者七篇散文評論作品。——譯注

書了。谷崎潤一郎⑦曾經翻譯此書，當時是在雜誌上連載的。它什麼時候集結成書的？我完全不知道。我在書背上沒有發現譯者的名字，所以不敢確定是不是谷崎翻譯的那版。也許是最近出版的新版本，也許就是廣為人知的那版，誰知道呢，我一個空氣男不敢說得太肯定。

只是這本書怎麼一個字都沒有？那位紳士還一副樂在其中手不釋卷的樣子，這不是太奇怪了嗎？也許這是一種新發明，表面上看是空白的，但只要戴上有色眼鏡字跡就會顯現出來？我這樣猜想著，不禁仔細去看這位紳士到底戴沒戴眼鏡。雖然乍看之下他好像戴著夾鼻眼鏡，但是事實上，他的鼻樑上什麼都沒有。

# 金色小壺

儘管書頁上一個字都沒有，紳士依然看得津津有味。因為我的注意力都在那本書上，所以紳士偶爾翻動書頁的聲音就像電影裡的翻頁聲一樣，不斷被放大，聽來特別響亮。為了看清背對這邊的書頁，我起身假裝要從行李架上拿東西，不出所料，那張書頁上同樣一個字沒有，就是一張白紙。我大概是在做夢吧？要不然怎麼會發生這麼匪夷所思的事？

我這個「空氣男」的綽號可不是白來的，其中一個與眾不同之處就在於，即便在白天清醒時我也會不時地陷入半夢半醒的狀態中。坐車的時候最容易出現這種狀況。有一次我從上野車站出發，目的地是仙台。在旅途中，偶然從看雜誌的間隙抬頭，正好看見一位讓人驚豔的美女，就坐在我的正前方。她是什麼時候坐在那兒的，我根本沒注意，總是覺得似乎從很久以前那

---

7. 日本著名小說家，代表作《春琴抄》、《陰翳禮讚》、《細雪》、《鑰匙》。——譯注

個位置就屬於她了。她實在是太美了，才看上一眼就讓我全身跟過電一樣。她在周圍那麼多人中顯得如此卓爾不群，所有人都被她比了下去。

我偷偷盯著她看了很久，表面上還要裝的若無其事。等我看了會兒雜誌再抬頭時，她卻不見了，就好像雲霧般突然消散了。她是什麼時候離開的？我怎麼一點都不知道？我猜想她大概是去廁所了，希望在到達下一站之前她能夠回來。我心裡充滿期待，可惜最後卻落空了。大概是換了其他座位吧，我這樣想著。雖然沒有什麼事，我還是將自己所在的車廂以及前後兩節車廂找了一遍，可惜一無所獲。看來我的老毛病又發作了，剛才的女子只是在我的白日夢中。

我一邊想著這些事，一邊打量對面的紳士，結果又發現一件奇怪的事。之前提到過，這位紳士並沒有戴眼鏡，但是乍看之下你卻會覺得他戴了。為什麼會產生這種錯覺？是因為他的臉頰和耳朵間有一條繩子，看起來和夾鼻眼鏡的那種黑繩差不多。之前我只顧著看那些空白的書頁，完全忽略這條繩子，其實只要仔細一打量就能發現它的奇怪。

這條繩子以黑色綢布製成，表面光滑。繩子兩端一端捲成圓環掛在他耳朵上，一端被他含在嘴裡。我回想後發現，似乎從很久之前開始他就一直含著這條繩子。難道他在吸吮繩子前端綁著的食物嗎？好像不是那麼回事，看起來更像是繩子前端正綁著他口腔中的某處。

沒有一個字的書本就很奇怪了，這條繩子同樣是一個謎題。這條從耳朵連到嘴巴的黑色綢布繩子到底是幹什麼用的？我百思不得其解。

又過了很長時間，座位上只剩下我和那位紳士。之前列車到達國府津站時，旁邊的婦人和斜對面主管模樣的中年人已經下車了，那之後空出的座位上也沒再來人。紳士已經把書收進了旁邊的公事包裡，嘴裡依舊含著那條黑綢繩，即便是在吃東西時也沒有吐出來。剛才我親眼看見他從口袋裡掏出一個裝著十顆金桔的紙袋，然後直接拿起一顆扔進嘴裡，連皮帶肉地嚼了起來。

這到底是怎麼回事？強烈的好奇心讓我坐立不安。雖然我被稱為空氣男，但卻有異於常人的好奇心，這一點之前已經提到過了。反正現在只有我

們兩個人，我打算問個明白。

「冒昧問一句……」我冒失地說。

紳士看向我，一個字都沒說，不過看樣子是在等著我的下文。在那一小撮十分瀟灑的山羊鬍的映襯下，他的氣質顯得更優雅。

「自從上車後，你的嘴裡一直含著那條黑綢繩，吃東西時也沒有吐出來，它是幹什麼用的？你為什麼含著它？這實在太匪夷所思了。我知道這麼問有點唐突，請你不要介意。」

紳士環顧四周，彷彿是怕別人聽見似的小聲說：「原來你是想問這個啊，看起來是有點奇怪。其實這只是我做的一個小實驗，沒有什麼大事。」說完一笑，神秘又詭異，讓人想到梅菲斯特[1]。

「小實驗？」

「其實我是一名醫生，就在順信堂大學工作。我和六名同事正在做一個實驗，主要是測試柑橘類對胃液的影響。每個人負責的水果都不同，我負責金桔。換句話說，這個星期金桔就是我唯一的食物。至於這條黑繩，它前端綁著一個很小的金色小壺直接通到我的胃裡，每隔一段時間，我就會把它拉出來並把裡面的胃液倒進這個瓶子裡，大概四個小時一次。」

紳士動作小心地從外套內袋裡取出一個小瓶子。那是一個褐色的扁平藥瓶，已經被裝滿了三分之一。瓶子裡的液體看起來很黏稠，還有些起泡。「我得把它帶回到大學裡的實驗室去，還得進行研究和記錄……」紳士一邊將瓶子放回內袋一邊說道。

紳士這番不同尋常的言論讓我瞠目結舌，他口中那個小巧的金色小壺似乎有一種魔力，深深吸引著我。我半天沒有說話，彷彿在仔細體會它的魅力，不過很快我就決定弄明白我的另一個疑問。

「我可以再冒昧地問你一個問題嗎？」

「當然，請說。」山羊鬍醫生笑著說。

---

1. 歌德代表作《浮士德》中誘惑人類的惡魔。——譯注

「我看見你剛才在看德・昆西的《論謀殺》，能借我看一下嗎？我之前也看過，但不知道它什麼時候出版成書的。」

「沒問題，請看。」醫生一邊說著一邊將從公事包裡取出的書交到了我手裡。

我拿著書隨便翻了翻，然後驚訝地發現一個事實，每張書頁上都寫滿了字，沒有一頁空白。每一頁上都印著八級大鉛字，從內容上看，確實是《論謀殺》。我查看版權頁發現這本書是當年出版的，並非谷崎翻譯的那版。書的翻譯者我不認識，出版社也很陌生。

「太感謝了。這本書就像一篇殺人禮節論，挺有意思的。你看過《一個吸鴉片者的自白》嗎？有什麼感想？你是名醫生，那本書應該挺能吸引你的。」

「沒錯，這兩本書都很有意思。我對那本書也很感興趣，你也喜歡看這類題材嗎？」

「當然，我對這類題材簡直愛死了。我有很多喜歡的書，例如：名偵探維克多[2]的自傳、羅伯特・伯頓[3]的《對憂鬱的分析》。前一本的作者維克多是小偷出身，後一本是一部學術著作。而且提到伯頓讓我想起另一個人，理查・伯頓[4]，他翻譯過《一千零一夜》，這本書的附錄論文也挺有意思。」

「噢……原來你愛看這類書啊！」醫生「噢……」「噢……」的感嘆著，像一個外國人一樣。他看起來很高興，大概是因為遇見趣味相投者吧！

「不過話說回來，剛才你在看這本書時，我發現書上並沒有字，每一頁都是空白的。這太奇怪了。」

「啊？真是這樣嗎？那確實挺奇怪了，估計是你看走眼了吧！你最好去看看眼科醫生，如果有問題也好早點診治。」

---

2. 弗朗索瓦・維克多（1775～1857），法國第一位私家偵探。——譯注
3. 羅伯特・伯頓（1577～1640），英國作家、牧師。——譯注
4. 理查・法蘭西斯・伯頓爵士（1821～1890），英國探險家、語言學家。——譯注

我之前總是喜歡半夢半醒地做白日夢，聽見這些話不禁害怕起來。於是我告訴他這樣的事已經不是一次兩次了，並且列舉了幾個實例，希望他能以此判斷我的眼睛究竟有沒有問題。

「我也無法確定，畢竟我不是眼科醫生。但不管怎麼說，去眼科看看沒有什麼壞處，也有可能是精神方面出現問題。」醫生皺著眉頭說。

隨著我們的閒聊，火車到達沼津站。發現到站的醫生著急忙慌地將《論謀殺》裝進公事包裡，然後把外套夾在腋下站起來。

「我到站了，後會有期。」紳士說完就匆匆忙忙地下車。

# 喜歡惡作劇的人

我愣愣地站在原地，突然湧現一股探險的欲望，我也不知道這種感覺是怎麼來的。就這樣與這位一身黑衣的醫生錯過？那太可惜了。無論是他的風度神采，還是行為舉止，都仿若梅菲斯特般，引起我強烈的興趣。這段開始於東京車站的旅程原本就沒有什麼目的地，在哪兒下車完全取決於我自己。何不乾脆跟著那位神秘的紳士一起下車，跟著他的蹤跡來一場探險。只要這麼想想，我就興奮不已。

我從車窗看到那位穿著黑色大衣的梅菲斯特正從月台往驗票口走去，腋下還夾著他的公事包，我趕緊下車追了上去。

我之前從沒跟蹤過任何人，可以說一點經驗都沒有。再加上當時太陽已經下山，周圍光線昏暗，想要跟蹤一個人而不被發現實在太難了。

梅菲斯特應該就住在不遠的地方，這從他選擇步行就能判斷出來。他從站前廣場向著一條寬闊的馬路走去，然後拐過了街角。我連忙加快腳步跟了上去，可是當我拐過街角後發現，梅菲斯特就站在前方等著我，臉上掛著得意的笑。

「我剛才就發現你了，憑你的跟蹤技巧想要不被人察覺太難了。我就在

附近居住，要不要過來坐坐？」

我除了微笑還能做什麼，「好，我也想和你再聊聊。」

「明白，明白，一起走吧！」

我就這樣和這位黑衣紳士一起住進一家平價旅館，他似乎是這裡的常客。而且我還得知，穿著黑衣的梅菲斯特和我沒有什麼區別，根本不是什麼醫生，也是一個無所事事的閒人。只不過和我相比，他在經濟上要寬裕得多。

後來我還驚訝地發現，原來這位自稱是伊東鏈太郎的紳士兩撮鬍子都是假的，只有在喬裝時才用。只不過這些假鬍子都非常精緻，所以不容易被發現。他在洗澡前當著我的面笑瞇瞇地將鬍子取了下來，然後整個人的氣質都變了，彷彿變成另一個人。同時，他嘴裡的那條黑綢繩也被吐了出來。

洗完了澡，我們面對面地在矮桌前坐下，一邊喝酒一邊聊天。

「你知道惡作劇嗎，野間先生？我可是自詡為惡作劇大師。」

我的名字是野間五郎，野間是姓。原來梅菲斯特的真正身分是一位惡作劇大師，這是他第一次提及此事。

「是指開玩笑嗎？」

「沒錯。我認為惡作劇是一門真正的藝術，在這個方面，我小有研究。有不少知名的惡作劇大師，他們的傳記在歐美得以出版。日本也有這類惡作劇題材的作品，比較著名的像瀧亭鯉丈[1]的《八笑人》、梅亭金鵝[2]的《七偏人》。不過可惜的是，他們的惡作劇大多缺乏創新，即便有很大規模也沒有什麼意思。

「還有十返舍一九的《膝栗毛》[3]，裡面也有惡作劇元素。自己就是一

---

1. 本名池田八右衛門，江戶後期的滑稽本作者。《八笑人》全名《花曆八笑人》，出版於1819至1848年間。——譯注
2. 本名瓜生政和，江戶末期代表性劇作家。《七偏人》全名《妙竹林話七偏人》，出版於1857至1863年間。——譯注

個惡作劇大師的十返舍一九曾經留下遺言，死後必須火葬。誰能想到他死前將一些煙火藏在身上，火葬時可想而知，大家都被嚇壞了。美國也有人這麼幹過，太有意思了。

「史凱拉克④小鎮有一位富翁，名叫查理斯‧波特。他曾經留下遺言，讓人在他死後去院子裡生堆篝火，並且將一個盒子原封不動地扔到篝火裡。這個盒子就擺在他臥室裡的架子上，上面寫著『秘密』二字。」

「波特先生的三個兒子都繼承遺產，所以必須兌現父親的遺言。估計父親一生最大的秘密就藏在這個盒子裡，因此他們決定完全遵循父親的遺願，將它原封不動地投入到篝火中燒成灰燼，三個兒子和律師就是見證者。結果沒想到，剛把盒子扔進去就聽見一聲巨響，緊接著絢麗多彩的煙花一起在空中綻放開來……你看，不管是東方還是西方，惡作劇大師的心理都是相通的。」

「你在火車上提到的金色小壺呢，也是惡作劇吧？事實上，你只是在嘴裡含了條黑綢繩罷了。」

「確實如此，這種小惡作劇挺有意思的，對吧？不過這可不是我的原創，美國的一位哲學家很多年前就這麼做過了，而且很成功，他叫吉姆‧莫蘭。」

「莫蘭實施惡作劇的場地和我不同，是在飛機上。當時有很多大學足球隊的隊員和他同乘一架飛機，他們發現莫蘭嘴裡的黑繩後小聲談論了一陣，最後透過抽籤的方式選出一人上前詢問。還記得我之前的回答嗎？莫蘭也是那樣說的，只是大學的名字不同，他說的是約翰‧霍普金斯大學。」

「這些大學生得知答案後的表現和你一樣，十分驚訝。莫蘭說這些學

---

3. 本名重田貞一，江戶末期作家。《膝栗毛》全名《東海道中膝栗毛》，出版於1802至1814年間。——譯注

4. 史凱拉克，嬉鬧、開玩笑之意。一個虛構的小鎮，出自於H‧艾倫‧史密斯的《惡作劇的天才》。在本書中，作者將美國各地發生的惡作劇都設定為發生在這個小鎮。——譯注

生大多來自不同的地域，只要一想到他們回到家鄉後就會將這件奇事傳播出去，他就感到極其愉悅。這種鮮為人知的樂趣讓惡作劇大師十分享受。」

「這個金色小壺的惡作劇我做過好幾次，有時是在派對上，有時是在火車上，有時又是別的地方。雖然每次都有人好奇，並不停地打量我，但當面詢問的卻很少，更別提像你這種了，好像不問明白就不甘休一樣。不過這不恰恰說明你也有天賦去當一名惡作劇大師嗎，你對變戲法有興趣嗎？」

「是的，我也很喜歡變戲法。」

「瞧，你喜歡偵探小說、變戲法，還有象棋詰棋⑤，我說得沒錯吧？」

「沒錯，你也如此嗎？」

「當然，我也是這樣。」

我們在酒精的作用下推心置腹，言談中一點隔閡都沒有。我有預感，我們不但會成為朋友，甚至很可能成為知己。他好像也有相同的感覺。

「那本《論謀殺》呢？也是惡作劇嗎？」

「沒錯，表演『金色小壺』前總得先來點開胃菜吧！事情的真相估計你已經猜到了，我的公事包裡其實有兩本書，表面看它們是一模一樣的。」說著伊東鏈太郎從壁龕上拿來公事包，從中取出兩本書，都是《論謀殺》。單從外表來看，兩者沒有任何差異，但只要翻開就會發現，一本是正常印刷，一本卻一個字都沒有。

「沒有字的這本並非我特意請人製作的，而是從一位朋友那兒要回來的。他就是這家書店的老闆，我們關係不錯。在正式印刷前，為了確認完成品的樣子，書店都會先製作一個裝幀樣本。樣本中的書頁無論是從頁數上，還是從品質上，和正常印刷的成品都一模一樣，唯一的區別就是頁面上一個字都沒有，只是白紙。這本沒有字的書就是裝幀樣本，它到了我手裡也算是廢物利用了。」

---

5. 由棋手精心設計的具有趣味性的題目，可增強棋力。主要包括圍棋詰棋、象棋詰棋及五子棋詰棋。——譯注

「實際上，一旦知道真相也就覺得沒有什麼了。不過在此之前，看一本一個字都沒有的空白書，而且還表現得興致勃勃，也是一個挺不錯的小惡作劇，對吧？除了你之外，當時還有兩個人也很驚訝，不過可惜，這些普通人的好奇心和你相比就太微不足道了。」

當晚我們躺在一張床上一直聊到了凌晨兩點，可見我們是多麼趣味相投。雖然後來我已經忘了詳細的經過，但卻記得我們聊的大部分東西都和惡作劇相關。例如從惡作劇到滑稽文學、偵探推理小說、變戲法、西洋棋詰棋等各個方面。無論聊到哪個方面，我們都會舉出實際的例子。兩個人暢所欲言，根本停不下來。

伊東還非常擅長落語⑥，他說落語中的惡作劇也不少，例如《復仇者》、《詐騙村》、《騙子彌次郎》、《收款人》、《賞花記》、《旅館復仇》、《買壺計》等（身為空氣男的我肯定記不住這麼多，不過好在桌子上有相關的書，我照著它們將這些名稱寫下來就行了。前面提到的一些東西也是用這種方法記錄下來的，例如那些滑稽作家的姓名和作品、伊東提到的專業術語等。看看，空氣男想要寫篇文章都這麼不容易，普通人根本無法體會）。

那實在是興趣盎然、值得回味的一夜。我是那天晚上才真正見識到惡作劇的樂趣，並自此立下目標，成為一名優秀的惡作劇大師，就像伊東一樣。

# 五金店裡的玩笑

在沼津住了一宿後，第二天，我們等伊東辦完事就一起返回了東京。此後，我們來往密切，形影不離，宛如戀人一般。

---

6. 日本傳統曲藝形式之一，和中國傳統的單口相聲差不多。——譯注

伊東那些奇妙的主意和高明的技巧讓我沉迷。惡作劇大師想要創造一個良好的效果光有好計畫是不夠的，還必須有出色的演藝技巧。伊東就是一個高明的演員，非常擅長喬裝打扮。除此之外，他還有非常出色的口才，能言善辯。我沉迷在他的惡作劇和相關話題中，經常在記錄時忘了時間。身形纖瘦的伊東在相貌上簡直能和梅菲斯特媲美，非常俊俏。更有甚者，從他身上，我還發現超人夏洛克·福爾摩斯遺留下的風韻。

　　伊東有一個美麗的妻子，兩人和女傭一起住在一幢非常高級的小洋樓裡。洋樓不大，但很精緻，就位於青山高樹町那兒。那是一幢木質的西式建築，很有古典韻味。屋裡的裝修也很有古風，同時還有梅菲斯特式的灑脫，和伊東自身的氣度作風很相符。客廳裡擺著一架當時很流行的鋼琴，伊東和妻子都會彈，而且應該彈得不錯，這從他們連很難的古典樂曲都能順暢地彈奏下來就能看出來。當然，對音樂一無所知的我實在沒資格評論什麼。

　　伊東沒有工作。我曾經問他靠什麼維持生活，那時我們關係已經十分密切。伊東只說了一句「父母留了些遺產」，沒有透露具體情況。可以說在物質上，我和伊東根本無法相提並論，但好在我們還有些共同點，即我們兩個都是那種整天無所事事的閒人。因為這一點，我們的友誼迅速深厚起來。

　　伊東夫婦尚無子女，他的妻子美雅子27歲，非常漂亮。甚至可以說，我之所以和伊東來往密切美雅子的原因佔了一半。當然，我拜訪伊東家的主要目的還是聆聽伊東的高明言論，畢竟作為惡作劇大師的伊東確實與眾不同。但不可否認，伊東家之所以如此吸引人和他漂亮的妻子有很大關係。

　　還記得我之前提到過的火車上虛幻的女人嗎？美雅子長得和她很像，甚至可以說幾乎一模一樣。和普通人相比，她那雙漂亮丹鳳眼的眼間距要更寬一些。鼻頭形狀優美而且微微上翹，精巧的上唇玲瓏可愛。皮膚呈小麥色，光滑細膩。

　　我非常喜歡美雅子的性格，聰明友善、活潑俏皮，對我來說簡直無可挑剔。大概是我已經被她深深吸引的關係，在我眼中，她的美貌和性格總是籠罩著一層神秘的面紗。只要喜歡上了，無論哪種女人，都會具有這種謎一般的吸引力。

因為這個原因，我和伊東家的來往極為密切。大多數時候都是我去他家拜訪，偶爾伊東也會來我這兒坐坐。兩所房子距離不遠，我那位於六本木的寒酸小公寓距離伊東家只有幾站的路程，乘都電①或公車很快就到了。

在遇到伊東後的一年裡，我因他的影響慢慢地從惡作劇中發現很多樂趣，並且深深為之著迷。下面就來介紹一下這一年中的情況吧！我將這些事分成室內和室外來寫，這樣條理更清晰。當然，身為空氣男的我很容易把所有事忘得一乾二淨，但值得慶幸的是，當時我記了筆記。我參照當時的筆記本，打算把其中有意思的部分以一種將時間、地點融為一體的戲劇手法呈現給讀者。下面就讓我們先來介紹一下室外的部分吧！

有一天，我和伊東在青山一帶的某條街上並肩前行。當時的氣候不冷也不熱，可能是春天也可能是秋天，究竟是哪個已經記不得了。伊東平時常穿黑色衣服，但那天是一個例外，他穿了一件條紋花色的西裝。我穿的和他一樣，西裝的花色沒有差別，只是在衣服品質上，我的要更粗劣一些。

大大小小的商鋪有次序地排列在街道兩側，歐式店、和氏店、大商鋪、小商鋪，高矮不一顯得很雜亂。伊東走在街上，他那裝模作樣的姿態很是與眾不同。突然，他停下腳步指著旁邊的商店說道：「咱們搞點惡作劇吧，就去這家五金店怎麼樣？我先不和你說那麼多，一會兒你自然就明白了，記得順著我說就行了。」說著就毫不客氣地進了店裡。

店裡的通道上正站著一位店員打掃商品上的灰塵，大約二十歲左右。

「有佐藤春夫的《田園的憂鬱》嗎？給我一本。」伊東無緣無故的來了這麼一句。

店員先是瞪大眼睛，但沒過多久就笑著答道：「我們是家五金店，書店在前面，第五家就是。」

「嗯，封面倒無所謂，皮革的或布製的都行。」伊東繼續說，就好像剛才什麼都沒發生一樣。

---

1. 指由東京都交通局管轄營運的路面電車。——譯注

「你說這些根本沒用，我們這兒真不是書店。」

「哦，牛皮紙的包裝也行，都沒關係。」

「嘿，你沒看到這是家五金店嗎，真的不是什麼書店。」店員湊近伊東耳邊大聲說道，大概是把他當成聾子。

「我知道，只要有扉頁、不缺頁就行，裝訂差些也沒關係，我並不在乎。」

「哎呦喂，這裡真不是書店，難道你沒發現自己走錯地方了嗎？」店員情不自禁地大聲嚷嚷道。

「沒事，你慢慢找好了，不用著急，順便幫我打好包裝。」

店員跑進屋裡把老闆叫了出來。老闆嘴裡的東西還沒來得及嚥下去，估計剛才正在吃飯。他看了眼伊東的穿著打扮，然後問道：「有什麼能幫到你的嗎？」態度謙恭而有禮貌。

「我已經說了好多遍了，我要那種小叉子，就是平時吃水果用的那種，品質一定要是最好的。」伊東若無其事地答道。

老闆連忙從貨架上翻找出一盒小叉子，「這就是店裡最好的東西了，可以嗎？」

伊東掀開盒蓋看了看，然後說道：「嗯，不錯，就要這個吧！多少錢？」

伊東請老闆打好包裝、付完帳後就大模大樣地離開店鋪，離開前還特意看了眼那位瞠目結舌的店員。

跟在伊東後面的我心裡十分痛快，就好像看了一本結局出現大反轉的偵探小說，我不禁深深佩服起伊東的演技來。

# 要改建的理髮店

我們一邊聊天，一邊繼續在街上閒逛，至於目的地是哪兒，誰知道。

「喂，你聽過這個故事嗎？有間寺廟的鐘響了十三下，把周圍的人都嚇了一大跳。而且寺裡的鐘就是現在的那種，一點到十二點整點報時，並非過去的那種。」

「沒有聽過。」

「這件事也發生在外國，挺有意思的一件事。知道廟裡的鐘為什麼會響十三下嗎？原來是一個居住在寺廟旁的人在鐘響了十二下以後對著鐘開了一槍，節奏掌握得很好，槍聲就成為第十三響。實際上，這件事對他本人沒有什麼意義，但確實讓周圍的人嚇了一大跳。像這種惡作劇一般沒有什麼其他目的，就是單純地想嚇唬人罷了。」

伊東總是談論這些有意思的事。

「我們再來搞點惡作劇吧，可不能浪費了我手裡的這些道具。看這張建築設計圖，是我朋友不用的，我昨天剛要來。除此之外，我還準備捲尺。」

「啊？你想搞一個什麼樣的惡作劇？」

「你就拭目以待吧，到時候自然就明白了。不過這次你得積極點，可不能像剛才似的一言不發，你得找準機會配合我。」

「怎麼配合？我連你要幹什麼都不知道。」

「哎呀，其實你已經是一位很出色的惡作劇大師，所以你很快就會明白的。」

街道旁邊有一家豎著紅藍相間螺旋看板的理髮店。店裡的客人不多不少，剛好坐滿了理髮椅。

「就這家吧，走。」伊東大搖大擺地進了那家店，我緊隨其後。然後他拿著圖紙和捲尺自顧自地說道：「喂，你把這個拉到對面牆上。」說著將捲尺的一端遞了過來。這段期間，他完全無視店主和理髮師的存在。

我按照他的吩咐將捲尺的一端拉到對面牆邊，然後把捲尺頭按在牆上後就不動了。

「沒錯，和圖紙上的沒差。就在那兒建一個間壁，就是正中間那兒，指定厚度是二十五公分。還有一件事，運紅磚的卡車不是說好一點到嗎？怎麼還沒來？」他看了看錶接著說，「估計快了，應該已經到巷子口了。」

「哎呀，外牆上的玻璃得拆下來吧，要不然怎麼把紅磚搬進來？」我配合著伊東說。

我們兩人大聲地談論著，完全忽略周圍的人。無論是客人還是理髮師，目光都集中在我們身上，面帶疑惑。這時有一個長著一雙三白眼的人從角落那兒走了過來，應該是店主。他手裡還拿著理髮刀，之前應該是正在那兒給客人剪頭髮。

「紅磚牆那兒按照圖紙得蓋個女廁所。」伊東繼續說，故意無視這位店主。

「你們是幹什麼的，怎麼一聲不吭地就進來了……」忍無可忍的店主問道。

「哎，請你讓一讓，擋到我了。」

「什麼？讓一讓？我才是這家店的店主，你們到底要幹什麼？」

「這家店要改建，我正在核對這張圖紙，所以才來店裡測量一下。」

「啊？改建？什麼改建？」

「我就是一個普通員工，哪裡知道那麼多。反正公司的圖紙在那兒，我只管照著做就是了。哦，還有，」伊東對著我說，「那邊是要安個洗手台吧！哦，還要再往這邊來一點。」

「你們怎麼能這麼做，到底誰給你們的權利？有我簽署的授權書嗎？拿出來我看看。」

「什麼授權書，我可不管這些。公司讓我幹什麼我就幹什麼……嘿，」伊東朝著我叫，「運紅磚的車應該到巷子裡了，你去看一下吧！我們也去幫幫忙吧，外牆上的玻璃無論如何都得拆掉……」伊東一邊說，一邊將捲尺收好，然後催促我到外面。

「太精彩了，快走！」我們兩個趕緊離開理髮店，生怕後面會有人追上來。

# 公車上的爭吵

　　我們兩個一言不發地走了一陣，當我回神時就發現伊東在嗤嗤地笑著，像一個淘氣的孩子一樣。難道是在回味剛才的惡作劇嗎？事實並非如此。

　　「今天真是好運，咱們再來一場雙簧怎麼樣？」伊東說道。

　　「來場什麼？又要去哪家店嗎？」

　　「不是，這次咱們來個大的。就在公車上，這件事一個人可幹不來，必須兩個人才行。」

　　「我還是不知道情況只管配合你就行了嗎？」

　　「這次可不簡單，你要演主角，如果還是之前那樣就費勁了。咱們先討論一下。」然後伊東就把他的計畫詳細地說一遍。雖然這次的惡作劇很輕率，但應該會有不錯的效果。伊東讓我當這次表演的主角，可是我真的行嗎？我心裡一點底都沒有。只是已經到了這個份兒上，也就容不得我退縮了。

　　於是，我們兩個分頭向附近的公車站走去，然後等車到站後坐了上去。

　　車裡的乘客不多，我們坐下後正好斜對著。每到一站，乘客或上或下。過了三站後，車上的人數終於差不多了。這個差不多是按我們的設想來計算的。此時公車上的女乘客要比男乘客多一些，男乘客裡又以老人居多。車裡的座位上都有人了，過道上還站著三四個，手裡抓著吊環。

　　斜對面的伊東已經開始對我怒目而視，估計他覺得是時候了。我抿緊雙唇努力裝出一副傲慢的樣子，實際上差點笑場。我必須把自己當成一個脾氣暴躁的傢伙，只有這樣，這場惡作劇才能取得一個良好的效果。

　　差不多可以發脾氣了，我開始表演。「喂，你在看什麼？我臉上有花嗎？」

　　伊東馬上回擊：「你有什麼可看的，要是想看的話，我肯定找一張更好看的臉。」

　　我們說話的語氣簡直像兩個小痞子，這和我們穿戴整齊的外表完全不

搭。車上的乘客都很驚訝，一時之間，我們成為焦點。

「什麼？喂，你再說一遍試試。」被激怒的我猛地從座位上站了起來。當然，這種憤怒是我演出來的。

「這有什麼不敢說的，看看你那張醜臉，我才不會盯著它看。」

「混蛋！」

我整張臉都脹紅了。其他人一定以為這是氣的，但實際上是害羞的，畢竟在這麼多人面前表演實在讓人不好意思。

然後，我突然向對方撲了過去。不甘示弱的伊東也立即站了起來，一副奉陪到底的架勢。

我們就這樣打了起來。附近的女乘客嚇壞了，都躲到了公車的兩頭，驚呆了的女乘務員也完全不知道該怎麼辦。

有兩個男人跑過來打算分開我們。

「怎麼能在公車上打架呢，太不像話了。會給別人添麻煩的，請下車去打吧！」一位看起來很明理的男子生氣地斥責道，看打扮像是一位公司職員。

「好，趕快停車吧……喂，你小子該不會是想逃跑吧？快下車，今天我一定奉陪到底。」我拽著伊東往車門走去。

「這麼多年還沒有人敢這麼和我說話呢，除了我小時候的朋友阿鏈。要真是他的話，我就不生氣了。可是，我們已經很長時間沒見了。」

這段詞是這次惡作劇中最難演的部分，我努力地想表現得自然點。

「阿鏈？這不是我小時候的綽號嗎，我全名叫伊東鏈太郎。」

「真的嗎？」我驚訝地問，「你就是阿鏈嗎？伊東鏈太郎？哎呀，你早點說嘛！我是野間五郎啊，還記得我嗎？我正打算去車站接你。」

「啊？小五郎嗎？真的是你，你變得我都快認不出來了。我們太長時間沒見了，差不多得有十四五年了吧？」伊東大聲說著，一副頗為懷念的味道。我們在目瞪口呆的乘客面前像俄國人那樣親密地擁抱在一起，就差沒接吻了。

公車到了下一站，在眾人的注視下，我們勾肩搭背地下了車，向熱鬧的

街道走去。

「如何？很成功吧！今天發生的事估計夠車上那二十多個男女津津樂道一輩子的。還有，你今天可是貢獻了非常出色的表演。照這樣子，以後我們兩個就可以合作了，相信無論是哪種惡作劇都難不倒我們。」

伊東拍了拍我的肩膀，對我剛才的演技加以讚許。

# 捲尺惡作劇

我們在伊東家及他家周圍也做過一些惡作劇，下面就給讀者介紹一下。採用的方法和之前一樣，將時間、地點融為一體後以一種戲劇的手法呈現給讀者。請接著往下看吧！

有一天晚上，伊東要在家裡舉辦一場小型聚會。他邀請我參加，說是有些好玩的東西給我看。我很早就出了門，那時太陽還沒下山。

伊東在認識我之前就已經成立了一個有關惡作劇的俱樂部，裡面的成員都是伊東的朋友，算上新加入的我一共八人。如果你認為俱樂部裡的其他人也像我和伊東這樣隨處搞惡作劇，那就錯了。事實上，只有整天無所事事的我和伊東這麼幹。其他人都有正經工作，根本沒時間。其實我們和其他人只是聊天的關係，有時我們說說自己搞惡作劇的體驗，有時他們講講自己想到的好點子，僅此而已。

伊東提議以後有時間大家來場大型惡作劇，就像《八笑人》裡那樣。可惜還沒等這個願望實現就發生一件事，俱樂部也就稀里糊塗地解散了。

下車的地方離伊東家也就五六百公尺。道路兩旁林立著很多高大的住宅，除此之外，什麼都沒有。路上十分安靜，太陽就快下山了，周圍一個行人都沒有。

我走在被周圍高大的水泥牆夾在中間的小路上，突然，我的注意力被對面發生的一件怪事吸引過去。有一位紳士在那兒來回走動，神色慌亂，看起

來頗為怪異。貌似某公司領導的紳士體型肥碩，穿著熨燙得筆挺的西裝，手裡還拿著拉長的捲尺。他遲疑著靠向圍牆拐角，似乎在害怕什麼。

手裡拿著藤製手杖的紳士一副外出打扮，頭上戴著一頂軟呢子的禮帽，看起來還很新。這身裝扮和他手裡的捲尺十分不搭，難怪看起來會那麼奇怪。

一根紅白相間的測量棒豎在地上，離水泥牆拐角還有段距離。捲尺繞過測量棒的外側彎向了拐角的另一頭。捲尺的那頭應該正握在另一人的手裡，不過那個人應該正往這邊來，否則捲尺也不會鬆垂下來。

因為覺得奇怪，所以我沒急著離開。這個人到底要幹什麼？站在遠處觀察的我很好奇他的目的。紳士馬上就要到達拐角了，突然前面出現一個人，直接奪走了所有視線。原來是一位化著濃妝的婦人，大概四十歲左右，估計是哪家的太太吧！婦人穿著一件以鮮豔花朵為點綴的和服，還繫著根寬幅腰帶，看起來很隆重。她手裡提著一個大提包，是當下最流行的那種。這位打扮隆重的婦人拿著捲尺的另一端現身，一副小心翼翼的神態，讓事情變得更加奇怪了。

紳士和婦人都是一副戰戰兢兢的模樣，然後分別從牆角的兩側探出頭來。四目相對之下，兩人都是一副古怪的表情，又酸又苦。很顯然，兩人並不認識，這從他們的表情中一眼就能看出來。

事情真是越來越奇怪了。我繼續觀望，強烈的好奇心讓我非常想弄清楚事情的真相。

帶著刻度的捲尺散亂地扔在地上，拿著捲尺盒的紳士並沒有把它收起來。紳士和婦人分別拿著捲尺的兩端，此時就這樣你看我、我看你，不知如何是好。

「太過分了，剛才那個人呢？去哪兒了？竟然讓我站在這兒這麼長時間。」紳士說道，整張臉都給氣紅了。

「我才倒楣，你是誰呀，是剛才那個男人的上司嗎？太欺負人了，他竟然讓我拿著這東西在這兒足足等了十分鐘，我可是有急事要辦的呀。」不甘示弱的婦人回答道。看樣子，這是一個很強勢的女人。因為氣憤，她的臉都

變形了，本來就很普通的相貌更難看了。

「聽不懂你在說什麼。被耍的明明是我，你和我有仇嗎？」

「哎，你這人說話太奇怪了，我都不認識你，怎麼可能和你有仇？真正過分的反倒是你，竟然這麼捉弄我，太不像話了。」

兩個人互相指責著，過了一會兒，他們像是注意到事情的蹊蹺之處，兩個人好像都是受害者。他們一言不發地看著彼此。

「好像咱們兩個都被耍了。」紳士率先說道。

「這麼說，你也不認識剛才的男人了？」婦人一副哭笑不得的表情。

「對啊！他應該是對咱倆說了一樣的話。今天真是倒楣，估計那個傢伙早跑沒影了，再找也來不及了。看來只能認命了，要不然也沒別的辦法。哈哈哈……」

「哎，怎麼能這樣呢，真是太不像話了。」

兩人的穿著打扮都很光鮮亮麗，不過他們似乎才發現這一點。

「剛才實在太失禮，請你原諒，我只是太生氣了。」

「不不，我也好不到哪兒去。我肯定不會幹這種缺德事，請看我的名片。」有一個大肚子的紳士從背心口袋裡拿出名片盒，用手指沾了沾唾沫抽出一張遞給婦人。

「哎呀，我還沒自我介紹……」婦人也從懷中的紙盒子裡取出精緻的名片遞了過去。

兩個人的名片上會印著什麼？估計是某某公司董事、某某婦女協會會長這類的頭銜吧！交換過名片的兩人開始目光柔和地重新認識彼此，顯然，名片上的內容讓彼此另眼相待。他們呵呵、哈哈地笑著，後來聲音越來越小，我也就很難聽清楚了。反正兩個人站著說了很長時間的話，而且彼此間的關係好像親近不少，估計是找到共同的話題，例如某個兩人都熟識的朋友。

之前拉得很長的捲尺一直散亂在地上，捲尺盒還在紳士的手裡。發現這一點後，紳士迅速收起捲尺裝進口袋裡，好像繳獲了戰利品一樣。然後和婦人並肩向大街上走去，關係看起來十分友好。

# 眼睛裡的國旗

　　我因為這件事耽誤了不少時間，所以當我到達伊東家時，客人已經到齊了。除了伊東夫婦和我，還有三個人。除此之外，還有兩人因為有事沒辦法趕來。

　　我就不提他們的名字了，要不然一個一個介紹實在太麻煩。三人之中，歲數最大的是一個餐館老闆，五十二歲。這位老闆擅長變戲法，是業餘魔術師俱樂部的成員。每年俱樂部舉行大會，他都會登台表演。而且他還有一個習慣，無論去哪兒都會帶幾樣變戲法的道具，一有機會就會露幾手。例如他口袋裡常裝著撲克牌，有的是動過手腳的，有的是沒動過手腳的。

　　歲數第二大的是一位區公所戶籍課的課長，大概四十歲左右，具體年齡不確定。這人沒有什麼特殊才能，但卻有兩個為人稱道的地方。一個是酒量非常大，堪稱海量。還有一個是對自己的妻子非常疼愛。當然，這也沒有什麼奇怪的，畢竟他妻子長得十分漂亮。他由衷喜歡玩笑故事，為此不吃飯都沒有什麼關係。他有時會開一些非常高明的玩笑，但有時也會說些很低級的笑話。

　　第三個人是京成大學社會學的副教授，和伊東一樣三十六歲。他非常擅長下圍棋和西洋棋，兩者程度都不低，已經達到了業餘初段。

　　至於有事沒來的兩個人，一個也是課長，供職於某大型電機公司；另一個是美術學校的學生，很年輕，才二十歲。

　　所有成員有一個共同點，就是都非常喜愛偵探小說。尤其是那位歲數不大卻讀過很多外國名著的美術生，經常使我們如墜雲霧。

　　大家在伊東家的西式餐廳中圍坐一堂，大型餐桌上已經擺好了開胃菜和洋酒。每次舉辦聚會，伊東都會請來認識的廚師親自掌勺，所以太太和女傭並不用做什麼，只要在旁邊招待大家就行了。當然，席上也留著美雅子的座位，身為女主人的美雅子大方地坐下以後熱情地招待大家。美雅子也喜歡惡作劇嗎？我不確定，但不管我們做什麼，她總是配合。聰慧漂亮的美雅子和

俊俏的伊東先生十分般配。

席上還有一個我不認識的四十多歲的男人，他那一頭過於烏黑亮麗的頭髮十分顯眼，梳理得也很整齊。他還有一道非常大的傷疤，從下巴一直延伸到脖子上。他在餐桌旁規規矩矩地坐著，給人一種愚鈍的感覺。還有他喝水的動作顯得很生硬，也不碰香菸和洋酒。他的左手上戴著手套，黃色的，即使坐在餐桌旁也沒摘下來。一根木質手杖靠在他的兩膝間，表面已經磨得光禿禿的了。

在湯送上來之前，喜歡變戲法的餐廳老闆就已經閒不住了，開始表演戲法。其實並沒有人提出這樣的要求，他只是自娛自樂罷了。他的右手上拿著一根正在燃燒的香菸，突然，他將香菸拋向空中。事實上，他的手中真的有東西飛出去嗎？我們根本沒看見。燃燒著的香菸到底去哪兒了？誰知道？

然後他又伸出手向空中一抓，接著一張漂亮的紅心Q撲克牌就躺在了他張開的手心裡。他拿起那張牌再次向空中高高一拋，然後撲克牌就黏在了白色的天花板上，看起來黏得頗為牢靠。

雖然他的戲法看起來效果不錯，但是捧場的人卻寥寥無幾。因為對大家來說，這個戲法實在沒有什麼意思，因為看過的次數太多了。

我根本沒怎麼注意戲法，我的注意力都放在坐在我前面的陌生男子身上。伊東想讓我看的有意思的東西大概和這個人有關，我在心裡這樣想著。

果然，在我仔細的打量下，很快就發現一件怪事。這位男士的左眼球竟然呈現出像袖珍畫一樣的色彩，紅的、藍的，十分鮮豔。這太匪夷所思了！我驚嘆著，不禁伸長脖子去仔細觀察。

然後我就發現一個驚人的事實，這位男士的左眼球裡竟然有一面美國的星條旗。他是怎麼把美國國旗弄到眼睛裡去的，難道是沖洗上去的，就像沖洗彩色底片一樣？這怎麼可能？

很快其他人的目光也被我吸引了過來，大概是滿臉驚訝的我盯著這位傷疤男看的時間太長了。就連變戲法的餐館老闆也放下魔術過來觀察男子的眼睛，似乎所有人都發現那面美國國旗。

「看來大家好像都注意到了嘛，快給大家展示一下其他東西吧，菖蒲先

生。」伊東洋洋得意地說道。

男人按伊東所說從口袋裡拿出一個盒子。這個扁平盒子是銀色的，散發著一股濃烈的酒精味。原來盒子裡塞滿了酒精棉。在棉花裡摸索的男子好像取出了什麼，但因為他之後轉身背對眾人，所以沒有人知道他到底拿了什麼。我們只看到他將雙手舉到眼睛的位置鼓搗了一陣兒。當他再次轉身時，又把手裡的東西快速塞進了盒子的酒精棉裡。

大家再次把視線放到男人的左眼上，裡面的美國國旗已經變成日本國旗。儘管只是很小的一副，但無損於紅白兩色的太陽旗的美麗。

接下來，男子背對大家多次重複剛才的動作，我們也因此見到更多美麗的袖珍畫，英國國旗、日本國會議事堂、全身赤裸的女人像。除此之外還有一副美女的臉龐特寫，至於這位美女是哪個人種的人，卻無法判斷。這些畫就印在那位男子的眼球裡，尺寸只比八公分的彩色底片大上一點，但是十分清晰。眾人為這種小巧精緻的美麗，不斷發出讚嘆。

「大家看明白了嗎？這位先生的左眼其實是假眼。他非常喜歡在假眼上鍍上各種圖畫，然後再一個一個輪流放到眼眶裡。怎麼樣，了不起吧？我第一次見的時候也嚇了一跳，但只要細細觀察就會沉迷於這種美麗。這位假眼紳士夠時髦吧！可惜咱們沒有假眼，搞不來這種把戲，所以只有羨慕的份了。」

對我們這些惡作劇俱樂部的成員來說，饒是自詡見多識廣，也驚嘆於這場假眼惡作劇，不停地發出驚嘆。

這就是今晚聚會上「有意思的東西」嗎？我好奇地看向伊東。伊東臉上那種梅菲斯特式的冷笑足夠讓我明白，這只是所有「有意思的東西」中的一件而已。

大家接著用餐，同時談論著那些只有惡作劇俱樂部才有的趣事，就像我們平時那樣。美味佳餚不停地被送到桌上，一如既往的完美無缺。這位臨時請來的廚師手藝不錯，大家交口稱讚道。

我還沒忘記剛才看到的捲尺事件，甜點上來後就講給了大家聽。「到底是怎麼回事我也不清楚，我只瞭解結果。這個玩笑開得有水準，我估計是某

個惡作劇大師的把戲。在我眼裡，這個玩笑的效果實在精彩。最開始時，兩個人激烈地爭吵，臉都氣紅了。然後在知道雙方都是受害者後，馬上和好。最精彩的就是最後那段，兩人互換名片，瞭解彼此身分以後互相請求原諒，最後一起離開現場時就差沒手拉手。這場惡作劇的策劃者堪稱大師，手段實在高明。如果錯過了這場表演，那就太可惜了！」

「原來是你看到了，真是幸運啊！」伊東聽完我的話以後，從桌子上探過身來說，「我就猜今天來的人中會有人看到，還真是。其實我就是那場惡作劇的策劃者。」伊東洋洋得意地笑著。

「看來我猜的沒錯，果然是你。不過到底是怎麼回事？我只看到結果，卻不知道過程。」

「這就和偵探小說差不多，都是先有結論後再依靠推理去挖掘凶手的。到底是怎麼回事，估計你心裡也有數吧？」

「確實猜到一些……」

「還是我來說吧，這樣省事。我特意在黃昏的時候拿了根紅白相間的測量棒立在那棟宅子的圍牆拐角那兒，因為這個時候路上幾乎不會有什麼行人。然後，我又在離拐角二十公尺的地上畫了個X，而且兩邊都得畫。接著我就拿著捲尺在那兒等著。過了很長時間才有一個不認識的胖紳士走過來。我一看，這個西裝筆挺架勢十足的傢伙太合適了，就他了。

「於是，我上前叫住他說：『我是被派遣到這兒進行測量工作的政府工作人員，可是我剛動手助理就不見了。你能幫我一下嗎？拿著這個就行，估計他一會兒就回來了。』他既然是紳士，當然不會拒絕我的請求。在他回答『可以』後，我就讓他把捲尺按在了那個X那兒。然後我就拉著捲尺從測量棒的外側繞到了拐角的另一頭。

「按我原本的計畫，是打算把這頭的捲尺壓在石頭下就不管了的。可是這時剛好出現一個意外，道路那頭恰巧走來一位穿著隆重的婦人。當然，我和她同樣不認識。於是，我突然冒出個好點子，拉著捲尺的另一頭走到婦人面前說了一番差不多的話。婦人也答應了，像紳士那樣拿著捲尺的另一頭按在了地上的X上。然後我就回家了……照你說的，那個捲尺被紳士當成戰利

品帶走了，這也是沒辦法的事。為了享受惡作劇的樂趣，這些投資還是值得的。

「大多數時候都和今天一樣，我往往沒看到結果就走了。但這又有什麼關係呢，這樣反而增加惡作劇的樂趣。因為我總會興致勃勃地對結局進行預測，各種各樣的畫面不斷在腦海中閃現，有趣得很。照你剛才說的，這件事的結局還不錯。將捲尺當作戰利品拿走，然後友好地一起離開，這結局堪稱精彩。」

大家紛紛對此事發表評論，最後認定，在這幾年的惡作劇中，此事算是難得的好作品。這場和捲尺有關的惡作劇到此就暫時結束了。

「這真是一場精彩的表演，那位紳士和婦人相遇的畫面真是不容錯過啊！」喜歡變戲法的餐館老闆說道，語帶羨慕，「還有咱們的伊東會長，真是厲害，看樣子魔術的精髓都已經被你掌握了。甚至可以說，這場惡作劇簡直能和魔術相媲美了。」

# 惡作劇與犯罪的關係

大家繼續聊了一會兒後，忽然，伊東開始嚴肅起來。

「接下來我想給大家講一課。這麼說好像不恰當，其實就是有些個人感想想和大家說說，也算不上什麼上課。我想談論的主題是惡作劇與犯罪的關係。就拿這次捲尺惡作劇來說，實際上，這已經是一種輕度犯罪了。所幸還沒達到上訴的程度，而且受害人尚能容忍這種小麻煩。

「可是，翻開那些歐美惡作劇大師的傳記，有些傢伙的玩笑就開得太過分了。比如下邊這個例子：有人會在某個高級住宅區內——倫敦和紐約都有那種高級住宅區——選擇一些人家，將他們門牌上的住址和姓名抄錄下來。這種選擇完全是隨機的，但會更青睞那些有女主人的住戶。然後以那戶人家的名義，從各地的知名商鋪訂購一些與眾不同的東西。例如大型機械、

卡車什麼的。這些東西和日常生活根本一點關係都沒有，所以男主人在東西送達後往往拒絕簽收。可是如果只有傭人在家呢？東西可能暫時就會被簽收下來。總之，最後住戶肯定會和商家發生爭執，惡作劇大師的目的也就達到了。不過可以說，這種行為已經構成犯罪。

「更厲害一些的甚至堪稱謀殺。例如愚人節打電話給身患高血壓的老人，在電話裡編造一個嚇人的謊話，致使老人血壓上升而當場死亡。」

「可以說，惡作劇和犯罪只有一線之差。你們應該都讀過《作為精密科學的騙術》這篇有意思的散文吧？它的作者是素有偵探小說鼻祖之稱的愛倫‧坡[1]。他在書中提到的各種欺詐方法其實和惡作劇非常相似，甚至可以說幾乎沒有區別。唯一的區別只在於是否受到利益的驅使。因此可以說，惡作劇其實就是不受利益驅使的欺詐，這是我為惡作劇下的定義。

「在這裡，我還要談談惡作劇和偵探小說的關係，就像愛倫‧坡也是既寫偵探小說又研究欺詐論。這兩者與惡作劇的關係不可謂不密切。在偵探小說中，我們也能發現少量的欺詐小說。而且和我們的惡作劇相比，這類小說中的手法沒有什麼差別。接下來，我就給大家舉一個合適的例子。

「在愛倫‧坡的欺詐論中，一共列舉出的11種欺詐。在這裡，我要說的是第8種，一位惡作劇大師曾親自將其付諸實踐，而且歐美和日本都有類似的惡作劇。你們可能已經記不清這個例子的具體內容，我就簡單說一下：

「有一個男人去兼賣香菸的酒吧買菸——當時不少酒吧都這麼幹。男人接過香菸聞了聞，然後覺得味道不好就退回去，接著要了一杯白蘭地。喝完酒以後，他抬腿就走，結果被酒保攔住了，要求他支付酒錢。男人說：『什麼？我不是把菸退給你以後才要白蘭地嗎？』『話是沒錯，可是你也沒付菸錢啊！』『我已經把菸退給你，不就在那兒擺著嗎，為什麼要付錢？』憑藉這種答案，惡作劇大師成功地讓酒保暈了腦袋，然後藉機跑掉了。

---

1. 埃德加‧愛倫‧坡（1809～1849），美國小說家、詩人、文學評論家，是公認的美國推理小說的創造者。——譯注

「在一本記述美國某知名惡作劇大師逸聞的書中也有類似例子。日本也有，我自己就讀到過，是在一則源自大阪的落語《買壺計》中。有一個居心不良的人去水壺店買水壺，他挑中一個價值一圓五十錢——這個價錢是我編的——容量為一荷②的水壺，然後老實地付了錢。接著他拎著水壺在街上逛了一陣後又回到店裡，要求店主將這個一荷的小水壺換成兩荷的大水壺。店主幫他換好後，他拿著水壺就要離開。店主阻攔道：『你應該再支付一圓五十錢，這個大壺的價錢是小壺的兩倍。』『你在說什麼啊，難道你不會算帳嗎？我剛才已經支付給你一圓五十錢，現在又把那個一圓五十錢的小水壺還給了你，加在一起不正好是三圓嗎？我可是一分錢都沒少付。』然後兩人爭執起來，店主甚至拿出算盤算了好幾遍，但不管他怎麼算，都是入帳一圓五十錢的現金和一圓五十錢的水壺。店主就這樣被稀里糊塗地矇騙住了。

「我不記得這個故事到底是出自於江戶時代的哪本書了，可能是《書夜心論》，也可能是《人世心論》，反正是這一類的。可惜我目前沒時間，也就無法認真調查了。還有另一種更可靠的說法，認為它出自中國。中國有《杜騙新書》③、《騙術奇譚》，這些書裡有各種各樣的欺詐故事。

「這麼一說，我們的俱樂部好像就成為專門研究欺詐的地方，不僅研究還將之付諸實踐。不僅是欺詐，更有甚者，惡作劇還能像我剛才提到的那樣用來殺人。說到這兒，話題又回到了偵探小說上。以性質而言，偵探小說中那些殺人的狡詐手段和惡作劇沒有什麼區別。因為兩者的本質一樣，都是在騙人。雖說是騙人，但也絕對不能小瞧，因為巧妙的欺騙甚至可以成為一門藝術或者科學。在德・昆西眼中，殺人是一門藝術；在愛倫・坡眼中，欺詐是一門科學。

「曾經，某位日本偵探作家在隨筆中這樣寫道：『一整年裡，我每時

---

2. 接在數詞後的助數詞。——譯注

3. 《杜騙新書》，作者晚明張應俞，書中以講故事的方式描繪晚明社會的各種騙局。——譯注

每刻都在琢磨高明的殺人手段。我之所以成為偵探小說作者就是因為這種愛好。可是現在我發現，僅僅是創作小說已經不能滿足我了。所以我很擔心，萬一自己真去殺人怎麼辦。』如果我沒記錯，那篇文章叫做《惡人的夢想》[4]。我認為這和精神分析中的一個定律有關，就是二律背反定律[5]。在這篇隨筆中，這位作家還提到一件事。殺害自己最要好的朋友，而且要挑兩人聊得正高興的時候動手。對於這種事，這位作者的興趣不是一般的濃厚。

「有時候我也會擔心，害怕自己因為越來越沉迷於惡作劇而掉入犯罪的深淵。雖然表面來看，惡作劇和個人利益沒有關係，但有些謀殺也和個人利益無關。例如報仇，例如那些因為自負或自卑而產生的謀殺。

「雖然這些話聽起來有些奇怪，但最近我確實是這麼想的。簡單點說就是，我認為惡作劇和犯罪只有一線之隔。不管我們怎麼變著花樣搞惡作劇都沒關係，但大家千萬要注意，一定不能越過這條線。

「說了這麼長時間……大家好像都吃完了。還記得我之前提到過有意思的東西嗎，現在就讓各位看看吧！美雅子，可以了嗎？派女傭去周圍準備吧！」

夫婦兩人事先應該已經商量好了，所以此時伊東只是向美雅子遞了個眼色。

「我得先說明一下，剛才說了那麼多並沒有什麼目的，和下面要給大家看的東西毫無關係，並不是為了使你們驚訝而做的鋪墊。突然說這麼多，大家也許會覺得奇怪，實際上無需如此。很早之前我就想說這些話了，只是苦於沒有機會。今晚正好一吐為快，也希望各位能將這些話放在心上。」

伊東的話說得不清不楚的，想要弄清他的真實目的著實不容易。直到很

---

4. 江戶川亂步的一則隨筆，文中寫道：「一邊為自己過分老實而哀嘆，一邊又日夜深思如何才能殺人無數，這是多麼矛盾的心情啊！」——譯注

5. 二律背反是一種哲學基本概念，由18世紀德國古典哲學家康德提出，主要是指在面對同一個對象或問題時，形成兩種各自成立卻又互相矛盾的理論的現象。——譯注

久以後我才有所發現，實際上，這些話正是他深謀遠慮的一個伏筆。

# 假眼和假牙

接下來，我們被帶到寬敞的書房。書房的四周牆壁上堆滿了書，國內外的都有。我們在安樂椅上各自坐下，一邊抽菸一邊繼續閒聊。

差兩刻鐘就要十點了。伊東在大書桌前的旋轉椅上坐下，轉了一圈以後對大家說道：「之前我是故意瞞著大家的，現在就讓我將蓑浦先生——也就是這位假眼先生——介紹給大家吧！」

蓑浦先生一言不發地從椅子上站起來環顧眾人並行禮，他起身的動作很笨拙，行禮的動作也很生硬。現在他眼眶裡的假眼已經沒有花紋了，應該是那種普通的假眼。

「實際上，我和蓑浦先生也是剛認識。原本是一位軍人的蓑浦先生前半生非常悲慘，他聊以自慰的手段就是看偵探小說。因為這些原因，他也很喜歡惡作劇。我提到的『有意思的東西』也和蓑蒲先生有關，得由他來表演。他和我們一樣都深諳惡作劇的精髓，所以很高興地答應下來。我就先簡單介紹到這兒吧！

「接下來就請蓑浦先去臥室休息一會兒。我覺得還得派個人幫幫你，女傭怎麼樣？這樣你也好快點休息。還記得我們剛才說好的嗎？沒有高明的演技這場惡作劇可就搞不下去了。」

伊東說完後，蓑蒲先生就站了起來，「各位，容我先失陪一下。」說完他就拄著那根光禿禿的手杖離開房間，步伐笨拙而生硬。

「那麼，接下來就請大家前往二樓蓑蒲先生臥室隔壁的房間吧，那兒就是我們今天的觀看席。還有一點我得事先說明，大家在蓑蒲先生表演時一定不能發出聲音，任何聲音哪怕是咳嗽都不行。就算是覺得奇怪，也必須保持沉默，就當自己躺在墳墓裡。記住了嗎？咱們就走吧，注意腳下，別發出聲

音。」

　在伊東夫婦的帶領下，排成一列的我們上了二樓，沒有發出一點聲音。二樓除了伊東夫婦的大臥室，還有一間客房。兩個房間是挨著的，中間有一道門。伊東夫婦領著我們安靜地進入大臥室。兩個臥室間的門這天一反常態，是大敞四開的，門上掛著一條簾子，是粗網眼花邊的那種。

　最開始時，我只顧著驚訝於房間奇怪的布局了，並沒有注意這些細節，這都是我後來才發現的。我們不得不摸索著前行，因為大臥室裡的燈已經被伊東關掉了，他是故意這樣做的。我們和伊東夫婦手拉著手在黑暗中前行，靜悄悄地一直走到連接兩個房間的那扇門旁。這也是我第一次拉著美雅子的手，當然，這純屬巧合。但不妨礙我像被電流襲擊了般，全身酥麻。她的手涼涼的、軟軟的，還很光滑。雖然是在黑暗中，但和美人牽手依舊讓我激動不已。可惜我沒有回握的勇氣，只能老實地跟著她向前。

　門的旁邊有三把椅子，我和伊東夫婦坐下後，其他三人直接坐在了我們前面的地毯上。伊東之前說的觀眾席就是這裡，我們和蓑浦先生的房間只隔著一道簾子。這道粗網眼花邊的簾子一直垂到地板上。此時蓑浦先生房裡亮著燈，而我們這兒卻漆黑一片，所以透過簾子，我們能將蓑浦先生房中的一切盡收眼底，他卻看不見我們。

　我們屏住呼吸安靜地等著。對我來說，這種感覺並不陌生。在以前參加過的一個滿足偷窺癖的聚會上，我也有過類似的經歷。我記得那個時候是夏天，我和其他四位成員偷偷躲藏在隔壁日式房間裡，然後透過簾門的縫隙，偷看了一場表演。

　因為想到這件事，我的好奇心更濃了。不知因為什麼原因，我的情緒變得很奇怪，心裡頭說不清是什麼滋味。之所以會這樣還有另一個原因，那就是美雅子竟然是挨著我坐下的。要知道一般情況下，為了避免和我有身體接觸，都是伊東坐在中間，美雅子在伊東的另一側。但此時坐在中間的變成美雅子，我無法確定這是否是她故意為之。

　因為這件事，我的心好半天都安靜不下來。美雅子在這種環境下為何會這樣坐？是伊東的吩咐，還是她自己的意思？伊東如此足智多謀，如果是他

的吩咐，是否有什麼特殊的用意？如果是美雅子自己的意思，她為何要挨著我坐？兩種情況都讓我困惑。

簾子那頭「有意思的東西」已經開始了，我只好先壓下心裡的疑惑。在明亮的燈光下可以清楚地看見，蓑浦先生正面朝我們坐在床邊的椅子上。即便是坐著，他也隱約給人一種遲鈍的感覺。因為這種古怪的感覺，我的好奇心越來越濃。

這時，剛才被支使到其他地方辦事的女傭回來了。這位名叫繁子的女子進入蓑浦的房間。她應該並不瞭解情況，不知道有一堆人正在不遠處偷窺。這些安排應該是伊東夫婦瞞著她做的。

繁子是一個二十歲左右的農村姑娘，身體很健壯。她的臉龐圓圓的，泛著紅色的光澤，非常可愛。和實際年齡相比，她顯得更年輕。繁子來到這個家才一個多月，無論是主人們的古怪性格、癖好，還是我們俱樂部的情況，她都不太瞭解。

進入臥室的繁子向蓑浦先生行了個禮，吞吞吐吐地說道：「嗯，那個，夫人讓我來幫忙……」

蓑浦回答說：「我確實需要人幫忙，我自己不太方便……你先幫我倒半杯水吧，就用洗臉台那兒的水杯就行。」

陶瓷的洗臉台就在房間的角落裡，上面確實有個杯子倒扣著。繁子依言為蓑浦先生倒了半杯水端過來。接過杯子後的蓑浦先生右手用力插入自己的左眼裡，然後將挖出的假眼扔進了杯子裡。從我們這兒能清楚地看到，呈碗狀的眼珠子朝向天花板，在水杯中起起伏伏。這景象讓人毛骨悚然。

把水杯放到小桌上後，蓑浦先生又用右手抓住自己的頭髮，然後突然將這頭分外濃密整齊的頭髮扯了下來。原來是假髮。底下露出的光頭閃閃發亮。已經被嚇呆了的繁子瞪大雙眼緊緊盯著這幅匪夷所思的景象。

「再幫我倒杯水吧……」蓑浦先生笑著說道，假髮已經被他放到了小桌上。

洗臉台那兒還有一個杯子，真是幸運。繁子依言又倒了半杯水端過來，然後按照蓑浦右手的指示，將杯子放在裝假眼的水杯旁邊。之後，蓑浦將手

伸進嘴裡分兩次掏出了全部的假牙，把它們扔進了剛才的水杯裡。兩排假牙咬合在一起，以一種詭異的角度。

假牙被拿走後，蓑浦先生的嘴巴就癟了下去，看起來就像那種乾癟的荷包。這也使他老了不少。他的整張臉因為沒了假牙的支撐變得非常平，就像被擠扁了一樣。

然後蓑浦站起身脫掉外衣、褲子和襯衫，僅著一身內衣內褲坐回了椅子上。趁他脫衣服的空檔，我的感官再次被自己周圍的環境吸引，就好像一齣戲到了中場休息的時候一樣。

我的一條腿的外側緊緊貼著美雅子的腿，所以我的體溫不斷升高，就快冒出汗來。對我來說，這種經歷還是頭一回。美雅子剛才一直在看旁邊，這時卻突然把臉轉了過來，和我的臉差點貼在一起。我能清楚地感覺到她的呼吸，那麼溫暖，還帶著一種說不上來的淡淡香味。

實際上，我和美雅子的關係已經十分密切了，只是之前沒有提及過我和她的交談，所以大家還不太瞭解。當然，我們的交談並沒有什麼不合適的地方。我發自內心的尊敬這位伊東夫人，並且牢記她的身分。因為關係足夠密切，在交談中也就沒了那麼多顧忌。或許正是因為這樣，她才不介意坐在我旁邊，甚至對著我的臉呼氣。可是我心裡那些微妙的變化，敏感的美雅子不可能毫無所覺，但她依舊一副平靜的樣子，難道有什麼別的意思嗎？或者她是想不露聲色地刺激我？

或許美雅子原本並不是故意的，她回過頭來只是想和我說什麼，注意到不能出聲後只好作罷。於是，她立即轉回了頭，只有我還在盯著她的側臉。在對面燈光朦朧地映照下，我隱約能看見她臉上的輪廓。在這種隔著簾子的幽暗中，她的容顏像天使或惡魔般美麗而神秘，讓人驚豔。我著迷般地盯著她，像一個傻子一樣。

# 肢解假人

前方舞台上的表演繼續，此時女傭繁子被只穿著內衣內褲的蓑浦叫到了跟前。蓑浦的嘴裡沒有牙齒，一說話就嘶嘶作響，像漏風的風箱一樣。他對繁子說道：「我的左手是義肢，你幫我拽下來吧，記得使點勁。」

繁子大概是第一次看到義肢這種東西，有些害怕，嚇得臉色蒼白。她站在那兒半天都不敢動手，十分猶豫。

「卡榫已經被我解開了，你加把勁，一下就能把它拽下來。」

繁子依言拉住蓑浦帶著黃色長手套的義肢用力一拽，終於把它從內衣的袖管中拽了出來。在這過程中，她因為害怕而微微顫抖著，尤其是雙手。蓑浦先生的義肢長及肩部，裡面是用木頭做的，外面覆蓋了層皮革。

蓑浦用另一隻手接著義肢扔在了床上，然後坐在椅子上抬起了右腿。

「輪到這隻腿了。這回不用脫褲子，這褲管夠肥的，你應該直接就能把腿拽下來。好了，快點幫我拽吧！」

繁子的臉色變得更難看了，眼睛瞪得溜圓，臉上的表情非常驚恐，樣子十分好笑。又粗又長的右腿義肢看起來有點嚇人，繁子將它從褲管中成功地拽出來後，小心翼翼地用雙手捧著它放到了床上。蓑浦先生的右腿只剩下大腿的一半。

你以為蓑浦先生那匪夷所思的肢解工作到這裡就完事了嗎？當然沒有，緊接著他又把左腿伸了出來。繁子已經被嚇壞了，似乎不想再繼續下去。她蒼白的額頭上都是冷汗，我看得一清二楚。

「可以了，再幫我把這邊拽下來吧！」

繁子似乎在竭盡所能地忍耐著，要不然早都昏倒了。和右腿的義肢相比，左邊的沒有那麼長，只接到左腿的膝蓋下方。繁子將它並排放到床上，動作小心。

此時，坐在椅子上的蓑浦看起來太奇怪了。內衣的左袖管空蕩蕩的，內褲的兩個褲管也是如此。誰也沒想到，他的身軀如此短小。這個光禿禿的

獨眼只有軀幹和右手是完整的。嘴巴乾癟癟的，就像一個破布袋。這樣殘破的身體不禁讓人想到以前的畸形秀，此時的蓑浦先生就和那裡曾展示過的失去四肢的人差不多一個樣子。蓑浦曾經在戰場上受過怎樣的傷啊，實在太嚴重了。這個人大部分的肢體都是假的，甚至可以說，他根本就是一個「假人」。

連我也被他嚇到了，根本沒資格去笑話繁子。一看到他那殘破的身體，我就忍不住噁心。蓑浦先生真是令人同情，現在的他只是一堆醜陋的肉塊，讓人無法形容。

惡作劇到這兒就結束嗎？蓑浦先生好像並不滿足。他繼續用那乾癟的嘴巴說道：「還剩下最後一個請求，你快抓住我的腦袋，把它也用力拽出來吧！」肉塊邪惡地笑著說道，同時有一道巨大傷疤的脖子用力伸向前方。

繁子跌跌撞撞地往門口逃去，她就像喝醉了一樣，雙腿完全不聽使喚，雙手在空中亂抓。好不容易到了門口，她發出一聲駭人的尖叫後直接倒在地上暈了過去。

在大家的幫助下，繁子被送回了女傭房。

「你也太傻了，他在和你開玩笑呢，人的腦袋怎麼可能拔下來？『義頭』這東西更是聽都沒聽過。」在伊東的安慰下，繁子似乎平靜下來了，在服用完美雅子給的安眠藥後就睡著了。

安頓好繁子以後，大家再次回到書房。在安樂椅上坐下以後，伊東率先開口說道：「剛才的表演模仿的是歐美的一個故事。我一直想要試試看，直到遇見蓑浦先生，實在是找不到比他更合適的表演者了，所以連忙邀請大家過來。蓑浦的表演真是不錯，效果出乎意料的好。還有這位來自農村的女傭繁子，也是配角的最佳人選。雖然這麼做有點對不住繁子，但等她睡醒後，我一定會好好補償她的。事先知道計畫的只有三個人，我、美雅子和蓑浦先生。我相信大家看得都很過癮，感覺怎麼樣？」

「確實厲害。女傭嚇得暈過去也是可以理解的，說實話，連我也覺得毛骨悚然，尤其是他伸出脖子那一刻。」歲數最大的餐館老闆最先稱讚道。

「其實看到一半的時候，我就知道結局了。因為我也曾經看過這個故

事，好像是德國的。不過即便如此，我還是看得心驚膽顫的，畢竟實際表演和看書是不一樣的。真是嚇人啊！能找到這麼合適的表演者真是不容易，多虧了伊東會長了。」京成大學的副教授感慨道。

「可是太讓人難受了。受了那麼重的傷他還能活下來，真是讓人意外。四肢殘破得太嚴重了，只有一隻手是完整的。那副軀幹更是讓人害怕，看到那肉塊就噁心。」臉色蒼白的區公所戶籍課課長故意小聲說道，估計是怕二樓的蓑浦聽見。其實這種擔心完全沒有必要，因為下樓之前在大家的幫助下，蓑浦已經躺到了床上。

隨後我也發表了自己的感想。在掃視了一圈後，我發現所有人的臉色都不太好，多多少少都有些蒼白，包括伊東夫婦。其中臉色最難看的就是那位戶籍課課長，美雅子則比我想像中更加鎮定。

最後大家公認，在近幾年的惡作劇中，這次的演出是難得的好作品。此時已經是深夜十一點，所以得出結論後大家就匆忙告辭了。

# 美雅子的好感

我和伊東的交往情況大概就是這樣。當然，在我們認識後的一年裡還發生很多事。我清楚地記得每一件，例如惡作劇俱樂部的聚會上表演過的招魂術實驗、來自英美的殺人遊戲等。

日子一天天過去，我和伊東的關係越來越親密。和那些從小一起長大的好朋友相比，我們的關係毫不遜色。我的公寓雖然很簡陋，但並不妨礙伊東常來。他隨意地在我房間內的榻榻米上躺下，和我漫無邊際地閒聊。

我也常去伊東家，幾乎每天都去。說實話，吸引我的不止是充滿魅力的伊東，還有他的妻子美雅子。自從我出生以來，我從沒有像迷戀美雅子那樣迷戀過其他女性。我必須每天都見到她，聽見她的聲音，否則就會睡不著。

因為拜訪的次數過於頻繁，有時難免碰到一些讓人無所適從的場面。雖

然伊東夫婦依然深愛彼此，但結婚已經五年的他們還是會發生爭執。其實愛情和爭執本來就是兩碼事。

有一次，我剛進門就看見他們在互相嘔嘴瞪眼。顯而易見，兩個人正在吵架，他們根本不擔心我會發現這個事實。至於他們因為何事起的爭執，我並不清楚。

「你太固執了，真讓人受不了。你必須道歉，否則我絕不原諒你。」伊東生氣地說道，額頭上的青筋都冒了出來。這個樣子和他平時高深莫測、沉著冷靜的形象真是大相徑庭。我被嚇了一跳，實在沒想到伊東在夫妻吵架時會露出如此真實的一面。

美雅子一言不發，看起來就好像什麼都不在乎了一樣。

「你為什麼不說話？」伊東的語氣像是在下達最後通牒。

美雅子還是一言不發。

「喂，我受不了你這個樣子了，你再這樣，我們就分開吧！」

聽見這話，美雅子終於開口了：「好啊，我正好也有這種想法。」

「是嗎？你也有這種想法？我們就分開吧！」怒火沖天的伊東惡狠狠地說道。

我覺得自己必須得說點什麼了：「喂喂，差不多就行了。你們只顧著吵架，連我這個客人也不理，太沒禮貌了吧？」

「你給我閉嘴，空氣男，這和你沒關係。」伊東瞪著我，表情頗為凶狠。

「怎麼能說沒關係？難道我們不是朋友嗎？在特意拜訪你們的朋友面前吵架，你們覺得這樣合適嗎？不是故意讓我難受嗎。」

「你要是難受就趕緊回去。」

「你讓我回去？好啊，不過我得帶點東西才行。就帶著夫人吧，怎麼樣，美雅子？和我一起走吧，以後就讓我來保護你、給你安慰吧，不要再理睬那個傢伙了。」我半認真半玩笑地說道，並順勢拉住美雅子的手站了起來。這一招立即見效。

伊東表情古怪地沉默了一會兒，然後突然大笑起來：「哈哈哈……真有

你的，空氣男。好吧，今天這件事就到這兒吧，我們不生氣了。如果你真被野間帶走就麻煩了。哈哈哈……」

伊東的態度變化之大，讓我十分驚訝，美雅子看起來也平靜下來了。可見，他們還是愛著對方的。

「你們怎麼吵得這麼厲害，到底是因為什麼事啊？」我問道。

「就是些小事，真正讓我生氣的是這孩子的態度。」伊東帶著他慣有的冷笑說道。「這孩子」是他對自己妻子的暱稱。

「她大罵我是笨蛋，是生氣的那種罵，不是開玩笑的那種。還搬出那些陳芝麻爛穀子的小事，說要和我算帳。大概就是這麼回事。就算感情很好的夫妻生活中也會有很多摩擦，累積到一定程度必然會吵架，而且最後多半會吵到鬧離婚的地步。當然，也不是真的要離婚。」

「到底是什麼『小事』？」

「是偵探小說，哈哈哈……」

「啊？偵探小說？」

「沒錯，是歐美的長篇偵探小說。整套的翻譯本我都有收藏，你也知道我有這愛好。而且我和那個孩子都願意讀。我喜歡搞惡作劇，就動了點小手腳。我故意搶在美雅子之前讀完了所有作品，然後把每本小說的真凶寫在了書的第一頁。

「其實我是和西方的一些惡作劇大師學的，他們很早以前就做過類似的事了。果然，那個孩子非常生氣。在西方因為這種事，還有夫妻打過離婚官司。如果每本書的第一頁就暴露了真相，喜歡偵探小說的人肯定會生氣，甚至因此想要離婚也沒有什麼不能理解的。

「就像那個孩子一樣，她就氣得大罵我『笨蛋』，還吵到鬧離婚的地步。看看，這都是偵探小說引起的，太可怕了。」

接下來我們圍繞著惡作劇一直聊到很晚，我告辭時已經是深夜。因為這次夫妻吵架，我們的關係有了些微改變。只是我和伊東都不願意去觸碰這種微妙的變化，那天晚上沒有去碰，以後也不會去碰。但是有一點是可以肯定的，某些異樣的東西已經扎根在我們心底。

我是一個藏不住事兒的人，心裡所有的事都會反映在臉上，這一點和伊東大不相同。再加上我是一個記不住事的空氣男，想撒個前後一致的謊話都不容易。所以只要別人抓住我言行不一的矛盾之處，馬上就能拆穿我的假面具。

其實，那天晚上我對美雅子的感情已經暴露了，儘管我是以一種玩笑的語氣說出口的。顯而易見，他們不可能沒注意到這件事，但現在說什麼都沒用了。實際上，就算我不那麼說，從我日常的行為舉止中，他們也可能早就注意到這一點了。

不過他們看起來並不在意此事，也可以說，這在他們眼裡根本不算個事兒。他們這麼想不是沒有理由的，因為我實在是一個醜陋不堪的人，連我自己都這樣覺得。在之前的文章中，我從沒提過這一點，因為這實在不是一件讓人高興的事。但不管怎麼說，事實就是事實，誰都無法否認。

我長著一張國字臉，臉型和木屐的形狀差不多。下頜尤為突出，有人說這是意志堅定的表現，這一點在我身上恰恰相反。我做事經常猶豫不決，性格軟弱、生性懶散。想要知道什麼是廢物，看看我就行了。除此之外，我還有異常強烈的好奇心，這也算是一個缺點吧！

我的眉毛長得也不好，亂七八糟的，沒有什麼型。眼睛細長，鼻子毫無特點，嘴巴很大，嘴唇很厚，而且個子不高，體重倒不輕。為什麼父母沒有把自身的優點遺傳給我？我常這樣抱怨，但這也改變不了我是一個可憐的年輕人的事實。

像普通人那樣談一場戀愛，我早打消了這種念頭。不過這次的情況不一樣，我覺得美雅子並不討厭我。雖然伊東根本不把我當個男人，但美雅子對我卻不錯。這種好感隱藏在她平日的疏離中，我能感覺得到。當然，這種好感可能僅僅是因為她認為我是一個好人，和我是不是男人沒有什麼關係。但是在我眼中，完全沒有必要計較這兩者之間的細微差別。反正我已經將其當作一種虛幻的精神寄託，真是可悲啊！

在那次觀看假人惡作劇時，我突然明白一件事，即美雅子對我沒有絲毫防備。類似的情況發生過好幾次。我記得有一次在伊東家，為了找樂子，

惡作劇俱樂部的成員聚集在一起試著舉行招魂術（伊東稱其為神秘型惡作劇）。當時也發生一些古怪的事，讓我覺得很意外。

# 招魂術

那個時候所謂的招魂術有一個挺新鮮的玩法。在一個寬敞的房間裡用黑布圍起一個角落，使它成為一個獨立的空間，就像密室一樣。「密室」內還要準備把椅子，那是靈媒的位置。為了確保靈媒不亂動，他的手腳會被兩名觀眾綁在椅子上。然後拉上黑布隔開觀眾的視線，使靈媒「消失」在觀眾眼前。

接著關掉房間所有的燈，在一片黑暗中，旁邊的助手開始播放音樂。在房間的另一側，觀眾們沉默地坐成一排。當晚的靈媒是伊東。之所以要讓助手播放音樂，是為了掩蓋細微的聲音。黑布後的靈媒會在這段時間裡掙脫繩索。如果利用魔術的手法，即便綁得再牢，他也能輕而易舉地掙脫。最先獲得自由的是他的雙手，然後雙手再解放雙腳。接著從「密室」離開的靈媒會製造出很多匪夷所思的現象。

觀眾和黑布之間有一張桌子，黑布後面就是被綁著的靈媒。桌子上擺放著很多東西，人偶、喇叭、很長的紙製擴音器……而且無一例外，所有東西都塗上了螢光顏料，包括桌子。所以即便是在黑暗中，也能清楚看見這些東西的形狀。

螢光人偶會在音樂響起時踩著節奏跳舞，喇叭會自己飛到半空中響個不停，長長的擴音器突然越過觀眾的頭頂向後伸去。最後整張桌子都漂浮起來，從半空一直向上，直到碰到天花板才停下。這些東西都沒有生命，此時卻像活物一樣，真是太匪夷所思了。

在重獲自由的靈媒操縱下，這些死物或唱或跳，就像有生命的東西一樣。而且實際上，觀眾是看不見靈媒的。房間的窗戶已經被黑布蒙上了。這

419

詐欺師與空氣男

些黑布非常厚實，根本透不進一點光來，所以整個房間會在關上燈後徹底陷入黑暗。

我在觀眾席上坐著，儘管眼睛已經適應黑暗的環境，但依然看不清周圍的人，哪怕是緊挨著我的那位（竟然又是美雅子，這種巧合真難得）也不行，甚至連點朦朧的輪廓都看不出來。真讓人驚訝，原來人類的眼睛根本無法適應真正的黑暗。

最後出現非常怪異的一幕，一張奇怪的人臉浮現在牆壁上，就在越過觀眾頭頂後兩公尺遠的地方。從那垂至額頭的長髮上能夠看出來，這是一張女人的臉。蒼白的臉上幽幽地泛著藍光，真是太詭異了！

那張臉最先出現在天花板附近，持續的時間並不長，幾乎是一閃而過。然後又出現在地板附近，接著又跑到了其他地方。總之，它就這樣在房間裡忽而隱藏不露，忽而又顯現出來。這樣的表演還真是頭一次看到，大家都這麼說。排成一排的觀眾正好擋在房間中央，靈媒想要繞到觀眾背後是不可能的。難道這樣的表演是靠一個人完成的？這不可能，肯定有助手的幫忙。可是伊東確實沒有助手，大家都很清楚這一點。

當晚的招魂術中還發生很多不可思議之事，例如聽見死人的聲音、黑暗中響起未來的預言等。在這裡，我就不一一贅述，否則就太瑣碎了。

房間裡的燈在招魂術結束後重新亮了起來，那位喜歡變戲法的餐館老闆最先開口。

「真是精彩啊！我自認為對招魂術的所有手法都有瞭解，但今晚有一個地方讓我十分困惑，我根本不知道是怎麼辦到的。就是最後出現的那張女人的臉，她是怎麼出現在我們背後的？我怎麼也想不通，這可是一個新招數。

「就算能夠自由活動，靈媒也不可能繞到觀眾背後而不被察覺。因為觀眾們坐成一排，正好擋在屋子中央。難道是從走廊繞過去的？也不可能，那兒根本沒有門。可是那個女人的臉還是出現在觀眾後方，也就隔了兩公尺遠。難道是用棍子吊著人偶的腦袋伸過去的？可也沒看見棍子啊！也不是用繩子吊過去的，要不然天花板上會留下痕跡。究竟是怎麼做到的？」他看起來一副百思不得其解的樣子。

「哈哈哈……想不通吧？這可是我的新發明。惡作劇大師可不是那麼好當的，有時也需要搞點魔術新發明。其實就是lazy tongs，翻譯過來就是『伸縮鉗』。看，在這兒。這種東西在以前的兒童玩具中經常能看見，反倒是現在出現得很少了。」

伊東穿著一件很寬鬆的上衣，他從衣服底下掏出道具給我們看。道具伸得很長，正好到離我們兩公尺遠的地方。前端吊著一個紙面具，看起來十分詭異。面具的脖子上有一個小燈泡，開關在伊東手裡，只要輕輕一按，燈泡就會亮起來。燈光從下往上照亮女人的臉，讓它發出幽暗的光亮來。

伸縮鉗是一種彈簧狀的道具，是用輕金屬製成的。它可折疊可伸展，折疊起來可以拿在一隻手裡，伸展開可以一下子達到兩公尺多。在它伸展開時，伊東只要踮起腳就能讓它越過眾人的頭頂。然後再利用手中的開關，讓燈泡時亮時滅就行了。

我和美雅子在這次招魂術的表演中再次比鄰而坐，緊緊挨在一起，我不確定這是不是巧合。美雅子的呼吸聲近在咫尺，偶爾還會吹拂在我的臉頰上，那麼溫暖。因此，即便看不見她的臉，我也知道她正坐在我身邊向我看來。我們緊緊挨著，有一部分身體貼在一起。隨著時間的流逝，我感覺那部分越來越熱，簡直像要燒起來一樣，身上也留下汗來。她每有一個動作，我都能清晰地感受到每塊肌肉的活動。而且從這些動作中，我也感覺到了她對我的好感。美雅子是那樣敏感的人，我想她肯定知道，她的每一個動作對我會產生怎樣致命的吸引力。

就這樣，我的愛情隨著時間的推移更壯大，我的信心也越來越強。

# 凶手和同夥殺人作案

有一次，我們還做過這樣的事。

我們在那晚的惡作劇俱樂部成員聚會時玩了殺人遊戲。在歐美地區，這

種遊戲似乎十分流行，在日本卻不常見。大家喝得差不多了後，遊戲就開始了。

算上美雅子，那晚參加聚會的一共有七個人，有人因故缺席。遊戲的第一步要先決定誰當偵探，伊東毛遂自薦，大家沒有異議。第二步決定誰是凶手，我們模仿歐美那邊的做法，先在房間的壁爐架上擺上各種凶器，例如短刀、槍、捆成一捆的繩子、毒藥瓶。同時，架子旁還放了個哨子。所有人在架子前站成一排，偵探除外。然後按照事先的吩咐，女傭繁子拿著六張背對眾人的撲克牌走了過來，每人從中抽取一張。

六張撲克牌中會按規則放入一張黑桃A，這張牌代表的就是凶手。為了不被人發現，抽到這張牌的人會把它藏起來。這樣一來，除了凶手自己，其他人都不知道他的身分。接下來，六個人會面對牆壁重新排成一排，但彼此會站得稍遠一些。為了營造出伸手不見五指的環境，繁子會把電燈關掉。

按照遊戲規則，凶手有兩種行凶的手法。一種是自己單獨「作案」，另一種是找一名同夥。凶手偷偷地從隊伍中脫離，如果他想找同夥，就會在黑暗中來到那個人身旁握住他的手。然後，凶手會從架子上選擇一樣凶器，同時拿走哨子，將它們在口袋裡藏好後就回到隊伍中，像一個沒事人似的站好。到了這時，房間會在繁子打開燈後恢復光明。

大家發現架子上少了哨子和作為凶器的繩子，這說明有人會被「勒死」。到底誰才是凶手？大家互相打量、小心探查。如果有同夥，又會是誰呢？大家一如既往地鎮定自如，很難發現異常。

那天晚上，我成為凶手的同夥。雖然一般情況下，為了增添遊戲的樂趣，同夥並不會知道凶手是誰，但那晚卻是一個例外。當凶手握住我的手時，我就知道她是誰了。那隻手纖細柔軟，只可能屬於女人。那晚的女人只有一個，即美雅子，凶手自然就顯而易見了。真是奇妙的緣分，丈夫是偵探、妻子是凶手、我是同夥，實在太巧了。

接下來，所有人都會分散開，偵探也不例外。同一時間裡，一個房間只能有一個人。當然，在房間不夠時，廚房、院子都是不錯的選擇。這個規則的制定是為了讓凶手和同夥能夠更好的行凶，給他們提供商討被害人人選的

空間以及作案的機會。

　　眾人分散開來，客廳、餐廳、書房、廚房、二樓臥室等地都被人佔據，大家關上門靜靜地等待著。院子裡一片黑暗，身處其中的我也在等待著。雖然這麼做不太符合我空氣男膽小懦弱的性格，但誰讓今晚的凶手是美雅子呢，我覺得在黑暗的院子裡一邊散步一邊等她，似乎更加浪漫。

　　這時，一道黑影穿過樹木走了過來，沒有發出一點聲音，是美雅子來了。

　　「我已經決定好被害人，喜歡變戲法的酒卷怎麼樣？咱們一起用繩子勒死他。」

　　酒卷就是那位胖胖的餐館老闆。黑暗中傳來美雅子低沉的聲音，我被嚇了一跳。此時，她看起來是如此的高深莫測。有幾縷光從窗戶的縫隙露了出來，正好照在美雅子的臉上，她看起來一點都不像平時的樣子，原本熟悉的面孔突然變得陌生。有時候，她就像有兩張面孔，但無論哪張，都有其獨特的魅力。以前曾經聽過一句話：漂亮的女人有一百張面孔，這句話一點沒錯。臉上帶著幾分邪惡氣息的美雅子反而更美了。只要一想到我們即將聯手作案，我就興奮得幾乎顫抖起來。

　　「知道那老頭在哪個房間裡嗎？」

　　「知道，他在餐廳呢，一個人。」美雅子拉著我的手在前面帶路。

　　從院子裡那些稀疏的樹木中穿過後，我們向廚房後門走去。這時，我突然發現書房的窗戶動了一下。不對，動的不可能是窗戶，應該是掛在裡面的窗簾。我們剛從那兒路過，裡面沒開燈，應該是故意這麼做的。估計裡面的人正透過窗簾的縫隙偷偷打量我們呢，等我們靠近時又連忙躲了起來。

　　會是誰呢？我的腦海突然冒出一個念頭，不會是扮演偵探的伊東吧？他偷窺我和美雅子難道是因為吃醋了？接下來我們就要「作案」了。握著美雅子的手讓我有一種罪惡感，因為這種感覺，我的心情變得很古怪。真正的殺人凶手也會這樣嗎？一種恐懼感湧上心頭。我沒有告訴美雅子窗簾的異常，她自己似乎也沒察覺。

　　通過廚房的後門，我們小心翼翼地來到屋裡，穿過走廊到達餐廳門口。

屋子裡一點動靜都沒有，我們好像置身在一間空房子裡。走廊和餐廳的燈都亮著，其他房間也是如此。美雅子來到餐廳門前，輕輕地敲了三下，不知道身處其中的餐館老闆會是什麼心情。

誰會成為被害人呢？估計每個房間的人都在思考這個問題，同時為自己擔憂。其實，這正是這個遊戲的樂趣所在，既能獲得刺激，同時又要隨時擔心自己被殺。壯碩的酒卷也是如此。忐忑不安的他肯定會因為敲門聲而心跳加速，臉色或許早已蒼白。更有甚者，即便隔著一道門，我也能感受到他的恐懼，害得我也緊張起來。

我和美雅子推開門一言不發地走了進去。酒卷動作慌亂地起身，帶著一種古怪的表情看著我們，似哭非哭似笑非笑。這個時候任何語言都是多餘的，我們分別從酒卷的兩側向他逼近。此時的美雅子像杜莎夫人蠟像館中的女刺客那樣，威嚴而冷峻，別有一番美麗。而且美雅子今晚的服裝也很適合這個角色，這件黑色洋裝有別於她平時常穿的和服，使她看起來絲毫不遜色於那種西方的女刺客。當我還是一個少年時，曾經看過一部電影《普洛蒂亞》。此時的情景讓我想起它，我下意識地模仿裡面的人物露出凶狠的表情，以此來證明自己是一個稱職的殺手。

酒卷眼神閃爍似乎在尋找退路，可惜按照遊戲規則，被害人不能逃跑。所以他只能帶著那副古怪的表情愣愣地站在原地。快速走向酒卷的美雅子拿出繩子套在他胖胖的脖子上，然後我們一人握住一頭。一想到就要殺死這個人了，一種奇怪的驚懼感遍及全身，讓人心癢難耐。

這時，美雅子頗為嚴肅地看了我一眼，好像在說「趕緊拉緊，快點」。她的眼神十分銳利，竟然有一種誘人的魅力。我和美雅子用力拉緊繩子的兩端，酒卷脖子上的肥肉被繩子勒得凹陷下去，臉色通紅。當然，我們使的勁並沒有多大，只是裝裝樣子。然後酒卷配合著我們，伸出雙手在空中亂抓一通，和舞台上演員們垂死之前掙扎的樣子絲毫不差。太搞笑了，我差點就笑了出來。酒卷終於「死了」，他的「屍體」就躺在地上。

我和美雅子四目相對，臉上都掛著得意的笑，彷彿刺客終於完成自己的目標。在這種特殊的情景下，美雅子與眾不同的笑容尤為美麗，我全身的力

氣好像都被抽走了。

　　「終於死了，咱們得留點線索。我之前就想好了，如果抽中黑桃A，我就選你當同夥。而且連線索我都準備好了，破譯出來後是咱們兩人的名字。」美雅子說道，嗓音低沉，聽起來就像邪惡的女人在談論什麼詭計。接著她從洋裝胸前的口袋中掏出一張小卡片遞給了我。卡片上的內容讓我很驚訝，是一些數字，和愛倫・坡《金甲蟲》[1]裡的那類暗號差不多。

　　.（6*C6.5096:5

　　C‡.06C6;:*‡95

　　「想要解出這種《金甲蟲》的暗號可不容易，光靠記憶肯定不行，他必須去原書上查找。趁著那個時候，咱們就躲起來。我都想好藏哪兒了，這也是殺人遊戲的最後一個環節。」

　　作為一場犯罪的策劃者，美雅子非常聰明，這或許跟她是一個偵探小說迷有很大關係。這樣一想，她因為伊東把真凶名字寫在小說第一頁的惡作劇而大發雷霆也就沒什麼奇怪的。

　　將卡片扔在被害人旁邊後，我們來到走廊上。美雅子拿出哨子用力吹了兩下，然後我們就分開了，從不同方向進入客廳。

# 解開暗號找到凶手

　　我到時客廳裡已經有三個人了，偵探也在其中。大家迅速集合在一起並在壁爐前排成一排，只有伊東除外。當然，我和美雅子之前就分開了，此時混雜在隊伍裡故作鎮靜。

---

1. 美國作家埃德加・愛倫・坡創作的中篇小說，寫於1843年。《金甲蟲》並非嚴格意義上的推理小說，主要講述一個用思維遊戲來破譯密碼進而發現海盜寶藏的故事。——譯注

叼著菸斗的伊東偵探在隊伍前走來走去，一副夏洛克・福爾摩斯的派頭。他仔細地打量著每一個人，想從他們的神情中發現一絲異樣。剛才那個人是伊東嗎？就是躲在書房窗簾後偷窺的那個人，如果是的話，他肯定已經知道真凶是誰了。不過，從他不動聲色的表現上，倒是看不出什麼異常。

他叼著菸斗轉了兩圈，然後自言自語道：「我得去凶案現場看看。」說著，就離開客廳。屋裡還剩下五個人，有在椅子上乾坐著的，有來回踱步的。似乎每個人都在猜測誰才是凶手，對其他人充滿懷疑。不過我和美雅子掩飾得不錯，他們不可能猜出來。

眾人的心在伊東回來後瞬間提了起來，他是不是就要揪出凶手了？然而，伊東只是走到書架前抽出一本外文書翻了翻，然後拿著書快步離開。在他走了以後，我去書架上查看了一番。果然，愛倫・坡全集中少了一本。我甚至可以肯定，他拿走的那本書中肯定有一篇文章叫《金甲蟲》。

於是，大家的心落回原處。有的在書架那兒翻看書本，有的從報架上拿起報紙閱讀。大家神色輕鬆地坐在椅子上抽起菸來，似乎忘了遊戲尚未結束。

趁著大家沒注意的時候，美雅子離開房間，走之前向我使了個眼色。差不多一分鐘後，我從另一道門悄悄離開，並在走廊的另一頭和美雅子會合。然後在她的帶領下，我們穿過走廊，來到女傭房和廚房間的過道上。那裡立著一個有兩扇拉門的大櫥櫃，將近兩公尺長。拉開門板的美雅子朝我招了招手。這個立在昏暗過道上的櫥櫃裡一片漆黑，有一個不大不小的空間，兩個人蹲在裡面剛剛好。之所以會有這麼大的地方估計是因為女傭剛來，還沒來得及在裡面存放太多東西。

美雅子邀請我一起進入漆黑的櫥櫃，這種邀請讓我突然產生肉體上的幻想。我的身體有什麼在叫囂著，我努力保持平靜，不讓自己顫抖起來。我們蹲在那狹小的空間中，周圍一片黑暗，兩個人的身體緊緊挨在一起。櫥櫃裡有一股發霉的味道，美雅子小心翼翼地將門關上。櫃子裡只剩下一片黑暗，彷彿重新回到了母胎中。除此之外，那種肉體上的觸感也更加清晰。

對於這種親密的接觸，美雅子彷彿全不在意，但是我卻全身僵硬，努力

把自己縮成一團。這種親密的接觸難道是出於愛情嗎？我根本不敢相信。如果只是我的一廂情願呢，我可不想被人拒絕，那太讓人傷心了。

在一片黑暗中，空氣中的溫度就像真正的母胎一樣那麼溫暖。雖然令人愉悅，但也讓人擔心。我咬緊牙關努力忍耐著，不想讓美雅子發現我正全身顫抖。我想向美雅子表達愛意，但卻沒有勇氣。而且此時此刻，還是美雅子主動開口更合適一些。

我的肩膀被美雅子的胳膊環住，我能清晰地感受到那份飽滿而柔軟的重量，這種感覺幾乎令我喘不過氣來。伊東偵探還沒有出現，估計想要破譯暗號並沒那麼容易。《金甲蟲》上並沒有暗號破譯表，這肯定給他造成不小的麻煩。他必須先把那些數字和記號找出來，這些東西都藏在海盜吉德的暗號中。然後，他還要一個一個對照著去破譯，相當費時間。

「好慢啊！」

美雅子輕聲說道，聲音就響在我耳畔，我的臉頰甚至能感受到她溫暖的氣息。這句話毫無引誘的意味，至少我是這麼感覺的。看來，她只是單純地沉醉在殺人遊戲中罷了。

此時的情景讓我想起小時候的一些事。我在玩捉迷藏時也曾和一個女孩一起躲在櫥櫃裡，我記得那個女孩非常可愛，但卻想不起她的名字了。在被找到之前，我們大概一起在櫥櫃中躲了十分鐘，我和那個女孩始終緊緊抱在一起。那個時候我們還是孩子，所以沒有那麼多顧忌，我們臉貼著臉親密地擁抱著。我記得女孩的臉頰十分光滑，像李子一樣。她的身上有一股清香，和那種稻草的香味差不多。我始終記得這件事，即便後來因為吵架和女孩斷絕了關係，我也沒有忘記。

伊東還沒有出現，我和美雅子在櫥櫃裡躲了二十多分鐘，比小時候那次時間還要長。而且身為成年人的我們再不能像小孩子那樣，什麼都不用顧忌。櫃子裡的溫度越來越高，我們緊挨著的部分幾乎快要燒起來。有時候我會動動身體換個姿勢，但用不了多久，兩個人挨著的地方還是會迅速濕熱起來，讓人心跳加速，手足無措。

美雅子在這段時間裡一共說了三回「好慢啊」，除此之外，就和我一樣

保持沉默。她是擔心被外面的人聽見聲音，而我則是不知道該說什麼。對於美雅子的毫無反應，我其實是非常不滿的。可是那種親密的接觸，又讓我沉迷。不過很快我的不滿就佔了上風，我恨不得馬上被伊東發現。

過道上終於傳來一些細微的聲響，聽起來就好像有一位盲人在小心翼翼地往這靠近。肯定是伊東。我和美雅子用挨著的身體給對方提了個醒。腳步聲正好停在櫥櫃外，櫃子門隨時會被打開，我整個人都緊張起來。然而過了好半天，也沒有人開門，對方似乎正站在門外側耳傾聽。我們的心不禁提了起來。緊貼著我的美雅子身上又濕又熱，在這樣的刺激下，我不禁憐惜起她來。

我突然握住了美雅子的右手，這完全是一種無意識的行為，等我反應過來時已經這樣做了。當然，也可能是因為太過擔心了，畢竟伊東和我們近在咫尺。不過即便如此，我也沒有放開她，反而不斷加大力道。

美雅子不僅沒有掙脫，似乎還回握了我。當然，這也可能只是我的心理作用，或者是她精力過於集中的下意識動作，後者的可能性更大。美雅子到底是怎麼想的，我已經沒有時間確認，因此此時櫥櫃的門被拉開了，伊東就站在過道的燈光裡。

「那篇暗號是白天就準備好的吧？真是一個不錯的主意。今晚要玩殺人遊戲，野間事先並不知道這件事，所以一定是美雅子幹的。為了破譯暗號，我可是費了不少勁。你們就一直在這兒躲著嗎？」

我和美雅子從櫥櫃裡鑽出來，伊東看起來並沒有吃錯。或許在他眼裡，我這個空氣男只是一個小孩子。

「這麼好的機會，你有沒有追求我妻子啊，野間？哈哈哈，你可不是幹得出這種事的人⋯⋯」走在前面的伊東說道。既然說得如此直白，看來他真的沒吃醋。他到底是怎麼想的呢？我實在搞不明白。他似乎話裡有話，但到底是什麼意思，我卻猜不出來。

重新回到客廳的我們吸引了所有人的視線。除了我們三個，其他人都是一副急不可耐的樣子。

「好了，各位，找到凶手了，就是他們倆。被害人在餐廳遇害，他現

在不在這裡，但大家應該都知道是誰吧！為了破譯暗號，我費了不少功夫。估計被害人現在還躺在餐廳的地毯上睡覺，作為凶器的繩子還在他脖子上纏著。」站在壁爐前的伊東開始為大家解惑。我和美雅子找了兩把椅子坐下，認真傾聽他的推理過程。

「凶手是美雅子和野間，凶器是繩子。現場遺落的卡片上寫著愛倫・坡《金甲蟲》裡的暗號，剛才我過來從架子上拿走愛倫・坡的書就是為了解開它。我花了十多分鐘才解開這個暗號，還挺費勁。嗯，就是這張卡片，大家看一下吧！」說著伊東將卡片就近遞給旁邊的人。

「這上面的各種數字和記號是寫文章時必備的，想要把它們都打出來也不難，過去那種老印表機就能做到。這些暗號中只有一個英文字母『C』，這個字母在《金甲蟲》的暗號中從未出現過，所以無奈的凶手只能將它原樣保留。對照著愛倫・坡的暗號，我將其他數字和記號都破譯了出來。嗯，這就是答案，大家輪流看一下吧！」伊東拿出的第二張卡片上這樣寫道：

.（6*C6.5096:5

PRINCIPALMIYA

C9‡.06C6;.*‡95

COMPLICITYNOMA

「將暗號中連在一起的英文分開來讀就是Principal Miya，即『主犯人美雅子』。下一行是Complicity Noma，即『同夥野間』。這樣一來，凶手就顯而易見了，接下來只要把他們倆找出來就行了。因為是在自己家裡，所以我很清楚哪兒能藏人，然後就從過道的壁櫥裡找到他們。事情經過就是這樣的，我的調查到這兒就結束了。」所有人都拍手稱讚，我和美雅子也不例外。

這時，被害人酒卷一邊鼓掌一邊慢悠悠地走了進來。他脖子上的繩子還沒拿下來，衣服也亂七八糟的，似乎一直躺在地上沒起來。

「剛才在走廊裡，我已經聽見了偵探的推理過程。看來凶手才是這個遊戲中最有意思的角色，其次是偵探，最沒意思的就屬被害人了。脖子上套著繩子往地上一躺裝屍體，實在太無聊了。下次我一定要當凶手，黑桃A非我

莫屬。」

　　「野間的運氣也真是不錯，竟然能得到美雅子的青睞，成為她的同夥。還能和她一起藏在壁櫥裡，真讓人羨慕。如果我沒猜錯，暗號肯定是夫人想出來的吧！真是厲害，竟然利用了愛倫·坡的《金甲蟲》，怪不得要花那麼長時間。夫人也一定是想到這一點，才會這麼選擇。」

　　酒卷這個老頭心直口快，毫無顧忌地將心裡話都抖落了出來。

# 相思病

　　因為和伊東的來往過於頻繁，所以時間一長，對他在生活上的一些小習慣也有所瞭解。每隔個兩三天，他就會出去一趟。至於目的地是哪兒，我就不知道了。或許他是一個人去搞惡作劇了，如果真是這樣，他沒理由不告訴我呀。而且他大多選擇白天出去，一消失就好幾個小時，但不會在外面留宿。

　　像魔術師這樣的人，即便你和他的關係再怎麼親密，依然會有無法瞭解的秘密。惡作劇大師伊東也是如此，有時也會神神秘秘的。算起來，我們成為摯友已經有一年的時間了，雖然表面上看，我好像十分瞭解他，但是事實上，我瞭解到的只是一小部分。隨著友誼越來越深厚，有些地方反而越不解。比如每隔兩三天他就出門一趟，究竟幹什麼去了，我就一無所知。

　　有一次我去他家，他正好不在，我和美雅子聊了一會兒後就走了。在閒聊的過程中，我順便問了問伊東外出的事。

　　「伊東又不在家嗎？我碰到過好幾次這種情況。他究竟去哪兒了？難道還在其他地方辦公嗎，或許悄悄地做著一些我們完全不瞭解的事。」

　　「沒錯，他確實在日本橋兜町那邊的大樓裡開了個公司，據說只有一張辦公桌。其實我也沒去過，所以也不知道具體情況。不過聽說那間辦公室的租戶不止他一個，還有幾個人。他們一起聘請了一個打雜的，而且每家公司

都只有一個辦公桌。」

「他是不是在炒股票啊？」

「可能吧！反正每次他去那裡都能拿些錢回來，這些錢就夠我們生活了，有時還有富餘。」

「是嗎？真沒想到他這麼厲害，難道就沒有賠錢的時候嗎？」

「應該沒有吧，說不定他就是靠著搞惡作劇發家。」

「伊東不是繼承父母的遺產嗎？所以即便不這麼做，應該也沒什麼問題吧？」

「這是他告訴你的？」

「沒錯，正是他說的，那個時候我們剛認識。」

「他在撒謊。我們生活的費用都是他從某個地方賺回來的，哪有什麼遺產可繼承。」

「真是了不起。我要是能像你們一樣過上富裕的日子就好了。而不是像現在這樣，只能依靠母親的接濟過著拮据的日子。他到底是怎麼賺錢的？有什麼竅門嗎？能不能教教我？」

「這可不行，那是他的秘密，連我都不知道。他是一個有很多秘密的人。」

「就像上次那個假眼、假手、假腿的人一樣？」

「可不是嘛，和他差不多。」

「你會覺得他可怕嗎？」

「會啊，他太高深莫測了，讓人看不透。」

「你們不是夫妻嗎，這樣也不行？他愛你嗎？」

「愛啊，但這不代表他就願意把自己的秘密告訴我，這兩者沒什麼關係。」

「他白天不在的時候你會不會無聊？而且你不擔心嗎？」

「沒什麼好擔心的，我瞭解他，他不是一個花心的人。」美雅子充滿信心地說道，「而且他不在的時候，我正好看偵探小說，也不會無聊。」

「你不記恨他把凶手名字寫在第一頁上的事？」

「不記恨了。惡作劇大師不會去重複那些舊把戲，一旦被發現，他們就會去搞點新玩意。」

當時我們一起坐在客廳的長椅上，肩並著肩。然後我突然伸手握住了美雅子的手——請相信這完全是無意識的行為——更有甚者，我差點採取進一步的行動，可是卻被美雅子的驚叫打斷了。

「哎呀——」

這叫聲並不是因為我的動作，而是因為有道黑影從門口一閃而過，我和瞪大雙眼的美雅子都看到了。

「是誰？」

「不知道。」

我們兩個小聲說道，眼睛裡都是恐懼。一定是一個男人，難道是伊東？我這樣猜想著。

「還是去看看吧！」美雅子從椅子起身，有些慌亂地走出了門。她很快就回來了，臉色很不好看。

「除了繁子，沒有其他人。」

「不會是伊東吧？」

「可能是吧，我也不確定。也許只是我們的心理作用，說不定就是一個影子。」

門鈴恰好在此時響了起來，美雅子急急忙忙地出了房間，估計已經知道是誰了。原來是伊東回來了。

「剛才在路上，我想到一個新的惡作劇，你來得可真是時候，野間。」

對我來說，伊東的話題來得太及時了，要不然我都不知道怎麼克服心裡的尷尬。伊東非常興奮，似乎還沉浸在自己的思緒裡。

「這個惡作劇得提前準備準備。先要訂購一張長椅，就是公園裡常見的那種。然後用卡車把椅子拉到公園找一個合適的位置擺好，接著咱倆一起坐上去。等等，人最好再多一點。」雖然伊東的話聽起來有點莫名其妙，但是我立刻就明白他的意思。

「最好再找一個人，三個人一起坐在椅子上。等到巡邏的警察過來，

咱們三個就搬起椅子往公園外面走。警察肯定會把我們當成偷椅賊攔下來。然後我們的吵鬧會吸引很多圍觀者，等人來得差不多的時候，我們就說出真相，還要拿出家具店的收據證明椅子是我們自己的。如果警察還不相信，就找來公園管理員作證明，他肯定知道那個地方到底有沒有椅子。最後，當著瞠目結舌的圍觀者們，我們搬起椅子大搖大擺地離開，結束……怎麼樣？這個主意不錯吧？唯一的美中不足就是需要花錢，不過肯定是值得的。」

　　「真是一個高明的主意，咱們試試吧！」就這樣，我剛才的緊張終於煙消雲散。然後我們繼續聊了一會兒，話題還是像以前一樣圍繞著惡作劇而展開。之後我就告辭回了公寓，只是每當想起此事，心裡就有些不踏實。

　　那道從門口一閃而過的黑影到底是不是伊東呢？應該是吧！他回來時正好聽到我和美雅子的談話，說不定還看到我的舉動，然後又偷偷摸摸地回到門外按響門鈴。這種事不是不可能的。

　　剛進門，伊東就說起了長椅惡作劇，這不是很奇怪嗎？雖然表面看這些話為我解了圍，但說不定也幫了伊東自己，省得我們追問他那道黑影的事。可是，他是出於什麼目的去做這些事呢？他根本沒有必要隱瞞。如果他真的生氣了，大可以向我發脾氣，或者乾脆拒絕我的拜訪。他為什麼會迴避這件事呢？這可不太符合他平時為人處世的風格。難道他想以此來證明自己身為男人的魅力嗎？故意為我和美雅子提供獨處的機會，甚至美雅子接近我也是他安排的，就為了看看美雅子會不會喜歡我。這麼一想，之前很多類似的情況也都浮現出來，說不定真就是這麼回事。

　　如果真是這樣，只能說明他對我是如此輕視。他根本不相信美雅子會看上我，無論我有多喜歡她都沒有用，他自信我根本無法和他相提並論。他想以這種方法讓我明白自己的斤兩，並從中獲得優越感。這個傢伙，難道是一個虐待狂嗎？

　　美雅子自己又是這麼想的？聰明如她不可能毫無察覺。可是她為何沒有明確地拒絕我呢？難道她就是這樣水性楊花的女人嗎？在愛著自己丈夫的情況下，對其他男人的愛同樣來者不拒，她是這樣的人嗎？不，她絕不是這樣的人。也許是她已經對伊東感到厭煩，正打算移情別戀，而且恰好看上了

我。這更不可能，怎麼會有這樣的事？

　　這種毫無頭緒的胡思亂想讓我的大腦一片混亂，已經完全不知道是怎麼回事了。雖然我能記住那些抽象的東西，但別忘了，再抽象的事物也是以具體事實為基礎的。雖然我自信前面記錄的都是具體的事實，但不管怎麼說，我是空氣男，所以裡面很可能摻雜白日夢的成份。如果真是那樣，我又要以什麼為基礎去做出判斷。

　　那天晚上，我一夜沒睡。即便知道無濟於事，我也無法停止思考，只能不停地在同一個想法裡來回兜圈子。「也許這就是所謂的相思病吧！」我感慨道，滿臉苦笑。


# 悲劇降臨


　　類似的情況還發生過好幾次，直到一個月後那件事的爆發。

　　透過語言、視線的交流以及肢體上的接觸，我和美雅子的關係越來越曖昧，就像在玩一場戀愛的遊戲，不過離接吻的程度還有一段距離。當然，也可能只有我一人有這種感覺。在美雅子眼中，這可能只是一個小玩笑。不過她也從沒有抗拒過，至少我沒有感覺到。也許她是這麼想的，這只是一個玩笑，玩玩也沒關係。又或者在她眼裡，我這個男人根本沒有什麼能看得上眼的東西。她究竟是怎麼想的呢，我不能確定，只能安慰自己不可能是後者。

　　當然，這些事都是發生在伊東不在家的時候。不過幾乎每次我們聊天的時候，伊東的氣息都會不時地出現，這真是太奇怪了。有一次和上次差不多，我們看到伊東的影子。還有一次聽見了伊東的叫聲、笑聲，就從遠處的房間傳來。有一回我甚至清晰地感覺到伊東就在我身邊，但既沒看到人也沒聽見他的聲音。因此，我總是不能向美雅子完整地表達我的心意。

　　在我心裡，這個影子般的伊東成為可怕的敵人，我努力和他鬥爭著。更有甚者，我懷疑他除了是一個惡作劇大師以外，或許還是一個催眠大師。他

可能掌握一種遠距離催眠的技術，或者能夠隨意地讓人產生幻覺。至於最後我們當中誰會成為贏家，就看誰的意志力更強了。

慢慢地我有了一種感覺，似乎我正在和伊東進行一場意志力的較量。也許這只是我單方面的想法，但是不管怎麼說，我能夠感覺到美雅子對我的好感越來越濃了。不過說來說去這都是我一個人的感覺，事實究竟如何，我並不知道。只是我越是認為美雅子喜歡我，越是害怕起伊東來。當然，伊東畢竟是美雅子的丈夫，而我又如此迷戀美雅子，所以會害怕他也沒什麼奇怪的，即便我和美雅子尚未發生肉體關係，甚至都沒有接過吻。伊東這個人本身很神秘，很有一點高深莫測的意思，所以註定了他是一個極難對付的情敵。在我眼裡，他簡直是一個超人。因此，我就更害怕他了。

不管怎麼說，悲慘的一天終究還是降臨了。

美雅子說伊東每年都會去關西待個兩三天，目的是什麼，沒有人知道。這次伊東要去的是神戶，大概待三天。我們剛認識那會兒他好像就出去過一次，只是那時我們的來往還沒這麼頻繁，所以我並未留意。

那天上午，我和美雅子送伊東到東京車站搭乘特快列車。

「我出門的時候，美雅子就拜託你照顧啦！」伊東從火車車窗探出頭來對我囑咐道，臉上掛著梅菲斯特般的微笑。

聽他的口氣，對我十分放心。伊東是一個心機難測的人，他這麼說到底是什麼意思呢？他不可能不知道我對美雅子的感情，而且也肯定知道美雅子和我很親近，那為何還要這樣說呢？還說什麼「拜託你」，豈不是等於告訴我說「請不要客氣」嗎。

他難道是這種意思嗎？我知道這不可能。或者這是一句反諷，他真正想說的是「有能耐你就試試」？或者他在炫耀自己的自信？無論哪種，都沒什麼說服力。肯定還有其他原因，可惜我不知道，更難以確定其中暗藏的目的。

我和美雅子搭乘電車在中途分手各回各家。回到我那間只有六七平方公尺的小公寓後，我悶悶不樂地思考著，突然興起一個念頭，何不邀請美雅子晚上來我的公寓做客呢？說幹就幹，我立即跑到樓下，去管理室給她打了個

電話。美雅子對我的公寓不陌生，她和伊東一起來過兩三次，不過獨自一人前來還未有過。

美雅子在電話裡接受我的邀請，說她黃昏時就到，並且會給我帶些好吃的。我的心因為這話快速地跳動起來，撲通撲通。雖然我很興奮，但同時又有些忐忑。這忐忑和伊東沒什麼關係，完全是因為美雅子。

按照約定，美雅子在五點左右到達我的公寓。雖然早就知道她會來，但是我也沒有特意打掃，所以公寓裡很亂。地上擺放著一堆亂七八糟的東西，書本、報紙、外賣的便當、碗盤等。把它們擺放整齊不是不行，但那只會讓公寓顯得更加簡陋殘破。牆皮已經剝落，榻榻米已經舊得發紅，這些東西在整潔的環境下只會更加顯眼，所以還不如什麼都不收拾。而且那樣的待客方式太過嚴肅，也不符合我的處事風格。甚至我連頭髮都沒梳，衣服也沒換，身上的居家服都是褶子。

美雅子到了，她穿著一身和服。在日本女性中，很多人都是楊柳腰、O型腿。但個子不矮的美雅子卻並非如此，她的腿又長又直，胸部和腰線都很豐滿，可謂增一分則多、減一分則少。所以無論是和服還是洋裝，她都非常適合，穿哪種都很好看。現代很多女性致力於將和服穿出洋裝的風味來，那個時候的美雅子已經深諳此道。

美雅子如約帶了吃的過來，是包竹葉壽司。我拎著陶壺下樓，要了一壺熱茶端上來。

「呀，你的房間也太亂了。」美雅子說著，看了看四周，並不打算幫我收拾。角落上有一張書桌，她在那兒坐下，開始看架子上那些偵探小說的名字。架子上有一些外文書，大多是歐美的小說。

「這是什麼，《弓區大謎案》（The Big Bow Mystery）①？這位作家很陌生，桑維爾（Zangwill），我沒聽過。」

此時這本書的日文譯本尚未發行。

「這本書挺有意思的，是柯南‧道爾②那個時期的。這本書的作者桑維爾算是心理密室遊戲的開創者，同時還是那個時代左翼文壇的著名小說家。」

「真的有意思？我能看看嗎？」

「你家的書架上也有這本書，就是那本擺在柯南・道爾作品前的黑色冊子。」

「真的嗎？我都不知道，伊東也沒有告訴我。如果像你說的那樣，是什麼密室遊戲的鼻祖，伊東應該會向我吹噓的啊！」

「也許他不這麼看吧！」

「你很喜歡嗎？」

「沒錯，非常喜歡。如果要挑出我最喜歡的十本書，它肯定榜上有名。」

「我也得看看。」美雅子話裡有話，好像在說「和我丈夫相比，我更在意你的喜好。」

「這是你第一次一個人來我的公寓吧！」

「可不是，你的房間也沒什麼變化，還是那麼髒亂。」

「伊東會不會因為你來這生氣呢？」

「肯定會。在他走之前囑咐過我，『你千萬不要去那個傢伙的家裡，當然，應該不會發生這種事』。」

「啊？他都這麼說了，你也不在意嗎？」

「當成秘密就行了。他還說『你千萬不能和他單獨見面，就算在自己家也不行。我會找人看著你們的。』態度可認真了。不過不用在意，反正咱們也沒什麼事。我只是來拜訪男性朋友罷了，法律都管不著我。」

「既然他對我如此防備，斷絕我們的來往不就行了。可為什麼很多次，

1. 此處與下面的「桑維爾」原文用的是英文。《弓區大謎案》講述一位年輕房客在密室中被人割喉殺害的故事，該書是推理小說史上第一部長篇密室作品。桑維爾（1864～1926），英國猶太小說家、戲劇家、評論家、政治活動家，《弓區大謎案》是其代表作，發表於1892年，在倫敦《星辰晚報》上連載。——譯注
2. 亞瑟・柯南・道爾（1859～1930），世界著名小說家、劇作家，有「世界偵探小說之父」的美譽，成功地塑造偵探人物夏洛克・福爾摩斯。——譯注

我們的座位都是挨著的呢？這可太奇怪了。到底是誰安排的呢？如果他不希望我們接觸，有的是辦法阻止吧！」

「是我安排的。」美雅子坦白道。她的大膽著實嚇了我一跳，甚至來不及高興。

「可是你每次看起來都無所謂啊，好像並不在意這種事。我就慘了，總是嚇得渾身顫抖。」

「怎麼可能不在意呢？說實話，你的顫抖讓我很感動。不過我是女人啊，在那種情況下，女人都是矜持的。其實我心裡很高興，但女人就是這麼口是心非。」說著美雅子握住了我的手，這是她第一次如此主動。我入了迷一樣緊緊抱住她，感受著她充滿彈性的身體，幾乎忘了呼吸。

半個多小時後，迎來了悲慘的結局。

等我注意到時，伊東已經站在了我的枕頭前。他穿著一身黑衣，臉色很不好看。因為生氣，整個身體都在顫抖。他叉著雙腿站在那兒，身軀顯得如此高大，像一個巨人。

之前我已經從裡面把門反鎖上了，想要打開並不容易。而且管理室的阿姨知道我在家，也不可能把備用鑰匙交給別人。伊東是怎麼進來的呢？他之前一定是偷著配了一把我家的鑰匙。

「什麼也別說了，美雅子，快跟我回家！」伊東抓著美雅子的胳膊說道，動作十分粗魯。滿臉羞愧的美雅子迅速整理著自己的衣服。

我緊閉雙眼等待著伊東揮上來的拳頭，絲毫不打算抵抗。

拳頭遲遲未至，我不禁睜開眼睛，房間裡已經一個人都沒有了，只剩下一片死寂和緊閉的房門。


# 虐待狂


我一動不動地躺在那兒，大腦一片空白。我覺得自己做了一個可怕的噩

夢，身上都是冷汗，胸口像破了個大洞。這時，樓下管理室的阿姨上來告訴我有電話找我，是一個叫酒卷的人。我匆匆忙忙地往下走，中途差點滾下樓梯，只覺得眼前發黑，幸好及時抓住了扶手。

伊東已經決定好怎麼處罰我了嗎？酒卷應該就是為了告訴我這件事吧！我心裡這樣猜想到，不過後來的事實證明我錯了。

「是野間嗎？我是酒卷。剛才我去了伊東家，可是只有女傭在。她說美雅子出門了，也沒說去哪兒了，她不會在你這兒吧？」酒卷這個時候打來電話，應該已經回到家了吧？

「是在我這兒，不過剛剛已經走了。你是受伊東所託嗎？」我直白地問道。之所以這樣問是因為，剛才我突然想到之前美雅子說過，伊東會找人看著我們。

「當然不是，我就是有點不放心。對於美雅子，你可不能有覬覦之心啊！我早就看出來你對她有非分之想了，我很擔心。你自己一定要妥善處理，千萬別讓俱樂部因為你的亂來而解散掉。如果只是這樣還不算最嚴重的，不知道為什麼，我的感覺不太妙，好像即將有什麼可怕的事要發生。你聽到了嗎？可一定要注意啊！」

「我知道了，一定會注意的。」除了這個，我根本不知道該怎麼回答。

我把自己關在公寓裡兩天。這兩天除了盯著天花板發呆什麼都沒做，不看書也不看報，甚至不怎麼吃東西，每天只叫一碗外賣蕎麥麵或烏龍麵以維持體力。期間有兩三個電話打來，我都讓管理室阿姨以我不在為藉口回絕掉了，甚至連是誰都沒問。我也想過，會不會是美雅子打來的。但不管怎麼說，現在都不是我們交流的好時機，所以我都咬緊牙關控制住了自己。

我的房門在那件事發生的第三天下午響了起來，我不知道是誰來了，也不感興趣，所以沒有搭理。然後那位惡作劇俱樂部歲數最大的魔術師開門走了進來，這位壯碩的餐館老闆笑著說道：「你沒事嗎？聽管理室的阿姨說，你最近都沒怎麼吃東西。出了什麼事嗎？」酒卷的臉色紅紅的，看起來好像剛喝過酒。

「沒什麼事，就是有些不舒服。」

酒卷坐在我桌前的坐墊上，點上一根菸後低聲和我說話。我不回應，只把雙手枕在腦後仰躺著，看起來像是在耍脾氣。

　　「有件怪事你知道嗎？伊東要乘車去神戶，但不知道因為什麼，沒有多待當天就趕回來了。我昨天黃昏時去他家拜訪，他在家卻不見人。不僅僅是我，所有去拜訪的人他都沒見。更奇怪的是繁子說夫人不見了，不是出門了，好像是給關在哪個房間裡。我問她怎麼吃飯呢？繁子說老爺親自送不用她管。伊東待在書房不出來，吃睡都在裡面。他似乎很不高興，對繁子也沒個好言語。啊，真是太奇怪了。」

　　原來是這樣啊，怪不得美雅子無法打電話和寫信。

　　「怎麼會變成這樣呢，我猜肯定和你有關，要不然也沒其他的可能了。可是到底發生什麼事？之前我打電話來時你說美雅子剛回去，那天剛好是伊東出門的那天吧？繁子說你和美雅子還去東京車站送伊東了呢，就是那天吧？

　　「美雅子趁伊東不在的時候獨自拜訪你，而且還是黃昏的時候，這可不是什麼好事。她那個時候來你這兒肯定有些別的企圖。我記得那晚給你打電話時差不多是七點鐘，美雅子已經回去了。那天她丈夫不在家，她怎麼待了那麼短的時間就回去了，這太奇怪了。很不尋常啊！怎麼樣？我就想像到這兒。」

　　說到這兒，酒卷故意停頓了一下，狠狠地抽了幾口菸，似乎想賣個關子。對於他說話的方式，我十分不喜，所以很乾脆地說道：「你想的沒錯。伊東上車後只坐了一站就下車了，然後他到我的公寓發現美雅子不在後又折回了自己家，他在那周圍繼續監視直到看見美雅子出門。他跟著美雅子來到我的公寓，並躲在門外不進來。他偷聽了我們談話，並看準時機闖了進來。」

　　「然後呢？」酒卷往前湊了湊好奇地問道，眼睛都因此亮了起來。

　　「他抓住美雅子的胳膊把她帶走了，然後就結束了。」

　　「啊？你們沒有打架嗎？」

　　「我也以為會打起來，都沒打算抵抗。可是伊東什麼都沒做，甚至都沒

有罵我。」

「啊？估計他是氣得說不出話來了，有時候一個人太憤怒是會這樣的。他一回家就把自己和夫人分別關了起來，太嚇人了。」

酒卷一直盯著我的眼睛，好半天都沒有動作。我也默默地看向他，一時之間不知道該說什麼。

「實際上，」酒卷實話實說：「伊東出門之前曾拜託我在這段時間看著你和美雅子，之前我給你打電話也是這樣原因。所以算起來，我對此事應該負有一定責任。」酒卷說完歪著腦袋思考起來。

「伊東自己也有責任。」我說道。

「他也有責任？」

「沒錯，我和美雅子的事，他也有責任。他好像是故意要讓這種事發生似的。咱們之前不是經常一起玩惡作劇遊戲嗎？有時候周圍會一片漆黑。每次我和美雅子的位置都是緊挨著的，因此免不了肢體接觸。當然，這讓我很高興。而且之前我問過美雅子，她也喜歡這樣。可是如果伊東想讓我們分開坐，一定有很多方法吧！不止如此，我和美雅子在伊東家時有過好幾次獨處的機會。每當這種時候，我就能感覺到伊東隱藏在我們周圍，像一個影子似的轉來轉去，偷聽或者偷看。但對於這種情況，他從來沒表達過不滿，就好像很享受似的。」

「不可能吧，如果他真的很享受，這次為什麼要生氣呢？他這次真是失望極了，我看不像是演戲。」

「我知道這很矛盾，但有一個解釋卻說得通，那就是伊東很享受這種虐待的快感，他根本是一個可怕的虐待狂。」

「啊，這是什麼意思？」

我一下子爬起來坐到酒卷面前：「或者換個說法，他是為了獲得一種優越感。伊東很清楚我對美雅子一見鍾情的事，所以為了獲得優越感，他想了一些把戲。在他的安排下，美雅子故意接近我。當我為愛情苦惱時，他則在一旁冷眼旁觀。或是說，他想體會侮辱人的樂趣，而我就是被侮辱者。所以他努力給我們創造機會，然後高興地在我們獨處時進行偷窺。惡作劇本身就

具有一種殘忍性。那個傢伙在惡作劇方面這麼有天賦，性格中肯定天生就帶著這種特性。

「其實，他那麼有自信也沒什麼奇怪的。畢竟他那麼英俊，我這麼醜陋，根本比不上他，所以他才那麼自信。原本，事情的發展一直在他的掌控中，直到那天晚上事情超出預期，他感覺到了危險，所以立即現身阻止。不過這也證明他的自信心即將崩塌。他已經開始動搖了，他不確定美雅子是不是真的喜歡上我。所以他安排了這次旅行，想以此做個實驗。

「現在，你也看到這場實驗的結果。他一下子失去所有的自信，原本那麼信心十足，卻在一瞬間全部崩坍了。這對他那樣的男人來說太悲慘了，與之相比，妻子被搶走的痛苦都不算什麼了。就像你剛才說的，他把自己關在一個房間裡悶悶不樂，盡心思慮的他心情肯定很暗淡……我覺得有些可怕。美雅子怎麼辦？得把她救出來……」

# 美雅子的屍體

隨著言語的深入，我越想越害怕。

「美雅子肯定不好過，估計她被關在房間裡連飯都吃不上，她正在受著折磨！」我自言自語道。因為喝酒，酒卷的臉原本是紅彤彤的，此時也嚇得慘白。

「嗯，確實有這個可能，伊東的脾氣可是很暴烈的。」我們你看看我，我看看你，好半天都沒有說話。

「我覺得事情有些嚴重，咱們去看看吧！」我起身開始準備外出。

「嗯，最好去看看。」酒卷也很忐忑。

我們搭乘公車趕到伊東家。他家門口停著一輛計程車，一身外出打扮的女傭繁子正和司機一起往上搬行李，看樣子是被辭退了。

「發生什麼事了？你要去哪兒？」我問。

「我被辭退了，正打算去投奔親戚，他家就在本地。」

「伊東家聘請其他人了？」

「沒有。」

「他們夫婦在家吧？」

「在的。」

「你要是走了的話，家務事誰來做？難道讓夫人自己來嗎？」

「不知道，我一直沒見到夫人，本來想和她告別，但老爺不同意。」

「伊東在哪兒？」

「在地下室。」

「啊？地下室嗎？」

「嗯，從早上開始，他一直在地下室幹活。」

「幹活？」

「地下室的地板漏水了，他正在攪拌水泥說要親自修理。」

「為什麼會辭退你？」

「不知道，我也想不明白。」

我們被伊東莫名其妙的行為弄糊塗了。伊東家確實有一個地下室，是西式的那種，裡面存放了不少東西，像葡萄酒什麼的。就算地下室的地板漏水了，伊東也沒有必要親自動手啊，雇個工人不就行了。我和酒卷你看看我，我看看你，因為一些可怕的聯想同時嚇白了臉。

「不管這麼說，先去看看吧！」

和繁子告別後我們穿過大門來到門廊上，結果發現屋門被鎖上了。然後我們按了門鈴，響了好幾次都無人應答。這時，一種危機感掠過我的心頭，不能再等了。我們從建築物那兒繞過，直接來到了廚房後門。只見所有窗戶緊閉，窗簾也拉上了。我們從沒上鎖的廚房後門進入屋裡。因為沒開燈，光線昏暗，四周一點聲音也沒有。我們好像進入一間空房子，而且是已經很久無人居住的那種。

「伊東！」我們大聲叫喊道，但始終沒得到回應。幸好我們熟悉地下室的入口，所以決定直接過去瞧瞧。

地下室入口處有塊蓋板，此時是打開的，透過它能看見裡面的水泥台階。外面的光線照不到樓梯旁邊的其他地方，所以周圍一點光亮都沒有。不過台階上反射著幽幽的紅光，看樣子下面可能正點著煤油燈。

「伊東！」我再次喊道，還是沒有回應。同時下面傳來一陣詭異的聲響，「沙沙沙」的，不知道是什麼聲音。我感覺下面好像有什麼危險在等著我們，一時之間有些猶豫不決，但心裡卻知道此時的刻不容緩。我們兩個低聲商量了下還是決定去看看，我走在酒卷前面，一步一步小心翼翼地下了水泥台階。

大概四五坪大的地下室裡周圍都是木架子，上面塞滿了各種雜物和酒瓶。中央有塊地方什麼東西都沒有，大概有三坪大。上面留有一些痕跡，像是水泥和砂石的混合物。旁邊放了一盞煤油燈，地面上還插著鐵鎬和鐵鍬。另一個角落裡堆著一些東西，看起來像小山一樣，都是挖下來的水泥碎塊。

此時穿著睡衣的伊東跪在地板中間，手裡拿著一把巨大的水泥抹刀，正在努力抹平那些新鋪的水泥。

「你在幹什麼，伊東？」我高聲問道。

伊東慢慢地抬起頭來，看著我們露出那種梅菲斯特似的笑容。旁邊紅褐色的煤油燈散發著幽幽的光亮，自下往上映照著他的笑容，使他的面容看起來非常嚇人。

「沒什麼，就是點手藝活，雖然是外行，但已經解決了。」

透過顏色判斷，伊東只抹了一塊新水泥地面。整體看來，這塊新水泥地呈長方形，大小剛好能容納一個躺著的人。

「美雅子呢？」我知道這種問題不該我來問，但當時的氣氛太詭異了，也就顧不得平常的那些禮貌規矩了。

我沒有得到伊東的回答。他之前一直保持著跪趴著的姿勢，此時「嗯」的一聲直起腰站了起來。然後把髒毛巾拿過來，將手上的水泥擦了擦。他始終沒說話，但看起來不太高興。

「你可能不想搭理野間，那還是我來問吧！伊東，你說實話，夫人究竟去哪兒了？」酒卷平心靜氣地又問了一遍。

伊東朝著樓上揚了揚下巴，看起來頗有點勉為其難的意思。「她在樓上呢，但具體哪個房間我不知道。我們很長時間沒說過話了，她一直不想見我，估計是覺得羞愧吧……你們想見她？那就自己去找吧！」

真的能找到嗎？我覺得不可能。不過酒卷一直拉我的袖子，只好和他一起找找看。於是我們扔下伊東離開地下室。然後我們把兩層樓所有房間找了一遍，連個影子都沒見著。

「快點回去吧，別讓那個傢伙跑了，不可能找得到的。」酒卷原本不肯放棄，但禁不住我一個勁兒地催促，只好和我一起回到了地下室。

伊東還在抹著水泥，並沒有離開。水泥已經很平坦了，他還在細心地一遍遍抹著。

「你把夫人弄到哪兒去了？她根本不在樓裡。」我大喊道，聲音因為激動而顫抖。

「大概是出去了吧！」

「不可能。剛才在門口，我們遇見女傭繁子，她說夫人被關起來了，就在某個房間裡。她不可能出去了，可剛才我們檢查了所有房間，都沒找到人。你到底把她弄哪兒去了？」

「你覺得自己有什麼資格來質問我？」伊東很平靜，臉上那梅菲斯特式的笑容始終沒變。

「先別管我做過什麼，那是另一碼事。你必須先把這件更重要的事交代清楚。還有你為什麼辭退繁子？這肯定和夫人的失蹤有某種聯繫。是因為她的存在給你造成不便了嗎？」

「嘿，你有什麼資格來質問我，野間？」

「你快回答，就當是我問的好了。」酒卷努力用強硬地語氣質問道。

伊東以一種傲慢的姿態站在那，始終一言不發。

「我受夠了，我必須檢查一下。酒卷，你控制住伊東，我要把這裡挖開。」我拿起旁邊的鐵鍬開始挖那些新鋪上的水泥。

這些水泥剛鋪上不久，還沒來得及凝固，所以很好挖。我很快就挖到了一點東西，是一小角布料，似乎是女性的睡衣。

天啊，果然是這樣，我猜對了。

我拼命地繼續挖掘，美雅子的身影在這個特殊的墳塚中逐漸顯露出來。我扔掉鐵鍬，撿起伊東的抹刀小心翼翼地繼續挖著，生怕傷到了水泥中的美雅子。終於整個身體都露出來了，此時可以清楚地看到她的面部輪廓。

伊東竟然沒逃跑，這太奇怪了。他臉上那梅菲斯特式的微笑依舊沒有消失，即便他的雙手被酒卷從後面反扣著。

挖開的水泥坑裡非常黑，因為煤油燈照不到此處。我小心翼翼地用著抹刀，手還是滑了下碰到了美雅子的臉。我大驚之下立刻停了手，這種驚愕和不小心碰到美雅子沒什麼關係，而是出於一件更奇怪的事情。剛才抹刀碰到美雅子臉上發出的聲音太奇怪了，那根本不是和人體接觸的聲音，而是碰到硬東西時才會發出的聲音。我瞬間明白了是怎麼回事，有一種一下子從高空掉落的愕然感，或者更準確的說，是一種驚懼感……水泥底下埋著只是一個人偶，根本不是人。

就在這時，一陣可怕的大笑聲在地下室爆發開來。

「哈哈哈……你們被騙了吧！」伊東以一種勝利者的姿態大喊道。

竟然是這樣嗎？這難道只是一場惡作劇？是這位惡作劇大師精心設計的騙局？這個真相太讓人意外了。因為太過震驚，我們的大腦一片空白，只能呆呆地站在原地若有所失，失敗得很徹底。

「嘿，美雅子……」伊東跑上樓梯大叫道。美雅子很快就被他帶到地下室，看來之前她應該是藏在櫥櫃或者其他什麼地方。當然，之所以沒找到她和我們剛才搜查得太潦草也有一定關係。

美雅子跟在伊東身後來到了地下室，她看起來有些憔悴，臉色很難看，一副很悲傷的樣子。當然，這也許只是我神經過敏。她對我們笑了笑，看起來很勉強，然後就不說話了。

這不單單是失敗的問題了，可以說從一種更複雜的角度來看，我們差點落荒而逃。如果只是普通的惡作劇，那此時笑著舉杯祝賀他也沒什麼大不了的。可是，這次的惡作劇實在給了我們一個深刻的教訓，我們已經沒有任何心思祝賀他了。極為窘迫的我們草草告了個別，匆忙地離開伊東家，說是逃

跑都不過分。

# 再見美雅子

伊東鏈太郎的生活在此事後發生很大變化，可謂天翻地覆。從那以後，他沒有再舉行過關於惡作劇的聚會。慢慢地，惡作劇俱樂部也解散了。

我沒有再去過伊東家，實在沒那種勇氣。雖然我非常想見美雅子，但礙於被伊東抓了個現行的羞愧感，我還是克制住了。當然，這和上次在地下室裡一敗塗地的經歷也有一定關係。原來的惡作劇俱樂部的成員倒是拜訪過伊東家，不過據說當時的情景很尷尬。下面要說的就是他們口述的，並非我親眼所見。

有一次，那位戶籍課課長拜訪我的公寓，這位出名疼老婆的人告訴我說：「我拜訪他家時倒是見著了伊東，不過他的態度很勉強，似乎根本不想見我。而且他只讓我待在客廳裡，去書房轉轉都不行。他以女傭不在為藉口連杯茶都沒倒，臉色也不好看，一副愛理不理的樣子，和從前真是大相逕庭。而且看樣子他又把夫人關起來了。以前這個傢伙多能說啊，可是現在竟然一言不發的，弄得我也不好說什麼。那種感覺太悶了，最後我只好敗興而歸。」

之前有些成員從沒來過我家，此時也陸續登門。他們的目的很簡單，就是想看看我這位當事人怎麼樣了。我向他們講述了事情的經過，毫無保留。出於同樣的好奇心，他們也去拜訪伊東。拜訪時的情況和那位戶籍課課長說的沒什麼差別。可以說伊東的行為明確地表達了自己的一種意願，即他再也不想和這些過去的朋友有所往來了。

想要見到美雅子更是不容易。不管是誰來拜訪，她都一言不發地保持沉默，然後無聲無息地離開，像一個夢遊者。這樣看來，美雅子並不是一直被囚禁著，有時候也會得到片刻自由。

惡作劇俱樂部就這樣解散了，我們難免覺得惋惜。所以除了伊東外，其他六名成員偶爾也會小聚。地點是由酒卷提供的，是他餐館中的一個房間。其他成員並沒有合適的地點可介紹。努力招待大家的酒卷想讓氣氛熱烈起來，但總是不能如願。伊東天生就是一個領導者，沒了他的聚會一點意思都沒有，他才是整個聚會的主導者。雖然在惡作劇方面，我們也算有些天分，但和伊東這種惡作劇大師完全沒法比。伊東總是有很多新點子，總是能提供很多有意思的話題。這一點我們誰也做不到，所以經常聊著聊著就聊不下去了。慢慢地，幾乎沒幾個人來參加聚會了，重組的惡作劇俱樂部就這樣再次散場了。事實上，這和當時的社會環境也有點關係。那時的日本已經被太平洋戰爭波及，經常發生空襲。為了安全，不少東京人都跑到了農村親戚朋友家避難。在那種不穩定的局勢下，誰還有心情搞什麼惡作劇。

我一直沒有忘記美雅子，在那件事發生後的一兩個月裡始終悶悶不樂。大部分時間裡我都在發呆，躺在公寓的榻榻米上無意識地望著天花板。其實仔細想想，事情發展到今天我也算不上一敗塗地。如果真是輸得徹底，伊東為何不與俱樂部的其他人往來了呢？又為何要把美雅子囚禁起來呢？其實原因很好猜，那就是美雅子依然喜歡著我，所以伊東才不肯給她自由。雖然在地下室的人偶事件中，我失敗了，但並沒有改變事情的結果。事情最後之所以演變成這個樣子，唯一的理由就是美雅子依然傾心於我。

進一步推斷，或許從那件事後，美雅子就不再愛伊東了。伊東之所以如此憤怒，很可能就是因為這個原因。

想到這兒，我更思念美雅子，真想和她見面，聽她親口表明自己的感情。可是電話不能打，寫信也不行，會落到伊東手上。之前還可以拜託女傭幫忙，可是現在女傭也被辭退了。或許可以請求那些出入他家的商人幫忙，這個辦法不錯。不過我還是想親眼見見美雅子，這才是最重要的。只要見了面，哪怕只是一個眼神，我們也能明白彼此的心意。

於是，我開始在伊東家附件徘徊，每天都去，像一隻可憐的流浪狗。這段感情如此深刻，身為空氣男的我也無法忘懷。為了不引起注意，我一副尋常打扮，頭上戴著帽子，故意把帽簷壓得很低。我不停地在伊東家附近打

轉，努力裝成散步的樣子。

我心裡有一種感覺，美雅子就被囚禁在二樓的臥室裡。這種感覺來得莫名其妙，我卻深信不疑。從建築物側面的一扇窗戶可以看到臥室裡面，於是我經常在那面水泥牆下駐足。我每天都會去，在那守候了很多天。終於，我的苦心感動了老天，窗簾在某天的黃昏被拉開了，美雅子探出頭來向外張望。

心跳加速的我抬頭凝望著她，彷彿看不夠似的。我僵硬地站在原地，就像一塊石頭，心裡不斷祈求著，希望她能快點看到我。終於，她注意到我了。因為距離的關係，我看不太清，但依然感覺到美雅子的狀態並不好，十分憔悴。她的臉色蒼白，像一個瘋子一樣茫然若失，這太讓人哀傷了。她確實看到我，可是眼神中卻沒有絲毫感情。

很長時間裡，我們就這樣互相看著，她的臉上不曾有絲毫動容。最後一幕更是讓人傷心。她從窗戶裡伸出一隻手，隨意地揮了揮，示意我趕緊離開。她是擔心被伊東看到再次引發誤會嗎？根本不是，我絲毫看不出她有這種意思。她的動作太隨意了，就好像在驅趕路邊的乞丐。但是這怎麼可能，她怎麼能這麼做？難道她的神智已經不正常了嗎？或者她的身心早已因伊東嚴厲的指責而崩潰了嗎？

她隨意地揮了揮手，然後俐落地關上窗戶並且拉上窗簾。當時我的感覺猶如被人甩了一記耳光。可是即便這樣，我的心裡依舊留存著希望。我沒有急著離開，而是在牆外一直等到天黑，可惜美雅子再也沒有出現。

我回到了公寓，心裡一片絕望。

我是一個真正的空氣男，可是當時為什麼幾乎忘了這一點呢？那種模糊的、怪異的感覺始終在我心裡盤桓不去，可是很長很長時間裡我都無法明白其中的真相。

在那件事之後，我過了兩個月消極頹廢的生活，每天除了盯著天花板發呆什麼也不做。不過好在我是一個空氣男，有一個優點就是健忘。也就是說，即便是愛情，我也能快速地遺忘。也許這輩子，我都不會像愛美雅子那樣愛上別人了。但從很小的時候開始，我就已經習慣了失望，這種失望的創

傷總能被快速的遺忘撫平。慢慢地，我幾乎快忘了美雅子那惹人憐惜的面容。同時淡忘的還有伊東，無論是他那梅菲斯特式的笑容，還是那些惡作劇的樂趣，都同美雅子一樣，在我的腦海中越來越模糊。

伊東夫婦在事情發生後大約兩個月的時候搬到了其他地方去，高樹町的那座洋樓被他們賣掉了。這消息我還是從酒卷那裡聽到的，在那之前，其實我和酒卷也已經很長時間沒見面了。如今，那座洋樓真的成為一所空房子，不過我已經沒什麼興趣去看了。雖然這座建築風格獨特，但是在我的記憶中也沒有留存多久，慢慢地還是忘了。

# 伊東夫婦的秘密

在差不多一個月後的一天夜裡，我猛地從被褥裡坐起來，就好像突然受了什麼刺激似的。

身為空氣男，我很喜歡抽象的邏輯思考，甚至可以說十分擅長。在邏輯推理方面，我經常能冒出些新點子。很多時候，這種新點子都是我躺在床上半夢半醒間突然冒出來的。青年時代那些白天怎麼也解不開的數學題，很多時候也是在這種半夢半醒間突然解開的。

那天我看書看到深夜一點才入睡，在半夢半醒間，我的腦海中突然閃過伊東夫婦的秘密。我一下子從被褥中坐起來，花費一兩個小時來思考前後的邏輯，終於成功解開了這道謎題。

第二天，我打電話把酒卷叫來，聲稱有一個大秘密要告訴他。酒卷是我在惡作劇俱樂部中關係最好的朋友。如果我想和人分享這個秘密，不管怎麼看，他都是最合適的人。

胖胖的酒卷午後才到，他的氣色看起來不錯，容光煥發的。我們面對面地坐在一張桌子前小聲地交談著，生怕被別人聽到。大部分時間裡都是我在說話。

「昨晚我發現一個大秘密，是關於伊東夫婦的。經過認真的思考，此事的邏輯毫無問題，足以解釋之前的一切。」

聽到這，酒卷一副愁眉不展的樣子，連額頭的皺紋都出來了。他謹守聽眾的本分，沉默地抽著菸。

「之前你猜得沒錯，我和美雅子確實互有好感，結果被伊東知道了。不過，這不是我單相思，實際上，美雅子也傾心於我，可是後來她被囚禁了。在這段期間，她一直沒有和我聯繫，這不是太奇怪了嗎？

「我想了很長時間，知道無論用什麼方法，想要繞開伊東取得聯繫都不容易，電話和寫信都不行。可是即便如此，如果美雅子真的想聯繫我，也並非完全沒有機會。由此可以推斷，她不聯繫我不是不能，而是不想。等一下，我有更確鑿的證據能證明這一點。因為太想見美雅子，我之前曾經在伊東家附近打轉好幾天。後來有一天，透過二樓的窗戶，我終於見到美雅子。」

我向酒卷詳細地描述了那天的情景。他根本沒想到我會如此執著，所以很驚訝，但還是沒說什麼。

「如果美雅子的神智已經不正常了，那是另一種可能性，咱們先不去討論。不管怎麼說，她那天的態度使我大感意外。你還記得那天地下室的事嗎？在發現人偶時伊東不是把美雅子叫下來了嗎。你還記得美雅子當時的模樣嗎，非常蒼白瘦弱，簡直像變了一個人。就算之前她被囚禁了起來，也不至於如此。

「我在事情發生以後，一共見過美雅子兩次。現在回想一下就會發現，無論是哪次，我都沒有看清她的臉。第一次因為煤油燈的光線很模糊，所以沒有看清。第二次是因為我們之間隔著一段距離，她又在二樓窗戶後面，所以還是沒看清。

「估計你已經明白這是什麼意思了吧！後來我們見到的美雅子根本不是她本人，而是替身。從其他地方找來一個和美雅子相像的女人對身為惡作劇天才的伊東並不是什麼難事。在夏洛克‧福爾摩斯的《桐山毛櫸案》中就有類似情節，替身也是從窗戶那兒露面，同樣揮了揮手。也許正是從那部小說

中，伊東獲得靈感。」

酒卷看起來有些疑惑，並不完全信任我的話：「替身？不可能吧！那美雅子本人哪兒去了？」

「肯定是被伊東殺害了，所以他根本沒辦法讓我們看到本人。」

「你怎麼會這樣想呢？」

「是我昨晚快睡著時突然想到的。我找到不少證據，你接著往下聽吧！

「伊東在事情發生後迅速地解散俱樂部，大家去拜訪時只能待在客廳。這兩點不是很可疑嗎？他為什麼會這樣做？很明顯，他是怕客人待得時間太長就會發現美雅子是替身這個事實。不過這種方法瞞不了太長時間，兩個月頂天了。伊東確實厲害，他已經意識到這是一種很危險的做法，但還是堅持了兩個月之久。

「還有，之前舉辦聚會時，伊東不是帶了個假手假眼的人來嗎？那天吃完飯後伊東可是說了不少話，你還記得吧？他當時的話題都是圍繞著惡作劇與犯罪的關係，他說兩者只有一線之隔。甚至和犯罪的手法相比，惡作劇的手法並沒有太大區別。後來他還說『也許哪一天，我也會設計一場犯罪的把戲』，現在想想這句話太可怕了，簡直是對他自己之後作為的預言。

「那真正的美雅子去哪兒了呢？虧得他是一個惡作劇天才，否則根本想不到這種毀屍滅跡的手法。你看，其他人不是就沒想到嗎，這太匪夷所思了。」

「我明白啦！」酒卷差點從座位上跳起來，原本紅潤的臉瞬間變得蒼白。

「你是一個魔術師，想到這一點也沒什麼奇怪的。在這場魔術裡，他設計一個雙層的機關。或者更準確的說，他設計雙重的隱藏方法。而且另一方面，他還利用了大多數人的一種心理，也就是找過的地方不會再找。

「他殺害了美雅子後，在地下室的水泥地上挖了一個極深的坑，然後把她埋了進去。接著他在上面填好土再把人偶放進去，然後用新的水泥把坑洞填平。如何？這種充滿迷惑的手法很符合惡作劇大師的風格吧？」

「啊，竟然是這樣嗎？他故意把人偶放到屍體上層就是為了給我們發

現，好讓我們以為這只是一場惡作劇，根本沒有什麼謀殺案。這位惡作劇大師親自表演，所以這場惡作劇才會如此成功。當時我們身處那樣的環境中，根本想不到他會親自表演到這種程度。他這位惡作劇天才真是名副其實啊！如果是其他人來玩這套把戲，也就騙騙小孩子，很快就會被發現的。」

「說的不錯。這件事之所以這麼順利和他惡作劇大師的身分有很大關係。這場惡作劇完美地隱藏了一切。不過仔細想想，這場惡作劇的觀眾卻太少了，只有我們兩個，這可不符合惡作劇大師那種強烈的虛榮心。當自己的惡作劇上演時，他通常都會希望吸引來的觀眾越多越好。可是這次人偶事件因為牽涉到我和美雅子的醜聞，所以不能讓太多人知道。而且他也明白，無論是你還是我，都不會對外宣揚這件事。看，這不就是另一個證據嗎。他策劃了一場這麼高明的惡作劇，卻只有兩個觀眾，這和他那強烈的虛榮心大相逕庭。由此可以看出，這場人偶惡作劇的目的就是為了隱藏美雅子的屍體。」

酒卷聽完我的話，閉上眼睛思考了一會兒，然後面帶難色地說道：「我明白了，你的推理似乎沒有問題。那個傢伙肯定把那塊水泥地恢復原樣，然後賣了那間房子。可是現在房子已經有新的主人，咱們不可能隨便去挖人家的地下室，這可難辦了。而且這件事聽起來太匪夷所思了，別人會以為我們瘋了。你有什麼好辦法嗎？」

「沒有，只能讓警察來辦了，這是唯一的方法。」

「可是我覺得，警察根本不會相信我們。」

「我們按照順序給他們推理一遍，但願他們會相信。不過只靠我自己肯定不行，我只是一個衝動的年輕人，還是一個空氣男。所以還需要你的幫忙，這也是我請你過來的原因。你是一個有正當職業的年長者，看起來社會經驗豐富，咱們一起去的話，警察應該就不會認為我神經有問題了。所以我才會先說服你，然後咱們再一起去說服警察。」

「原來如此，你還真是面面俱到。我就陪你走這一趟吧！」

於是，我們一起前往負責那片區域的警局。剛開始，警方根本不相信我們。後來多虧了巧舌如簧的酒卷，搜查主任終於同意前往現場一探究竟。和

我們一起去的還有挖掘工人。在現有主人的允許下，我們將地下室的水泥地面挖開，可是卻沒找到什麼屍體。在警方的要求下，工人們盡可能地往深處挖掘，依舊一無所獲。此時我的心情十分複雜，放心和遺憾交織在一起，同時還有深深的疑惑。美雅子的屍體究竟在哪兒呢？難道是藏在其他地方？既然不在地下室裡，難道是藏在院子或房子的牆壁裡？肯定不能把房子拆了，那至少要挖一挖院子吧！我請求警方這樣做，可是他們已經不想理會我了。不過他們還是簡單查看了一下，在院子裡轉了轉沒有發現任何挖掘過的痕跡。在警察的要求下，工人還檢查了地板下面，同樣什麼都沒發現。

不管怎麼說，伊東突然賣掉房子搬離這裡都是一件挺可疑的事。他究竟搬到哪兒去了？我多方打聽，始終沒得到答案。房子現在的主人不知道，周圍的鄰居和搬家公司也不知道。我們甚至還去了郵局，查看伊東是否辦理過郵件轉送的服務，但都未能如願。不管有沒有發生謀殺案，單憑事情經過如此蹊蹺，警察就不能不理會。最後他們只好下令搜查伊東鏈太郎的下落，並辦理了相關手續。

實際上，到了這裡事情就結束了。因為無論花費多少力氣，對伊東的下落都是一無所知。後來社會環境更加糟糕，戰爭越來越激烈，警察已經沒有餘力去理會這種小事了。最後，我們的請求就這樣被拋在了一邊。

即便如此，我心裡依然有很深的疑惑，而且久久無法淡去。屍體究竟被藏到哪兒去了呢？難道被扔進了河流或者海裡？或者埋到了山裡？不，不可能，那些地方都太遠了。在地下室人偶事件發生的時候，東京就已經遭到了空襲，轟炸後的廢墟隨處可見。這些地方到處都是飛濺的血肉，建築物只剩下地基和磚瓦的殘骸。如果把屍體藏匿在這種地方，豈非正合適。

美雅子肯定是被伊東殺害了，我十分肯定這一點。事情發展到最後肯定是這樣的結果。就算從伊東的心理角度來看，這也是唯一合理的解釋。我的直覺和推理讓我堅信這一點。

全國的警力在此時期尤為忙碌，他們所有的精力都用在了國防安全上。不僅要搜查匪徒間諜、取締黑市貿易，還要安撫民心、重建被轟炸的地區。有太多的事要辦，因此很多個人犯罪案件無法得到及時處理。當然，這也是

沒辦法的事。在戰爭時期，個人犯罪率降低了，至少報紙上是這麼說的。我知道，他們之所以會這麼報導完全是出於一種愛國的角度。但是實際上，犯罪從未停止，只是警察無暇顧及罷了，可見伊東的運氣實在不賴。

# 宇宙神秘教

此時戰爭已經結束三年了，距離那件事也有四年的時間了。

我在戰爭快結束時離開東京，為了避難，去了鄉下母親家。在那裡，我回應國家的號召參軍，並被派遣到了中國東北。我在那裡待了三個月，然後就因為生病被送了回來。在那片陌生的土地上，我好歹也算參加了戰鬥。在軍隊裡，我這個空氣男又有怎樣悲慘的遭遇呢，那就是另一個故事了。

戰爭可以改變一個人，這話說的一點沒錯。因為戰爭，母親的房子和僅有的那點積蓄都沒了，迫不得已之下，我只好出來工作以維持生計。東京在戰爭中遭到了嚴重的破壞，即便戰爭已經結束一年了，依然沒有恢復過來。我帶著母親回到東京，並且在一家三流報社找了一份工作，成為一名記者。對於這份職業我非常滿意，雖然報社不大，但卻很有意思。

戰爭結束後興起了不少新宗教，好像在社會上一夜之間就冒出來了。有一天，我接到社會部部長的命令，讓我去一個宗教的總部做採訪。這個宗教名為宇宙神秘教，總部位於澀谷穩田。我帶著攝影小組一同前往。

該宗教的總部非常壯觀，簡直讓人嘆為觀止。主建築有一個融合了寺廟和神殿風格的大屋頂，彎曲到一種誇張的程度。本殿極其寬敞，幾乎可以同時容納五十張榻榻米。空氣中漂浮著一股清香，那是純白色木頭的香味，還夾雜著新榻榻米的氣味。

有一位白衣男子似乎是接待員，我向他表明來意以後就被帶到本殿。正前方有一個高出一段的檯子，兩側垂掛著青色的簾子。大廳裡坐著不少信徒，差不多得有上百人，他們正等著拜見簾子後的教主。信徒中什麼樣的人

都有，老人最多，有正當工作的年輕人也不少。此外還有婦人，打扮得都很漂亮。老人中也有一些人的打扮與眾不同，他們留著八字鬍，穿著舊式的將軍服。我在最前排坐下，攝影師坐在我旁邊。

過了一會兒，簾子在一聲「噓——」的警告後慢慢捲了起來，一男一女兩個人並排坐在簾子後。頭戴冠帽的男子穿著一身奇怪的服裝，看起來和神官的裝扮差不多，和他並排而坐的女子則留著長頭髮。兩個人坐在那裡，看起來就像女兒節的宮廷人偶。信徒們低著腦袋拜見兩人。

在看清台上的兩人後，我大驚失色，差點直接站起來。這一男一女竟然是伊東鏈太郎和美雅子。在我的推測中，美雅子早已變成一具屍體，沒想到竟然在這裡又遇見她。這太匪夷所思了，我太驚訝了，以至於無法言語。

難道我又在做白日夢了嗎？不，絕對不是。眼前的美雅子就是本人，不是什麼替身。我和她離得很近，能夠清楚地看見她的眼神。顯而易見，她的驚訝不比我少，而且她的目光中流轉著一些更複雜的意味。我確信這就是她本人，如假包換。

伊東同樣看到我了，不過對他這種喜怒不形於色的人來說，絕不會因為這些小事就大驚失色，所以他依舊是一副鎮定的模樣。一會兒我會對這位教主進行採訪，這是已經事先安排好的計畫。到了那時，我大可以好好盤問他。可是我根本等不及，幾乎立刻就陷入沉思中。美雅子居然還活著，這太讓人驚訝了，我的推理究竟哪裡出了問題呢？

教主在台上宣揚著自己的教義，語氣沉穩。伊東原本就是一個辯論家，宣揚起教義來簡直得心應手。信徒們聽得很認真，偶爾會點頭頷首。

宇宙神秘教是一個新教派，教義聽起來也挺唬人。他們宣揚萬事萬物都是神秘的，包括宇宙、人類乃至個體。普通人很難意識到這些神秘的力量，可是如果運用得當，這種力量可以幫助人們解決困難得到幸福，甚至驅除所有疾病。人們必須齊心協力開發這種神秘力量，共同創造一個人人幸福的理想國。想要發揮這種神秘力量，人們必須找到合適方法，宇宙神秘教的宗旨就在於此。他們努力研究這種方法並且將其傳授給信徒，然後訓練他們，直到他們可以隨心所欲地使用這種力量，推動所有人一起進步。這個新宗教的

教義大概就是這樣。

從這份教義中，我嗅到了伊東特有的風格。它好像和催眠術、招魂術有些微妙的聯繫，同時還帶著點共產主義的色彩。傳教結束後，有人從旁邊的紙門後搬出三張琴放到大廳裡。然後三名宮女模樣的女子坐在琴前，她們穿著白衣紅褲裙。接著是教團之歌的大合唱，琴聲伴奏。所有人都要參與，包括教主夫婦。不過信徒們對教團之歌還很陌生，所以整個大廳裡光剩下教主的男中音和教主夫人的女高音在莊嚴地迴響著。

信徒們在大合唱後就陸續離開，我被安排在教主的臥室對他進行採訪。照片之前已經拍得差不多了，所以我就讓攝影小組先走，只留下我一個人。這間臥房大概有十五六平方公尺大，說是臥房卻擺著祭壇。伊東已經換了身衣服，穿著白綾布的便服裝模作樣地坐在墊子上。墊子很厚實，是兩塊縐綢坐墊堆疊起來的。沒有見到美雅子，估計是在別的房間裡。

一位十分年輕的白衣人端來茶點。伊東說：「你先出去吧，我和這位先生有話要說，拉門開著就行了。」

伊東在白衣人離開後馬上換了個姿勢，拉開白綾衣服下擺不客氣地盤起腿來。

「你怎麼成報社記者了？不過我也有變化，這也沒什麼可奇怪的。」伊東親密的語氣把我弄糊塗了。

「我完全沒想到你就是那位教主，如果提前知道的話，我會做些準備，畢竟我的問題太多了。」我直白地說道，四年前的那種羞愧早已煙消雲散了。

「你那個時候是不是認定我殺了人，沒錯吧？」伊東坦率地問道。

聽見他的問話，我瞬間就明白了一切。

「原來是這樣，一切都是你的騙局吧？」

「啊？難道這麼長時間你都沒有懷疑過嗎？」伊東說道，臉上再次掛上了過去那種梅菲斯特式的笑容。

「你也太厲害了吧，伊東。這竟然比雙重底還多了一重。」

「別忘了我可是一個惡作劇大師，最擅長這個了。」

「所有東西都是假的嗎？」

「除了一點。我和美雅子在這一點上都做錯了。事實上，你們的關係根本沒有必要親密到那種程度，再往前一點就正好了。那個時候就已經足夠我去誤解了，也可以順理成章地報復你們。不過，美雅子在那之後還是重新投入了我的懷抱。她當時大概是魔怔了。可是不管怎樣，她對你依然很有好感，不過再也不會犯那種錯誤了。」

儘管很傷心，但是我卻絲毫沒有懷疑伊東的話。顯而易見，如果美雅子不同意伊東的計畫，也就不會故意扮演那個替身引我誤會了。

「扮成替身從二樓的窗戶朝我揮手，也是美雅子在演戲嗎？」

「沒錯。說起來我也很意外，完全沒想到她能表演得那麼好。為了引人誤會，她還特地化了妝。」

距離這件事已經有四年時間了，這四年裡社會環境十分不安定。今天我終於知道事情的真相，但卻不會因此憎恨美雅子。此時，我心裡不禁湧起一個疑問：「這場惡作劇可是夠曲折的，難道你從一開始就設計好了嗎？美雅子和我的曖昧遊戲也都是你們一手安排的嗎？」說到這兒我的語氣不禁激動起來。

「對我來說，這種惡作劇恐怕今生只此一次了。在這場惡作劇裡，你是當之無愧的主角，而且再也找不出比你這位空氣男更合適的人選。你偶然間與我相識，在給你上了一堂課後，我的計畫就開始啟動了。我一步一步地實施這個計畫，同時慢慢訓練你。可以說，這場惡作劇幾乎沒有一點瑕疵。」

「當然，我為這場惡作劇也付出了不小的代價，例如和俱樂部的朋友斷絕往來、廉價賣掉我喜歡的洋樓什麼的。不過我知道這些都是值得的，真正的惡作劇大師根本不會在意這些，他們就像有藏書癖的人一樣，為了惡作劇願意犧牲一切。」

「唯一讓我覺得遺憾的是，這場惡作劇的觀眾太少了，沒有在社會上造成更大的影響。當然，這和當時的社會環境有很大關係。警方和報刊在戰爭時期忙得不可開交，根本沒有餘力理會這場謀殺案。不過這也沒什麼可奇怪的，畢竟沒有實際的證據，光靠一張嘴是沒什麼說服力的。」

「其實，我曾經也有過念頭，要不要留下點確鑿的證據。例如找一具在各方面和美雅子差不多的女性屍體埋起來。這種屍體其實不難獲得，醫院或大學解剖室裡都有，偷出來一具再套上美雅子的衣服幾乎可以以假亂真。如果真這樣做，有一點必須保證，那就是在挖掘出屍體時，必須保證她的外貌特徵已經無法辨認了。不過後來我終究放棄這個念頭，因為盜屍也是一種犯罪。不管怎麼說，我都不想真的犯下什麼罪行。這場惡作劇是我精心策劃的，我可不想讓它因為犯罪而黯然失色。」

「如果是正常時期，我一定會被警方逮捕的。不過就算這樣，我也沒什麼可害怕的。畢竟這只是一場惡作劇而已。你們以為美雅子已經被謀害了，但是事實上，她始終和我快樂地生活在一起。」

伊東簡直是一個瘋狂的惡作劇天才，他的這番話讓我由衷欽佩。至於自己被戲耍的事，我已經完全不在意了。事情的真相已經一清二楚，所有的一切只是一場高明的惡作劇，從一開始我就踏入別人精心設計的陷阱裡。

此時隔壁房間傳來腳步聲，美雅子帶著兩名身著緋紅和式褲裙的少女走了進來。這兩位宮女模樣的少女手中各捧著一個帶腿兒的小餐桌。

美雅子簡單地紮著頭髮，臉上的妝容很淡雅。她穿著一身相對普通的和服，但樣子依舊很華麗。她一言不發地來到我面前，恭敬地跪坐在地上行了個禮。等抬起頭時，眼睛裡滿是複雜的神色，既有羞愧也有歉意。和以前相比，她的變化不大，依舊美得讓人著迷。

「看，她這是特意為你才這樣打扮的。平時她可是一直穿著象徵教主夫人的衣服。」伊東揶揄道，還故意瞪了我一眼。不過我並不在意，知道他沒什麼惡意。

美雅子端起餐桌上的酒瓶為我們斟酒，她始終微笑著，但什麼話也沒說。

「我們的教派並不禁食酒肉，有一位信徒給我送了不少好酒，那可是滿滿四大桶啊！」

沒想到時隔多年後我和伊東竟然能再次同桌喝酒，真是不可思議。此時我們喝的是日本酒，比以前的那種洋酒可要親切多了。

「你現在竟然成為教主，宇宙神秘教，運氣可真不錯。」我的心情在喝了幾杯酒後平靜了不少。

「為了吸引信徒，名字當然得誇張點，我這也是為了普度眾生啊！雖然我們現在只有五千多信徒，但就現在的發展形勢來看，用不了多久就能達到十萬人了。我們現在一共有五個分部，地跨橫濱到伊豆半島。相信過不了多長時間，我們的分部就能遍及全國。」

「而且信徒的捐款全都是自願的，我從來沒強迫過他們。我也從沒使用過什麼催眠術，他們只是和我說上幾句話就能消除煩惱，甚至連病都治好了。難道是我對他們使用什麼魔法嗎？當然不是。其實他們之所以能夠痊癒完全是心理作用。人與人之間的聯繫就是如此微妙。一旦治好了病，他們不但主動奉上謝禮，還會替我們宣傳。平均算下來，治好一個人就相當於吸引了一百個信徒。」

「教團現在的積蓄已經十分豐厚了，我打算用這些錢擴大規模。鄉下的土地比較便宜，我打算購買一些建造神殿。在吸引信徒的同時招一些商家入駐，時間一長，周圍的地價必然上漲，這樣就能賺到大錢了。有些人甚至主動聯繫我，想要捐獻土地給我們蓋神殿，這些人肯定已經看透了裡面的商機。不管怎麼說，宇宙神秘教的前途可謂一片光明啊！」

「哦，對了，你現在是報社記者了。剛才說的話你可得保密啊，我還指著你替我好好宣傳。要不你也加入我的教團吧，我讓你當個領導，肯定比你當什麼記者待遇要好。」

「你放心吧，就算衝著以前惡作劇的情誼，我也不會把你的話寫出去的。至於加入教團的事，我還沒想好，給我一點時間考慮考慮吧！不管怎麼說，我對你是由衷的欽佩。你這位惡作劇大師、欺詐大王真是名副其實。以前你不是談論過惡作劇和犯罪的關係嗎，沒想到在現實中，你竟然能把它們完美地結合在一起，我算是大開眼界了。現在，你又巧妙地把惡作劇和神明結合起來騙人，真是不可思議啊！不管是什麼技藝，當它發展到極致，必然會和什麼神呀鬼呀地結合在一起。」

因為那些共同的往事，我們相談甚歡，不知不覺間就過了兩個多小時。

剛開始，美雅子始終一言不發，等我們醉了後，才說了一些話。不過她的語氣再也不像從前那樣俏皮了，無論對我說什麼，她都顯得很恭敬。

　　我離開的時候已經是黃昏時分，臨走前伊東往我懷裡塞了個包裹。包裹很沉，外面包著一層白色的高級和紙。我後來打開來看，才發現裡面裝的是錢。大概有十萬元，約等於今天的一百萬元了。

　　我搭乘著電車回去，在途中不禁感慨道，真是沒想到，一個惡作劇大師也能一步登天。在完成三次精彩的把戲時，他還不忘埋下第四次把戲的伏筆，神明也不過如此吧！在惡作劇方面，他是當之無愧的天才。不，即便用超人來稱呼他都不過分。至於我，根本沒法和人家相比。被人戲耍成那樣卻還心懷敬意，真是可悲的空氣男啊！

# 黑蜥蜴

聽說，每年一到聖誕夜，這個國家會就有幾千隻火雞被活活勒死。

京城最繁華的地方莫過於G街<sup>①</sup>，閃爍的霓虹燈如同掛在夜空中不計其數的彩虹，將行人染得妖紫嫣紅。可是誰能想到呢？在這條街後面，僅一步之遙的地方，就是京城最能藏汙納垢、滋生邪惡的黑街。

每天晚上11點之後，G街都會變得無比冷清，幾乎看不到一個人影。這對那些喜歡夜生活的狂歡客來說，實在算不得什麼好事。可是，G街是京城最具有代表性的街道，本就該規行矩步、秩序井然。而它背後的黑街，則是另一番景象。晚上11點，是黑街熱鬧的起點。對感官刺激和肉體歡愉充滿渴望的淫亂男女，在門窗緊閉、光線昏暗的房間裡怎麼也要折騰到凌晨兩三點！

前面我們提到聖誕夜。對，就是在某一年的聖誕夜，凌晨一點左右，黑街上一棟宏偉的建築裡——儘管從外面看屋子裡一片漆黑，不像是有人的樣子——正舉行著一場大型派對。派對正進行到高潮，人們幾近瘋狂。

---

1. 這裡指的是銀座。——譯注

這間屋子的格局即使是與掛牌的舞廳相比，也不遑多讓，房間寬敞，地板光滑。幾十個男男女女，或是舉著酒杯大聲叫好，或是歪戴著各種顏色的條紋尖帽瘋狂跳舞，還有人擺出大猩猩的姿勢，追著妙齡少女嬉鬧。有人痛哭流涕，有人怒吼叫囂。五顏六色的紙片在人們頭上雪花似的散落紛飛。絢麗的彩帶如飛瀉的瀑布，不計其數紅氣球、藍氣球在的嗆人的煙霧中四處飄蕩。

「啊！黑蜥蜴！是黑蜥蜴！」

「黑蜥蜴來了！」

「太好了！女王萬歲！」

人們瞪著迷濛的醉眼大聲呼喊，轉眼間又爆發出一陣暴風雨般的熱烈掌聲。一個女人邁著輕盈的舞步飄然而至，人群自動讓出一條通向舞台中央的路。女人一身黑色的裝扮：晚禮服、帽子、手套、絲襪、黑皮鞋，無一不是黑的。在這全然的黑色中，她妖冶粉嫩的臉龐，就像一朵怒放的紅玫瑰。

「諸位賓客，大家晚上好！我已經醉了，可是我還要喝酒，我們還要跳舞！」美麗的婦人將手臂高高舉過頭頂，用嬌媚的聲音給大家鼓勁。

「喝酒！跳舞！黑蜥蜴萬歲！」

「喂！服務生，香檳！上香檳！」

空氣中很快就傳來「砰砰砰」的「槍聲」，軟木子彈越過五顏六色的氣球，飛向天花板。人們舉起酒杯，整齊地喊著「黑蜥蜴萬歲！」的口號，接著就是一陣清脆的碰杯聲。

要說黑街女王怎會有如此高的聲望？且不說出身背景——還沒有人能探聽出女王陛下的來歷，一個女人在這些素質中：傾國傾城的美貌、卓爾不群的行為舉止、揮金如土的豪奢手段、不計其數的珠寶飾品，但凡有這其中一項，便足以在黑街擁有女王的尊號。黑蜥蜴除了這些，還是一個大膽的表演者，這讓她擁有一種別樣的魅力。

不知誰高聲喊了一句：「黑蜥蜴，我們要看寶石舞！」人群中立即爆發出了一陣熱烈的歡呼聲和掌聲。

角落裡的樂隊開始奏樂，淫亂的薩克斯舞曲挑逗人們的耳朵。

在人群中央的空地上，寶石舞已經開場。黑蜥蜴褪去全身衣物，變身白天使。她皮膚白皙、身形窈窕，渾身上下一絲不掛，只裝飾著兩條璀璨的珍珠項鍊、一對翡翠耳環和鑲嵌著無數鑽石的手環手鏈，以及三枚戒指。除此之外，不要說布，連一根線頭都沒有。

現在，她只是一團珠光寶氣的粉肉，抬手、踢腿，跳著一曲只有埃及皇宮才能看到的妖冶舞蹈。

「喂，看啊！黑蜥蜴在動，真漂亮！」

「嗯，是啊，那隻小蟲子爬起來了！」一個穿著時髦燕尾服的青年男子輕聲對身邊的人說。

一隻黑色的蜥蜴趴在那美麗女人的左臂上，隨著女人的舞動而規律地搖晃。它腳上莫不是長著吸盤，否則怎麼會抓得那樣穩。它似乎馬上就會從女人的肩膀爬到脖子上，再從脖子爬上女人的下巴，然後直奔女人嬌豔的紅唇而去。可是，黑蜥蜴從未離開女人的那隻臂膀，因為它只是一隻活靈活現的蜥蜴刺青。

不過四五分鐘，這支讓人臉紅心跳的豔舞便結束了。男人們激動地喊著、叫著，衝上舞台，七手八腳抬起裸體美人，像抬神轎般喊著響亮的口號，在屋子裡來回轉圈。

「冷！好冷啊，送我去浴室。」

聽到女王的諭旨，男人們立即將神轎抬向走廊，去往早已備好的浴室。

妖冶婦人的一曲寶石舞，為黑街的聖誕夜畫上了圓滿的句號。人們帶著各自的玩伴回家的回家，去飯店的去飯店，三五成群地走了。

狂歡之後的舞廳又髒又亂，五顏六色的彩紙和彩帶鋪了一地，就像船舶離港後的碼頭，一片狼藉。幾隻氣球稀稀拉拉地飄到天花板上，一副消沉落寞的景象。

在這個空蕩蕩的房間角落裡，有一個年輕人死氣沉沉地蜷縮在椅子上，就像被人揉成團隨手扔掉的垃圾。他穿著花色俗氣的寬肩西裝，繫著紅色的領帶，看起來像一個奶油小生。他的鼻子和大部分拳擊手一樣是平的，身形壯碩，氣質凶惡。只是他現在的神情與他的儀表大相徑庭，愁眉苦臉蜷縮在

那兒。稍不注意，還真當是一堆被扔掉的破爛。

（怎麼這麼慢，不知道別人有多著急嗎？這可是生死大事，她在磨蹭什麼呢？說不定警察很快就會找過來，急死人了。）

他哆哆嗦嗦地用手指梳攏蓬亂的頭髮。

這時，一個穿著制服的男服務生，穿過厚厚的彩帶山，送了杯威士忌過來。他接過酒杯，氣哼哼地抱怨道：「怎麼這麼慢！」然後一仰脖灌了下去，又命令說：「再來一杯。」

「小潤，抱歉，我來晚了。」這時，讓年輕人苦苦等候的黑蜥蜴終於來了。

「那群糾纏不休的公子哥們討厭死了，我好不容易才擺脫他們。來吧，告訴我，你一生只有一次的請求，是什麼？」她坐在他對面的椅子上，嚴肅地問。

名叫小潤的年輕人還是一副沉重的表情，低聲說：「我們換個地方。」

「你怕有人偷聽？」

「嗯！」

「你犯罪了？」

「對。」

「傷人？」

「不是，比那嚴重得多。」

黑衣女人微微頷首，沒再繼續往下問，站起身說：「好，我們去外面談。G街現在除了修地鐵的工人，一個路人都沒有，我們去那邊兒聊聊，怎麼樣？」

「好。」

於是，這對奇異的組合，紮著俗氣紅領帶男青年和妖嬈豔麗的黑蜥蜴，並肩走出這棟建築。

外面一片寂靜，在深沉的夜色中，只有路燈和柏油路特別醒目。兩個人的鞋底踩在柏油路上發出咯吱咯吱的聲響，形成一段特別的舞曲。

黑衣女人率先打破沉默：「看你這蔫頭耷腦的樣子，還是我認識的小潤

嗎？說吧，到底犯什麼事了？」

「殺人。」小潤死死地盯著腳底，用絕望的聲音坦白道。

「哦？殺了誰？」黑蜥蜴聽了這樣驚人的消息，神色居然毫無變化。

「筱子那個賤人，還有她的情夫北島。」

「噢，忍不下去了嗎……在哪裡動的手？」

「姦夫淫婦的公寓。我把屍體塞進大衣櫃了。明天早上，就會被人發現。所有人都知道我們三個人之間的糾葛。今天晚上我去找他們，公寓管理員還有一些住客都看到了。若是被警察抓到，我就完了……外面的世界這麼好，我不想去坐牢。」

「你想跑？」

「是的……老闆，你說過要報答我的救命之恩的，不是嗎？」

「對。當初是你在緊要關頭救了一命，從那時起，我就對你的身手欽慕不已。」

「所以，你報恩的時候到了。借我一千塊，我馬上就得走。」

「我可以借你一千塊，可是你當真逃掉嗎？警察一定會在橫濱或神戶的

碼頭監視，就等著你自投羅網。在這種時候，沒有比驚慌失措的跑路更蠢的做法了！」黑衣婦人說起這些事頭頭是道，看起來頗有些類似的經歷。

「難道，你想讓我在東京躲著？」

「比倉皇逃竄要好。不過，這樣做也很危險，我們得想一個更好的辦法……」

黑衣女人忽然止住話頭，思索起來。過了好一會兒，她才再次開口，問了一個非常奇怪的問題：「小潤，你公寓的房間是五樓嗎？」

「是。怎麼了？」年輕人焦急地問。

「哈，太棒了！」女人驚嘆道，「我有一個好主意，這不會是老天安排好的吧？小潤，我可以保你平安無事。」

「什麼辦法？你跟我說啊！」

黑蜥蜴嘴角一挑，露出個詭異的微笑，目不轉睛地盯著男人蒼白的臉，一字一頓地說：「我要你死，要你親手殺了雨宮潤一！」

「啊，你說什麼？」

年輕的潤一嚇了一跳，張著嘴愣愣地看著黑街女王嬌豔的臉。

# 地獄圖

雨宮潤一站在京橋橋頭等黑蜥蜴，這是他們約定好的。他心浮氣躁，越等越急。終於，一輛汽車駛到他面前停了下來。司機是一個穿著黑西裝、頭戴鴨舌帽的年輕人，從車窗裡伸出手，招呼他過去。

潤一覺得這出粗車未免有些太過豪華，十分古怪，揮手拒絕道：「不用，我不坐車。」

司機笑著說：「是我，還不快上來！」——竟然是一個女人的聲音。

「啊！夫人？你還會開車啊？」

不過十分鐘的時間，跳寶石豔舞的黑蜥蜴就一身男裝地開了輛小汽車過來，這如何不讓年輕的潤一大感吃驚。他和這位黑衣婦人已經認識一年多了，可直到今天還不知道她的來路。

「哼！小瞧人了不是。開車這種小事有什麼難的。別在那兒杵著了，快點上車。都兩點半了。再磨蹭，天都亮了。」

潤一驚疑不定地上了車，還沒坐穩，汽車就像離弦的箭一般，順著夜幕中空曠無人的大道疾馳出去。

「這個大袋子，是幹什麼的？」

潤一忽然看到椅子上有一個大麻袋，於是問道。

美麗的司機轉過頭看了他一眼，說：「救你命用的。」

「這麼神秘！你要帶我去哪兒？說實話，我有些害怕。」

「你是Ｇ街的英雄，怎麼現在竟說喪氣話？剛才我們說好的，你什麼都不問。現在這樣，難不成是不相信我？」

「不，不是。」

之後，無論潤一怎麼問，司機都一聲不吭，神情專注地看著前面的道路開車。

車子繞過Ｕ公園①的大池塘，爬了一段斜坡，在一處非常僻靜的地方停了下來。附近只看得到長長的圍牆，一戶人家都沒有。

男裝美女命令道：「小潤，帶手套沒有？有就帶上，再把外衣脫了，上衣的扣子都扣上，帽子壓低，遮住眉眼。」一邊說，一邊把所有的車燈都關了，不管是前後燈，還是車內的小燈。

因為沒有路燈，四周一片漆黑。熄滅引擎以後，沒有開燈的車子就像一個佇立在黑暗中的瞎子。

「行了，帶上麻袋，跟我走。」

潤一聽命行事。下車後，又將黑西服的領子立了起來。黑衣女人一副西洋小偷的模樣，抓著潤一的手，把他扯進了附近一扇虛掩著的門裡。

門內，樹木遮天蔽日，兩人在樹下穿行，穿過一片寬敞的空地，又在幾幢狹長的西式樓房間穿行一段時間。路上只有零星幾盞路燈。到處都是黑漆漆的一片。

「夫人，這是Ｔ大②吧？」

「噓，別出聲。」黑衣女人抓著潤一的手用力一捏，厲聲訓斥道。

潤一只覺得渾身發冷，隔著兩層手套貼合在一起的掌心帶著溫暖的濕意。可是，殺人犯雨宮潤一現在哪有心情去感受這些，連對方是「女人」的事都快忘了。

他在黑暗中行走，不時就會想起三個小時前的那場讓人魂飛魄散的變故。他掐著自己昔日愛人筱子纖細的脖頸，不停地用勁，再用勁。眼看著筱子的舌頭從齒縫間伸出，嘴角流出鮮血，瞪著圓溜溜的大眼睛，凶狠地看著自己。垂死之際，她的手指還痛苦地在虛空中抓撓了幾下。這一幕幕的景

---

1. 這裡指上野公園。——譯注
2. 這裡指的是東京帝國大學。——譯注

象，不停地在他的腦海中浮現。恍惚間，他似乎看到一團巨大的陰影矗立在自己前方，不由得毛骨悚然。

兩人走了好一會兒，才在一棟西式洋房前停下腳步。那棟洋房立在一處寬闊的空地上，圍在四周的木板牆塌了大半。

黑衣婦人輕聲說：「就在這兒了，進去吧！」

她找到門上的鎖，可能是之前配好了鑰匙，只聽「咔咔」幾下金屬轉動的輕響，門很快就開了。

跨進院子，女人立即回身將門掩好，又拿出準備好的手電筒打開，順著亮光，朝著洋房裡面走。地上荒草叢生，像一棟無人居住的鬼屋。

爬上三級石階，前面像是一道門廊，白色欄杆上的油漆掉的七零八落，水泥地面坑坑窪窪。往前走了大概五六步，迎面一道古香古色的厚重大門緊緊地關著。

黑衣女人拿出鑰匙，開門領潤一走了進去，之後又開了一扇門，來到一間空曠的大屋子裡。房間裡有濃重的消毒水味，像醫院的外科病房那樣。除此之外，還有一種古怪的甜酸味，非常嗆人。

「我們到地方了。小潤，等會兒無論看到什麼，都不能出聲。房子裡雖然沒有人，牆外卻有人在巡邏。」黑蜥蜴貼著他的耳朵，像恐嚇一般輕聲說。

潤一只覺一種莫名的寒意爬上脊背，傻傻地站在原地。這棟紅色的建築到底是什麼地方？這刺鼻的味道是怎麼來的？在這空蕩蕩的，說話都帶回音的房子裡，到底藏著怎樣的秘密？

四周一片黑暗，北島和筱子垂死掙扎時恐怖噁心的面容再次浮現在他眼前。難道是那兩個傢伙惡靈將我引上黃泉路，讓我在這黑暗的幽冥世界中忐忑不安？他之前從未經歷過這種錯覺，被嚇得直冒冷汗。

黑衣女人像是在找什麼東西，手電筒的圓形光斑在地板上晃來晃去。

帶著天然紋路的木地板十分粗糙，上面什麼都沒鋪。圓光從一塊塊的地板上爬過。很快，一個類似桌腿的物體出現在光圈範圍內。光圈向上，果然是一個長條形的大桌子，雖然塗料掉了不少，坑坑窪窪的，看著卻很結實。

天啊，是人，人的腿。有人在這裡睡覺？

那是一個瘦骨嶙峋的老人的腿，腳脖上還用繩子繫著一塊小木牌！怎麼回事？

唉，這麼冷的天，老人怎麼光著身子睡覺？

光圈慢慢從腿移動到肚子，然後是可以看到清晰肋骨痕跡的胸膛、雞爪子般纖細的脖子，軟踏踏垂著的下巴、傻子般外翻的嘴唇、齜著的牙、大張的嘴，磨砂玻璃般渾濁的眼睛……原來是一具屍體！

幻想中的東西居然出現在光圈裡，潤一被嚇得面無血色。他剛剛才犯下了難以挽回的大錯，心裡正驚疑不定，連這是哪兒都尚未搞清楚，驟然看到這個景象，只當自己是瘋了，或者正在做噩夢。

光圈繼續移動，接下來的場面，讓他徹底失去理智，大聲驚叫起來，哪裡還記得對黑衣女人的承諾。

眼前的景象，只有地獄裡才會出現吧！三張榻榻米大的水槽裡，一層一層疊滿人類赤裸的屍體，男女老幼都有。

不計其數的屍體在血水池中交纏在一起，這地獄圖般的恐怖景象怎麼會出現在現實世界裡？

「小潤，你的膽子也太小了，別一驚一乍的，這是實習用的解剖室，每個醫學院都有。」黑衣女人鎮定自若地嘲諷道。

哦，這樣啊！對，這裡是大學校園。可是，為什麼要來這麼恐怖的地方？潤一雖然素來膽大妄為，此刻也不得不為這位美麗夥伴的古怪行為，感到驚異萬分。

手電筒的光圈在屍山中緩慢移動，最後停在最上層的一具非常醒目的年輕人的屍體上。

黑暗中，那像是一張幻燈片中的景象：一個黃皮膚的年輕人，躺在那裡一動不動。

「找到了。」黑衣婦人用手電筒照著這具屍體，輕聲說，「這個年輕人是K精神病院的病人，昨天死的。K精神病院和T大有協議，會以最快的速度，把死掉病人的屍體送來這裡。我的朋友，或者說是我的手下，是這間解

剖室的管理員。所以，我很清楚這裡有一具年輕的屍體可以供我們使用。怎麼樣，還不錯吧？」

「什麼還不錯？」潤一又慌又怕，這女人到底想幹什麼？

「難道你沒發現，這個人無論身高還是體型都和你差不多，只有臉不一樣。」

潤一聽了，仔細一看，發現屍體的年齡和體型，果然和自己差不多。

（啊，原來是想讓這個傢伙給我當替身。可是，這個貴婦打扮的女人，怎麼會想出這樣無法無天、讓人驚駭不已的辦法，在這其中，她是否有什麼險惡用心呢？）

「明白了嗎？我的辦法不錯吧？連魔術師都要自愧不如。只有最大膽的魔法，才能讓一個大活人在這個世界上憑空消失。來，把那麻袋拿過來。我們一起把這個傢伙裝進袋子裡，搬到車上去，就算噁心，也先忍著吧！」

相比於屍體，潤一此時更怕的，其實是這位準備救他的黑衣女人。她到底是做什麼的？有錢的貴婦人或許喜歡玩一些出格的遊戲，可是她沒道理為了自己如此費心籌謀吧！她之前說的這間解剖室的管理員，真的是她的手下嗎？她居然能在這樣的學校裡安插人手，這得是多麼強大的邪惡勢力啊！

「小潤！別傻站著了，快點把袋子拿過來。」

黑暗中傳來女人責備的聲音。潤一從這句斥責裡感受到一種古怪的壓力，只覺得心臟都要停跳了，瞬間變成一隻在小巷中遭遇大貓的小老鼠，只能乖順地照著女人命令列事。

# 入住Ｋ飯店

那天晚上，京城最豪華、最有名氣的飯店——Ｋ飯店，也舉行一場盛大的舞會，聚集國內外不少名流。早上五點前後，跳了一夜舞的狂歡客幾乎走乾淨了。前門的服務生又睏又累，上下眼皮犯了相思病一般，恨不得黏在一

起。他勉強睜著迷濛的眼睛，忽然看到一輛汽車慢慢行使到旋轉門前。

是綠川夫人。

服務生們都很喜歡這位年輕貌美、出手大方的貴婦人。看到是她回來了，紛紛湧向車門去接。綠川夫人穿著一身毛皮大衣，在她之後下車的，是一位四十多歲中年男人。男人留著兩撇上翹的八字鬍和一把濃密的山羊鬍，帶著一副玳瑁眼鏡，上身穿了一件厚實的毛皮大衣。下身穿著一條帶條紋的褲子。看起來就像一個政治家。

「這是我朋友，我隔壁的房間還空著吧，請盡快收拾一下，他打算在這住幾天。」綠川夫人對守候在櫃檯後的飯店經理吩咐道。

「好的，我馬上派人過去，請稍候。」經理恭敬地說完，立即吩咐服務生前去打掃。

那位留著帥氣長鬍子的客人沒有說話，只是隨手在翻開的登記本上簽上了名字——山川健作，然後緊跟在夫人身後，走向了正面的走廊。

二人各自進入客房洗漱一番。之後，男人敲響綠川夫人房門，走了進去。

山川健作脫下晚禮服，只穿一條長褲，不停地搓著手，說：「啊，手上還是有味，洗不掉呢？我要受不了了。這輩子從沒做過這麼殘忍的事。」聲音出乎意料的稚嫩，與他威風凜凜的外表完全不符。

「哈哈，這話你也說得出來，不是你殺了兩個大活人嗎？」

「哎！別提這件事了。萬一被走廊上的人聽到怎麼辦？」

「別緊張，聲音這麼小，誰能聽見？」

「唉，我想起這件事就渾身發抖，」山川哆哆嗦嗦地說，「剛才我在公寓裡用鐵棍砸爛那具屍體臉的時候，心裡說不出是什麼滋味。後來，我把那個傢伙扔進電梯井，聽到深處傳來一聲悶響，像是在告訴我，屍體已經被摔碎了。啊，想起來就害怕。」

「你膽子太小啦！已經過去的事，想那麼多做什麼。雨宮潤一在那個時候就已經死了，現在在這裡的，是山川健作，一位體面的學者。所以，打起精神來！」

「可是，真的沒問題嗎？學校丟了一具屍體，他們難道不會追究？」

「動動腦子，這種事難道我就想不到？我之前說了，解剖室的管理員是我手下，他不會讓人抓到把柄的。現在是假期，老師和學生均已離校。雜工不會記得每具屍體的身形容貌，屍體那麼多，少了一具屍體，除了管理員誰會發現，而管理員又是我們的人，他會改掉登記本上的記錄，如此一來，便天衣無縫。」

「那得盡快把今晚的事和管理員說一聲。」

綠川夫人穿著一身華美的友禪染①長袖睡衣，坐在床邊，指著身邊的位置，對化名為山川的小潤說：「嗯，早上打個電話就行了。……不過，小潤，有件事我必須和你說清楚，來，坐下。」

「我，這假鬍子和眼鏡太醜了，可以摘下來嗎？」

「摘吧，沒事，門已經鎖上了。」

然後，兩人像戀人般在床上並肩而坐，輕聲交談起來。

「小潤，你已經死了，知道這是什麼意思嗎？就是說，你現在擁有的這條命，是我給的，你要無條件執行我的一切命令。」

「我若是不聽你的話，會怎樣？」

「我只能收回這條命了。我作為魔術師的本事，你是知道的，我說一不二的個性，你也清楚。山川健作只是一個木偶、風箏，我可以把它放得很高，但線永遠在自己手裡。再說，一個虛構出來的人忽然消失，也不會引起別人的注意，警察又能如何呢？從今天開始，你這個武藝高強的人偶，便落到了我的手裡。知道人偶是什麼意思嗎？就是奴隸，知道吧，我要你做我的奴隸！」

---

1. 友禪染：一種染布工藝，為江戶時代京都扇繪師「宮崎友禪齋」所創。他將畫扇子的技巧用於製作和服，與當時的絞染和刺繡表現出來的厚實感極為不同而大受歡迎，「友禪染」因此得名，後來命名為「京友禪」。由於所有工序都是手工製作，成品絢爛奢華。——譯注

潤一已經徹底被這個妖女迷惑住了，受到她的威脅，非但不惱，還有一種說不清的甜蜜依戀。

「好的，女王陛下，我願意當你的奴隸，聽你調遣。即使你讓我親你的鞋底，我也會滿心歡喜地服從命令。可是我只有一個要求，請你務必要答應我，求你不要拋棄自己的孩子，求你不要捨棄我。」他將雙手放在綠川夫人的膝蓋上，撒嬌一般哽咽著說道。

黑蜥蜴溫柔地笑了笑，伸手攬住潤一寬闊的肩膀，一下一下，輕輕地拍著，就像是在哄自己的孩子。她感覺到有濕潤滾燙的淚水，透過衣服落在膝蓋上。

「哈哈哈，可笑，我們這是難過什麼。好了，打起精神來，我有件比這更重要的事，要和你說。」女人鬆開手，說：「你知道我是什麼人嗎？恐怕一點都不知道吧？」

「不知道，也不在乎。不管你是竊賊還是殺人犯，我都是你的奴隸。」

「哈哈哈，你猜對了。我不僅是竊賊，弄不好也是殺人犯！」

「真的，你也殺過人？」

「呵呵，嚇了一跳吧！現在沒什麼不能說的，你的命還在我手裡。你想逃跑嗎？不是真準備跑吧？」

放在女人膝蓋上的手驟然一緊，「我是你的奴隸！」他再次發誓道。

「哈，就喜歡聽你說話。從今天開始，你就是我的手下，你要竭盡所能，把我交代你的事辦好。我已經以綠川夫人的名義在這家飯店住了四五天了，知道我為什麼要住這兒嗎？因為我的目標也在這裡。那個人可不好惹，我怕自己單槍匹馬制服不了他。正不知如何是好，就多了你這麼一個幫手。現在沒什麼可擔心的了。」

「你的獵物，很有錢嗎？」

「哈，自然是一個非常有錢的人。可是我看上的不是錢，我的人生目標是收藏、佔有世界上所有美好的物品，不管是珠寶、藝術品，還是美麗的少女……」

「人也能收藏嗎？」

「當然，再美的藝術品也比不上美麗的人。我盯上的獵物是住在這間飯店裡的一個絕世美人，她是和父親一起從大阪過來的。」

「你想偷走那位小姐？」

潤一沒想到黑蜥蜴會說出這樣一番話來，被嚇得目瞪口呆。

「對，但這和其他綁架少女的案子不同。我要用這個女兒做餌，拿到日本最珍貴的鑽石。她父親是大阪赫赫有名的大珠寶商。」

「岩瀨商社？」

「不錯。現在岩瀨莊兵衛就住在這家飯店裡。唯一有些棘手的，是他身邊那個私家偵探——明智小五郎。」

「明智小五郎？他也在這裡。」

「對，這是一個實力強悍的對手。好在這個討厭的傢伙，對我還一無所知。」

「他為什麼要請私人偵探，難道是發現什麼了？」

「不錯，我故意打草驚蛇。小潤，我從來不會趁人不備，因為我相信只有極為怯懦和卑鄙的人才會做那樣的事，所以每次動手都會提前示警。我喜歡和嚴陣以待的對手公平比試，這樣才有趣味。相比於順利地拿走寶物，我更喜歡對決的過程。」

「這次你也提前示警了？」

「嗯，他們還沒離開大阪，就已經接到了我的警告。啊，我太激動了。明智小五郎是一個強勁的對手。能和這樣的人比試，想想就讓人興奮不已。喂，小潤，這麼棒的事，你也很期待的，對不對？」

她興致勃勃地說這些話，情緒十分激動，抓著潤一的手因為情緒變化，時而握緊時而放鬆。手舞足蹈，瘋了一般。

# 女魔術師

　　不過一晚上的時間，潤一就完全融入到了山川健作的角色中。第二日早上，他洗漱完，帶上粗框眼鏡和假鬍子，儼然一個名副其實的醫學博士。在餐廳裡，和坐在對面的綠川夫人，一邊閒聊一邊喝燕麥粥，言行舉止極為自然，一點破綻都沒有。

　　他吃完飯，剛回到房間，就有服務生過來問：「老師，你的行李到了，現在就給你送過來嗎？」

　　潤一年紀尚小，之前從未被人尊稱為「老師」，此時竭力裝出一副泰然自若的樣子，沉聲說：「嗯，送過來吧！」

　　昨晚綠川夫人已經和他說過，今早會有一個大皮箱打著他行李的旗號被送過來。

　　服務生和搬運工很快就抬著一個帶木框的大皮箱走了進來。

　　服務生離開後，住在隔壁房間的綠川夫人走了進來。她稱讚這位新手下的本事：「裝得很像嘛！不錯。怕是連明智小五郎，也看不出你的破綻。」

　　「哈，我還是有些本事的……先不說這個。好大一個箱子，裡面裝的是什麼？」

　　山川明顯還不知道皮箱的用途。

　　「鑰匙給你，打開看看吧！」

　　山川——留著威風長鬍子的中年男人——接過鑰匙，疑惑地歪著頭。

　　「難道是我的衣服？堂堂一個博士，總不能老穿一件衣服吧？」

　　「呵呵，也許。」

　　於是，山川轉動鑰匙，打開箱子，不想裝在裡面的東西用好幾層破布包裹得嚴嚴實實，裝滿了整個箱子。

　　山川失望地嘟囔了一句：「咦，這是什麼啊？」又仔細地打開其中一個包裹：「這，這不是石頭嗎？石頭又不是什麼寶貝，至於包裹得這麼嚴嗎？箱子裡不會全都是石頭吧？」

「對，沒給你準備換洗衣物，抱歉啦！放這麼多石頭，是為了增加皮箱的重量。」

「增加重量？」

「對。差不多是一個人的重量。在箱子裡裝石頭，雖然看起來有點傻，卻有一個好處，就是不用費心處理善後問題。把石頭扔出窗外，把破布塞進床墊裡，箱子就空出來了，一點痕跡都不漏。想要當一個出類拔萃的魔術師，絕對不能忽視這些細節。」

「哦，這樣啊，可是你把箱子空出來，想要裝什麼進去呢？」

「哈哈，箱子裡還能裝什麼，即使是天勝①，也只有那幾樣可選吧！行了，我們快點把石頭收拾好。」

他們的房間挨著飯店最裡面的走廊，窗外是一個普通的狹小中庭，平時沒什麼人，庭院的地上鋪滿了石頭，正適合他們往外扔石頭。兩個人連忙把箱子裡的石頭扔到那裡，又把破布處理好。

「行了，箱子已經徹底清乾淨了。接下來，我再告訴你這個魔術箱要怎麼用。」

綠川夫人看到潤一滿臉疑惑的樣子，更加有了興致。她迅速鎖好門，拉上窗簾，脫掉身上的黑禮服。

「夫人，你，你要做什麼，白天也跳豔舞嗎？」

「哈哈哈，嚇到了？」

夫人一邊笑，一邊把身上的衣服脫個精光。難道她是怪癖發作，想要展示自己窈窕嫵媚的身段嗎？

再窮凶極惡的年輕人，看到赤身裸體的美女，也免不了要臉紅心跳、手足無措。更何況眼前這個女人，一身白裡透紅的皮膚，閃著動人的光，身姿妖嬈、曲線玲瓏，還大膽地擺著撩人姿勢。

理智上，潤一覺得自己不該看，可是視線卻像有自己的主張般，非要往

---

1. 松旭齋天勝（1886～1944），是明治時期日本著名的女魔術師。——譯注

那邊瞟。偶然間與夫人視線相接，更是面紅耳赤、氣喘如牛。在奴隸面前，女王自然可以隨心所欲地擺出任何姿勢，而不用感到羞怯和窘迫。最後留著冷汗絕望叫喊的，一定是奴隸。

「哎，放鬆一點好不好？沒見過裸體的女人嗎？」

她將自己身上每一段曲線，甚至是每一處陰影，都大方地在這位手下面前展示出來。然後，她跨進皮箱，像尚未出生的嬰兒般蜷縮著手腳，在皮箱裡躺下來。

「喏，這就是我的魔術了，你覺得如何？」蜷縮在皮箱裡的肉塊，用雌雄莫辨的聲音問道。

曲起的膝蓋擠壓著豐滿的乳房，腰部線條已經全部打開，屁股高高地撅著，兩手交叉環在腦後，頭髮亂糟糟的，胳肢窩暴露無遺。

山川打扮的小潤逐漸放開了膽子，在箱子前躬下身，涎著口水貪婪地打量眼前的尤物。

「夫人，你現在是箱中美人了。」

「哈哈哈，對。為了保證闔上蓋以後，裡面的人不會窒息而死，箱子外面還開了很多不起眼的小孔。」

說完，她「啪」地闔上箱蓋。箱蓋落下的瞬間，煽起的暖風和成熟女人的體香雜糅到一起，吹拂到年輕人潮紅的臉上。

闔上箱蓋，呈現在眼前的，便只是一個稜角分明的黑色皮箱。誰能想到裡面還有一個豐滿妖冶的粉色肉體呢？古往今來的眾多魔術師，都喜歡將醜陋的箱子和美麗的女人搭配到一起，原因就在這裡。

「怎麼樣？如此一來，就不會有人懷疑箱子裡藏著一個大活人了吧？」

夫人將箱子掀開一條縫，像躲在蚌殼裡的維納斯般露出美麗的面龐，淺笑著尋求潤一的同意。

「是，是的……所以，夫人打算像這樣，把珠寶商的女兒藏在皮箱裡帶走，對嗎？」

「當然。明白了吧，剛剛我只是想給你示範一下。」

過了一會兒，綠川夫人穿好衣服，又重新裝扮一番，才將自己膽大包天

的綁架計畫，詳細地告訴山川。

「我負責將那姑娘請到箱子裡，具體的計畫已經想好了，還準備麻藥。你負責將箱子從這裡運出去。這是我給你的第一個考驗，你有多少本事，就看這一次了。

「你要放出風去，說自己今晚9點20分要坐火車去名古屋，提前讓人幫你買好票。走的時候帶著皮箱，找飯店的搬運工幫你把它送上火車。換句話說，要讓人誤以為你去了名古屋。事實上，你只坐一站，在中途的Ｓ站就已經下車了，明白嗎？你要跟車上的服務生說自己忽然想起一件急事，必須下車，讓他幫你把皮箱拿下來。這件事雖然有點麻煩，但你是一個聰明人，應該不會出什麼紕漏吧？

「下車後，你從Ｓ站帶著皮箱坐車回東京。這次住Ｍ飯店，選最好的房間，裝出一副富豪的派頭，越張揚跋扈越好，動靜不妨鬧得大一些。明天我會離開這裡，去Ｍ飯店找你。你覺得這個計畫如何？」

「挺有意思的。我真的要敲鑼打鼓地進去嗎？我一個人做這種事，心裡有點不安。」

「哈哈，你殺人都不怕，還怕裝富豪？別像孩子似的畏手畏腳，沒事的。越是幹壞事，越不能畏畏縮縮，明目張膽才最安全。萬一被人看出破綻，你只要把行李一扔，撒腿跑路不就行了？和殺人比，這都不算什麼。」

「夫人為什麼不和我一起走呢？」

「因為我要竭盡全力拖住明智小五郎。在你抵達目的地以前，我必須盯緊他，以免他發現什麼線索。我的任務是，吸引那個礙事偵探的全部注意力，這可比運箱子難多了。」

「是這樣，我就放心了。只是……我在Ｍ飯店等著，你明天早上可一定要來啊！萬一你來之前，那姑娘醒了，在皮箱裡喊起來，我要怎麼辦？」

「哎，這麼一點小事，也能讓你煩惱成這樣，我會在這種地方犯錯？我不僅會把那女人的手腳捆住，嘴也會堵得嚴嚴實實。即使安眠藥的藥效過了，她也出不了聲，連動都動不了。」

「呃，我腦子今天轉不動了，說來都是夫人剛才那場大膽的演出，迷得

我魂飛天外，求夫人下次別這樣即興表演了。我還年輕嘛，到現在，心還怦怦亂跳。哈哈哈，說起來，我們在M飯店會合後，有什麼安排嗎？」

「會合之後的事，屬於最高機密，你作為手下，是無權過問的，只要按照主人的交代埋頭做事就行了。」

就這樣，他們詳細制定綁架有錢小姐的計畫。

# 女賊與名偵探的賭局

這天晚上，飯店寬敞的會議廳裡熱鬧非凡，客人們吃過晚飯，便三五成群地聚在一起抽菸閒聊。放在屋角的收音機正在播報晚間新聞。倚著靠墊、展開晚報認真閱讀的紳士，隨處可見。一群外國人圍坐在圓桌旁邊，偶爾會傳出一陣尖銳的談話聲，聽著像是一個美國女人。

岩瀨莊兵衛和他的寶貝女兒早苗小姐，也在那些客人之中。早苗小姐穿著一身帶華羊花紋的黃色和服，腰間繫著一條銀絲帶，披著黃色的外褂。早苗小姐個子比同齡人高，一身傳統的和服，因為會議廳裡的女人大多穿洋裝，所以十分顯眼。除了衣著打扮，大阪女性獨有的那種典雅從容的舉止和溫柔婉約的氣度，也十分引人注目。再加上，她那張帶著無框眼鏡的白皙柔嫩的臉。

女孩的父親莊兵衛，則是一個留著灰白色三分頭的中年壯漢，紅臉龐，下巴刮得乾乾淨淨，一副名流商賈的打扮。他寸步不離地跟在女兒身後，一臉戒備不時四下張望的樣子，更像一個盡忠職守的保鏢。

這次出行雖然也有商業上的原因，但更重要的是與京城的一戶子爵人家結親。婚事已經大致敲定，帶上女兒早苗，就是為了將她介紹給對方認識。不想，半個月前，莊兵衛忽然接到了犯罪分子的綁架預告信，一天一封，弄得他心煩意亂。

請保護好你的寶貝女兒，恐怖的惡魔正虎視眈眈，準備將她綁走。

內容大致如此。雖然每封信措辭不同，字跡也不一樣，但內容都是一致的，讓人一看就心驚膽顫。收到信越多，莊兵衛就越害怕，總是覺得綁架的日子很快就會到來。

其實一開始莊兵衛也沒有把這些信當回事，只想著是什麼人的惡作劇。可是，收到的信一多，他難免有些憂心，還特地報了警。可是警察也查不出這些神秘的恐嚇信是誰發出來的。信上沒有留下任何線索，郵戳的地點也各不相同，有時是大阪市，有時是京都，有時是東京或其他地方。

一來，莊兵衛不想失去子爵家這門好親事，二來，他想著在家裡每天都能收到這種不知來源的恐嚇信，暫時離開，或許是一件好事，所以才下定決心帶女兒出來。

為防萬一，莊兵衛還特地請了私家偵探明智小五郎來保護自己的寶貝女兒。他以前曾經請明智幫自己查珠寶竊盜案，所以非常相信明智的本事。名偵探先生原本不想接手這種案子，但是因為莊兵衛一求再求，實在推託不過，只好答應這段時間住在他們的隔壁，以阻止這件不同尋常的綁架案。

現在，高挑瘦削、穿著一身黑色西服的明智小五郎，正坐在會議廳一角的沙發上，和一個同樣穿著一身黑禮服的美貌婦人輕聲交談。

偵探盯著對方的眼睛問：「夫人好像對這個案子很感興趣，我能知道為什麼嗎？」

黑衣女人回答道：「因為我特別喜歡看偵探小說。這件事還是岩瀨先生的女兒告訴我的，你不覺得這很像小說裡的橋段嗎？所以我的興趣才這麼大。更重要的是，我還因此認識了聲名赫赫的明智先生，感覺自己也成為小說裡的人物。」

讀者想必已經猜到了，這位美貌的黑衣婦人其實就是我們的主角「黑蜥蜴」。

這個女人因為瘋狂迷戀寶石，所以很早就以忠實顧客的身分和莊兵衛結識了，這次「碰巧」住進同一家飯店，自然要多多來往。她憑藉高超的交際手腕，輕而易舉便贏得了早苗小姐的信任。因為關係太好，早苗小姐甚至把這件原本應該嚴格保密的事也跟她說了。

「可是夫人，現實很少會像小說那樣富有戲劇性。我認為這次的事，多半是社會上某些不入流的流氓混混的惡作劇。」偵探一副興致缺缺的樣子說。

「你雖然這樣說，還是很認真地做了調查，不是嗎？晚上在走廊裡巡視，向飯店的服務生打探有沒有異常情況，你做的這些事，我都看到了哦！」

「連這些雞毛蒜皮的小事，你都知道了，果然不簡單。」明智嘲諷道，雙目死死地盯著夫人美麗的面孔。

「女人的第六感告訴我，這不是什麼惡作劇。你最好警醒一些。」夫人一邊毫不示弱地與偵探對視，一邊意味深長地說。

「謝謝。我記住你的忠告。放心，既然我在這裡，小姐就不會有事。再凶狠狡詐的惡徒，也逃不過我的眼睛。」

「嗯，早就聽說你本事高強了。只是這次，我怕會是另一番景象。聽說對方也很厲害，有通天徹地之能，非常可怕……」

啊，這個女人果然不同尋常，居然在名偵探明智小五郎的面前，大肆吹捧自己。

「哈哈哈，夫人又沒有見過那位竊賊，怎麼對他評價這麼高？要不我們打個賭如何？」明智玩笑般，提了個有趣的建議。

「打賭？好啊！能和你這樣的名偵探賭上一局，我太幸運了。這是我最喜歡的首飾，我願意用它做賭注。」

「哈哈哈，夫人怎麼還當真了。好吧，我若是輸了，小姐若真的被人綁走……呃，我該用什麼做賭注呢？」

「就賭上你作為偵探的名譽吧？你要是答應，我就壓上自己所有的珠寶。」

闊太太鬥氣時，似乎常有這種突發奇想的行為，不過這次較勁中，卻藏著女竊賊急於和名偵探一決勝負的期待，只是不知道能不能瞞過明智的眼睛。

「有意思。也就是說我如果輸了，必須放棄偵探這個職業，是嗎？好，

你一介女流，連重要性僅次於生命的珠寶都能捨棄，我一個豪邁男兒，又怎麼能怕丟了自己的飯碗呢？」明智不甘示弱地說。

「呵呵，好啊，我們就一言為定了。說起來，我真想看看明智先生以後會換成什麼行業。」

「一言為定。我也很期待夫人拿出所有寶石的那一刻！哈哈哈！」

就這樣，輕鬆的閒談忽然變得嚴肅起來。兩個人剛剛敲定這個異想天開的賭局，對此一無所知的早苗小姐便走了過來，笑著打著招呼道：

「兩位在說什麼悄悄話呢？我能加入嗎？」她的語調雖然聽起來很輕鬆，神色間卻帶著淡淡的憂慮。

「啊，小姐來了，過來坐。明智先生剛才還在抱怨說這些事都很無聊。那些恐嚇信肯定什麼人搞的惡作劇，不用放在心上。」

綠川夫人一副關懷體貼的樣子，口是心非地說著這些話來安慰早苗小姐。

接著，岩瀨也到了。四個人坐在一起，默契地繞開恐嚇信，只說些無關緊要的瑣事。不一會兒，四個人的談話就成為兩個人一組的閒聊，岩瀨和明智偵探、綠川夫人和早苗小姐，男人和男人、女人和女人。

# 人偶

女人們很快站起來，將聊得熱火朝天的男人扔在了客廳，不緊不慢地從大廳裡散亂的椅子間穿行而過。兩個人的背影，除了黑色的絲綢禮服和黃色的和服外套看起來差別很大，其他的不管是身材，還是髮型甚至是年齡，居然都差不多。人說美女是沒有年齡的，難道真是這樣？綠川夫人已經三十多歲了，看起來還像少女般朝氣蓬勃、稚嫩嬌美。

兩個人隨性而走，不知不覺離開大廳，順著走廊走向樓梯那邊。

「小姐，還記得我昨天說的那個人偶嗎？要不要去我房間看看？」

「啊，你帶過來了，我要看。」

「我無論去哪兒都帶著那具人偶呢，它是我最喜歡的奴隸。」

啊，綠川夫人口中的人偶，到底是什麼呢？

「喜歡的奴隸」這樣古怪的形容沒有引起早苗小姐絲毫警覺。可是讀者聽到「奴隸」這個詞，應該會想到假扮成山川鍵作的潤一吧，畢竟他也是夫人的奴隸。

綠川夫人住一樓，早苗小姐他們住二樓。兩人在樓梯口稍微停了停，早苗小姐終於接受綠川夫人的邀請，準備去她的房間看人偶。就這樣，她們朝走廊那邊走去。

「來，快進來。」一到房間門口，夫人就打開門催促道。

「咦？你不是住23號嗎？不是這間吧！」

是的，這個房間的門牌號是24。也就是說，這是夫人隔壁山川健作的房間。

那個殺了人的拳擊手，吃過晚飯便逃也似的回了房間，正苦等這一刻的到來。房間裡，一定早就備好了泡好麻醉劑的紗布和棺材似的皮箱，只等獵物落入圈套。

早苗小姐的猶豫是有道理的，她察覺到了異樣，有一種不好的預感。直覺正不停地向她示警，告訴她再往前一步，就是地獄。

可是，綠川夫人仍然是一副從容自若的樣子，和平時沒有任何不同：「沒錯啊，這就是我的房間，快進去吧！」說著，便攬住早苗小姐的肩，將她拖了進去。

兩個人的身影剛一消失，房門就「啪」地一聲闔上了，之後就是一陣上鎖的咔咔聲，顯然是有人在裡面反鎖了房門。

同一時間，門裡還響起模糊地悶哼聲和呻吟聲，聽著像是人被人摀住口鼻之後發出的聲音。

很快，房間裡怪聲便消失了，像夜晚的森林般安靜了下來。可是很快，又是一陣怪聲：竊竊私語聲、凌亂的腳步聲、物體的碰撞聲……直到大概五分鐘之後，房間才再次安靜下來。之後是擰鎖的聲音，門被打開一條細縫，

一張戴著眼鏡的臉從門縫裡探出來，眼珠滴溜溜轉了幾圈，窺視著走廊裡的情況。

看到走廊上空無一人，那個人立即閃身出門。奇怪，居然是早苗小姐，而非綠川夫人。在我們的設想中，她不是應該被塞進皮箱裡了嗎？

不，不是。雖然她的頭型、衣服和眼鏡，都與早苗小姐一模一樣，但仔細一看，仍舊有些差別。比如太過豐滿的胸和稍顯高挑的個頭，特別是她的臉……雖然裝扮的很精細，髮型和眼鏡也發揮了不小的作用。可是，就算手再巧，也無法把一個人的臉修成另一個人的模樣。眼前這個人仍舊是綠川夫人，只是用了和早苗小姐相同的裝扮而已。不過，五分鐘就能完成這樣的變裝，這位竊賊倒也對得起自己魔術師的名頭。

至於可憐的早苗小姐，毫無疑問，已經被塞進皮箱裡，成為女賊綁架計畫的戰利品。她身上的衣服飾品都在綠川夫人這裡，所以她本人必然是像早上夫人展示的那樣，一絲不掛、綁著手腳、堵著嘴巴，被淒慘地團成一團塞在了箱子裡。

變身為早苗小姐的綠川夫人一邊關門一邊輕聲囑咐道：「我就把人交給你了。」

門裡的男人用低啞的聲音說：「好，放心吧！」

答話的自然是化身為山川健作的潤一。

夫人將一個鼓脹的包袱夾在腋下，小心翼翼地避開別人的視線，快步走到樓上岩瀨的房間。她偷偷往裡一看，太好了，莊兵衛不在，多半還在樓下大廳裡和明智小五郎閒聊。

這間客房分為臥室、客廳、浴室三個部分。客廳裡放著沙發、扶手椅和書桌等家具。夫人走進客廳，打開書桌的抽屜，將岩瀨常用的卡莫汀①藥盒拿出來，用早已準備好的另一種藥把裡面的藥全部換掉，然後又原樣闔上抽

---

1. 卡莫汀（Calmotin）：一種鎮靜催眠藥，因為依賴性問題，現在已經被停用。——譯注

屜。

之後，夫人走進臥室，關上明亮的壁燈，只留一盞昏暗的床頭燈，一切就緒後，便按下服務鈴召喚服務生。

很快，一個服務生敲門走進客廳：「請問，你有什麼吩咐嗎？」

夫人將臥室的門微微推開，半張臉都藏在陰影裡，客廳裡的燈只能照到她的衣服。她模仿著早苗小姐的聲音說：「我父親還在樓下的大廳裡，麻煩你去喊他一下，讓他早點回來休息。」不得不說，模仿的非常像。

服務生應聲而去，很快走廊上就傳來凌亂的腳步聲，岩瀨打開門走進來，氣喘吁吁地輕聲責備道：「怎麼只有你一個人？綠川夫人呢？」

夫人還和之前一樣，藏在漆黑的臥室裡，只露出半邊衣服，用和早苗更加相像的聲音，輕聲答道：「我有點不舒服，所以剛才在樓梯口和夫人道別，自己回了房間。爸爸，我要睡了，你也早些休息吧！」

父親沒有產生任何懷疑，只當是女兒在臥室裡與自己說話，他坐在客廳的椅子上，喃喃抱怨：「我拿你真是一點辦法都沒有。說了多少次了，絕對不能落單，萬一出了什麼事，可怎麼辦哦！」

夫人用少女般天真的口吻答道：「所以，我才叫爸爸趕緊回來啊！」

這時，偵探明智也進來了。

「小姐準備休息了？」

「嗯，換衣服。她說有點不舒服，想早點睡。」

「好，我也回房了。」

明智走後，莊兵衛鎖上門，在客廳的書桌上寫了一會兒信，然後像平時那樣，從抽屜裡拿出卡莫汀，就著桌上水瓶裡的水吃了幾片藥。他站起身，走進臥室。

「早苗，還不舒服嗎？好一點沒有？」他一邊溫和地問著，一邊繞到屋角的床鋪前，想看看女兒的情況。不想，夫人先一步將毯子拉到下巴上，又把臉藏到了燈光的陰影裡，背對著莊兵衛，煩躁地說：「沒事，沒事，睏死啦！」

「哈哈哈，怎麼了，今天怪怪的，是不是生爸爸的氣了？」

莊兵衛雖然說了這樣的話，卻沒有多想。因為怕惹女兒生氣，便小聲哼著歌兒，換上睡衣，上床睡了。

夫人準備的強效安眠藥效果極好，莊兵衛的頭剛一沾到枕頭，便睡得人事不知了。

過了一個多小時，晚上10點多，正在房間看書的明智小五郎忽然聽到隔壁傳來急切的敲門聲。他嚇了一跳，連忙開門去看。只見服務生拿著電報，正用力敲門，一邊敲，還一邊喊「岩瀨先生」。

「門敲的這麼響，裡面怎麼一點反應都沒有，太奇怪了。」

明智忽然有一種不祥的預感，也不管是不是會影響到其他客人，衝上去和服務生一起用力砸門。

他們用力地敲了好一會兒，連強效安眠藥也敗下陣來，模糊聽到房裡傳來岩瀨的問話：「怎麼了，什麼事啊，吵死了。」

明智叫道：「快開門，收到一封電報。」

又過一會兒，終於聽到「咔嚓，咔嚓」的開鎖聲，門被打開了。

岩瀨穿著睡衣強忍睏意，揉著酸澀的眼睛，打開電報，看了好一會兒才反應過來，皺著眉說：「混蛋，又是惡作劇。沒完沒了，折騰的人連覺都睡不好。」說完，隨手將電報遞給了明智。

注意今晚12點。

簡單一句話，意思卻很明顯，這是綁匪的恐嚇——將於今晚12點綁走早苗小姐。

明智的口吻更加嚴肅：「小姐沒事吧？」

岩瀨踉蹌地走到臥房門口，朝角落裡的床鋪看了一眼，懸著的心終於放了下來，說：「能有什麼事？早苗一直好好地睡在我身邊！」

明智在後面也向臥室裡看了一眼，早苗小姐背對著門，睡得正香。

「我最近每晚都靠吃安眠藥入睡，早苗也這樣，她今晚還有點不舒服，

也是可憐，讓她好好睡吧！」

「窗戶關了嗎？」

「關了。白天就插上了插銷。」說完，岩瀨又躺到床上。「明智先生，麻煩你幫我把門鎖上，鑰匙就先放在你那兒。」

強烈的睏意甚至讓他連鎖門的力氣都沒有了。

「不，我想在這裡多待一會兒。臥室的門就不要關了，這樣等下你睡了，我從這兒也能看到窗戶那邊的動靜。如果真有人想破窗而入，我馬上就能發現。那是屋裡唯一的入口，我只要看著那兒，就萬無一失了。」

明智對於自己接下的每個案子都會盡心竭力。就這樣，他坐在客廳的椅子上，點上一根菸，專心地監視著臥室的動靜。

整整30分鐘，沒有任何異常。有時，明智會到臥房門口看看早苗的情況，早苗小姐睡得很熟，連姿勢都沒變過，岩瀨先生則呼聲打得震天響。

「呦，還沒睡。服務生和我說有份電報十分古怪，我不放心，上來看看。」

明智被突如其來的聲音嚇了一跳，轉回頭，看到綠川夫人站在半開的門外。

「原來是夫人，對，是有那麼一封電報，不過有我這個傻乎乎的侍衛在，總不會出事。」

「所以，確實有人往飯店裡發了一封恐嚇電報？」黑衣婦人推開門，走了進來。

讀者看到這裡，或許會抗議說：「作者在亂寫些什麼啊？綠川夫人不是假扮成早苗小姐，睡在岩瀨身邊嗎？綠川夫人只有一個，怎麼現在又從走廊進來了？這根本不現實嘛！」

可是，作者絕對沒有瞎寫。前面的兩個場景都是真的，世界上再無第二個綠川夫人。至於這到底是怎麼回事。讀者不妨繼續往下看，謎題很快就會揭開了。

# 暗夜騎士

　　綠川夫人闖上門，走到明智對面坐下來，望著臥室的方向，輕聲問：
「早苗小姐已經休息了？」

　　「嗯！」明智像在思考著什麼，態度十分冷淡。

　　「小姐的父親也在睡？」

　　「嗯！」

　　前面我們說過，因為吃了強效安眠藥，岩瀨莊兵衛睏得睜不開眼，把守
衛工作交給明智後，便躺在早苗小姐旁邊的床鋪上，睡得雷打不動。

　　「哎，你除了『嗯』以外，不會說別的嗎？」綠川夫人笑容燦爛，「想
什麼呢？都在這裡站崗了，還有什麼好煩惱的？」

　　「呵，夫人記掛的，恐怕是我們之前的賭約吧！」明智抬起頭，看了
夫人一眼，「你是不是在心裡暗暗祈禱，希望小姐被人綁走，好贏了這場賭
局？」明智以諷刺來回應美人的譏諷。

　　「嗨，這叫什麼話，好像我真希望岩瀨先生出事似的。我是真擔心，告
訴我吧，剛才那封電報上說的什麼？」

　　「讓岩瀨先生在今晚十二點加強戒備。」明智啼笑皆非地說。說到這
兒，視線不由自主地掃過壁爐架上的座鐘，10時50分。

　　「還有一個多小時。你要一直等下去？不會悶嗎？」

　　「當然不會悶。事實上，我覺得很有意思。要不是當了偵探，我一輩子
也遇不上幾次這樣富有戲劇性的時刻。夫人累了一天，若是覺得悶，不妨早
點回去休息吧！」

　　「哈，自私的傢伙，這樣快樂的時刻，我怎麼會讓你獨享。跟你說吧，
我對事情的發展也充滿期待！女人其實比男人還愛賭博，這是天性，反抗不
了的。可能會給你帶來些不便，但請別趕我走，好嗎？」

　　「你還真是奔著打賭來的。行，想留就留吧！」

　　這對心思各異的男女，就這樣安靜地對坐一會兒，直到夫人偶然發現桌

子上有一副撲克牌。她提議玩一局提神，明智同意了。於是，兩人在等待歹徒到來的間隙，居然玩起了撲克。

　　人在恐懼的時候，往往會覺得時間過的非常慢。好在玩著撲克牌，一個小時不知不覺就過去了。當然，在此期間，明智雖然玩得興致勃勃，卻從未放鬆警惕，眼睛一直盯著臥室敞開的大門，臥室的窗戶（竊賊若真想從外面進來，這是唯一的入口）平靜如常。

　　「距離12點還有五分鐘，不玩了。」綠川夫人已經沒了玩牌的心思，神情看起來有些焦慮。

　　「別啊，5分鐘還夠玩一局。我也可以輕輕鬆鬆地過了午夜12點這個關卡。」明智一邊洗牌，一邊挽留綠川夫人。

　　「你也別太輕敵了。之前在大廳的時候，我就說了，這次的賊人言出必行，一會兒肯定會……」夫人一臉焦躁地說。

　　「哈哈哈……夫人，你太緊張了。你說吧，那賊人就算想來，又能從哪裡進來呢？」

　　夫人聽了，立即伸手指向大門。

　　「哦，從門進來是嗎？那好，為了讓夫人安心，我把門鎖上。」

　　說完，明智起身，拿出岩瀨交給他保管的鑰匙，鎖上房門。

　　「好了，如此一來，賊人若是接近早苗小姐的床鋪，就只能砸門了。你知道的，客廳是臥室的必經之路。」

　　可是，夫人仍不放心，就像一個被鬼故事嚇到的孩子，又伸出手指向臥室的窗戶。

　　「哦，那扇窗戶。你總不會認為竊賊會在院子裡架起梯子，然後從窗戶爬進來吧？可是窗戶已經在裡面鎖死了。再說，就算竊賊敢破窗而入，我們在這裡也能看得一清二楚。若是發生什麼緊急情況，夫人還可以看看我射擊的本事。」

　　說著，明智拍了拍右邊的口袋，那裡裝著一支袖珍手槍。

　　「早苗小姐不知內情，睡得香甜倒也可以理解，岩瀨先生怎麼也睡得這麼熟，這樣危急的情況，他的心也太大了。」夫人走到臥室門口，悄悄向裡

面張望，疑惑地輕聲說道。

「他們可能是被恐嚇信嚇得有些神經衰弱，每天晚上都要靠安眠藥入睡。」

「原來是這樣。啊！只剩一分鐘了。明智先生，不會有事吧？」夫人猛地站起身，焦躁地喊道。

「能有什麼事，一切正常啊？」

明智也跟著站了起來。他不明白綠川夫人怎麼會這樣激動。

「還有30秒。」

綠川夫人用閃亮的目光，與明智對視。啊，女賊現在滿心都是勝利的喜悅。她終於打敗了名偵探明智小五郎。

「夫人也未免太看得起賊人的本事了？」

明智眸光閃爍，終於對夫人奇異的表現產生疑心。只是他絞盡腦汁，也想不出，這個神秘莫測的美貌婦人如此興奮的緣由。他暗暗想道：「我是不是漏掉了什麼事？」

「嗯，是啊！可是你不覺得這很像是小說裡的情節嗎？我彷彿看到暗夜中的騎士正悄悄地溜進臥房，擄走美麗的小姐。」

「哈哈哈……」明智不由得捧腹笑道，「夫人，你看清楚，就在你為中世紀的西方怪談心醉神迷時，午夜12點已經過了。看樣子，這場賭局，是我贏了。不知夫人準備什麼時候，獻出你的珠寶啊，哈哈哈！」

「明智先生，你怎麼確定是你贏了？」

夫人挑起紅唇，用邪惡的語調清晰而緩慢地說出這句話。瞬間湧上心頭的勝利感，甚至讓她忘了貴婦的禮節。

「唉？你這話是什麼意思……」

明智敏銳地發現她話裡的深意，一股寒意驟然爬上脊背，他不由得變了臉色。

「你難道不該驗證一下，早苗小姐是不是還在嗎？？」夫人嚴肅地說。

「可是，可是早苗小姐明明……」

名偵探此時終於慌了，寬闊的額頭上甚至出了一層汗，看起來十分可

憐。

「剛才你就說她在床上睡覺，可是床上的真是早苗小姐嗎？不會是其他女孩吧？」

「不可能，這麼荒謬的事……」

明智嘴上說的硬氣，心裡卻一點把握都沒有。他飛也似的衝進臥室，抓著沉睡的岩瀨用力搖晃。

「怎麼了？出什麼事了？」

岩瀨已經和睡魔抗爭了好一會兒，神智正慢慢上升，現在聽到明智急促的呼喊，立時半坐起來，慌亂地問。

「快去看一眼，睡在那邊的，真是你的女兒早苗小姐嗎？不會是別人吧？」這人真是明智嗎？怎麼會問出這麼愚蠢的問題。

「什麼意思？當然是我女兒。除了她，還能是誰……」

說到這兒，岩瀨心裡忽地一跳，像是想到什麼，止住話頭，死死地盯著早苗的背影。

「早苗，早苗！」

岩瀨急急地喊著女兒的名字，對方卻毫無反應。他跳下床，心驚膽顫地衝到早苗床前，抓著她肩膀，想要把她叫醒。

可是，天啊，怎麼會發生這樣的事？太不可思議了。本該蓋著肩膀的毛毯下居然是空的，一按就癟了。

「明智先生，糟了，我們被騙了。」岩瀨老人的吼聲中，帶著難以名狀的恐慌和悲憤。

「睡在床上的不是早苗小姐嗎？那是誰？」

「誰都不是，你看啊，根本就不是人。我們被騙慘了！」

明智和綠川夫人連忙衝到早苗床前想要一探究竟。是啊，一直被他們當成早苗小姐的物體，根本不是人，甚至連活物都不是，只是一顆人偶腦袋。那種光著腦袋的人偶頭在西洋商品店的櫥窗裡十分常見，惡賊只是找了一個這樣的頭，給它帶上眼鏡，套上和早苗小姐一模一樣的假髮，再用團成一團的長條棉被裝成身體，最後蓋上了毛毯而已。

# 得意洋洋的名偵探

哈，居然是人偶頭，這確實是一個巧妙的騙局，讓人無論如何都想像不到。可是，惡賊明顯沒有把明智放在心上，不然怎麼會用這種騙三歲小孩子的招數。說起來，騙小孩子的招數對大人反而異常有效。比如明智小五郎，就從未想過賊人會用這樣幼稚的手段。

要說，綠川夫人之前提到的那個綁架了早苗小姐、用可笑的人偶頭代替早苗小姐的「暗夜騎士」到底是誰？讀者想必已經猜到了，其實就是綠川夫人自己。前面我們已經說過，她假扮成早苗小姐，準備好一切後上床裝睡，岩瀨先生見女兒睡了，放鬆警惕，在安眠藥的作用下徹底陷入熟睡。於是，綠川夫人拿出事先準備好的人偶頭擺好，自己則悄無聲息地溜回了房間。讀者還記得吧？她起初是夾著一個包袱進入岩瀨房間的，包袱裡藏的就是這個魔術的關鍵道具——人偶頭。

明智小五郎當了這麼久的偵探，還是第一次陷入如此尷尬屈辱的境地。首先，他辜負了岩瀨的信任，其次，他在綠川夫人面面吹噓太過，現在當真是顏面盡失。更不要說打敗他的，還是這麼一個騙小孩的人偶頭，這樣的恥辱簡直讓他恨不得找一個地縫鑽進去。

「明智先生，你也看到了。因為你保護失利，我女兒被人綁走了，現在請趕緊安排一下，把我女兒救回來啊！你一個人要是做不到，我們就找警察幫忙……對，這個時候，也只能報警了。快給警察打電話，不，還是我來吧！」

岩瀨莊兵衛滿心怒火，已經顧不得什麼紳士風度了，語氣十分強硬。

「先不忙著報警，再等一等。小姐起碼兩個小時以前就被人綁走了，我們現在如何的動作也抓不到凶徒。」

明智竭盡所能地讓自己保持冷靜，大腦轉得飛快。

「可以確定的是，我守夜這段時間，房間裡一切正常，所以綁架發生在我們收到那份電報以前。所以，那封電報不是用來預告犯罪的，而是用來迷

惑我們的，讓我們以為犯罪活動尚未發生，在12點以前，把全部的注意力都集中在這個房間裡。如此一來，賊人便能抓住機會順利逃走。歹徒就是這樣計畫的。」

「哈哈哈，抱歉，我實在是忍不住了。大名鼎鼎名偵探明智小五郎，居然用兩個小時拼命保護一顆人偶頭，想想就覺得好笑……」

綠川夫人也不管場合對不對，惡意十足地拼命戳明智痛腳。她現在獲得全盤勝利，根本壓不住滿心的歡喜。當然，就算能壓住，她也不想壓。

明智忍氣吞聲，由著她嘲諷。眼下確實是他輸了，而且輸得狼狽不堪。可是他猶不死心，總是覺得事情還有轉機。在事情水落石出以前，他絕不輕言放棄。

「這樣等著，我的女兒就能回來嗎？」岩瀨原本就心急如焚，聽到綠川夫人那番幸災樂禍的話，更是火冒三丈、焦躁不已，他怒氣沖沖地說，「明智先生，我要給警察打電話。你沒什麼可說的吧？」

說完，也不等明智回答，就搖搖晃晃地衝進了客廳。只是他手指還沒碰到話筒，電話就響了，簡直像事先約好了一般。

岩瀨張了張嘴，無奈地抓起話筒，然後，劈頭蓋臉地把無辜的接線員罵了一頓，又氣沖沖地喊道：「明智先生，找你的。」

明智聽了一愣，接著像是忽然想起什麼，猛地撲到電話跟前。

雙方不知在電話裡說了什麼，總之，明智先生非常激動，最後含含糊糊地說：

「20分鐘？哪用那麼長時間？15分鐘？不行，太久了。10分鐘，我只給你10分鐘，快點過來，聽到沒有？」

明智剛一掛斷電話，等的心焦的岩瀨先生就用嘲諷的口氣說：

「你忙完了，能順便幫我報個警嗎？」

「先不忙著報警，我需要一點時間捋清思路。很明顯，我料錯了一件事。」

明智也不管岩瀨，逕自站在客廳裡冥思苦想，神態中卻沒了之前的慌亂。

「明智先生，你能先想想我女兒的事嗎？當初你可是信誓旦旦地跟我保證過的……」

岩瀨被明智無動於衷的態度，刺激得更加惱火，這理所當然。

「哈哈哈，岩瀨先生，他現在哪有心思去為你的女兒擔心。」綠川夫人用愉悅的聲音高聲地說，也不知道她是何時從臥室來到客廳。

岩瀨驚訝地問：「哎，什麼意思？」

「明智先生，如果我猜的沒錯，你現在想的是和我打賭的事吧？哈哈哈……」

女賊一副張狂跋扈的樣子，再不遮掩自己對名偵探的敵意。

「岩瀨先生還不知道吧？明智先生用他私人偵探的名聲和頭銜，與我打了一個賭。如今輸了，自然是愁的抓心撓肝。明智先生，我說得對嗎？」

「不，夫人，你猜錯了。讓我愁苦不已的，是你的淒慘結局。」明智毫不示弱地反擊道。

放著我女兒被綁架的事不管，卻在這裡鬥氣，他們想幹嗎？岩瀨被他們氣的頭暈腦脹，只能迷茫地，一會看看明智的臉，一會看看綠川夫人的臉。

「哈，我的淒慘結局，這話從何而來？」夫人心裡一驚，不由得反問。這位女賊雖然狡詐多端，卻也想不明白名偵探眼底那抹耐人尋味的笑是怎麼來的。

「因為……」明智露出一副非常享受的神情，一字一頓地說，「因為輸掉這場賭局的人，不是我，是夫人你啊！」

「什麼？這話是什麼意思，難道你不肯認輸……」

「當然不肯。」明智得意洋洋地說。

「呵，你不認輸，也不想辦法把賊人抓住，就這樣死鴨子嘴硬，能有什麼用？」

「哦，夫人難道以為我會讓賊人輕易脫身？不，罪犯已經落網了。」

女賊聽了，大吃一驚。她確實有些看不透這個男人——剛剛還一副灰心喪氣的樣子，現在卻又說出這樣一番話。

「哈哈哈，有意思，你是在開玩笑嗎？」

「你真覺得我在開玩笑？」

「當然，除此之外，還有別的解釋嗎？」

「好，我就拿出證據給你看看。嗯，比如……你的朋友山川健作，如果我告訴你，我知道他離開飯店後去了哪裡，你會怎麼想？」

綠川夫人一聽，臉色霎時變得鐵青，身體不由得晃了一晃。

「如果我告訴你，我知道山川先生買了去名古屋的票，卻在中途下了車，也知道他住進本市的Ｍ飯店，甚至知道他的皮箱裡藏了什麼東西，你又會怎麼想？」

「不可能，你在說謊！」女賊像是驟然失去所有力氣，搖晃著身子語無倫次地說著否認的話。

「不，我說的都是真的。知道剛才和我通電話的人是誰嗎？告訴你吧，是我的手下。剛才被你那樣嘲諷，我都能保持冷靜，就是因為我早就在飯店裡安排了五個手下。早苗小姐若是被人帶走了，他們一定會發現並聯繫我。我之前再三交代過，盯住所有形跡可疑的人。

「我等那通電話，當真是等得心急如焚，好在，終究是我贏了。夫人，你錯就錯在先入為主，認為我會一個幫手都不找，獨自保護早苗小姐。現在，夫人是不是該像約定的那樣，交出你所有的寶石呢？哈哈哈……」

眨眼之間，勝負逆轉。明智志得意滿，忍不住放聲大笑。現在他所感受到的快感，比之前綠川夫人感受到的，有過之而無不及。他也不想笑的這麼大聲，卻怎麼也壓抑不住。現在輪到女賊咬牙忍受對手的肆意嘲笑了。

「所以，你找到早苗小姐了？恭喜。山川先生呢，也被你抓住了？」她努力保持鎮定，盡可能用冷淡、平穩的聲音說道。

「很可惜，被他逃走了。」明智並未隱瞞。

「哦，跑了！哈哈……」綠川夫人心下一鬆，神態明顯鎮定下來。

突如其來的好消息，讓岩瀨先生的心情瞬間回暖：「啊，謝謝，明智先生，太感謝你了。剛才我也沒弄清楚是怎麼回事，就莫名其妙地發了脾氣，請原諒我的失禮之處。不過，你之前不是說抓到犯人了，現在又說被他跑掉了，這是為什麼呢？」

「嗯，你弄錯了一件事。我剛才說抓到凶手，這是真的，因為山川並不是這起綁架案的主謀。」

綠川夫人聽了這話，不由得大驚失色。她像被逼入絕境的野獸般瞪著眼睛，驚慌失措地四下張望，眼神中充滿恐懼。

可惜門已經上鎖，她就是想跑，也跑不掉了。

岩瀨沒有察覺到任何異常，還在發問：「犯人在哪呢？」

「在這兒，在我們面前。」明智一語道破。

「我們的面前？可是這裡只有你、我，還有綠川夫人三個人啊……」

「綠川夫人便是那位窮凶極惡的女賊，綁架早苗小姐的幕後真凶！」

空氣瞬間安靜下來，三個人心思各異地對視了足有幾十秒，還是綠川夫人率先開口。

「哎，你這不是血口噴人嗎？山川先生做的事，憑什麼賴到我頭上。我和他只是認識，順便把他介紹到了這裡。你這麼說，也太過分……」

可是，妖婦的戲也只能演到這裡了。她的話還沒落，就聽到外面傳來一陣敲門聲。

明智連忙走到門邊，用手裡的鑰匙把門打開。

「綠川夫人，別狡辯了，人證已經到了。難不成在早苗小姐面前，你還能繼續扯謊？」明智終於掀開了底牌。

有三個人出現在門後：一個是明智的年輕手下，一個是靠在他肩膀上、勉強站著的早苗小姐，最後一個是穿著制服的警察。

黑蜥蜴這個女賊如今已被逼入絕境。她一介女流，面前除了早苗小姐，還有四個身強體壯的男人，其中一個還是警察，所以這次無論如何也逃不掉了。

可是，她神情中卻沒有一絲想要束手就擒的意思，難道她也有什麼底牌嗎？

是的，誰能想到呢？到了這個時候，她蒼白的臉上居然還浮現出一絲紅暈，隨即是一抹詭異的微笑，然後是大笑。

這個狂妄卑鄙的女賊不知想到什麼，死到臨頭，居然還能笑得如此得

意。

「哈哈哈，今晚這齣戲到這裡就要結束嗎？哎，明智小五郎果然名不虛傳。看來，這一局是我輸了，好，我認。可是，你能把我怎麼樣呢？逮捕我嗎？我怕你沒這個本事。偵探先生，好好想想，你是不是漏掉了什麼事？還沒發現嗎？你一不小心，丟了件東西呢？哈哈哈……」

她的底牌到底是什麼？為何到了現在還能如此狂妄。明智又漏掉了什麼事呢？


# 名偵探落敗


偵探在抓到作惡多端的罪犯時，心裡的那種狂喜之情，普通人大概難以理解。因為太過興奮而放鬆警惕，是多正常的一件事啊！

黑蜥蜴意識到計畫受阻後，當機立斷開始思考脫身的辦法。她頭腦靈活，很快就想到一個大膽的冒險計畫。

她的神情再不像之前那樣緊繃，言笑晏晏地對明智說。

「所以，你要怎麼做？逮捕我嗎？呵，恐怕你沒這個本事。」

當真是狂妄至極！雖然有著黑蜥蜴的名號，但她終究是一個單薄纖弱的女人，想要憑一己之力，對付四個身強體健的男人，其中還有一個穿著制服、氣勢洶洶的警察，恐怕難度極大。再說，早苗小姐雖然看著有些虛弱，卻也不能完全忽視。

她想逃走，唯一的出路就是通往走廊的門。可是，剛剛抵達的明智手下和警官，正死死地堵著門口。雖說窗戶也能算是一條通路，可這裡是二樓，窗戶外面是被樓房層層包圍的內院，基本就是條死路。這個女人真有辦法逃出險境嗎？

「不要再裝腔作勢地拖延時間了。警官，把這個女人帶走吧，謹慎一點，最好捆起來。她是這次綁架事件的主謀！」明智對黑蜥蜴的挑釁置若罔

聞，直接招呼門口的警官趕緊抓人。

　　警官初來乍到，不知就裡，聽說這位美貌的貴婦是主謀，不由得楞了一下。不過，他和明智之前就認識，知道刑事偵察科和明智多有合作，所以聽到吩咐，立即向綠川夫人逼近。

　　「明智先生，你該檢查一下右邊的口袋！哈哈哈，東西還在嗎？」黑蜥蜴掃了一眼不斷逼近的警察，高聲喊道。

　　明智臉色一變，連忙伸手摸口袋，糟了，放在裡面的白朗寧手槍不見了。黑蜥蜴本來就是一個「心靈手巧」的竊賊，剛剛在臥室趁亂偷走了明智口袋裡的手槍。

　　「哈哈哈，明智先生也該研究一下小偷的本事。你的秘密武器已經落到了我的手裡。」女賊帶著一臉嘲諷的笑意，從洋裝的口袋裡拿出一把袖珍手槍，舉在身前。

　　「各位，請舉起手來。我的槍法並不比明智先生差，而且殺人對我來說，也算不得什麼新鮮事。」

　　警察只差一點就要抓住她了，現在只能停下腳步。可惜，在場的四個男人都沒有帶槍，只有警官帶了一把佩劍[1]。

　　「把手舉起來，快！」黑蜥蜴雙目圓睜，伸出舌頭舔了舔猩紅色的嘴角。她用槍口逐一指向四個男人，扣著扳機的手指白皙細嫩，正微微發著抖，像是隨時都會開槍一般。

　　她這副橫眉豎目的瘋狂模樣，果然極具震懾力。男人們只能聽話地舉起雙手，雖然這有損男子漢的顏面。警官、明智的手下、岩瀨，連大名鼎鼎的偵探明智小五郎，都像歡呼只進行一半般，將手舉到了半空中。

　　穿著一身黑色洋裝的綠川夫人，果然對得起她黑蜥蜴的名號，迅捷無比，三兩步就衝到了門邊。

---

1.　明治初期，警察是不配槍的，但是警部以上級別可以配劍，巡查直到明治十六年才允許佩劍。——譯注

「明智先生，看，這是你犯的第二個錯誤。」

說到這兒，黑蜥蜴用左手一把拔下明智之前開門時留在鎖孔裡的鑰匙，舉到身前甩了甩。

明智完全沒想到事情會這樣發展，剛才一團混亂，更是忽略這一點。女賊智力超群，一眼就從中看到可以利用的部分。

「然後，是小姐你。」女賊打開門，舉著槍，以一腳門外一腳門裡的姿勢，對早苗小姐說：

「我可憐的小姐，你雖然是日本最富有的珠寶商的女兒，卻命中註定要遭遇不幸。你太美了，你的身體比寶石更讓我迷戀，我不會死心的。明智先生，你聽到了嗎？我還沒有放棄，總有一天，我會親自上門帶走小姐。好了，我們以後再見。」

說完，她「砰」地一聲關上門，又從外面將門鎖上，把早苗小姐和那四個男人鎖在了屋子裡。鑰匙只有一把，想要出去，只能砸門或跳窗了。

好在屋裡還有電話。明智立即衝到電話機旁，抓起話筒聯繫總機。

「喂喂，我是明智小五郎。情況緊急，請立即派人守住飯店的所有出口，不能讓綠川夫人逃走。聽好了，綠川夫人是重犯，請盡快通知飯店經理和所有員工，一定要把她抓住，絕對不能讓她逃了。對了，也請盡快讓服務生把備用鑰匙送到岩瀨先生的房間，這件事也很緊急。」

放下電話後，明智便心急地在屋裡繞起圈來。走了沒幾步，又抓起電話去催。

「喂喂，我剛才說的事，你們辦好了沒有？通知經理了嗎？嗯，好，就這樣，謝謝。請快點讓服務生送鑰匙上來。」

然後，他放下電話，又對岩瀨說：「總機行動很快，已經把事情安排好了。現在飯店的所有出口都有警衛看守，那個女人就算跑的再快，從這裡到樓梯，再到樓下的出口，距離也不算短了。嗯，問題應該不大。這裡的工作人員，有誰不認識大名鼎鼎的綠川夫人呢？」

可是，明智在緊急情況下的這番布置，並非無懈可擊。

黑蜥蜴飛奔到樓下以後，居然沒有向出口跑，而是回到自己的房間。

3分鐘，剛好是3分鐘之後，她的房門再次打開，一個帶著漂亮軟呢禮帽的年輕紳士從裡面走出來。他穿著一身新潮的西裝，戴著裝飾性的夾鼻眼鏡，鬍鬚濃密，右手拎著一根蛇紋木②手杖，右手搭著一件大衣。

　　只用3分鐘就完成這樣一次變身。即使與阿染七變化③比，也不遑多讓。有這樣神乎其技的手段（她把喬裝用的衣服放在行李箱的箱底），怪不得黑蜥蜴要說自己是魔術師了！她還把箱子裡的珠寶首飾一件不落地全都裝在了西服的口袋裡，當真是天衣無縫。

　　年輕紳士走到走廊拐角時，步子微微一頓：是該走正門呢，還是該走後門。

　　此時，服務生已經用備用鑰匙打開房門，將明智等人放了出來。明智衝到樓下，本能地認為黑蜥蜴會從後門逃跑，所以他把正門的守衛工作交給經理，自己帶著剩下的人分別守住幾處後門。也不知黑蜥蜴是洞察了明智的部署，還是當真如此膽大，居然大搖大擺地甩著手杖，大踏步朝正門走去。

　　經理帶著三個員工緊張兮兮地守著正門，仔細觀察所有進出的客人。可是，飯店的客人有近百位，再加上一些外面來的訪客，他們不可能認識每一張臉。既然目標是綠川夫人，那只要盯著女客就好了，所以當那位年輕的紳士向他們微笑致意時，他只是恭敬地說了一句「抱歉，吵到你了」，便打躬作揖，目送對方走掉了。

　　青年紳士走下正門台階，沒有叫計程車，而是吹著口哨，悠閒地朝大門外緩緩走去。

---

2.　蛇紋木，因為紋路類似蛇形而得名，是南美洲最珍貴的木材，有木材中的鑽石之稱。用蛇紋木做成的手杖，在英國、法國、日本、韓國等國家，通常是屬於富人的奢侈品。——譯注

3.　在歌舞伎劇《於染久松色讀販》中，女主角阿染（阿染是18世紀初大阪瓦屋橋油坊老闆的女兒，江戶時代有很多以阿染與學徒工久松的愛情悲劇為題材的歌舞伎腳本）要一人分飾久松、阿染母親、女傭竹川等七個角色，需要快速換裝，所以有「阿染七變化」的說法。——譯注

在飯店的圍牆外，這位年輕的紳士沿著微暗的人行道走了沒幾步，就看到一個叼著香菸、西裝筆挺的男人站在路邊。他似乎從對方的臉上看出什麼，說：

「哎，你是明智偵探事務所的人吧？怎麼還在這裡傻站著？聽說飯店裡已經抓到歹徒，亂成一團，你不過去看看嗎？」

那個男人果然是明智的手下，聽了他的話，連忙遮掩說：

「不，你認錯人了，我不認識明智偵探。」

作為偵探的手下，他回答的還算有些警惕。可笑的是，他的行為卻剛好相反。年輕紳士還沒走出幾步，他就急匆匆地往飯店的方向跑去。黑蜥蜴轉向右邊，看著男人遠去的背影，心裡的喜悅再也壓抑不住，不顧一切地大聲狂笑。

「哈哈哈……」

# 怪老頭

明智輸了，但是也不算徹底失敗，畢竟他還是從敵人手裡救出早苗小姐，完成保護任務。

女賊有沒有落網，對岩瀨來說並不重要。他很感謝明智救了自己的女兒，對他的本領讚不絕口。再說，事情會走到這一步，和他自己也有很大關係。他和喬裝成他女兒的黑蜥蜴睡在一個房間，卻對女賊的身分和奸計毫無察覺，說到底，總是他的疏忽。

可是，明智並沒有因此就好受一些。輸在一個弱質女流手裡，讓他覺得十分懊惱。

當負責監視的手下告訴他，黑蜥蜴早已化裝逃走時，他簡直要被氣瘋了，差點當場罵人。

「岩瀨先生，是我的失誤。這樣一個高手，在我的黑名單上居然沒有記

錄，真是不可思議。是我太過輕敵了。但是我和你保證，同樣的錯誤，我不會再犯第二次。岩瀨先生，我願意押上自己的名譽，全力保護令嬡。女賊現在還沒有死心，正虎視眈眈地準備再次綁架她，這次我絕不會輸了。請相信我，我會用自己的性命來保護令嬡，一定讓她平安無事。」

明智指天為誓，言辭誠懇。因為太過激動，白皙的臉上泛出一抹紅暈。強大的敵人，讓他的鬥志如烈火般熊熊燃燒。

讀者們，請記住明智的話。他真的能守住自己的誓言，在下一次交鋒中，反敗為勝嗎？如果他再次敗北，可還有什麼臉面繼續自己的偵探事業？

第二天，岩瀨父女就更改行程，急匆匆返回大阪的家裡。路上雖也擔驚受怕，可是比起留在飯店，他們更願意早點回家，與家人相伴。

明智小五郎也覺得家裡更安全一些，並主動承擔了沿途的護送工作。沒有人知道女賊會在何時動手，從飯店到東京的火車站，從火車站到大阪，再到家裡來接的汽車，危險無處不在。所以每一段，他都做了周密的部署，簡直沒有比他更盡責的貼身保鏢了。

最後，早苗小姐總算平安返回大阪的家裡。當然，明智的保護工作還在繼續，他留在岩瀨的宅邸，寸步不離地守著早苗小姐。就這樣，一連幾天都風平浪靜。

所以，讀者們，現在讓我們轉換一下視角，看看另一位從未出場過的女性的神奇經歷吧！這位女性乍看起來也許和黑蜥蜴、早苗小姐，還有明智小五郎全無關係，但聰明的讀者很快就會發現，她的離奇經歷其實對整個故事的發展有不可忽視的影響。

那是一個晚上，距離早苗小姐回到大阪不過幾天時間，同樣是在大阪市，女孩信步走在Ｓ街的街道上，雙眼無神地望著道路兩邊的櫥窗。

她穿著一件領口和袖口都帶有皮毛滾邊的外套，看起來非常合體。雖然穿著高跟鞋，腳步也十分俐落。可是，她美麗的臉上，不知為何看起來無精打采的，眼神中有一種放下一切、自暴自棄的絕望。事實上，這種神情是很容易被人誤解的，因為那些沿街拉客的流鶯多半如此。

這不，眼前就有一個人把她當成那種女人，已經悄無聲息地在她身後跟了好一會兒。那個人是一個老先生，頭戴褐色的軟呢禮帽，身穿褐色的厚風衣，拄著一根粗藤手杖，粗框眼鏡遮了半張臉，鬚髮皆白，但滿面紅光。

女孩早就發現跟在身後的老人，只是她並沒有驚慌失措地逃走。不僅如此，還用櫥窗當鏡子，興致勃勃地觀察起老人的模樣來。

從燈火通明的Ｓ町往裡一拐，便是條幽暗的小巷，小巷盡頭有家以味道濃香醇厚聞名的咖啡屋。女孩像是忽然想到什麼事，回頭瞥了跟在身後的老先生一眼，邁步進了咖啡館。然後，她在一處被棕櫚樹盆景圍著的、角落裡的包廂坐下來。這姑娘還是愛捉弄人的性子，竟然點了兩杯咖啡，另一杯，當然是給那位即將出現的老先生準備的。

老人果然跟進了咖啡館。店裡光線昏暗，他左顧右盼，發現女孩所在的包廂後，就厚顏無恥地走了過去。

「啊，抱歉，就你一個人嗎？」老人招呼一聲，在女孩對面坐了下來。

「我猜到大叔會跟進來，所以先幫你點了一杯咖啡。」女孩的膽子果然很大。

老先生微微一驚，隨即露出一副滿意的神情。他笑了笑，看著女孩美麗的面龐，問了一個奇怪的問題：「失業的滋味如何，不好受吧？」

女孩大吃一驚，紅著臉，語無倫次地說：「你，你怎麼知道，你認識我嗎？」

「呵呵，我只是一個與你素不相識的糟老頭子。但是你的事，我還是知道一些的。嗯，讓我來說說看，你叫櫻山葉子，是關西商事株式會社的打字員，因為和上司發生爭執，今天剛剛丟了工作。哈哈哈，如何，我沒說錯吧？」

「嗯，對，你搜集資訊的能力堪比偵探了。」

葉子很快又變回了之前那副破罐子破摔的樣子，隨口支應著，像是對老人說的一切都毫無興趣。

「我還知道你大概是下午3點離開的公司。之後，既沒有回家，也沒有去找過任何一個朋友。只是漫無目的地在大阪街頭東遊西逛。你以後有什麼

打算嗎？」

　　老人一副無所不知的樣子，想必從下午3點直到天黑一直跟在葉子後面，可是他勞心勞力地做這種事，到底有什麼目的呢？

　　「這和你有什麼關係？呵，如果我從今晚開始，做起皮肉生意⋯⋯」女孩嘴角一挑，冷聲笑道，又是一副自暴自棄的樣子。

　　「哈哈哈，難道我看起來像是一個老淫棍？不，我並不是那種人，事實上，你也不是。大約兩小時前，你還在藥店裡買了樣東西，不是嗎？」老先生盯著葉子的眼睛，得意洋洋地說。

　　「呵呵，你說的是這個吧，安眠藥。」葉子從手提包裡拿出兩盒阿達林①。

　　「你還不到失眠的年紀，一買就是兩盒⋯⋯」

　　「你懷疑我想自殺？」

　　「嗯，不要以為我這樣的老頭子，就不懂年輕女孩的心思。雖然成年人多半不會理解年輕人的世界。年輕人，尤其是尚未經歷過情事的年輕人，因為某種純潔的遐想，把死亡當成一道極為美麗的風景。而與純潔不相上下的，是一種自甘墮落，將肉體拉入泥沼的受虐欲。這兩種想法雖然彼此矛盾，卻總是同時出現。你買了安眠藥，又口不擇言說要賣身，其實都是因為你還年輕啊！」

　　「所以，你是來給我當人生導師的？」葉子像是被人潑了盆涼水，冷冷地說。

　　「不，我可不是那麼死板的人。我不會給你提意見，但是我會幫你脫離困境。」

　　「哈哈哈，和我想的一樣。謝謝，你要怎麼救我呢？」女孩明顯誤會了老人的意思，玩笑般說道。

　　「不，我不是在和你調情。我是在和你商量事情，態度非常認真。我沒

---

1. 安眠藥，用於神經衰弱和神經紊亂及各種原因的失眠。——譯注

有包養你的意思，只想問你願不願意為我工作？」

「抱，抱歉，你說的是真的？」葉子終於明白老人的意思了。

「當然。冒昧問一句，你在關西商事株式會社的薪水是多少？」

「40圓……」

「好。我每個月給你200圓，包吃包住，提供置裝費。你的工作就是遊山玩水。」

「哈哈哈，還有這麼好的事？」

「我不是在開玩笑，也請你認真對待。這裡面有一些事情很難解釋，以你的工作內容而言，其實這些錢根本不算什麼。先不說這些，你父母呢？」

「不在了。他們要是還活著，我也不會走到這一步。」

「那麼，現在……」

「我一個人住在公寓裡。」

「嗯，好。這樣就再合適不過。你先和我走吧，公寓那邊，晚一點我去處理。」

老人開出的條件如此奇怪，換作平時，葉子絕不會答應。可是現在，她連賣身、自殺都想過了，還有什麼可怕的？這種自暴自棄的心情，讓她最終答應老人的要求。

離開咖啡館，老人叫了一輛計程車，將她帶到郊區（對她來說，那一片十分陌生）的一家簡陋的香菸店裡，之後上了二樓的一間破舊的房間。那間屋子約有三坪大小，鋪在地上的榻榻米已經褪色了。屋裡的擺設，只有角落裡的一張小梳妝檯和一個大皮箱。

老人的行為更加古怪。路上，老人已經將這次聘請合同的秘密告訴葉子，所以葉子到了這裡，並沒有覺得緊張，不僅如此，還對自己的新角色，充滿躍躍欲試的興奮感。

「按照雇用條件，首先，你得把衣服換了。」

老人從皮箱裡拿出一套華美的和服，正適合葉子這種年紀的年輕人穿，還有腰帶、長內衣、黑色的皮領大衣、草屐，從上到下，一件不缺。

「鏡子有點小，湊合著用吧！」

說完，老人轉身去了樓下。葉子按照老人的交代換上了那身華麗的和服，一時之間，葉子心裡所有的苦悶都消失了。

「很好，很合身，非常漂亮！」老人不知何時又回到了樓上，看著她的背影竟然有些呆住了。

「可是這身衣服，和短髮好像有點不搭配。」葉子看著鏡子裡的自己，靦腆地說。

「放心吧，我都準備好了。看，帶上這個就行了。」

說著，老人又從之前的皮箱裡拿出一個白布包，打開之後，裡面是一團恐怖的頭髮——腦後紮著髮髻的假髮。

老人繞到葉子身前為她戴上假髮，動作十分嫻熟。葉子看著鏡子裡的人，發現自己簡直變成另一個人。

「最後是眼鏡，度數有點高，忍一忍。」

老人拿出一副無框近視眼鏡遞給葉子。葉子也不多問，直接夾在了鼻樑上。

老人催促道：「行，我們馬上出發。約好了是10點整。」

葉子連忙將脫下來的衣服團成一團，塞進皮箱，然後跟在老人身後，疾步下樓。

離開香菸店往前沒走幾步，就看到路邊停著一輛汽車——不是剛才坐的計程車。汽車雖然有些破，司機的穿著卻十分體面，看著像是老人的朋友。

兩人上車後，司機也不多問，一腳油門，車就開了出去。路上街燈明亮，幾段彎路之後，到了黑漆漆的郊外。

「到了，來得及吧？」司機回頭問道。

「嗯，時間剛剛好，10點整。把燈關了。」

司機轉動旋鈕，將車子的前後燈和車裡的小燈全都熄滅。漆黑的車子在漆黑的夜色中疾馳而過。

很快，汽車就開到了一處大宅的水泥圍牆外，開始低速慢行。路燈大約每隔五十公尺就有一盞，雖然光線昏暗，但大致能看清周圍的景物了。

「葉子小姐，準備好了嗎？動作要快，知道吧？」老人鼓勵著這位即將

登場的「選手」。

「嗯，知道。」奇異的冒險讓葉子有些緊張，但也讓她十分亢奮。

車子在這幢大宅的小門前忽然停了下來，幾乎是同一時間，有人在外面打開車門，低聲喝道：「快！」

葉子也不說話，迅速下車，按照事先說好的，大踏步衝進小門。

就在這時，小門裡也有一個人在往外跑，他與葉子擦身而過，直接跳進汽車裡，坐到葉子之前坐的地方。

在擦身而過的瞬間，葉子藉著路邊昏暗的燈光看到那個人，登時嚇出了一身冷汗。

這是幻覺嗎？還是所有的一切都是噩夢。

葉子看到的是另一個自己。以前就聽說有一種叫做離魂症[2]的怪病，難道自己也得了。

現在有兩個櫻山葉子，一個衝進小門，一個衝出小門跳上了汽車。兩個人不管是髮型還是著裝全都一模一樣。世界上會有這樣相像的兩個人嗎？不不不，如果只是這樣，還不足以讓她如此恐懼。在擦身而過的那個瞬間，葉子看得很清楚，對方連臉都和她長得一模一樣。

可是，沒有人知道葉子的恐懼，汽車載著那個女人，像一陣陣黑色的旋風般，順著來時的路疾馳而去。

「好了，請這邊走。」

葉子悚然一驚，這才看到之前打開車門的那個男人。那個人把臉貼在她耳邊輕聲提示著。夜色中，她只能看到一個黑影。

---

2. 一種傳說中的怪病，據說得了這種病的人，魂魄會離開肉身，在外界遊蕩。——譯注

# 蜘蛛與蝴蝶

　　著名的珠寶商人岩瀨莊兵衛的宅邸，坐落在大阪南郊，南海電車沿線的H町。最近，宅邸周圍的水泥牆上，已經插滿玻璃碎片。

　　對此，街坊四鄰感到十分困惑：「發生什麼事了？只有那幫放高利貸的傢伙，才會這麼做吧？」

　　可是，岩瀨宅邸的變化遠不止這些。門長屋①原本是給岩瀨商行的老店員住的，現在換成當地警察局的某位警長及其家人。據說，那位警長劍術極好。

　　院子裡立著一排排的木椿，全都安上明亮的電燈。房屋的所有窗戶，作為最有嫌疑的入口，都裝上結實的鐵欄杆。除了寄住在家裡的那些書生②，又請了兩個身強體壯的保鏢，在宅邸裡住著。

　　現在岩瀨宅邸就像一座小城堡。

　　是什麼讓他們如此畏懼，如臨大敵般謹慎戒備？不用說，自然因為黑蜥蜴這個女版的亞森·羅蘋已經言明，她很快就會來盜走岩瀨先生的掌珠——早苗小姐。

　　在東京的K飯店，名偵探明智小五郎雖然挫敗了女賊的綁架計畫，可是女賊卻不肯就此罷手。她已經揚言無論如何都要把早苗小姐搶到手。弄不好，她現在已經潛入大阪，正虎視眈眈地在H町監視著岩瀨宅邸一舉一動。

　　女賊魔術師般高明的手段，在K飯店的那場交鋒中，給明智留下極為深刻的印象。即使沒有岩瀨的殷殷囑託，他也會加倍小心。

　　可憐的早苗小姐，現在只能像坐牢一樣呆在宅邸最深處、被鐵欄杆圍得

---

1. 是日本關西地區的一種傳統的住宅形式，多出現在東京和大阪，呈長方形，分隔成好幾家住戶，如果和大宅相連，多是給傭人住的。——譯注
2. 有些學者、商人、政客會將親戚家正在上學的孩子帶到家裡，讓他們幫忙打理家務或工作上的事。——譯注

密不透風的房間裡。早苗最喜歡的老婆婆住在她隔壁，再下一間，就是來自東京的明智小五郎。三個書生加上若干男女傭人住在玄關兩側。如此一來，就將早苗小姐的房間圍在了最裡面。每個人都緊繃著神經，嚴陣以待，稍有風吹草動就會衝上去保護早苗。

早苗被關在「籠子」裡，輕易不能出門。就算偶爾到院子放鬆一下心情，身邊也要寸步不離地跟著人，不是明智就是某個書生。

就算魔術師黑蜥蜴有通天徹地之能，在這種情況下，怕也無計可施。或許正是因為這樣，早苗他們在家待了半個多月，一直沒有發生任何異常情況。

「可能是我膽子太小，把那個傢伙的虛張聲勢太當回事了。我們防備的如此嚴密，她看到無法下手，或許已經放棄了？」岩瀨的思想慢慢開始變化。

對女賊的憂慮減輕後，他開始擔心起女兒的健康。

「我防備的是不是太嚴了，總不能弄得女兒像坐牢一樣吧！她本來就很害怕，被我這麼一弄，更加膽顫心驚。這段時間，她簡直像變了一個人，小臉煞白，連笑都不會笑了。也不說話，問一句，好半天都沒個反應，有時還會把臉扭到一邊。不行，我得想辦法，讓她打起精神來。」

岩瀨撐眉思索了一會兒，忽然想到幾件今天送到客廳的西式家具。

「嗯，她看到那些東西，一定很高興。」

岩瀨想到的西式家具，其實是一套一個月前就已定下的豪華座椅。當時，還是早苗親自選的布料。

想到這兒，莊兵衛立即興沖沖地去宅子最深處的房間找女兒早苗。

「早苗，按照你的喜好訂做的那些椅子已經送到客廳裡了，去看看吧，成品比預想的還要漂亮！」莊兵衛打開紙門大聲喊道，進門後，不自覺地留意了一下屋子裡的情況。書桌邊的早苗似乎被嚇了一跳，猛地回頭看了他一眼，又垂下眼眸，灰心喪氣地說：「是嗎？可是我現在……」

「別這麼消沉，好啦，跟我過去吧！婆婆，我帶早苗出去啦！」

就這樣，莊兵衛和隔壁的老婆婆交代一聲，便將木呆呆的早苗拉走了。

老婆婆隔壁的房間敞著門，屋裡空蕩蕩的。明智今天有件急事必須出去一趟，早上走的，現在還沒回來。他出門前已經確認過莊兵衛會在家，還再三叮囑傭人，一定要打起精神把早苗小姐看好了。若非如此，他還真不敢出門。

早苗小姐很快就被父親拉到寬敞的客廳裡。

「怎麼樣？比你想像的還要精緻吧？」說著，莊兵衛就在身邊的新椅子上坐了下來。

在圓桌周圍一共有7把椅子：沙發椅、扶手椅、女用無靠背座椅、小巧的木製靠背椅……

「啊，真漂亮……」

消沉了好一段時間的早苗小姐，終於開口說話了。她像是非常喜歡這些椅子，還在沙發椅上試坐了一下。

「有一點硬啊！」感覺和坐普通沙發有些不太一樣。

「剛做好的沙發椅都會有點硬，坐一段時間就好了。」

莊兵衛真該和女兒一起試試這張沙發，因為它的觸感確實和普通沙發大不相同。可是他一坐到扶手椅上，就不想再去試坐其他椅子了。

這時，門外有一個傭人探頭進來，說大阪那邊有電話找莊兵衛。莊兵衛一聽，連忙去裡面接電話。他到底不敢真的放鬆警惕，走之前，特意去書生的房間，讓他們看好客廳裡的早苗。

兩個書生聽到吩咐，立即到走廊裡把客廳保護起來。客廳就在走廊盡頭，想要進去，必須從書生面前經過。

客廳對著院子的方向雖然開著幾扇窗，但窗戶上無一例外地都被鐵欄杆釘死了。若不是因為通向早苗所在客廳的所有通道都被封死了，電話催得再急，莊兵衛也不敢把早苗一個人留在客廳裡。

接過電話，莊兵衛決定立即動身前往大阪的店鋪。他匆匆忙忙換好衣服，妻子和傭人目送他走到玄關。

「一定要把早苗保護好，她現在在客廳裡，我已經讓書生過去看著了，但是你也要多留心。」傭人蹲下身給他繫鞋帶，他反覆叮囑妻子。

看到丈夫上了汽車，岩瀨夫人決定去客廳裡看看女兒。只是沒走幾步，就聽到一陣鋼琴聲從客廳裡傳出來。

「啊，早苗在彈琴，她好久都沒彈了。這樣才好，我還是別過去惹她心煩了。」

岩瀨夫人長出一口氣，吩咐書生嚴加戒備，不要放鬆警惕，便回了臥室。

父親走後，早苗將每把椅子都試坐了一遍，又走到窗邊，遙望外面的景致。沒過多久，她走到鋼琴邊，胡亂彈了幾下，彈著彈著，忽然來了興致。先是演奏一曲童謠，之後又換成某一節歌劇。

她全神貫注地彈了一會兒，忽然又覺得有些無聊，便站起身，想要回房。不想剛一轉身，就看到一幅極為恐怖的畫面，瞬間就被嚇傻了。

天啊，怎麼會這樣？窗戶、走廊，所有能進入客廳的通道都被封死了，鋼琴、長椅，屋子裡也沒有能藏人的東西？也不可能有人會趴在身邊的矮腳凳下。客廳裡剛剛還是除了早苗小姐，一個人都沒有，不，連隻貓都沒有。可是，現在居然有一個怪模怪樣的傢伙，站在早苗小姐面前。

那個人蓬頭垢面、鬍子拉碴，咕嚕嚕亂轉的眼睛裡泛著凶光，身上的西裝又髒又破……雖然不知道這個幽靈般的傢伙是誰，又是從哪裡潛進來的，但他是女賊黑蜥蜴的同夥這一點，卻沒有任何疑問。

啊，危險終於降臨，這也是意料之中的事。敵人在他們放鬆警惕的那一瞬間，再次施展魔術師的手段，輕易繞開他們的層層封鎖，幽靈般悄無聲息地從門縫裡鑽了進來。

「噓，別出聲。我不想傷害你，畢竟你是我們最珍貴的寶物！」匪徒沉聲恐嚇道。

唉，他的威脅根本就是多此一舉，可憐的早苗小姐在看到他的那一瞬間，就已經被嚇得渾身癱軟，想喊也喊不出來了。

歹徒挑動嘴角，露出一個可怕的笑容，迅速繞到早苗小姐身後，從口袋裡拿出一條像是的手帕一樣的東西，一把按住早苗小姐的口鼻。

早苗小姐感到，肩膀和胸口像是被蛇纏住一般動彈不得，因為被手帕

捂住了嘴，連呼吸都有些困難了。無論如何，也不能這樣坐以待斃。雖然只是一個弱不禁風的小女孩，她仍舊使出全身的力氣，想要從歹徒手裡掙脫出來，就像一隻落入蜘蛛網的蝴蝶，淒慘無望地掙扎著。

很快，她拼命揮動的手腳便失去力氣，徹底安靜下來——麻醉藥起效了。

歹徒將不再扇動翅膀的蝴蝶輕輕放在地毯上，拉平她衣服的下擺。他看著她睡美人般的面龐，露出邪惡猥瑣的笑容，樣子十分嚇人。


# 小姐變身


客廳裡的琴聲，半個小時前就已經停了，可是直到現在，早苗小姐也沒有出來的跡象。剛剛客廳裡還傳出一陣移動重物的聲音，現在卻一點聲響都聽不到了。

「喂，這都多長時間了，小姐怎麼還不回房？」

「是啊，裡面一點聲兒都沒有，好像不太對勁。」

負責守衛的書生忍不住低聲議論起來。這時，因為擔心小姐的安危，老婆婆也過來查看情況。

「老爺和小姐還在客廳裡嗎？」老婆婆似乎並不知道主人已經出門去了。

「老爺不在，剛剛店裡來了電話，老爺去大阪了。」

「什麼？那客廳裡豈不是只有小姐一個人，這可不行啊！」老婆婆一聽就急了。

「所以我們才在這裡守著啊！只是小姐在裡面待了很長時間都沒出來，而且裡面也太靜了，像是有點不太對。」

「我進去看看。」

說完，老婆婆邁步走向客廳，毫不猶豫地推開門，朝裡看去。可是，她

只看了一眼，便關上門，急匆匆地跑回到書生面前。不知為何，臉色十分蒼白。

「壞了，你們快去看看，有一個怪人躺在沙發上，小姐卻不在裡面。你們趕緊把他趕走，哎，嚇死人了。」

書生們面面相覷，明顯不太相信老人的話，直以為她是得了失心瘋，在這裡胡言亂語。但是就算不信，也是要去看看的。

他們推開門，衝進客廳，當即被眼前的景象嚇了一跳。老婆婆說的居然是真的，一個破衣爛衫、蓬頭垢面、乞丐般的陌生男人在沙發上攤著手腳，睡得雷打不動。

「喂！你是誰？」一個練過柔道的書生衝過去，粗暴地抓著那個人的肩膀用力搖晃。

「天啊，真受不了。這個傢伙是醉鬼，把整張沙發吐得一塌糊塗，噁心死了。」書生猛地跳開，摀著鼻子喊道。

確實，沙發上的男人喝得爛醉，沙發下面還有一瓶翻倒在地的威士忌空酒瓶。如果這個男人真的是在這裡喝酒，在這麼短的時間裡，他無論如何也不該醉倒。可惜，書生們只顧著厭惡這個醉鬼，根本沒往這上面想。

酒鬼被吵醒後，迷迷糊糊地睜開眼睛，伸出猩紅的舌頭舔了舔黑乎乎的嘴角，勉強支起的上半身左搖右晃。

「對不起啊，我喝不動了，難受，真不行了。」男人像是把這間待客用的豪華客廳當成酒館，絮絮叨叨地說著醉話。

「混蛋，你把這裡當成什麼地方！還有，你是怎麼進來的？」

「嗯……怎麼進來的？我當然有我的辦法啦！我這個人啊，鼻子最靈了，哪裡有好酒，都瞞不過我。呵呵呵……」

「別問這些沒用的。小姐不見了？問問他，是不是他搞的鬼？」一個書生發現問題，連忙提醒道。

兩個人幾乎把客廳翻過來，可是非常奇怪，除了這個莫名奇妙出現在這裡的醉漢，房間裡一個人影都沒有。怎麼回事？小姐只在這裡待了30分鐘，難道有人能在這麼短的時間裡，施展不遜於天勝的魔術手段，將貌美如花的

千金小姐變成又髒又臭的醉鬼嗎？誰也不知道這段期間到底發生什麼事，但只看開頭和結尾，似乎只能得出這麼一個荒唐的結論。

「喂，你什麼時候進來的。之前有一位漂亮的小姐在這裡，你看到沒有？問你話呢，趕緊說！」書生抓著他的肩膀用力搖，可男人一點反應也沒有。

「漂亮的小姐？好久沒見過啦，在哪兒呢，我要見，快帶過來，帶過來。我要看漂亮的小姐。哈哈哈……」看樣子是徹底喝傻了。

「算了，這種傢伙問也是白問。打電話報警吧，交給警察處理。留著他，只會把家裡吐得更髒。」

老婆婆向岩瀨夫人稟報了客廳裡的事。夫人一聽，立即慌慌張張地趕了過來。她是一個非常愛乾淨的人，聽說有一個髒兮兮的醉漢把客廳吐的汙穢不堪，連門都敢不進。只是讓女傭陪著，透過門縫心驚膽顫朝裡看了一眼。現在聽到書生們的話，連忙吩咐道：

「對，應該這樣。來人，打電話報警。」

然後，這個來歷成謎的醉鬼就被送進了當地的拘留所。兩個警察抓著醉鬼的手，連拖帶拽地把人帶走了，客廳裡只剩下沾滿嘔吐物的沙發和四處瀰漫的臭味。

「這張沙發還是新的，可惜了。」老婆婆也不敢靠近沙發，站在遠處皺著眉說，「哎呦，沙發上除了他吐出來的那些東西，還有一個大口子，怎麼回事，那個傢伙帶著刀嗎？沙發面都被割開了，太嚇人了。」

「可惡，剛送過來的。不行，不能在客廳放著了。誰去給家具店打電話，讓他們趕緊把沙發搬走，換好布面再送回來。」

岩瀨夫人有嚴重的潔癖，根本無法忍受家裡有這麼骯髒的東西。

醉鬼的亂子結束後，大家馬上想起早苗小姐失蹤的事。立即給男主人岩瀨先生送信。明智出門前已經交代自己的去處，所以他們也給他打了電話，讓他快點回來。

與此同時，宅邸裡也進行嚴密的搜索。警局派來的三個警察，還有家裡的書生、僕人，全都參與到搜索行動中。從客廳到早苗小姐的房間，從樓上

到樓下，從院子到簷廊的地板下，能找的地方全都找遍了。可是，美麗的早苗小姐就像葉尖上的露珠，被太陽一曬，就化為蒸汽消失在空氣中。真是荒唐，本該好好地待在客廳裡的早苗小姐，居然就這麼消失了。

# 魔術師的手段

醉鬼的亂子平息之後，過了大概兩個小時，接到緊急通知的莊兵衛和明智小五郎分別從市裡，急匆匆地趕了回來。兩個人在主人房討論起這個離奇事件，除了岩瀨夫人和老婆婆，負責守衛的兩個書生也被叫來了，他們恭敬地站在一邊，等著主人家的盤問。

「大意了，我又疏忽了一次。」明智羞愧地說。

「不，這不怪你，是我，我看早苗鬱鬱寡歡，太心疼了，把她帶去客廳，想讓她高興一下。沒想到會出這樣的狀況。是我大意了，都是我的錯。」

「我們也有錯。不該完全交給書生去看守。」岩瀨夫人也這樣說。

「如今再怎麼自責，也沒有用了。關鍵是弄清楚，小姐什麼時候離開的客廳，之後又被帶去了哪裡。」明智提醒大家現在不是自責的時候，盡快把早苗小姐找回來才是第一要務。

「是啊，問題就在這裡。怎麼會這樣呢……喂，倉田，你們值守時是不是懈怠了？不然，怎麼連小姐什麼時候離開客廳的，都不知道？」

書生倉田聽到莊兵衛的話，臉上立時露出一絲不快，氣哼哼地說：

「絕對沒有。我們的視線從未離開過客廳大門。再說，小姐若去其他房間，也不可能避開我們站著的那條走廊啊！我們就是再不認真，小姐從我們面前過，也不可能看不見。」

「哼，你們這麼有信心，小姐哪去了？她還能把結實的鐵欄杆拆了，飛出去不成？哦，鐵欄杆沒被拆下來吧，說啊？」看樣子，一著急就惡語傷人

是莊兵衛的老毛病了。

兩個書生見他發脾氣，立時委頓下來，搔著頭老實地回答這個顯而易見的問題：「沒，沒有，不要說鐵欄杆，連窗戶上的插銷都沒被動過。」

「這樣看來，除了你們怠忽職守，還有別的解釋嗎？」

明智想了想，說：「哎，等一等，現在還不到下結論的時候。我覺得不是他們怠忽職守，小姐離開，醉鬼進入，他們再粗心大意，也不至於接連兩個人進出都沒看到。」

「確實有些匪夷所思，可是事實就是如此啊！」莊兵衛嘴硬道。

明智也不與莊兵衛爭辯，繼續分析道：「如果鐵柵欄沒壞，書生們也沒有怠忽職守，我只能得出一個結論，由始至終，都沒有人在客廳出入過。」

「哈，難不成是早苗變成醉漢？開玩笑，當我女兒是陰陽人嗎？」

「岩瀨先生，你說帶女兒到客廳裡看新椅子，那些椅子是今天才送到嗎？」

「對，你出門後沒多久就送來了。」

「奇怪，你覺得小姐的失蹤，和那些椅子之間會不會有什麼必然的聯繫？我有一種感覺……」

說到這兒，明智忽然停住話頭，瞇著眼睛沉思起來。然後，他像想到什麼一般，忽然抬起頭說了一句莫名其妙的話。

「人椅子……小說家幻想出來的情節，居然在現實中出現了嗎？」

他猛地站起身，也不和大家多說，逕自離開房間，看神情像是十分激動。

眾人被名偵探突如其來的舉動弄得目瞪口呆，面面相覷，不知道應該如何反應。沒過多久，外面又響起明智小五郎匆匆返回的腳步聲和他的怒吼：「沙發呢？客廳裡的沙發哪去了？」

「啊，明智先生，先別著急，沙發不重要，重要的是我女兒，我們還是先擔心一下她吧！」莊兵衛不耐煩地說。

可是明智進屋後，問的還是那個問題：「不，我現在必須弄清楚沙發的下落。你們到底把它放哪兒了？」

於是，一個書生答道：「剛剛家具店的人把它搬走了，夫人讓他們把布面換了。」

　　「夫人，是這樣嗎？」

　　「是。沙發被那個醉鬼弄壞了，而且沾了很多嘔吐物，噁心的要命，我讓人趕緊處理了。」岩瀨夫人溫聲答道，明顯還沒發現這其中的問題。

　　「原來是這樣。糟了，現在恐怕已經來不及了。不，也許……也許是我想錯了也不一定。抱歉，我用一下電話。」明智自言自語般喃喃念道，然後，瘋了一般撲到桌子邊，抓起電話，又對書生大喊：「家具店的電話，快！」

　　書生迅速地報了一遍電話號碼，明智又對接線生複述一遍。

　　「Ｎ家具店嗎？這裡是岩瀨家。剛剛你們搬走的沙發，請問送到沒有？」

　　「什麼？沙發？」話筒那邊傳來疑惑的聲音，「啊，我知道了。抱歉，讓你們久等了，我這就派人去取。」

　　明智心急如焚，忍不住大聲吼道：「什麼叫派人來取，沙發不是已經被你們店裡的人取走了嗎？」

　　「啊？沒有啊，我們還沒派人過去！」

　　「你是老闆嗎？請你好好查一下，是不是有人過來了，但沒通知到你。」

　　「不，那根本不可能，因為我還沒跟人說要去貴府取回沙發的事，所以不可能有人上門。」

　　明智聽了，「啪」地一聲撂下電話，站起身疾步向門口走去。忽然，他又像忽然想起什麼一般折了回來，抓起話筒，這次是打給當地警察局司法主任的。明智住進岩瀨家的第一天，就和這位司法主任打過招呼。所以，在遇到這樣的緊急情況後，兩個人的交情能在第一時間發揮重大作用。

　　「我是明智。剛剛有人冒充家具店的人，把之前被醉鬼弄髒的那張沙發騙走了，對方將沙發搬上了卡車，現在不知道跑到哪兒去了。你能緊急安排一下，予以攔截嗎？……對，就是那張沙發……人椅子，對，人間椅子。當

然不是玩笑……嗯，很可能，除此之外，沒有別的解釋了。好，麻煩你了。我肯定沒猜錯。具體情況，我們晚點再說。」

明智剛要掛電話，就聽到聽筒那邊傳來一個重磅炸彈。

「什麼？跑掉了。是我的疏忽。……以為他是醉鬼，就沒有嚴加戒備。嗯，這也正常。是一個高手，肯定是黑蜥蜴的人，可惜了。還沒抓住嗎？人命關天，請務必竭盡全力……沙發和醉漢，兩個都要……好，再見。」

明智「啪」地一聲掛上電話，灰心喪氣地蹲在地上。屋子裡的人異常緊張，誰都不敢開口說話。從明智的對答中，他們已經逐漸知道這位名偵探的這些詭異舉動所代表的含義了。

「明智先生，聽了剛才的通話，我已經對事情的前因後果有了大致的瞭解。我欽佩你高人一等的洞察力，也佩服竊賊偷樑換柱的本事。不，他那不是一般的本事，是魔術、妖術，簡直讓我目瞪口呆。所以，是有人用一個藏著機關的沙發偷換了家具店的沙發，然後將那個醉鬼藏在裡面送進我的客廳，對嗎？後來，早苗進入客廳……那個醉鬼從沙發裡鑽出來，把我女兒……明智先生，早苗不會被那個傢伙殺了吧……」說到這兒，莊兵衛一臉蒼白地止住了話頭。

「不，他們絕不會殺了小姐。還記得K飯店那場綁架案？如果我沒有猜錯，他們更需要小姐活著。」明智勸莊兵衛放心。

「嗯，你說得對……那個傢伙將早苗弄暈，塞到他之前藏身的沙發裡，蓋上坐墊，然後躺在沙發上裝醉。可是，那些嘔吐物……」

「啊，相比於黑蜥蜴，岩瀨先生的想像力也不遑多讓。我也這麼想……那個傢伙恐怖的地方在於膽大包天且行動力極強，敢把異想天開的構想變成粗陋的詭計，並加以執行。這次的詭計模仿的是一部小說，名為《人間椅子》①，講的是有一個歹徒藏在椅子裡作惡的事。黑蜥蜴居然把小說家胡編亂造的故事，應用到綁架早苗小姐的行動中。所以，剛才提到的嘔吐物，多

---

1. 江戶川亂步所作的短篇小說。——譯注

半不是那個假醉鬼吐出來的，而是從酒瓶子裡倒出來的。他早就把那些髒東西灌進了空酒瓶裡，等迷暈了早苗小姐後，再將其倒在沙發上。不信，可以檢查一下那個威士忌瓶，味道一定十分恐怖。其實歐洲的神話故事中，也有這樣的詭計，只是那個神話故事裡用的，是比嘔吐物更噁心的東西。」

「醉鬼已經逃出拘留所，是嗎？」

「是啊，說是逃走了。醉鬼和沙發，這個詭計最重要的兩個部分，全都失去蹤影。」明智苦笑著說。不過，他很快又正色道：「可是，岩瀨先生，我並沒有忘記在Ｋ飯店時，對你許下的承諾。放心吧，我就是死，也要把早苗小姐救回來。請相信我，事情還有挽回的餘地……你看我的臉，有面無血色或憂心忡忡嗎？沒有吧？我非常冷靜，就像你看到的那樣，非常鎮定。」

說到這兒，明智爽朗地笑了起來，不像是裝腔作勢的樣子，是真的在笑。看到明智信心十足的樣子，眾人心中又升起了希望。


# 埃及之星

著名珠寶商岩瀨莊兵衛的女兒被綁架的事，第二天透過報紙傳遍了全國。暫且不說當地警局，連大阪府的警局都派出了所有人手，全力搜查早苗小姐的下落。所有沙發，不管是百貨商店貨架上的，還是家具店櫥窗或各個車站倉庫裡的，全都成為搜救人員的重點關注對象。有些人比較敏感，連自己家客廳裡的沙發都要掀開仔細檢查一下，不然都不敢往上坐。

案發之後過了一天，沒有任何關於那張藏人沙發的消息。美麗的早苗小姐，也不知是死是活，像從這個世界完全消失了一般。

岩瀨夫婦唉聲嘆氣，可是把女兒帶去危險的地方、將歹徒放走，都是他們兩口子做的，實在怪不得別人。不過，莊兵衛因為太過悲傷和懊惱，有些情緒失控，居然把所有的罪責都推到明智身上，說他不該忽然外出。

他們的情緒當然瞞不過明智的眼睛。名偵探對於自己在這次綁架事件

中，所犯下的致命疏忽追悔莫及。不說別的，這次他賭上的，可是他作為偵探的名譽。但是不管怎麼樣，這位久經沙場的悍將至少在表面上，都始終是一副成竹在胸的樣子，不見一絲驚慌。

「岩瀨先生，請相信我，早苗小姐沒有危險，我會把她平平安安地救出來。就算她現在真的落到了歹徒手中，他們也不會傷害她，不僅如此，他們還會像對待珍寶一般好好照顧她。請放寬心，他們一定會那樣做的。」為了安撫岩瀨夫婦，明智反覆強調這些話。

「可是，明智先生，你要去哪兒救我的女兒呢？難道你知道他們把她帶去哪裡了？」岩瀨陰陽怪氣地說。

「是，我或許可以猜到。」明智冷靜地說。

「哦，你去找啊！馬上就去。可是你從昨天起，就把找人的事都交給警方，自己在這裡遊手好閒地晃來晃去。你要是真的什麼都知道，就請早點拿出些手段，採取行動吧！」

「我正在等。」

「等什麼？」

「等黑蜥蜴的通知。」

「黑蜥蜴的通知？你在開玩笑嗎？歹徒會來請你把我女兒領回來嗎？」莊兵衛鼻子一哼，冷笑道。

「是啊！」名偵探像小孩子般天真地答道，「也許那個傢伙真會通知我們把小姐領回來。」

「啊？你認真的還是在開玩笑？竊賊怎麼可能做這種事……明智先生，現在可不是說笑的時候。」大珠寶商惱火地說。

「我不是說笑。你很快就會知道……啊，也許那裡就有通知。」

明智和岩瀨先生正坐在早苗被綁走的客廳裡談話，就看到一個書生拿著今天的第三批來信走了進來。

「這裡有竊賊送來的通知？」莊兵衛一臉嘲諷地說，隨手從書生手中接過那些信，漫不經心地查看每封信的寄件人。不一會兒，他忽然驚訝地高聲喊道：「天啊！這是什麼？這畫的是什麼啊？」

那個西式信封十分精美，仔細看去，信封背面沒寫寄信人，但左下角畫著一隻栩栩如生的黑色蜥蜴。

「是黑蜥蜴。」明智平靜地說。

「對，是黑蜥蜴，大阪市內的郵戳。」莊兵衛到底經商多年，觀察力極好，「哎，確實是竊賊的通知，只是明智先生，你怎麼會猜到他們的動向……」

他看著名偵探的目光中充滿欽佩。莊兵衛雖然暴躁易怒，但也很容易高興。

「先打開信，看看黑蜥蜴的條件吧！」

莊兵衛聽了明智的提醒，連忙小心翼翼地剪開信封，抽出裡面的信展開細看。白色的信紙上沒有任何印記，用拙劣字跡（應該是故意寫成這樣的）寫著這樣一段話：

岩瀨莊兵衛先生：

很抱歉昨天驚擾到你了。早苗小姐正在我們這裡做客，為了不受警方的打擾，我們會把她藏在一個十分隱秘的地方。

不知你是否有意贖回小姐？我們開出的條件，如下所示：

（贖金）你收藏的那顆『埃及之星』。

（付款日期）明天下午5點整。

（付款地點）T公園①通天閣②頂層瞭望台。

（付款辦法）岩瀨莊兵衛按照上述時間，一個人將指定物品帶到通天閣。

---

1. 這裡指的是天王寺公園。天王寺公園興建於1909年，是大阪公園中最富歷史色彩的公園之一，位於天王寺車站西北側，包括天王寺動物園和以展示日本美術和東方古老美術為主的大阪市立美術館等景點。——譯注

2. 通天閣，位於天王寺公園的北部中心地區的瞭望鐵塔，原高約75公尺，1956年重建後，有103公尺。——譯注

請嚴格遵守以上條件，不要報警，也不要妄想在交易後抓到我，如若不然，我們只能殺掉早苗小姐以洩私憤了。

　　若能遵守以上條件，我們會在交易完成的當天晚上將小姐安然送回府上。接受與否，不必回信告知。明天若是沒有在指定的時間、地點完成交易，此次協商便宣告失敗，我們自會採取既定計畫。

　　此致

黑蜥蜴
1月19日

　　莊兵衛看完信沒有說話，一臉為難地沉思起來。

　　「他們的目標是『埃及之星』？」明智從他憂慮的神情中猜測道。

　　「是，這很麻煩。『埃及之星』說是我的私藏，但也稱得上國寶，實在不該落在歹徒手中。」

　　「聽說那顆寶石千金難求。」

　　「市價25萬。就算有人出25萬，我也不會賣。你知道『埃及之星』的來歷嗎？」

　　「聽過一點。」

　　「『埃及之星』是日本目前最大、最珍貴的鑽石。它出產於南非，是三十幾克拉多面鑽。只聽名字就能知道，它原本是埃及王室的收藏。後來在歐洲各國的王公貴族手中輾轉來去。第一次世界大戰的時候，一個珠寶商在偶然的情況下得到這顆寶石，後來幾經轉手，終於在幾年前被岩瀨商社的巴黎分店買到，現在是大阪總店的鎮店之寶。

　　「這顆寶石來歷非常，重要性也就比我的命稍差一點。為了防止盜竊，我當真是費盡了心血。藏寶地點，不要說店員，連我妻子都不知道。」

　　明智點了點頭，說：「這樣看來，綁走一個大活人確實比偷盜寶石更加容易。」明智不住地點頭。

　　「是。很多盜賊都以『埃及之星』為目標，這些年當真是頻頻出手。每次交鋒，我都能吸取一些經驗，然後變得更聰明、更謹慎。現在除了我，

再也沒有人知道寶石藏在哪裡。竊賊縱有通天的本事，也無法偷走我頭腦中的秘密……可是，唉，如今我所有的努力都白費了。任我再怎麼精明，也想不到竊賊會以早苗來要脅我交出寶石……明智先生，寶石雖然貴重，卻永遠比不上人命。我再不捨，也只能放棄寶石了。」莊兵衛沉痛地吐露自己的決心。

「這樣珍貴的寶石，拱手於人實在太可惜了。我們不要被恐嚇信嚇到，相信我，小姐絕不會有事的！」明智言辭懇切地一勸再勸，可莊兵衛主意已定，根本聽不進去。

「不不，這群歹徒心狠手辣，我不能拿女兒冒險。在珍貴的寶石也只是一塊石頭。若是因為我捨不得這塊石頭，而讓早苗遇害，我會後悔一輩子的。我已經決定了，按照歹徒說的辦。」

「你既然主意已定，好，我不攔著你。佯裝被騙交出寶石，也許是條妙計也說不定。這對偵探來說，倒也方便行事。只是岩瀨先生，請你放寬心。我向你鄭重承諾，一定會把寶石和小姐完好無損地帶回來。就讓他們先高興幾天吧！」

明智一副自信滿滿的樣子，信誓旦旦地說。

# 通天閣上的黑蜥蜴

第二天，岩瀨莊兵衛嚴格按照對方的要求，在臨近五點時，隻身一人走進T公園，來到那座巍峨聳立的鐵塔下。這件事除了明智，他沒有告訴任何人。

T公園佔地面積極廣，每天來往的遊客不計其數，可以說是大阪最具規模、最有人氣的遊樂場所。抬眼望去，到處都是電影院、劇院、小吃店、餐廳和密密麻麻的人群。小攤小販的叫賣聲、無數木屐的踩踏聲、留聲機的樂聲、孩子的哭鬧聲……各種聲音交匯在一起，形成一首高亢的協奏曲。在

飛揚的沉土中，矗立在園區中央，仿照巴黎艾菲爾鐵塔建造的通天閣高聳入雲，俯瞰著整個大阪。

啊，竊賊如此狂妄，簡直是目中無人。女賊黑蜥蜴居然要在大阪最繁華的地方，眾目睽睽下在通天閣塔頂接受贖金。這樣的事，除了膽大包天、無所畏懼的黑蜥蜴，還有誰敢做呢？

莊兵衛經商這麼多年，浮浮沉沉，也算見識過不少場面，出了名的膽識過人。可是和歹徒面對面還是頭一遭。想到這個，他心裡難免有些緊張，顫顫巍巍地走向通往塔頂的電梯。

隨著電梯的快速升高，大阪市在腳下越來越小。冬日的太陽緩緩朝地平線落去，所有房屋的一側都被黑影吞沒，那個景象便如一個美麗的圍棋棋盤。

到了塔頂，莊兵衛離開電梯，來到全開放式的瞭望台。狂風呼嘯吹過他的臉龐，疼得像刀割一樣。這樣強勁的風，在塔下可是沒有的。通天閣在冬天本來就沒有什麼人氣，現在又是黃昏時分，瞭望台上一個遊客都看不到。

零星幾個小店，賣的都是點心、水果和明信片一類的東西，支著擋風的帆布，看店的夫婦坐在那裡被凍的瑟瑟發抖。除此之外，就再沒什麼人了。這裡蒼涼蕭瑟，沒有半點人間的繁華和生氣。

站在欄杆後向下望去，地面的景象和這裡簡直是兩個極端。塔底熱鬧極了，密密麻麻的人像不計其數的螞蟻正緩緩移動。

寒風凜冽，莊兵衛等了一會兒，終於看到上行的電梯。隨著鐵門咔啦咔啦的聲響，一個貴婦打扮的女人打開門，走了出來。女人戴著金邊眼鏡、梳著圓髻，微笑著走向莊兵衛。

一個端莊溫婉的女人在這個時候出現在如此荒涼的塔頂，顯然有些不合常理。

「一個奇怪的女人。」

莊兵衛魂不守舍地掃了那個女人一眼，不想對方卻主動和他打了個招呼：

「呵呵，岩瀨先生莫不是把我忘了。我是綠川啊，在東京飯店的時候，

多虧你照應了！」

　　啊，這個女人就是綠川夫人，也就是黑蜥蜴了。她不會真的是妖怪吧，只是換了身和服、戴上眼鏡、梳著圓髻，就像換了個人一樣。恐怕沒有人會相信，眼前這個溫婉賢淑的貴婦就是江洋大盜黑蜥蜴。

　　莊兵衛看著對方那副熟稔的樣子，像吃了蒼蠅般難受。他一言不發地瞪著對方美麗的臉，眼神中幾乎能噴出火來。

　　「很抱歉，驚擾到你。」說到這兒，她像真正的貴婦般優雅地躬身行了一禮。

　　「廢話不用說了，我已經完全按照你的條件辦了，什麼時候把早苗還給我？」岩瀨直奔主題，並不理會黑蜥蜴的惺惺作態。

　　「呵，會還給你的……放心，小姐一切都好……那個，我要的東西呢？」

　　「在這裡，你檢查一下。」

　　岩瀨從懷裡掏出一個小巧的銀盒子，咬了咬牙，遞到夫人面前。

　　「啊，謝謝。我看一下……」

　　黑蜥蜴從容不迫地接過盒子，用袖子遮著打開盒蓋。碩大的鑽石放在白色的天鵝絨台座上，女人仔細端詳了好一會兒，才開口說道：

　　「啊，真是難以想像……」

　　她終於按捺不住心裡的歡喜，臉上湧起絢麗的紅色。稀世珍寶果然魅力超群，連這位帶著層層面具的女賊都抵擋不住。

　　「五色火焰，果然像五種顏色的火焰在燃燒啊，對得起我這麼長時間的朝思暮想。我多年搜集的近百顆鑽石，與『埃及之星』一比，簡直成為粗陋的頑石。真是謝謝你了。」她再次恭敬地行了一禮。

　　看到對方欣喜若狂的樣子，莊兵衛心裡更加難受。他把那顆寶石看得和自己的命一樣寶貴，現在卻被這個女人奪走了。他雖然已經做好心裡準備，但當這一切真正到來，心裡不捨簡直噴湧而出，更加痛恨這個惺惺作態的女人。所以，雖然是人在屋簷下，也沒有抵擋住莊兵衛那可惡的老毛病，他夾槍帶棒地說：

「贖金我也付了，你是不是該盡快把早苗送還給我。我都不知道該不該相信你，畢竟你是一個賊啊，先付款再收貨，這個風險也太大了。」

「哈哈哈，放心吧……好了，你先回去，我隨後再走。」女人並不把莊兵衛的刻薄話放在心上，準備結束這次危險的會面。

「哼，你拿到鑽石就完事大吉啦……怎麼不和我一起走？不願意和我共坐一部電梯嗎？」

「我也想和你一起走，但不管怎麼說，我終究是一個逃犯，若不先看著你走……」

「你怕有危險？怕我跟蹤你？哈哈哈，你在開玩笑嗎？你還會怕我？要是真的這麼膽小，為什麼約在這麼荒涼的地方。不管怎麼說，我也是一個男人啊！如果，我是說如果，我不顧早苗的死活，一定要把你這個為非作歹的女賊抓捕歸案，現在看來，也不是什麼難事嘛！」莊兵衛看著女人的臉越想越氣，忍不住再次出言譏諷。

「是啊，所以我做足了準備。」

莊兵衛還以為對方會掏出手槍，不想她只是大搖大擺地走到旁邊的小店前，將店家放在那裡的望遠鏡拿過來。

她伸手向前一指：「那是澡堂的煙囪，你往煙囪後面的屋脊上看。」說著，將望遠鏡遞給岩瀨。

「哈，屋頂上會有什麼？」在好奇心的驅使下，莊兵衛舉起望遠鏡。

鏡頭後面，在距離通天塔大概三百多公尺的地方，有一片狹長的平房屋頂；澡堂煙囪後像是一塊晾衣服用的平台；平台上，可以清楚地看到有一個工人模樣的男人蹲在那裡。

「曬台上有一個穿西裝的男人，對吧？」

「是，可那有什麼關係嗎？」

「你不妨看清楚他的動作？」

「哎？他拿著望遠鏡也在朝我們這邊看，奇怪！」

「此外，他手上還拿著什麼東西吧？」

「是，像是一塊紅布。那個男人在看我們嗎？」

「是啊！他是我的手下，正嚴密監視你的行動，所以你最好老實一些。若是我遇到危險，他就會揮動手中的紅布，告訴另一處正盯著他的人立刻發消息給看守早苗小姐的人，如此一來，小姐便死路一條了。哈哈哈，我是賊嗎，即使是再不值一提的事，也要準備充足，才好動手。」

女賊的布置，果然滴水不漏，所以她才會選在荒涼的塔頂進行交易。在平地上，可不能像現在這樣，派人在安全的遠處進行警戒。

「哼，真是費盡心機。」岩瀨嘴上說得硬氣，心裡卻也十分佩服女賊嚴密的布局。


# 詭異的情侶


莊兵衛先一步坐電梯下塔，又坐著停在稍遠處的汽車離開 T 公園。他嚴格地遵守了黑蜥蜴的指令，可黑蜥蜴無法就此安心。

莊兵衛雖然不足為慮，他身邊的明智小五郎卻十分麻煩。想必現在正絞盡腦汁謀劃著什麼出人意料的陰謀！

她拿著望遠鏡，站在欄杆後對塔下密密麻麻的遊客仔細觀察，想要找出所有可能的對手。熙熙攘攘的人群看得人頭暈眼花。她終究輸給了心底的軟弱，莫名的不安縈繞不去。

站在那裡仰望塔頂的西裝男，是警察嗎？還有不遠處那個蹲了很久的流浪漢，也許是明智手下喬裝的。不不不，是故意混跡在人潮中的明智小五郎本人也不說定。

她焦躁地舉著望遠鏡，在瞭望台上來回踱步，對著四周反覆觀察。

她現在擔心的不是被捕。她很清楚，為了保證尊貴的早苗小姐的安全，敵人絕不會輕舉妄動。她怕的是被追蹤。若是遇上追蹤高手，任你再敏銳靈活，也很難甩掉他。糟糕的是，明智小五郎就是這樣一個追蹤高手。他若是藏在人群裡，悄無聲息地跟在她後面，找到秘密基地……想到這兒，膽大妄

為的女賊也不由得脊背發寒。

「謹慎起見，必須出絕招了！」

她大步走到小店跟前，對老闆娘說：「抱歉，能幫我個忙嗎？」

被寒風凍成一團，在櫃檯後圍著火盆取暖的夫婦倆被嚇了一跳，驚訝地抬起頭看著她。

娃娃臉的老闆娘笑容滿面地問道：「你想買點什麼？」

「不，我不買東西，是有事找你幫忙。剛剛在那邊，不是有一個男人和我說話嗎？他是一個惡棍，我受到威脅，可能要倒楣了。你救救我吧！剛才我好不容易才把他勸走，可是他說不定在塔底等著抓我。求你裝成我的模樣，在欄杆那邊站一會兒好嗎？我們可以在帆布篷裡把衣服換了，對調一下身分。我們年紀一樣，髮型也差不多，肯定行的。老闆，真是抱歉，我也想請你幫個忙，等我裝成老闆娘後，請把我送到那邊去吧！我會報答你們的，這樣，我把身上所有的錢都給你們，行嗎？求求你們了。」

她苦苦哀求，又從錢包抽出7張10元紙幣，強行塞給老闆娘。

女人的話沒什麼可疑之處，又能賺一筆意外之財，所以夫妻兩個輕聲商量了一會兒，就答應這個古怪的要求。

店主用帆布把小店遮得嚴嚴實實，兩人安心地在裡面互換了衣服。

老闆娘皮膚白皙，換上黑蜥蜴柔軟的衣物，整理好凌亂的髮髻，再把金邊眼鏡一戴，昂首挺胸站在那裡，儼然就是一個高雅端莊的貴婦人。

黑蜥蜴原本就是喬裝改扮的高手，穿上老闆娘的衣服鞋子、條紋棉袍、條紋圍裙和打補丁的藍布鞋，再隨手把頭髮弄亂，往臉上抹了一點灰，活脫脫就是老闆娘本人。

「呵呵，挺不錯的，是吧？合身嗎？」

「天啊，老婆，你簡直就是一位貴婦人嘛，還有這位夫人，你這個裝扮，土里土氣的，還真像那麼回事。太像了。這樣一來，剛剛那位先生肯定認不出來。」老闆看著這個，又看看那個，被驚得目瞪口呆。

「啊，你原本還帶了一個口罩，正好，借我用用吧！」說著，黑蜥蜴戴上一個黑色的口罩，半張臉都被遮住了。

「現在，請老闆娘站到欄杆那裡，用望遠鏡往遠處看看吧！」

就這樣，假扮成老闆娘的黑蜥蜴和老闆一起坐著電梯，到了人潮洶湧的地面。

「走快點，被發現就糟了。」

兩個人穿過人群，走過電影街和公園的樹林，一路盡可能地撿偏僻的地方走。

「謝謝，現在沒事了……哎，哈哈哈，你說我們像不像私奔的情侶。」

是啊，他們這樣子當真很像一對怪模怪樣的情侶在私奔逃亡。男人可能是耳朵受傷了。繃帶從頭頂纏到了下巴，還戴了頂髒兮兮的鴨舌帽，條紋的棉和服上罩著一件呢絨外套，腰上繫著皮帶，腳下是一雙木底草屐。女人和剛剛的老闆娘一樣的裝扮，兩人都戴著土里土氣的口罩。男人牽著女人的手，像是怕被人看見般，一路都在小跑。

「啊，抱歉。」聽了她的話，男的連忙鬆開手，尷尬地笑了一下。

「沒事……你頭上纏著繃帶，是受傷了嗎？」脫離險境後，黑蜥蜴出於感激，隨口問了一句。

「啊，只是中耳炎，已經快好了。」

「是嗎？你當心一點。你媳婦多好啊，你真有福氣。有一個夫妻店，兩口子互相照應著，一定很幸福？」

「嘿嘿，看夫人說的，我婆娘哪有那麼好。」男人老實的樣子，逗得黑蜥蜴十分開心。

「好了，我們再見吧！請代我向夫人致謝。我一定會記得你們對我的恩情……那套衣服雖不是新的，也請夫人收下吧……」

樹林外有一條縱貫整個公園的馬路，路邊停著一輛車。黑蜥蜴見男人走遠，快步向汽車跑去。

車裡的司機已經等候多時，看她過來，連忙打開車門。女賊立即上車，又對了一句暗號，汽車立即啟動，疾馳而去。看樣子，這位司機也是黑蜥蜴的手下，預先商量好，要在這裡接應首領。

女賊的車剛一發動，店鋪的老闆就從角落地冒了出來。也不知他有什麼

事，到現在還沒回塔。他跑到路邊，慌裡慌張地四下張望。這時，恰巧有輛計程車開了過來，他連忙揮手攔車，飛身跳了上去。還沒坐穩，就用和之前截然不同的清晰的口齒對司機說：

「跟上前面那輛車，我是警察，酬勞少不了你，快！」於是，計程車和汽車保持著適當的距離，穩穩地追在後面。

「注意別讓前面的車發現。」

他弓著身子，像一個勇敢的騎士，專心地盯著前方的車子，偶爾發出一個指令。

他說自己是警察，當真如此嗎？看起來完全不像。他的聲音，聽起來有些熟悉，不，除了聲音，那一直緊盯前方、從繃帶中露出的銳利雙眼，也是我們所熟悉的。

# 追蹤

天空中烏雲密布，落日時分，光線更加陰暗。在南北向縱貫整個大阪市的這條Ｓ主幹道上，兩輛汽車隨時保持著適當距離，在來往的車流中，展開一場奇異的追逐遊戲。

前方汽車上，有一位容貌秀美的年輕女人獨自坐在後座的角落裡，梳著圓髻，身穿條紋棉袍，戴著條紋圍裙，一副店鋪老闆娘的打扮。女人衣著破舊，看起來不像是坐得起計程車的人。不錯，她其實是江洋大盜黑蜥蜴喬裝的。

女賊雖然久經戰陣，這次卻終於有了疏漏。她完全沒發現有另外一輛汽車，像眼冒綠光的餓狼一般，在她的車後步步緊逼。後面那輛車裡坐著一個小販模樣的男人，他半張臉都被紗布包著，目不轉睛地盯著前面的車，眼神銳利，偶爾會粗聲喝令司機「加速！」或「慢一點！」

這個男人究竟是誰？

他眼睛死死地盯著前方，手上動作不停，三兩下就把身上的呢絨外套和條紋和服脫了下來。露出底下髒兮兮的卡其色衣褲，轉眼間就從一個小商販變成工廠的工人。

接著，他又俐落地把遮了半張臉的繃帶全部扯了下來。顯然，所謂中耳炎，只是方便偽裝迷惑敵人的說辭。繃帶揭開後，露出的是一雙炯炯有神的眼睛和兩道濃眉。現在這位神秘人物終於露出他的真面目，是明智，明智小五郎。

他以其人之道還治其人之身，喬裝成塔頂小店的店主，躍躍欲試，決心在今天一舉揭穿黑蜥蜴的秘密，找出她的老巢。

女賊不明真相，不僅中了明智的計謀，脫身時居然還找他幫忙。明智若是想抓她，自然是易如反掌，可是在查出早苗小姐的下落和匪徒的老巢之前，他絕對不能輕舉妄動，必須壓下心裡的焦慮，謹慎耐心地繼續跟蹤，直到安全地救出早苗小姐，奪回埃及之星，而將女賊黑蜥蜴送交到警察局，只能是最後一步了。

天已經徹底黑下來了。路燈不住後退，在大阪市的馬路上，兩輛車兜兜轉轉，進行著一場神奇的賽車遊戲。

女賊車裡的燈忽然滅了，藉著一掠而過的路燈有限的光芒，隱隱可以看到後車窗裡閃動的髮髻。明智不得已，只好在確保安全的情況下，最大限度地拉近兩車的距離。

車子拐過一個街角，前面是大阪市名聲赫赫的一條大運河。馬路一側是小商品批發市場，現在已經過了營業時間，所有店面均已關門，另一側則緊挨著運河。為了方便裝卸貨物，河岸是一條長長的斜坡。夜色深沉，街上不見半點燈火，四周一片漆黑。很難想像，在這個繁華的都市裡，居然還有這麼荒涼的地方。

也不知前面的車為什麼要到這種地方來。黑暗中，車速變慢。到了不遠處的橋頭，那車忽然在明亮的路燈下停了下來。

「啊！糟了，快停車！」明智連忙喊道。就在司機踩下剎車的那一瞬間，前面的車忽然掉頭，朝他們的方向開了過來。

仔細一看，擋風玻璃上已經掛出了「空車」的紅色標示牌。車裡的燈不知何時已被打開，明智看得很清楚，後座上確實一個人都沒有。

明智尚未細想，就看到那輛車已經開過來了。司機閒適地按了下喇叭，兩輛車慢慢交錯而過。

這麼近的距離，已經足夠明智把對方車內的情況看個清楚明白了。確實是空車。剛剛還坐在車裡的女人，現在已經徹底消失了。

司機是黑蜥蜴的人，車子肯定也是女賊的。偽裝成計程車，只是為了避開警察的搜查。

要把這個司機抓起來嗎？不，那只會讓事情變得更糟。一定要找到黑蜥蜴，查出這夥人的老巢。

可是，女賊藏到哪兒去了？車子雖然在橋頭停了一下，但沒看到有人下車啊！那裡的路燈很亮，不可能看錯。還有，車子剛剛拐過街角的時候，明智借助路燈的微光，透過車子的後窗，分明看到女人的圓髻，所以直到那時，黑蜥蜴仍然在車上。

所以，女賊應該是利用了車子從拐角到橋頭這短短大概50公尺的距離，趁著四周一片黑暗且車速很慢的當口，跳下車，藏起來的。可是她能藏到哪兒去呢？馬路一側是鱗次櫛比均已關門閉戶的商店，接連數里都悄無聲息。另一側則是潺潺流淌的黑色運河。明智下車，沿著那可疑的五十公尺走來走去，反覆核查。可惜，他翻遍每個角落，都沒看到半個人影，連個狗影都沒看到。

「奇怪，不會是跳到河裡去了吧？」司機看著再次回到原地的明智，疑惑地說。

「河裡嗎？也不是沒有可能。」說著，明智朝岸邊的卸貨區看去，只見一艘日式船停泊在黑暗中。

船上看不見人，船艙一側船舷上的油紙門裡隱隱露出些紅光，想來是船家的住處。仔細一看，連著河岸的踏板並未撤下，難道，難道黑蜥蜴就躲在那紅色的油紙門後，正屏氣凝神地窺視這裡。

這個推測只能算是胡思亂想。可是，女賊如果不在那裡，又能在哪兒

呢？再說，黑蜥蜴的行為每每出人意表。想要預測她的行動，或許只能往稀奇古怪、不合常理的方向想。

「可以請你幫個忙嗎？」明智將一張紙幣塞到司機手裡，趴在他耳邊輕聲說，「看到那艘紙門裡亮著燈的船了嗎？你先把車頭燈滅了，再把車頭掉過來，讓車燈對著那扇紙拉門的方向。然後，這個要求可能不太好辦，你要大聲呼救，喊得越大聲越好。最後，忽然將車頭燈打亮。能做到嗎？」

「哦，是讓我做一次奇怪的表演嗎⋯⋯我知道了，行，上吧！」

有錢好辦事，司機當即應允。熄滅車頭燈，悄無聲息地掉轉車頭。

喬裝成工人的明智，從地上撿起一塊石頭抱在懷裡，順著卸貨區的緩坡走到河岸下方。

「救命！啊，救命啊！」司機撕心裂肺的呼救聲忽然傳來，果然是一個演戲的高手，聽著像是要被殺掉了一般。

明智聽到呼救聲，當即把手裡的石頭「撲通」一聲扔進水裡，那個聲音非常大，不知道的，還以為是有人落水了。

果然，船上的人聽到騷動立即拉開油紙門，探頭向外張望。車頭燈隨即打開，直射過來，那個人大吃一驚，連忙又藏回門後。可惜，這一切都被明智看在眼中，是黑蜥蜴，她仍然梳著圓髻。

黑蜥蜴沒有看到明智，也不知道自己的行蹤早已暴露。不然，她怎麼敢拉開油紙門，向外張望。

很快，聽到聲音的商人、雇員紛紛跑到街上探查情況。

「怎麼，怎麼回事？」

「打架了嗎？有人被殺了？」

「好像有奇怪的水聲。」

此時，機智過人的司機早已掉轉車頭，往前開了五六十公尺。

明智果然厲害，他順著漆黑的河岸迅速跑到橋頭，那裡有一個公共電話亭。

敵人要走水路，恐怕追蹤不了多久就會被甩掉，所以當務之急是把消息傳出去。

# 邪靈作祟

第二天早上，一艘不足兩百噸的小汽艇從大阪河口悄悄駛向大海。運氣不錯，這天海上無風無浪，非常適合航行。汽艇雖然噸位不大，動力看起來非常充足，以極快的速度在大海上疾馳而過，下午就開到了紀伊半島的南端。不過，這艘船並沒有找港口停靠，而是穿過伊勢灣、太平洋的中心區域，朝著遠洲灘一路前行。這麼一條小汽艇竟然敢像走遠洋貨輪才會走的航線，當真有些不同尋常。

汽船的船身黑漆漆的，看起來和尋常的貨船並無區別，只是船內一個貨倉都沒有。下了甲板，誰能想到呢？裡面居然是一排富麗堂皇的客房。這是一艘偽裝成貨船的客輪，不，準確來說，這是一座偽裝成貨船的豪華住宅。在所有艙室中，靠近船尾的那間無疑最為寬敞、明亮，連房間的擺設也是最雅致的。看樣子，這應該船主的艙室了。

艙室內鋪著豪華的波斯地毯，潔白的天花板上吊著華美的水晶吊燈——這真不像是船上該出現的東西，還有精緻的衣櫥，蓋著絲織品的圓桌、沙發和幾張扶手椅。

怎麼回事？角落裡的那張沙發，與房間整體風格明顯不符。應該是暫時放在這裡的吧！呀！這沙發看著有些眼熟，好像在哪兒見過，布料上還破著個大洞！對了，是三天前擺在岩瀨宅邸的那張，對，就是那張，珠寶商的千金早苗小姐就是被塞進了這樣一張沙發裡，帶了出來。可是，這張沙發怎麼會被放在這裡？

天啊，沙發在這兒，難不成……不不不，事實已經很明顯了。我們不該只盯著沙發，看看坐在上面的那個人吧！那個人穿著一身閃亮的黑色洋裝，戴著璀璨的寶石耳環、項鍊和戒指，整個人有一種驚心動魄的美感，豐滿窈窕的肉體幾欲跳出黑色紗衣。毫無疑問，她正是讓人一見難忘的黑蜥蜴，是昨晚那個躲在油紙門後，對明智的追蹤一無所知的女賊。

昨晚，日式木船趁著夜色從支流駛入大河。到了河口處，藏身其中的女

賊又換乘了這艘汽艇。

這艘船又是怎麼回事呢？如果它只是普通商船，一個惡名遠揚的女賊怎能堂而皇之的住進這裡最好的艙室？難不成，它是黑蜥蜴私產。

若真是如此，「人椅」會出現在這裡，就說得通了。而且，「人椅子」既然在這裡，那被塞進椅子裡的早苗小姐，應該被放出來，關到船裡的某個地方了吧？

我們暫且把這些問題放在一邊，先來看看周圍的情況。門邊，對對對，就是門邊，看到了吧，正有一個男人站在那裡。

他頭上戴著一頂繡有金絲帶徽章的船員帽，身穿黑邊豎領服。在普通商船上，這是事務長的慣常裝扮，只是男人看起來有些眼熟。扁平的鼻子，壯碩的身材，說是船員，其實更像拳擊手……啊，是了，他是那個在東京的K飯店喬裝成山川博士，綁走早苗小姐的流氓。那個把靈魂獻給了黑蜥蜴的雨宮潤一。

「唉，居然連你也會相信這種無稽之談，還被嚇成這樣。真是的，一個大男人，竟然怕鬼！」黑蜥蜴閒適地靠在沙發上，明豔的臉上滿是嘲諷。

「當時情況非常詭異，真的很嚇人。而且船上這些傢伙都很迷信，說的那些話，你聽了也會覺得不舒服。」

海浪翻湧，船身搖動，喬裝成事務長的小潤也跟著踉蹌一下，臉上露出恐懼的神色。

前文說過的那盞吊在天花板上的水晶燈，照亮了整個艙室，可是一層鐵板之外，夜幕已經徹底降臨，放眼望去，天空和海水已混做漆黑的一團。四周安靜極了，只有洶湧的海浪不停地怕打著船身。此時此刻，可憐的小船就像一片落葉，漂浮在無邊黑暗中，孤獨地浮浮沉沉。

「說清楚，到底是怎麼回事？誰看到鬼了？」

「沒有人真正看到，但北村和合田聽到一些聲音，而且是在不同的時間分別聽到的。一個人聽到可以說是幻覺，兩個都聽到，就很詭異了。」

「在什麼地方聽到的？」

「那位客人的房間裡。」

「哦？早苗小姐的房間。」

「是。今天中午，北村從門前經過，忽然聽到裡面有人在小聲說話，當時所有人，包括你我都在餐廳裡，早苗小姐又被堵了嘴，發不出聲。他怕有人對早苗小姐無禮，就想打開門進去看看。這時，他才發現門外的鎖頭鎖的好好的，根本沒被打開。北村覺得不對，趕緊拿鑰匙開了門。」

「是不是堵嘴的東西掉出來了，是那位小姐在輕聲罵人？」

「沒有，布團塞得非常緊，她的兩隻手也被繩索死死地綁著。更重要的是，房子裡確實只有早苗小姐一個人。北村被嚇得臉都白了。」

「早苗小姐怎麼說？」

「北村把布團拿出來問了。她也嚇了一跳，說什麼聲音都沒有聽到。」

「奇怪，真是這樣？」

「開始我也不信，覺得是北村耳朵出了問題，沒往心裡去。可是，一個小時前，還是在大家都在餐廳裡的時候，合田也聽到那種古怪的低語聲。他趕緊拿鑰匙把門打開，然後看到和北村一樣的情景，屋子裡只有早苗小姐一個人，而她嘴裡的布也塞得很嚴。這兩場怪事很快就在船裡傳開了，船員們議論紛紛，說的話比說書先生講的鬼故事還誇張。」

「大家都怎麼說的？」

「這裡的人有一個算一個，誰不是作奸犯科受了通緝的，有些人身上甚至背著兩三條人命，所以大家都說是邪靈作祟。聽說船上有鬼，我心裡也有些不自在。」

就在這時，一個巨浪忽然襲來，船被掀的老高，轉眼被拋了下來，彷彿掉進了深淵裡。頭上的水晶燈忽然變成紅褐色，像在發信號般，一閃一閃的，可能是發電機故障了。

潤一看著忽明忽暗的電燈，心裡有些發慌，隨口嘟囔道：「今天晚上真有點嚇人。」

「一個大男人，膽子就這麼一點？哈哈哈。」黑衣女人的笑聲在鐵皮艙室中引起陣陣回聲，聽起來有些恐怖。

笑聲尚未完全消散，一個白色的身影在門口悄然出現。頭上戴著白色的

大黑頭巾①，身穿白色豎領服，身前繫著一條白圍裙，胖胖的圓臉上滿是緊張的神色——是船上的廚師。

「哎，是你啊！怎麼了，忽然冒出來，嚇人一跳。」潤一喝斥地說。

被潤一一罵，廚師連忙像彙報什麼重大事件般，鄭重其事地低聲說道：

「又有一件怪事。妖怪好像進了廚房，丟了一隻雞。」

黑衣女人一臉疑惑：「什麼？雞？」

「是，不是活的。是拔了毛、過了水，掛在壁櫃裡的。午飯時還有七隻，剛才一看，只有六隻了，少了一隻。」

「晚上沒吃雞啊！」

「是啊，所以才奇怪。船上沒有特別貪吃的人，除了鬼，誰還會偷雞呢？」

「會不會是你記錯了？」

「不可能。這種事，我從未出錯。」

「是挺奇怪的。小潤，讓大家把整艘船搜一遍，也許真有什麼東西。」

此起彼伏的怪事，讓女賊多少有些不安。

「好，我也想這麼做！不管是人是鬼，既然會說話，會偷東西吃，總是有形體的。只要我們搜得夠細，多半能找到那鬼怪的真身。」

就這樣，潤一事務長匆匆離開那間屋子，去執行搜索任務了。

「啊，還有一件事，那位漂亮的客人讓我跟你說一聲。」廚師忽然想起有件事還沒向黑蜥蜴報告。

「哦？早苗小姐？」

「是，我剛剛給她送飯的時候，給她鬆了綁，拿出她嘴裡的布巾。那姑娘今天不知是怎麼回事，胃口特別好，把所有飯菜都吃了。還跟我說，她會好好合作，不再哭鬧反抗，求我們不要再綁著她了。」

---

1. 類似日本七福神之一大黑天所戴的頭巾，邊緣隆起、中央扁平，又叫圓頭巾。——譯注

「她說會好好合作？」黑衣女人驚訝地反問。

「嗯，她看起來非常開朗，還說已經想通了，和昨天簡直是兩個人。」

「奇怪。讓北村把她帶過來。」

廚師領命告退。不一會兒，船員北村就把鬆了綁的早苗小姐帶了進來。

# 破開迷局

早苗小姐看起來十分憔悴，身上仍然是被綁架時穿的那套便裝銘仙①和服，只是如今已經變得皺巴巴的了。頭髮披散著，幾縷散落的髮絲遮著蒼白的額頭，凹陷的臉頰襯得鼻子更挺拔，掛在鼻子上的眼鏡被壓歪了，看起來十分滑稽。

「早苗小姐，怎麼樣，心情還好嗎？來，別站著了，坐。」黑衣女人朝沙發上一指，柔聲說道。

「嗯！」

早苗溫順地往前走了兩步，可是當她看清楚女人讓她坐下的是那張沙發後，立即像見了鬼一般，驚恐萬狀地連連後退。

人椅，人椅，她又想起兩天前自己被強行塞進去的場景，這段記憶她恐怕會終生銘記。

「呀，你是怕這張沙發吧！沒事，沒事，就坐那邊的扶手椅。」早苗小姐膽顫心驚地在那張椅子上坐了下來。

「很抱歉，我之前不該那樣激烈反抗的。從今往後，你怎麼說，我就怎麼做。請原諒我。」早苗低著頭，輕聲道歉。

「你想通了，這很好。事已至此，你若不想吃苦頭，就該乖乖聽話……

---

1. 是一種先染後織的面料，因為明快豔麗的設計風格，受到戰前婦女的喜愛。——譯注

只是有一件事我覺得很奇怪。你昨天還反抗得那麼激烈，只一晚上的時間，怎麼就變得這樣乖巧了，這裡面有什麼緣故嗎？」

「沒，沒有……」

女賊雙眼精光四射，目不轉睛地看著早苗低垂的腦袋，忽然換了一個話題：

「北村和合田說有人在你屋裡低聲說話，你能告訴我，是誰進了你的房間嗎？」

「沒有，我不知道，我沒有聽到什麼聲音。」

「早苗小姐，你在撒謊！」

「沒，我真的沒有！」

「……」

黑蜥蜴沒有說話，只是目不轉睛地盯著早苗小姐的眼睛。氣氛越來越壓抑。

「船，要開去哪兒？」早苗終於忍不住，戰戰兢兢地問道。

「船？」女賊像是被嚇了一跳，忽然從沉思中清醒過來，「哦，我可以把目的地告訴你。我們現在正從遠州灘駛往東京。我在東京某個非常隱秘的地方建了一座私人美術館。裡面都是我的珍藏，哈哈哈，早苗小姐一定很想去看看吧，有不少好東西！……我們這樣急匆匆地趕路，也是為了盡快將『埃及之星』放進去。」

「……」

「坐火車當然會更快一些，可是帶著你這樣一件活行李，危險係數太高，所以只能放棄陸路，改走水路了。坐船雖然慢，卻很安全。早苗小姐，這艘船是我的私產。很吃驚吧，我可是連汽船都準備好了。

「憑我的財力，買下這樣一艘船，算不得什麼大事。只要陸路走不通，或者不方便走，這艘船就會派上用場。這也是為什麼我們可以長時間的避開警方的視線。」

「可是，我……」早苗小姐一臉為難，轉著眼珠飛快地瞟了黑蜥蜴一眼。

「可是什麼，說來聽聽？」

「我不想去。」

「我知道你不情願。可是就算你再不喜歡，也只能跟著我走。」

「不，我絕不會去……」

「哈，你的態度倒是很堅決，難不成你還能跳船逃走？」

「當然不是，但一定會有人來救我的，我一點都不怕！」

女孩自信滿滿的樣子讓黑蜥蜴心裡有些不安。

「一定有人來救你？誰，你以為誰會來救你？嗯？」

「你不知道嗎？」早苗別有深意的話裡，帶著滿滿的自信。一個柔弱的千金小姐，是從哪裡獲得這樣大的勇氣？

難道……黑衣女人的臉上瞬間失了血色：

「哦，是我知道的。好，我猜猜看……是明智小五郎！」

「啊……」早苗小姐像是嚇了一跳，神色有些慌亂。

「我猜中了，對嗎？大家都說你屋子裡有鬼，可鬼是不會說話的，所以其實是有人偷偷潛入你房間安慰你，而那個人就是明智小五郎。偵探先生告訴你，他會救你走的，是吧？」

「不，不是……」

「你騙不了我。行了，就這樣吧，你可以走了。」女人猛地站起來，猙獰地說：「北村，像之前那樣，將小姐堵上嘴，綁起來，帶回原來的房間關好。你去屋子裡守著，沒有我的指令，不要出來，從裡面把門鎖上。帶上手槍，無論如何，要看好這個女人，明白嗎？」

「是。」

北村一把將早苗拽了出去。黑蜥蜴快步走向走廊，剛好碰到執行完搜索任務回來的潤一事務長。

「啊，小潤，我已經查出鬼怪的真面目了，是明智小五郎。他不知用了什麼辦法，像是潛伏到了船上，讓大家再搜一遍，快！」

於是，船裡又進行一次仔仔細細的大搜查。十名船員拿著手電筒分頭搜索，甲板、船艙、機艙，連通風口和儲煤間的底部，都查了個遍。可是很奇

怪，不要說人，連一點可疑線索都沒找到。

# 水葬

　　徒勞無功，黑衣女人沮喪地坐在沙發上苦苦思索，想要解開這個謎題。

　　機器引擎絲毫不受這些事情的影響，馬力全開，帶著船隻在黑夜中划過海面，向東行駛。

　　船身隨著引擎的嗡鳴微微抖動。忽然襲來的巨浪將剛剛還算平穩的船隻高高拋起。黑蜥蜴身形一晃，連忙伸出手扶住沙發。沙發上已被補好的裂痕，不期然裝進她的眼中。她看著那個補丁，心下一驚，一股寒意爬上脊背，腦海中浮現出一幕詭異的場景。

　　不可能！她想把那個恐怖的念頭壓下去，卻無論如何也做不到。這是唯一的解釋。船上所有地方都搜索過了，除了這張沙發的內部。所謂燈下黑，它會不會一不小心成為一個思維盲點。

　　想到這兒，女人強迫自己冷靜下來，細細體會。確實，當她靜下心來，能夠感受到坐墊下有一種和機器震動截然不同的震顫感，透過皮膚傳遞上來。

　　是脈搏，她聽到藏在沙發裡的那個人的心跳聲。

　　她面色慘白，有一種想要立刻拔腿跑掉的衝動。但她咬牙壓下了這個念頭。

　　她竭盡所能想要恢復鎮定，可是沙發裡傳出的心跳聲卻越來越大。海浪聲和引擎聲已經消失，她唯一能感受到的就是屁股底下莫名的顫動，就像轟隆隆的鼓聲，在她耳邊不斷迴響。

　　她的忍耐已到極限。可是誰要跑？為什麼要跑？就算那個傢伙真的藏在這裡，現在豈不是成為掉進陷阱的獵物。要說怕，怎麼也不該是我啊！

　　想到這兒，她用手往沙發墊用力一拍，高聲喊道：「明智先生！明智先

生！」

啊，那個人果然藏在沙發裡，他用沉悶的聲音回應：

「我就像影子一樣，與你形影不離。這個機關做得很好，非常有用。」那個聲音像是從地底或牆壁裡傳出來的，鬼氣森森。黑衣女人聽得寒毛直豎。

「明智先生就不害怕嗎？這裡全是我的人，警察在千里之外，你真的不怕？」

「你才是應該害怕的那個吧，哈哈哈⋯⋯」猖狂的笑聲，聽著十分恐怖。事到如今，他居然還是一副鎮定自若的樣子，也不從沙發裡出來，真是讓人捉摸不透。

「我雖然不害怕，卻很欣賞你。請問，你是怎麼找到船上的？」

「我也不知道你還有一艘船。只是一直跟在你身邊，你到了這裡，我自然也就來了。」

「跟在我身邊？可以說得再清楚一些嗎？」

「能從通天閣一直跟蹤你到這裡的人，應該只有一個吧？」

「哦，我知道了。原來是你。明智先生果然手段了得，我要表揚你了。原來小店老闆是明智小五郎偽裝的，我真傻，還真以為你包著繃帶是因為得了中耳炎。是不是很可笑？」

黑衣女人的心跳忽然有些亂了。莫名的感動讓她生出了一種錯覺：此刻，在她屁股下躺的，與其說是敵人，更像是戀人。

「是啊！你自以為成功逃脫時沾沾自喜的樣子，和現在因為我忽然潛入而大驚失色的樣子，都讓人十分愉悅。」

這時，喬裝成事務長的雨宮潤一忽然推開門，走了進來，打斷了這場詭異的談話。他是聽到屋子裡有談話聲，感到奇怪，所以進來看看情況。

沒等對方開口，黑蜥蜴就將食指立在唇邊做了一個「噓」的手勢，又抬手指了指旁邊桌子上的鉛筆和筆記本，示意潤一拿給她。然後，她繼續若無其事地和明智談話，手則在筆記本上飛快地寫道：明智小五郎在沙發裡（筆記本上的字）。

「所以，在Ｓ橋的河岸，有人大喊救命，還有跳水聲，都是你弄出來的？」

（筆記本上的字）快去叫人，拿結實點的繩子來。

「是。如果你當時沒有拉開油紙門，探頭出來看，恐怕就是另一番局面了。」

「果然，你之後又怎麼跟蹤到這裡的？」

他們談話的時候，潤一已經輕手輕腳地出去了。

「我借了輛自行車，在陸地上一直跟著你的船跑。夜深之後，又在另一處河岸，借了一條小船划過來。夜色濃重，我費了不少力氣才爬上甲板，簡直像一個雜技演員。」

「在甲板上巡邏的那些人就沒看到你？」

「是啊，我好不容易才避開他們的視線，躲進了船艙。之後，我又千辛萬苦找到監禁早苗小姐的房間，哈哈哈……可惜我運氣太差，找到小姐的時候，船已經起航了。」

「你怎麼不早點跑？躲在這裡，不怕被我發現嗎？」

「現在是冬天啊，太冷了，再加上我游泳技術一般，也不太敢下水。比起來，還是躺在溫暖的靠墊下睡覺舒服啊！」

這真是一場古怪的談話。兩個人，一個躺在黑漆漆的沙發裡，一個隔著沙發墊坐在對方身上，彼此之間，甚至能感受到對方的體溫。明明是水火不容的敵人，兩隻一抓到機會就要跳起來咬住對方喉嚨的猛虎，可是言語間卻分外溫柔，像一對在床頭說悄悄話的愛侶。

「喂，我從吃過晚飯就一直在這兒躺著，有些躺不住了，而且，我很思念你美麗的容貌，能放我出來嗎？」也不知明智在想些什麼，膽子倒是越來越大。

「恐怕不行。我的手下若是看到你，把你殺了怎麼辦呢？你還是悄悄地在裡面待著吧！」

「哈，你想保護我嗎？」

「是啊，失去一個旗鼓相當的對手，人生不是很寂寞嗎。」

這時，潤一帶著五個船員，拿著一根又粗又長的繩子，躡手躡腳地走了進來。

（筆記本上的字）將明智藏身的這張沙發用繩子捆起來，抬到甲板上，丟到海裡。

幾名船員安靜地走到沙發前，準備執行黑衣女人的命令。為免妨礙他們，黑衣女人微笑著站到了一邊，臉上的神情十分得意。

「喂，怎麼回事？有人進來了嗎？」

明智不明就裡，聽到沙發外面有奇怪的聲響，疑惑地問道。

「哎，正在綁繩子。」

很快，整張沙發都要被繩子捆住了。

「什麼繩子？」

「把名偵探牢牢捆住的繩子啊！哈哈哈！」

黑蜥蜴終於露出她邪惡的真面目。她像一個黑色的魔鬼，用凶狠的簡直不像女人的語氣命令道：「好了，現在把沙發抬到甲板上……」

六個男人很輕鬆就把被繩子捆得結結實實的沙發抬了起來。他們沿著走廊走上舷梯，幾乎能感覺到沙發裡的偵探，像一條可憐的被漁網捕住的魚，正在拼命掙扎。

甲板上一片漆黑，天上一顆星星都沒有，漆黑的夜空和天際漆黑的海水完美地融合到了一起。螺旋槳卷起泡沫像一隻隻螢火蟲，如撲火的飛蛾般追在船後，形成一條明亮的白色長尾。

六個人抬著棺材一樣的沙發，站在船舷邊。

「一、二、三！」

吆喝聲後，沙發被「撲通」一聲從船舷上扔進了海水裡，激起一陣白色的浪花。啊，大名鼎鼎的偵探明智小五郎就這樣葬身海底了，多麼簡單。

# 哀傷的女人

關著明智的沙發被扔進水裡，瞬間在船尾掀起一陣粼粼的水光。那沙發的黑影像活物一般，起起伏伏地折騰了幾下，不一會兒，就消失不見了。

「這就是水葬吧！現在沒有人可以妨礙我們了。只是生龍活虎的明智先生就這麼葬身海底，想起來，多少也有些讓人難過！夫人覺得呢？」雨宮潤一目不轉睛地盯著黑蜥蜴的臉，用邪惡的語氣試探道。

「哪兒那麼多廢話，下去吧！」黑衣女人一聲怒喝，將所有的手下都趕回了船艙，一個人靠著船尾的欄杆上，出神地看著剛剛吞沒了沙發的那片水面。

螺旋槳以固定的頻率旋轉著，海浪按照既定的路線奔湧不休，此起彼伏的「螢火蟲」所泛起的微光，看得人有些眼暈。行走的，究竟是船還是水？只有永恆的規律，在一日日重複運行。

黑衣女人在寒風中一動不動地站了足有半個小時，才回到船艙裡。艙室裡燈光明亮，她蒼白的臉色和臉頰上清晰的淚痕，是那樣清晰。

她心裡十分焦躁，在自己的艙室裡根本待不住。於是，她來到走廊，跟跟蹌蹌地走向監禁早苗小姐的房間。

她輕輕地敲了敲門。北村聽到聲音，打開門走了出來。

「你先出去一下，我和早苗小姐說幾句話。」

北村領命告退，她走進房間。

可憐的早苗，雙手被綁在身後，嘴裡塞著布團，沮喪地蜷縮在屋子一角。黑蜥蜴將她嘴裡的布取出來，說：

「早苗小姐，我要和你說一件事。是一個壞消息，你肯定會哭的。」

早苗支起身子，恨恨地瞪著女賊，一句話都不說。

「你猜，會是什麼事？」

「……」

「哈哈哈，你的守護神，明智小五郎先生已經死了。我發現他藏在沙發

裡，就讓人用繩子將沙發一圈一圈地纏住，然後連人帶沙發一起扔到了大海裡。就在剛才，在甲板上，我們為他舉行盛大的水葬儀式。哈哈哈。」

早苗小姐大吃一驚，死死地盯著面前這個瘋狂大笑的黑衣女人。

「你說的是真的？」

「如果只是編個謊話騙你，我會這麼高興嗎？你看看我的臉，我高興的都要瘋了！不過，你肯定會非常沮喪的。他是你唯一的指望，絕無僅有的救命稻草，就這樣死掉了。世界如此廣闊，還有誰能救你出去呢？你的未來，就是被我關在不見天日的美術館裡，直到永遠。

早苗一直仔細地觀察著對方的神色，現在她明白了，這個噩耗確實是真的。她很清楚名偵探若是死了，等著自己的將會是什麼。

絕望。她有多信任明智先生，此刻就有多絕望。她痛苦至極，從未像現在這樣清楚地感受到自己是孤身一人，被推進了狼窩，再無援手。

她咬著嘴唇，告訴自己絕不示弱。可是這一切都徒勞無功，她終於忍受不住，就著雙手被反剪在身後的姿勢，將頭抵在膝蓋上，掩著臉，任由眼淚奔湧而出。

「別哭啦，有什麼好哭的？這太難看了，軟弱，沒出息！」黑蜥蜴見了，尖聲叱罵道。可是，不知什麼時候，這個妖女也軟倒在早苗小姐身邊，無聲地哭泣起來。

女人的悲痛欲絕有些莫名其妙，難不成她因為失去生平罕見的強大對手而感到孤寂，或者是某個與此完全不同的理由？

綁匪和人質、黑蜥蜴和她的誘餌、兩個不共戴天的仇敵，不知何時，居然像一對好姊妹般，手挽著手痛哭失聲。雖然兩個人傷心的理由各不相同，但傷心的程度毫無二致。

黑衣女人像五六歲孩般，放聲大哭。早苗小姐受其影響，也無所顧忌地痛哭起來。這場景是如此地不合常理，簡直匪夷所思。現在，她們只是放下所有理智，被悲痛之情徹底掌控的兩個純真的小女孩，或者兩個直率的原始人。

讓人難以想像的悲痛共鳴，伴隨著單調的引擎聲，持續了很長時間。她

們一直哭、一直哭，直到女賊的心再次被邪惡填滿，直到早苗小姐的心底長出了仇恨的根系。

汽艇在第二天黃昏時分，駛進東京灣，在Ｔ處填築地口岸附近拋錨。一直到天黑，才放下小艇，幾個人坐著划到了填築地一處無人的角落。

艇上留下三個人，上岸的是黑衣女人、早苗和雨宮潤一。早苗小姐不僅被反綁了雙手，堵了嘴，連眼睛都用厚布蒙著。離黑蜥蜴的老巢越近，就越是要防備早苗記住路線。上岸後，雨宮將船員的衣服脫了，換上了一身卡其色的工人服，用假鬍子遮了半張臉，一副機械廠工頭的模樣。

填築港Ｔ地是大規模的工廠聚集區，一幢住宅樓都沒有。當時工業不景氣，所有工廠都不上夜班。所以到了晚上，除了零星幾盞路燈，看不到一絲燈火。整個工業區，就像一片廢墟。

與海岸相接的，是一片寬闊的草地，三個人穿過草地，在廠區的小路上繞來繞去，最後進了一座塌了半邊圍牆的廢棄工廠。工廠裡斷垣殘壁、雜草眾生，門柱傾頹。既沒有人，也沒有燈火。不過，黑衣女人早有準備，她打開手電筒，照亮地面，踩著雜草在前方帶路，雨宮摟著被蒙住眼睛的早苗小姐，跟在她身後。

進門後，大概走了十幾公尺遠，就看到一座宏偉的木建築。手電筒的圓光溫柔地撫過建築物的側面。所有窗戶上的玻璃均已碎裂。黑衣女人「咔噠」一聲推開門，走了進去。屋子裡到處都是蜘蛛網。

手電筒的圓光一一掃過鏽跡斑斑的機器、固定在天花板上的傳動軸、驅動輪、斷裂的傳動帶等，最後停在了屋角的一間像是工頭辦公室的小屋子上。

三個人推開那間辦公司的玻璃門，只見屋裡鋪著木地板。

黑衣女人的鞋跟踩在地板上，發出「咔噠咔噠」極富韻律的響聲。那恐怕不是尋常的腳步聲，而是類似摩斯密碼的特殊暗號。鞋子敲擊地板的聲音剛停，籠罩在手電筒光圈裡的地板就被悄無聲息地拉到一邊，眼前出現一個三尺見方的圓洞，再往下能看到水泥結構的地面。奇怪的是，那地面就像一扇類似倉庫大門的厚門。大門下沉，露出一個漆黑的地道入口。

「是夫人嗎？」地下傳來一句低沉的人聲。

「是，我今天帶來了一位貴客。」

之後，雨宮默默抱著早苗小姐，沿著地道的樓梯，小心翼翼地走了下去。等黑衣女人身影也在地底消失，水泥暗門和地板便恢復原樣。只有廢棄的工廠無知無覺地矗立在那裡，像沒有發生過的一樣。


# 恐怖美術館


在換乘小艇時，早苗小姐就已經被蒙上眼睛，所以她不知道自己在何處上的岸、上岸後走了哪條路、現在到了什麼地方、是地上還是地下。

「早苗小姐，受苦啦！好了，現在沒問題了。小潤，把她放開吧！」黑蜥蜴溫柔地說。

她的話音剛落，早苗嘴裡的布團、手上的繩子和蒙在眼睛的布，就都被拿掉了。因為被布蒙的時間太長，驟然見到光線，她的眼睛像被針刺了一般，好半天都睜不開

這裡像是一條迂迴婉轉的長廊，所有地方，不管是天花板，還是地面或者左右的牆壁，都是混凝土結構。天花板上吊著華美的水晶燈，明亮的燈光將左右牆邊排成一排、鑲著玻璃的陳列台照的纖毫畢現。陳列台裡擺著各種各樣的珠寶飾品，像不計其數閃閃發光的星辰。

早苗小姐被眼前這樣非同一般的絢麗和奢華，驚得目瞪口呆，甚至忘了自己的處境。作為珠寶商的千金，她平時也見過不少寶石，此時見到這樣的場面，也不由得驚嘆出聲。由此可知，陳列在這裡的寶石不管是在數量上還是品質上都極為驚人。至於到底有多壯觀，就請讀者自行想像吧！

「怎麼樣，驚呆了吧，這就是我的美術館。不，你現在看到的，還只是一個小小的入口。和你們店裡的陳列相比，也不遑多讓吧！這是我十幾年來，拼上性命、付出所有智慧，在種種艱險中摸爬滾打，才收集到的。我敢

說，即使是世界上最富有、最尊貴的家族的寶庫裡，也不會有這麼多這樣珍貴的寶石。」黑衣女人得意洋洋地說。

她將自己一直小心翼翼抱在懷裡的手提包打開，從裡面拿出那個裝著「埃及之星」的小銀盒。

「雖然有些對不住你的父親，但『埃及之星』是我渴慕已久的珍寶，從今天開始，也將成為我美術館的珍藏之一。」

她「咔嚓」一聲，打開盒蓋。在水晶燈的照耀下，「埃及之星」就像熊熊燃燒的五色火焰。黑蜥蜴對著寶石愉悅地欣賞了一會兒，才從手提包裡拿出一串鑰匙，打開展示台的玻璃門，將「埃及之星」連同盒子一起放在中心區域。

「啊，真是太美了！把其他寶石都比成石頭！我的美術館，又多了一個珍藏。早苗小姐，謝謝你哦！」

黑蜥蜴說的真心實意，早苗小姐卻無話可說。只能悲傷地低著頭，保持沉默。

「來，再去前面看看，還有不少好東西，你一定要親眼見識一下。」

他們沿著地下迴廊繼續往前走。先是一排排的古董字畫，接著是佛像群，再然後是西洋的大理石雕塑、古代工藝品。展示品如此豐富，說是美術館，也算名副其實。

如果這些都是真品，那麼在博物館光明正大展出的，被貴族富豪當作傳家寶珍藏的，豈不是都成為贗品。黑蜥蜴也說，這裡面有很多，都是她用仿製品替換出來的。如此一來，寶物的主人便不會起疑，至於普通民眾，就更不會了。這是多麼匪夷所思的事情啊！

「這些藏品，只能證明我這間私人博物館建的還不錯。任何一個腦袋靈活些、資本豐厚些的竊賊都能辦到。讓我感到驕傲的，從來都不是這些東西。我真正想讓早苗小姐欣賞的寶物，還要再往前走一段，才能看到。」

他們拐過一道轉角，眼前果然是一片與之前截然不同的景象。

是蠟人？做的真好，就像真的一樣。

一面五六公尺的牆壁上，像商店的櫥窗般鑲嵌著玻璃。裡面分別有一個

白人女性、黑人男性、日本青年和日本少女，四個人有站著的、有坐著的、有躺著的，全都一絲不掛。

站著黑人雙手抱臂，手指上的骨節刻得十分清晰，一副拳擊手的模樣；金髮女郎屈膝坐在地上，兩肘支在膝蓋上，兩手托在頰邊；日本少女趴在地上，兩手交疊，托著下巴，黑色的長髮散落在肩膀兩側，眼睛一眨不眨地盯著早苗；日本青年像是正在擲鉛餅，全身肌肉高高隆起。這些人無論男女，每個人的容貌和身材，都稱得上十全十美、無可匹敵。

「哈哈哈，這些活人偶①是不是很精緻？你有沒有覺得精緻的有些過了？可以到玻璃前，仔細看看。這些人的身上還有細小的汗毛呢？你見過或聽過，有長汗毛的活人偶嗎？」

在好奇心的驅使下，早苗小姐走到玻璃窗前。那些人偶像是有奇異的魔力，她被吸引著不斷靠近，甚至忘了自己正身陷險地。

天啊，真的有汗毛，還有皮膚的光澤和小細紋，怎麼會有這麼逼真的蠟像？

「早苗小姐，你真以為這是蠟像嗎？」黑衣女人故弄玄虛地問了一句，臉上的笑容十分恐怖。

早苗聽了她的話，心裡忽地一沉。

「有沒有覺得和人偶不太一樣，逼真得有些恐怖了？早苗小姐見過動物標本嗎？若是有什麼辦法能將人美麗的形態，像標本一樣永遠地保留下來，豈不是很了不起？就是這樣。我的一個手下研究出製作活人標本的方法，你看到這些都是那個人做出來的試驗品。雖然還不夠完美，但也不像普通蠟人那樣死氣沉沉。看，多鮮活啊！裡面雖然也用蠟做了填充，但皮膚和毛髮都是真的。上面還保留著人的靈魂和生氣，想想就讓人激動不已。將風華絕代的年輕男女製成標本，以保留他們終將逝去的青春和美麗，世間還有哪家博物館能想到，並且最終做到這件事呢？」

---

1. 和真人一般大小的寫實人偶。——譯注

黑衣女人越說越興奮，簡直有些停不下來了。

「來，我們繼續往前走，裡面還有更好的東西。這些蠟像雖然看著和真的一樣，甚至還有靈魂附著在上面，但終究是一些不會動的死物。裡面這個卻不一樣，是活生生的展示品哦！」

黑蜥蜴帶著早苗又過了一道轉角，這裡一反之前的寂靜無聲，那展示品當真果然是一個活物。

那是一個用粗鐵棍圍成的鐵籠子，關在裡面的卻不是獅子或老虎，而是一個人，在他旁邊擺著一個燒得正旺的爐子。

那是一個二十四五歲的日本男人，俊美的模樣，和電影明星 T 非常相像。他體形健美，渾身上下一絲不掛，像是一隻被關在籠子的美麗野獸。

他在籠子裡焦躁地走來走去，兩隻手胡亂地拉扯著那一頭濃密的黑髮。看到黑衣女人過來，他立即像動物園裡的猴子般，抓著鐵柵欄拼命搖晃，大聲喊著：

「站住，你這個歹毒的女人！我要被你逼瘋了，殺了我吧！我寧願死，也不要繼續待在籠子裡了。開門，快打開！」

他突然從籠子伸出白皙的手臂，想要抓住女賊的衣服。

「哎，脾氣怎麼這麼大，小心點，別把這漂亮的臉蛋弄壞了。放心吧，我答應你，很快就會放你出來，送你去死。不，我是要把你做成永遠不會老去的人偶，就像前段時間和你一起住在這個籠子的 K 子小姐那樣。哈哈哈！」黑衣女人嘲諷地說，神情十分冷酷。

「你，你說什麼？你把 K 子小姐做成人偶？你這個禽獸，居然把她殺了做成人偶……不，我不要變成人偶，誰要當你的玩具？不要過來，誰敢過來，我就殺了誰，一個都不放過。畜生，我要咬斷你的喉嚨，殺了你們，殺了你們！」

「哈哈哈，叫吧，盡情地叫吧！等你被做成人偶，就會像石頭一樣老實，想動都動不了。而且，能讓一個如此俊美的男人又喊又叫，不知讓我多高興。」

黑衣女人興味盎然地欣賞了一會兒男人氣急敗壞的狂怒，然後說了一件

更加恐怖的事：

「沒了Ｋ子小姐，你一定很寂寞吧？所有動物園關猛獸的籠子裡，都是既有雄獸，又有雌獸。我思慮再三，決定給你找一個新娘，為此花了不少功夫！今天，我把新娘給你領來了。看，就是這位。怎麼樣，很美吧，喜不喜歡？」

聽了這話，早苗小姐只覺得毛骨悚然，上下牙不受控制地打起顫來。

黑蜥蜴的邪惡目的，直到此刻才算顯露無疑。女賊之所以千方百計將她綁架過來，就是為了將她扒光衣服，扔進籠子裡，然後再挑個好日子，將她的皮剝下來，製成最為鮮活的人偶標本，以妝點這座恐怖的美術館。

「呀，早苗小姐，你沒事吧？哆嗦什麼，看著像是被風吹過的蘆葦葉。你終於知道自己的使命。別怕，我還給你挑了個不錯的新郎呢！喜歡嗎？不過，你喜不喜歡都無關緊要。我已經決定了，所以你只能忍著。」

強烈的恐懼感，剝奪了早苗說話的能力。她根本連站都站不穩了，只覺得腦子一片空白，搖搖晃晃，幾乎倒在地上。

# 水族館

「早苗小姐，還有一樣東西，你一定要看看。快過來，這回不是動物園了，是水族館。最讓我感到驕傲的就是水族館了。」

黑蜥蜴拖著渾身顫抖的早苗小姐，又轉過一道拐角。

漫長的地下通道終於走到盡頭，前方是一座巨大的玻璃水槽。水槽正上方吊燈極為明亮，透過厚重的玻璃板，可以清晰地看到水槽裡的景象。

水槽兩公尺見方，底部種著很多奇形怪狀的海草，像無數條纏繞在一起的蛇。

可是，這裡不是水族館嗎？怎麼只有海藻，沒有魚呢？

「看不到魚，是不是很奇怪？其實很正常，你想想，我的動物園裡也沒

有動物，不是嗎？」

黑衣女人殘忍地笑了一下，又開始新一輪的恐怖演說：

「我想在水槽裡養個人來玩玩。和魚比起來，人要有趣得多。人在鐵籠子裡歇斯底里的樣子很美，但是我更喜歡看人在水裡痛苦掙扎的樣子。早苗小姐，你看過豔舞嗎，是不是非常迷人，可是它有一個缺點，就是舞者無法雙腳離地。但是在水裡跳舞，就沒有這個限制了。四肢可以在水中自由自在地舞動。一絲不掛，隨意翻滾。如果跳舞的是……對，是早苗小姐這樣美麗的女人，一定更有魅力吧！

「想像一下，人在水中痛苦地舞蹈。你有發現過痛苦的美妙之處嗎？沒有比人苦苦掙扎的表情和姿態更美的東西了。將青春年少的美貌女子，扒光衣服，『撲通』一聲扔進水槽裡，箱底的水草仰著頭迎接美麗的少女，女孩白皙的身體周圍，升起無數細小的水珠，就像珍珠一樣。

「女孩很快就會因為缺氧而拼命舞動手腳，那是一曲瘋狂的豔舞。身體的每個部分都像闖入了另一個生物的靈魂般，激烈地舞動起來，演繹出不同韻味的舞蹈。扭動的最厲害的是腰部和腹部，身體各處渾圓的肌肉——就像豐潤飽滿的白色果實——在它的帶動下不停地抖動著。對了，還有女孩的臉，啊，年輕女孩拼命掙扎著的表情，真是讓人心馳神往。」

黑衣女人就像看到這一幕幕的景象般，如癡如醉地訴說著她幻想中的詩篇。

早苗小姐被黑蜥蜴描繪的景象攝住了心神，感覺自己便是她口中的那個在水裡拼命掙扎的裸女，正如黑蜥蜴描述的那樣，皺著眉、急促地喘息、兩隻手在水中亂抓、瘋狂地扭動腰身，擺出種種痛苦掙扎的姿態。

「少女忽然往前衝過來，臉貼在玻璃上，就像電影中的特寫鏡頭，每個紋路都清清楚楚。看見了嗎？擰成一團的眉毛，瞪得溜圓的眼睛，眼睛裡濃烈的恐懼。看啊，大張著的嘴巴，白岑岑的牙齒，不住顫抖的嘴唇——它描畫的正是瀕死時的痛苦曲線，還有瘋狂跳動的舌頭和幾乎能看到底的喉嚨。

「越是想要呼吸，湧進喉嚨裡的水就越多。她拼命反抗，痛苦地掙扎、翻滾。是不是非常棒？還有比這更精彩的演出嗎？如此痛苦絕望的姿態，即

使是最偉大的畫家和雕刻家，最有天賦的舞蹈家，也展現不出來。這是只有付出生命，才能看到的藝術。」

早苗小姐的忍耐已經到了極限。她在想像的洪水中苦苦掙扎，不知喝了多少水，最後終於失去所有的力氣，被過於強烈的痛苦和恐懼擊潰，失去神智。

黑衣女人發現不對，剛想去扶，早苗已經向水母般，軟軟地躺在了地上。


# 赤身的野獸


不知過了多長時間，早苗小姐醒了過來。她感覺自己的身體像是直接暴露在空氣中，心下一驚，連忙用手摸了一下，到處都光溜溜的，一片布條都沒有。也就是說，她現在被人扒光了衣服，正赤身裸體地躺在地上。

她睜開眼睛，發現前面有好幾根非常粗的鐵欄杆。她馬上就想明白了，是那個鐵籠子。她昏倒的時候，黑蜥蜴讓人扒光她的衣服，把她塞了進來。

如果這個籠子是她昏倒前看到的那個，這裡除了她，應該還關著一個赤身裸體的年輕男人。

想到這兒，她甚至不敢抬頭看看四周的情況。天啊，怎麼辦？她居然就這樣光著身子躺在一個男人的面前，沒有比這更丟臉的事了。

早苗的臉甚至來不及變紅，就刷的一下變得煞白。她猛地坐起來，像玩具小猴一樣蜷縮著退到了籠子的一角，並竭盡所能不往周圍看。可是籠子那麼小，就算你再想避開視線，也是徒勞。她終究還是看見了，那個赤身裸體的男人。

年輕男女赤裸相對，這場景是不是很像伊甸園裡的亞當和夏娃？當他們視線相接，接下來會發生什麼，又該說些什麼呢？早苗覺得十分羞恥，眼淚不住上湧。折射出男子的白色軀體的晶瑩淚珠，閃動間很快變成橢圓形。

「你還好嗎？」男人率先開口，聲音十分悅耳。

早苗小姐嚇了一跳，眨眨眼睛，淚水倏地滑下臉頰。她抬起頭疑惑地看著男人。

男人的臉像是抹過油脂一般，帶著潤澤的光。他的額頭又高又寬，黑色的頭髮十分濃密，雙眼皮，眼睛炯炯有神，高挺的鼻樑堪比希臘雕像，緊閉的嘴唇紅潤飽滿。是一個美男子，可是越是這樣，早苗心裡越覺得慌亂。

黑蜥蜴說她是這個男人的新娘，青年也是這麼想的嗎？想到兩個人正像野獸一樣赤身裸體地被關在這個籠子裡，逃無可逃，她就羞恥得無地自容，渾身血液彷彿要逆流一般。

「小姐，你別害怕。我雖然這個樣子，卻也不是什麼野蠻人。」

年輕人大概覺得不好意思，一句話說得結結巴巴。見他也這樣尷尬羞恥，早苗反倒安心不少。

很快，他們就對彼此有了一些瞭解，聽說了各自的遭遇後，便有志一同地開始詛咒女賊的瘋狂和野蠻。他們低聲交談的樣子，在外人眼中，就像一雌一雄兩隻親密無間的白獸。

不知什麼時候，天已經亮了，連地底洞穴的人也感覺到了人類的喧鬧。黑蜥蜴的手下，那些粗魯的男人一個接一個來到地下，參觀籠子裡的新客人。

在這些粗俗的「遊客」面前，早苗小姐是如何地羞窘難堪，青年又如何像野獸一般怒吼咒罵，參觀的竊賊說了哪些下流話來戲弄他們，讀者完全可以自行想像。就在這四五個人在地下室開著下流玩笑的時候，隱約傳來一陣摩斯密碼似的腳步聲。很快，一個船員打扮的男人神色凝重地走進地下洞穴。

# 偶人變異

　　船員打扮的男人也是黑蜥蜴的手下，之前一直待在汽艇上。他沿著通道走到深處黑蜥蜴的房間外，用特定的節奏敲響了房門。

　　「進來。」女賊聲音中帶著上位者特有的威嚴。即使身邊都是粗俗魯莽的男人，她也從不鎖門，那沒有任何意義。不管是白天還是深夜，她只要說一句「進來」，門總是一推就能開。

　　「出什麼事了？這才六點啊，太早了吧？」

　　黑蜥蜴穿著一身白色的絲綢睡衣，慵懶地躺在床上。她隨意地瞟了男人一眼，點上香菸，抽了一口。透過光滑的絲綢睡衣，可以清楚地看到她豐腴妖嬈的肉體。男部下們每次看到首領這副打扮，都會面紅耳赤、手足無措，好一會兒也緩不過來。

　　「出了一件怪事，我必須馬上過來稟報。」那個男人努力讓自己的視線不往床上瞟，扭扭捏捏地報告。

　　「怪事兒？什麼怪事？」

　　「昨天晚上，船上的伙夫阿沖，忽然不見了。我們幾乎把整艘船都翻過來了，可是蹤影全無。他若是逃走了還好，但是我們擔心他被警察抓到。」

　　「你們讓阿沖上岸了？」

　　「沒有。小潤昨晚不是去船上一趟，又回到這裡了嗎？划小艇送小潤上岸的人裡就有阿沖，後來小艇回到船上，阿沖卻不見了。我以為是大夥兒記錯了，就在船上仔細找了找，又來這裡打聽，可是所有人都說沒見過阿沖。那個傢伙會不會是去街上閒逛，結果被警察抓走了？」

　　「要是那樣就麻煩了。阿沖是一個蠢貨，什麼也幹不了，所以我才讓他當伙夫。他若是被抓，肯定什麼秘密都守不住。」

　　黑蜥蜴急躁地從床上爬起來，皺著眉開始思索應對措施。正在這時，又有部下進來稟報怪事。

　　門突然被打開，三個部下探頭進來，其中一個搶先說道：

「夫人，你快過來看，出了一件怪事。人偶全都穿上衣服，掛著寶石，渾身上下閃閃發光。也不知是誰搞的鬼，我們問過了，大家都說不知道。是夫人做的嗎？」

「真的？」

「當然。小潤也嚇壞了，現在還在櫥窗前發呆。」

又是一件匪夷所思的怪事。阿沖的失蹤和這件事之間有關係嗎？兩件怪事同時發生，這也太巧了。地底女王終於無法保持鎮定。她把所有人都趕出去，迅速換了件平常穿的黑西裝，疾步趕往擺放人偶標本的展示廳。

到那兒一看，果然非常奇怪和滑稽。站著的黑人青年穿著又髒又破的卡其色工人服，戴在胸前的「埃及之星」像一等功勳章般散發著耀眼的光芒；手肘支著膝蓋、兩手托腮的金髮女郎，像日本女孩一樣穿長袖和服，脖子戴著鑽石項鍊，手上、腳上戴著鐐銬一樣的珠寶首飾；躺在地上的日本女孩裹著一條破舊的毛毯，濃密的黑髮上掛滿了寶石飾品，臉上帶著一抹邪惡的笑；擺著擲鉛餅姿勢的日本青年，穿著一件黑乎乎的棉毛衫，手腕上戴滿了光華流轉的珠寶首飾。

黑衣女人和目瞪口呆的雨宮對視一眼，都有些無言以對。

這個惡作劇簡直是在嘲諷他們。在人偶標本穿的那些古怪的衣服中，除了長袖和服是早苗小姐昨晚穿的，剩下的都是黑蜥蜴手下的。也不知是誰把它們從休息室的箱子或衣櫃裡翻出來，穿在了人偶身上。珠寶是從珠寶展區的陳列櫃裡拿出來的，陳列櫃裡想必已經不剩什麼了。

「是誰幹的？」

「現在還沒查到什麼線索。這裡除了我，還有五個人，全都可以信賴。我問過他們，大家都說不知道。」

「守門的人怎麼說？」

「說是沒有任何異常。就算真有人想闖進來，門口的蓋子也只能從裡面拉，從外面根本打不開。」

兩個人低聲交流幾句，又是一陣沉默。黑衣女人和潤一視線相接，像是想到什麼，臉色刷地變了。她低聲念了一句「難道是……」，然後快步走到

籠子前，仔細檢查籠子窄小的入口，但沒找到任何被破壞過的痕跡。

「是不是你們兩個在搗鬼，老實交待！惡作劇的人就是你們，對不對？」黑衣女人尖聲問道。

籠子裡的亞當和夏娃正溫聲說著悄悄話，看到女賊出現，立即擺出防備的姿態。早苗小姐蜷縮著退到角落。青年則猛地站起來，揮著拳頭朝黑衣女人衝過來。

「說話，是不是你給人偶穿的衣服？」

「你在胡說些什麼？瘋了嗎？我不是被你們關在籠子裡了！」年輕人火冒三丈地吼道。

「哈哈哈，還挺精神的。既然不是你，那很好啊！我也有一個好辦法。請問，你喜不喜歡我送你的那個新娘子？」

黑衣女人不知為何忽然換了個話題，見青年人不肯回答，又問了一遍：「到底是喜歡，還是不喜歡？」

青年和角落裡的早苗對視一眼，說：「喜歡。所以我會用生命來保護她，不會讓任何人傷害她！」

「哈哈哈，我果然沒猜錯。你要保護好她啊！」黑衣女人嘲諷道。然後，她拿出鐵籠的鑰匙，回頭交給潤一，冷冷地吩咐道：「小潤，把女孩拖出來，扔進水槽！」

潤一滿是鬍子的臉上露出一副驚訝的神色，問：「才一個晚上，太快了吧？」

「有什麼關係？我是今天才開始喜怒無常的嗎？趕緊動手……聽著，我現在回房吃飯，你趁這段時間把該做的做好。還有，那些寶石，讓人趕緊放回原位。去辦吧！」

說完，黑衣女人便逕自回了房間。

她明顯是被徹底惹惱了。她本來就因為人偶身上突如其來的變化感到又氣又惱，現在又看到籠子裡年輕男女那副親密無間的樣子，一時大受刺激，簡直要氣瘋了。

女賊當然不是真心想將早苗給年輕人當什麼新娘，種種作為，無非是想

恐嚇、羞辱她，拿她驚恐萬狀、羞憤欲死的樣子取樂。可惜事與願違，男人為了保護她連命都不要了，而早苗也是一副感激不已的樣子，明顯願意接受他的保護。類似於嫉妒的情緒在黑衣女人心裡橫衝直撞，幾乎被氣炸了肺。

這差事似乎讓潤一有些為難。他猶豫了好一會兒，最後還是慢吞吞地走向籠子的入口。

「混蛋，你想幹什麼？」籠子裡的青年瞪著眼睛，惡狠狠地說。他叉腿站在門口，一副要和對方拼命的架勢。潤一到底是拳擊手出身，對青年的威脅毫不畏懼，開鎖、拉門、撲進籠子，動作乾淨俐落。

滿臉落腮鬍一身工人服的雨宮潤一和俊美無儔的裸體青年，互相抓著胳膊、瞪著眼睛對峙起來。

「站住，想都別想。只要我還活著，任何人都別想傷害她！你想把她拖出去？好啊，試試看？也許在你得逞之前，已經被我掐死了！」

青年拼命伸手想要掐住雨宮潤一的脖子。可是，太奇怪了，雨宮潤一竟然毫不反抗，胳膊都被人抓住了，還把脖子往前探，像是有話要說般，將嘴湊到了青年耳邊。

青年起初用力搖晃腦袋，根本不想細聽。可是，不一會兒，他便驚愕不已地安靜下來。最後他像換了個人般，溫順地放下了掐住對方脖子的手。

# 離魂

也不知雨宮潤一到底和青年說了什麼，青年最終放棄抵抗，任由他把癱軟在地的裸體少女抱走了。不一會兒，潤一將女孩帶到那個巨大的玻璃水槽前，抱著她爬上扶梯；打開水槽的蓋子，將女孩扔了下去。之後，他原樣蓋上蓋子，下了扶梯，走到黑蜥蜴的房門前，將們推開一條細縫，稟告說。

「夫人，你交代的事，我已經辦好了。早苗小姐現在正在水槽裡垂死掙扎，你要不要過去看看。」說完，他從工人服裡拿出一張摺得很小的報紙，

展開，輕輕地放在水槽旁的椅子上，快步邁向走廊。

雨宮潤一走了沒多久，黑衣女人便打開房門，大步朝水槽那邊走去。

水槽裡的水，藍的有些發黑，正劇烈地搖晃著。水槽底部奇形怪狀的水草，像無數昂著頭的蛇，密密麻麻地扭動、糾纏著，水中一絲不掛的少女正苦苦掙扎……這情景，與昨晚黑衣女人所描述的景象，當真分毫不差。

黑衣女人眼冒凶光，因為太過興奮，蒼白的臉頰正微微顫抖。她雙手握拳，神情專注地盯著水槽。忽然，她神色一僵，發現有些不對。水裡的裸女掙扎得一點都不劇烈，不，應該說她根本就沒有在掙扎。少女白皙的身體只是隨著水波的晃動而上下搖擺。

早苗小姐身體柔弱，恐怕還沒被丟進水槽就已經昏了過去，所以在水裡沒受什麼苦，是這樣嗎？可是，事情又似乎沒那麼簡單。黑蜥蜴耐心地觀察著眼前的景象，終於，水裡女孩慢慢轉過身來。原本朝向對面的臉，現在轉到了玻璃這邊。怎麼回事，這真的是早苗小姐嗎？就算在水裡，人的長相也不會發生這麼劇烈的變化吧？啊，是了，就是這樣。她不是早苗，是人偶展區的那位日本少女的標本。可是，怎麼會發生這樣的錯誤？

「來人，快來人啊！小潤呢？」黑衣女人歇斯底里地大聲喊道。

這時，她的手下也從人偶展示區亂哄哄地衝了過來。那邊好像發生什麼恐怖的事，大家臉上的神情都不太對。

「夫人，又有一件怪事，人偶少了一個。之前，我們給人偶脫衣服，整理那些寶石時，還一個不少。轉個身的功夫，躺在地上的那個女人偶就不見了。」一個男人戰戰兢兢地說，不過他說的這件事，黑蜥蜴已經知道了。

「去鐵籠看過沒有？早苗小姐還在嗎？」

「看過了，只有那個男人。早苗小姐不是被小潤扔進水槽裡了？」

「嗯，但扔進水槽裡的並不是早苗，而是你們在找的那具人偶。」黑衣女人朝水槽裡一指，說：「看！」

眾人聽了，連忙往水槽裡看，只見裡面飄著的，當真是那具失蹤的少女人偶。

「天啊，這太奇怪了，誰幹的？」

「肯定是小潤。他剛才還在這裡，你們看見沒有。」

「沒有。他今天火氣很大，看誰都不順眼，好像嫌我們礙事，不停地指使我們幹這幹那，都快被他擺弄成陀螺了。」

「是嗎，這確實有些奇怪。不過，他現在去哪兒了，不會去外面。趕緊去找，找到後，讓他馬上來見我。」

男人們領命告退，黑衣女人心裡有些不安，眼睛看著虛空，腦筋飛快地運轉起來。

到底怎麼回事？汽艇的伙夫忽然失蹤、人偶被人動了手腳、水槽裡的早苗莫名其妙變成人偶標本。這一連串的怪事，是否有什麼聯繫？會是巧合嗎？

像是有一種人力難以抵擋的恐怖力量在操縱這一切。是什麼？啊，不會是……不不不，怎麼可能？這麼荒謬的事，絕不可能發生。

黑衣女人努力壓下在腦海中縈繞不去的恐怖猜測。強烈的不安讓冷酷的女賊有些心慌意亂，只覺得渾身冷汗涔涔、寒毛直豎。

過了一會兒，就在她想坐在旁邊的椅子上休息一下時，忽然發現有份報紙擺在那裡，正是雨宮潤一剛才特意留下的。

黑衣女人在報紙上隨意掃了幾眼，不想被一則報導吸引了注意，臉色不由得凝重起來。

明智偵探高奏凱歌
岩瀨早苗順利歸來
寶石大王喜極而泣

三段的標題異常醒目，女賊看了，只覺得十分困惑。她連忙拿起報紙，坐在椅子上細看。報導的內容大致是說：

昨日（21日）午後，被怪賊黑蜥蜴綁架的寶石大王的女兒岩瀨早苗小姐順利返家。本報記者聽聞岩瀨先生以曠世珍寶「埃及之星」贖回愛女，竊賊

信守承諾，放回了早苗小姐。為此，記者特意去岩瀨宅邸採訪了岩瀨莊兵衛和早苗小姐。讓人意外的是，父女二人均表示：小姐順利歸來全賴私人偵探明智小五郎細心籌謀，而非歹徒講究誠信，具體情況目前不便透露，請記者不要追問。怪賊黑蜥蜴目前究竟在何處藏身？單槍匹馬追蹤竊賊的明智偵探現在又到了何處。名偵探對戰江洋大盜，誰輸誰贏？稀世奇珍「埃及之星」能夠重新回到岩瀨家族嗎？讓我們懷著忐忑的心，等待後續報導。

這篇報導旁邊還附帶了一張名為「父女團聚」的照片。照片上，莊兵衛和早苗小姐笑容滿面地坐在客廳的椅子上。

黑衣女人看著這篇報導，只覺得莫名其妙。不可能，這太荒唐了。可是，就算新聞是假的，那照片又是怎麼回事。女賊美麗的臉上終於露出一些狼狽的神色，不，說得更準確一些，應該是難以名狀的恐懼之色。這是大阪市賣的最火的一家報紙，按照上面的日期「昨日（21日）」，應該是前天黑蜥蜴坐汽艇離開大阪灣的時候。那天早苗小姐明明在船上。不，不要說那天，就是昨天、今天，甚至是剛才，早苗小姐還赤身裸體地被關在籠子裡發抖！

到底是怎麼回事？這是頭條新聞，這樣的大報社不可能出錯，再說，還有那張照片作為證據。被關在船上的早苗小姐，同一天笑容滿面地坐在了大阪郊外的岩瀨家，這太奇怪了？

黑衣女人就是再聰明，也解不開這樣的謎題。她從未遇到這樣恐怖的情況，被嚇得花容失色，額頭上不斷滲出大滴大滴的冷汗。

一個詭異的詞彙忽然在她腦袋裡浮現出來——離魂症。那是傳說中的一種匪夷所思的病症，據說得了這種病的人，會分裂成兩個不相干的人，各自行動。她在古代的傳奇小說和國外的心靈學雜誌上看過這樣的情況。黑衣女人以前從來不相信靈異事件，可是現在除了這種不科學的說法，還有什麼解釋呢？

這時，奉命去找雨宮的手下紛紛返回，都表示沒有找到。

黑衣女人無精打采地問：「現在在門口守衛的人是誰？」

「是北村。他說沒有人出去過，那個傢伙從沒出過錯。」

「所以，小潤一定還在這裡，除非他能變成煙憑空消失，再好好找找。還有早苗，她既然沒有在水槽裡，一定是找地方躲起來了。」

男人們疑惑地看著首領慘白的臉，悻悻地折回了走廊對面。

「等等，留兩個人把水槽裡的人偶撈出來，為防萬一，我要仔細查查。」

於是，兩個部下留下來，爬上梯子，將人偶從水槽裡撈出來，放在地上。毫無疑問，那個軟綿綿的人偶，無論如何也不會是早苗小姐。黑蜥蜴也沒找到任何線索。

黑衣女人焦躁地走來走去，過了一會兒，又猛地坐回到椅子上，拿起報紙細看。只是，不管她看多少遍，都無法改變出現兩個早苗小姐的事實，照片上的人確實是早苗。

她百思不得其解，忽然聽到一個聲音從背後傳來：「夫人。」

黑衣女人嚇了一跳，回頭看到一個男人站在身後。

「小潤？你去哪兒了？」她喝斥地說，「這都是怎麼回事，我不是讓你把早苗小姐扔到水槽裡嗎？怎麼會變成人偶的？誰給你的膽子，開這樣沒有分寸的玩笑？」

然而，雨宮並沒有回話，只是默默地站在那裡，目不轉晴地看著她，繼而露出一個不懷好意的笑。

# 又見離魂

「說話啊，啞巴啦？到底怎麼回事？你簡直變了一個人，不會是想背叛我吧？」

潤一旁若無人的態度，讓黑衣女人不由得提高了聲音。事實上，之前發生的一連串怪事，已經快把她的耐性耗乾了。

「早苗小姐呢？別告訴我你不知道？」

「嗯，我不知道，她不是在鐵籠子裡嗎？」小潤終於開口說話了，只是語氣異常生硬。

「鐵籠子裡？我不是讓你把她拖出來了嗎？」

「什麼啊，我怎麼不知道？還是去籠子看看吧！」說完，便晃晃悠悠地向前走去，似乎真想去鐵籠子那一探究竟。這個傢伙不是瘋了吧？或者有其他原因。黑衣女人只覺心裡七上八下，跟在小潤身後謹慎地監視著他的一舉一動。

到籠子前一看，鑰匙竟然就那樣大剌剌地插在門上。

「你今天怎麼搞的？連鑰匙都不拔。」黑衣女人忍不住低聲嘟囔道，又抬頭向昏暗的籠子裡張望，「早苗小姐根本就不在裡面！」

一個赤身裸體的男人孤零零地蹲在對面的角落裡，不知為何，今天看起來無精打采的。腦袋耷拉著，難道是睡著了？

小潤輕聲說：「可以問問他。」說完，就打開鐵門，走了進去。他今天怎麼總是自說自話，太反常了。

「喂，香川，早苗小姐呢？」

原來被關在籠子的那個異常俊秀的年輕人叫香川啊！

「喂！香川，別睡了，醒醒！」

不管他怎麼叫，香川都沒有反應。潤一乾脆抓抓香川的肩膀，用力搖晃。可是，對方只是隨著他力道晃來晃去，仍然毫無反應。

「夫人，這個傢伙太奇怪了，不是死了吧？」

黑蜥蜴暗叫一聲不好，心裡湧上一種不祥的預感，只覺得所有的事都脫離了控制。

她衝進鐵籠子裡，走到香川旁邊，說：「難道他自殺了？把頭扶起來，我看看。」

「這樣嗎？」小潤托著香川的下巴，往上一掰。

「啊，他的臉……」

黑蜥蜴嚇得尖叫一聲，「噔噔噔」連退了好幾步。噩夢，一定是噩夢。

在角落裡縮著的，居然不是香川。誰能想到，這裡也上演了一齣偷樑換柱的大戲。讀者們可以猜到眼前這個裸體的男人，到底是誰嗎？

黑衣女人嚇得渾身發抖，世界上如果真有那種可以把一個東西看成兩個的精神疾病，她一定是得了這種可怕疾病，而且是重病患者。

被潤一托著下巴抬起臉的那個男人，居然長了一張和潤一一模一樣的臉。兩個小潤，一個赤身裸體，一個穿著工人服、戴著一臉的假鬍子。難道有人在這裡裝了一面肉眼看不到的鏡子，以致黑衣女人受到迷惑？一定是這樣，只是兩個人，到底哪個是真的，哪個是鏡子裡的影子呢？

剛剛早苗小姐也變成兩個，只是其中一個出現在報紙的照片上，可眼前這個確是真人。她在同一時間看到兩個小潤。這樣荒唐的事居然會出現在現實世界嗎？不，這裡一定有什麼機關。只是這種前所未見的機關，到底是誰設計出來的，又有著怎樣的目的呢？

可恨的是，看到目瞪口呆的黑衣女人，大鬍子小潤居然露出一抹嘲諷的微笑，然後一發不可收拾，嘻嘻哈哈地大笑起來。笑什麼，有什麼可笑的，難道他一點都不害怕嗎？怎麼像瘋掉的傻瓜一樣笑個不停。

潤一笑呵呵地用力搖晃裸體潤一，過了好一會兒，酣然沉睡的小潤才呻吟著睜開了眼睛。

「啊，你終於醒了。精神點！你怎麼跑這兒來了？」工人打扮的潤一古古怪怪地問道。

裸體潤一顯然還有點沒緩過神來，他困惑地眨了眨迷濛的睡眼，當看到眼前站著的黑衣女人，像是吃了提神醒腦的藥一般，神智瞬間回籠。

「夫人，我遇到一件怪事……啊，就是這個傢伙，這個混蛋！」

裸體潤一看到工人打扮的潤一，立刻瘋了一樣撲上去，兩個潤一糾纏在一起，展開一場驚心動魄的格鬥。

可是，這場噩夢般的格鬥很快就結束了，裸體潤一被對方一拳掀翻在水泥地上。

「混蛋，混蛋！竟然敢冒充我。夫人，你要小心，這個傢伙是一個陰險狡詐的叛徒。是伙夫阿沖假扮的，他是阿沖！」

裸體潤一被打得癱軟在地，趴在那裡大聲喊道。

「喂，那個人，舉起手來！我要聽小潤說話，在此期間，你最好老實點！」

黑衣女人察覺危險，立即掏出隨身攜帶的手槍，舉到胸前。她的聲音雖然柔和，眼神卻十分凶悍。看樣子，對方若不乖乖就範，她馬上就會扣下扳機。

工人打扮的潤一溫順地舉起雙手，只是臉上那抹漫不經心的微笑，讓人始終無法安心。

「好了，小潤！說吧，怎麼回事？」

直到這時，小潤才想起自己渾身上下一絲不掛，窘迫地蜷縮起身體，詳細地述說道：

「你也知道，昨天晚上大家來到這裡之後，我奉命回船上處理了一些事。事情辦完，我便坐著小艇折回到岸上。沒想到這個傢伙，就是伙夫阿沖，居然趁著天色昏暗，在後面偷偷跟蹤我。我發現後，罵了他幾句，他不由分說就衝了上來。

「誰能想到，阿沖平時看著傻乎乎的，身手居然十分了得。最後，我被他擊中要害，昏了過去。之後不知過了多長時間，我醒過來，發現自己手腳都被捆住了，衣服已被扒光了，赤身裸體地躺在雜物間裡。我想喊人，可是嘴被堵得嚴嚴實實，一點辦法都沒有。正在苦苦掙扎，就看到這個傢伙走了進來，身上的工人服和臉上的假鬍子，都是我的。這個傢伙喬裝改扮的手段竟然也十分高明，看起來，和我分毫不差。

「這個傢伙假扮成我，一定是有不良企圖。阿沖平時又蠢又笨的，想不到居然是一個武藝高強的竊賊。我雖然知道他的陰謀，但已經被徹底綁住了，什麼辦法都沒有。這個惡棍，還跟我說什麼，再忍一會兒，然後對著我的要害又是一下，我真是沒用，被他打暈之後，一直昏迷到現在才醒。

「阿沖，你這個混蛋！現在自食惡果了吧！我看你怎麼辦？等著吧，我一定讓你好看！」

小潤的話讓黑衣女人不由得心頭一驚，她努力讓自己保持鎮定，露出一

抹盡在掌握的微笑，說：

「哈哈哈，阿沖果然厲害，手段了得，我也很欽佩！所以，剛才的那些怪事，什麼把人偶扔進水槽裡，給標本穿上滑稽的衣服，都是你的搞的鬼。你為什麼要這麼做，說說看，我答應你，不生氣。別笑了，說吧！」

「我要是不說，你打算如何？」工人服的潤一嘲諷道。

「我只能殺了你，你還不知道你主人的脾氣嗎？見了血，不知會有多高興！」

「也就是說，你要開槍射殺我嘍，哈哈哈！」工人服的男人瘋了一樣，笑得更狂妄。

再一看，他不知何時，已經把手放下來插進了褲兜裡，一副懶洋洋的樣子。

黑衣女人從未被自己的手下如此侮辱過，簡直氣炸了肺，當真是忍無可忍。

「笑，你還敢笑！好，我就讓你嘗嘗子彈的厲害！」

黑衣女人大喊一聲，當機立斷地瞄準男人，扣下扳機。

# 人偶的再次突變

穿工人服的潤一雖然言辭刻薄、姿態囂張，但是他總不會為了一逞口舌之快，連命都不要了吧！不不不，怎麼會發生那樣的事呢？他仍然雙手插兜，一臉嘲諷地站在那裡。

黑蜥蜴扣動扳機，槍響之後，卻沒有子彈射出來。

「哈，聲音好奇怪啊！你的槍不會是壞了吧？」

黑衣女人受到嘲諷，被氣的理智盡失，一下下扣動扳機，可是仍然只有「咔咔」的響聲，沒有子彈。

「混蛋，你卸了槍裡的子彈！」

「哈哈哈，你終於想到了。是啊，看。」

他將右手從兜裡抽出來，攤開手掌，上面果然放著幾顆小巧的彈珠一樣的子彈。

正在這時，籠子外傳來一陣急促的腳步聲，黑蜥蜴的手下亂哄哄地跑過來。

「夫人，出事了。守門的北村被人綁起來了。」

「不止被綁起來了，還被弄暈了。」

想來，這也是阿沖幹的好事。只是他為什麼只綁了北村，卻沒有處理其他人呢？這裡是不是有什麼特殊的原因。

「啊，這裡是怎麼回事？」看到籠子裡有兩個潤一，男人們嚇得目瞪口呆。

「那是伙夫阿沖，所有的事都是他弄出來的，趕緊把他抓起來！」有了幫手，黑衣女人立即高聲命令道。

「什麼，是阿沖？混蛋，居然搞出這麼多事！」

男人們一窩蜂衝進鐵籠子裡去抓阿沖。不想阿沖身手極為靈活，幾個閃身便繞開撲過來的敵人，鑽出了籠子。他臉上帶著嘲諷的笑，一邊伸手擺出挑釁的動作，引誘敵人來追，一邊慢慢向後退去，當真是膽大包天、狂妄至極。

黑衣女人和她的手下們，像被繩子牽著般一個接一個地從籠子裡衝出來，追在他身後。這情景就像是一齣恐怖的移動電影。在水泥澆築的地下通道裡，逃亡者慢悠悠地往後退，凶神惡煞的抓捕者伸著毛茸茸的胳膊擺出拳擊的架勢，步步緊逼。

不一會兒，這支詭異的隊伍就走到人偶展示區，阿沖忽然停住腳步。

「知道我為什麼要把北村綁起來嗎？」男人一臉討打的表情提出這個問題，雙手仍然是慵懶地插在兜裡。

「讓讓，我有話要對這個人說。」也不知黑衣女人在想什麼，居然撥開眾人，走到阿沖面前。

「如果你真是阿沖，我要為自己的目不識人感到抱歉，沒想到你本事居

然這麼大。但你真是阿沖嗎？這太不可思議了。我猜你不是。現在沒有必要留著假鬍子了，撕下來吧！快點撕下來！」說到最後，女賊的語氣中竟然帶了絲哀求的意味。

「哈哈哈！我不撕掉鬍子，你就猜不到嗎？不，你只是不敢說出來，不然臉色怎麼會白的像鬼一樣？」

他果然不是阿沖，聽那語氣，哪還有半點把黑蜥蜴當首領的樣子？而且他的聲音和字正腔圓的腔調，也有一種說不出的熟悉。

黑衣女人激動不已，身體不受控制地顫抖起來。

「所以，你是……」

「怎麼這麼客氣，不要猶豫！放心大膽地說吧！」

男人收斂笑容，身上驀然流露出一種嚴肅的氣質。

黑衣女人只覺得腋下冷汗直冒。

「明智小五郎……你是明智小五郎！」黑衣女人像下定決心般大聲說道，不知為何，說出這句話後，心裡反倒一鬆。

「對。你應該早就察覺了，只是因為膽小，不肯承認。」

說到這兒，穿著工人服的男人一把扯下臉上的假鬍子，他的皮膚雖然偽裝成小潤的膚色，但那張臉確實就是明智小五郎，那個讓我們懷念萬分的明智小五郎。

「可是，怎麼會這樣呢？你明明……」

「我明明被你扔進遠州灘的大海裡淹死了，此刻怎麼又活過來了，是嗎？哈哈哈，因為被你扔進大海的裡人根本不是我，你犯了一個致命的錯誤。沙發裡的人不是我，而是可憐的阿沖。我沒想到會發生那樣的事，當時為了方便調查，我喬裝成伙夫阿沖，把他綁起來，堵住嘴，塞進了沙發裡。我以為那裡是最好的藏匿地點，結果卻害死了他，真是很抱歉。」

「啊！所以阿沖被扔進海裡之後，你假冒他的身分一直待在機艙裡？」

女賊聽得瞠目結舌，語氣不由得柔和下來。

「真是這樣？可是，阿沖的嘴被堵著，說不了話。當時卻有人和隔著沙發墊談了好一會兒，他是誰？」

「是我。」

「那……」

「艙室裡不是還有大衣櫃嗎？我就躲在那裡。是你先入為主，誤以為聲音是從沙發裡傳出來的。再說，沙發裡的那個傢伙還在不住掙扎，難免影響了你判斷。」

「所以，藏起早苗小姐，故意在椅子上留了份報紙的人也是你？」

「是。」

「你還真是謹小慎微，為了嚇我，還故意做了份假報紙？」

「假報紙？怎麼可能，誰能偽造出那樣的報紙。不用懷疑，新聞和照片都是真的。」

「哈哈哈，那太荒唐了。無論如何，世界上也不會有兩個早苗小姐吧……」

「世界上當然不會有兩個早苗小姐，因為被你綁來的那個早苗，是假的。我費了不少力氣，才幫早苗小姐找到一個如此相像的替身。雖然我有足夠的信心可以救她出來，可是莊兵衛是我的摯友，我不能拿她的獨女冒險。被你當成早苗小姐抓來的那個女孩，名叫櫻山葉子，是一個無依無靠的孤女，也是一個富有冒險精神的摩登女郎。只有足夠勇敢的人，才能把這齣戲演得這樣逼真漂亮，才能無論吃多少苦，都咬緊牙關堅持到底。葉子雖然也很害怕，一路都在哭泣，但她對我深信不疑，堅信我一定會救她出去。」

讀者們還記得這篇故事裡有一節，叫做「怪老頭」嗎？其實從那時起，名偵探明智小五郎就已經布好了這個名為瞞天過海的局。怪老頭不是別人，正是明智本人喬裝改扮的。從那天晚上開始，真正的早苗小姐就被明智藏到了一個只有他自己才知道的地方。在同一時間，櫻山葉子則喬裝成早苗小姐住進岩瀨家。

次日之後，早苗小姐閉門不出，裝出一副連家人都不想見的樣子。岩瀨夫婦以為女兒被黑蜥蜴嚇壞了，得了憂鬱症，從來沒有想過自己的女兒已經換了人。在那個時候，葉子的表演天賦便已顯露出來。

名偵探的布置環環相扣，黑衣女人聽得心悅誠服，甚至發自內心地有些

崇拜這位了不起的大人物。

可是，她的手下，那群頭腦簡單四肢發達的莽漢，卻不會崇拜明智。不僅如此，還認為他是欺騙了他們領袖的闖入者，是害了他們的同伴阿沖，使其葬身海底的罪魁禍首，心裡對他充滿仇恨。

他們根本不想聽明智囉嗦，見談話中止，當即發作起來。

一個人率先嚷道：「不用聽他囉嗦，殺了他！」

他的話得到所有男人的支持，四個壯漢毫不猶豫地衝向孤身一人的名偵探。此刻，女賊就是想用自己素日的威望加以壓制，怕也無法產生什麼作用。

一個人從後面突襲，想要勒住明智的脖子；一個人從正面進攻，想要把他的手反剪到身後；一個人使出掃堂腿，想把他摔倒。明智小五郎身手再好，遇到如此瘋狂的歹徒，也只能束手就擒吧！當時的情況，可以說是十分危急。千辛萬苦走到這一步，難道要在最後一刻，被人反轉嗎？名聲顯赫的一代大偵探，難不成要死在一群莽夫手裡？

可是，多奇怪啊！在這樣危急的時刻，突然傳來一聲嗤笑。而發出笑聲的，不是別人，正是被男人們壓倒在地的明智小五郎。這是怎麼回事，他瘋了嗎？

「哈哈哈，你們眼睛沒瞎吧？看看玻璃裡面，仔細看看。」他說的玻璃，自然是展示人偶標本的玻璃窗。

男人們不由自主轉過頭去看。天啊，他們居然如此粗心，完全沒注意到櫥窗裡的變化。說來，這也不難理解，一個是大家太過憤怒，沒有注意；一個是他們格鬥的地方在櫥窗的斜對面，正是視線的盲區。

至於櫥窗裡到底發生怎樣驚人的變化——所有的人偶都穿上西裝。不管男女，雖然都擺著和之前一模一樣的姿勢，卻全都西裝革履，一副嚴肅正經的樣子。

毫無疑問，這又是明智幹的好事。只是同樣的戲碼，不用來來回回玩那麼多次吧，這也太無聊了。等等，明智可不是那種喜歡玩無聊遊戲的人，這場莫名其妙的換裝秀，會不會隱藏著什麼秘密呢？

黑蜥蜴果然名不虛傳，率先想到這番布置的關鍵。

「啊！糟了。」

女人大驚失色，只是這個時候再想跑，已經太晚了。櫥窗裡的人偶一個個霍然起身。原來被換掉的不止是衣服，還有人偶本身。他們根本不是人偶，是擺出人偶姿勢，靜候時機的活人。看啊，穿著西裝的那些男人全都拿著手槍，槍口正對著盜賊們。

只聽「咔嚓」一聲，櫥窗的玻璃紛紛碎裂，西裝男人敏捷地從破洞跳了出來。

「不許動！黑蜥蜴，你被捕了。」

這樣的喝斥聲簡直耳熟能詳，現代的警察在抓人時，似乎特別喜歡用這種效力驚人的台詞。毫無疑問，這些西裝男都是明智帶進來的警視廳的精英。

明智之前問他們，知不知道為什麼只綁了在門口值班的北村。其實，他是在暗示，已經叫了警察支援。明智早就打電話聯繫了警視廳的刑警，並約定了開門的暗號。警察透過暗號，與明智裡應外合，很容易就進來了。在入口處的值守的北村自然是第一個被解決掉的。這一切都發生在潤一失蹤的那段時間。至於他們為什麼不立即逮捕黑蜥蜴？這都是明智的主意，他想讓這場逮捕盡善盡美。看樣子，警察也不是毫無幽默感的木頭人嘛！

不用說，船上的人肯定也遭到了另一隊人馬和水上警察的抓捕。此時，黑蜥蜴的所有手下，連同那條船，都被警察控制住了。

在警察的槍口下，地下的歹徒紛紛繳械投降。這些莽夫雖然冷血暴虐，卻無力抵擋這種噩夢般的突襲，包括被扒光了衣服的雨宮潤一。

黑蜥蜴到底是他們的頭領，反應極快，馬上就猜出西裝人偶的秘密。她猛地甩開抓住自己手臂的刑警，飛也似的逃回走廊深處的房間，並在裡面反鎖房門。

# 黑蜥蜴之死

　　黑蜥蜴是地下王國的女王，生性驕傲，她不允許自己束手就擒。如果被捕已經是逃不掉的命運，她寧願選擇自我了斷。明智小五郎察覺到這一點，立即離開亂成一團的捕獲現場，孤身來到黑蜥蜴的房門前。

　　「喂！快開門！我是明智，我有話和你說，快點把門打開。」他急促地喊道。

　　「明智先生，你是一個人嗎……」門裡面傳來微弱的回答聲。

　　「對，只有我一個人。你快點開門。」

　　只聽「咔嚓」一聲，門被打開了。

　　「啊！我來晚了……你已經服毒了。」明智一進門，便大聲喊道。

　　黑衣女人軟軟地倒在地。開門這個動作，似乎耗盡了她最後一絲力氣。

　　明智跪坐在地，將女賊半抱到自己腿上，想要緩解她死前的痛苦。

　　「現在說什麼都晚了，好好地睡吧！你讓我吃足了苦頭，幾乎失去性命，可是我是一個偵探，這都是非常寶貴的經驗。我不怨你，還很可憐你……對了，有件事我要和你說一聲，『埃及之星』雖然是你費盡心血好不容易才弄到手的，但那是岩瀨先生的東西，我會把它物歸原主。」說到這兒，明智將寶石從口袋裡拿出來，舉到女賊的面前。

　　黑蜥蜴勉強扯動嘴角，露出一個笑容，又點了點頭。

　　「早苗小姐呢？」她溫聲問道。

　　「早苗小姐？你說的是櫻山葉子吧！別擔心，她已經和香川一起離開地底洞穴，現在應該被警察保護起來了。那個女孩這次吃足了苦頭，等回了大阪，我會讓岩瀨先生備一份厚禮，以作感謝。」

　　「我輸了，徹底輸了。」

　　聽她話裡的意思，她輸掉的不止是這場比試。她不由得哽咽起來，已經失去神采的眼睛裡，滾出大滴的淚珠。

　　「能被你抱在懷裡……我很高興……能這樣死去，也是一種幸福，從未

想過的幸福。」

明智不是石頭，怎麼會聽不出她話裡的情意，感覺不到她心裡奇異的感情。只是他要如何回應呢？

女賊垂死之際的表白就像一個詭異難解的謎團。她大概從未意識到自己對眼前的仇敵產生如此濃重的愛意。若非如此，那天在黑暗的大海上將明智沉入海底，她的情緒怎會失控，以致放聲大哭。

「明智先生，永別了……臨死之前，我有一個請求，希望你能答應……吻我，請你吻我一下……」

黑衣女人的四肢不受控制地抽搐起來。最後一刻終於到來，對方雖然是一個女賊，可是她在垂死之際提出這個可憐的請求，明智實在不忍心拒絕。

於是，他默默地在黑蜥蜴，這個曾經對他痛下殺手的惡魔已經變冷的額頭上親了一下。女賊臉上露出一抹發自內心的微笑，不動了。

此時，逮捕工作已經結束。刑警們亂哄哄地衝進來，不想看到這樣一幕奇怪的景象，全都在門口呆住了。被人稱作魔鬼的警察，並非沒有感情。他們像是被某種莊嚴的東西所感染，一時之間全都沉默下來。

就這樣，在社會上引起巨大轟動的絕世女賊黑蜥蜴，枕在名偵探明智小五郎的膝蓋上，嚥下了最後一口氣。在離開這個世界時，臉上還帶著一抹滿足的笑容。

也許是剛才掙脫刑警時，用力過猛，洋裝的袖子被扯破了，露出美麗手臂。手臂上刺著一隻黑色的蜥蜴，她的名號便是由此而來。仔細看去，那隻黑蜥蜴活靈活現，似乎正為了主人的離去而悲傷飲泣，緩緩地、緩緩地爬動著。

海鴿 文化出版圖書有限公司
Seadove Publishing Company Ltd.

探偵事務所 01

江戶川亂步的
偵探小說

| | |
|---|---|
| 作者 | 江戶川亂步 |
| 譯者 | 詹家宜 |
| 美術構成 | 騾賴耙工作室 |
| 封面設計 | 斐類設計工作室 |
| 發行人 | 羅清維 |
| 企畫執行 | 張緯倫、林義傑 |
| 責任行政 | 陳淑貞 |

| | |
|---|---|
| 出版 | 海鴿文化出版圖書有限公司 |
| 出版登記 | 行政院新聞局局版北市業字第780號 |
| 發行部 | 台北市信義區林口街54-4號1樓 |
| 電話 | 02-27273008 |
| 傳真 | 02-27270603 |
| e‧mail | seadove.book@msa.hinet.net |

| | |
|---|---|
| 總經銷 | 創智文化有限公司 |
| 住址 | 新北市土城區忠承路89號6樓 |
| 電話 | 02-22683489 |
| 傳真 | 02-22696560 |
| 網址 | www.booknews.com.tw |

| | |
|---|---|
| 香港總經銷 | 和平圖書有限公司 |
| 住址 | 香港柴灣嘉業街12號百樂門大廈17樓 |
| 電話 | （852）2804-6687 |
| 傳真 | （852）2804-6409 |

| | |
|---|---|
| 出版日期 | 2019年07月01日　一版一刷 |
| 特價 | 399元 |
| 郵政劃撥 | 18989626　戶名：海鴿文化出版圖書有限公司 |

國家圖書館出版品預行編目資料

江戶川亂步的偵探小說 ／ 江戶川亂步作；詹家宜譯.
-- 一版. -- 臺北市 ： 海鴿文化，2019.07
面 ；　公分. --（探偵事務所；1）
ISBN 978-986-392-277-3（平裝）

861.57　　　　　　　　　　　　　　108009479

Seadove

Seadove